Es gibt einige Freundschaften,
die im Himmel beschlossen sind,
und auf Erden vollzogen werden.

\- Matthias Claudius -

DAS MÜNDEL DER MEDA VON TRIER

Lothringen im Hochmittelalter: Das Reich wird erschüttert von erbitterten Kämpfen um Geltung und Macht. Es ist die Zeit der Kreuzzüge, des weltberühmten Gangs Heinrichs IV. nach Canossa und der Stiftung des Klosters Maria Laach.
Im Jahre 1084 flieht die Heilerin Meda von Trier mit dem jungen Gero nach dem Tod seiner Eltern Richtung Greifenfels. Dort hofft sie, ihn vor einem Anschlag auf sein Leben schützen zu können. Doch die allgegenwärtige Gefahr und die verbotene Liebe zu Sigrun von Greifenfels begleiten Gero, bis er sich seiner Verantwortung und seinem größten Feind im alles entscheidenden Kampf stellen muss!
Ein fesselnder Roman über Vergeltung und Liebe an einer Zeitenwende.

CHRISTINE RHÖMER

wurde 1969 in Niedermendig/Eifel geboren und verbrachte ihre Kindheit in Thür, dem Ort »Thure« im Roman. Nach dem Abitur absolvierte sie eine Ausbildung bei der Stadtverwaltung. Parallel zum Studium der Germanistik und Kunst in Köln und Wuppertal beginnt sie, Kurzgeschichten, Gedichte und Romanfragmente zu verfassen. 2017 veröffentlichte sie ihren Debüt-Roman »Weißgold-Flügel«; 2018 folgten weitere Werke. »Das Mündel der Meda von Trier« ist ihr erster historischer Roman und ihr Debüt beim pinguletta Verlag. Christine Rhömer lebt heute mit ihrem Mann und ihren Kindern in der Nähe von Köln.

CHRISTINE RHÖMER

DAS MÜNDEL DER MEDA VON TRIER

ROMAN

DAS MÜNDEL DER MEDA VON TRIER

ROMAN

CHRISTINE RHÖMER

ISBN 978-3-948063-38-2

2. Auflage 2023

Cover Artwork & Layout: © Helmut Speer | pinguletta Verlag
Grafik Kompass (Cover, Buch): © robin.ph/Shutterstock
Grafik Abtei (Cover, Buch): © uh Fotografie Bonn/Shutterstock
Produktion: Helmut Speer | pinguletta Verlag
Lektorat: Silvia Hildebrandt

Druck: www.druckterminal.de
KDD Kompetenzzentrum Digital-Druck GmbH
D-90439 Nürnberg * Printed in Germany 2023

www.pinguletta-verlag.de

VERZEICHNIS DER WICHTIGSTEN HAUPT- UND NEBENFIGUREN

Gero von Rheinsporn
Egbert von Rheinsporn [sein Vater]
Agnes von Rheinsporn [seine Mutter]
Bertolt von Rheinsporn [Onkel und größter Widersacher]
Friedwart von Höhtgen [erster Ritter Bertolts]
Karl [erster Ritter Egberts]

Meda von Trier [kräuterkundige Heilerin]

Sigrun von Greifenfels
Theoderich von Greifenfels [ihr Vater]
Walburga von Greifenfels [ihre Mutter]
Adebar von Greifenfels [Erstgeborener, Sigruns Bruder]
Lienhart [Stallmeister auf Burg Greifenfels]

Heinrich von Laach* [Freund von Egbert und Theoderich, Stifter der Abtei Maria Laach]
*Adelheid von Laach** [seine Frau]
*Otto von Ballenstedt** [Adelheids Sohn aus erster Ehe]
*Siegfried von Ballenstedt** [Adelheids zweiter Sohn aus erster Ehe, Geros enger Vertrauter]
*Gertrud von Northeim** [Siegfrieds Frau]
*Siegfried, Wilhelm und Adele** [Siegfrieds Kinder]

Heinrich IV* [deutscher Kaiser, bekannt durch den »Gang nach Canossa«]
Konrad [sein Erstgeborener]
*Heinrich V** [sein zweiter Sohn]

*Rudolf von Rheinfelden** [Schwager von Heinrich IV. und zeitweise sein Gegenkönig]
*Friedrich I. von Schwarzenburg** [Erzbischof von Colonia]

Jost [Sprecher des Dorfes Thure]
Godelind [seine Mutter, Dorfälteste und Kräuterkundige]
Luitgard [Godelinds Schwiegertochter und Josts Schwägerin]
Wolff, Veit, Burckhard [Bauern aus Thure]

Dankwart von Heimbach [gräflicher Nachbar des Theoderich von Greifenfels]
*Ludwig von Thüringen** [sächsischer Mitverschwörer Siegfried von Ballenstedts]
*Wiprecht von Groitzsch** [sächsischer Mitverschwörer gegen Heinrich V.]
*Hoyer von Mansfeld** [Getreuer Heinrich des V. im Kampf gegen die sächsischen Verschwörer, übernahm die Befehlsgewalt über die Truppen des Kaisers]
*Emicho von Leiningen** [Raubritter, mitverantwortlich für die Judenpogrome während des ersten Kreuzzugs]
*Heinrich I. von Limburg** [Widersacher Siegfried von Ballenstedts]

* Die historischen Personen

KAPITEL EINS

IM JAHR DES HERRN 1080

Leise vor sich hin summend räumte Meda die schlichten Tongefäße vom Tisch, rollte die Leinendecke beiseite und legte sich Mörser und getrocknete Arzneipflanzen zurecht. Obwohl das Sonnenlicht die Burg in freundliche Helligkeit tauchte, war ihre Hütte schummrig und kühl, denn sie besaß nur eine kleine Fensteröffnung. Auch das Eulenloch im Dach spendete kaum Licht. Pfalzgraf Egbert von Rheinsporn hatte ihr eine einfache Kate neben den Stallungen zur Verfügung gestellt, in der sie tun und lassen konnte, was sie wollte. Sie hatte sich dort eingerichtet, mit ihren Kräutern, Tinkturen und Tiegeln, und sorgte dafür, dass sich ihr Vorrat an Heilpflanzen und Wurzeln nie erschöpfte. Zumindest nicht die gängigen, die sie ständig brauchte – bei stumpfen Verletzungen, offenen Wunden, Erkältungskrankheiten, Fieber oder auch Sodbrennen, wenn die Ritter sich bei einem Gelage mal wieder den Magen verrenkt hatten.

Tief in Gedanken versunken zerstieß Meda Kamille- und Malvenblüten und kippte das Pulver anschließend zusammen mit Salbeiblättern in eine Schale. Die letzten Reste strich sie mit der Hand aus dem Mörser, mischte sie mit zwei weiteren zerriebenen Heilpflanzen und übergoss die Mischung mit kochendem Wasser. Dann füllte sie mit Hilfe eines Trichters mehrere Phiolen und verschloss diese luftdicht. Bei vier Monate alten Säuglingen war es zu erwarten, dass sie bald die ersten Zähne bekamen. Die Essenz würde Linderung verschaffen, denn das Zahnen war häufig mit Schmerzen verbunden.

Unvermittelt vernahm Meda Hufschläge auf dem Pflaster und hektische Rufe aus dem Burghof, die die unerwartete und rasche Ankunft mehrerer Reiter ankündigten – selten Überbringer guter Kunde. Die Männer mussten den Burgweg nach oben im scharfen Ritt bewältigt haben. Meda brauchte dafür manchmal eine halbe Stunde.

Gemächlich trat sie an den Bretterverschlag, der ihren Eingang verschloss, und drückte ihn gerade eben so weit auf, dass sie ausmachen konnte, wer da mit Getöse in den Burghof stürmte und das Federvieh aufscheuchte. Grunzend und quiekend brachten sich auch ein paar Ferkel eilig in Sicherheit. Am Banner und an den orange-schwarzen Farben der Reiter erkannte Meda, dass es sich um Männer ihres gräflichen Nachbarn von Laach handeln musste. Sie riefen den Stallburschen und Dienstboten Befehle zu, als seien sie selbst die Herren der Burg. Die Niederen gehorchten anstandslos, nahmen ihnen die Pferde ab und versorgten sie.

Einen Augenblick lang verspürte die Heilerin einen Anflug von Neugier und den Drang, sich in den großen Saal zu begeben, um aus erster Hand zu erfahren, was es nun wieder an Neuigkeiten gab in König Heinrichs riesigem Reich.

Doch dann ließ sie die Klapptür in ihren Lederangeln zurückfallen und widmete sich lieber der Arbeit an dem nächsten Heilmittel. Ein Odermennigsud, der den Stallmeister von seiner Halsentzündung befreien sollte. Irgendjemand würde schon zu ihr kommen und sie darüber informieren, was geschehen war. Spätestens beim gemeinsamen Essen in der Halle würde sie es erfahren, und bis dahin hatten sich die erhitzten Gemüter hoffentlich wieder beruhigt. Es war nicht gut, sich der ungebremsten Erregung und Angst der anderen auszusetzen.

Es dauerte nicht lange, da klopfte es an ihrer Klapptür. Meda legte den Mörser beiseite, öffnete und sah Egberts Eheweib Agnes mit ihrem vier Monate alten Säugling im Arm davor stehen. Die ohnehin blasse Haut der Burgherrin war noch eine Spur fahler als sonst, und ihre rotbraunen Locken lugten unter der Haube hervor.

»Egbert hat einen Marschbefehl erhalten!«, platzte es aus ihr heraus.

»Ach herrje! Ich hatte schon befürchtet, dass die Reiter aus Laach keine guten Nachrichten bringen.« Die Heilerin öffnete den Türschlag weit, damit ihre Herrin eintreten konnte. »Kann Euer Gemahl sich dem widersetzen?«

Agnes trat ein, ihren Säugling fest an sich drückend, als könnte dieser ihr Halt geben, und verzog das Gesicht. Meda war bewusst, dass es in ihrer Hütte streng nach Wermut und Salbei roch. Doch wie sollte sie das verhindern?

»Nein. Als Vasall des Königs muss er dem Ruf zu den Waffen folgen«, erwiderte die Burgherrin.

Meda seufzte. »Männer ziehen ständig in die Schlacht. Sie werden eigens dafür ausgebildet, dass sie sich gegenseitig niedermetzeln. Was für eine trübselige Lebensaufgabe.«

»Meda, bitte!« Agnes musterte sie mit einem missbilligenden Gesichtsausdruck.

»Wer soll dieses Mal totgeschlagen werden?«

»Es geht wider Rudolf von Rheinfelden. Der rechtmäßige König wird gegen ihn zu Felde ziehen und hat all seine Vasallen aufgefordert, sich seinem Heer anzuschließen. Die Männer Heinrich von Laachs sind eben gekommen und haben uns über die Bewaffnung informiert.«

Meda hob die Brauen. »Warum ausgerechnet die Laacher?«

»Weil Heinrich von Laach einer der engsten Vertrauten des Königs ist, wusstest du das nicht?«

Die Heilerin nahm sich vor, diese Neuigkeiten gut im Gedächtnis zu behalten. Vielleicht konnten sie ihr irgendwann einmal nützlich sein.

»Was soll ich tun, wenn Egbert etwas zustößt?«, fragte Agnes, und die Besorgnis stand ihr dabei ins Gesicht geschrieben. »Gero ist noch so klein. Was wird aus uns werden?«

Meda überdachte das Gehörte. »Wird Egbert alleine ins Feld ziehen?«

»Nein, sein Bruder Bertolt wird ihn begleiten. Mein Schwager hofft auf Ruhm und Ehre, damit er vom König mit einem eigenen Lehen bedacht wird. Denn wie du weißt, hat er als Zweitgeborener kein Anrecht auf die Besitztümer von Rheinsporn.«

Das war Meda sehr wohl bekannt. Und auch, wie viel Ungemach diese Regelung über die jungen Männer im Reich brachte. Sie verleitete Ritter dazu, plündernd durch die Lande zu ziehen oder sich freiwillig zu Turnieren zu melden, bei denen sie Leib und Leben riskierten, um Ansehen und Reichtum zu erlangen. Manch einer betrieb eine rege Turnier-Pilgerfahrt. So wie Markward es getan hatte, der einzige Mann, den Meda je geliebt hatte, bis er bei seinem letzten Wettkampf vom Pferd stürzte und sich das Genick brach. Rasch verscheuchte sie die Erinnerung an diesen Verlust, der sie noch immer schmerzte.

Bislang hatte Bertolt sich nicht dazu hinreißen lassen, bei Turnieren sein Glück zu versuchen, obwohl seine düstere Entschiedenheit und heimtückische Art genau das vermuten ließen. Doch Meda war sich sicher, dass er insgeheim darauf hoffte, sein Bruder Egbert lebe nicht allzu lange, damit er seine Nachfolge antreten konnte.

Nachdenklich schaute Meda Agnes an, denn sie verstand jetzt, woher deren Sorge rührte. Mit Gero war ein rechtmäßiger Erbe des Burgherrn Egbert geboren worden, sodass Bertolt nach Ableben seines Bruders kein direktes Anrecht auf die Burg geltend machen konnte. Nicht, solange sein Neffe lebte.

»Darüber sinnen wir erst nach, wenn der schlimmste Fall eintreffen sollte«, sagte sie, um die junge Frau von der Furcht zu befreien.

Die Augen der Burgherrin waren unvermindert ängstlich geweitet und schimmerten verdächtig. Sie rieb sich mit dem Handrücken die Nase trocken wie ein Kind und schniefte.

»Bist du deshalb zu mir gekommen?«

»Auch, aber nicht nur. Gero zahnt, kannst du mir etwas gegen seine Schmerzen geben?«

Meda lobte sich innerlich selbst für ihren vorausschauenden Scharfsinn. Sie wickelte eine der Phiolen, die sie eben erst befüllt hatte, in ein feuchtes Tuch und reichte sie ihr.

»Reib ihm damit das Zahnfleisch ein. Noch ist die Essenz ein bisschen zu heiß, doch warm dringen die Wirkstoffe am besten durch das Fleisch bis zum Kieferknochen vor. Danach solltest du ihm etwas Kühles zum Beißen geben. Setze die Tinktur ein paar Tage lang jede Stunde ein, dann kannst du die Abstände größer werden lassen, bis du sie nur noch anwendest, wenn er vor Schmerz schreit.«

Nachdenklich betrachtete Meda den fest eingewickelten Säugling in Agnes' Arm. Ihr war, als brauten sich über dem Haupt des Kindes Gewitterwolken zusammen. Es war weit mehr als nur eine Ahnung. Doch dazu würde ihr lediglich im äußersten Notfall ein Wort über die Lippen kommen. Sie schüttelte den Kopf und machte eine energische Handbewegung, als wollte sie eine lästige Fliege verjagen.

Agnes warf ihr einen entrüsteten Blick zu.

»Verzeiht, Herrin, das galt nicht Euch. Ich hatte das Gefühl, dass ich eine ungute Vorahnung fortscheuchen muss.«

Sofort vertiefte sich die Besorgnis in Agnes' Gesicht. »Hattest du eine Eingebung, was Egbert betrifft?«

»Nein, tut mir leid. Ich bin keine Seherin, die in die Zukunft schauen kann. Doch glaubt mir, Ihr werdet eine Lösung finden, wenn dieses Problem auf Euch zukommen sollte.«

Dadurch offenbar nur wenig besänftigt, wandte die Burgherrin sich ab. »Ich danke dir für die Tinktur. Ich werde es dich wissen lassen, ob sie gewirkt hat.«

Polternd fiel die Holztür hinter ihr in den Rahmen.

»Das braucht Ihr nicht«, murmelte Meda. »Ich weiß, dass sie wirkt. Möge Odin mit dir und deinem Gemahl sein.«

Aufgebracht lief Bertolt vor Egberts Lehnstuhl in der großen Halle hin und her, sodass sein Körper einen wandernden Schatten auf die glänzenden Holzplanken auf dem Fußboden warf. In seinen Augen blitzte immer wieder etwas auf, das an Mordlust erinnerte. »Was machst du für ein Gesicht, Bruder? Was gibt es zu zögern und zu zaudern? Wir werden in die Schlacht ziehen und können zeigen, was der König an uns hat!« Seine kräftige Statur füllte die gemauerten Rundbögen mit den bunten Fresken auf der Wand hinter ihm und sein Habitus ließ vermuten, dass er vor Kraft und Tatendrang strotzte.

Doch Egbert kannte ihn gut genug, um zu wissen, dass sein Äußeres, das ihm den Anschein eines kampflustigen Raufbolds verlieh, im Widerspruch zu seinem inneren Wesen stand. Dass ihre Mutter bei Bertolts Geburt gestorben war, lastete wie ein böses Omen auf ihm, und sein Vater hatte es ihn zeit seines Lebens spüren lassen, dass er ihn verantwortlich für den Tod seines Eheweibes machte.

»Ich zögere weder, noch zaudere ich«, entgegnete Egbert ruhig und fuhr sich mit der Hand durch sein schwarzes, schulterlanges Haar. »Aber erwarte bitte nicht, dass ich mich darüber freue, in eine unsägliche Schlacht ziehen zu müssen, kaum dass mein Weib einen Sohn geboren hat.«

Abrupt blieb Bertolt vor Egberts Empore stehen und richtete sich zu voller Körpergröße auf.

»Das ist noch viel weniger ein Grund, ein langes Gesicht zu machen. Selbst wenn du einen ehrenvollen Tod stirbst, hinterlässt du einen Erben, der deine Blutlinie sichert und Rheinsporn nach dir beherrschen wird.«

Egbert warf ihm verstohlen einen zweifelnden Blick zu, sagte aber nichts. Es war gefährlich, dem Bruder so kurz vor der Schlacht Misstrauen entgegenzubringen, denn im Kampf war er womöglich auf ihn angewiesen. Die alten Rivalitäten zwischen ihnen gärten und warteten nur auf eine Gelegenheit, sich in einer offenen Auseinandersetzung zu entladen.

»Worum geht es in dem Streit?«, fragte Bertolt.

»Die Reichsfürsten haben Rudolf zum Gegenkönig ernannt und er ist nicht bereit, diesen Posten wieder zu räumen, nun, da Heinrich vom Kirchenbann befreit ist.«

»Warum war er denn mit diesem belegt worden?«

Egbert seufzte. »Der Papst und der König streiten schon seit Längerem um das Vorrecht, geistige Ämter besetzen zu dürfen. Hast du nichts davon gehört?«

Bertolt schüttelte den Kopf. »Ich habe nur mitbekommen, dass im vergangenen Jahr in der großen Halle erbittert über Heinrichs Handlungsweise gestritten wurde. Dein erster Ritter hat in seinem Gang nach Canossa einen klugen Schachzug gesehen. Doch mein Vertrauter Friedwart denkt, es war eher eine schleichende, aber vernichtende Niederlage.«

»Nun ja, zumindest hat sich noch nie zuvor ein Herrscher derart vor dem Papst demütigen müssen.«

»Was hat der König denn getan?«

»Er hat drei Tage lang barfuß und im Büßergewand bei Eis und Schnee vor dem verschlossenen Burgtor von Canossa ausgeharrt. Damit hat er den Papst als Seelsorger und obersten Hirten gezwungen, den Bann aufzuheben, den dieser über ihn verhängt hatte. Doch dafür hat er eben auch auf sein wesentliches Machtinstrument, das Investiturrecht, verzichtet, und es so womöglich für immer verloren.«

Das durch die halbrunden Fensteröffnungen hereinfallende Sonnenlicht spiegelte sich in Bertolts dunkelbraunen Augen. »Und nun will Rudolf seinen Posten als Gegenkönig nicht wieder räumen, obwohl Heinrich sein Schwager ist?«

»Genau. Er war ja auch der Erste, der es gewagt hat, seinen Treueschwur gegenüber dem König an die Bedingung zu knüpfen, dass dieser ein gerechter Herrscher werde.«

»Ein frommer, aber völlig lebensferner Wunsch«, kommentierte Bertolt trocken. »Immer gerecht zu sein, ist ein Zeichen von Schwäche. Ein starker König muss auch ungerecht sein. Das liegt in der Natur dieses Amtes.«

»Heinrich von Laach erwartet uns mit unseren Männern binnen Wochenfrist«, sagte Egbert, ohne auf das Zuletztgesagte einzugehen. »Er wird mit seinen Rittern bereits Richtung Sachsen vorrücken, wohin sich Rudolf zurückgezogen hat. Es wird eine Bewährungsprobe für uns alle werden. Der Gegenkönig steht im Ruf, ein hervorragender Feldherr zu sein.«

Bertolts Augenlid zuckte kaum merklich, bevor er die Faust schwang. »Dann lass uns dem rechtmäßigen König zeigen, wozu Rheinsporner fähig sind!«

Nach dem Gespräch mit seinem Bruder trat Egbert von Rheinsporn auf die Wehrmauer, um einen prüfenden Blick auf seine Festung zu werfen. Durch die Fensteröffnungen der halbkreisförmig angelegten Gebäude hörte er hektische Rufe und metallisches Klappern. Sie verrieten ihm, dass die Knappen seinen Anweisungen folgten und Kettenpanzer, Schwerter, Streitäxte, Helme und Schilde aus der Waffenkammer in die große Halle brachten, um sie von Rost zu befreien und zu polieren. Im Burghof verstauten Bedienstete eilends zusammengesuchten Reiseproviant in Satteltaschen und legten Reitkleidung bereit.

Egberts Blick löste sich von dem geschäftigen Treiben und wanderte an den dicht bewaldeten Schieferfelsen am Ufer des Mittelrheintals entlang, über denen sich seine Festung erhob und dabei uneinnehmbar schien. Hier und da ragten schroffe Felskanten schräg zwischen den Bäumen hervor und vermittelten einen wehrhaften und abweisenden Eindruck. Aber diesem Trugschluss waren schon viele Burgherren erlegen.

Sein Vater hatte ihm erzählt, dass der gewaltige quadratische Bergfried unter Zeitdruck gebaut worden war. Bei genauem Hinsehen erkannte man, dass das Mauerwerk Unregelmäßigkeiten aufwies. Er runzelte die Stirn und fragte sich, ob die Steinwand einem Angriff standhalten würde, wenn sich die Burgbewohner dort verschanzten. Die Besatzung, die auf Rheinsporn bleiben und die Festung bewachen sollte, um sie vor Eindringlingen zu sichern, musste auch dieses Mal wohlüberlegt ausgewählt werden. Es war ihm ein Anliegen, zum Schutz für sein Weib und seinen kleinen Sohn fähige Männer auszuwählen, auf die er dann in der Schlacht jedoch verzichten musste.

Sein Blick schweifte über die oval angelegte Burganlage und die stufenförmige Ringmauer, die sie umschloss, sich dabei dem Gelände anpasste und Büschen und Sträuchern Halt bot. Auf dem Bergfried wehte der blau-weiße Wimpel unermüdlich im Wind, und darauf richtete Egbert nun sein Augenmerk. Nach reiflicher Überlegung beschloss er, auch einen seiner besten Leibschützer für die Bewachung von Rheinsporn abzustellen.

Schweren Herzens stieg er von der Wehrmauer herab, um mit Agnes zu besprechen, wie sie die Burg in der Zeit seiner Abwesenheit zu verwalten hatte, und um weitere Vorkehrungen für den Feldzug zu treffen.

Der Lärm des im Burghof herrschenden Aufruhrs drang bis in Medas Hütte hinein. Zudem hörte sie, wie die Küchenmagd Wasser aus dem Brunnen nach oben beförderte, weil die Kette, an der der Holzeimer hing, durchdringend rasselte. Es gelang Meda nicht mehr, die Betriebsamkeit vor ihrer Tür zu ignorieren. Eine Hütte außerhalb der Burgmauern zu bewohnen, wäre besser gewesen, um sich nicht von den Aufgeregtheiten des Alltags aufscheuchen zu lassen, die die Mägde und Dienstboten tagaus, tagein in Atem hielten. Der Waffengang ihres Herrn war sicherlich ein berechtigter Anlass. Doch manchmal reichten schon Klatsch und Tratsch aus, um alle in helle Aufregung zu versetzen.

Mit einer maßlosen Begierde waren die Bediensteten stets aufs Neue darauf versessen, Schauergeschichten oder schlechte Nachrichten zu teilen. Und sei es noch aus dem hinterletzten Winkel von König Heinrichs Reich, das im Norden an das Herrschaftsgebiet der Dänen und im Süden an das Königreich Italien grenzte.

Kam also Kunde aus Sachsen, so konnten die Burgbewohner Tote beklagen, die sie nicht gekannt, und die in einem fernen Winkel des Reiches ihren Lebensatem ausgehaucht hatten. Selbst wenn dies unter dramatischen Umständen geschehen war, so hatte es doch nichts mit dem Alltag auf Rheinsporn zu tun. Meda mochte es nicht, dass sich so viele Menschen an solchen Hiobsbotschaften ergötzten, sich von ihnen in eine trübe Stimmung oder gar in Furcht versetzen ließen. Sie hielt sich deshalb vorzugsweise aus jeglichem Gerede heraus, nahm wahr, begutachtete eine Neuigkeit nüchtern von allen Seiten, und entschied in Ruhe, ob sie sie betraf. Und das war selten der Fall. Die meisten Nachrichten streiften sie nur wie Schweifsterne am Himmelsrand, ohne eine Wirkung oder gar Erschütterung in ihr zu erzeugen. Das erschien ihr als der einzig sinnvolle Umgang mit den marktschreierischen Meldungen von fahrenden Händlern, Gauklern und Spielleuten, die von Ort zu Ort reisten, in der Hoffnung, dass sich furchtsame Zuhörer um sie scharten, denen sie mit ihren Geschichten noch mehr Angst einflößen konnten.

Meda war nun Mitte dreißig und froh, am Hof des Egbert von Rheinsporn eine Bleibe gefunden zu haben. Nachdem sie sich trotz ihrer adligen Herkunft geweigert hatte, sich standesgemäß verheiraten zu lassen, war ihr Lebensweg unstet geworden. Denn auch ihre Ausbildung in der Klosterschule hatte sie bereits vor Ablegen eines Gelübdes aufgegeben. Einige Zeit war sie durch die Eifel und das Rheinland gezogen, nachdem sie bei einer Hebamme in Trier deren Handwerk gelernt hatte. Hier und da hatte sie Menschen geheilt und Frauen beim Gebären zur Seite gestanden. Doch nirgendwo konnte sie sich dauerhaft niederlassen.

Seufzend zog sie einen Ledereinband aus einem Leinentuch und legte ihn auf den Tisch. Die Abschrift des Macer floridus war der einzige Schatz, den sie besaß, und sie war ihrer ehemaligen Äbtissin noch immer dankbar für dieses Geschenk. Pergament war teuer, ein ganzes Buch für eine einfache Heilerin unerschwinglich. Es hatte aber keiner besonderen Großzügigkeit bedurft, ihr das Werk zu überlassen, verfügte das Kloster doch über mehrere Kopien des weit verbreiteten, gängigen Kräuterbuchs. So hatte die Priorin rasch das Interesse an dem Einband verloren, nachdem Meda sie darauf aufmerksam gemacht hatte, dass in diesem Exemplar die Eintragungen der lateinischen Hexameter fehlerhaft und die Zeichnungen zudem weitestgehend missglückt waren. Aber es befanden sich auch einige hervorragend illuminierte Initialen darin, die Meda nun bei ihrer Reinigung der beidseitig beschriebenen Seiten stehen ließ, um sie für ihre eigenen Überschriften zu nutzen. Diese Tätigkeit hielt sie davon ab, sich mit den Unwägbarkeiten auseinanderzusetzen, die mit dem Waffengang ihres Herrn verbunden waren. Es war besser, sich damit erst zu beschäftigen, wenn wirklich etwas Verderben bringendes geschah.

Die Geschäftigkeit dieser Stunden lenkte Agnes von ihrem Kummer und ihren Sorgen ab. Doch als Egbert in der Nacht bei ihr lag, klammerte sie sich an ihn, als könnte sie ihn so zum Bleiben bewegen. Im Schein der letzten Glut des Kaminfeuers flackerten die leuchtenden Farben der Jagdszene auf dem Wandteppich. Sie schloss die Lider, denn der Anblick des getöteten Wildschweins erschien ihr nun, obwohl sie ihn schon viele Male gesehen hatte, wie ein unheilvolles Omen.

Am nächsten Morgen kleidete sie sich in ihr bestes Gewand, das Kleid mit den leuchtend blauen Bändern und golddurchwirkten Stickereien, ihr Haar sittsam unter dem Kopftuch verborgen. Ihr Gemahl sollte sie als schön und tapfer im Gedächtnis behalten.

Schweren Herzens nahm sie im Burghof Abschied von ihm.

»Wird Theoderich zu euch stoßen? Mir wäre wohler, wenn ich wüsste, dass du einen Freund an deiner Seite hättest.«

»Nein, sein rechter Arm ist verletzt, er kann kein Schwert führen.« Der Pfalzgraf legte seine kettenbehandschuhten Finger an ihre Wange und die Kälte der Metallringe breitete sich als Gänsehaut über ihren Körper aus. Sie senkte den Blick.

Egbert küsste seinen Sohn auf die Stirn und versicherte ihm: »Ich werde stets bei dir sein, wenn nicht mit dem Leib, so doch mit dem Herzen und mit meiner Seele. Möge der Herr dich behüten und seine Engel dich begleiten allezeit.«

Jäh wandte er sich ab und schwang sich mithilfe eines Knappen auf seinen Fuchshengst, der mit den Rheinsporn-Farben geschmückt den Kopf hin und her warf.

Agnes' Blick irrte in die Höhe, wo sich weiße Wolkenberge in bizarren Formationen auftürmten, als wollte der Himmel diesem Abschied eine biblische Dramatik verleihen. Doch sie konnte nicht verhindern, dass Tränen über ihr Gesicht rannen, obwohl sie sich vorgenommen hatte, stark zu bleiben und sich standesgemäß zu verhalten. Als sich der Tross in Bewegung setzte, hallte der Burghof wider vom Rumpeln der Wagenräder, den klackernden Hufen der Schlachtrösser und dem Klirren von Metall.

Mit vor Tränen verschwommenem Blick verfolgte Agnes, wie die Männer mit ihren blau-weißen Bannern, Wimpeln und glänzenden Rüstungen durch das Burgtor ritten, einer ungewissen Zukunft entgegen. Allmählich verklangen die Laute, die Oberflächen der Wasserlachen glätteten sich und spiegelten wieder das kalte Herbstlicht.

Als Agnes sich abwandte, sah sie, dass Meda in der Tür zu ihrer Kate stand und dem Zug mit gefurchter Stirn aus einiger Entfernung hinterhersah. Die zähe Ältere trug wie die Bauern schlichte braune Kleidung. Aber in ihre dünnen, hochgesteckten Haare war wieder einmal ein hellblaues Band eingeflochten. Das zu tragen war ihr eigentlich verboten, doch es passte auf eigentümliche Art zu ihren leuchtenden, blauen Augen. Medas ernstes Gesicht schürte die Furcht in Agnes. Sie senkte den Blick und ging zurück in den Wohnturm, ohne noch einmal zu der Heilerin hinüberzuschauen.

Als Egbert zusammen mit Bertolt und seinen Rheinsporn-Männern Mitte Oktober bis auf die Haut durchnässt im Osten Sachsens zum Heer Heinrich des Vierten stieß, hatten sich dort bereits Truppenstärken aus verschiedenen Landesteilen versammelt. Überrascht stellte er fest, dass sogar die verfeindeten Erzbischöfe von Colonia und Trier mit ihren Männern angerückt waren. Das offene Feld war bunt gefleckt von grasenden Pferden, violetten, im Wind flatternden Bannern und Spitzdachzelten, von denen das des Königs durch seine Größe herausstach. Der Anblick der Ritter in Kettenhemden, die sich im Kampf übten, weckte in Egbert Kampflust und Furcht zugleich, denn er hatte schon länger nicht mehr an einem Waffengang teilgenommen. Mit schmalen Augen sah er zu den beiden Männern der Leibwache hinüber, die in roten Röcken das königliche Zelt bewachten, in dem sich

Heinrich der Vierte vermutlich mit Frauen vergnügte, von denen keine Einzige sein Eheweib war. Im Vorbeireiten warf er einen bewundernden Blick auf den prächtigen Gerfalken, der auf einer Holzstange ausharrte, und auf die Rüstung des Schlachtrosses, das angebunden danebenstand. Sie bedeckte Kopf, Nacken und Brust des Tieres und war zudem mit gepolsterten Stoffschabracken geschmückt, auf denen Egbert das salische Wappen erkannte.

Als er dann jedoch sah, dass die Ritter des Königs auf den Holzbänken und Feldstühlen zechten und mit Gejohle um Silbermünzen spielten, wandte er sich angewidert ab. Er hielt Ausschau nach dem orange-schwarzen Banner seines Nachbarn Heinrich von Laach und hoffte, dass dieser sein Lager weit weg von den Truppen des Saliers aufgeschlagen hatte, damit er deren wüstes Treiben nicht mit ansehen musste. Dann entdeckte er das Wappen des Laachers unweit des königlichen Zeltes in einem Winkel des Feldlagers, wo das Scheppern der mit Met gefüllten Becher und das Klirren der Schwerter nur noch wie aus der Ferne zu hören waren. Die friedlichen Laute der Tiere aus dem angrenzenden Sumpfgebiet muteten ihn angesichts dessen, was sich im Lager abspielte und den Kämpfern bevorstand, fremd und unpassend an. Die Angst, die in der Luft lag, und die Nähe des Todes verliehen dem Krächzen der Reiher einen höhnischen Beiklang.

Der dreißigjährige Graf von Laach, ein schlanker Mann mit schulterlangen, dunklen Haupthaaren und kurzem Stirnhaar, erschien vor seinem Zelt, als habe er die Ankunft Egberts ungeduldig erwartet. Er war außergewöhnlich vermögend, denn er verfügte über weitläufige Allodialgüter rund um Megina und Engers sowie einige weitere an der unteren Mosel.

»Egbert, mein Freund. Ihr seid spät dran!«

Der Angesprochene schwang sich von seinem Fuchshengst und fasste den Laacher zur Begrüßung am Arm. »Der unablässige Regen hat es uns unmöglich gemacht, früher hier zu sein. Aber wie ich sehe, ist es ja noch nicht zu Kampfhandlungen gekommen.«

Der Graf begrüßte Bertolt mit verschlossener Miene, die erahnen ließ, was er von diesem dachte. Mit angehaltenem Atem erwartete Egbert, dass Heinrich eine entsprechende Bemerkung äußern würde, und war erleichtert, als er sich zurückhielt. Im anstehenden Waffengang konnten sie es sich nicht leisten, untereinander zerstritten zu sein. Der Laacher sollte mit seinen Lothringern den Teil des königlichen Heers im Kampf anführen, dem Egbert und Bertolt angehörten. Das Gefecht stand unmittelbar bevor, und jeder wehrfähige Mann wurde gebraucht, denn Rudolf hatte in der Vergangenheit bemerkenswerte Siege errungen.

Heinrich führte Egbert und seinen Bruder ins Zelt, um mit ihnen das Vorgehen für die bevorstehende Schlacht zu besprechen. Derweil schickten sich ihre Ritter an, die Packpferde zu entladen und das Nachtlager aufzubauen.

»Unsere momentane Lage ist ungünstig«, begann der Laacher. »Das Sumpfgebiet hindert uns am Vormarsch und das Hochwasser macht es uns unmöglich, über die Elster zu kommen. Eine Überquerung mit Schlachtrössern und Kampfgeschirr ist zu gefährlich. Also hat der König beschlossen, nahe Pegau sein Lager aufzuschlagen.«

Der Laacher deutete mit der Hand auf die auf dem Erdboden liegenden Teppiche, und sie ließen sich nieder.

»Die Verbände aus Meißen und Böhmen haben es aufgrund der Witterung bislang nicht geschafft, zu uns zu stoßen. Vermutlich wird Rudolf versuchen, uns anzugreifen, bevor unsere Verstärkung eintrifft. Der König plant deshalb, morgen noch vor Sonnenaufgang auf die Anhöhe von Grunau vorzurücken.«

Egbert legte die Stirn in Falten. Dass sie gleich am nächsten Tag und zudem derart geschwächt in die Schlacht ziehen sollten, beunruhigte ihn.

»Was wissen wir über Rudolfs Heer?«

»Späher haben gemeldet, dass er von Goslar her anrückt und sich irgendwo am linken Ufer der Grona auf der anderen Seite des Sumpfgebietes befindet. Auch seine Truppen sind nicht vollständig versammelt, denn das Fußvolk musste erst im Eiltempo aus dem Harz nach Naumburg und dann zügig weiter. Es konnte nicht Schritt halten und ist wohl auf dem Weg hierher.«

»Welche Aufstellung werden wir einnehmen, wenn es zum Gefecht kommt?« Bertolt machte ein Gesicht, als sei ihm ebenfalls mulmig bei dem Gedanken, ohne die Verstärkung der fehlenden Truppen kämpfen zu müssen.

Heinrich nahm einen Stock, zeichnete eine Linie auf den Untergrund und zeigte auf die gegenüberliegende Seite. »Die erste Angriffsreihe werden rechts die Schwaben bilden und links die Bayern. In der zweiten sollen rechts die Franken, in der Mitte der König mit seinem eigenen Heer und links wir kämpfen. Die dritte Angriffsreihe bildet der Rest der Verbände.«

Egbert spürte, wie sich die Furchen auf seiner Stirn vertieften. »Wo treffen wir auf Rudolfs Heer, wenn das Sumpfgebiet unpassierbar ist?«

Der Laacher wies auf einen Punkt nahe der Linie. »Vermutlich bei Bösau. Wir müssen eine Stelle aufspüren, die für ein ganzes Heer begehbar ist.«

Dann lasst uns zu Gott beten, dass wir diese Stelle vor Rudolf finden, dachte Egbert.

In der Nacht fand Egbert in seiner noch feuchten Reitkleidung keine Ruhe. Mehrmals schreckte er aus dem Dämmerschlaf auf, weil sich Bertolt neben ihm in Albträumen wand. Im Morgengrauen mobilisierten die Ritter des Königs das Lager und die Männer wankten aus ihren Zelten. Trotz seiner Müdigkeit griff Egbert beherzt nach den Waffen, legte mit Hilfe der Knappen eilig seine Rüstungen an und vermied dabei den Blickkontakt mit Bertolt.

In die aufgehende Sonne hinein bewegte er sich zusammen mit den anderen Truppenverbänden Heinrichs des Vierten auf die Anhöhe oberhalb von Grunau zu. Aus den Wiesen lösten sich dampfend Morgentau und Bodenfeuchte, sodass Nebelschwaden die Beine der Reittiere wie schemenhafte Geister umstrichen. Egbert sah zum König hinüber, einem ungewöhnlich groß gewachsenen, schlanken Mann mit schwarzen Haaren und schwarzem Bart, der auf seinem gepanzerten und geschmückten Streitross weithin erkennbar war. Auch der Pfalzgraf von Laach konnte es sich leisten, seinem Pferd einen Kopfschutz mit belederten, eisernen Geschüben und Sichtschutz anzulegen. So waren beide Männer für Freund und Feind unübersehbar und zugleich durch ihre Tiere geschützt, dachte Egbert. Zudem bildeten ihre Leibritter und Knappen um sie herum einen beweglichen, scheinbar undurchdringlichen Schutzwall.

Von oben konnte er sehen, dass Rudolf von Rheinfelden mit seinem Heer langsam auf das linke Ufer der Grona zumarschierte. Nur wenige Fußsoldaten folgten ihrem Anführer und selbst einige der Ritter führten ihre Pferde am Zügel, offensichtlich um sie zu schonen und um die Verbände des Fußvolkes zu verstärken. Egbert hatte davon gehört, dass die Sachsen eine Vorliebe für den Fußkampf hatten, und er fürchtete die Unterlegenheit der eigenen Krieger auf diesem Gebiet. Hoffentlich wurde ihnen das nicht zum Verhängnis! Der Wind wehte den Gesang der mit dem sächsischen Heer reisenden Geistlichen zu ihm herüber. Sie stimmten Psalmen an.

Der Bodennebel löste sich auf. Als die Sonne schräg am Himmel stand, bezogen die feindlichen Streitkräfte endlich einander gegenüber Stellung, getrennt nur durch das sumpfige Tal der Grona, und eine gespannte Ruhe lag über dem Land. Dann entlud sich die Spannung. Von beiden Seiten kamen Spott- und Schmährufe, in denen die Ritter sich gegenseitig zum Kampf aufforderten. Auch Egberts Männer beteiligten sich daran. Doch er wagte sich ebenso wenig wie die anderen Recken von seinem Ufer des Sumpfes hervor, denn keiner von ihnen kannte die Tücken des Geländes. Er wartete ab, was die Späher berichten würden, die das Sumpfgebiet mit Bedacht auf seine Beschaffenheit hin erkundeten.

Egberts Herz begann heftig zu klopfen, als Bewegung in Rudolfs Truppen kam. Scheinbar hatten sie Richtung Bösau eine Stelle gefunden, an der sie einen Übertritt wagen konnten, so wie Heinrich von Laach das gestern vermutet hatte. Das Heer des salischen Königs folgte ihnen auf dieser Seite der Grona, darunter Egbert inmitten des lothringischen Truppenteils. Bald würde es also zu den ersten Kampfhandlungen kommen.

»Der Schwabe versucht, dem König die Verbindung zum Lager abzuschneiden«, sagte Bertolts Vertrauter Friedwart von Höhtgen und eine Furche bildete sich zwischen seinen Augenbrauen.

Endlich spürte Egbert, dass sein Pferd auch noch nah an der Grona festen Boden unter den Hufen hatte. Augenblicklich erscholl das Fanal des Signalhorns und die verfeindeten Truppen ritten im scharfen Galopp aufeinander zu. Die Niederen folgten den Reitern zu Fuß mit Lanzen, Hellebarden und Kampfgeschrei. Da ein Teil der Königstreuen sich noch auf Sumpfgebiet befand, reihte sich Heinrich von Laach mit seinen Lothringern, darunter Egbert und Bertolt mit ihren Männern, aus der zweiten Angriffsreihe neben die Verbände aus Schwaben ein.

Im Reflex stieß Egbert seinem Fuchshengst die Sporen in die Flanken und warf sich in das Getümmel der erbarmungslos geführten Zweikämpfe. Nun galt es, erlernte Bewegungsabläufe abzurufen und die Gegner tödlich zu verwunden, jedes Zögern oder Nachdenken könnte fatale Folgen haben. Furcht zu haben konnte er sich nun nicht mehr leisten.

Unablässig fuhr sein Schwert durch die Luft und zersplitterte Schilde, krachte auf Widersacher ein, durchbohrte sie und trennte ihnen die Köpfe ab. Rote Ströme ergossen sich auf das Grün der Weiden. Süßlicher Blutgeruch mischte sich mit dem Gestank von scharfem Schweiß und Exkrementen, benebelte ihm die Sinne. Bald erkannte er, dass auch die Bayern, die Lothringer und die Verbände des Königs die Truppen Rudolfs derart bedrängten, dass einige seiner Krieger die Flucht ergriffen. Die Bischöfe im Lager Heinrich des Vierten glaubten offensichtlich an einen frühen Sieg und hoben an, »Herr Gott, dich loben wir« zu singen.

Da kam Heinrich von Laach auf ihn zugeritten und rief: »Das sächsische Fußvolk hat das Sumpfgelände durchquert und greift die Bayern von der Seite an!« Er wendete sein Pferd und stob in Richtung des Königs davon.

Damit hatte Egbert nicht gerechnet. Hilflos musste er mit ansehen, wie sich Panik im bayrischen Truppenteil ausbreitete und alsbald die zweite Angriffsreihe erfasste. Er sah, wie viele Kämpfer flüchteten und der König sich auf die andere Seite der Elster rettete. Vermutlich wollte er sich dort mit den Verbänden vereinen, auf die er vergeblich gewartet hatte. Mit Entsetzen nahm Egbert wahr, dass die Sachsen die Fliehenden verfolgten und einen Großteil von ihnen töteten, etliche ertranken im Fluss. Bei Pegau brach der Gesang der Bischöfe jäh ab. Ein bayrischer Reiter kam auf ihn zugeprescht und rief: »Unser Anführer ist erschlagen! Die sächsischen Kämpfer sind in das Feldlager eingedrungen. Flieht!«

Hilfesuchend irrte Egberts Blick umher, bis er sah, dass Heinrich von Laach zurückgekehrt war und mit seinen Lothringern nun gegen Rudolf von Rheinfelden kämpfte. Hastig rief er seine Rheinsporner zusammen und eilte Heinrich zu Hilfe, als der kampferprobte Gegenkönig seinem Pferd die Sporen gab und vom Rand des Kampfgeschehens in dessen Mitte drängte. Der Hengst bäumte sich auf den Hinterläufen auf; sein braunes Fell glänzte in der kalten Mittagssonne, und sein Reiter hackte sich mit Schwerthieben den Weg frei. Der Laacher brüllte seinen Rittern Befehle für ein Manöver zu, das die Schlacht doch noch zu Gunsten seines Königs entscheiden könnte. Egbert folgte seinen Anweisungen und umzingelte Rudolf zusammen mit seinem Bruder.

Entschlossen nickten sie einander zu. Dann warf sich Bertolt grimmig in das Gemetzel, hackte wie in blindwütigem Blutrausch mit der Streitaxt um sich und bahnte so dem Älteren den Weg zum Gegenkönig. Energisch preschte Egbert vor, doch ihm fehlten zwei Armlängen, um den Gegner attackieren zu können, denn die feindlichen Leibritter scharten sich schützend um ihren Anführer. Kurzentschlossen ließ er seinen Schild fallen, riss einem der Fußsoldaten die Lanze aus der Hand, warf sich nach vorn und stieß sie dem Widersacher des Königs mit Wucht seitlich in den Unterleib. Rudolf von Rheinfelden schrie auf wie ein waidwundes Wildtier, kippte zur Seite und stürzte vom Pferd. Einer seiner Ritter zerrte an der Waffe, um sie ihm aus dem Leib zu ziehen, und der Verwundete wand sich stöhnend im Gras. Der junge, königstreue Herzog von Antwerpen nutzte beherzt die Gelegenheit und hieb dem Gegenkönig die rechte Hand ab, mit der dieser dem König einst die Treue geschworen hatte.

Jubel brach unter den Lothringern aus, und Egbert ließ sich davon mitreißen. Im Taumel des Triumphs riss Bertolt die Arme in die Höhe und schwenkte das blau-weiße Rheinsporn-Banner mit der Löwenkopfsilhouette, denn wer als Letzter lebend und ohne Verletzungen das Schlachtfeld verließ, galt als Sieger. Zutiefst erleichtert und zugleich noch im Kampfrausch gefangen, stimmte Egbert in zerrissenem, blutbespritztem Waffenrock das »Kyrie eleyson« an, während die Kämpfer und Bischöfe Rudolf von Rheinfeldens nach und nach dem Kampfgebiet niedergeschlagen den Rücken kehrten. Der Rheinsporner war dankbar und froh, glimpflich davongekommen zu sein. Mit einem weiteren Angriff rechnete er nicht.

Da galoppierte der Führer der Sachsen mit seinen Männern, die Egbert bei der Plünderung des Lagers bei Pegau gewähnt hatte, zurück auf das Gefechtsfeld. Die Umhänge der Krieger, die von den Flanken her im scharfen Anritt auf ihn zuhielten, flatterten im Wind, und die Luft erzitterte unversehens wieder vom Wiehern der Pferde, von Schlachtrufen und den Schreien der Getroffenen. Erneut brandete ein gnadenloses Morden um Egbert herum auf.

Auch das Feld rund um die Standarte des entgeisterten Heinrich von Laach entwickelte sich rasch zu einer Woge erbitterter Kämpfe. Entschlossen beugte sich Egbert mit einem energischen Hieb der Streitaxt weit zur Linken seines Rosses hinab und traf einen Sachsen, der sich auf Bertolt stürzen wollte, an der Schulter. Da zerrte ihn der Fußsoldat, dem er zuvor die Lanze entrissen hatte, mit einem Ruck aus dem Sattel. Bevor er schreiend zu Boden ging, gelang es ihm, seinen Gegner mit einem eisenbewehrten Faustschlag niederzustrecken. Kaum hatte er sich schwerfällig in seiner Rüstung aufgerichtet, stürmte der nächste Sachse mit erhobenem Schwert auf ihn zu. Der Rheinsporner fing den Hieb mit dem Schild ab, den er in der letzten Sekunde aus dem sumpfigen Gras emporzog, und stürzte abermals unter der Wucht des Aufpralls. Bertolt kämpfte in seiner unmittelbaren Nähe und benutzte dabei das Familienbanner als Lanze. Der Anblick der eigenen Farben rief Egbert Agnes und seinen kleinen Sohn ins Gedächtnis und spornte ihn an. Er musste dieser Hölle lebend entkommen, für Rheinsporn und für seine Familie. Also rappelte er sich ein weiteres Mal auf und ging keuchend nun seinerseits zum Angriff über. Seine Männer, unter ihnen Karl, sein engster Getreuer, waren versprengt um ihn herum in Dutzende Einzelgefechte verwickelt. Gerade eben noch im Siegestaumel, stritt nun ein jeder für sich auf Leben und Tod. Kaum merklich bildeten die Sachsen einen Ring und rückten an den Gestrauchelten heran. Verzweifelt sehnte sich Egbert seinen besten Leibritter herbei, den er aber für die Verteidigung Rheinsporns abgestellt hatte. Dieser wäre ihm hier nicht von der Seite gewichen und hätte ihn bis zum letzten Atemzug beschützt. Es war eine folgenschwere Fehlentscheidung gewesen, ihn zu Hause zu lassen. In die Enge getrieben blickte er sich um, so gut es die Öffnung seines Helmes zuließ, doch für einen Rückzug war es zu spät.

Heinrich von Laach bemerkte, wie Egbert in Not geriet, erkannte das Banner Rheinsporns, das zur Erde sank und den zugerichteten Schild seines Nachbarn anhand seiner Farben. Kurz darauf gewahrte er auch Bertolt, der sich mit seinem zerfetztem Wappenkleid in Egberts Sichtweite befand und sich schwer atmend vornübergebeugt auf sein Schwert stützte. Dann richtete er sich im Kreis seiner engsten Getreuen auf, starrte unverwandt zu seinem Bruder hinüber und regte sich nicht.

»Beweg dich und tu etwas!«, hätte der Laacher ihm am liebsten zugebrüllt. Denn Bertolt konnte mit seinen vier Streitern eingreifen, das Blatt wenden, den Ring, den die feindlichen Ritter um Egbert gezogen hatten, von hinten aufbrechen, sich zu ihm vorkämpfen und ihm einen Rückzugsweg freischlagen. Doch er verharrte wie gelähmt und starrte auf den Bruder, der um sein Leben kämpfte. Fassungslos wendete Heinrich von Laach seinen Hengst mit dem Zügel und trieb ihn entschieden durch das tosende Meer kämpfender Leiber.

Egbert sank in die Knie, rappelte sich ein weiteres Mal auf, empfing den nächsten Hieb und stürzte. Warum in aller Welt rührte sich Bertolt nicht? Der Laacher stieß seinem Schlachtross die Sporen in die Seiten, um dem Freund zur Hilfe zu eilen, und es schlug wiehernd die Hufe in die feuchte Erde.

»Egbert!«, rief er, obwohl sein Hals wie Feuer brannte, um die Ritter zu übertönen, die rings um ihn herum den Erdboden aufwühlten. Die Kampfgeräusche dröhnten in seinen Ohren wie Höllenschergen, bald kreischend, bald tief und grollend.

Egbert taumelte und Blut strömte aus einer Wunde an seinem linken Arm. Mit Entsetzen erspähte Heinrich von Laach einen sächsischen Reiter, der sich in die gleiche Richtung vordrängte. Der Ring um Egbert brach auf, der Ritter ließ seinen Morgenstern kreisen und mit Wucht auf dem Kopf des Verwundeten niederfahren. Der Graf von Rheinsporn knickte ein wie eine Stechpuppe aus Stroh. Ohne Skrupel nutzte einer seiner Gegner die Gelegenheit, ein Loch in sein Kettenhemd zu stoßen und ihm mit dem Streithammer den tödlichen Schlag zu versetzen.

Als Egbert sich im verzweifelten Todeskampf wand und am eigenen Blut qualvoll erstickte, schrie Heinrich auf. Ihm war, als halte die Welt den Atem an, weil ihr eine kostbare Seele entrissen wurde. Er warf Bertolt mit wutverzerrtem Gesicht einen Blick zu, in den er alle Verachtung legte, zu der er fähig war. Breitbeinig richtete sich dieser auf, stützte sich auf sein Schwert, obwohl um ihn herum die Gefechte tobten, und sah ihm unverwandt mit grimmiger Miene entgegen. Heinrich schwankte darin, ob er ihn eher als Feigling geringschätzen oder als kalt berechnenden Widerling hassen sollte. Nun hatte der Rheinsporner auch noch die Verantwortung dafür, den eigenen Bruder dem Feind überlassen zu haben, auf seine Schultern geladen.

Fluchend wandte sich Heinrich ab und zwang seine Konzentration zurück auf das Schlachtfeld. Er hoffte, dass ein Knappe oder ein Kampfgefährte Egberts Leiche in Sicherheit bringen würde, bevor feindliche Knechte ihm Rüstung und Unterkleid raubten und ihn nackt auf dem Acker liegen ließen. So, wie die Lage sich entwickelte, würde heute keine Zeit bleiben, ein Massengrab auszuheben. Die Toten würden entweder verbrannt oder den Aasfressern überlassen. Und Gefangene würde man nur unter den Adligen machen, die Lösegeld einbrachten.

Schon bald musste er erkennen, dass seine Lothringer der Übermacht der Sachsen nicht gewachsen waren. So ergriff auch er mit seinen Männern die Flucht und wurde bis zur Elster verfolgt, wo viele von ihnen den Tod fanden. Er rettete sich mit seinen verbliebenen Mannen, unter ihnen Bertolt, mit letzter Kraft ans gegenüberliegende Ufer. Am Ende des Tages lagen Hunderte Kämpfer tot oder sterbend auf dem Feld verstreut wie Spreu, die vom Weizen getrennt und durch den Wind verteilt worden war. Etliche zog man bei Wiederau ertrunken aus der Elster. Noch immer hing ein intensiver Blutgeruch in der Luft. Rotmilane kreisten über dem Schlachtfeld, während die Sachsen das Lager bei Pegau und die Leichen plünderten, und dabei sicherlich auch Egbert von Rheinsporn nicht verschonten.

Als Rudolf von Rheinfelden am nächsten Tag seinen Verletzungen erlag, brachte die eigentlich verlorene, aber letztendlich erfolgreiche Schlacht Heinrich von Laach Ehre ein. Doch dass er den toten Freund auf dem Acker zurücklassen musste, peinigte ihn sehr. Der Anblick des trefflichen Egbert, der, sich im Gras windend, am eigenen Blut erstickte, und dessen Bruders, der ihm mit stoischer Ruhe dabei zugesehen hatte, brannten sich dem Grafen ins Gedächtnis ein.

Gemessenen Schrittes erklomm Meda den steilen Aufstieg zur Festung Rheinsporn, den sie schon oft verwünscht hatte, wenngleich sie sehr wohl wusste, dass die Lage der Burg der Weitsicht über das Land und der besseren Verteidigung diente. Ihr Beutel war prall gefüllt mit frischen Kräutern, die sie brauchen würde, wenn Egbert und seine Männer verwundet vom Waffengang zurückkehrten. Der Aufstieg erinnerte sie daran, wie sie zum ersten Mal in die Burg gerufen worden war. Ein paar Jahre lang hatte sie sich zu der Zeit bereits in der Nähe von Rheinsporn aufgehalten, als die damals achtzehnjährige Burgherrin Agnes während der Geburt das Bewusstsein verloren hatte. Das Kind steckte fest und die Gebärende war dem Tode nah, doch Meda gelang es, die dunklen Schatten aus der Kemenate zu vertreiben. Als Lohn errichtete der Pfalzgraf ihr eine Hütte neben den Stallungen und bat sie, auf der Burg zu bleiben, um für ihr aller Wohlergehen zu sorgen. Seitdem genoss sie die Gunst des Pfalzgrafenpaares.

Meda seufzte und blieb stehen, um zu verschnaufen. Man wusste nie, wie lange einem die Glücksgöttin Freya gewogen war, doch es schien so, als sei die Heilerin hier für längere Zeit in Sicherheit. Damit bot sich ihr zum ersten Mal die Gelegenheit, ihre bisher gesammelten Erkenntnisse niederzuschreiben. Denn ihr schwebte vor, ein Werk zu hinterlassen, das die Weisheiten über den menschlichen Körper, die Beschreibungen seiner Krankheiten und wirksame Gegenmaßnahmen enthielt, sodass die Nachwelt noch lange Nutzen aus ihrem Wissen ziehen konnte.

Hoffentlich kehrte Egbert unversehrt von diesem Kriegszug zurück. Ob König Heinrich oder Rudolf von Rheinfelden diese Schlacht gewann, war ihr herzlich egal, und sie beteiligte sich nicht an entsprechenden Disputen in der Burghalle.

Sie hatte so viele einflussreiche Männer kommen und gehen, das Licht der Welt erblicken und qualvoll wieder verlassen sehen. Sie alle waren getrieben gewesen von der Macht, die man ihnen anvertraut hatte. Kaum einer hatte sich als würdig oder gar weise erwiesen.

Und auch in diesem Leben war das nicht anders. Es kümmerte sie ebenso wenig, ob der König in Canossa einen Sieg errungen oder eine Niederlage erlitten hatte. Das Einzige, was sie beschäftigte, war, dass der Einfluss der Kirche seitdem nahezu ungebrochen war. Es schien niemanden zu geben, der in der Lage war, dem Kirchenoberhaupt in Rom die Stirn zu bieten. Und so würden weiterhin die Maximen der christlichen Religion bestimmend sein für den Alltag der Menschen im Reich. Damit rückte ihr Wunsch, das alte Wissen weiterzugeben, in weite Ferne, und sie begab sich mehr denn je in Gefahr, wenn sie das Ziel trotzdem verfolgte. Sie atmete tief durch und setzte ihren Aufstieg fort.

Kurz bevor sie das Burgtor erreicht hatte, vernahm sie das Schlagen von Pferdehufen auf dem gepflasterten Burgweg, das einen heranstürmenden Reiter ankündigte. Instinktiv spürte Meda, dass die Nachricht, die er brachte, erschütternd sein würde und nicht nur die Burgbewohner, sondern auch sie selbst beträfe. Auf alles gefasst trat sie beiseite und erkannte im kühlen Schimmer der Herbstsonne, dass es Karl war, der erste Ritter Egberts, der an ihr vorbeipreschte. Mit abgerissenem Waffenrock, verschlissenem Umhang voller Blutflecken und zersprungenem Kettenhemd. Offenkundig war er direkt von der Schlacht hierhergeeilt. Wahrscheinlich hatte er mehrmals das Pferd gewechselt, und würde gleich, nachdem er die Kunde überbracht hatte, bei ihr in der Hütte erscheinen, um seine Verletzungen behandeln zu lassen. Sein Gesicht war ausgemergelt, der Bart struppig und schmutzig, der Blick von Anstrengung und Leid gezeichnet. Das verhieß nichts Gutes. Hastig folgte sie ihm in den Burghof.

Mit ernster Miene übergab Karl einem Stallburschen die Zügel seines Pferdes und forderte, dass man der Burgherrin seine Ankunft meldete. Dann hinkte er in Richtung der großen Halle. Beklommenes Schweigen breitete sich im Burghof aus, als die Bediensteten in ihrer Arbeit innehielten und ihm mit verstohlenen Blicken hinterherschauten. Meda hob den Kopf und sah Agnes in der Fensteröffnung ihrer Kemenate stehen. Selbst auf die Entfernung erkannte sie, dass der jungen Frau das Blut aus den Wangen gewichen war.

Meda wischte sich die Hände an ihrem Kittel ab und eilte in ihre Hütte. Rasch suchte sie ein paar Kräuter zusammen, die Agnes aus dem Schockzustand herausholen würden, hastete in den Frauenturm und bat darum, zur Burgherrin gelassen zu werden.

In ihrer Kammer saß Agnes auf einem Stuhl, das Gesicht verschmolz mit dem Weiß der Wand und den Stuckverzierungen hinter ihr. Sie verlangte, dass man den Ritter zu ihr nach oben schickte, weil sie nicht in der Lage sei, in die Halle zu kommen. Sofort huschte eine ihrer Kammerfrauen an Meda vorbei, um den Mann zu holen.

»Wie?«, fragte Agnes mit erstickter Stimme, als Karl sie mit gesenktem Blick vom Tod Egberts unterrichtet hatte.

»Er ist durch Feindeshand gefallen, nachdem er zuvor den Widersacher des Königs tödlich verwundet hatte. Er war umzingelt von gegnerischen Rittern und hat bis zuletzt mannhaft gekämpft. Aber gegen ihre Überzahl war er machtlos.« Karl stockte.

Agnes wich das letzte Rot aus den Lippen. Sie sank in ihren Sessel und schien in Ohnmacht zu fallen. Bittend richteten die Kammerfrauen ihre Blicke zu Meda hinüber. Doch diese wollte einen Augenblick abwarten, der Burgherrin diesen Rückzug aus dem Jetzt gewähren. Noch scheute sich Agnes' Geist wohl, das ganze Ausmaß der Schreckensnachricht zu begreifen. Als gäbe es eine Chance, sie abzumildern, wenn man sich weigerte, sie anzunehmen. Dabei war Meda – wie vermutlich allen Anwesenden – klar, was die Kunde Karls bedeutete: Es würde ihr nicht besser ergehen als den vielen anderen Burgherrinnen, die keinen Witwensitz besaßen und schleunigst wieder verheiratet wurden, sobald ihr Gemahl verstarb. Erst als sich die Burgherrin weitere, endlos scheinende Atemzüge lang nicht regte, hielt Meda ihr mit Essig gemischte Poleiminze unter die Nase. Agnes' Augenlider flatterten schwach, dann hob sie ihren trüben Blick zu Karl empor, der sich soeben taktvoll abwenden wollte.

»Wie wird es nun weitergehen?«, fragte sie mit einer Stimme, die nurmehr ein Hauch war.

Der Ritter wandte sich ihr wieder zu und deutete ein Schulterzucken an. »Egbert hat dem König treu gedient und im Kampf für ihn sein Leben gelassen. Es gibt also keine Veranlassung, seiner Familie das Lehen zu entziehen, zumal er einen Erben hinterlässt.« Er räusperte sich und blickte betreten vor sich, ehe er hinzufügte: »Wahrscheinlich erwartet er nach einer gebührenden Trauerzeit jedoch von Euch, dass Ihr einen seiner anderen Lehnsmänner heiratet.«

Agnes' Blick wurde glasig. »Was ist mit Bertolt?«

»Er begleitet den König und hat den Rheinsporn-Rittern befohlen, nach Hause zu gehen und über seine Burg zu wachen. Ich bilde lediglich die Vorhut, damit Ihr unterrichtet seid.« Er spitzte die Lippen und warf ihr einen vielsagenden Blick zu.

Agnes starrte ihn an. »*Seine* Burg?«

Karl fixierte den Wandteppich mit der Wildschwein-Jagdszene. »Egbert ist tot, sein Sohn ein Säugling. Bertolt geht davon aus, dass Ihr alleine nicht in der Lage seid, die Burg zu führen und gegen Angreifer zu verteidigen.«

Agnes sammelte ihre Kräfte und richtete sich in ihrem Stuhl auf. »Das bin ich sehr wohl, und ich werde es euch allen beweisen!«

KAPITEL ZWEI

IM JAHR DES HERRN 1082

Das Horn der Burgwache hallte über die Festung Rheinsporn und kündigte einen sich nähernden Reitertrupp an. Mit düsteren Vorahnungen trat Agnes auf die Wehrmauer zu ihrem ersten Ritter Karl, den sie nach seiner Rückkehr zum Burgkommandanten ernannt hatte, und blickte in die von ihm gewiesene Richtung. Der Himmel war klar, und so konnte sie nicht nur den mäandernden Rhein überblicken, auf dem sich mit Tuffstein beladene Schiffe zu den Nordländern hinschoben, sondern auch das Siebengebirge ausmachen. Ja, heute konnte sie sogar am fernen Horizont den Westerwald und die Eifelhöhen erkennen, und es war deutlich zu sehen, wie die Landschaft stetig verblasste und einen blauen Farbton annahm, je weiter sie entfernt lag. Sie fröstelte in der steifen Brise, die über die grün gepolsterte Ebene der Wald- und Weideflächen wehte, und schlang ihren Fehmantel enger um sich. So faszinierend der Ausblick war, was sie auf den Wegen zur Burg erspähte, ließ sie schaudern, und Kälte kroch an ihren Beinen empor.

»Ich glaube, es sind Rheinsporn-Männer, Herrin«, sagte Karl.

Agnes kniff die Augen zusammen und hoffte, dass er sich täuschte. Anderthalb Jahre lang hatte sie die Burg mithilfe der Ritter Egberts und eines Verwalters geführt, ohne dass es zu Versorgungsengpässen oder Überfällen gekommen war. Sie kamen hier gut ohne ihren Schwager zurecht.

»Ich dachte, Bertolt weilt noch in Rom bei der Kaiserkrönung Heinrichs. Allein die Belagerung der Stadt soll über ein Jahr gedauert haben«, sagte sie.

»Die Reiter tragen unser Banner«, erwiderte ihr Burgkommandant, ohne den Blick von dem kleinen Trupp abzuwenden.

»Wir haben schon so lange keinen Bescheid von seinem Verbleib. Er hätte seine Rückkehr doch gewiss angekündigt, oder?«

Insgeheim hatte sie die Hoffnung gehegt, dass er gar nicht mehr zurückkam. Aber nun erkannte auch sie in der Ferne die blau-weißen Wappenfarben und den stilisierten Löwenkopf.

Bertolt kam nach Hause.

Sie erwartete ihn absichtlich nicht im Burghof, sondern verweilte mit Karl in der großen Halle in Egberts Lehnstuhl und unterhielt sich mit dem Koch über die Vorratshaltung und die nächsten Mahlzeiten. Der Küchenmeister wollte in Ton gehüllte Wildtauben in heißer Asche backen, wogegen sie Amseln und Grünfinken zu bevorzugen vorgab, um das Gespräch in die Länge zu ziehen. Einige der Ritter waren gekommen und hatten sich auf den Bänken des Saals in kleinen Gruppen niedergelassen. Kurz hatte Agnes in Erwägung gezogen, gar nicht anwesend zu sein, sondern sich in den Wirtschaftsgebäuden aufzuhalten. Doch das hätte Bertolt die Möglichkeit eingeräumt, sich vom ersten Moment an wie der Burgherr zu gebärden. Die Art, wie er die Halle betrat – mit wehendem Mantel und weit ausgebreiteten Armen – verstärkte ihre Befürchtung, dass er tatsächlich die Absicht hatte, die Burg für sich zu beanspruchen.

Sie erhob sich, und da sie sich auf der Empore befand, war sie nun auf Augenhöhe mit ihm. In ihrer besten, mit Gold bestickten Tunika und mit den unter der Haube versteckten Haaren wirkte sie hoffentlich stattlicher, als sie sich fühlte.

»Schwager Bertolt, willkommen! Wir haben lange nichts mehr von dir vernommen. Wie ist es dir ergangen in den vergangenen anderthalb Jahren?«

Er stellte einen Fuß auf der Empore ab. Seine Lederstiefel waren wie der Rest seiner Kleidung staubig und schlammbespritzt. »Hätte nicht besser sein können. Nach der Schlacht an der Elster hat der König mich gebeten, mich ihm anzuschließen und ihm bei weiteren Feldzügen zur Seite zu stehen.«

»Sind die Truppen, die es nicht zeitig bis Pegau geschafft hatten, zu euch gestoßen?«, erkundigte sich Karl reserviert.

»Ja, wir haben uns in Böhmen mit ihnen zu einem neuen Heer vereinigt. Dann sind wir Richtung Goslar gezogen, wo

Heinrich seinen Anspruch als Herrscher erheben wollte.« Bertolt verströmte einen intensiven Schweißgeruch, der Bart wirkte struppig und in seinen filzigen Haaren krabbelte etwas, das aussah wie eine Laus. Aus dem gepflegten, jungen Ritter war ein Schweinigel geworden.

»Wir haben gehört, der sächsische Heerführer sei euch mit seiner Streitmacht entgegengekommen, und deshalb habe Heinrich sein Vorhaben aufgegeben.«

»Das ist richtig«, sagte Bertolt und verschränkte die Arme. »Stattdessen hat er sich in Rom zum Kaiser krönen lassen, wohin ich ihn ebenfalls begleitet habe.«

»Und wo ihr den rechtmäßigen Papst aus seinem Amt vertrieben habt.«

»Was auch immer ›rechtmäßig‹ bedeutet«, erwiderte Bertolt gleichgültig. »Doch ja, der Papst musste in die Engelsburg fliehen und Heinrich hat ein neues Kirchenoberhaupt ernannt. Kurz nach der Kaiserkrönung sind dann aber Normannen in die Stadt eingefallen. Wir mussten Rom verlassen, und ich habe den Kaiser zurück nach Mainz begleitet. Nun sind meine Dienste für ihn nicht mehr vonnöten und ich kann hier nach dem Rechten sehen.«

Agnes spitzte die Lippen. »Nun denn, willkommen zurück auf Egberts Burg!«

»Egbert ist tot«, versetzte er trocken.

Agnes zuckte innerlich zusammen, fasste sich dann aber wieder. »Das ist mir gramvoll bewusst. Deshalb führe ich die Burg weiter, solange Gero minderjährig ist, genauso wie die Kaiserwitwe für ihren Sohn das Reich verwaltet hat, als er noch ein Kind war.«

»Die Kaiserwitwe musste hilflos mitansehen, wie ihr Junge entführt wurde und anschließend andere im Hintergrund die Fäden in der Hand gehalten haben«, entgegnete Bertolt, zog seinen Fuß von der Empore zurück und richtete sich auf.

Agnes reckte das Kinn. »Das wird mir nicht widerfahren. Ich bin durch diese Vorfälle gewarnt, dass die Männer im Reich auf Frauen und Kinder keine Rücksicht nehmen.«

»Die Männer im Reich können den Frauen einen ganz besonderen Schutz bieten.« Bedeutungsvoll legte Bertolt die Stirn in Falten. »Wir könnten hier die Verhältnisse schnell klarstellen, indem wir heiraten. Du bist eine schöne Frau und ich dein Schwager, der seinen Bruder durch diese Verbindung ehren würde.« Eine zweite Laus zeigte sich in seinem zotteligen Haar.

Empört zog Agnes die Luft ein, beherrschte sich jedoch. »Ich werde dein Ansinnen überdenken.« Sie rümpfte die Nase. »Du willst sicher rasch ein Bad nehmen und deine Kleidung säubern lassen. Ich werde beides veranlassen«, fügte sie hinzu und neigte den Kopf, um ihm zu bedeuten, dass er nun gehen könne.

Bertolt verschränkte die Arme, doch dann erhoben sich nach und nach die anwesenden Ritter, nahmen hinter der Burgherrin Aufstellung und schauten ihn herausfordernd an. Auch der Koch rückte ein wenig näher an sie heran.

Spöttisch verzog der Heimgekehrte einen Mundwinkel. »Bemüh dich nicht. Darum kümmere ich mich selbst.«

Dann neigte er ebenfalls den Kopf und entfernte sich.

Agnes atmete hörbar aus.

»Freut Euch nicht zu früh, Herrin«, raunte Karl. »Es hat gerade erst begonnen.«

Dieses Mal war Meda froh, dass ein vorbeieilender Knappe sie zeitig über den Vorfall im Rittersaal in Kenntnis gesetzt hatte, denn so konnte sie in Ruhe nachdenken, bevor Agnes sie aufsuchte und um Rat bat. Das Befürchtete war eingetreten: Bertolt beanspruchte die Burg für sich und hatte der Witwe einen Antrag gemacht, den sie kaum ablehnen konnte. Meda war in Gedanken alle Wahlmöglichkeiten durchgegangen, die ihr einfielen. Aber keine erschien ihr brauchbar. Zwar hatte die junge Frau treue Ergebene ihres verstorbenen Mannes an der Seite, die sie unterstützen würden, doch niemand hatte den Rang, selbst um ihre Hand anzuhalten. Außerdem hatte Bertolt ebensolche kampferprobten Recken mitgebracht, sodass es eine erbitterte Auseinandersetzung auf der Burg und entsprechend viele Tote geben würde, wenn keine gütliche Vereinbarung getroffen werden konnte. Der Ausgang einer Fehde war ungewiss, und für den Fall, dass ihr Schwager siegen sollte, stand es nicht gut um Agnes und Gero. Bei nüchterner Betrachtung gelangte Meda zu dem Schluss, dass die Burgherrin tatsächlich eine Ehe mit ihm eingehen sollte, um ihre eigene Sicherheit und die der Burgbewohner zu gewährleisten, auch wenn diese Vorgehensweise ihr persönlich zutiefst widerstrebte.

Am Nachmittag suchte Agnes sie in ihrer Hütte auf, den zweijährigen Gero an der Hand. Der Junge war hübsch mit seinen braunen Locken. Er bestaunte die Welt mit großen, blauen Augen und zeigte Geschicklichkeit beim Klettern über Tische, Stühle und Bänke. Im Hof jagte er ständig den Hühnern hinterher und klatschte dabei begeistert in die Händchen. Aufmerksam beäugte er nun die verschiedenen Tierfelle, die die Heilerin zum Schutz gegen die Kälte an die Bretterwände der Hütte geheftet hatte.

»Du solltest Bertolts Antrag annehmen«, sagte Meda, als Agnes sie, wie vermutet, um Rat bat. Mit Blick auf die Verblüffung im Gesicht der jungen Frau fügte sie hinzu: »Aber schiebe diese Heirat so lange wie möglich hinaus. Wenn du Glück hast, muss er bald wieder in irgendeinen Krieg ziehen. Vielleicht stirbt er wie sein Bruder einen ehrenvollen Heldentod auf dem Schlachtfeld der Machthungrigen und Gierigen.«

»Womit sollte ich ein Verschleppen der Hochzeit begründen?« Rasch griff Agnes nach Geros Fingern, die Medas Arzneiphiolen begrapschten. Sogleich hielt das Kind inne und sah seine Mutter mit wachsamem Blick an. Der Kampfergeruch aus der Phiole, die er bereits umgestoßen hatte, stieg ihm scheinbar in die Nase, denn er rieb sich mit seinem schmutzigen Handrücken über das Gesicht.

»Könnte es nicht einen anderen heiratswilligen Kandidaten geben, und du bittest um Bedenkzeit? Dann könnten die beiden sich gegenseitig die Köpfe einschlagen!« Meda warf Gero einen missbilligenden Blick zu und wies bedeutungsvoll auf die zerbrochene Glasflasche. Schnell versteckte der Junge sich hinter seiner Mutter, die unruhig an dem Saum ihres Ärmels nestelte.

»Ja, es haben mehrere Grafen angefragt, aber ich habe sie alle abgewehrt. Denn eine Ehe mit einem von ihnen würde bedeuten, dass ich Rheinsporn verlassen muss, um auf der Festung des Bewerbers zu leben. Genau das will ich nicht. Gero soll auf seinem Erbbesitz bleiben«, erwiderte Agnes.

Meda sah sie vielsagend an. »Du könntest Theoderich von Greifenfels um Hilfe bitten.«

Mit einem bedauernden Gesichtsausdruck schüttelte Agnes den Kopf. »Greifenfels ist zu weit entfernt, und Theoderich hat nun selbst eine Familie, um die er sich kümmern muss.«

Sie seufzte, und Meda befürchtete, dass sie trotz aller Widerstände und Unwägbarkeiten versuchen würde, die Burg um jeden Preis zu halten.

Als Agnes am nächsten Morgen die große Halle betrat, saß Bertolt ungewaschen und in derselben verschmutzten Reitkleidung wie am Tag zuvor in Egberts ledernem Lehnstuhl und besprach sich mit dem Stallmeister. Friedwart von Höhtgen, sein engster Vertrauter, hielt sich rechts hinter ihm auf und zwei weitere seiner Ritter links, alle voller Dreck und verlaust.

Empört marschierte sie auf ihn zu. »Dieser Platz gebührt dir nicht. Steh auf und gib ihn frei! Ich erwarte auch, dass ihr euch wascht, oder wollt ihr, dass eure Läuse auf uns überspringen?«

Gemächlich hob Bertolt den Kopf und blickte sie von unten herauf an. Die Narbe, die er sich vermutlich an der Elster zugezogen hatte, von seinem rechten Augenwinkel bis zum Kinn hinunter, schimmerte rosa. Einen Moment lang wünschte Agnes sich, dass sein Gegner den Hieb nicht verfehlt, sondern gezielter gesetzt, und man dafür Egbert verschont hätte. Wie anders würde ihr Leben nun aussehen! Rasch verscheuchte sie diesen unchristlichen Gedanken.

»Hast du dir mein Angebot durch den Kopf gehen lassen?«

Agnes hob das Kinn. »Ja, das habe ich. Aber es gibt noch sehr viel mehr zu erwägen als deinen Antrag. Vor dir gab es schon einige andere Anwärter, die meine Hand und damit Rheinsporn haben wollten. Ich muss entscheiden, was das Beste für die Burg und ihre Bewohner ist.« Der Weg des Zeitgewinnens erschien ihr momentan der einzig sinnvolle – wenn er Erfolg hatte.

»Und für dich, nicht wahr, verehrte Schwägerin? Ich bin von Egberts Fleisch und Blut, ich würde Gero großziehen wie meinen eigenen Sohn.«

Agnes bemühte sich, ihre Mimik zu beherrschen. Die Vorstellung, dass er Gero anfasste, war ihr unerträglich, auch wenn sie nicht in Worte fassen konnte, warum.

In Bertolt arbeitete es sichtbar. »Oder ist Egbert etwa nicht der Vater des Kindes?« Bedeutungsvoll hob er eine Braue.

»Du wagst es, mir Untreue zu unterstellen, du elender Hund?«, entfuhr es Agnes. Schon im nächsten Atemzug wurde ihr bewusst, dass sie ihm durch Unbeherrschtheit nur in die Hand spielte.

Er richtete sich im Lehnstuhl auf. »Na, na, wollen wir beide fortan in diesem Ton miteinander verkehren, Teuerste? Das wäre ein Jammer, denn ein Weib soll seinem Gemahl doch wertschätzend begegnen!«

Agnes zwang sich zur Ruhe. »Ich habe in dieser Angelegenheit noch keine Entscheidung getroffen, das sagte ich bereits.«

Mit einem Ruck erhob sich Bertolt, baute sich groß und kräftig mit seiner ungepflegten Löwenmähne vor ihr auf und schaute auf sie herab. »Dann vergeude damit nicht zu viel Zeit, sonst ziehe ich mein Angebot zurück!«

Seine Ritter rückten näher an ihn heran, die vier Männer stellten sich wie eine bewegliche Mauer bedrohlich vor ihr auf. Das Blatt hatte sich gewendet. Es war nun an ihr, erneut klarzustellen, dass sie die Burgherrin war und sich nichts gefallen lassen würde. Doch sie war allein. Lediglich ein paar Mägde und Knechte hielten sich in der Halle auf, verteilten frische Binsen auf dem Boden und rückten die Schragentische für das Mittagsmahl zurecht. Keiner von ihnen wäre in der Lage gewesen, gegen die bewaffnete Übermacht der Bertolt-Treuen anzukommen. Sie bemühten sich vielmehr, unbeteiligt zu wirken, obwohl ihre Blicke abwechselnd neugierig und ängstlich zu der Empore huschten. Auch sie konnten gegen die Ritter nichts ausrichten. Agnes befand sich in ihrer momentanen Lage auf verlorenem Posten. Wenn sie ihren Schwager mit seinem Anspruch in die Schranken weisen wollte, musste sie die Egbert-Treuen ständig um sich scharen. Doch dann würden Bertolts Männer wie Katz und Maus in einem anderen Winkel der Burg Unfrieden stiften. Vermutlich wünschten sich die Bediensteten, dass Agnes seinem Angebot widerstand. Aber im Grunde war soeben für alle Anwesenden augenfällig geworden, dass sie gar keine Wahl hatte, wenn sie nicht mitsamt ihrem Kind selbst vertrieben werden wollte.

Mit kämpferisch vorgestrecktem Kinn verharrte Agnes vor ihrem Schwager und hielt seinem Blick lange stand. Dann huschten ihre Augen abfällig über seine verwahrlosten Ritter, bevor sie sich abwandte. Erhobenen Hauptes verließ sie den Saal.

Als sie mittags zurück in die Halle kam, thronte Bertolt mit seinen Männern wie selbstverständlich am Kopfende der Tafel, auf dem Sitz, der dem Tischherrn vorbehalten war. Die Burgbewohner hatten sich bereits um die Tische versammelt und im Saal hallten ihre Stimmen und das Jaulen der Hunde wider, die in den Binsen nach Essensresten scharrten. Dennoch war die Anspannung im Raum greifbar. Die Heimgekehrten waren noch immer ungewaschen und ungekämmt. Einem von ihnen entfuhr ein hemmungsloser Rülpser. Bertolt klopfte ihm gönnerhaft auf die Schulter und prostete ihm mit einem vollen Becher zu, der dabei überschwappte und Metpfützen auf dem Tisch hinterließ. Mit versteinerter Miene ging Agnes auf ihn zu.

»Setz dich zu mir, Weib«, forderte er sie auf. »Das ist der Platz, der dir zusteht!« Er wies auf den leeren Stuhl neben sich.

Das Angebot war großzügig, er konnte durchaus bereits schon jetzt anders mit ihr verfahren. Sie erfasste nur noch nicht, warum er sie nicht verjagte, sondern zur Frau nehmen wollte. Beabsichtigte er, auch die Egbert-treuen Burgbewohner hinter sich zu vereinen, indem er eine Ehe mit ihr anstrebte? Oder wollte er tatsächlich das Bett mit ihr teilen? Beides war Agnes zuwider. Diesen unberechenbaren Mann aber nun vor der gesamten Burggemeinschaft zurückzuweisen und einen anderen Platz zu wählen, konnte sie nicht riskieren.

Also gab sie vor: »Ich muss in den Wirtschaftsräumen noch die Vorräte in Augenschein nehmen«, drehte sich um und hastete in die Küche. Es fiel ihr schwer, die Tränen zurückzuhalten, denn ihre zunehmend deutlicher werdende Unterlegenheit war für alle Versammelten offensichtlich.

Als sie durch den Hinterausgang in den Burghof trat, und zu Medas Hütte eilen wollte, kreuzte Egberts erster Ritter Karl ihren Weg.

»Verzeiht, Herrin, dass ich Euch hier abfange, aber ich glaube, wir sollten etwas besprechen.«

Unsicher blickte Agnes in das offene und ehrliche Gesicht ihres Vertrauten, dann gab sie sich einen Ruck. »Lasst uns in die Meierei gehen. Da hält sich zu dieser Stunde niemand auf, der uns sehen oder unser Gespräch belauschen könnte.«

Um sich blickend huschten sie in das Gebäude und suchten den Raum erst gründlich ab. Doch nur die Käselaibe harrten eingewickelt in Leinen auf den hölzernen Regalböden ihrer Reife entgegen. Im schräg einfallenden Lichtschein der Mittagssonne flimmerten Staubkörner und es roch durchdringend nach vergorener Milch.

»Bertolt ist dabei, die Burg zu übernehmen«, eröffnete Karl das Gespräch und seine hellgrauen Augen sahen sie ernst an.

Betreten blickte sie zu Boden. »Ja, ich weiß. Aber es gibt nichts, was ich dagegen unternehmen kann.«

»Er hat Euch die Ehe angetragen.«

Agnes nickte.

»Seid Ihr bereit, sie mit ihm einzugehen?«

Sie wandte den Blick ab. »Wenn es das Beste für die Burg, ihre Bewohner und für Gero ist, werde ich das tun.«

»Da bin ich mir nicht so sicher, Herrin. Ich weiß Dinge über ihn, die ich Euch besser verschweige.« Er hielt inne, ehe er fortfuhr: »Fünf Männer der Burgwache und drei meiner Ritter würden Euch zur Seite stehen und es auf einen Kampf ankommen lassen, wenn Ihr den Befehl dazu erteilt. Die Knappen und Reisige werden sich ihnen anschließen, möglicherweise auch die Bogenschützen.«

Agnes hob den Kopf und blinzelte gegen das Sonnenlicht. »Ihr würdet ihn und seine Gefolgsleute töten?«

»Ich habe Egbert geschworen, Euch, Euren Sohn und die Burg mit meinem Leben zu verteidigen. Dieser Schwur ist mit seinem Tod auf sein rechtmäßiges Weib übergegangen. Nun schulde ich Euch die Treue, genau wie die anderen Männer, die ich erwähnte, und es ist mir eine Ehre, Euch zu dienen. Bertolts Leute haben Eurem Gemahl den Eid nie geleistet. Sie sind frei darin, Bertolt zu folgen und für ihn zu tun, was immer er von ihnen verlangt.«

Agnes rang mit sich. »Denkst du, ihr habt Aussicht auf Erfolg? Die vier haben einige Schlachten für den Kaiser gefochten, sie sind kampferfahren und ohne Skrupel.«

»Kampferfahren sind wir ebenfalls und ihnen darüber hinaus zahlenmäßig überlegen.«

»Lasst mich auch das überdenken. Den Burgfrieden zu brechen, ist keine Kleinigkeit.«

»Selbstverständlich, Herrin. Lasst mich wissen, wie Ihr Euch entschieden habt.«

Schnellen Schrittes strebte Agnes nach der Unterredung mit dem Ritter zu Medas Hütte, wo es diesmal nach Schafgarbe und Thymian roch. Im Kupferkessel am Sagehal über der Feuerstelle köchelte ein fleischloser Eintopf blubbernd vor sich hin, und auf dem festen Lehmboden stapelten sich geflochtene Weidenkörbe. Meda saß über ein gebundenes

Buch mit geprägtem Lederdeckel gebeugt, aus dem sie sorgsam mit einem feuchten Leinentuch die Rußtintenschrift entfernte.

»Magst du nicht mit uns in der Halle speisen?«, fragte Agnes sie zur Begrüßung, noch ehe sich ihre Augen an das Dämmerlicht in der Kate gewöhnt hatten.

»Verpasse ich dort etwas, was mich an Leib oder Seele stärkt?«, entgegnete Meda, ohne von ihrer Arbeit aufzusehen.

Agnes dachte an ihre Begegnung mit Bertolt eben und verneinte. »Was tust du da? Gibt es gegenwärtig nicht wichtigere Dinge auf dieser Burg zu erledigen, als ständig etwas auf Kalbshäute zu ritzen?« Energisch strich sie sich eine Haarsträhne aus dem Gesicht zurück unter die Haube.

Meda hob den Kopf und zögerte. Dann erwiderte sie: »Nein, es gibt zurzeit nichts Wichtigeres, als das niederzuschreiben, was unsere Vorfahren seit Jahrhunderten, wenn nicht Jahrtausenden an Wissen besessen haben und das verloren zu gehen droht.«

»Und das wäre?«

»Die Arbeitsweise des menschlichen Körpers sowie die besten Heilkräuter und ihre Anwendung gegen die Krankheiten, die ihn befallen können. Dies hier«, sie wies auf das Buch vor sich auf dem Tisch, »wird womöglich der einzige überlieferte Schatz dieses Wissens westlich des Rheins sein, denn unsere früheren Heiler haben es nur mündlich an ihre Schüler weitergegeben. Die Wundärzte schreiben lediglich auf, was sie an Heilerfolgen wahrnehmen, und berufen sich dabei auf die Erkenntnisse aus alter Zeit stammender Gelehrter. Den meisten von ihnen fehlt das Verständnis für das Zusammenwirken von Körper und Seele. Außerdem sind die gängigen Lehrbücher wie dieser Macer floridus hier in Latein abgefasst, sodass das Wissen allein denjenigen zugänglich ist, die nicht nur lesen können, sondern auch noch die Sprache unserer Eroberer beherrschen. Ich aber schreibe meine Rezepte so auf, dass sie vielen Menschen nützlich sein können.« Sie stockte. »Was führt Euch hierher?«

»Bertolt ist dabei, die Burg zu übernehmen, und ich habe ihm nichts entgegenzusetzen.«

»Darüber haben wir doch schon gesprochen. Ich habe alle Möglichkeiten durchdacht, die Ihr habt, und bin zu dem Schluss gekommen, dass es besser wäre, wenn Ihr den Antrag annehmt.«

»Karl hat mir angetragen, sich mit seinen Männern um die Angelegenheit zu kümmern.« Eine passendere Formulierung für das, worüber sie da sprach, fiel ihr nicht ein.

»Blutvergießen also, hm?« Meda richtete den Blick an ihr vorbei ins Leere. »Vergesst es«, sagte sie nach einer Weile. »Das wird mehr Blutzoll fordern, als Ihr jetzt denkt, und es wird nicht nur Bertolts Blut vergossen werden.« Sie sah Agnes eindringlich in die Augen. »Euer bester Gefährte ist die Zeit und nicht ein Mann mit einem Schwert. Nutzt den Weg des Aussitzens, wartet darauf, dass Euer Schwager abermals in den Krieg ziehen muss und in der Schlacht das Zeitliche segnet. Wenn Ihr ihn zuvor ehelicht, habt Ihr anschließend auch seine Männer zu Eurem Schutze.«

Agnes sank auf den freien Schemel an Medas Holztisch.

»Ihn heiraten?«, wiederholte sie tonlos. »Bist du dir im Klaren darüber, was das bedeutet?«

»Ein großes Opfer. Der entscheidende Punkt ist jedoch, dass die anderen Wahlmöglichkeiten noch schlechter aussehen. Es sei denn, Ihr willigt in die Ehe mit einem unserer benachbarten Grafen ein. Aber auch dann würde es zum Kampf kommen, da bin ich mir sicher. Bertolt wird sich nicht von einem anderen Platzhirsch verjagen lassen oder nachgeben.«

Meda erhob sich, hängte den Kochtopf am Kesselhaken höher, und das Blubbern ebbte ab. Vorsichtig schöpfte sie eine Kelle ihres Eintopfs in eine Holzschale und schob sie Agnes hin. »Das wird Euch guttun. Ihr seht blass aus. Oder möchtet Ihr lieber bei Bertolt in der Halle essen?«

Agnes verzog das Gesicht und beugte sich über die Schale. Als auch Meda sich etwas eingefüllt hatte und zum Essen hinsetzte, faltete sie die Hände, murmelte ein Gebet und zeichnete ein Kreuz vor ihre Brust. Die Heilerin beobachtete sie mit schmalen Augen dabei.

»Warum formt Ihr das Mal eines gekreuzigten Menschen in Eure Aura?«

»Es ist das Zeichen unseres Herrn! Es soll mich beschützen.«

»Wenn es Euch schützen soll, dann müsst Ihr die vier Enden des Kreuzes gleich lang schlagen.«

Kopfschüttelnd tauchte Meda den Holzlöffel in ihre Suppe. »Wie konnte dieses Wissen so schnell verloren gehen?«, murmelte sie.

Es beruhigte Agnes, dass Karl von diesem Abend an mit einem Ritter der Burgbesatzung Wache vor ihrer Kammer im Frauenturm hielt. Die folgende Zeit empfand sie als trügerische Ruhe, ein Waffenstillstand zwischen ihr und ihrem Schwager, in dem sie duldete, dass er sich wie der Burgherr benahm, und er sie nicht mit der Heirat bedrängte. Mit wachsendem Unbehagen beobachtete Agnes, wie sich der Alltag auf der Burg schleichend veränderte. Bertolt maß die Vorräte zu, und die Sitten bei Tisch verrohten. Auch schien sich Misstrauen wie eine knotige Flechte auszubreiten, weil ein jeder Angst hatte, vom anderen belauert und verleumdet zu werden. Dabei ließ Egberts Bruder kaum eine Gelegenheit aus, Agnes mit anzüglichen Blicken zu bedenken, ihr ans Gesäß zu fassen oder sie grob an sich zu ziehen.

Immerhin badete er nun wieder und eine der Kammerfrauen musste sein Haar auskämmen. Meda gab ihm Nieswurz gegen das Ungeziefer und auch seine Kleidung wurde einer gründlichen Reinigung unterzogen. Bald sah er fast so aus wie vor seiner Abwesenheit. In seinem Erscheinungsbild erinnerten nurmehr die lange Narbe im Gesicht und die wilde Mähne an die Ereignisse an der Elster.

Nach Ablauf eines weiteren Jahres begegneten sie sich zufällig, zum ersten Mal alleine, in dem schmalen Gang, der zum Abtritt führte. Der Geruch der Exkremente, die an der

Außenwand der Burg hängen geblieben waren, lag in der Luft. Ausgerechnet hier an diesem Ort wiederholte er seine Frage, ob sie bereit sei, die Ehe mit ihm einzugehen, und in der Enge des Korridors gab es für Agnes kein Entrinnen. Hilfesuchend schaute sie sich um, doch es war niemand in Sichtweite.

»Ich dachte, wir könnten die Dinge so belassen, wie sie sind«, antwortete sie in der Annahme, dass die Zeit tatsächlich ihr bester Freund war und Meda recht behalten würde mit ihrer Vermutung, dass ihr Schwager bald erneut zu den Waffen gerufen wurde. Wenn die Kunde stimmte, die bis zu ihnen an den Rhein gedrungen war, so war ihre Hoffnung nicht unbegründet. Es hieß, der Kaiser plane einen Feldzug gegen seine norditalienischen Feinde. Also dauerte es sicher nicht mehr lange, bis die Rheinsporner den Marschbefehl für die nächste kriegerische Auseinandersetzung erhielten.

Doch nun sah sie sich hier in die Enge getrieben zwischen dem stinkenden Abort und ihrem ungeliebten Schwager. Bertolt zerrte sie an sich, und sie roch Met und Unverdautes in seinem Atem.

»Treib keine Spielchen mit mir, Agnes. Ich gestatte dir und dem kleinen Bastard den Aufenthalt hier auf der Burg nur, damit du dich an den Gedanken gewöhnen kannst, bald mein Eheweib zu sein.«

Heftig stieß Agnes ihn von sich. »Wen nennst du Bastard? Wie kannst du dich erdreisten? Er ist Egberts Sohn und sein rechtmäßiger Erbe!«

»Einen Dreck ist er! Und du wirst hier auch nur geduldet, bis du in unsere Ehe einwilligst.« Er funkelte sie kalt an. »Ich weiß, dass du auf Zeit spielst, doch dieses Treiben wird bald ein Ende haben.«

Dann schob er sie so brüsk zur Seite, dass sie gegen die Wand stieß, und schritt breitbeinig zum Abtritt, wo er sich ächzend erleichterte.

»Das Weib führt dich an der Nase herum«, knurrte Friedwart von Höhtgen, der Agnes nie beim Namen nannte, als Bertolt zornig zurück in die Halle kam und den Männern von der Begegnung mit seiner Schwägerin erzählte. Einem der anderen Ritter huschte ein hämisches Grinsen über das Gesicht, in dem der Widerschein des Kaminfeuers flackerte. Bertolt kochte vor Wut.

»Sie macht dich lächerlich«, stieß Friedwart erneut zu und ließ den Holzspan von seinem Schnitzwerk hoch in die Luft fliegen. Für einen Moment glaubte Bertolt, seinen Vater vor sich zu haben, der ihn einen Schwächling nannte. Mit seinen kantigen Gesichtszügen, dem stechenden Blick und der muskulösen Statur ähnelte er ihm tatsächlich. Dabei war Friedwart nur wie er selbst ein Zweitgeborener, auf dessen elterlicher Burg kein Platz mehr für ihn gewesen war, und der sich deshalb woanders unentbehrlich machen musste, um ein Auskommen zu haben. Bertolts Vater hatte ihn zum Ritter ausgebildet und anschließend am Hof gelassen, weil er ihn trotz seiner Skrupellosigkeit für kampftüchtig und ergeben hielt.

Der alte Graf hatte wie so oft Recht behalten, denn er besaß ein sicheres Gespür für Menschen. Friedwart verteidigte die Familie von Rheinsporn wie seine eigene und ergriff dabei im Wettstreit der beiden Brüder schon früh die Partei des Jüngeren. Bertolt nahm an, dass er das tat, weil er das Los der Spätergeborenen mit ihm teilte und weil seine Intuition ihm sagte, dass sich dieser Einsatz auszahlte. Friedwart übernahm für ihn das berechnende Kalkül und machte sich so unersetzbar. Doch die momentane Situation war auch für ihn brenzlig. Wenn Agnes die Oberhand behielt, würde sie gewiss nicht ausgerechnet Friedwart auf der Burg behalten.

Bertolt sah, wie sein Gefährte verstohlen zu ihm hinüberblickte, als achtete er darauf, wie sein Waffenbruder auf die Bemerkung reagierte, dass die junge Witwe ihn der Lächerlichkeit preisgebe. Friedwart hatte seinen Stolz und damit seinen wundesten Punkt berührt. Die Selbstvorwürfe wegen seines Versagens in der Schlacht hatte Bertolt in den vergangenen zwei Jahren im hintersten Winkel seines Herzens begraben, damit sie ihn nicht übermannten. Nun flammten sie wieder auf und ihm wurde bewusst, was ihn damals auf dem Feld gelähmt hatte. Es war die Hand Friedwarts gewesen, die sich auf seinen Oberarm gelegt hatte, als er Anstalten machte, dem bedrängten Bruder zur Hilfe zu kommen. Davon hätte er sich genauso wenig beirren lassen dürfen wie von der Erinnerung an die Albträume, die er in der Nacht vor dem Waffengang durchlitten hatte. Doch das ließ sich nun nicht mehr ungeschehen machen.

Er besann sich.

»Das wird sie nicht mehr lange tun«, zischte er. »Was schlägst du vor?«

Friedwart lächelte kaum merklich, steckte sein Messer zurück in den Lederschaft an seinem Gürtel und begutachtete seine Schnitzarbeit zufrieden, als hätte er da schon eine Idee.

Die mondlose Nacht sandte ihre Schwärze durch die Öffnung in der Burgmauer. Karl starrte in den Himmel und dachte wie so oft in den vergangenen Monaten an Egbert, der mehr ein Freund als ein Herr für ihn gewesen war. Er vermisste ihn, und die Zustände auf Rheinsporn empfand er als unerträglich. Längst hätte er die Burg verlassen und sich woanders verdingt, wenn nicht die Treue zu seinem Herrn auch über den Tod hinaus seine Gefolgschaft einforderte. Eine Treue, der nun die Sorge um Egberts Weib und vor allem seinem Sohn und gottgewolltem Erbe galt. Nur in langen, finsteren Nächten überkam ihn mit der Erinnerung an die Schlacht an der Elster die Schwermut. Dann haderte er mit dem Zaudern der Witwe. Bertolt könnte seit Monaten tot sein und sie alle ihren Frieden haben. Eine offene Auseinandersetzung wäre die lang ersehnte Gelegenheit, den Bruder Egberts für seine Untätigkeit auf dem Schlachtfeld büßen zu lassen.

Leonhard, der mit ihm Wache vor Agnes' Kammer halten sollte, lehnte mit verschränkten Armen, geschlossenen Lidern und offenem Mund an der Wand. Karl ließ ihn ruhen, denn so konnte er in der Stille nachsinnen. Unvermittelt schlug im Burghof der Wachhund an. Überrascht erhob sich der Ritter von seinem Schemel und trat an die Maueröffnung heran. Es dauerte einen Moment, ehe sich seine Augen an die Schwärze vor den Mauern gewöhnten. Noch bevor er erkannte, was dort geschah, hörte er es. Und das metallische Zischen ließ das Blut in seinen Adern gefrieren, als er den schwachen Widerschein eiserner Schwerter ausmachte. Vereinzelt flammten Fackeln in der Finsternis auf, und schon erhob sich ein Tumult, als die Männer der Burgwache in erbitterte Gefechte mit den dunklen Gestalten gerieten, die jemand in die Burg gelassen haben musste. Fremde Krieger!

Funken sprühten, als die blanken Metallklingen mit Wucht aufeinandertrafen, Holzschilde zerbarsten, gefütterte Wamse wurden aufgeschlitzt. Fluchend schnellte Karl herum, riss Leonhard am Arm hoch und zog ihn mit sich die Treppe des Frauenturms herunter. Der junge Ritter folgte ihm stolpernd in den Hof, wo sich ein halbes Dutzend Rheinsporner Befehle zubrüllten. Doch niemand war in der Lage, das Gemenge zu überblicken. Der Feind schien mit gezückten Waffen aus schwarzen Ecken zu springen, allgegenwärtig und von blinder Mordlust besessen. Karl zog sein Schwert aus der Scheide und stürzte sich entschlossen in das Kampfgeschehen.

Vom Lärm geweckt fuhr Agnes aus dem Schlaf auf. Benommen horchte sie auf die Stimmen und das Geschrei aus dem Burghof, das zu ihr hinaufdrang. Sie konnte weder die Geräusche noch die Rufe zuordnen. Gebannt und schlagartig hellwach versuchte sie, sich zu orientieren. Als die Tür zu ihrer Kemenate geöffnet wurde, schob sie den Vorhang ihres Baldachins beiseite. Eine dunkle Gestalt umklammerte ihre Kammerfrau, drängte sie unsanft zur Tür hinaus und verriegelte diese. Auch Geros Schlafzimmer schloss er ab. Agnes sprang aus dem Bett und wich vor dem Hünen zurück, der sich ihr nun näherte. Im Dämmerlicht des schwelenden Kaminfeuers erfasste sie endlich die Situation. Das ins Unheimliche verzerrte Löwenhaupt und die muskulösen Konturen waren ihr wohlbekannt.

»So, meine Teuerste, und jetzt gebe ich dir einen Vorgeschmack auf das, was dich erwartet!«

Mit zwei Sätzen war er bei ihr und warf sie auf das Bett. Sie schrie auf, doch er drückte ihr so fest den Mund zu, dass ihr Kopf tief in die Kissen gepresst wurde.

»Du weckst noch den ganzen Turm auf«, knurrte er, während er mit der freien Hand an seiner Bruche nestelte.

Aus dem Kinderzimmer erklang eine helle, ängstliche Stimme. »Mutter! Was ist passiert? Warum habt Ihr geschrien? Macht bitte die Tür auf!«

Bertolt sah zur Tür und nahm seine Hand von Agnes' Mund.

»Andererseits«, keuchte er, »warum sollte der Junge nicht mitbekommen, was hier vor sich geht? Daran wird er sich ohnehin gewöhnen müssen.«

Dann stieß er zu.

Kapitel Drei

Im Jahr des Herrn 1085

Stöhnend warf sich Agnes auf ihrem schweißdurchtränkten Lager hin und her. Die Schmerzen waren unerträglich.

»Feuer«, wisperte sie im Delirium. »Überall Feuer! Ich verbrenne.« Ihre Stimme erstarb, als sie in eine Umnebelung sank.

Mit zerfurchter Stirn saß Meda an ihrem Bett. Nach einem Besuch bei ihrem Bruder an der Mosel hatte Agnes und ihr Gefolge eine ungewöhnliche Krankheit erfasst, und keine Kräuterbehandlung war ihr gewachsen. Aus Angst vor einer Ansteckung hatte man sie in der Scheune untergebracht, wo sie nebeneinander auf behelfsmäßigen Strohlagern im schwachen Schein der vereinzelten Sonnenstrahlen lagen, die durch das Strohdach drangen. Nur der Burgherrin hatten die Knechte eine bequemere Liegestatt hergerichtet. Die Heilerin vermochte bislang gegen ihr Erbrechen, den Durchfall, die Kopfschmerzen und Wahnvorstellungen wenig auszurichten. Der Macer floridus empfahl eine äußerliche Anwendung von gestampftem Schierling auf der Stirn. Doch das brachte keine Erleichterung, sondern zeigte unerwünschte Nebenwirkungen. Meda hatte zwar die entsprechenden Textstellen im Macer weggewischt, aber sie war sich sicher, dass er darüber hinaus den Einsatz von spreizender Melde, Rosenöl oder Sauerampfer vorsah. Nichts davon half den Kranken. Selbst einfachste Linderungen wollten kaum gelingen.

Ratlos suchte sie einen Bader in Andernach auf, von dem sie gehört hatte, dass er eine Abschrift des Arzneibuchs aus dem Benediktinerkloster in Lorsch besaß. Zu ihrem Erstaunen fand sie bei ihm nicht nur das gesuchte Buch vor, sondern auch ein Chirurgenwerkzeug, das sie in diesem Umfang nur bei dem Medikus am Hof ihres Vaters gesehen hatte.

»An der Mosel und weiter im Westen Lothringens grassiert diese Krankheit wie eine Seuche«, sagte der Bader mit ernstem Gesicht, nachdem Meda ihm ihr Anliegen vorgebracht hatte. »Die Betroffenen gehen elendig zugrunde, ohne dass jemand etwas dagegen zu unternehmen vermag. Sie leiden unter Schwellungen und Blasen, Körperglieder faulen, werden schwarz wie Kohle und fallen ab, was manch einen aber vor dem sonst sicheren Tod rettet. Bei einigen konnte man angeblich die verfärbten Gliedmaßen ohne Betäubung und mit geringem Blutverlust abtrennen.«

Nachdenklich runzelte Meda die Stirn. »Von der Mosel sind meine Herrin und ihre Bediensteten vor ein paar Tagen zurückgekehrt. So haben sie die Seuche von dort mitgebracht?«

Der Bader zuckte die Schultern. »Gut möglich. Welche Beschwerden zeigen sie?«

»Meine Herrin glaubt, innerlich zu verbrennen. Ihre Höflinge dagegen sind schreiend zusammengebrochen, haben sich mit verrenkten Händen gekrümmt und in Krämpfen geschäumt.«

»Das scheint mir das Antoniusfeuer zu sein.«

Bei der Vorstellung, dass die betroffenen Rheinsporner einen derart grausigen Tod erleiden oder Körperglieder einbüßen könnten, wurde Meda blass. »Was rät das Lorscher Arzneibuch den Heilkundigen dazu?«

Mit großzügiger Geste wies der beleibte Mann zum Tisch hinüber, auf dem ein Ledereinband aufgeschlagen lag. »Das kannst du dir gerne anschauen. Ich glaube aber nicht, dass du dort etwas finden wirst. Denn auch die Mönche haben vergeblich nach einer Heilmethode gesucht. Allerdings -…« Er stockte.

Erwartungsvoll sah Meda ihn an. »Was?«

»Ich habe gehört, dass einige Sieche in Spitälern des Antoniterordens wider Erwarten und auf wundersame Weise Heilung fanden, obwohl die Mönche dort keine besonderen Heilmethoden einsetzten. Auch Adlige und Ordensmänner bleiben oft vom Antoniusfeuer verschont. Warum, weiß allein der Herr.«

Ohne sich große Hoffnungen zu machen, ließ sich Meda an dem Tisch des Baders nieder und überflog kopfschüttelnd das Vorwort des Lorscher Arzneibuchs. Darin verteidigte der

Verfasser die Heilkunst. Da sie gegen den göttlichen Heilsplan verstoße, sei sie namhaften Christen ein Dorn im Auge. Als sie auch nach intensivem Nachforschen in dem Heilkundebuch nichts fand, was sie nicht schon selbst ausprobiert hatte, dankte sie dem Bader für seine Auskünfte und trat entmutigt den Rückweg nach Rheinsporn an.

Am dritten Tag suchte der Priester dort die Erkrankten in der Scheune auf. »Bittet den heiligen Antonius um Hilfe«, riet er ihnen. »Wenn sich keine Heilung einstellt, so werdet ihr doch wenigstens Trost und Stärkung finden, denn die Krankheit ist eine Strafe für Eure Verfehlungen. Aber Euch wird die Gnade zuteil, mit dem Erdulden der Schmerzen einen Teil Eurer Sünden schon jetzt zu büßen. Damit werdet Ihr der ewigen Verdammnis entgehen.«

Während er derart Sühne predigte und Seelenheil in Aussicht stellte, stand Meda am Rand und grübelte, wie den Leidgeplagten doch noch zu helfen sei. Die Schilderungen des Baders gingen ihr immer wieder durch den Sinn und sie fragte sich, was Adlige und Ordensleute von den anderen Erkrankten unterschied. Dass sie bessere Menschen seien, wie man gemeinhin glaubte, hielt sie für blanken Unsinn. Schließlich war sie selbst adlig geboren und wusste, wie viel Zwietracht und Grausamkeit in diesem Stand anzutreffen war. Auch schien sich auf Rheinsporn niemand an den von der Krankheit Befallenen angesteckt zu haben. Dann keimte in ihr eine Eingebung auf, und sie beschloss, dass es einen Versuch wert sei, dieser zu folgen.

Als der Priester den Siechen seelischen Beistand leistete und ihnen die Beichte abnahm, marschierte sie geradewegs in die Burgküche, in der sie die geschäftigen Gehilfen bei der Zubereitung von Eintöpfen antraf. An eisernen Haken hing Dörrfleisch von der weiß gekalkten Gewölbedecke herab, und an den Wänden warteten allerlei Küchengerätschaften auf ihren Einsatz. Eine Magd stocherte mit einem Schürhaken in den Flammen an der Kochstelle, über der ein großer Abzug in der Decke freigelassen worden war. Aus den Kesseln dampfte es, Mehlstaub lag in der Luft, aufgewirbelt von einem Küchenjungen, der Brotteig knetete. Es roch durchdringend nach den Gewürzen, die der Koch mit hochrotem Kopf in einem Mörser zerstieß. Dabei schimpfte er mit einer Küchengehilfin, dass sie selbst für eine so kunstlose Tätigkeit zu ungeschickt sei.

Ohne Umschweife marschierte Meda auf ihn zu. »Verarbeite für die Kranken in der Scheune die besten Speisen, die ihr habt: Fisch, Fleisch und Weizenbrot. Lass den billigen Roggen weg, den die Bauern essen.«

Der Koch, ein großer, dickleibiger Mann, hielt inne, sah sie zweifelnd aus blassblauen Augen an und beugte sich zu ihr vor. »Ist das dein Ernst? Weiß Bertolt davon? Ich habe Anweisung, genau das Gegenteil zu tun«, flüsterte er. Sein Gesichtsausdruck verriet ihr, wie sehr ihm die Order seines Burgherrn selbst missfiel. Meda wusste, dass er sich wie viele der Bediensteten ebenfalls die Zeiten zurückwünschte, in denen Agnes die Geschicke von Rheinsporn umsichtig geleitet hatte.

»Er wird gleich erfahren, dass ich dir diesen Rat erteilt habe«, versetzte Meda und machte auf dem Absatz kehrt. Sie ahnte, wo sie Bertolt antreffen konnte.

Sie hatte ihn in den letzten Tagen mehrmals aus der Burgkapelle kommen sehen und sich gefragt, ob er dort für Agnes' Genesung oder für sein Seelenheil betete. Auf der Burg waren die Verhältnisse untragbar geworden, nachdem Fremde nachts eingedrungen waren und Egberts treue Ritter erschlagen hatten. Karl, Agnes' ergebenster Beschützer, hatte mit verrenkten Gliedern im eigenen Blut gelegen und mit leerem Augenausdruck in einen Himmel gestarrt, der in seiner Weite und Bläue unfassbar fern erschien. Das Blutvergießen, das er heraufbeschwören wollte, war über ihn und sie alle gekommen und hatte sie vernichtet, so wie Meda das vorausgesehen hatte. Agnes trauerte um ihn und setzte durch, dass er ein würdiges Begräbnis fand. Seinen Beistand vermisste sie fortan schmerzlich. Um nicht vertrieben zu werden, hatte sie schließlich in die Ehe mit Bertolt eingewilligt. Besorgt verfolgte Meda, wie sich die junge Frau zunehmend zurückzog und verhärmte, und befürchtete, dass längst auch das Wertvollste, was sein toter Bruder hinterlassen hatte, in Bertolts Besitz gerissen worden war. Es brauchte nicht viel Fantasie, um sich vorzustellen, was ihre Herrin durchlitt. Meda fürchtete um Agnes' Gesundheit und braute vorsorglich Heiltränke für ihr Wohlbefinden. Doch die junge Frau ließ sich nicht mehr von ihr helfen und flüchtete sich stattdessen für einige Zeit zu ihren Verwandten an die Mosel, bis Bertolt ihre Heimkehr anordnete.

Tatsächlich schlich er in dem Moment aus der Kapelle, als Meda aus der Küche in den Burghof kam. Schnellen Schrittes strebte sie auf ihn zu, bevor er sich davonstehlen konnte.

»Ich habe den Koch angewiesen, den Kranken die besten Speisen zuzubereiten und dabei das gute Mehl zu verwenden«, rief sie ihm entgegen.

Abrupt hielt er inne und drehte sich zu ihr herum. Falls er reumütig war, so ließ er sich davon nichts anmerken. Er funkelte sie böse an, und die Narbe in seinem Gesicht schien zu glühen. »Was fällt dir ein? Dazu hast du keine Befugnis. Spiel dich nicht so auf, sondern sieh zu, dass mein Weib gesund wird! Nur dafür wirst du hier geduldet.«

Sie trat nah an ihn heran und heftete ihren Blick auf seine Augen, als könnte sie die dunkelsten Tiefen seiner Seele ergründen. Obwohl sie dabei zu ihm aufschauen musste, bemerkte sie, wie ein Schauer ihn durchfuhr.

»Genau das habe ich vor, Unseliger. Siehst du nicht, was du angerichtet hast, seitdem du hier wieder aufgekreuzt bist? Lass mich meine Arbeit tun, sonst lasten weitere Tote auf deinen Schultern.«

Bertolts Miene erstarrte. Dann fasste er sich und beugte sich zu ihr hinunter, sodass seine Zottelmähne ihr Gesicht berührte.

»Tu, was du nicht lassen kannst. Aber wenn Agnes stirbt, sind auch deine Tage auf Rheinsporn gezählt!«, zischte er. Dann wandte er sich ab und ließ sie stehen.

Im Laufe der nächsten Tage erholten sich die erkrankten Bediensteten allmählich von ihren Krämpfen und aufgetriebenen Leibern, doch Agnes wand sich weiterhin in dem qualvollen Gefühl, von innen heraus zu verbrennen. Meda wachte unentwegt am Bett der jungen Frau, denn sie vermutete, dass ihr Geist sich entschieden hatte, diese Lebensreise zu beenden, um sich Bertolts Zugriff zu entziehen. Auch wenn sie bereit gewesen war, die Ehe mit ihrem Schwager einzugehen, um sich selbst und vor allen Dingen ihr Kind zu schützen, das sie über alles liebte, so war ihr Innerstes doch weiser. Sie schien zu wissen, dass Gero zumindest vorerst eine andere Aufgabe zugewiesen war, als Graf von Rheinsporn zu werden. Nun hatte sie diese entsetzliche Krankheit erfasst, und sie setzte ihrem Verfall nichts entgegen. Es bedrückte Meda, ihre Herrin derart leiden zu sehen. Aber gegen eine in der Tiefe der Seele getroffene Entscheidung waren alle Heilversuche wirkungslos.

»Ich sterbe«, hauchte Agnes und öffnete ihre blutunterlaufenen Augen halb. »Wenn ich tot bin, ist Gero hier nicht mehr sicher.«

Meda tupfte ihr den Schweiß von der Stirn. »Du musst genesen *wollen*. Tu es für deinen Sohn.«

Kaum wahrnehmbar bewegte die Kranke den Kopf. »Es ist zu spät. Das Feuer verzehrt mich.« Dann griff sie nach Medas Arm. »Ich möchte, dass du mir einen letzten Wunsch erfüllst.« Ihr Körper bäumte sich ruckartig auf, und sie erbrach das Essen, das ihr der Koch mit besonderer Fürsorge zubereitet hatte, in einem Schwall auf das Lager. Unter Zuckungen sank sie zurück und ihre Augäpfel rollten nach hinten.

Die Heilerin bangte, dass die Burgherrin verschied, ohne sich mitteilen zu können. Der Kampf um ihr Leben war verloren, aber sie sollte wenigstens noch ihre letzte Bitte äußern können.

Erschüttert beugte sich Meda zu ihr herab. »Welchen Wunsch soll ich dir erfüllen?«

Agnes atmete so tief ein, wie sie vermochte. »Bring Gero fort von hier. Bring ihn zu Theoderich nach Greifenfels.«

Erlöst hauchte sie ihren letzten Atemzug aus, ein Zucken durchfuhr den Körper der Sterbenden, dann lag sie ruhig da. Sachte drückte die Heilerin ihr die Augen zu und wischte sich die Tränen aus dem Gesicht.

Kapitel Vier

Meda ging neben dem Jungen her und hielt die Zügel des Zelters fest in der Hand. Das feuchte Laub raschelte unter ihren Füßen, als sie mit ihren Lederschuhen voranschritt. Die Herbstsonne schimmerte durch das gefärbte Blätterkleid der Bäume und ließ es in Gelb- und Rottönen aufleuchten, als stünde die Waldung in Flammen. Aus unterschiedlichen Richtungen drang das Tschilpen unzähliger Vögel, schwoll an und verklang, um wenig später erneut einzusetzen. Die Luft duftete nach nassem Gras und Moos. Hier und da lösten sich vereinzelt Tropfen aus dem Blattwerk und fielen auf sie herab, als segnete sie die Natur. Meda liebte den Wald, besonders zu dieser Jahreszeit, wenn er mit all seiner Pracht verschwenderisch mit Rohstoffen und Fruchtbarkeit um sich warf. Selbst die Fäulnis atmete im Vergehen eine pralle Fülle. Die Bäume bargen und verschenkten nahezu alles, was man zum Existieren und Heilen brauchte.

Sie sprachen wenig, denn der Fünfjährige war verängstigt. Meda konnte es ihm nachfühlen. Wäre es nicht zur Schlacht an der Elster gekommen, wären seine Eltern noch am Leben. Eitle männliche Herrschaftsansprüche hatten Familien auseinandergerissen, Ehefrauen zu Witwen gemacht und Kinder zu Waisen. Ein Ende der Kämpfe um Macht und Einfluss war nicht in Sicht, und oft litten die Unbeteiligten am ärgsten unter den blutigen Streitigkeiten der Könige und ihrer Vasallen. Ob sich das jemals ändern würde? Meda durchkämmte ihr Gedächtnis, doch ihr fiel keine Frau ein, der man nachsagen konnte, dass sie für die Erfüllung der eigenen Wünsche Tausende von Menschen ins Unglück gestürzt hatte. In der Geschichtsschreibung blieben sie ohne Beachtung, weil sie sich dazu nicht hinreißen ließen.

Meda hoffte, dass sich die Unruhen alsbald legten, denn seit der langen Abwesenheit des Kaisers lieferten sich die Adligen untereinander blutige Kämpfe. Bevor die Römer das Land an sich gerissen hatten, galt in der Rechtsprechung einst das Prinzip der Wiedergutmachung, nicht das der Bestrafung oder Rache. Und ohne den Rat der Weisen wurden keine Entscheidung von weitreichender Bedeutung getroffen. Davon waren sie nun weit entfernt. Die Kirche hatte zwar einen Gottesfrieden ausgerufen, der die Streithähne unter Androhung von Strafen dazu anhielt, an bestimmten Tagen Gewaltanwendung zu unterlassen. Doch es war gefährlich, ohne Schutz durch das Land zu ziehen, denn die Tugendhaftigkeit ließ vielerorts zu wünschen übrig.

Meda runzelte die Stirn und tastete nach dem Knoten, zu dem sie ihre langen, braunen Haare hochgebunden hatte. Sie unternahm diese Reise gegen ihre Überzeugung, weil sie spürte, dass Verwicklungen drohten, wenn Gero an Theoderichs Hof aufwuchs. Doch sie konnte den letzten Willen ihrer Herrin, deren Tod ihr noch immer naheging, nicht unerhört lassen und das Kind Bertolts Willkür aussetzen. Zu oft kamen Konkurrenten hierzulande auf unerklärliche Weise zu Tode, obwohl die Christen sich doch der Nächstenliebe rühmten.

Sie hatte Theoderich als machtbewussten und ungestümen Mann in Erinnerung, der bisweilen die Regeln des Anstands missachtete und Lauterkeit vermissen ließ. Er hatte Rheinsporn erst vor fünf Jahren nach längerem Aufenthalt verlassen, um sein Erbe anzutreten. Meda bewegte sich mit gemischten Gefühlen auf Greifenfels zu, denn sie ahnte, warum der Junge ausgerechnet auf Theoderichs Burg und unter seiner schützenden Hand aufwachsen sollte. Ihr missfiel diese Vermutung, doch was blieb ihr übrig? Sie durfte den letzten Wunsch einer Sterbenden nicht ignorieren. Brachte sie ihn zu seinen Verwandten an die Mosel, war zu befürchten, dass diese Bertolt über seinen Aufenthaltsort unterrichteten und den Jungen zurückgaben. Außerdem hatte ihr Ansehen als Heilerin gelitten, da sie Agnes nicht hatte retten können. Die Menschen sahen nur ein blühendes Leben dahinsiechen und eine machtlose Heilkundige. Obwohl sie die Bediensteten kuriert hatte, trug sie nun diesen Makel. Und damit waren ihre Tage auf Rheinsporn gezählt gewesen, daran hatte Bertolt keinen Zweifel aufkommen lassen. Sie richtete ihre

Aufmerksamkeit wieder auf das Kommende, führte den Zelter mit sicherer Hand und mit ihm das Kind.

Es wäre gut, wenn sie sich in der Umgebung der Burg Greifenfels als Kräuterkundige niederlassen könnte. Sie kannte die Gegend um Trier aus ihrer Kindheit und Jugend, war dort aufgewachsen und verband damit manch gramvolle Erinnerung. Als Theoderichs Weib geboren wurde, war sie dabei gewesen. Nun war aus Walburga eine bodenständige Frau geworden, die der herrschsüchtige Greifenfelser sich zum Eheweib ausgewählt hatte. Wenn die Gerüchte stimmten, die zu Meda bis an den Rhein vorgedrungen waren, war sie wieder guter Hoffnung und der Pfalzgraf erwartete einen weiteren Stammhalter, denn der erste war schwach und kränklich.

Wie gewohnt glitt Medas Blick hellwach über bemoostes Wurzelwerk, das Erdreich und die Baumstämme, damit sie Heilkräuter, seltene Pilze und Wurzeln nicht übersah. Ihre Schafhörner an den Satteltaschen waren gut gefüllt und mit Pfropfen aus Leinen sorgsam versiegelt. Mit dem Mutterkraut war sie auf eine Entbindung Walburgas gut vorbereitet. Außerdem hatte sie Wermut gegen Eingeweidewürmer und Flöhe, Majoran für Blutergüsse und Schwellungen und Lungenkraut für Brustleiden gesammelt. Wenn sie am Hof Theoderichs bleiben wollte, war es klug, sich alsbald unentbehrlich zu machen, falls es nicht bereits einen Medikus oder Bader dort gab.

Sie vernahm den Ruf, der sie dorthin zog. Das Kind, das Walburga gebären würde, war kein unbeschriebenes Blatt, sondern eine reife Seele. Meda fühlte sich ihr durch gemeinsame frühere Leben verbunden, denn sie waren bereits mehrfach in verschiedenen Zeitaltern auf dieser Erde gewandelt. Nun hatten sie beide eine schwierige Aufgabe zu bewältigen in diesen beklemmenden Zeiten, in denen das Dogma und der nüchterne Verstand das Ruder übernommen und alles Intuitive verdrängt hatten. In der die Natur und ihre Lebewesen als Ware beurteilt und ausgebeutet wurden. Die Menschen brachten sich um Kopf und Kragen, indem sie viele Morgen Wald rodeten, um ihn urbar zu machen. So zahlreich waren die Haine bereits abgeholzt worden, dass man nun plante, für jedes neugeborene Kind einen Baum zu pflanzen, um den Waldbestand nicht gänzlich auszurotten.

Sie warf der Gestalt auf dem Pferderücken, die Kopf und Schultern hängen ließ, einen verstohlenen Blick zu. Noch verstand sie nicht, welche Rolle der Junge in diesem Kampf der alten Asen-Mächte mit den erstarkten neuen des Christengottes spielte. Dass aus ihm ein willensstarker, kräftiger Mann werden würde, war offenkundig. Die Erbanlagen seines Vaters hatten sich in ihm vollends durchgesetzt. Gero war mit allem ausgestattet, was ein Mensch brauchte, um schwerfällige Veränderungsprozesse in Gang zu setzen. Solcher Wesen bedurfte es auch, sie waren wichtig für das Voranschreiten der Menschheitsentwicklung. Das Problem war nur, dass sie dabei allzu oft den Verlockungen der Welt erlagen und ursprünglich positive Anlagen sich ins Negative verkehrten.

Warum musste er Rheinsporn, sein rechtmäßiges Erbe, verlassen und Richtung Trier einer unsicheren Zukunft entgegenziehen? Hatten die neuen Mächte ihn als Störelement geschickt, und würde er in dem bevorstehenden Kampf eine Rolle spielen, sich womöglich auf die eine oder andere Frontlinie schlagen? Für den Fall wäre es gut, ihn früh auf die richtige Seite zu ziehen. Es gab immer weniger Menschen, die nach dem alten Glauben lebten und das Geheimwissen weitergaben, genau genommen befand sich Meda bereits allein auf weiter Flur. Es galt nurmehr zu retten, was noch zu retten war, und diesen Schatz für die Nachwelt zu erhalten. Und es war mehr als nur eine böse Ahnung, dass dies viele Jahrhunderte dauern würde, lichtlose Zeiten, in denen das alte Können als Geheimwissen unter Gefahr für Leib und Leben von einem Eingeweihten zum anderen weitergegeben werden musste.

Nichts geschah zufällig. Dass sie gezwungen war, Burg Rheinsporn zu verlassen, um Agnes' Sohn nach Greifenfels zu dem Freund Egberts zu bringen, und um ihn vor dem

Zugriff seines Onkels zu bewahren, hatte einen höheren Sinn. Daran gab es keinen Zweifel, und Meda war sich zunehmend sicher, dass es dieses Kind war, das in der Eifel bald geboren werden würde.

Eine Furche bildete sich auf ihrer Stirn, und sie warf dem Jungen erneut einen prüfenden Blick zu. Er konnte sich kaum noch auf dem Zelter halten, aber er schwieg beharrlich, entschlossen, keine Schwäche zu zeigen. Ganz sein Vater.

»Ich brauche eine Pause«, sagte sie, als sie eine sonnenbeschienene Waldschneise erreichten. »Steig ab, und dann lass uns etwas essen.«

Meda sah, wie Gero versuchte, seine Erleichterung zu verbergen, als er vom verschwitzten Zelter herabrutschte. Sie ließ sich im klammen Gras nieder und wies ihn an, das Brot, den Käse und den Wasserbeutel aus den Satteltaschen zu holen. Dann löste sie die Büschel von Beifuß, die sie an ihre Füße gebunden hatte, damit diese nicht ermüdeten, und legte sie beiseite.

Wortlos aßen sie ihre karge Mahlzeit. Gero blickte mit leeren Augen starr vor sich hin. Der Junge war verunsichert, das merkte Meda ihm an. Kein Wunder – erst der Tod der Mutter, dann die heimliche Flucht und letztlich kannte er weder Theoderich, noch wusste er, ob und wie dieser ihn aufnehmen würde. Das alles war für einen Fünfjährigen schwer zu verkraften. Ruckartig hob Meda den Kopf, versteifte sich und ihre Nackenhaare richteten sich auf.

Sie wurden verfolgt. Ein einzelner Reiter war ihnen auf den Fersen, das spürte sie plötzlich mit jeder Faser ihres Körpers. Vor ihrem inneren Auge sah sie eine dunkle Gestalt im Kantergalopp hinter ihnen herjagen, deren schwarzer Umhang im Wind wehte, aufgewirbelt vom schnellen Ritt. Die Hufe des Tieres, das mit langen Beinen ausholte, rissen Krumen aus dem Erdreich und wirbelten sie durch die Luft. Sie spürte den erbitterten, auf sie gerichteten Blick des Verfolgers, und hatte eine deutliche Ahnung, wer ihnen von Stunde zu Stunde näher kam.

Mit einem Satz sprang Meda auf und trieb Gero zur Eile an. Sie durften keine Zeit mehr verlieren.

Eine Woche lang durchritten sie Wiesen, Wälder und Hügellandschaften und baten, vom Hunger getrieben, auf vereinzelten Gehöften um Essen und ein Lager. Die Bauern dieses Landstrichs erwiesen sich als großzügig. Nur einmal mussten sie unter freiem Himmel nächtigen, und Gero tat vor Angst und Kälte kaum ein Auge zu. Er beobachtete, wie Meda ein Feuer entzündete, um Wölfe fernzuhalten, merkwürdige Symbole in die Erde und in die Luft zeichnete und dabei fremdartige Worte murmelte. Ihr Tun verstärkte seine Furcht.

»Schlaf, Junge«, sagte sie. »Wir haben morgen noch einen langen Ritt vor uns, und du wirst deine Kräfte brauchen.«

»Und was ist mit dir? Brauchst du keinen Schlaf?«, entgegnete er, all seinen Mut zusammennehmend.

»Ich nehme mir meine Kraft aus den Tiefen der Erde. Schlaf jetzt. Dir geschieht kein Leid, die Naturgeister wachen über dich.«

Diese Erklärung beruhigte ihn keineswegs. Er richtete sich auf. »Welche Geister?«

»Die Naturgeister, die in allen lebendigen Dingen wohnen. Leg dich hin.«

Gero rutschte zurück auf sein Lager. »Ich kann nicht schlafen. Mir ist kalt.«

Meda seufzte und kam zu ihm herüber. Sie fuhr mit beiden Händen über seinen Körper, ohne ihn zu berühren, und grummelte wieder unverständlich. Ängstlich schaute Gero zu ihr auf, während in seinem Kopf die Gedanken kreisten. Das schleichende, grausame Sterben der Mutter hatte ihm ebenso zugesetzt wie die Geräusche, die einige Zeit zuvor aus ihrer Kammer zu ihm hinübergedrungen waren. An seinen Vater hatte er keine Erinnerung, und nun musste er auch noch seine Heimat verlassen. Die Frau, der seine Mutter ihn anvertraut hatte, war wortkarg und unbeirrbar. Er hatte nicht das Gefühl, dass er ihr lästig war, aber sie misstraute ihm wohl. Hoffentlich nahm dieser fremde Ritter ihn überhaupt bei sich auf, sonst müsste er womöglich als Mündel bei der Wehmutter bleiben. Das wollte er nicht und sie bestimmt ebenso wenig. Er hatte Angst vor dem, was auf ihn zukam, denn es barg so viele Unwägbarkeiten. Nun muss ich auch noch unter freiem Himmel am Waldrand schlafen, wo es Geister und Wölfe gibt, dachte er.

»Theoderich wird dich bei sich aufnehmen«, sagte Meda, als hätte sie seine Gedanken gelesen. »Da bin ich mir ganz sicher. Er war der beste Freund deines Vaters und fühlte sich auch deiner Mutter sehr verbunden.«

Gero spürte, wie ihm allmählich warm wurde, seine Augenlider wurden schwer und nach ein paar Atemzügen schlief er ein.

Am nächsten Tag, an dem sie entweder gemeinsam auf dem Pferd gesessen hatten oder Meda zu Fuß gegangen war, sahen sie endlich in der Ferne auf einer Anhöhe den Burgfried von Greifenfels in der herbstlichen Abendsonne leuchten. Das Gefühl von drohendem Unheil begleitete Meda bis zu der trutzigen Burg, die als eine der größten Festen in der Eifel galt. Das Feuer, das sie in der Nacht entzündet hatte, sollte lediglich Tiere abhalten, die Symbole jedoch ihren Verfolger in die Flucht schlagen, den sie unvermindert in ihrem Nacken spürte. Erst als sie Theoderichs Wehrmauern auf dem lang gestreckten, grün bewaldeten Bergsporn durchschritten hatte, wähnte sie sich sicher. Immerhin war die Felsnase an drei Seiten von einem Flusslauf begrenzt, und der nahezu rechteckige Grundriss des Gebäudes wurde an den Schmalseiten im Norden sowie im Süden durch breite Gräben vom Gelände getrennt. Besser gegen Angriffe geschützt konnte eine Burg kaum sein.

Es herrschte reger Betrieb im Burghof, als Meda mit Gero eintraf. Nach ihrer langen, einsamen Reise mutete es sie an, als sei sie auf einen Wochenmarkt geraten. Mägde fingen gackernde Hühner und quiekende Ferkel ein und die Schläge des Schmieds, der die Hufe eines Streitrosses beschlug, hallten zwischen den Burgmauern wider. Am Stall standen weitere Pferde schnaubend an eiserne Raufen gebunden, die von Knechten mit frischem Heu gefüllt wurden. Die kühle Abendluft wehte den dünnen Klang eines Kapellenglöckchens herüber, unrhythmisch gestört vom Quietschen der Ketten, an denen ein Junge mit einem Eimer Wasser aus dem Brunnen schöpfte.

Stirnrunzelnd blickte Meda sich um, doch in dem geschäftigen Treiben schenkte ihnen niemand Beachtung. Schließlich sprach sie den nächsten, dienstbeflissen vorbeieilenden Knecht an und ließ sich von ihm den Weg zu seinem Herrn weisen. Dieser Weg führte über die schmale Treppe an der Burgmauer entlang nach oben auf den Wehrgang bis zum Tor zur großen Halle. Dort fegten einige Mägde den Fußboden und deckten die Tische für das Abendmahl ein. Trotz des schräg einfallenden Sonnenlichts schien sich der Raum unter der dunklen Eichenkassettendecke zu ducken und dem Prunk der erlesenen Wandbehänge und des kunstvollen Wappenfrieses zu widersetzen.

Theoderich thronte auf der Empore in einem Lehnsessel vor einem aufwendig gewebten Wandteppich, auf dem ein kapitaler, panisch blickender Hirsch von Jagdhunden gehetzt und von Jägern mit Pfeilen beschossen wurde. Der Burgherr beriet sich mit einem Mann, seiner gehobenen Kleidung nach zu urteilen dem Haushofmeister.

Forsch ging Meda mit dem Jungen an der Hand auf den Burgherrn zu. Er trug eine bestickte Tunika, die seine breiten Schultern und die stattliche Gestalt betonte, vor dem Bauch jedoch bedenklich spannte. Erst als sie unmittelbar vor ihm stand, hob er den Kopf und blickte sie fragend an.

»Erkennt Ihr mich, Herr?«

Er zog die Stirn in Falten. »Sollte ich das?«

»Ja, das solltet Ihr. Ich bin Meda von Trier und war zuletzt tätig im Dienste derer von Rheinsporn, wobei ich auch einige Eurer zahlreichen Verletzungen behandelt habe.«

In Theoderichs hellblauen Augen flackerte die Erinnerung auf, und seine dicht bewachsenen Augenbrauen hoben sich, jedoch ohne Freude über das Wiedersehen erkennen zu lassen.

»Natürlich entsinne ich mich deiner. Bringst du mir eine Botschaft von meinem Freund?«

Meda schürzte die Lippen. Sie hatte nicht damit gerechnet, dass der Pfalzgraf noch keine Kunde vom Ableben Egberts hatte. Wie konnte das sein? Nun musste ausgerechnet sie ihm diese Unglücksnachricht überbringen.

»Nein, er ist tot.«

Sein abweisendes Mienenspiel entglitt ihm. »Was behauptest du da, Weib? Tot? Seit wann?«

»Seit fünf Jahren. Mannhaft gestorben in der Schlacht an der Elster.«

Nun sprang Theoderich auf. »Egbert ist seit fünf Jahren tot, und niemand hat es für nötig befunden, mich darüber in Kenntnis zu setzen?«, polterte er so laut, dass die Gespräche in der Halle verstummten und alle Anwesenden zu ihm hinüberschauten.

Meda sah ihm fest in die Augen. »Verzeiht, Herr, aber das oblag nicht mir. Agnes war davon ausgegangen, dass sein Bruder Bertolt diese unerfreuliche Aufgabe übernommen hatte.«

»Ausgerechnet dieser heuchlerische, habgierige Nichtsnutz!« Theoderich sammelte sich und legte die Stirn ein weiteres Mal in Falten. »Bertolt hat die Burg an sich gerissen«, schloss er. »Was ist aus Agnes geworden?«

Meda beobachtete, wie er sich bemühte, seine Besorgnis zu verbergen.

»Sie ist vor einem Mondwechsel dem Antoniusfeuer erlegen. Auf ihrem Sterbebett bat sie mich inständig, ihren Sohn zu Euch zu bringen, damit Ihr ihn standesgemäß erziehen möget.«

Theoderich starrte auf den Jungen, der eingeschüchtert neben Meda stand und aus geweiteten Augen zu ihm aufsah, ehe er rasch den Blick wieder senkte.

Es war üblich, dass männliche Nachkommen an Höfen von befreundeten Burgherren erzogen wurden, doch die Vorbereitung auf den Ritterstand begann erst mit etwa sieben Jahren. Meda war sehr wohl bewusst, dass Gero noch eindeutig kindhafte Züge zeigte. Die Söhne der Vasallen wurden aber frühestens, wenn sie eine gewisse Reife erlangt hatten, an den Hof des Dienstherrn oder eines gleichrangigen Ritters geschickt, um dort eine Pagenausbildung anzutreten oder als Waffenträger zu dienen. Doch dafür war der Junge, den sie zu Theoderich brachte, zu unreif, und außerdem fanden im Vorfeld Absprachen zwischen den Edelleuten statt. Bertolt hätte zu gegebener Zeit Kontakt zu dem Greifenfelser aufnehmen und ihn bis dahin am eigenen Hof aufziehen müssen. Nun brachte sie ihm dieses Kind, weil dessen Eltern tot waren. Aber Meda war sich sicher, dass Theoderich wusste, wie Bertolt war, und es bedurfte nicht viel Fantasie, um sich vorzustellen, wie es nach Egberts Tod auf Rheinsporn zugegangen war.

»Das seid Ihr Agnes schuldig«, drängte Meda ihn, als sein Schweigen ihr zu lange dauerte.

Sie maßen sich mit Blicken. Der Burgherr forschte erneut im Gesicht des Kindes und seine Augen weiteten sich.

»Ich verlange, dass du Stillschweigen über die Herkunft des Jungen bewahrst«, sagte er halblaut, sodass nur sie und Gero ihn verstehen konnten.

Meda verzog abschätzig die Mundwinkel. Sie hatte damit gerechnet, dass er das von ihr einfordern würde. »Selbstverständlich. Wir wollen ihn ja nicht unnötig einer Gefährdung aussetzen.« Bedeutungsvoll hob sie eine Augenbraue.

»Schwöre es!«

Meda zuckte zusammen, denn die Bedeutung eines Eides war ihr sehr wohl bewusst.

Widerstrebend hob sie an: »Ich schwöre bei Gott, dem Herrn …«

»Nein! Schwöre bei den heidnischen Göttern, an die du glaubst! Denkst du, ich weiß nicht, dass du den Schöpfer missachtest?«

Abermals maßen sie sich mit Blicken, und Meda erwog, die Halle grußlos zu verlassen. Dann würde der Greifenfelser sehen müssen, was er mit Agnes' Sohn anfing. Aber damit würde sie sich die Aussicht verderben, am Hof bleiben zu können. Ohne diesen Eid würde der Graf sie nicht auf seiner Burg, ja nicht einmal in ihrer Nähe dulden, und sie musste in diesen gefährlichen Zeiten weiter umherwandern und ein Obdach suchen. Sie wägte Für und Wider ab, und beschloss, dass es von nun an seine Sache sein sollte, Geros Abstammung zu offenbaren.

»Ich schwöre bei Odin, dem Allvater, dass ich, solange ich auf dieser Erde wandle oder Ihr mich von dem Eid entbindet, Verschwiegenheit bewahren will über die Herkunft des Jungen, den ich heute in Eure Obhut übergebe.«

Theoderich hob den Kopf und verkündete laut: »So werde ich diesen Zögling wie ein eigenes Kind aufnehmen, auf dass er auf Burg Greifenfels aufwachse und erzogen werde, wie es seinem Stande entspricht.«

Geraune erhob sich in der Halle. »Der Junge ist älter als sein Erstgeborener«, hörte Meda einen der Anwesenden tuscheln.

»Ist euch jemand auf dem Weg hierher gefolgt?« Theoderichs Augen durchforschten den Saal, als ob er dort einen Verfolger ausmachen könnte.

»Ich habe niemanden gesehen. Aber ich bin mir sicher, dass ein Häscher Bertolts hinter uns her war.«

»Dann sind wir wohl besser auf der Hut«, brummte Theoderich.

Beim Abendessen in der großen Halle sah Meda, dass der Leib der Burgherrin Walburga sichtbar geschwollen und ihr blasses Gesicht aufgedunsen war, was auf eine beschwerliche Schwangerschaft schließen ließ. Wenn die Heilerin ihr helfen könnte, würde das ihre Chancen steigern, am Hof bleiben zu dürfen. Doch Theoderichs warnende Blicke hielten sie davon ab, an die junge Frau heranzutreten und ihr eine Kräutermixtur anzubieten, zumal sie nicht wusste, ob es bereits jemanden gab, der sich um sie kümmerte. Von der Magd, die ihr später half, ein Strohlager im Schlafbereich der Dienstboten herzurichten, erfuhr sie dann aber, dass der jüdische Medikus den Hof vor Kurzem verlassen hatte. So gab es auf der Burg, ja in der ganzen Umgebung keinen Heilkundigen. Es wäre klug, jetzt die Gelegenheit beim Schopfe zu packen und sich unentbehrlich zu machen.

Früh am nächsten Morgen machte sich Meda auf die Suche nach Alant und Raute. Sie hatte bewusst noch nichts gegessen und stimmte sich nun auf die Pflanzen ein, die sie finden wollte. Halblaut murmelte sie Worte, die sie zur richtigen Stelle führen sollten. Am Waldrand wurde sie rasch fündig. Außerdem fand sie ein Feld an Brennnesseln, ein beliebtes Mittel zur Steigerung der Beischlaffähigkeit. Respektvoll wagte sie sich an die Gewächse heran, strich die Blätter von unten nach oben und pflückte sie dann ab. So berührten die Brennhärchen nicht ihre Haut, denn die juckenden Quaddeln, die sich dadurch bildeten, konnten sehr lästig und schmerzhaft sein. Zügig füllte sie einen Stoffbeutel und eilte zurück, weil die Pflanzen schnell verarbeitet werden mussten, solange Meda keine Möglichkeit besaß, Kräuter zum Trocknen aufzuhängen.

Sie fand die Burgherrin im Garten, den Rückschnitt der Rosenhecken beaufsichtigend. Ihr grünes Leinenkleid mit den langen Ärmeln war nicht nur viel zu warm, sondern zudem noch unvorteilhaft, da es unterhalb der Brust geschnürt war und so die Rundung ihres Bauches betonte. Der Stoffkranz, dessen Schleier ihren blonden Zopf züchtig bedeckte, wie es sich für eine verheiratete Edeldame ziemte, tat ein Übriges dazu, um die junge Frau wie eine dickleibige Matrone wirken zu lassen.

Kritisch blickte sie der Heilerin entgegen. »Du bist Meda von Trier, nicht wahr?«

Meda deutete ein Kopfnicken an. »Ja, Herrin. Ich war bei Eurer Geburt zugegen.«

»Ich weiß, meine Mutter hat mir davon erzählt.«

»Als Ihr ein Kind wart, sind wir uns noch einige Male begegnet.«

»Ja, daran erinnere ich mich. Mit dem Pony aus Stroh, das du mir geschenkt hast, habe ich gerne gespielt. – Du bist also eine Hebamme geworden, obwohl du adlig geboren wurdest?«

»Nicht nur. Ich kenne mich auch mit der Heilwirkung von Kräutern bei verschiedenen Krankheiten aus.«

Walburga neigte den Kopf, strich sich mit dem Handrücken über die verschwitzte Stirn und musterte sie aufmerksam. »Du hast gestern den Jungen hierher gebracht, den mein Gemahl wie einen Sohn aufgenommen hat.«

»Das war der letzte Wunsch seiner verstorbenen Mutter«, wollte Meda zu ihrer Verteidigung vorbringen, doch der Eid, den sie Theoderich geleistet hatte, hielt sie davon ab. »Das ist richtig, Herrin.«

Walburga schürzte die Lippen, als wöge sie das Gesagte mit dem Unausgesprochenen ab. Nach einer Weile, die Meda wie eine Ewigkeit vorkam, ließ sie sich schwerfällig auf einer Bank nieder. »Kannst du mir etwas gegen die Schwellung meiner Gliedmaßen geben?«

»Deswegen bin ich zu Euch gekommen. Ich habe Alantwurzeln und Raute mitgebracht. Eine Küchenmagd soll sie kleinschneiden und zusammen mit Wasserampfer daraus einen Sud brauen, von dem Ihr über den Tag verteilt zwei bis drei Becher trinken könnt. Er wird das überschüssige Wasser aus Eurem Körper herausziehen.«

Walburgas Miene hellte sich auf; sie nahm den Stoffbeutel entgegen und roch verhalten an seinem Inhalt. »Ich danke dir.«

Sie deutete auf die Bank, und Meda setzte sich neben sie. Die Mägde, die an den Rosensträuchern arbeiteten und sich nicht die Mühe machten vorzutäuschen, dass sie das Gespräch nicht belauschten, sahen verstohlen herüber.

Walburga rief eine von ihnen zu sich. »Bring das in die Küche, braue mir einen Sud daraus und füge auch etwas Wasserampfer hinzu.«

Als das Mädchen gegangen war, saßen die beiden Frauen ein paar Atemzüge schweigend nebeneinander, bis die Burgherrin die Stille brach. »Meine Mutter hat stets mit höchster Achtung von dir gesprochen. Sie war überzeugt, dass du besondere Fähigkeiten hast.«

»Ja, die habe ich, und das Kind, das du trägst, wird ebensolche haben. Es wird eine große Aufgabe übernehmen, aber ob sie ihr gewachsen sein wird, muss sich zeigen.«

»Sie? Es ist ein Mädchen?« Überrascht schaute Walburga sie von der Seite an.

Meda nickte ruhig. »Es wäre gut, wenn du sie mir zur Ausbildung gibst, wenn sie so weit ist.«

»Aber wenn das Kind ein Mädchen ist, ist ihre Aufgabe als Theoderichs Tochter schon vorbestimmt. Sie wird zur Burgherrin erzogen und ihrem Stand entsprechend heiraten.«

Die Heilerin erhob sich. Es war nicht sinnvoll, weiter zu fordern – die Saat des Gedankens war ausgesät. »Bring sie zu mir, wenn sie so weit ist, und wir werden sehen. Und vergesst nicht, Euren Alantsud zu trinken.«

Verblüfft blickte Walburga Meda nach, als sie sich mit einem Kopfnicken verabschiedete und den Burggarten verließ. Im Weggehen sah sie, wie die werdende Mutter schützend die Hände auf ihren Bauch legte, als fürchtete sie, dass ihr jemand das Ungeborene wegnehmen wollte.

Bereits am übernächsten Tag ließ Walburga Meda zu sich in den Garten rufen. Ihre Miene wirkte entspannt und zufrieden.

»Dein Kräuteraufguss hat die Beschwerden gelindert und das überflüssige Wasser aus meinem Körper gelöst. Ich habe bereits mit meinem Gemahl gesprochen und auch er denkt, dass eine Heilkundige von Nutzen für uns alle ist. Wir bitten dich, auf Greifenfels zu bleiben.«

Meda bezweifelte, dass der Burgherr sie gerne hierbehielt. Sie schmunzelte innerlich bei der Vorstellung, wie wenig die Aussicht ihm wahrscheinlich behagte, sie als Mahnmal ständig in seinem Umfeld zu haben. Doch das sollte nicht ihre

Sorge sein. Sie deutete eine Verbeugung an. »Das will ich gerne tun, Herrin.«

Frohen Mutes bezog sie eine leerstehende Hütte unweit der Burg und begann sofort mit dem Sammeln und Trocknen von Heilkräutern. Wenn sich alles gut fügte, konnte sie schon bald an ihrem Lebenswerk weiterarbeiten, das die Reise hierher glücklicherweise in der Satteltasche unbeschadet überstanden hatte.

In der Dorfschenke bei Greifenfels stank es nach Schweiß und vergorenem Wein. Durch die Tierhaut in der Fensteröffnung fiel nur milchiges Tageslicht in den Gastraum. Friedwart von Höhtgen ließ sich an dem letzten freien Tisch nieder und verlangte hungrig einen Laib Brot, Käse und einen Krug Wein. Wenn der so schmeckte wie es in der Schenke roch, würde er ihn dem Wirt ins Gesicht spucken. Aber erst, nachdem er ihm die Nachrichten entlockt hatte, die er brauchte.

Tatsächlich erwies sich der behäbige Gastwirt als neugierig und geschwätzig.

»Woher kommt Ihr, Herr? Ich habe Euch in der Gegend hier noch nie gesehen« , leitete er das Gespräch wie beiläufig ein und bedachte ihn mit einem prüfenden Blick.

»Aus Trier«, behauptete Friedwart.

»Aus Trier, sieh an. Und was führt Euch hierher in diese trostlose Gegend, in der das Bellen der Hunde die einzige Musik ist?«

»Ich bin auf dem Weg nach Burg Hamm, habe dort eine Botschaft meines Herrn zu überbringen.«

»Dann wisst Ihr von dem Jungen, der von dort hierher gebracht worden sein soll?«

Friedwart wurde hellhörig. »Welcher Junge?«

Mit einem zufriedenen Gesichtsausdruck ließ sich der Schankwirt am Tisch nieder, wobei er sich die Hände an seiner fleckigen Lederschürze abrieb. »Vor ein paar Tagen hat eine Kräuterhexe ein Kind zu Theoderich gebracht, und der hat es wie sein eigenes aufgenommen.«

Aufmerksam taxierte Friedwart das glänzende Gesicht des Wirtes und bemerkte angewidert Essensreste in seinem Bart. Er zwang sich, dem Mann in die Augen zu schauen. »Warum nimmt Theoderich ein Kind an, das eigentlich nach Hamm gehört?«

Der Wirt hob übertrieben die Schultern und ließ sie im nächsten Moment wieder fallen. »Das fragt sich das ganze Dorf!« Vielsagend wanderten seine Augenbrauen nach oben.

Die Lautstärke im Schankraum schwoll an, als die anderen Gäste in ein zotiges Lied einstimmten. Gelächter und das Scheppern der Bierkrüge vereinten sich zu einem misstönigen Rhythmus. Eine Schankmagd in schlichtem grünen Kleid mit tiefem Ausschnitt brachte Brot an den Tisch und erhielt dafür einen Klaps auf das Hinterteil. Eilig zog sie sich zurück.

Friedwart beugte sich vor. »Auf welchen Namen hört denn das Kind?«

Der Schankwirt beugte sich nun ebenfalls in seine Richtung. Offensichtlich glaubte er, einen dem Tratsch zugeneigten Gast vor sich zu haben.

»Gero von Hamm. Es heißt …«, der Wirt ließ seinen Blick forschend durch den Gastraum schweifen, als wollte er abschätzen, ob jemand sie belauschte. Er fuhr erst fort, als er sich sicher sein konnte, dass das nicht der Fall war, »das Kind sei ein illegitimer Sohn Friedhelm von Hamms.« Er zog die Augenbrauen zusammen, wie um seinen Worten mehr Gewicht zu verleihen.

»Ein Sohn des jungen Ritters, dem ich die Nachricht zu überbringen habe?«

Der Wirt hob beide Hände. »Wie gesagt, es sind nur Gerüchte. Aber vielleicht geht es in der Botschaft, die Ihr zu übermitteln habt, ja genau um dieses Kind.«

»Ist er wirklich Friedhelms Sohn?«

Der Wirt rückte noch näher an ihn heran und der Geruch von ranzigem Fett stieg Friedwart in die Nase. »Ich glaube viel eher, dass der Junge ein Abkömmling des Kaisers ist und an einem anderen Hof unter falschem Namen großgezogen werden soll, um ihn dem Zugriff seiner Feinde zu entziehen.« Sein Gesicht nahm bei dem Versuch, wichtig und glaubwürdig dreinzublicken, sonderbare Züge an. Der Tratsch trieb verschwörerische Blüten.

Doch das konnte sich Friedwart nun beim besten Willen nicht vorstellen. Theoderich besaß keine nennenswerten Beziehungen zum Kaiser. Warum sollte dieser ihn mit einem derart heiklen Auftrag betrauen, und welches Kind käme für eine Thronfolge in Frage? Ein Bastard gewiss nicht, der Monarch hatte legitime Nachfolger.

»Ich halte auf Burg Hamm Augen und Ohren offen«, versprach er dem Wirt. »Und wenn ich zurückkomme, weiß ich vielleicht mehr.«

Der Schenk nickte und wirkte dabei sehr zufrieden. »Es geschieht nicht oft, dass ein Ritter sich mit einem einfachen Mann wie mir abgibt. Vielmehr marodieren viele von ihnen raubend und plündernd durch die Lande und sorgen für Ärger und Verdruss, weil sie sich um die Nöte der Landbevölkerung nicht scheren.«

Friedwart verzog keine Miene. Der Wein schmeckte tatsächlich so wie der Geruch vermuten ließ, doch er verzichtete darauf, dem Wirt das Gesöff ins Gesicht zu spucken. Er bezahlte seine Zeche und sah zu, dass er den stinkenden Landstrich und die bellenden Hunde hinter sich ließ und schleunigst nach Rheinsporn zurückkehrte. Die Kunde, die er wollte, hatte er bekommen. Allerdings grauste es ihm schon vor dem Wankelmut und der mangelnden Vorausschau seines Herrn. Auf dem Rückweg sann er darüber nach, wie er ihm die Neuigkeiten so unterbreiten konnte, dass dieser handeln musste.

Bertolt lauschte angestrengt, als Friedwart ihm enthüllte, was er in Erfahrung gebracht hatte, und strich sich durch den buschigen Bart. Er saß im Hemd vor dem Kaminfeuer in Egberts' ehemaliger Kemenate, und hinter dem aufwendig mit Blumenornamenten bestickten Baldachin des Bettes kleidete sich eine der Küchenmägde wieder an. Als die höchstens zwölfjährige Magd mit hochrotem Kopf an ihnen vorbeihuschte, hob Friedwart eine Augenbraue.

Bertolt ignorierte das Mädchen. Sie schlich hinaus und schloss leise die Tür von außen. »Ist Theoderich sich darüber im Klaren, mit wem er es zu tun hat?«

»Das kann ich nur vermuten. Im Dorf kursiert allerdings das Gerücht, das Kind sei ein illegitimer Sohn von Friedhelm von Hamm und höre auf den Namen Gero.«

Mit ungläubigem Gesichtsausdruck fixierte sein Herr ihn. »Sie nennen ihn sogar bei seinem richtigen Vornamen? Theoderich scheint sich seiner Sache ja sehr sicher zu sein!«

»Was wirst du nun tun?«

Bertolt schaute ins Feuer und strich sich dabei unablässig über das Kinn. »Eine Bedrohung für mich ist er nicht, solange er sich bei Theoderich aufhält.«

»Allerdings ist er jetzt leichter unschädlich zu machen als später, wenn er erwachsen ist und Ansprüche auf die Burg erhebt.«

Gedankenversunken nickte Bertolt. »Ja, das ist wohl wahr. Eigentlich habe ich nichts gegen den Jungen, schätze ihn sogar dafür, dass er nicht furchtsam ist, und mit dem Holzschwert geschickt umzugehen weiß«, sagte er, als spräche er mit sich selbst.

Friedwart wusste, dass Bertolt stets wegen seiner Furchtlosigkeit zu Egbert aufgeblickt hatte. Genau diese Eigenschaft schien auch Gero in sich zu tragen, ebenso wie Theoderich und Heinrich von Laach. Alles Erstgeborene, die sich – im Gegensatz zu ihnen beiden – ihres Erbes und ihres Platzes in dieser Welt sicher sein konnten. Doch Bertolt würde sich die hart erstrittene Stellung nicht von einem Kind streitig machen lassen. Dafür würde Friedwart Sorge tragen.

Kapitel fünf

Den halben November toste der Wind um die Burgmauern, entwurzelte Bäume und deckte mit einem solchen Geheul Dächer ab, dass es Meda vorkam, als flögen Dämonen durch die Luft. Dann herrschte zwei Tage lang eine unheimliche Stille. Kein Lüftchen regte sich, die Sonne schien durch einen milchigen Himmel, der sich mehr und mehr verdunkelte und sich dabei nahezu übernatürlich schwefelgelb verfärbte. Irgendwann wechselte das Gelb in ein Violett, und aus der Ferne näherten sich schwarze Gewitterwolken.

Es dauerte nicht lange, da hallte das Tal vor Meda vom Donner wider und Blitze zuckten über die Felder. Von Weitem sichtete sie gelegentlich Bäume, die in Flammen aufloderten, und manch ein Burgbewohner schlug das Kreuzzeichen vor der Brust, als erwartete er das von den Priestern angekündigte Ende der Welt. Sie sah die Christen in die Kapelle flüchten, um für ihre Verschonung im Jüngsten Gericht zu beten.

Auch Meda befürchtete, dass das heranziehende Unwetter ein geradezu apokalyptisches Ausmaß annehmen würde, und fragte sich, was Donar so gegen die Lothringer aufgebracht hatte. Sie schätzte anhand der Zeitspanne zwischen den einzelnen Donnerschlägen ab, wie lange es noch dauerte, bis das Gewitter Greifenfels erreicht haben würde. Dann eilte sie zu der ihr bekannten Stelle am Waldrand, um Alant zu pflücken, denn nun war der beste Zeitpunkt dafür. Als sie außer Atem zurück in den Burghof kam, waren die Knechte und Mägde hektisch damit beschäftigt, die Tiere in die Ställe zu scheuchen und Besen, Eimer und Werkzeug in die Scheunen und Innenräume zu bringen. Schon fiel der erste Schatten über die Burg, und die tiefhängenden Wolken schienen so nah, als könnte Meda sie greifen, wenn sie sich auf der Spitze des Burgfrieds aufhielte. Nach einem ohrenbetäubenden Krachen entlud sich ein Blitz und fuhr irgendwo im naheliegenden Dorf ein. Im nächsten Moment gellten von dort Schmerzensschreie und Warnrufe herüber. Focht Donar am Himmel etwa einen Zweikampf mit dem Christengott aus? Rasch lief

Meda in ihre Hütte, um diese zu schützen und um Heilkräuter zur Hand zu haben, wenn ihre Hilfe gebraucht wurde. Sie befürchtete, dass in dieser Nacht mehr als nur ein Mensch den Tod finden würde.

Walburga stand an der Fensteröffnung ihrer Kammer und blickte mit zerfurchter Stirn auf das Land vor ihr, das unterzugehen drohte. Die Wassertropfen fielen vom Himmel herab wie dicke Würmer und bildeten rasch Pfützen, die sich zu Teichen ausdehnten. Unwillkürlich hielt sie die Hände schützend an ihren Bauch. Noch war es nicht so weit. Das Kind brauchte mindestens weitere vier Wochen, hatte Meda ihr gesagt, und sie vertraute der Heilerin, weil ihre Mutter das auch getan hatte. Bis dahin würden sich die Wogen wohl wieder geglättet haben. Blitze erhellten die Dunkelheit über der Landschaft und malten zuckende Schatten an die Burgmauer, die an herumirrende Geister erinnerten. Als ein Donnerschlag unmittelbar über ihr derart krachte, dass das Gemäuer erzitterte, schrie sie auf und hielt sich an der Fensteröffnung fest. Im nächsten Moment durchzuckte sie ein stechender Schmerz und etwas floss warm an ihren Beinen hinab. Entsetzt rang sie nach Luft und rief ihre erste Kammerfrau.

»Hilf mir ins Bett!«, verlangte sie, als Ursula zu ihr eilte. »Ich verliere Wasser.«

»Der Herr sei mit uns! So werdet Ihr in diesem unheimlichen Weltuntergang entbinden?«, entfuhr es der Dienerin. Sie starrte Walburga mit weit aufgerissenen Augen an, biss sich auf die Lippen und half ihr dann wortlos die Stufen zur Schlafstatt auf der hölzernen Empore hinauf.

»Geh rasch, hol Meda!«, befahl sie stattdessen Cäcilia, einer jungen Magd, »und sag ihr, dass es dringend ist.«

Das Mädchen bekreuzigte sich mehrmals hastig und verließ die Kemenate.

In ihrer Hütte saß Meda geduckt, als könne sie so den Peitschenhieben Donars entgehen, und betete darum, dass der

Blitz nicht in die Kate einschlug und ihre ganze Arbeit zunichtemachte. Wahrscheinlich wäre es klüger, sich im Rittersaal aufzuhalten, so wie es vermutlich nahezu alle anderen Burgbewohner taten. Zumindest das Kräuterbuch hätte sie besser in den Frauenturm gebracht, damit es in Sicherheit war. Doch sie hatte beschlossen, direkt vor Ort Kraftzeichen in die Erde zu malen und darauf zu setzen, dass die Symbole einem solchen Aufruhr der Elemente trotzten. Auch ihr entging das Heulen in der Luft nicht und sie fragte sich, was die Stimmen ankündigten. Die Geburt des Mädchens, das sie selbst schon sehnsüchtig erwartete, stand erst in ein paar Wochen bevor. Doch die Geister dort draußen verrieten ihr, dass das Unwetter nicht das Einzige war, was in dieser Nacht geschehen würde.

Der Lärm der Elemente sorgte dafür, dass sie nichts mehr von dem wahrnahm, was draußen unmittelbar vor ihrer Türe geschah. Erst als sich der Sturm eine kurze Ruhepause gönnte und der Himmel Kraft sammelte, um erneut mit Donner zu grollen und Blitze zu schleudern, hörte sie ihren Namen sowie ein rhythmisches und eindringliches Pochen.

Aufgeschreckt fuhr sie aus ihrer kauernden Haltung auf. »Wer ist da?«

Doch vor ihrer Tür regte sich nichts.

»Wer ist da?«, rief sie ein zweites Mal, diesmal lauter.

»Ich bin's, Cäcilia. Du musst sofort zur Burg kommen. Walburga hat Wasser und Blut verloren und wir befürchten, dass es an der Zeit ist und das Kind in diesem unsäglichen Unwetter zur Welt kommen könnte.«

Meda erstarrte. So hatte ihre Vorahnung sie nicht getrogen. Ihre Gefährtin aus grauer Vorzeit begab sich auf den Weg, um die Weltbühne ein weiteres Mal zu betreten. Doch leider würde sie das zu früh tun, und das in dieser Jahreszeit. Hatten die Mächte des neuen Gotts dafür gesorgt, dass das geschah? Ihr war bewusst, was das bedeutete, und es dauerte nur einen Atemzug, ehe sie sich entschloss, sich dem mit aller Kraft entgegenzustemmen. Mit klopfendem Herzen packte sie hastig ihre Sachen zusammen, warf sich ihren Wollumhang über und stob aus der Hütte, vorbei an Cäcilia und dem Knecht, der die junge Frau geleitete. Alleine rannte sie voraus zur Burg, sodass die beiden Jüngeren kaum Schritt mit ihr halten konnten.

Schon im Burghof hörte sie ungeachtet des Unwetters Walburga durchdringend und langgezogen schreien. Ein untrügliches Zeichen, dass die Wehen eingesetzt hatten. Da es sich nicht um ihr erstes Kind handelte, konnte es sein, dass die Geburt sehr schnell vonstattenging. Meda war entschlossen, das Mädchen gesund auf die Welt zu holen und alles dafür zu tun, dass es trotz seiner Unreife gedieh.

Im Frauenturm herrschte Aufregung. Die Kammerfrauen rannten wie aufgescheuchte Hennen die Treppe auf und ab, zuckten zusammen und schrien entsetzt auf, sobald ein Donnerschlag die Burgmauern ein weiteres Mal erschütterte. Das Gewitter schien genau über ihnen zu verweilen. Als sei dies der beste Ort, den Inhalt der nachtschwarzen Wolken zu ergießen, die Burg in Himmelswasser zu baden und gleichzeitig mit Donnern und Blitzen zu traktieren.

»Wo bleibst du denn?«, rief Walburga ihr entgegen. »Das Kind! Es kommt zu früh!«

Meda eilte zu ihr und legte die Hände auf ihren Bauch, um die Lage des Ungeborenen zu ertasten. Dann fluchte sie innerlich, als sie erkannte, dass es sich noch in Steißlage befand. Hatte sich die Nabelschnur etwa zwischen dem Kind und dem Becken verklemmt? Seine geringe Größe war nun ein Vorteil, denn wenn sich der Muttermund alsbald öffnete, würde es zügig aus dem Leib der Mutter herausgleiten können. Blieb zu hoffen, dass das Köpfchen noch klein genug für den Geburtskanal war. Eine Armlähmung würde sich nicht mehr rückgängig machen lassen, und Verletzungen am Kopf hätten gar tödliche Folgen. Ganz zu schweigen davon, was passierte, wenn er steckenblieb!

»Was murmelst du da?« Walburgas Gesicht war angespannt und verschwitzt.

»Segenswünsche für dich und deine Tochter«, erwiderte die Heilerin, weil sie die Gebärende nicht mit der Auskunft erschrecken wollte, dass sie ihre Götter um Hilfe bat. Denn sie alle würden in dieser Nacht Unterstützung brauchen, und ganz besonders das kleine Wesen, das viel zu früh den schützenden Mutterleib verlassen musste.

Verstohlen beobachtete Meda Walburga dabei, wie sie beim Sticken innehielt und ihre Fingerspitzen anhauchte, die den Dienst zu versagen drohten, obschon sie Deckchen für Sigrun, ihr Neugeborenes, mit Ornamenten verzieren sollten. Vor ein paar Wochen erst hatte die Burgherrin, wie von Meda vorausgesagt, eine Tochter und nicht den ersehnten Sohn geboren, und sie fühlte sich nicht wohl. Die Geburt hatte Walburga geschwächt. So setzten ihr jetzt Kälte und Feuchtigkeit besonders zu. Meda hielt sich täglich für mehrere Stunden in ihrer Kemenate auf, um nach ihr und dem Kind zu sehen. Den Kammerfrauen gefiel das nicht sonderlich, das war ihr bewusst. Aber ihre Hütte war in der Unwetternacht von einem herabstürzenden Baum zerstört worden, nachdem Meda sie schutzlos zurücklassen musste, und seitdem hielt sie sich ohnehin in der Burg auf. Außerdem brauchte die Wöchnerin ihre Arzneien, damit sie nicht erkrankte. Das Christfest stand bevor, die Vorbereitungen waren bereits im vollen Gange und Walburga wollte trotz ihrer körperlichen Einschränkungen ihren Pflichten als Burgherrin nachkommen und die Ausführung ihrer Anordnungen überwachen.

Bis dahin vertrieb sie sich mit ihren Kammerfrauen in ihrer Kemenate die Zeit mit Spinnen, Sticken und Weben, was jedoch mit steifen Gliedern einige Schwierigkeiten bereitete. Die Wollbinden, die sie um ihre Hände gewickelt hatten, hielten die Kälte nur mäßig fern, genauso wie der Branntwein, der sie von innen wärmen sollte. Mit frostigen Fangarmen fingerte sich die eisige Luft durch die Ritzen der Burgmauern, durch Wandteppiche und Holzvertäfelungen.

Viel kälter hätte es in ihrer Hütte auch nicht mehr sein können. Während Walburga Sigruns Initialen in das feine Tuch stickte, fiel Medas Blick hin und wieder auf den Wandbehang. Er zeigte Greifenfels im Frühling, und der Anblick fachte ihre Sehnsucht nach Wärme und Sonnenlicht an.

»Das Kind ist viel zu früh zur Welt gekommen«, flüsterte Cäcilia ihr nun zum wiederholten Mal mit Blick auf den zarten Säugling zu. »Es wird den Winter nicht überstehen.«

»Sag das nicht ständig, sonst beschwörst du das Unheil herauf«, erwiderte Meda, obwohl sie nach der Geburt noch das Gleiche gedacht hatte, als sie das winzige, in weiße Schmiere eingehüllte Wesen in ihren Händen hielt. »Siehst du nicht, wie zäh die Kleine ist? Schieb die Wiege näher an das Feuer heran und schüre die Flamme ordentlich!«

Cäcilia sah fragend zu Walburga. Diese nickte bestätigend. Meda spürte, dass auch ihr Nacken steif gefroren war. Sie warf einen Blick zur Fensteröffnung, doch diese war wie alle anderen auf der Burg mit Tierhäuten zugehängt und in den unteren Räumen zusätzlich mit Holzlatten verbarrikadiert. Kerzen waren teuer, die Kaminwärme in den Kammern reichte nur ein paar Ellen weit und der einzige neuartige Kachelofen befand sich im Rittersaal.

»Meine Finger sind derart steif, dass ich nicht einmal mehr in der Lage bin, das Schiffchen durch die Kettfäden zu ziehen!«, beschwerte sich Ursula, die schon seit Stunden vor dem Webstuhl saß und sich mit einer komplizierten Webarbeit abmühte. Ihr flächiges Gesicht mit der schief sitzenden Nase war unnatürlich gerötet.

»Was denkst du, wann wir mit ihr in die Halle gehen können?«, fragte sie Meda.

»Lasst dem Kind die Abgeschiedenheit des Frauenturms noch bis zum Mittwinter, dann könnt ihr es herunterbringen.«

Fragend blickten die Kammerfrauen Walburga an.

»Sie meint das Christfest«, erklärte diese und Meda hörte ihr Bemühen heraus, so zu tun, als sei das eine Selbstverständlichkeit.

»Christen feiern auch die Rückkehr des Lichts, oder glaubt ihr etwa, Jesus sei an diesem Tag geboren worden?«, warf Meda unwirsch ein.

Die Mägde schauten sie mit überraschten Gesichtern an, als hätten sie das tatsächlich gedacht.

»Die Feste unserer Vorfahren wurden umbenannt, damit wir sie weiterfeiern können, aber eben unter anderem Namen und mit christlichen Vorzeichen«, fuhr sie unbeirrt fort.

»Weihnachten soll ein heidnisches Fest sein?« Ursula warf ihr einen missbilligenden Blick aus schräg stehenden Augen zu. »Es würde dem Kaplan nicht gefallen zu erfahren, was du da behauptest!«

Den Geistlichen fürchtete Meda nicht. »Ursprünglich war es das mal, ja. Unsere Ahnen haben an dem Tag die Wintersonnenwende gefeiert. Ostern wird an Ostara begangen, das der Göttin der Morgenröte geweiht war. Nur das Beltanefest wurde ganz verboten, weil es den Christen zu ungezügelt war. Und die heiligen Stätten und Thingplätze wurden mit Kirchenbauten überzogen.«

Das war den Frauen zu viel, erkannte Meda, als diese sich abwandten. Sie sah ihnen an, dass sie um die Reinheit ihrer eigenen Seelen fürchteten, und dass sie froh waren, nur noch wenige Tage ausharren zu müssen. Dann konnten sie in die Halle ans Feuer zu den anderen Burgbewohnern gehen, die dort dicht beieinander saßen, und Theoderichs Haushofmeister lauschen. Mit getragener Stimme erzählte er dort von König Artus und den Taten Siegfrieds, des Drachentöters. Anschließend wurde fröhlich, mit reichlich Spott und Humor gesalzen, darüber diskutiert, was an diesen Sagen wohl wahr und was erfunden sei.

»Das ist weitaus unterhaltsamer und auch weniger bedrohlich für das eigene Heil als das Eingepferchtsein mit dieser unheimlichen Kräuterhexe, die wie die Sachsen noch immer an heidnische Rituale und Odin glaubt«, hatte Ursula sich am Vortag bei Walburga beschwert, ohne zu merken, dass Meda sie hatte hören können. »Dabei weiß doch inzwischen jeder in der gebildeten Welt, dass Jesus Christus der Erlöser ist.«

Pah!, dachte Meda, gebildete Welt! Als seien ihre Vorfahren alle dumm gewesen!

Sie warf erst der Burgherrin, dann den Kammerfrauen einen verstohlenen Blick zu. Es würde ihnen allen guttun, der Enge ihrer Kemenate entfliehen zu können. Doch mit ihrer Meinung würde sie trotzdem nicht hinterm Berg halten.

Die Burgbewohner begegneten Gero unverhohlen mit Misstrauen und mieden ihn. Theoderich richtete selten ein Wort an ihn, und Adebar, sein Erstgeborener, fing an zu weinen, sobald Gero sich in seiner Nähe aufhielt. Nachts, wenn er im Turmzimmer unter Fellen und Daunenkissen im Bett lag, konnte er kaum einschlafen, weil im Wald ein ganzes Wolfsrudel vor Hunger heulte, und der Kettenhund im Hof in ihre Klage einstimmte. Er fühlte sich ihnen nah, denn er war ebenso einsam, hätte weinen können um seiner selbst willen, sogar kurz vor dem Christfest, das doch eigentlich ein Fest der Freude sein sollte. Da er niemand anderen hatte, an den er sich wenden konnte, hielt er sich an Meda.

»Warum bist du so oft im Frauenturm?«, fragte er, als er sie endlich mal wieder in der großen Halle antraf.

»Die Herrin braucht meine Unterstützung.«

»Weshalb?«

»Weil sie sich von den Strapazen der Geburt erholen muss.«

Gero runzelte die Stirn. »Aber ich habe gesehen, wie sie die Vorbereitungen für das Festessen überwacht.«

»Ja, das muss sie tun. Schließlich ist sie die Burgherrin, und auf die Dienstboten kann man sich nicht immer verlassen. Sie kontrolliert regelmäßig den Spiegel in den Wein- und Bierfässern, die Anzahl der von den Hühnern gelegten Eier und die Menge an Milch in der Meierei. Tut sie das nicht, verliert sie den Überblick und wird womöglich bestohlen.«

Scheu folgte Gero Meda in die Küche, aus der seit Tagen herrliche Düfte drangen, denn dort wurde unablässig Kuchen gebacken, Fleisch gepökelt und fette Soßen angesetzt. Mit großen Augen beobachtete er die Köchin dabei, wie sie eine Gans mit Mandeln, Maronen und Rosinen stopfte, während ihre erste Magd Hähnchenbrust und Fladenbrote zubereitete. Ein Küchenjunge zerstieß ein paar Gewürze mit dem Mörser und süßte die Speisen mit Mandelmilch.

Meda schmunzelte. »Auf das Festessen kannst du dich schon freuen. Am Christfest gilt es, sich den Bauch nach Herzenslust vollzuschlagen, denn der Winter schickt sich an, weiterhin hart zu bleiben.«

Das stimmte. Es fiel unablässig Schnee, der bereits in großen Wehen den Burghof bedeckte und ein Vorankommen erschwerte.

Da Walburga später am Tag Leckereien als Festgeschenke an die Kinder und Dienstboten verteilte, hielt auch Gero sich in ihrer Nähe auf. Doch sie übersah ihn, und er hatte das Gefühl, dass das mit Absicht geschah. Hungrig lief er ihr in die Halle hinterher, wo die Bediensteten Schragentische, Schemel und Bänke ölten und zurechtschoben, frische Binsen auf den Holzdielen ausstreuten und die Wände mit Tannengrün schmückten. Dort nahm sie ihn endlich wahr und gab ihm eines der Küchlein. Überglücklich aß Gero es sofort auf und genoss die köstliche Süße, die ihn an unbeschwerte Stunden auf Rheinsporn erinnerten.

Am Abend fanden sich Musikanten mit Fiedeln und Pfeifen ein. Beim Festtagsmahl spielten sie auf, während die Burgbewohner fröhlich durcheinander schwatzten, sich mit Genuss an Wildbraten und gewürztem Wein erfreuten, und dabei das Geschick von Köchin und Burgherrin gleichermaßen mit Lob bedachten. Gero saß zwischen den anderen Kindern am unteren Ende der Tafel und fühlte sich, als sei er unsichtbar. Immer wieder sah er zu Walburga hinüber, die ihm als Einzige ein Geschenk gemacht hatte. Mit zufriedenem Gesichtsausdruck beobachtete sie die Schar der Gäste.

Gero folgte ihrem Blick. Der flackernde Lichtschein der Wandleuchter und Kandelaber tanzte über die Seiden- und Brokatstoffe der Adligen, die sich eingefunden hatten – zur Feier des Hochfestes hatten sich alle fein herausgeputzt. Edelsteine glänzten hier und dort im Kerzenlicht, und der festlich geschmückte Raum hallte wider von Gelächter. Geros Blick irrte zurück zum Kopf der Tafel, wo Theoderich wie ein König thronte. Walburga rief eine ihrer Kammerfrauen herbei und flüsterte ihr etwas zu.

Kurze Zeit später erschien die Dienerin mit der schiefen Nase mit weiteren Bediensteten, brachte die Wiege in die Halle und stellte sie neben dem Kachelofen ab. Wie alle anderen Burgbewohner und Gäste bestaunte auch Gero das Kind. Das Mädchen war winzig und hatte dürre, krallige Fingerchen, die von der feuchten Kälte schrumpelig und klamm waren.

Dem Säugling konnte er sich zuwenden, ohne auf Ablehnung zu stoßen, und der Ofen gab eine wohlige Wärme ab. Obwohl es sich für einen Jungen in seinem Alter nicht ziemte, und für einen fremden zumal, hielt er sich, so lange es schicklich war, an der Wiege auf. Das Neugeborene rührte Gero derart, dass er sich kaum von ihm abwenden konnte und ihm hin und wieder heimlich die Händchen wärmte. Als er sich unbeobachtet glaubte, weckte er es auf, damit er die Iris des Kindes sehen konnte. Sie war von einem durchscheinenden hellen Grau und schimmerte rund um die Pupille herum bläulich wie der Regen, der zu seiner Geburt vor wenigen Wochen in unbeschreiblichen Massen vom Himmel gefallen war. Das Mädchen lag still da und schaute ihn mit seinen klaren Äuglein an, als verstünde es schon jetzt die Welt und ihn in seiner Einsamkeit. Als sich dann jedoch Walburga der Wiege näherte, huschte er rasch an seinen Platz am Tisch zurück.

Sobald Theoderich das Festmahl für beendet erklärt hatte, erhob sich Gero erleichtert, um seine Kammer aufzusuchen, die er sich mit den Knappen teilte. Vor dem Wohnturm fing

Meda ihn ab und überreichte ihm ein handtellergroßes, mit Leinen umwickeltes Pferd aus Stroh.

»Am Mittwinter sollte kein Kind traurig sein«, sagte sie.

Er strahlte sie an. »Danke!«

Sie strich ihm über den Kopf. »Deine Mutter ist mit ihrem Herzen bei dir, da bin ich mir ganz sicher. Schlaf gut.«

Frierend glitt er in der Kammer unter den Kaninchenfellüberwurf, drückte das Spielzeugpferd an sich und starrte an die tief hängende, dunkle Decke. Er lag lange wach und versuchte, sich zu entsinnen, wie seine Eltern ausgesehen hatten. Doch an den Vater konnte er sich gar nicht erinnern, und das Antlitz seiner Mutter verblasste bereits. Es waren ohnehin bedrückende Bilder, die sich in seinem Kopf einstellten, wenn er an sie dachte, denn ihre auszehrende Krankheit überschattete alle schönen Andenken an sie. Dennoch tröstete ihn Medas Versicherung.

Nach dem Christfest fiel die Burg in eine Art Winterschlaf, denn alle zogen sich ins Innere zurück und verrichteten nur noch leichte Tätigkeiten. Als endlich der Frühling Einzug hielt, half Gero den Bediensteten, die Tierhäute und Holzverschläge vor den Fenstern nach und nach zu entfernen, sodass frische Luft einströmen konnte. Es stimmte auch ihn wieder zuversichtlicher, dass die Burg erleichtert aufatmete und in die Betriebsamkeit zurückkehrte. Aufmerksam beobachtete er, wie die Bauern mit dem Pflügen und der Aussaat begannen und die Handwerker ihre Arbeit wieder aufnahmen. Die Burgherrin hatte die Hauswirtschaft mit Verstand verwaltet und die Bewohner sicher durch den strengen Winter gebracht.

Doch schon bald schnappte er in den Gesprächen der Erwachsenen auf, sie sei nun oft von Sorge geplagt, weil sie nicht wisse, wie sie alle satt bekommen solle. Die schier endlose, dunkle Jahreszeit habe die Vorräte an Mehl, Trockenobst und Gemüse verschlungen. Seit dem Neujahrstag hatte es nur noch Eingelegtes und Dörrfleisch gegeben, und nun seien die Bestände nahezu aufgebraucht. Außerdem habe ihr Gemahl sich in den langen, kalten Nächten scheinbar oft an ihr gewärmt. Rasch machte das Gerücht die Runde, Walburga sei bereits wieder guter Hoffnung.

Gero nahm das Gerede mit wachsender Sorge auf. Was geschah mit ihm, wenn es auf der Burg nicht mehr ausreichend zu essen gab? Was, wenn der Burggraf genug eigene Kinder hatte?

Sobald die Witterung es zuließ, errichtete sich Meda mithilfe von Theoderichs Knechten außerhalb der Burgmauern eine größere und beständigere Hütte. Sie brauchte Platz für ihre Kräuter und eine eigene Feuerstelle, über die sie einen Kessel hängen konnte, um darin Tinkturen, Sude und Kräutersuppen zu kochen. Die Gerüche, die sich bei der Verarbeitung der Heilkräuter verbreiteten, waren gelegentlich so unangenehm, dass man sie den Burgbewohnern nicht zumuten konnte. Walburgas einfältige Kammerfrauen hatten sich mehrfach über den Gestank beschwert, der sich im Frauenturm ausgebreitet hatte, nahmen bei Erkältungen aber liebend gern von ihrem Lungenkraut und der Winterlinde. Denn selbst ein harmlos scheinender Husten konnte rasch zum Tod führen, wenn man ihn nicht beizeiten loswurde.

In ihrer Hütte würde Meda wieder tun und lassen können, was sie wollte. Niemand würde sie bei dem stören, was sie vorhatte, oder sie bei ihren Ritualen belästigen. Es war gut, Abstand zur Burggemeinschaft zu haben. Als Außenstehender nahm man Dinge klarer wahr. Außerdem war es von Vorteil, wenn Kranke oder Hilfsbedürftige sie aufsuchen und um Hilfe bitten mussten. War sie jederzeit verfügbar, hatten die anderen das Gefühl, dass sie ihnen ihre Ansichten aufdrängte.

Schon bald füllte sich auch ihre neue Hütte mit allerlei Kräutern, Wurzeln und Gerätschaften. Vor die Tür hängte sie sich zum Schutz einen Kranz aus Bärlapp, den sie barfuß in einer Neumondnacht gepflückt hatte, und in den Wohnraum ein Bündel Baldrian, das sie der Großen Göttin weihte. Walburga schenkte ihr einen aus ihrer Küche aussortierten, verbeulten Kessel. So war Meda unabhängig von der Versorgung auf der Burg und niemandem Rechenschaft darüber schuldig, was sie tat oder ließ.

Sie überschritt bereits den Zenit ihrer Lebenszeit und war froh, dass sie keinem gehorchen musste und ihr eigener Herr war. Die Zeit hatte Spuren in ihrem Gesicht hinterlassen und ihr braunes Haar war inzwischen durchzogen von grauen Strähnen. Schleunigst ihre Aufgabe fortzuführen, war nun das vorrangige Ziel. Zwanzig oder fünfundzwanzig Jahre würden ihr vielleicht bleiben, um diese zu vollenden, dann würde sie ein biblisches Alter erreicht haben. Aber sie war zuversichtlich, dass ihr das gelang. Der dicke Ledereinband des ehemaligen Macer floridus hatte die Gewitternacht überstanden. Lädiert zwar, doch unvermindert brauchbar. An einigen Stellen war die Rußtinte mit ihren Aufzeichnungen vom Regenwasser verwischt und die Pergamentseiten wellten sich an den Rändern. Aber die kostbaren Illuminationen waren unversehrt, weil sie mit einer beständigeren Tinte angefertigt worden waren und einer noch früheren Nutzung des Pergaments als Bibelseiten entstammten.

Zufrieden betrachtete Meda die miniaturhafte Abbildung einer Schwangeren mit Heiligenschein in rotem Kleid und leuchtend blauem Mantel, der eine andere Heilige, ebenfalls in einem edlen Gewand, die Hand auf den Bauch legte. Die beiden Frauen, vermutlich Maria und Anna, standen auf einer grünen Wiese, auf der man Blüten und Grashalme erkennen konnte, vor einem hohen Zaun aus bunten Rauten. Das Bild war kunstvoll umrahmt von Schnörkeln und Blumenranken, aus denen sich die Initiale »V« bildete, die ursprünglich zu dem Wort »Vitae« gehört hatte. Das war, bevor Meda die restlichen Buchstaben weggewischt hatte, um sie durch den Namen einer ganz besonderen Heilpflanze zu ersetzen: dem Veilchen. Trotz seiner harmlos klingenden Bezeichnung sagte man der Pflanze nach, dass sie in der Lage war, bösartige

Geschwüre am Wachstum zu hindern. Und das war eine wahrhaft lebenserhaltende Fähigkeit.

Behutsam strich Meda mit dem Finger über die Zeichnung. Ein fahrender Händler hatte Theoderich in der Halle erzählt, dass der Papst im Mai in Salerno gestorben war. Noch auf dem Totenbett habe er den Kaiser ausdrücklich von seiner Vergebung ausgenommen. Nun war also die Unterordnung des weltlichen Herrschers unter das Kirchenoberhaupt gescheitert, und Heinrich der Vierte hatte in Mainz den Gottesfrieden verkündet. Es gab demnach wieder Aussicht, dass zumindest die Kirchenlehrer sich nicht mit ihrem Willen durchsetzten.

Das Gerede über Walburgas Zustand bewahrheitete sich schon bald, denn ihr Leib schwoll rasant an. Als sie im folgenden Herbst Zwillinge zur Welt brachte, wandte sich die Aufmerksamkeit der Kammerfrauen und Ammen diesen zu, und es wurde geduldet, dass Gero sich hin und wieder um Sigrun kümmerte, die ungewöhnlich zart blieb. Allmählich gefiel dem Jungen der Alltag auf Greifenfels. Erleichtert, dass sein Verbleib auf der Burg gesichert schien, nahm er nach und nach seinen Platz in der Gemeinschaft ein, die es rührend fand, wie er das Mädchen umsorgte. Wie alle anderen Bewohner musste er Aufgaben übernehmen. Damit er später auf die so erworbenen Kenntnisse zurückgreifen könne, falls Egberts Erbe ihm verwehrt bliebe, hatte Theoderich ihm erklärt. Schon bald zeigte sich sein Geschick im Umgang mit Pferden, weshalb ihm die Pflicht zufiel, dem Stallmeister zur Hand zu gehen. Mit Hingabe versorgte er fortan die Fohlen, was ihm die Wertschätzung des Burgherrn einbrachte, für den die Tiere die wichtigste Einnahmequelle waren. Irgendwann nahm der Pfalzgraf Gero mit auf seine Rundgänge durch die Stallungen und über die Pferdekoppeln, wo er den Knechten erklärte, dass der Junge manierlich behandelt werden solle.

Seine Furcht vor Theoderich legte sich im Laufe des Jahres, aber nie ganz.

»Der Burgherr genießt hohes Ansehen in der Grafschaft«, erzählte ihm einer der Stallburschen, als sie geduldig darauf warteten, dass eine trächtige Stute fohlte. »Gegen Widersacher geht er gnadenlos vor, wenn sie ihn bedrohen oder seine Anordnungen missachten. Komm ihm besser nie in die Quere, denn er kann unnachgiebig und brutal sein.«

Beklommen nahm Gero sich vor, diesen Rat zu beherzigen.

Im Jahr des Herrn 1089

Das Fieber wütete in Sigruns Gliedern. Kaum vier Jahre alt, war sie ernsthaft erkrankt. Ihre Augenlider flatterten, das dunkelblonde Haar klebte ihr am Kopf, und auf dem Seidenkissen ringelten sich nasse Locken. Es war ein Kampf auf Leben und Tod, bei dem ihr zarter Körper von Krämpfen geschüttelt wurde. Ihre Sinne waren benebelt und sie schwebte zwischen Diesseits und Jenseits, als sei sie unentschlossen, ob sie gehen oder bleiben sollte.

Gero hielt sich normalerweise selten in ihrer Kammer mit den kostbaren Wand- und Bodenteppichen und den bunt bemalten Stuckverzierungen auf, doch nun saß er schon seit Stunden besorgt an dem hohen Holzbett seiner kleinen Freundin. Ihre Fieberzustände erinnerten ihn an das Sterben seiner Mutter, und das machte ihm Angst. Er wagte kaum, sie zu berühren. Die Kräfte, mit denen sie kämpfte, konnte er nicht sehen, aber ihr dünner Körper war von Schweiß bedeckt und ihr zartes Gesicht unnatürlich rot. Er würde alles dafür tun, wenn er jetzt helfen könnte. Meda war bereits hier gewesen und hatte Burzelkraut dagelassen. Sie war eine kluge Frau.

»Das müssen wir nun in Seine Hände geben«, hatte der Priester gesagt, nachdem er Sigrun am Krankenbett besucht hatte.

Gero fragte sich, ob es wirklich Gottes Wille sein konnte, das Mädchen schon so früh sterben zu lassen. Und konnte

Meda sich dem mit ihren Heilkünsten entgegenstemmen? Er verstand nichts von diesen Dingen. Er wusste nur, dass er Sigrun nicht verlieren durfte. Sie war die Einzige auf der Burg, die ihm mit offenem Herzen begegnete und ein Dasein hier ohne sie war für ihn nicht denkbar.

Und genau das sagte er ihr eindringlich mit gedämpfter Stimme, als sie im Fieberwahn lag: »Sigrun, du darfst mich nicht verlassen. Bleib bitte bei mir.«

Ihre Augenlider flatterten. Ob sie ihn gehört oder gar verstanden hatte, konnte er nicht erkennen. Sorgfältig schaute er nach, ob sich jemand in der Nähe aufhielt, aber er war allein mit ihr. So wagte er es, ihre schweißnasse Hand in seine zu nehmen und festzuhalten.

»Verlass mich nicht«, flüsterte er wieder und wieder und spürte, wie sie seine Hand drückte, während ihre Lider ein weiteres Mal unkontrolliert zuckten.

Er konnte Medas Blick nicht deuten, als sie mit feuchten Tüchern hereinkam, und ihn über Sigruns Lager gebeugt entdeckte. Sie öffnete den Mund, als wollte sie ihn verscheuchen, besann sich dann wohl jedoch.

»Wie geht es unserer kleinen Kranken? Lindert der gestampfte Lattich das Fieber?«

»Ich weiß es nicht. Sie ist heiß und murmelt wirr.«

Nachdenklich fixierte Meda das fiebernde Kind.

»Hat sie auch das Antoniusfeuer?« Gero gab sich alle Mühe, sich seine Angst nicht anmerken zu lassen.

»Nein, das hier ist etwas anderes. Es ist ein Kampf zwischen den neuen Kräften und den alten Göttern, die die Menschen nicht aufgeben wollen.«

Erschrocken sah Gero sie an. »Was meinst du damit? Wird sie dem standhalten?«

»Das entscheidet allein ihre Seele. Sie hat sich eine große Aufgabe vorgenommen und mich zu sich gerufen, damit ich ihr die Dinge beibringe, die sie ehedem beherrschte und nun wieder vergessen hat. Aber ob sie dieser Aufgabe nachkommt oder der Schleier des Vergessens sich noch tiefer über sie senkt, entscheidet sie allein. Wir können sie dabei nur unterstützen.«

Sie verharrten einen Moment still. Dann fragte Gero, verwirrt von Medas Erklärung: »Ob sie mich auch zu sich gerufen hat?«

Die Heilerin erstarrte, als hoffte sie, dass dem nicht so war. »Nein, es war meine Entscheidung, dich hierher mitzunehmen, damit du in einer Familie aufwächst, die deinem Stand entspricht«, erwiderte sie.

Wieder schwiegen sie eine Weile. Als Sigrun stöhnte und sich mit dem Handrücken über das schweißnasse Gesicht fuhr, sagte Meda: »Schnell, hol eine Magd. Sie soll kaltes Wasser und frische Tücher mitbringen. Wir müssen sie umbetten.«

Gero tat, wie ihm geheißen. Als eine der Kammerfrauen mit dem Gewünschten kam, wiesen die Frauen ihn an, die Kemenate des Mädchens zu verlassen.

Sigruns Kampf mit den unsichtbaren Kräften währte noch zwei Tage und zwei Nächte. Dann blickten ihre Augen ihm klar und wach entgegen und ihre Stirn war wieder kühl. Sie lächelte ihn an.

»Ich weiß, dass du bei mir gewacht hast. Das habe ich gleichwohl mitbekommen, obwohl ich im Fieberwahn lag. Ich danke dir. Ohne dich hätte ich es nicht geschafft.«

Gero strahlte. »Wie geht es dir?«

»Viel besser!«

»Ich bin so froh.« Er griff nach ihrer Hand und sie erwiderte seine Berührung.

»Bald können wir wieder zusammen im Burghof spielen.«

»Ja. Ich freue mich schon darauf.«

Ihre kleinen, zarten Finger fühlten sich trocken an, als sie sie vertrauensvoll in Geros schob. Sie standen im Burghof und Sigrun wippte auf ihren kurzen Beinchen, dass die Locken auf ihrem Kopf nur so tanzten.

»Was möchtest du tun?«, fragte Gero.

»Ich möchte die Katzenjungen sehen, von denen du mir erzählt hast.«

»Dann komm mit, ich zeige sie dir.«

Das Mädchen hüpfte neben ihm her, als er sie zum Heuschober führte. Behutsam half er ihr die Sprossenstiege hinauf zum Heuboden und kletterte hinter ihr her, damit er sie auffangen konnte, falls sie auf den verschlissenen Querhölzern abrutschte. Sie wirkte so zerbrechlich, dass er fürchtete, sie werde in tausend Stücke zerspringen, wenn sie hinunterfiele. Aber Sigrun klomm die Leiter behände empor, als habe sie nicht gerade erst eine schwere Krankheit überwunden.

Die Kätzchen lagen zu einem wirren Knäuel zusammengedrängt in einer Kuhle aus Stroh, mit geschlossenen Augen, noch blind für ihre Umgebung. Ihre Mutter war bei ihnen, schlafend, doch richtete sie sofort ein Ohr auf, als sie die Kinder hörte.

Entzückt hielt Sigrun den Atem an. »Sieh nur, wie winzig sie sind, Gero! Sind sie nicht allerliebst?«, wisperte sie.

Er schmunzelte über ihre kindliche Begeisterung. Und obwohl er mit Katzen nicht allzu viel anfangen konnte, bestätigte er wohlwollend: »Ja, ganz niedlich.« Jagdhunde waren ihm lieber.

Als Sigrun mit Lauten der Beruhigung erst die Mutter und dann nacheinander die Jungen streichelte, fühlte er Wärme in sich aufsteigen, Freude und Erleichterung darüber, dass sie ihre Krankheit unversehrt überstanden hatte. Doch ein Hauch von Todesnähe umgab sie noch immer, als hätten die dunklen Mächte sie nicht aufgegeben.

Er musste gewappnet bleiben.

Kapitel Sechs

Im Jahr des Herrn 1090

Adebar würdigte Gero keines Blickes, als sie sich auf der Treppe im Wohnturm begegneten, gab ihm aber wie unbeabsichtigt einen Schubs, sodass er ins Straucheln geriet. Geschickt fing Gero sich wieder und lief hinter ihm her zum Übungsplatz, als sei nichts vorgefallen. Er wusste, dass sein Ziehbruder im Laufe der Jahre eine tiefe Abneigung gegen ihn entwickelt hatte. Besonders seit sie gemeinsam im Kampf ausgebildet wurden, bei dem sich Adebar als deutlich schwächer und ungeschickter erwies. Außerdem schien er sich mit dem Argwohn herumzuschlagen, sein Vater bevorzuge den Ziehsohn, schätze dessen Arbeit mit den Pferden und erachte ihn als den fähigeren zukünftigen Ritter.

Auf dem Turnierplatz angekommen griffen beide schweigend nach ihren Übungswaffen. Der Schwertkampflehrer, ein strenger, kräftiger Edelknecht, war noch nicht da, und so begannen sie ein Scheingefecht, um sich die Zeit zu vertreiben. Gero hatte eine angeborene Gabe dafür, das Schwert zu führen. In Adebars Händen dagegen blieb es ein Fremdkörper, den er wie den Bogen eines Saiteninstruments hielt. Gero parierte sämtliche seiner Angriffe mit Leichtigkeit. Selbst dann, wenn Theoderich ihn mit seinen erfahrenen Knappen üben ließ, bewies er Geschicklichkeit und Kraft.

»Das hast du absichtlich getan!«, rief Adebar wütend, als Geros Holzschwert ihn am Arm streifte. »Du bist älter und stärker als ich und machst das mutwillig!« Tränen schimmerten in seinen von dichten Wimpern umrahmten Augen.

»Es tut mir leid. Das wollte ich nicht.«

»Von wegen! Du willst nur meinem Vater beweisen, dass du der bessere Schwertkämpfer bist.«

»Warum sollte ich das tun?«

»Weil du neidisch darauf bist, dass ich einmal diese Burg hier erben werde und du ein dahergelaufener Niemand bist, den keiner hier haben will!«

Betroffen ließ Gero sein Schwert sinken. Auch wenn er sich daran gewöhnt hatte, dass Adebar ihn nicht ausstehen konnte, verfehlten die verletzenden Worte nie ihre Wirkung.

Er wollte sich eben abwenden, als der Knappe angelaufen kam, der dem Schwertkampflehrer sonst zur Hand ging.

»Theoderich wünscht, dass ihr unverzüglich in den Rittersaal kommt.«

Achselzuckend legte Gero sein Übungsschwert weg und folgte ihm zusammen mit Adebar zurück in die Burg. Vermutlich wollte der Graf wie üblich, dass sie anwesend waren, wenn sein Haushofmeister Schriftstücke vorlas, die vom Kaiserhof oder von anderen Vasallen kamen. Gemeinsam wurden sie im Lesen, Schreiben und in Latein unterrichtet, damit sie später auch als Ritter nicht auf Schreiberlinge angewiesen waren wie Theoderich, und Briefe des Kaisers selbst verstehen und beantworten konnten.

Der Pfalzgraf winkte sie mit angespanntem Gesicht zu sich heran, und Gero stellte verwundert fest, dass sich zudem sämtliche Ritter in der Halle versammelt hatten. Es musste sich um eine Nachricht von großer Wichtigkeit handeln. Sie setzten sich auf den Rand der Empore, wobei Adebar Abstand zu ihm hielt. Gero lauschte dem Vortrag des Haushofmeisters und verstand, dass im vergangenen Jahr endlich ein Friedensschluss zwischen dem Kaiser und den Sachsen gelungen war.

Theoderich nickte. »Nach den Wirren der Machtfehden ist eine längere Zeit des Friedens wichtig, damit das Land sich erholen kann.«

Doch dann verlas der Bedienstete einen Brief des Kaisers, in dem dieser den Grafen aufforderte, sich dem nächsten Feldzug anzuschließen. Gemeinsam mit seinem Nachbarn Dankwart von Heimbach solle er seine Vasallentreue beweisen. Sein Lehnsherr machte ihm unmissverständlich klar, dass er sein Erscheinen erwarte, da er seine Unterstützung an der Elster bereits empfindlich vermisst habe. Der Waffengang sei nötig, weil sich die Lage südlich der Alpen verschlechtert habe, nachdem sich die italienischen Gegner des Kaisers vereinigt hätten.

Theoderichs verdrießliche Miene ließ erahnen, dass ihm nicht der Sinn danach stand, in den Krieg zu ziehen. Gero wollte das genauso wenig, denn was würde aus ihm werden, wenn auch sein Ziehvater im Kampf starb?

»Könnt Ihr Euch nicht einfach weigern, dem Befehl zu folgen?«, fragte er zaghaft in die betretene Stille hinein.

»Als Vasall bin ich dazu verpflichtet, ihm sechs Wochen lang unentgeltlich Kriegsdienst zu leisten, mitsamt Pferd, Knappen und Ausrüstung. Wenn ich meine Treue nicht unter Beweis stelle, wird der Kaiser Adebar womöglich in Haft nehmen«, entgegnete Theoderich bitter. »Das hat er schon mit Adelheid von Laachs Bruder getan, wenngleich aus anderen Gründen.«

»Aber warum ausgerechnet jetzt?«, warf einer der Ritter ein. »Es wird bald Herbst!«

»Eben drum. Die Straßen sind trocken und es ist nicht mehr so heiß. Sobald die Ernte eingefahren ist, kann man ein großes Heer ernähren. Ich fürchte, daran gibt es nichts zu rütteln.« Er sammelte sich, dann richtete er sich auf. »Also los, Männer, rüsten wir uns zum Waffengang!«

Und so zog Theoderich schweren Herzens mit seinen Rittern und Knappen in der farbenfrohen Truppe des Kaisers über die Alpen. Verdrossen auf dem Rücken seines Pferdes sitzend, betrachtete er die in der Sonne glitzernden Kettenhemden und die Kriegsbewaffnung in den vorderen Reihen. Wären sie nicht gewesen, hätte er sich dem Gefühl hingeben können, er reise in dem enormen Gefolge des Monarchen lediglich von Pfalz zu Pfalz, um nach dem Rechten zu sehen. Doch ihm war allzu bewusst, dass viele der Männer, die mit dem Tross an Waffen, Proviant und Zelten eine große Staubwolke aufwirbelten, ihrem sicheren Tod entgegenritten. Und es war mehr als fraglich, ob er selbst zu den Glücklichen gehören würde, die in ihre Heimatburgen zurückkehren konnten.

In Mantua stieß Bertolt von Rheinsporn mit seinen Mannen ebenfalls zum Heer seines Lehnsherrn, um dieses in den bevorstehenden Schlachten zu unterstützen. Der Kaiser, in Unkenntnis der Verhältnisse zwischen den lothringischen

Grafen, wies sie dem Truppenteil zu, dem auch die Greifenfelser und Heimbacher angehörten. Theoderich hatte den Bruder Egberts seit über zehn Jahren nicht gesehen und war verblüfft über sein verändertes Äußeres. Ängstlichkeit und Unsicherheit waren aus seinen Zügen gewichen, das Gesicht wettergegerbt und von einer Narbe gezeichnet, die sich vom rechten Auge bis zum Mundwinkel erstreckte, und die Statur von muskulöser Bärenhaftigkeit. Seine Ritter schienen üble Gesellen zu sein, allen voran sein engster Vertrauter Friedwart von Höhtgen, dem Theoderich jedoch weitsichtige Intelligenz bescheinigen musste. Hakon, ein anderer Gefolgsmann Bertolts, kämpfte ausschließlich mit einer Armbrust, in die er speziell gefiederte Pfeile einspannte, die er zuvor mit Kerben versah. Es war erstaunlich, mit welcher Präzision der untersetzte Mann damit schießen konnte.

In Bertolts Gefolge reisten mehrere Weibsbilder mit, die wie Küchenmägde und Dienstbotinnen aussahen. Die junge Frau, die sich in dem Zelt mit seinem Wappen aufhielt, war unübersehbar schwanger und versorgte zwei kleine Kinder.

»Du hast deine Familie mit hierhin gebracht?«, fragte Theoderich ihn missbilligend mit Blick auf die im Wind wehenden, blau-weißen Rheinsporn-Banner, als sie sich während der langwierigen Belagerung der Stadt trafen, um einen Angriff zu planen.

»Nein«, antwortete er knapp. Das alte Misstrauen zwischen ihnen war greifbar. »Sie ist nicht mein Weib. Was ist mit deiner Familie?«

»Die ist auf Greifenfels geblieben, so wie das üblich ist.«

Bertolts Lider verengten sich zu schmalen Schlitzen. »Ich habe gehört, dass du einen Jungen auf deinem Hof aufgenommen hast und ihn großziehst, als sei er dein eigenes Kind.«

Theoderich zögerte, ehe er ihm das bestätigte.

»Wer ist dieser Gero von Hamm? Ein illegitimer Sohn Friedhelms?«

»Seine genaue Abstammung ist unklar.«

»Warum hast du ihm dann bei dir Aufnahme gewährt?«

Für einen Moment holte Theoderich die Erinnerung daran ein, wie Meda mit dem Jungen an der Hand in der großen Halle aufgetaucht war. Er mochte die Heilerin nicht, obwohl er ihr einiges verdankte. Aber er hatte Respekt vor der Macht gehabt, über die sie verfügte, und vor dem, was sie möglicherweise wusste. Außerdem hatte er damals die erwartungsvollen Blicke gespürt, die aus allen Ecken des Saals auf ihn gerichtet gewesen waren.

»Weil Friedhelm mich darum gebeten hat«, sagte er. »Mir ist nicht bekannt, ob der Junge sein Bastard ist. Ich habe nicht danach gefragt, sondern einem guten Freund einen Gefallen erwiesen.«

»Das ist sehr großzügig von dir.« Bertolts Mienenspiel verriet, dass er kein Wort davon glaubte. »Hast du Kenntnis von dem Verbleib von Agnes' Sohn?«

Theoderich stellte sich ahnungslos. »Agnes und Egbert hatten einen Sohn?«

Der Rheinsporner rümpfte die Nase. »Gott weiß, von wem dieser Junge abstammt. Aber ja, sie hat ein Kind hinterlassen, als sie dem Antoniusfeuer erlag, kurz bevor unsere Eheschließung vollzogen werden konnte.«

»Oh, das wusste ich nicht. Ich habe auch von Egberts Tod erst Jahre später von einem umherziehenden Spielmann erfahren.« Er gab sich keine Mühe, den Vorwurf aus seiner Stimme herauszuhalten. »Mir war nicht bekannt, dass ihr Heiratsabsichten hattet.«

»Rheinsporn brauchte einen Burgherrn. Egbert war tot und Agnes' Sohn ein Kind. Was hätte da nähergelegen als eine Heirat, um die Ansprüche der Familie auf die Burg zu bewahren und uns vor einem Übergriff des Vogtes von Colonia zu schützen?«

»Das klingt vernünftig. So hat dich ihr Tod sicher hart getroffen.« Bedeutungsvoll schaute Theoderich zu Bertolts Zelt.

»Ja, in der Tat, das hat er«, bestätigte dieser gelassen, ohne seinem Blick zu folgen.

»Was ist aus dem Jungen geworden?«

»Das weiß ich nicht. Unsere Kräuterhexe ist kurz nach Agnes' Tod über Nacht mit einem gestohlenen Zelter verschwunden und mit ihr das Kind. Das legt den Verdacht nahe, dass sie es entführt hat. Doch ist bis heute keine Lösegeldforderung bei uns eingegangen, und ich konnte auch nichts über seinen Verbleib in Erfahrung bringen. Stattdessen musste ich mich mit dem aberwitzigen Vorwurf auseinandersetzen, ich selbst hätte mich meines Neffens entledigt. Nun denn, ich dachte, du als Egberts Freund wüsstest vielleicht etwas von ihm.«

»Nein, da muss ich dich enttäuschen.« Theoderich sah Bertolt fest in die Augen und ging ihm fortan aus dem Weg, so gut das machbar war.

Mehr als zwölf Monate lang belagerte Theoderich als Mitglied der Truppen Heinrich des Vierten Mantua, dann nahmen sie die Stadt ein und feierten dort das Osterfest. Anschließend erhielten sie den Befehl, sich Canossa zuzuwenden, dem Hauptsitz einer streitbaren Markgräfin, und kesselten auch diese Festung ein. Schon glaubte er, der Siegeszug des Kaisers durch Norditalien sei nicht mehr aufzuhalten, da die antisalische Allianz nahezu geschlagen war. Da wagten die Kämpfer der Markgräfin einen plötzlichen Ausfall aus ihrer bedrängten Burg. Entsetzt sah Theoderich, wie viele der überraschten Belagerer, die lediglich Waffenröcke, nicht aber ihre Kettenhemden angelegt hatten, im Pfeilhagel der Feinde starben. In Windeseile schwang auch er sich auf sein Schlachtross; die nicht minder überrumpelten Greifenfelser taten es ihm gleich, wobei sich ihre Pferde aufbäumten und über Gefallene oder Verletzte stolperten. Theoderichs Hengst scheute und trampelte in Pfützen aus Blut, während er auf die heranstürmenden feindlichen Soldaten einhackte.

Aus den Augenwinkeln sah er, wie Bertolt mit brachialer Gewalt im Kreis seiner Rheinsporn-Männer durch die Reihen der Belagerten stob, ihre Schilde zersplitterte und ihnen die

Kehlen durchschnitt. In regelmäßigen Abständen zischten die gefiederten Pfeile seines Armbrustschützen durch die Luft und verfehlten dabei nie ihr Ziel. Dennoch erkannte Theoderich mit Schrecken schon bald, dass sie dem Überraschungsangriff nicht genug entgegenzusetzen hatten. Das von Kampfgeschrei und Jammerlauten durchwogte Schlachtfeld mutete ihn mit einem Mal wie die Vorhölle an, in der die Nachhut bereits die Leichen plünderte. Er bekreuzigte sich.

Da prallte der Schwerthieb eines feindlichen Ritters an Theoderichs Schild ab, glitt stattdessen aber tief in seinen Oberschenkel und durchtrennte dabei Muskelfasern und Sehnen. Ein gewaltiger Schmerz durchzuckte ihn. Er schrie auf, sank vom Pferd und nahm wahr, wie sein Gegner zum tödlichen Schlag ausholte. Für eine Gegenwehr war es zu spät. Als er die Lider schloss und stumm das »Vaterunser« zu beten anhob, hörte er einen dumpfen Aufschlag. Verwirrt riss er die Augen wieder auf und sah zu seiner Verblüffung den Widersacher bäuchlings neben sich am Boden liegen. In seinem Rücken steckte ein auffällig gefiederter und mit Kerben markierter Pfeil, der seinen Kettenpanzer durchschlagen und ihn direkt ins Herz getroffen haben musste. Theoderich unterdrückte ein Schluchzen und hielt nach Bertolts Armbrustschützen Ausschau. Doch dieser war im Schlachtgetümmel verschwunden.

Mühsam richtete sich der Graf auf und bemerkte, dass die kaisertreuen Truppen zu flüchten begannen. Er versuchte, ebenfalls das Schlachtfeld so schnell wie möglich zu verlassen, doch das verletzte Bein gab nach und schmerzte höllisch. Die Zähne zusammenbeißend kämpfte er sich voran und spürte dabei die Verfolger im Nacken. Da schloss sein Nachbar Dankwart von Heimbach zu ihm auf, half ihm beherzt auf sein Pferd und stob mit ihm davon.

Während der Kaiser nun in Norditalien festsaß, weil einige südliche Herzöge die Alpenübergänge für ihn sperrten, kehrte Theoderich schwer verwundet vom Feldzug zurück. Er hatte den Feldscher gerade noch davon abbringen können, ihm das verletzte Bein abzunehmen, in der Erwartung, dass Meda es wieder herrichten würde. Den beschwerlichen Heimweg über das Hochgebirge hatte er in einem Wagen liegend verbracht und sich mehr als einmal dem Tode nahe gewähnt.

Nun war er schweigsam, in sich gekehrt und gleichzeitig aufbrausend, wenn etwas nicht nach seinem Willen lief. Jegliche Unwägbarkeit machte ihn streitbar, er war dünnhäutig und fortwährend gereizt. Dass seine Verletzung ihn derart lange ans Bett fesselte und er einmal mehr der missliebigen Heilerin Dank schuldete, zerrte zusätzlich an seinen Nerven. Als er sich endlich wieder erheben und humpelnd fortbewegen konnte, übernahm er es persönlich, Gero und Adebar in den Techniken des Schwertkampfes zu unterweisen. Die Jungen mussten vorbereitet werden auf das, was sie in einer Schlacht erwartete.

Als sie so unter seiner Aufsicht gegeneinander kämpften, beobachtete er mit zunehmender Verärgerung, dass Gero kaum Hiebe austeilte. Die Streiche Adebars parierte er nur mit der gerade eben notwendigen Härte und ließ ihn zweimal seinen Arm und Oberkörper streifen. Der Jüngere versetzte ihm mit wütender Miene festere Schläge.

»Was machst du denn da?«, herrschte Theoderich Gero an. »Wehr dich, Junge! Ich weiß doch, was du kannst.«

Sein Ziehsohn presste die Lippen zusammen und verlegte sich darauf, ausschließlich Adebars Schläge zu parieren, was ihm mühelos gelang. Dann führte er ein oder zwei verhaltene Streiche aus, die den Jüngeren nur schwach trafen.

Wütend brach Theoderich die Übung ab, hinkte auf Gero zu, packte ihn am Kragen und hob ihn hoch, sodass seine Füße den Boden lediglich mit den Zehenspitzen berührten.

»Ich möchte das nicht noch einmal sehen, hast du mich verstanden?« Mit seiner schwieligen Hand wies er auf Adebar. »Wenn mein Sohn in der Schlacht auf einen Gegner trifft, so wird dieser keine Gnade walten lassen. Wie soll Adebar sich wehren können, wenn er das nie gelernt hat? Du machst ihn zur leichten Beute, selbst für den schwächsten seiner Feinde. Willst du das?«

Gero riss die Augen auf und schüttelte den Kopf. »Nein, Herr, das möchte ich nicht.«

Theoderich stieß ihn so heftig von sich, dass der Junge auf dem Hosenboden landete. »Dann schlage dich so mit ihm, dass er um sein Leben fürchten muss, denn so wird es sein, wenn er in einen echten Zweikampf gerät!«

Er wollte sich schon abwenden, doch dann drehte er sich noch einmal zu Gero um.

»Und du, mein Junge, darfst dich nicht täuschen lassen von der vermeintlichen Schwäche eines Gegners. Deine Aufmerksamkeit lässt nach und du denkst, du hast ein leichtes Spiel. Aber dann holt er aus …«, mit einem Ruck riss Theoderich das Messer, das an seinem Gürtel baumelte, aus der hirschledernen Scheide und hielt es an Geros Kehle, »… und versetzt dir den tödlichen Streich.« Er trat noch näher an Gero heran, sodass dieser zu ihm aufsehen und in die Augen blicken musste. Mit einem Mal hatte Theoderich das Gefühl, in seine eigenen Augen zu schauen, die von der gleichen hellblauen Farbe waren.

»Willst du das?«, fuhr er den Jungen an.

Gero schluckte und dabei drückte sich die scharfe Messerklinge in die zarte Haut an seinem Hals.

»Nein, Herr.«

Theoderich ließ ihn los. »Ich auch nicht!«

Damit drehte er sich um und verließ hinkend den Kampfplatz.

Umständlich erhob sich Gero und klopfte die Binsen von seinen Beinlingen. Unschlüssig stand er Adebar noch eine Weile verlegen gegenüber und wusste nicht, was er nun tun sollte. Der Jüngere biss sich auf die Unterlippe, und Gero glaubte zu erkennen, dass ihm leidtat, was geschehen war. Als sich dann aber ein leichtes Hohnlächeln in den Mundwinkeln seines Ziehbruders zeigte, ahnte Gero, dass sich Schadenfreude in das Mitleid gemischt hatte. Der Günstling seines Vaters war in Ungnade gefallen.

Enttäuscht wandte er sich ab und verließ den Platz in Richtung des Pferdegatters, wo der Stallmeister Jungtiere zuritt. Sigrun lief vom Hügel herunter auf ihn zu. In ihren Haaren steckten Schneeglöckchen, die mit ihren Köpfen nickten, als wollten sie ein vielstimmiges Geläut anschlagen. Vermutlich hatte sie den Vorfall eben beobachtet und kam, um ihn zu trösten.

Prompt schlang sie ihre Ärmchen um seine Hüfte und schmiegte sich an ihn. »Warum war Vater so böse zu dir?«

Er legte seinen Arm auf ihre schmalen Schultern und strich ihr durch das zerzauste Haar. »Weil ich nicht gut gekämpft habe. Ist aber nicht schlimm. Er wird sich wieder beruhigen.«

»Das hoffe ich! Ich will nicht, dass du von uns fortgehst, weil Vater wütend auf dich ist und du nicht mehr bei uns bleiben möchtest.«

»Mach dir darüber keine Sorgen, Schneeglöckchen. Es gibt keinen Ort außer diesem, an dem ich bleiben könnte.«

Geros Brust füllte sich mit Stolz, als der Stallmeister Lienhart ihm zum ersten Mal erlaubte, einen der Jährlinge außerhalb der Burgmauern zuzureiten. Lienhart und einige seiner Stallburschen begleiteten sie und beobachteten aufmerksam, wie Gero mit dem temperamentvollen Pferd zurechtkam. Aus dem Jungtier würde einmal ein stattlicher Hengst werden, das konnte man ihm schon jetzt ansehen. Es sollte eines der Schlachtrösser werden, die der Pfalzgraf gewinnbringend zu verkaufen gedachte. Gero wusste, dass dieser die Einnahmen dringend benötigte. Beschädigungen an seinem Kettenpanzer bei der Belagerung von Canossa machten es notwendig, dass er einen neuen anfertigen lassen musste, und die Ausgaben dafür überstiegen seine derzeitigen Mittel.

Dass ausgerechnet er als Zwölfjähriger Theoderichs Erlaubnis erhalten hatte, das prächtige Tier seinem Willen zu unterwerfen, deutete Gero als großen Vertrauensbeweis. Sein Verhältnis zu dem furchteinflößenden Herrn von Greifenfels hatte sich seit ihrer Auseinandersetzung auf dem Kampfplatz wieder entspannt. Dennoch glaubte er, gelegentlich Blicke seines Ziehvaters wahrzunehmen, die von einem Stirnrunzeln begleitet waren. Er erklärte sich diese Blicke als Aufforderung, sich mehr anzustrengen, um noch besser zu werden, denn schließlich war er ja der Sohn seines ehemals besten Freundes. Warum also begegnete er ihm sonst nach all der Zeit mit Argwohn? Gero hatte sich in den letzten Jahren wirklich Mühe gegeben, sich auf der Burg nützlich zu machen und niemandem zur Last zu fallen.

Stolz führte er nun das reinrassige Reittier und malte sich aus, wie es sein würde, wenn er selbst einmal Ritter war. Wenn er eine Rüstung, Schild und Schwert trug und mutig wie sein Vater und Theoderich in den Kampf zog. Ja, er würde weiterhin hart an sich arbeiten, um seinen Ziehvater zufriedenzustellen.

Das Zischen nahm er erst wahr, als er einen brennenden Schmerz im Oberarm verspürte. Erschrocken riss er an den Zügeln des Hengstes, der sich augenblicklich aufbäumte. Gero fiel rücklings vom Pferd und landete hart auf dem Steißbein im Staub. Sofort kamen Lienhart und seine Knechte auf ihn zu gerannt. Der Stallmeister beruhigte das Tier, und die Burschen kümmerten sich um den Jungen.

»Was ist passiert?«, erkundigte sich Lienhart und untersuchte seine Verletzung.

Gero hätte am liebsten laut geschrien, so sehr plagte ihn der Steiß. Doch er biss die Zähne zusammen und presste nur: »Irgendetwas hat mich hier getroffen« hervor.

Er hielt dem Stallmeister seinen Oberarm entgegen, an dem das Wams zerfetzt war. Blut tränkte die Ränder des Stoffes.

Die Männer richteten sich auf und suchten das Geschoss. Schließlich entdeckte einer der Stallburschen den Pfeil. Er steckte im Gatter. Hektisch schaute Gero sich um, ob sie angegriffen wurden. Doch nichts regte sich, und es gab keine Anzeichen dafür, wer den gefiederten Pfeil abgeschossen haben könnte. Er musste aus der Richtung der Gebüsche gekommen sein. Aber auch dort fanden die Greifenfelser weder den Schützen noch seine Spuren. Hastig brachten sie Gero, der selbst nicht laufen konnte, in die Burg.

Theoderich schickte umgehend bewaffnete Männer aus, die die Wälder rund um Greifenfels Quadratrute für Quadratrute durchsuchten. Aber nach ein paar Stunden kamen sie unverrichteter Dinge zurück.

»Jemand will, dass Gero stirbt«, brachte Meda ihm im großen Saal in einem Gespräch unter vier Augen vor, nachdem sie Geros Wunde versorgt hatte.

»Was du nicht sagst, Weib! Und was soll ich jetzt tun?«

»Es ist doch völlig klar, wer diesen Anschlag befohlen hat, oder etwa nicht?«

Der Pfalzgraf wog den Pfeil in der Hand: eine kleine Befiederung, die das Geschoss schneller machte, mit drei rechtsgewundenen Adlerfedern über den gebeizten Schaft verteilt, nicht wie sonst eher üblich am Ende. Bertolts Armbrustschütze Hakon hatte ihn mit einem solchen in der Schlacht bei Canossa gerettet. Einzig die Kerben fehlten, mit denen er seine Todbringer stets markiert hatte. Konfrontierte er aber die Rheinsporner mit seinem Verdacht, weckte er womöglich schlafende Hunde und verriet Geros Aufenthaltsort.

»Wir haben keine Beweise, und der Pfeil im Gatter verrät uns nichts über den Schützen«, behauptete er. »Soll ich Bertolt ohne Nachweis seines Verschuldens den Krieg erklären?«

Meda zuckte die Schultern. »Das ist selbstverständlich Eure Entscheidung, aber Ihr solltet besser auf den Jungen aufpassen!«

Als sie gegangen war, brachte Theoderich den gefiederten Pfeil in seine Waffenkammer und verwahrte ihn an einem geschützten Ort auf. Irgendwann, wenn die Zeit reif war, würde er Bertolt und seine Schergen mit seinem Verdacht konfrontieren.

Besorgt saß Sigrun an Geros Krankenlager und betupfte mit einem in Kräutersud getränkten Tuch seine längst verkrustete Wunde.

»Hast du schlimme Schmerzen?«, erkundigte sie sich zum fünften Mal.

»Der Arm tut nicht mehr weh«, erwiderte Gero gereizt. Es war sein Steißbein, das unvermindert höllisch brannte. Er wollte nicht bemuttert werden und schon gar nicht ständig reden müssen. Er wollte seine Ruhe haben.

Da betrat Theoderich die Kammer und schickte Sigrun fort. »Lass den Jungen in Frieden. Du machst ihn ja noch ganz wirr!«

Das Mädchen zog einen Schmollmund, verließ aber wie befohlen den Raum.

Der Graf ließ sich auf ihrem Platz nieder und schaute Gero mit ernstem Gesicht an. »Es sieht so aus, als habe es jemand auf dich abgesehen. Möglicherweise sollte der Pfeil dich gar nicht tödlich treffen, sondern so erschrecken, dass du vom Pferd stürzt und dir dabei das Genick brichst, sodass es wie ein Unfall ausgesehen hätte.«

»War das mein Onkel?«

Theoderich seufzte. »Das wissen wir nicht. Wir konnten nichts in Erfahrung bringen, doch es ist nicht auszuschließen. Du wirst in Zukunft wachsam sein müssen, sobald du die Burgmauern verlässt. Womöglich droht dir sogar innerhalb der Burg Unheil. Aber auch das kann ich dir nicht mit Gewissheit sagen. Ich habe bereits mit dem Jäger gesprochen. Er wird dich darin unterweisen, eine Gefahr rechtzeitig zu erkennen. Albrecht ist ein guter Wildschütz, wittert und erspäht Tiere schon, wenn sie noch in weiter Entfernung sind. Wir werden dafür sorgen, dass sooft wie möglich jemand in deiner Nähe ist. Mehr kann ich im Moment nicht für dich tun.«

Gero richtete seinen Blick an die Decke, damit sein Ziehvater nicht merkte, dass ihm die Tränen in die Augen schossen. So schnell war es nun also wieder vorbei mit seiner neu gewonnenen Freiheit!

»Es tut mir leid, Junge, aber sei dir darüber im Klaren, dass du möglicherweise nur knapp einem Anschlag entkommen bist.«

Nun fasste die Angst kalt nach Geros Herz und sein Blick irrte zu Theoderich hin.

»Es ist natürlich möglich, dass lediglich der Pfeil eines Wilderers sein Ziel verfehlt hat«, fügte dieser daraufhin beschwichtigend hinzu, doch Gero hörte heraus, dass er selbst nicht daran glaubte.

»Wie dem auch sei, deine Sicherheit hat nun erst einmal Vorrang. Ich werde dafür sorgen, dass umherziehende Spielleute im Rheinland die Mär verbreiten, mein Ziehsohn sei von dem verirrten Geschoss eines Wilderers verwundet worden und in der Folge des Sturzes vom Pferd tödlich verunglückt. Das schafft natürlich keine endgültige Sicherheit, gewährt uns aber hoffentlich Zeit.«

Sein Ziehvater erhob sich, strich ihm tröstend über den Haarschopf und verließ die Kammer. Gero blieb allein zurück, starrte an die Decke und fragte sich, ob Theoderichs Vorhaben, ihn für tot erklären zu lassen, sein Leben wirklich sicherer machte. Zum ersten Mal wurde er sich bewusst, in welcher Gefahr er schwebte.

Kapitel Sieben

Im Jahr des Herrn 1092

Behutsam verteilte Walburga Medas Salbe aus Lilienwachs und Rosenöl auf ihrem Gesicht, damit sie die ersten Fältchen glättete, die sich dort bereits zeigten. Dabei fiel ihr Blick aus der Fensteröffnung ihrer Kemenate im Frauenturm auf die Umgebung der Burg, und eine neue, tiefe Falte bildete sich über ihrer Nasenwurzel. Ihre siebenjährige Tochter und ihr zwölfjähriger Ziehsohn sprangen Hand in Hand über die Felder! Sie sann einen Augenblick darüber nach, ob sie einen passenden Moment abwarten sollte, entschied dann aber, dass die Angelegenheit keinen Aufschub duldete. Alle Burgbewohner und Besucher konnten sie sehen und womöglich denken, sie seien einander versprochen. Vielleicht machte sich der Junge selbst auch Hoffnungen, dass er das Mädchen dereinst ehelichen könnte. Es war an der Zeit, die beiden darüber in Kenntnis zu setzen, dass sich ihr in der Kindheit als niedlich angesehenes und von der Gemeinschaft akzeptiertes Verhalten nun nicht mehr ziemte.

»Geh und bring mir Sigrun her«, befahl sie ihrer Kammerfrau.

Ursula legte ihre Näharbeit beiseite und rückte den Schleier über ihrem schwarzen, krausen Haar zurecht. »Hat das Mädchen etwas angestellt?«

»Nein, aber ich möchte, dass ihre Stickerei heute fertig wird.« Sie wies ihrer Dienerin den Ort, an dem sie ihre Tochter antreffen würde.

Gero sah auf, als sich Walburgas Kammerfrau Ursula mit tadelnd zusammengezogenen Augenbrauen dem Ort näherte, an dem er mit Sigrun Hand in Hand über Hüpfkästchen sprang, die sie in die staubige Erde gezeichnet hatten. Er hielt inne.

»Für einen Jungen in deinem Alter gehört es sich nicht mehr, sich die Zeit mit Kinderspielen zu vertreiben. Hast du keine Arbeiten für Lienhart zu verrichten?«, fuhr Ursula ihn an, als sie bei den Kindern ankam.

Er ließ Sigruns Hand los. »Nein, er sagte, ich sei für heute fertig.«

»Dann mach dich woanders nützlich, anstatt dich dem Müßiggang hinzugeben! Schämst du dich eigentlich nicht?«

Gero schaute sie verständnislos an. »Warum sollte ich das tun? Sigrun wollte gerne Hüpfkästchen springen und ich habe im Moment keine andere Aufgabe. Weshalb sollte ich ihrem Wunsch nicht nachkommen?« Er verschwieg, dass er sich selbst in Gesellschaft sicherer fühlte. Seit dem Anschlag auf der Pferdekoppel suchten ihn Albträume heim, in denen sein Onkel als übermächtiges Ungeheuer erschien, das ihn in Todesgefahr brachte. Und mehr als einmal hatte er sich in diesen Träumen sterben sehen.

»Es geht auf dieser Burg nicht ständig darum, was Sigrun gerade will. Und für dich erst recht nicht!«, fügte Ursula hinzu und fasste das Mädchen am Arm. »Deine Mutter möchte dich im Frauenturm sehen.«

Sigrun entwand sich ihrem Griff. »Warum?«

»Du sollst deine Stickarbeit beenden.«

»Das kann ich doch später noch. Bei dem schönen Wetter möchte ich viel lieber draußen spielen.«

»Nein, deine Mutter möchte, dass du mit deiner Arbeit fertig wirst.« Ursula nahm Sigrun mit festem Griff an die Hand und zog sie mit sich fort.

Mit Bedauern im Blick winkte diese Gero zu. »Ich komme wieder zu dir hinunter, sobald ich fertig bin!«

Er nickte und vermutete, dass die Näharbeit sie lange in Anspruch nehmen würde.

Ein angestrengter Ausdruck lag auf dem ölig glänzenden Gesicht ihrer Mutter, als Sigrun in die mit kunstvoll gepolsterten Möbeln bestückte Kammer kam. Es ging offenbar um mehr als um eine Stickerei, bei der keine Eile herrschte. »Nimm bitte deine Arbeit auf und beende sie.«

»Kann ich nicht noch ein bisschen mit Gero spielen?«

»Nein.«

Seufzend suchte das Mädchen in seinem Nähkorb nach passenden Fäden in der Farbe, die sie brauchte, und machte sich daran, die Nadel in das feine Tuch zu stechen. Eine Weile arbeiteten sie stumm, wobei Sigrun die verstohlenen Blicke der Gräfin auf sich spürte.

»Du weißt, dass Gero so etwas wie dein Bruder ist?«, fragte Walburga schließlich.

Sigrun richtete die Augen auf ihre Mutter. »Für mich ist er wie ein Bruder!« Ihr Blick wanderte zu Ursula, die ihren Stuhl abseits ans Fenster gerückt hatte, über ihre eigene Näharbeit gebeugt saß und das Gespräch offensichtlich verfolgte.

»Ja, und das ist auch gut so. Er hat sich viel um dich gekümmert, als du klein warst, und das war sehr nett von ihm. Ich habe nichts dagegen, dass du weiterhin mit ihm spielst. Er ist aber auf dem Weg ins Mannesalter, und du bist inzwischen sieben Jahre alt. Es ziemt sich nicht mehr, dass ihr beide wie Kleinkinder Hand in Hand über die Felder lauft.«

Sigruns Augen wurden groß. Sie hatte sich bei dieser harmlosen Berührung nicht das Geringste gedacht. »Warum?«

»Weil die Leute sonst denken, ihr seid einander versprochen, und das ist nicht der Fall. Dein Vater wird dich an einen der Grafen verheiraten, der deinem Stand entspricht. Ich möchte das nicht mehr sehen, hast du mich verstanden?«

Sigrun nickte betrübt. Sie war sich der Schwere ihres Vergehens nicht bewusst gewesen. »Und wenn ich das nicht mehr tue, dann darf ich weiter mit ihm spielen?«

»Ja, das darfst du. Aber sei dir darüber im Klaren, dass du die Tochter des Pfalzgrafen von Greifenfels bist und standesgemäß heiraten wirst.«

Sigrun beugte beklommen den Kopf. Die Aussicht, irgendwann eine Ehe eingehen zu müssen, behagte ihr nicht. Sie hatte von dreizehnjährigen Mädchen gehört, die sich mit Männern vermählen mussten, die über dreißig Jahre alt waren. Auch die mit einer solchen Hochzeit verbundenen Pflichten waren ihr nicht geheuer. Aber noch war es nicht so weit. Vor ihrem dreizehnten Lebensjahr würde ihr Vater sie nicht verheiraten. Das hatte er ihr versprochen.

Da Adebar zehn Jahre alt wurde, war es höchste Zeit für ihn, an einem anderen Hof als Page zu dienen und anschließend zum Ritter erzogen zu werden. Theoderich rang mit sich, ob er seinen Erstgeborenen nicht besser bei sich behalten und diese Aufgabe selbst übernehmen sollte. Aber es war offenkundig, dass sein Sohn eine strengere Hand brauchte, und er brachte es nicht immer übers Herz, die nötige Härte zu zeigen. Die anderen Knappen eines fremden Herrn würden Adebar schon beibringen, wie sich die Dinge verhielten. Doch er würde ihn nicht allein seinem Geschick überlassen, sondern ihm seinen älteren Ziehbruder zur Seite stellen und damit zwei Fliegen mit einer Klappe schlagen. Denn Gero musste genauso hinaus in die Welt, um sich zu beweisen und seinen Übermut zu kühlen.

Es kamen verschiedene Höfe im Rheinland in Frage. Theoderich entschied sich für Burg Laach, die seinem Kampfgefährten Heinrich dem Zweiten gehörte. Dort wäre Gero nah an seiner eigenen Heimatburg Rheinsporn. Der Junge nahm die Ankündigung äußerlich gefasst auf, als habe er damit gerechnet, fortgeschickt zu werden.

»Du wirst Gelegenheit haben, Bertolt zu studieren«, erklärte Theoderich ihm, um den Verdacht zu zerstreuen, er wolle den Jungen loswerden. »Burg Laach befindet sich in der Nachbarschaft von Rheinsporn. Ihr werdet sicher dort zu Gast sein, und du wirst mitbekommen, wie dein Onkel das Land verwaltet, das eigentlich dir zusteht. Und lass dir eins gesagt sein, mein Junge: Wer einen Feind besiegen will, sollte ihn gut kennen. Außerdem möchte ich, dass du dich um Adebar kümmerst und ihm notfalls zur Seite stehst, wenn Unheil droht.«

»Ich gebe mein Bestes, um Eurem Namen alle Ehre zu machen.«

»Tu das und mache vor allem deinem eigenen Namen Ehre, für dich, für Rheinsporn und nicht zuletzt um Egberts Willen.«

Damit entließ Theoderich ihn.

Adebar war nicht so leicht zu überzeugen.

»Ich will nicht weg! Und schon gar nicht mit dem Dahergelaufenen!«, rief er prompt, als Theoderich ihn von seinen Plänen in Kenntnis setzte.

»Schweig still, Sohn! Du weißt nicht, wovon du sprichst. Auch du könntest ein Mündel sein und froh darüber, wenn dich jemand aufnimmt. Die Wechselfälle der Vorsehung hat niemand in der Hand. Es gibt keinen Grund, überheblich zu sein, wenn man sich auf dem Rad der Fortuna einen Moment lang oben befindet. Schon im nächsten Augenblick können die Dinge ganz anders aussehen. Gero ist groß und kräftig, er weiß mit dem Schwert umzugehen und kann dich beschützen, wenn es nötig werden sollte.«

»Niemand muss mich beschützen!«

Theoderich atmete tief durch und schwieg.

»Warum gebt Ihr mir nicht meinen kleinen Bruder zur Gesellschaft mit?«

»Der ist zu jung dafür und kann dir nicht so zur Seite stehen wie Gero.«

Adebar drehte sich auf dem Absatz um und stampfte vor sich hin schimpfend aus der Halle. Den Rest des Tages bekam Theoderich ihn nicht mehr zu sehen. Doch noch Stunden später hörte er ihn in seiner Kammer zornig die Laute schlagen, und der Missklang tönte bis zu ihm hinunter in den Burghof.

Als Sigrun erfuhr, dass Gero nach Laach geschickt werden sollte, begab sie sich umgehend in die große Halle, um ihren Vater dort aufzusuchen. Sie wusste, dass sie den Pfalzgrafen um den Finger wickeln konnte und dass sein Gemüt weicher wurde, sobald sie sich auf seinem Schoß niederließ und sich an seine breite Brust lehnte.

»Bitte, Vater, schickt Adebar und Gero nicht fort. Ich werde hier ganz furchtbar einsam sein ohne sie.« Zärtlich begann sie, seinen Bart zu kraulen.

»Wenn du möchtest, nehme ich einen Pagen in Adebars Alter in den Dienst. Außerdem sind ja noch die Zwillinge da.«

»Die mögen aber andere Spiele als ich. Ich möchte Gero und Adebar hierbehalten!«

»Das kann ich verstehen, mein Kind, doch es muss so sein, dass junge Männer, die zu Rittern ausgebildet werden sollen, an einen anderen Hof gehen, um dort erzogen zu werden. Daran kann und werde ich nichts ändern.«

»Aber Gero ist gar nicht Euer Sohn! Lasst wenigstens ihn hier.«

Theoderich richtete sich energisch in seinem Stuhl auf. »Ich habe ihn wie einen eigenen Sohn aufgenommen, weil ich mit seinen Eltern befreundet war. Nun werde ich ihnen auch den Dienst erweisen, ihren Erben standesgemäß zu erziehen, und dazu gehört es, ihm eine entsprechende Ausbildung zukommen zu lassen.«

Sigrun gingen die Einwände aus und so verlegte sie sich auf die nächste Stufe. Da sie wirklich traurig über Geros Fortgang war, kostete es sie keine Mühe, ihre Augen feucht schimmern zu lassen. Und so wandte sie nun Theoderich ihr Gesicht zu, damit er ihre Tränen auch bemerkte.

»Aber was soll ich denn nur ohne sie machen?«, klagte sie.

»Ich wusste gar nicht, dass dir so viel an Adebar liegt. Seit wann kümmert es dich, was er tut oder lässt? Ihr streitet doch fast die ganze Zeit miteinander!«

»Ja, aber dann ist wenigstens jemand da, mit dem ich streiten kann.«

»Du sollst gar nicht streiten, Kind. Du sollst lernen, dich wie eine Burgherrin zu benehmen, denn wenn du heiratest, wirst du den Haushalt einer Burg führen müssen. Deine Mutter wird dich bald entsprechend unterrichten, dann wirst du dich nicht mehr einsam fühlen. Außerdem will Meda, dass du für sie Pflanzen abzeichnest, denn sie plant, ein Heilkunde-Nachschlagewerk auf unserer Burg zu verfassen. Ich habe dem zugestimmt. Vielleicht fällt ein Teil des Ruhms, den dieses Werk einmal haben wird, auch auf Greifenfels ab.«

»Ich will nicht verheiratet werden!« Echte Tränen füllten ihre Augen.

Beschwichtigend nahm ihr Vater sie in den Arm. »Das ist noch lange hin, zerbrich dir darüber nicht den Kopf. Wenn es so weit ist, wirst du es selbst auch wollen, glaube mir. Das ist so, wenn man erwachsen wird. Und nun lass mich weiter meinen Geschäften nachgehen.«

Sanft, aber mit Nachdruck hob er sie von seinem Schoß hinunter und Sigrun verließ traurig die Halle. Es kam nicht oft vor, dass der Graf ihr einen Wunsch verweigerte.

Ein paar Tage später ließ er sie wieder zu sich in den Rittersaal rufen. Noch immer schmollend folgte sie widerstrebend seiner Anweisung.

Er winkte sie zu sich heran. »Ich habe hier etwas für dich, mein Liebes, damit du dich nicht so einsam fühlst, wenn deine Brüder fort sind.«

Er reichte ihr ein Weidenkörbchen, das mit einer Wolldecke ausgelegt war, die sich verdächtig hob und senkte.

»Was ist das?« Obwohl sie noch verstimmt war, konnte Sigrun ihre Neugier kaum zügeln. Vaters Geschenke waren großartig. Wenn er von einem der Märkte in Trier oder gar Colonia zurückkam, hatte er stets Aufmerksamkeiten für sie dabei, eine Fibel oder bunte Bänder, die sie sich ins Haar flechten konnte. Doch in diesem Korb steckte etwas Lebendiges, das war nicht zu übersehen.

»Sieh es dir an.«

Behutsam hob Sigrun die Decke, und darunter kam ein Hundewelpe zum Vorschein, der keine sechs Wochen alt sein konnte. Mit großen braunen Augen schaute er hoch und fiepte kläglich. Augenblicklich schmolz ihr Herz dahin.

»Ist der niedlich! Für mich? Darf ich ihn behalten?«

Ihr Vater nickte.

»Wie heißt er?«

»Du darfst ihn nennen, wie du möchtest.«

Sigrun nahm den Welpen aus dem Körbchen heraus und drückte ihn an ihre Brust. Er fiepte noch immer kläglich und schmiegte sich schutzbedürftig an sie.

»Ich werde ihn Oreg nennen.«

Theoderich lachte. »Oreg? Was ist denn das für ein seltsamer Name für einen Hund?«

»Ein ganz besonderer.« Sie umarmte ihren Vater. »Danke! Das ist das schönste Geschenk, das Ihr mir jemals gemacht habt. Was nicht heißen soll, dass die anderen nicht auch wunderschön waren«, fügte sie hastig hinzu. »Aber dies hier ist so …« Sie suchte nach dem richtigen Wort, doch ihr fiel kein passendes ein. »Er ist so süß, ich bin so …«

Erneut kämpfte sie mit den Tränen und ihre Stimme versagte. Sie drückte dem Grafen einen Kuss auf die Wange und stürmte mit dem Hund aus der Halle, um ihn Gero zu zeigen.

Im Stall striegelte der Junge mit langen kräftigen Zügen seinem Pony den eingetrockneten Schweiß vom Fell. Es roch nach Pferdemist, frischem Heu und den Ausdünstungen von Mensch und Tier. Durch die schmalen Öffnungen des Holzbaus fiel fahles Tageslicht herein, in dem Staubkörner flimmerten. Gero sah auf, als sie vor Freude strahlend zu ihm kam, und strich sich eine verschwitzte Locke aus der Stirn.

»Schneeglöckchen! Was hast du denn da im Arm? Ein Kaninchen?«

Abrupt hielt Sigrun inne und blickte ihn empört an. »Das ist kein Kaninchen, das ist ein Hundewelpe. Du hast ja keine Ahnung!«

Achselzuckend wandte er sich ab. »Sieht aus wie ein Kaninchen.«

Sprachlos verharrte Sigrun eine Weile wie gelähmt. Machte es ihm gar nichts aus, von ihr fortzugehen, dass er sich ihr gegenüber so gleichgültig verhielt? Sie hatte eigentlich mit ihm darüber reden und ihm erzählen wollen, dass ihr Hund seinen Namen rückwärts gesprochen tragen werde. Doch nun war ihr die Lust dazu vergangen.

Geros Pony wieherte leise und warf den Kopf zur Seite. Er klopfte dem Tier an den Hals und verließ seine Box. »Komm schon, war nur eine Alberei! Wem gehört das Hündchen?«

»Vater hat es mir geschenkt.«

»Er verwöhnt dich, findest du nicht?«

Sprachlos starrte Sigrun ihn an. Er verstand kein bisschen. »Nein, das tut er ganz und gar nicht. Ich habe ihn bekommen, damit ich nicht so einsam bin, wenn ihr fort seid.«

Geros Blick verdunkelte sich. Sie drehte sich um und verließ den Stall.

Eilig folgte er ihr. »He, Schneeglöckchen, warum bist du denn so empfindlich? Warte doch mal!«

Aber sie lief weiter.

Irritiert trottete Gero zurück in den Stall, wo die Pferde mit den Hufen stampften und ihren Heuatem in die Luft stießen. Er hatte bei den Stallburschen und anderen Knechten zwar schon aufgeschnappt, dass Frauen sich manchmal merkwürdig verhielten, und auch noch einige derbe Dinge über sie erfahren, die er gar nicht wissen wollte. Doch bisher war Sigrun ihm normal erschienen und mit ihren sieben Jahren war sie noch mehr Kind als Frau. Er wollte keinen Streit mit ihr haben, denn schließlich würde er Greifenfels bereits in zwei Tagen verlassen und sich einer ungewissen Zukunft stellen müssen. Er wusste schon jetzt, dass er die Burg, ihre Bewohner und das Mädchen vermissen würde. Niemand hier nahm ihn so vorurteilslos an wie Sigrun.

Nachdenklich fütterte er sein Pony mit Brotkrusten und Apfelkerngehäusen. Ihm war mulmig bei dem Gedanken, wie es ihm wohl in Laach ergehen würde. Wenn er einzig Adebar bei sich hatte, der zwar nicht mehr wie ein Kleinkind sofort zu weinen anfing, sobald er in Sichtweite war, ihn aber mit jeder Faser seines Körpers spüren ließ, dass er ihn nicht leiden konnte. Außerdem jagte ihm die Aussicht, seinem Onkel, dem Ungeheuer aus seinen Albträumen, derart nah zu kommen, eine höllische Angst ein. Doch er wagte nicht, seinem Ziehvater zu widersprechen.

Am Tag der Abreise ging Gero schweren Herzens gemeinsam mit Adebar und Theoderich zu den Reitpferden vor den

Stallungen, in deren Satteltaschen auch erlesene Geschenke für die Familie Heinrich von Laachs verstaut waren. Die Frühlingssonne glitzerte auf dem Zaumzeug und auf dem Geschirr, während ein Stallbursche weitere Gepäckbündel auf das Packpferd schnallte. Walburga ermahnte Gero und Adebar zum wiederholten Male, achtsam zu sein und sich höfisch zu verhalten.

Theoderich rollte mit den Augen. »Was denkst du denn, Weib? Glaubst du etwa, Heinrich und seine Leute lassen sich von zwei Lümmeln auf der Nase herumtanzen? Wenn sie sich einmal danebenbenehmen, werden die Laacher dafür Sorge tragen, dass das kein weiteres Mal vorkommt.«

Dann beugte er sich zu Gero hinunter und raunte ihm zu: »Viel wichtiger ist, dass du niemandem außer Heinrich von Laach deine wahre Herkunft verrätst und Medas Namen nicht erwähnst.« Er kam noch näher an ihn heran. »Darauf erwarte ich bald deinen Schwur auf Gott den Allmächtigen!«

Gero nickte beklommen. Theoderich schwang sich auf seinen Hengst, und auch die beiden Ritter, die sie begleiteten, stiegen auf ihre Pferde.

Die Burgbewohner versammelten sich im Hof, um sie zu verabschieden und ihnen eine sichere Reise zu wünschen. In der lauen Brise flatterte das rote Banner von Greifenfels, sodass sich der aufgestickte Adler in seiner vollen Größe zeigte. Das machte Gero den Abschied noch schwerer. Aber er war auf dem Weg ins Mannesalter und da musste das nun sein. Außerdem kehrte er in seine Heimat zurück und würde dort vielleicht einer Frau begegnen, die einmal sein Weib werden könnte. Ihm war nicht bekannt, dass seine Eltern Abmachungen für eine Eheschließung getroffen hatten, aber er wusste, dass dies auf ihn zukam, wenn er alt genug dafür war. Im Moment stand ihm jedoch nicht der Sinn danach.

Der Gedanke an eine Heirat schien ihm umso abwegiger, da er spürte, wie wichtig Sigrun ihm mittlerweile war. Es war verwegen, sich vorzustellen, dass Theoderich sie ihm geben würde, sollte er jemals um ihre Hand anhalten. Doch wenn er sich für ein Weib entscheiden müsste, wäre es seine Ziehschwester, die er wählen würde. Sie würde nicht immer ein Kind bleiben, sondern sich zu einer schönen Frau entwickeln, und dann wollte er zur Stelle sein, mit Ritterschlag und der Burg seines Vaters.

Mit traurigem Gesichtsausdruck stand sie in ihrer besten Wolltunika im Burghof, um den beiden Lebewohl zu sagen. Als Gero sich von ihr verabschiedete, raunte sie ihm ins Ohr: »Komm zurück zu mir!«

»Das werde ich. Versprochen!«

Nachdem er von allen Familienmitgliedern Abschied genommen hatte, saß er mit einer geschmeidigen Bewegung auf und lenkte das Pony in einer engen Wendung herum. Sigrun hielt ihren Hundewelpen im Arm und starrte ihn unverwandt an, als wollte sie ihn stumm an sein Gelöbnis erinnern. Lange und einsame Jahre kamen nun auf sie zu, das war Gero bewusst. Jahre, in denen niemand sie mehr an die Hand nehmen, durch die Burg führen, ihr die neuen Katzenjungen zeigen oder mit ihr im Stroh balgen würde. Letzteres würden vielleicht noch die Zwillinge tun. Doch bald sollte sie ihre Ausbildung beginnen. Walburga würde sie in die Pflichten einer Burgherrin einweihen und Meda ihr Pflanzen zum Abbilden geben. Gero wusste, dass ihr das Zeichnen viel mehr zusagte als die Führung eines Haushaltes oder die höfischen Sitten. Aber über die Inhalte ihrer Erziehung würde ihr Vater nicht mit sich reden lassen, das brauchte sie gar nicht erst zu versuchen. Da würden auch Tränen nichts nutzen. Gero vermutete, dass der Graf ohnehin längst gemerkt hatte, dass sie diese auf Wunsch hervorrufen konnte.

Der kleine Reisetrupp setzte sich in Bewegung, die Burgbewohner riefen Theoderich und seinen Rittern Neckereien hinterher, die diese lachend erwiderten. Als er das Burgtor durchquerte, drehte sich auch Gero noch einmal in seinem Sattel um und prägte sich das Bild ein, das sich ihm bot.

Ein letzter, langer Blick galt Sigrun.

Kapitel Acht

Der Winter hatte sich in diesem Jahr früher als sonst üblich zurückgezogen, der Frühling aber noch nicht durchgesetzt. So breitete sich die Landschaft mit Ockertönen auf den Erhebungen des Geländes aus, die Sonne stand tief und hatte wenig Kraft. Auf dem Weg hierher waren sie durch trostlose, mit braunem Gras gesprenkelte Ebenen geritten. Seit sie einem anderen Reitertrupp begegnet waren, der kurz zuvor von Wegelagerern überfallen worden war, hielt sich Theoderich bei den Jungen auf und nutzte die Gelegenheit, um sie auf das Kommende vorzubereiten.

»Euer neuer Herr, Heinrich der Zweite von Laach, ist einer der wichtigsten Männer im Land. Er ist ein kompromissloser Anhänger des Kaisers und vertritt ihn während dessen Abwesenheit – inzwischen seit über zwei Jahren – als Reichsverweser in allen rechtlichen Angelegenheiten.«

Gero hörte ihm aufmerksam zu, so gut es unter diesen Umständen ging, denn je näher sie Laach kamen, desto stärker wurde seine Angst. Ständig wähnte er seinen Onkel auf dem freien Feld auftauchen und den Kampf eröffnen.

»Bei der Schlacht an der Elster hat Heinrich den linken Flügel der Lothringer angeführt und ist dadurch zu einigem Ruhm gelangt. Der Kaiser hat ihm danach das Amt des Pfalzgrafen verliehen und ihm Adelheid von Orlamünde zur Frau gegeben«, fuhr Theoderich fort.

»Ist es üblich, dass der Kaiser Frauen an seine Ritter verschenkt?«, fragte Gero zerstreut.

Sein Ziehvater schmunzelte. »Nun ja, verschenken ist in diesem Zusammenhang ein etwas merkwürdiger Ausdruck. Aber im Prinzip ist es so.«

Am Abend schlugen sie ihr Lager am Wegesrand auf, und Gero half den Männern, die Leinenbahnen für die Zelte auseinanderzuziehen und Feuerholz zu holen. Derweil versorgte Adebar die Pferde, schürte das Feuer und rührte den Eintopf im Kessel um.

»Was bedeutet Laach eigentlich?«, fragte er seinen Vater mit verdrossenem Gesicht. »Das ist ein komischer Name.«

Gero war bewusst, dass sein Ziehbruder diese Reise gegen seinen Willen unternahm, und dass das auch etwas mit seiner eigenen Anwesenheit zu tun hatte.

»Heinrich sagt, ein Gelehrter habe ihm mal erklärt, das komme von dem Lateinischen *Lacus* und meine den See, der sich in dem ehemaligen Vulkankrater gebildet hat, an dem seine Burg steht«, antwortete Theoderich und ließ sich am Feuer nieder. »Der Vulkan hat von dort aus vor Urzeiten das umliegende Land mit Lava und Asche überschüttet. Ob das stimmt, kann ich dir zwar nicht sagen, aber es klingt ziemlich glaubhaft.«

Die Aussicht, unmittelbar an einem Vulkan leben zu müssen, behagte Gero nicht. Wer wusste, ob er nicht doch irgendwann wieder Feuer spie? Er war froh, dass die Männer in der Nacht abwechselnd Wache halten würden. Theoderich war sich sicher, dass die Wegelagerer ihnen auflauerten und zuschlugen, sobald sie unachtsam wurden. Noch mehr als vor diesen fürchtete sich Gero vor seinem Onkel.

Am nächsten Morgen brachen sie bei Sonnenaufgang auf und Theoderich fuhr mit seiner Unterweisung fort.

»Adelheid, die Herrin von Laach, ist die Tochter der Adela von Löwen-Brabant, die es gewagt hat, in Sachsen eine Verschwörung gegen den Kaiser anzuzetteln. Der misstraut ihrer Mutter seitdem so sehr, dass er ihren Sohn in Geiselhaft genommen hat. Adelheid ist aber mit ihrer zweiten Heirat zu den Königstreuen gewechselt. Mit Heinrich ist sie nun in dritter Ehe verheiratet.«

»Ist sie jedes Mal vom Kaiser verschenkt worden?«, fragte Adebar und gähnte.

»Ja, so in etwa. Sie besitzt ein eigenes Siegel, das sie erstaunlich naturgetreu wiedergibt. Es zeigt sie mit Lilienzepter und mit einem Buch, wodurch sie wohl zum Ausdruck bringen will, dass sie durchaus über politischen Sachverstand verfügt. Aber dazu kann ich mir kein Urteil erlauben. Ihre beiden Söhne Otto und Siegfried stammen aus ihrer ersten

Verheiratung mit Adalbert von Ballenstedt. Die Ehe mit Heinrich ist kinderlos geblieben, und so hat er seinen Stiefsohn Siegfried, der nur vier Jahre älter ist als du, Gero, adoptiert und damit zu seinem Erben gemacht.« Theoderich wies auf eine bewaldete Anhöhe. »Wir sind fast da. Wenn ich mich recht erinnere, liegt der See hinter diesem Hügel.«

Die Luft wehte Gero mit kühler Schärfe um die Ohren, als sie den Kamm der Erhebung erreichten, die den See bislang vor ihren Blicken verborgen hatte. Nun schaute er auf den bewaldeten Talkessel hinab, der ruhig und tiefgründig vor ihm lag und vermutlich der von seinem Ziehvater erwähnte Vulkankrater war. Eine geradezu mystische Ruhe lag auf dem Gewässer, das sich über die gesamte Länge ihres Blickfelds erstreckte. Das Sonnenlicht funkelte zwischen den Bäumen hindurch und Vögel begrüßten ihn mit einem vielstimmigen Konzert. Der Wind und Kleintiere raschelten im Unterholz und das Krächzen eines Raben durchschnitt die Luft. Wie auf eine stumme Absprache hin hielten sie ihre Pferde an und nahmen den Anblick des Sees in sich auf. Dann drückte Theoderich als Erster seinem Reittier die Fersen in die Flanken und führte sie durch das feuchte, zerfallene Laub die Erhebung am Südostufer des Seekessels hinab. Sie hielten auf den mächtigen Wehrturm zu, der vom Rest der rötlichen Steingebäude durch einen Verteidigungsgraben getrennt war.

»Die Festung ist von großer Bedeutung für Heinrich, obwohl seine Ländereien zum Teil weit entfernt liegen und er über zusätzliche Burgen verfügt«, sagte Theoderich, bevor er durch die Ringmauer auf den Felssporn zuritt, der in den See hineinragte.

Geros Herz klopfte vor Aufregung, als das dumpfe Geklapper der Pferdehufe auf dem festgestampften Lehmboden des Burghofs ihr Eintreffen ankündigte. Ein Vorreiter war bereits vorausgeeilt, um ihre baldige Ankunft zu melden, und so fand sich Heinrich mit seinem Gefolge vor dem Wohnturm ein, um sie zu begrüßen. Auch seine Gemahlin sah ihnen freundlich entgegen. Ihren Kopf zierte ein Tuch, das sich in Falten unter ihren Hals legte und ihre große, spitz zulaufende Nase in dem länglichen Gesicht betonte. Gero versuchte sich vorzustellen, wie wohl ihr Abbild auf dem Siegel aussah.

»Theoderich, mein Freund!« Der Pfalzgraf nahm den Greifenfelser in seine kräftigen Arme, und sein Verwalter reichte ihnen als Willkommensgruß einen gewürzten Wein.

»Wie war eure Reise?«

An der Dauer ihrer Umarmung erkannte Gero, wie nah die beiden Männer sich standen.

»Danke, sie war ohne besondere Vorkommnisse. Wir sind gut vorangekommen und scheinbar waren unsere Ritter und das Banner abschreckend genug, sodass wir von keinen Wegelagerern behelligt wurden.«

»Wie ist es dir in den vergangenen Jahren ergangen? Ich habe erfahren, dass du am Italienfeldzug teilgenommen hast. Und wie geht es deiner Gemahlin?«

»Die Geschehnisse in Norditalien will ich dir gleich ausführlich schildern. Walburga ist wohlauf. Nach der Geburt der Zwillinge hatte sie eine beschwerliche Zeit, doch sie hat sich gut davon erholt. Eine Reise bis ins Rheinland wollte ich ihr aber nicht zumuten, zumal sie sich zu Hause um einiges zu kümmern hat.«

»Selbstverständlich. Kommt herein und erfrischt euch nach den Anstrengungen.«

Er wies in den Eingang der Burg. Die Stallknechte führten die Reittiere der Gäste an den Zügeln zu den Reusen und versorgten sie mit Wasser und Hafer. Durch den Vorhof betraten die Greifenfelser die große Halle des zweistöckigen Steinbaus, in der ein Feuer entfacht, Bänke bereitgestellt und alles für ein Festmahl vorbereitet worden war. Von der mit Holz vertäfelten Decke hingen zwei eiserne Kandelaber herab, in denen dicke Kerzen steckten, die jedoch nicht entzündet waren, da durch die halbrunden Fensteröffnungen ausreichend Licht einfiel. Nachdem Theoderich neben

Heinrich am Kopfende der Tafel auf gepolsterten Stühlen und Gero mit Adebar am hinteren Ende auf Holzbänken Platz genommen hatten, tischten die Dienstboten die Speisen auf. Mit großen Augen verfolgte Gero, wie das weiße Damasttafeltuch rasch unter Schalen mit gefüllten Pilzen, Fisch in Pflaumen-Zimtstangen-Soße, geräucherten Würsten und nach Gewürzen duftendem Früchtebrot verschwand. Mit einem Mal sehr hungrig, wartete er ungeduldig darauf, dass der Burgherr das Mahl eröffnete, und griff beherzt zu, als das endlich geschah.

Hier, hinter den gut geschützten Burgmauern von Laach wähnte er sich in Sicherheit, doch spürte er die unverhohlen musternden Blicke der Knappen des Pfalzgrafen auf ihm ruhen. Nachdem sie ihn lange genug mit den Augen gemessen und scheinbar für in Ordnung befunden hatten, entspannten sich ihre Mienen.

Wohlig gesättigt betrachtete Gero die dunkelroten, mit Wappen bestickten, ordentlich gefalteten Vorhänge, die die Wandflächen zwischen den Rundbögen vor dem Eindringen der Kälte schützen sollten. Der helle Putz oberhalb der Vorhänge war mit Verzierungen und Wappenbildern bemalt und mit Hirschgeweihen bestückt. Das erinnerte ihn an die Wandverzierungen auf Greifenfels und damit unangenehm an seine erste Zeit dort, als viele Bewohner ihm über Monate und zum Teil sogar Jahre mit Misstrauen begegnet waren. Nun war er hier wieder ein Fremder und hatte erneut nur einen Menschen an seiner Seite, der ihm noch nicht einmal wohlgesonnen war. Wobei es sich bei dieser Formulierung in Adebars Fall um eine bodenlose Untertreibung handelte. Sein Ziehbruder konnte ihn nicht ausstehen, darüber war sich Gero sehr wohl im Klaren, und er konnte es ihm nicht verübeln. Er selbst hätte es wahrscheinlich ebenso wenig gelassen hingenommen, wenn sein eigener Vater jemand anders vorgezogen hätte. Nun ja, er hatte es schon einmal geschafft, sich in einer solchen Situation zurechtzufinden. Es würde ihm auch ein zweites Mal gelingen.

Der Hof erschien ihm freundlich und gesittet. Der Knappe mit dem gesteppten Wams eines Kriegers und dem langen Jagdmesser am Gürtel musste Siegfried sein, der Stiefsohn, den Heinrich zu seinem Erben eingesetzt hatte.

Er prostete Gero mit einem verzierten Zinnkrug zu. »Ihr seid hier willkommen und werdet euch wohlfühlen!«

Beruhigt erwiderte Gero den Gruß und fragte sich, ob er hier wohl ähnlich wie auf Greifenfels mit der Zeit Zutrauen zu jemandem fassen würde. Da öffnete sich die Tür zur Küche und eine junge Magd erschien mit einem Krug Wein in der Hand. Als sie ihre warmen, braunen Augen auf ihn richtete und schüchtern lächelte, gewann er Zuversicht, dass er schon bald Vertraute finden könnte.

Ein Grauhaariger, der ihnen schräg gegenübersaß, machte sich mit Spottversen über die Landleute auf seinen Lehensgütern lustig.

»Der Bauer ist an Ochsen statt, nur dass er keine Hörner hat«, rief er.

Die jüngeren Ritter und Knappen lachten, während die älteren Burgbewohner am oberen Ende der Tafel die Köpfe zusammensteckten. Gero hätte zu gern gewusst, worüber sie sich austauschten und ob es dabei auch um ihn, den Sohn Egberts, ging. Erzählte Theoderich Heinrich von Laach davon, wie er nach Greifenfels gekommen war und dass sein Onkel ihm nach dem Leben getrachtet hatte? Oder blieb er bei der Mär, dass er ein Abkömmling von Hamm sei? Er stimmte in die allgemeine Heiterkeit ein, um seine Unsicherheit zu überspielen.

»Ich möchte dich bitten, besonders auf Gero zu achten«, eröffnete Theoderich das Gespräch mit Heinrich. Er hatte seinen Freund um eine vertrauliche Unterredung gebeten, und nun spazierten sie nebeneinander den schmalen Pfad am See entlang, dessen Oberfläche in geheimnisvollen Blau- und Grautönen schimmerte. Mildes Sonnenlicht blinzelte durch die Bäume und glitzerte auf dem Gewässer. Die Luft war unverändert beseelt vom Gesang unzähliger Feldlerchen, Goldammern sowie Rotkehlchen und der weiche Waldboden federte unter ihren Schritten. Ab und zu plätscherte es, wenn ein Frosch ins Wasser sprang, und bunte Schmetterlinge flatterten geräuschlos durch die Luft, nahm Theoderich beiläufig wahr, denn seine Gedanken waren woanders.

»Warum soll ich besonders auf Gero achten? Was ist mit ihm?«

Theoderich erzählte Heinrich, wie Gero zu ihm nach Greifenfels gekommen war, und dass es einen Anschlag auf ihn gegeben hatte.

»Du denkst, das war Bertolt?«

»Ich vermute es, kann jedoch nichts beweisen. Aber es wäre naheliegend. Der Pfeil, mit dem auf Gero geschossen wurde, gleicht denen, die einer seiner Armbrustschützen benutzt. Außerdem hat mir die Heilerin zu verstehen gegeben, dass es Agnes' letzter Wunsch gewesen war, dass ich den Jungen großziehe, weil sie Angst um seine Sicherheit hatte. Es ist schwer vorstellbar, dass Bertolt sich damit begnügt hätte, Rheinsporn nur stellvertretend für Gero zu führen. Du weißt, wie groß sein Ehrgeiz und die Rivalität zwischen ihm und Egbert waren. Bertolt hat es nie verwunden, nur der Zweitgeborene zu sein und sehen zu müssen, wo er denn bleibt.«

Heinrich blickte auf den See hinaus. »Oh ja, daran erinnere ich mich sehr gut. Ist es nicht gewagt, den Jungen ausgerechnet hierher in sein Sichtfeld zu bringen?«

»Ich kann ihn nicht ewig verstecken. Er ist jetzt fast erwachsen und muss sich mit seinem Onkel auseinandersetzen. Dazu ist es gut, wenn er ihn studiert. Ich bin mir sicher, dass er bei dir in guten Händen ist und dass du auf ihn achtgeben wirst. Mehr kann ich auf Greifenfels auch nicht für ihn tun.«

»Du hast Agnes nahegestanden, nicht wahr?«

»Sie war damals schon Egberts Weib«, erwiderte Theoderich mit Nachdruck.

»Ja, das war sie. Egbert hat sie sehr geliebt.«

»Und sie ihn.«

Der Laacher schaute ihn nachdenklich an. »Ich werde tun, worum du mich bittest, mein Freund. Und ich tue das nicht nur für dich, sondern vor allem auch, um an Egbert und Agnes etwas wiedergutzumachen, was mir auf der Seele lastet.«

»Was ist das?«

Heinrich sah ihn lange an, ehe er ihm erzählte, was sich auf dem Schlachtfeld bei Pegau zugetragen hatte, und dass er Egbert dort den Aasfressern überlassen musste. »Ich habe bisher mit niemandem über meine Erlebnisse an der Elster gesprochen, doch manchmal sucht mich die Erinnerung noch heim«, schloss er seine Schilderung.

Theoderich rang um Fassung, als er erfuhr, wie sein Freund gestorben war. Dann straffte er die Schultern. Sie alle waren zu Rittern erzogen worden und wussten, was sie im Kriegsfall erwartete.

»Ich habe mit angesehen, wie Bertolt, der in Egberts Umfeld kämpfte, untätig geblieben ist und in Kauf nahm, dass sein Bruder niedergemetzelt wurde. Er weiß, dass ich das gesehen habe, und es steht seitdem wie eine Wehrmauer zwischen uns. Er war noch nicht einmal in Bedrängnis, hätte mühelos eingreifen können, und ich war zu weit entfernt. Ehe ich Egbert erreicht hatte, war er schon tot. Wäre sein niederträchtiger Bruder nicht untätig geblieben, würde unser Freund noch leben.«

»Dafür werde ich den Mistkerl zur Rechenschaft ziehen!«

»Wenn du das tust, ziehst du uns alle in eine Fehde hinein, aber der Kaiser braucht im Moment unsere vereinte Stärke, um sich gegen seine Feinde verteidigen zu können. Die Zeit, Bertolt büßen zu lassen, wird kommen. Jetzt ist nicht der richtige Augenblick dafür.« Heinrich hielt inne und ließ seinen Blick abermals über die Wasseroberfläche schweifen, ehe er fortfuhr: »Vielleicht wird es eines Tages der Sohn sein, der den Vater rächt. Wir werden sehen, wie sich Gero hier entwickelt. Die Burg wird er vermutlich nur über die Leiche seines Onkels erlangen können. Bertolt hockt dort wie ein

Adler in seinem Horst und hackt gnadenlos nach allen, die ihm gefährlich werden können.«

Vor dem Beller Berg am Südwestufer des Sees blieb Heinrich stehen. »Ein leiblicher Erbe ist mir leider verwehrt geblieben. Dennoch möchte ich Spuren in der Welt hinterlassen und gleichzeitig etwas für mein Seelenheil tun.«

Theoderich hob den Kopf, froh über die Verschnaufpause, denn sein von Meda langwierig wiederhergestelltes Bein ziepte ihn.

»Was hast du vor?«

»Ich werde hier an dieser Stelle ein Hauskloster errichten lassen, das den Regeln Benedikts folgen soll.«

Der Graf schaute sich um. »Ein großes Unterfangen! Wird es beizeiten vollendet werden?«

»Das liegt in den Händen des Herrn. Aber Adelheid hat mir versprochen, die Bauarbeiten nach meinem Tode fortzuführen, sollte sie mich überleben. Um ehrlich zu sein, war es ihre Idee, ein Hauskloster zu stiften. Von der Burg aus ist man schnell hier. Der Beller Bach sorgt für frisches Wasser, Holz ist genügend vorhanden und in Menedich befindet sich ein leicht zu erreichender Steinbruch.«

»Der Ort ist gut gewählt, die Lage am See trefflich.«

Heinrich wies ins Umland. »Die Mönche werden hier über fruchtbares Ackerland verfügen.«

Theoderich folgte seinem Blick und nickte.

»In der Krypta soll meine letzte Ruhestätte sein, und wenn das Weltende wie vorhergesagt bald kommt, bei dem ein jeder von uns vor Gott Rechenschaft ablegen muss, kann ich die Klosterstiftung vorweisen.«

»Die Klöster finden zurzeit regen Zulauf, du solltest keine Schwierigkeiten haben, willige Bewohner herbeizuholen, die für dein Seelenheil beten werden. Ich wünsche dir viel Erfolg für deine Unternehmung.«

Sie setzten ihren Spaziergang fort.

»Stehst du noch in den Diensten des Kaisers?«, fragte Theoderich, um sein verstärktes Hinken zu überspielen.

»Ja, ich vertrete ihn in den Angelegenheiten des Reiches, wenn er so wie jetzt in Italien weilt, und ärgere mich als sein Bevollmächtigter mit den Obliegenheiten, Rechtsstreitigkeiten und den anderen Fürsten herum.«

»Da lässt der Verdruss bestimmt nicht lange auf sich warten.« Aufmerksam studierte Theoderich Heinrichs Gesicht, in dem die tiefen Ringe unter den Augen schlaflose Nächte und die Sorge um die Tragweite der Entscheidungen, die er zu treffen hatte, beklagten. Der Pfalzgraf wirkte, zerrieben von all den Streitereien und Konflikten, angeschlagen und übermüdet.

»Nein. Dass der Kaiser eine militärische Niederlage einstecken musste und nun in Italien festsitzt, höhlt auch meine Autorität als seinem Stellvertreter aus. Mein eigener Bruder hat sich von der Partei des Papstes als Bischof in Metz einsetzen lassen, und das Erzbistum Colonia dehnt sich auf meine Kosten nach Süden aus.«

»Du stehst dem Kaiser unverändert nah?«

Heinrich nickte.

»Bringt dich das nicht in Schwierigkeiten mit den anderen Fürsten?«

»Das lässt sich nicht vermeiden. Man kann sich nicht auf eine Seite schlagen und gleichzeitig mit allen Parteien gut stellen. Man muss eine Entscheidung treffen und Stellung beziehen. Ich habe dem Kaiser einen Treueeid geleistet und diesen werde ich nicht brechen. Auch wenn mich die Staatsangelegenheiten manchmal an den Rand der Erschöpfung bringen, werde ich mich nicht in die Schar der Verräter einreihen, so wie das manch anderer scheinbar ohne jedes Schamgefühl tut.« Er hielt inne. »Du wolltest mir noch von eurem Feldzug in Norditalien berichten.«

Theoderich schilderte ihm ausführlich die militärischen Erfolge, die sie zunächst errungen hatten, und die Niederlage in Canossa, bei der er selbst schwer verletzt worden war. Als er damit endete, dass der Kaiser nun südlich der Alpen festsaß, da seine Gegner das Gebirge für ihn gesperrt hatten, schwiegen sie eine Weile. Ihm war bewusst, was das für

Heinrich bedeutete: Ein Ende seiner vielfachen Belastung war so bald nicht in Sicht.

»Wirst du Gero erzählen, wie sein Vater gestorben ist und welche Rolle Bertolt dabei gespielt hat?«, fragte Theoderich schließlich.

»Nur, wenn er unbedingt darüber im Bilde sein möchte.«

»Dann hoffen wir mal, dass es dazu nie kommen wird.«

»Planst du einen Besuch bei Bertolt? Er ist vor Kurzem aus Italien zurückgekehrt.«

Theoderich blickte in die Ferne. »Ja, das hatte ich vor. Es erscheint mir klug, ihn wissen zu lassen, dass man ihn im Visier hat. Geros Anwesenheit in Laach wird ihm nicht verborgen bleiben, aber er soll sich darüber im Klaren sein, dass ich ihn zur Verantwortung ziehen werde, sollte er dem Jungen etwas antun.«

Heinrich blieb stehen und verschränkte die Arme hinter dem Rücken. »Möchtest du, dass der Junge irgendwann Rheinsporn zurückfordert?«

»Das muss er für sich selbst entscheiden, wenn er alt genug dafür ist.«

»Dann möge Gott ihm beistehen!«

»Dann muss Gott uns allen beistehen, denn wir werden Position beziehen müssen.«

Nachdem er Laach verlassen hatte, begab sich Theoderich wie geplant mit seinen Rittern nach Rheinsporn. Als sie das dicht bewaldete, hügelige Hinterland durchritten hatten, öffnete sich das Rheintal in der lang gezogenen Ebene vor ihnen und der Schieferfelsen mit der Burg als Krone darauf kam in Sicht. Über die Weite des Himmels spannte sich eine weiche Wolkendecke wie ein Federbett, als wollte sie die Landschaft wärmen und behüten. Mit gerunzelter Stirn sah Theoderich zum Wehrturm hinauf, der sich kantig in die Höhe schob. Es berührte ihn seltsam, nach so vielen Jahren diesen Ort aufzusuchen, der ihn einst beherbergt hatte, und mit dem er gemütvolle Erinnerungen verband.

Noch bevor er den Rittersaal betrat, erinnerte er sich an jedes Detail: die gemauerten Rundbögen in den Wänden, die glänzenden Planken des Holzfußbodens, die großen halbrunden Fensteröffnungen und die bunten Fresken. Er sah Agnes und Egbert in Festkleidung an der reich gedeckten Tafel sitzen und ihr Lachen klang in seinen Ohren. Ein Seufzer entfuhr ihm, den er rasch in ein unwilliges Brummen umwandelte.

Bertolt begrüßte ihn höflich, aber zurückhaltend. Er saß tief zurückgesunken im Lehnstuhl am Kaminfeuer, den linken Arm in einer hölzernen Schiene und die Beine ausgestreckt auf einem Schemel mit Agnes' Stickereien. Hinter ihm hing der Teppich mit der Saujagd, der einst die Wand in der Kammer seiner Schwägerin geziert hatte, wie sich Theoderich mit einem Anflug von Wehmut erinnerte. Mit schmalen Augen fixierte der Rheinsporner seine Gäste und pfiff nach seinem Jagdhund, der sofort herübertrottete und sich zu seinen Füßen niederlegte.

»Was führt dich hierher, Graf von Greifenfels?«

Es kostete Theoderich all seine Selbstbeherrschung, ihn nicht die Wut spüren zu lassen, die in ihm tobte.

»Ich habe meinen Erstgeborenen nach Burg Laach gebracht, damit Heinrich ihn zum Knappen ausbildet, und meinen Zögling Gero von Hamm mitgeschickt.«

Deutlich nahm er wahr, wie Bertolt zuckte, als er Geros Namen hörte. Theoderich spitzte die Lippen, weil er sich darin bestätigt sah, dass sein Gegenüber offenbar angenommen hatte, Egberts Sohn sei tot. Sein Plan, Geros Tod vorzutäuschen, war also aufgegangen.

»Das folgt nicht den Gepflogenheiten.« Die Stimme des Rheinsporners klang belegt.

»Er soll auf meinen Sohn achtgeben, da Adebar kränklich und schwach ist.«

Zwischen Bertolts Augenbrauen bildete sich eine Furche.

»Mein Junge hat darauf bestanden, weil Gero ihm zum besten Freund geworden ist«, gab Theoderich vor.

»Warum hast du sie nicht zu mir in den Dienst gegeben?«

»Das habe ich durchaus erwogen. Jedoch steht Heinrich mir noch näher als du, und er hat einen Adoptivsohn in Geros Alter. So werden die beiden Jungen schnell einen Gefährten dort finden. Mir ist nicht bekannt, dass sich adlige Kinder auf deiner Burg aufhalten. Deine Knappen sind älter, nicht wahr?«

»Sie stehen kurz vor ihrer Schwertleite«, bestätigte Bertolt. Sein Blick bekam einen lauernden Ausdruck. »Du warst also bei Heinrich? Hat er dir von der Schlacht an der Elster erzählt, und wie er meinen Bruder dort elendig verrecken ließ?«

»Hat er das?«, konterte Theoderich kühl. »Nein, dergleichen hat er nicht erzählt.«

»Und dennoch gibst du ihm deinen Sohn in den Knappendienst?«

»Ich hatte keine Kenntnis davon, dass Heinrich ein ehrloser Gesell ist, dem man seine Söhne nicht in die Obhut geben kann. Immerhin genießt er das Vertrauen des Kaisers, der in der Schlacht zugegen war, ihm anschließend die Pfalzgrafenwürde verliehen und ihn zum Reichsverweser ernannt hat.«

Bei der Erwähnung seines Lehnsherrn verengten sich Bertolts Augen erneut und er schwieg.

Theoderich zog den Pfeil aus der Mantelfalte, den seine Stallknechte nach dem Anschlag auf Gero im Gatter entdeckt hatten, und hielt ihn hoch.

»Kommt dir dieses Geschoss bekannt vor?«

»Sieht aus wie einer der Pfeile, die zu Hunderten auf Schlachtfeldern abgeschossen werden.«

Theoderich wiegte den Schaft in der Hand. »Diese Fiederung habe ich bisher nur bei deinem Armbrustschützen gesehen.«

Bertolt zuckte mit den Schultern. »Was ist damit?«

»Damit wurde ein Mordanschlag auf meinen Zögling verübt.«

Abrupt richtete sich Egberts Bruder auf. »Willst du meinem Ritter unterstellen, dass er auf Kinder schießt?«

Theoderich schaute ihn unverwandt an. »Warum fragen wir ihn nicht einfach?«

Bertolt hielt seinem Blick stand. »Ja, sicher. Warum fragen wir ihn nicht einfach?«, sagte er langsam und wies einen Diener an: »Hol Hakon hierher.«

Wenige Augenblicke später erschienen drei seiner Ritter, unter ihnen Friedwart von Höhtgen und der Armbrustschütze, in der Halle.

»Unser Kampfgefährte von Mantua und Canossa möchte wissen, ob das einer deiner Pfeile ist, Hakon.« Mit einem Kopfnicken wies Bertolt auf das Geschoss in Theoderichs Hand.

Der Angesprochene begutachtete den Bolzen mit dem rhombischen Blattquerschnitt. »Die Schmiede im Reich stellen diese Metallstifte in großen Mengen her. Ich benutze aber dreieckige Spitzen mit Widerhaken.«

»Die Art der Fiederung des Pfeils ist sehr speziell und ich dachte, du kannst sie jemandem zuordnen.«

Hakon inspizierte noch einmal die drei rechtsgewundenen Adlerfedern, die sich über den gebeizten Schaft verteilten. »Ich fiedere meine Pfeile auf diese Weise, doch ich markiere sie mit kleinen Kerben, wie Ihr wisst. Dies ist keins von meinen Geschossen.«

Theoderich hatte nicht erwartet, dass Bertolt und seine Männer ihre Verfehlung eingestehen würden, aber dass er so offenkundig angelogen wurde, erboste ihn. Dennoch zwang er sich zur Ruhe.

»Ich möchte wissen, wer den Tod meines Ziehsohns will und warum.«

Hakon ergriff nun auch gegenüber Theoderich selbst das Wort. »Warum sollte ich auf ein Kind schießen, das sich in Eurer Obhut befindet? Ich habe Euch in der Lombardei das Leben gerettet.«

Theoderichs Mundwinkel spannten sich an. Er hatte damit gerechnet, dass die Rheinsporner das bei einer Konfrontation in die Waagschale werfen würden.

»Dafür stehe ich in deiner Schuld. Und du hast auch keinen deiner Pfeile weitergegeben oder verkauft?«

»Nein.«

Eine Pause entstand, in der Bertolts Ritter ihre Blicke auf Theoderich und seine Männer hefteten. Die Spannung im Raum war greifbar.

»Gut«, sagte er schließlich, »denn wenn jemand einem meiner Familienmitglieder Schaden zufügt, wird das eine Blutfehde heraufbeschwören.«

»Das ist dein gutes Recht, Graf.« Bertolt erhob sich. »Aber vergewissere dich zuvor besser genau, wer der Missetäter ist.«

Der Tonfall und die abweisenden Mienen der Rheinsporner wiesen ihn unmissverständlich darauf hin, dass sein Besuch bei ihnen nun ein Ende hatte.

»Das werde ich, verlasst euch drauf!« Mit einem abschließenden Kopfnicken verließ Theoderich mit seinen Männern hinkend den Saal.

Am Abend saß Bertolt mit Friedwart auf der Empore im Rittersaal, vertieft in eine Partie Schach. Widerwillig dachte er daran, wie unverhohlen Theoderich die Wahrheit über seinen Sohn ausgesprochen hatte. »Kränklich und schwach« hatte er ihn genannt, und damit zu einem bequemen Opfer gemacht. Mit solchen Worten lieferte man empfindsame Menschen Stärkeren ans Messer. So wie man das mit ihm selbst getan hatte. Auch sein Vater hatte keine Nachsicht mit Bertolts weicher Seite gezeigt. Sie war ihm ausgetrieben worden. Zudem hatte er ihm die Schuld aufgebürdet am Tod der Mutter, die bei seiner Geburt gestorben war.

Vor seinem inneren Auge begegnete ihm sein Vater, der Titan, von dem er außer der Statur nicht viel geerbt hatte. Er trug Kettenhandschuhe, überragte ihn wie ein Riese und funkelte zornig auf ihn herab, weil er bei seiner ersten Kampfübung mit einem echten Schwert Furcht gezeigt hatte.

»Feiger Muttermörder!«, schalt der alte Graf ihn, holte aus und schlug ihm mit dem Handrücken ins Gesicht. Der

Einschlag der Kettenringe hinterließ unzählige kleine Blutergüsse auf seiner zarten Gesichtshaut. »Verschlagenes Balg, dir werde ich zeigen, was man in diesem Land mit Hasenfüßen macht!« Dann schlug er ein weiteres Mal zu, diesmal noch fester.

Er schüttelte die Erinnerung ab wie ein lästiges Insekt und fragte sich stattdessen, ob Heinrich von Laach den Greifenfelser über die Vorkommnisse bei Pegau in Kenntnis gesetzt hatte. Dessen Reserviertheit ließ das vermuten, demnach war es Bertolt klug erschienen, dem Gerede des Nachbarn etwas entgegenzusetzen.

»Der kleine Bastard lebt also noch«, sagte er laut.

»Und der Graf hat dir offen gedroht«, ergänzte sein Ritter, ohne den Blick vom hölzernen Spielbrett mit den aufgemalten Randverzierungen zu heben.

»Einen Angriff wird er nicht wagen. Dazu bräuchte er größere Bündnisse.« Bertolt setzte seinen Turm zwischen Friedwarts Dame und seinen eigenen König, eine stilisierte, aus Tierknochen geschnitzte Figur auf einem Thron. »Wenn sich ihm allerdings die Laacher anschließen, und womöglich zusätzlich einer von seinen Eifelgrafengesellen, hätte er aber eine Chance. Was denkst du?«

Nachdenklich rieb sich Friedwart mit der Hand durch den pechschwarzen, sauber gestutzten Bart. »Dann solltest du das verhindern!« Er setzte seine Dame hinter die eigene gedrechselte Bauernreihe zurück. »Suche deinerseits das Bündnis mit Heinrich.«

Bertolt grunzte. »Du weißt, wie er und ich zueinander stehen. Er hat es fast auf einen Krieg ankommen lassen, um Teile der Gemarkung Thure zu seinen Lehen zu bekommen.«

»Das weiß ich sehr wohl. Aber seitdem ist Ruhe eingekehrt. Er möchte ein Kloster in der Nähe seiner Burg stiften, habe ich gehört. Es scheint ihm also an seinem Seelenheil gelegen zu sein. Vielleicht kann man daran mahnen und ihm ein Friedensangebot machen oder ein Bündnis anbieten. Auch er muss bangen, dass die Vögte von Colonia und Trier ihn in einen Konflikt hineinziehen. Oder gar die Hand nach seiner Feste ausstrecken, während er durch seine Geschäfte für den Kaiser abgelenkt ist.«

Bertolt nickte gemessen. »Ich werde Heinrich mitsamt seinem Gefolge zur Schwertleite meiner Knappen einladen und dabei gleichzeitig ein Auge auf Egberts Sohn werfen.«

»Ihn hier in Rheinsporn umzubringen, wäre tollkühn.«

»Das habe ich auch nicht vor, obwohl die Gelegenheit günstig wäre. Aber ich will wissen, mit wem ich es zu tun habe.«

Friedwart setzte ihn matt. »Das wäre in der Tat ein kluger Schachzug.«

Der Graf sah ihm offen ins Gesicht. »Was weißt du über diesen Anschlag auf den Jungen in Greifenfels?«

Sein erster Ritter begegnete dem Blick mit unbewegter Miene. »Nichts, was dich belasten müsste.«

Schon früh zeigte sich, dass Geros Knappenzeit in Laach hart werden würde, denn es wurde viel von ihm verlangt. Von morgens bis abends hatte er Aufgaben zu erledigen, sodass er bei Anbruch der Dunkelheit müde auf seinen Strohsack sank und wenig Zeit und Gelegenheit blieb, Greifenfels oder Sigrun zu vermissen. Mit einer gewissen Belustigung bemerkte er, dass er seinerseits die Burgbewohner argwöhnisch im Auge behielt, weil sie Späher Bertolts sein konnten. Das Misstrauen lag nun auf seiner Seite. Doch im Laufe der ersten Monate legten sich seine anfänglichen Bedenken. Die Menschen begegneten ihm, anders als er es erwartet hatte, offen und freundlich.

Aus Rücksicht gegenüber Adebar wurde seine Pagenzeit verlängert, und er musste das gesteppte Gewand mit den aufgeplusterten Ärmeln und die topfartige Kopfbedeckung noch tragen, als er eigentlich schon zu alt dafür war. Nach dem Ende ihrer Ausbildung war er froh, die Montur nicht mehr anziehen zu müssen. Heinrich führte nun fort, was Theoderich begonnen hatte, bildete sie im Schwertkampf,

Reiten und in den höfischen Sitten aus, wann immer er in Laach weilte.

Dieser Alltag auf der Burg war für ihn genauso langweilig wie auf Greifenfels. Einzig die Jagden boten eine willkommene Abwechslung. Die Abenteuerlust erfasste Gero, wenn er dabei eine Lanze oder einen Bogen führen durfte. Hin und wieder traf er damit sogar eines der Beutetiere, und die erlegten Hasen wippten anschließend an seinem Sattel, als klatschten sie ihm Beifall. Bei ihrer Rückkehr rannten die Knechte mit Waffen und Mänteln zwischen ihren schnaubenden Pferden herum, und es roch beißend nach Blut, Kot und feuchten Tierfellen. Stallburschen versorgten die dampfenden Rösser mit Heu und Hafer. Frisch geschossene Kaninchen, Rehe und Fasane wurden vor den Wirtschaftsgebäuden auf dem Pflaster abgelegt, wo sie mit glasigen Augen in ihrem Schweiß lagen. Einmal hatten sie sogar einen ausgewachsenen Keiler erwischt, der wie ein grauer Fels zwischen dem blutigen Niederwild lag. Ein grausiger und befriedigender Anblick zugleich.

Die Jahreszeiten waren hier inmitten des Waldes deutlicher zu spüren als auf der Höhenburg Greifenfels. Der fischreiche See fror in den strengen Wintern so dick zu, dass Waghalsige auf ihm herumlaufen konnten. Im Frühjahr und Sommer allerdings waren in Ufernähe die Tätigkeiten des ehemaligen Feuerbergs zu erkennen, dessen Krater das Becken für das Gewässer bildete. Bläschen blubberten am Rand des Sees munter vor sich hin. Wenn in der großen Halle Feste gefeiert wurden, so tanzten sie alle sprichwörtlich auf dem Vulkan. Als Tanz auf dem Vulkan empfand er auch seinen Aufenthalt in der Reichweite des Mannes, der ihn vermutlich in Greifenfels schon gerne getötet hätte. Warum sollte sein Onkel nun, da sein Rivale von Tag zu Tag bedrohlicher wurde, davon Abstand nehmen?

Heinrich von Laach wusste sehr wohl, dass er nicht zu Bertolts Vertrauten gehörte. Die Schlacht an der Elster stand unvermindert zwischen ihnen, obwohl sie nie darüber ein Wort verloren hatten. Als Ersatz verlagerten sie ihr Zerwürfnis, indem sie erbittert um die Pachteinnahmen eines Teils der Gemarkungen Thure und Cuttenheim stritten. Diese kamen Rheinsporn zu, lagen aber inmitten von Heinrichs Ländereien und verglichen mit anderen Besitzungen sehr nah an seiner Burg. Außerdem waren die Böden rund um Thure fruchtbar und Cuttenheim besaß ein ausgedehntes Waldgebiet.

So wunderte sich Heinrich, als er mitsamt seinem Gefolge zur Ritterweihe in der Nachbargrafschaft eingeladen wurde. Er nahm die Einladung an, weil er darauf spekulierte, Bertolt gewogen zu stimmen, ihm wenigstens seine Parzellen in Thure zu überlassen, und damit Gero die Gelegenheit erhielt, seinen Onkel zu beobachten. Dass er den Jungen dadurch in Gefahr brachte, war Heinrich bewusst. Deshalb stellte er zu dessen Schutz unauffällig seinen Stiefsohn Siegfried ab.

Der bevorstehende Besuch auf Rheinsporn zur Schwertleite der jungen Ritter, sonst eine erfreuliche Abwechslung im eintönigen Tagesgeschehen, bereitete Gero Sorgen. Er war sich sicher, dass er in seiner Achtsamkeit nicht nachlassen durfte, wenn er nicht mit einem Dolch in der Brust auf dem See treibend enden wollte.

Es kostete ihn all seinen Mut, im Gefolge Heinrichs auf die Burg seines Vaters zuzureiten und zu wissen, dass er an diesem Ort nicht mehr willkommen war. Erinnerungen stellten sich bei ihm ein, wie er an der Hand seiner Mutter über die Wiesen am Flussufer gelaufen war und im Burghof mit anderen Kindern gespielt hatte, als seine kleine Welt noch in Ordnung gewesen war. Selbst an Medas Hütte neben den Stallungen konnte er sich erinnern, und wie es dort stechend nach Kräutern gerochen hatte. Er hatte seine Heimatburg als stattlich und behütend im Gedächtnis. Der Blick, den man von oben über das Rheintal hatte, war atemberaubend und gab einem das Gefühl, Herr über die ganze Welt zu sein. Doch nun nahm er irritiert wahr, wie trutzig und abweisend die Festung auf dem massigen, schroff abfallenden Felsen thronte.

Gero wusste, dass sich nur vermögende Adlige das aufwendige Zeremoniell eines Ritterschlags leisten konnten. Vermutlich wollte sein Onkel kundtun, dass er diesem Kreis angehörte. Die beiden angehenden Ritter erschienen gebadet und mit leinenen Untergewändern, prächtig bestickten Tuniken, feinen Beinlingen und dekorierten Schuhen bekleidet im Burghof. Aufmerksam beobachtete Gero, wie Bertolt mit prahlerischer Geste seinen Knappen vor den versammelten Besuchern ihre Kettenhemden, Schuhe aus Eisenringen mit Sporen, Schilde mit ihren Familienwappen, Helme und Lanzen überreichte.

»Das ist alles von den Familien der jungen Grafen gestiftet«, raunte Siegfried Gero zu. »Bertolt ist und bleibt ein Geizhals.« Er nickte zu einem Gebäude am anderen Ende des Burghofs hinüber. »Lass uns in die Kapelle gehen, dort wird gleich während der Messfeier die Schwertweihe stattfinden, und ich möchte nicht die ganze Zeit stehen müssen.« Er stieß Gero mit einer freundschaftlichen Geste in die Seite. »Danach gibt es Geschenke für die Gäste.«

Mit mulmigem Gefühl und hämmerndem Herzen folgte dieser ihm, immer wieder zu Bertolt hinübersehend. Doch dieser nahm keine Notiz von ihm.

Es verwunderte Gero nicht, dass er bei der anschließenden Übergabe der Geschenke leer ausging. Dennoch war er enttäuscht. Insgeheim hatte er gehofft, dass auch er eine der wertvollen Beigaben erhalten würde.

Während des Turniers auf dem Platz vor der Burg führten die Iuvenes ihre in den letzten Jahren erlernten Reit- und Kampfkünste vor. Unverhohlen gaben sie bekannt, dass sie nicht zu ihren Heimatburgen zurückkehren würden, sondern auf Ritterfahrt gingen. Als Nachgeborene hätten sie keine Aussicht auf ein Erbe, und das Verlassen der Heimat sei ihre einzige Chance, zu Vermögen zu kommen. Wie viele andere Jungritter auch würden sie an Kriegen und Überfällen teilnehmen, um Beute zu machen und Lösegeld zu erpressen. Dass die Bevölkerung darunter litt, störte hier scheinbar niemanden, bemerkte Gero, als er sah, wie die Adligen den Iuvenes wohlwollend auf die Schultern klopften.

Das anschließende Festessen musste den Verwalter von Rheinsporn vor eine neue Herausforderung gestellt haben. Bertolt stand im Ruf, sorgsam darauf zu achten, dass die Vorräte nur sparsam herausgegeben wurden. Doch bei diesem Mahl in der Halle fehlte es den Gästen an nichts, und davon war nun auch Gero nicht ausgenommen. Er genoss das Essen, beobachtete jedoch mit wachsendem Unbehagen, wie bei Musik und Tanz die Festlichkeit mehr und mehr zum Gelage geriet. In den frischen Binsen auf den Dielen sammelten sich Unrat und Essensreste, um die sich die Hunde rauften. Der Geruch von Speisen und Biergestank lagen in der Luft, und mit dem sinkenden Spiegel in den Fässern stieg der Lärmpegel im Saal. Immer wieder erklangen Lachsalven, schlugen die Rheinsporner ihre Fäuste so fest auf die Tischplatten, dass die Weinhumpen umkippten, ihr Inhalt sich über die Tafel ergoss und vom Rand aus zielsicher in Tropfen auf die Binsen sprang.

Bertolts Ritter fassten grob und ungeniert nach den Mägden, und einige verschwanden grienend mit ihnen nach draußen, Heinrichs Knappen zuzwinkernd. Gero verzog keine Miene und ein kurzer Seitenblick auf Adebar verriet ihm, dass auch dieser abgestoßen war.

Einer von Bertolts Rittern, ein kleiner, untersetzter Mann, setzte sich daraufhin an ihren Tisch und musterte ihn eindringlich. »Wie lautete dein Name nochmal?«

»Gero von Hamm.« Er warf Adebar einen warnenden Blick zu.

Dessen Gesichtszüge blieben unbewegt, obwohl er wahrscheinlich am liebsten gerufen hätte, dass sein Sitznachbar ein dahergelaufenes Findelkind sei, das sein Vater wie einen eigenen Sohn aufgenommen und ihm allzu oft vorgezogen hatte.

»So, von Burg Hamm also.« Der Ritter taxierte ihn mit unverhohlener Skepsis. »Dann kennst du auch Sigmund von Hamm?«

»Nein, ich war nie dort. Ich trage nur diesen Namen, aber ich bin auf Greifenfels aufgewachsen.«

»Warum denn das?«

Gero zuckte die Schultern. »Keine Ahnung. Ich weiß nicht, was mit meinen Eltern ist.«

Der untersetzte Ritter verzog den Mund. »Das ist eine mehr als merkwürdige Geschichte.«

»Und bei der wollen wir es auch belassen«, sagte Siegfried, der sich in der Tischrunde sichtbar unwohl fühlte. Adelheid warf Heinrich verstohlene Blicke zu, mit denen sie zu verstehen gab, dass sie aufbrechen wollte, sobald Bertolt die Tafel aufhob.

Gestank und Lärm schwollen gleichermaßen an. Angewidert schaute sich Gero in der Halle um, die eigentlich ihm gehörte, und dachte an die fröhlichen, gesitteten Feste an den Höfen Theoderichs und Heinrich von Laachs. Ganz dunkel konnte er sich an friedliche Szenen aus seiner Kindheit in diesen Räumen erinnern. Dann drängten sich in diese Erinnerung die Geräusche aus dem Schlafzimmer seiner Mutter, die er damals nicht hatte deuten können. Wie viele der herumstreunenden Kinder der Mägde mochten wohl seine Basen und Vettern sein? Er war sich nicht sicher, ob es die fehlende Burgherrin war, die hier für Anstand und höfisches Benehmen gesorgt hätte, oder ob es an Bertolt lag.

Wie Belsazar im Alten Testament hockte sein Onkel inmitten der Schar seiner Gefolgsleute, die scharfen Jagdhunde nur scheinbar schlafend zu seinen Füßen. Mit einem leichten Grausen dachte Gero an die Lästerungen Jehovas durch den babylonischen Herrscher und an die Flammenschrift, die anschließend an der Wand erschienen war. Der frevelhafte König war daraufhin umgebracht worden, hatte der Priester auf Greifenfels ihnen erzählt. Würde Gero bei seinem Onkel den Part des Rächers übernehmen müssen?

Mit offenem Widerwillen beobachtete er den Mann, der vermutlich seinen Tod wollte. Über der scharfkantigen Nase stachen unbarmherzige Augen aus dem vernarbten Gesicht, dessen untere Hälfte hinter der Mähne eines wilden Bartes verborgen blieb. Mit offensichtlich düsterem Behagen nahm Bertolt das Zechgelage wahr, in das die Schwertleite seiner Knappen ausgeartet war, und fingerte dabei an den Fischgräten zwischen seinen Zähnen. Dann huschte sein stechender Blick zu Gero hinüber. Einen Moment lang starrten sie einander unverwandt an. Schließlich nahm der Ältere die Hand aus dem Mund, verengte seine Lider und warnte ihn wortlos.

Eines Tages würden sie beide sich Auge in Auge gegenüberstehen, verstand Gero, und es würde keine Gnade geben, wenn der Junge es wagen sollte, seinem Onkel in die Quere zu kommen.

Kapitel Neun

Im Jahr des Herrn 1093

Mit Spannung erwartete Heinrich von Laach die Pläne des Werkmeisters, den er mit dem Bau des Hausklosters in Sichtweite seiner Burg am See beauftragen wollte. Endlich war es so weit und der Meister präsentierte ihm seinen Vorschlag in der großen Halle.

»Die Abtei wird Elemente des Speyerer Doms und des schlichten Baustils vereinen, der zu Zeiten Kaiser Ottos vorherrschte. Auch die Bestimmungen des Benedikt von Ariane werden eingehalten«, führte er aus.

Heinrich nickte anerkennend. Die Idee, sich am Dom in Speyer, des größten Kirchenbaus des Reiches, zu orientieren, gefiel ihm. Immerhin war er einer der einflussreichsten Männer im Land.

»Die dreischiffige, doppelchörige Basilika wird demgemäß nach Osten ausgerichtet sein und über ein fünfjochiges Langhaus mit gleicher Jochfolge im Mittel- und in den Seitenschiffen verfügen«, fuhr der Werkmeister fort und wies auf die entsprechenden Elemente auf seiner Zeichnung. »Auf das östliche Querschiff mit Gewölbenischen soll die Vierung mit Halbkreis-Apsis und Krypta folgen. Quadratische Flankentürme sind zwischen den Nebenapsiden und dem achteckigen Vierungsturm vorgesehen, und das dreitürige Westwerk endet in einem Querriegel mit Empore.«

Erwartungsvoll sah er zu Heinrich hinüber, der stirnrunzelnd seinen Ausführungen gefolgt war, denn mit den Begriffen, die der Werkmeister benutzt hatte, konnte er wenig anfangen.

»Die Größe des geplanten Kirchenbaus wird von der Stellung und dem Wohlstand seines Stifters zeugen. Die Ornamente, Malereien und die Schönheit der Schmuckstücke im Inneren dagegen werden seine Frömmigkeit widerspiegeln«, ergänzte der Meister.

Heinrich schmunzelte, da er merkte, dass der Mann ihm Honig um den Bart schmierte. Um auch seinen Teil zur Planung beizutragen, verlangte er kleine Veränderungen am Entwurf, mit dem er ansonsten mehr als zufrieden war.

»Selbstverständlich, Herr«, sagte der Werkmeister, und Heinrich gab mit einem Handschlag den Bau des »Monasterium ad Lacum« bei ihm in Auftrag, froh, eine würdige letzte Ruhestätte für sich zu erschaffen.

In der Stiftungsurkunde, die ein Magister mit ihm zusammen aufsetzte, erklärte er: »Im Namen der heiligen und ungeteilten Dreifaltigkeit geben wir, Heinrich, von Gottes Gnaden Pfalzgraf bei Rhein, zur sicheren Befriedung der Demütigen im Geiste, allen Christus und uns Getreuen, Künftigen wie Gegenwärtigen, kund: Da ich kinderlos bin, habe ich unter Zustimmung und Mitwirkung meiner Gemahlin Adelheid zum Heil meiner Seele und zur Erlangung des ewigen Lebens auf meinem väterlichen Erbe, nämlich in Laach, zu Ehren der heiligen Gottesmutter Maria und des heiligen Nikolaus ein Kloster gegründet als Wohnsitz für solche, welche die Mönchsregel befolgen.«

Die Mitgabe, die er der Abtei vermachte, bestand aus weit verstreut liegenden Besitzungen von der Mosel bis in den Westerwald. Auf diese konnte er gut verzichten, denn an Wohlstand mangelte es ihm nicht. Die Vogteirechte behielt er, und Erzbischof Egilbert, nicht minder ein treuer Gefolgsmann des Kaisers als er selbst, überzeugte er davon, die geistliche Führung zu übernehmen. Bevor er sich wieder mit den Rechtsstreitigkeiten seines Herrn auseinandersetzte, sorgte er noch dafür, dass sich der Gründungskonvent gemäß den Regeln Benedikts entsprechend der Zahl der heiligen Apostel aus zwölf Ordensbrüdern zusammensetzte.

»Die Klosterbrüder werden im Umland *schwarze Mönche* genannt«, trug ihm Gero schon bald darauf zu.

»Warum das?«

»Wegen ihrer nachtfarbenen Kutten.«

»Die Bauern werden den ungewöhnlichen Anblick noch eine Weile lang bestaunen, sich jedoch schnell daran gewöhnen«, erklärte Heinrich ihm. »Im Gegensatz zu den Zisterziensern dürfen die Benediktiner geschlossene Schuhe und Gürtel tragen, an denen einige von ihnen einen Rosenkranz und ein Essmesser hängen haben.« Er stockte. »Woher weißt du überhaupt, was die Landleute hier reden?«

»Eine der Küchenmägde hat es mir erzählt.«

Heinrich betrachtete die Röte, die sich auf den Wangen des jungen Mannes zeigte, und schwieg.

In den folgenden Monaten beobachtete Gero interessiert, wie die Bauarbeiten am Kloster voranschritten, denn sie boten eine erfreuliche Ablenkung vom eintönigen Alltag auf der Burg. Erstaunt registrierte er, dass als Erstes eine Bauhütte sowie eine behelfsmäßige Unterkunft für die Mönche errichtet wurde, hatte er doch erwartet, dass sofort mit dem Bau des Klosters begonnen würde. Aber er verstand schnell, dass diese Reihenfolge sinnvoll war, denn so konnten die Ordensbrüder bereits vor Ort wohnen. Fortan übernahm der Abt als Bauverwalter die Organisation, warb Zimmerleute, Steinmetze und Maurer an. Endlich begannen die Vorarbeiten für den Klosterbau und Gero versäumte es nicht, dabei anwesend zu sein.

Nachdem der Baumeister den Untergrund ausreichend auf Standfestigkeit geprüft hatte, vermaß er das Areal und teilte die Gebäudekomplexe auf dem Gelände auf.

»Wir müssen als Erstes den Platz für den Altar festlegen und ihn zur aufgehenden Sonne hin ausrichten«, wies er seinen Gehilfen an.

»Nach Osten? Warum?«

»Weil bei der Geburt Christi der Stern im Osten aufging und dort nach dem Jüngsten Gericht der neue Himmel liegt«, erklärte der Abt dem jungen Mann.

Der Gehilfe zuckte mit den Schultern. »Also gut, wo wollt ihr ihn haben? Bedenkt aber, dass sich der komplette restliche Bau danach ausrichten wird.«

Der Abt nickte, markierte den vorgesehenen Platz mit einem Kreuz und hielt am späten Vormittag mit seinen Mönchen in Anwesenheit von Heinrich, Adelheid und ihrem Gefolge auf dem abgesteckten Gelände einen Gottesdienst unter freiem Himmel ab. Zur Mittagsstunde trieb der Meisterknecht einen schnurgeraden Stock senkrecht in die Erde und zeichnete einen Kreis darum, auf dem nun ähnlich einer Sonnenuhr der Schatten des Stabes wie ein Uhrzeiger wanderte. Als die Sonne ihren höchsten Stand erreichte, zeigte der kurze Schlagschatten exakt nach Norden. Der Werkmeister legte an diese Linie ein Winkelmaß an, ermittelte so die Ostausrichtung für den Altar und vermaß von dort aus mit seinen Gehilfen den halbkreisförmigen Altarraum mit Messlatten und Richtschnüren.

Nachdem die Arbeiter und Tagelöhner auf der Stelle des Grundsteins die Erde ausgehoben hatten, legten Adelheid und Heinrich in die Mitte des Halbkreises einen weiteren Stein ab. Dann knieten sie nieder und beteten, dass der Herr über den Bau und das Kloster wachen möge. Anschließend vermaß der Baumeister mit seinem Feldmesser den gesamten Grundriss der Basilika mit einfachen, geometrischen Figuren großräumig im Gelände. Mithilfe eines Einheitsquadrats von dreißig Fuß Seitenlänge steckte er Querhaus sowie Chorraum und im Anschluss dann mit Rechtecken das Langhaus ab.

Fasziniert sah Gero den Männern bei der Arbeit zu und konnte sich kaum vorstellen, wie aus dem Nichts heraus auf der wilden Flur ein ganzes Kloster entstehen sollte. Doch er ahnte, wie wichtig die korrekte Ausführung dieser Vorarbeiten war, denn wenn den Bauleuten hier ein Fehler unterlief, rächte sich das bitter, sobald die Wände einmal hochgezogen waren. Heinrich hatte sich mit seinem Gefolge längst in die Burg zurückgezogen, ihm aber erlaubt, auf der Baustelle zu bleiben und sich dort nützlich zu machen. Das tat er, indem er gewissenhaft Richtstäbe und Schnüre festhielt und den Bauhandwerkern ihre Gerätschaften anreichte. Bis zum nächsten Abend waren neben der Kirche auch die Wohn- und Wirtschaftsgebäude der Mönche vermessen, und so würden in den kommenden Tagen die eigentlichen Bauarbeiten beginnen können.

»Interessiert dich die Baukunst?«, fragte ihn der Baumeister.

»Ja, es ist faszinierend zu sehen, wie ihr das Gebäude anlegt.«

»Du stellst dich geschickt an. Vielleicht wäre das ja etwas für dich, wenn dir das Ritterdasein nicht behagen sollte.« Der Baumeister nickte ihm anerkennend zu, packte sein Werkzeug ein und verließ den Platz, um im nahe gelegenen Gasthof bei Menedich zu übernachten.

Am nächsten Morgen fanden sich neben Gero und Adebar sowohl der Bautrupp als auch die Mönche und Leibeigenen, die dem Kloster zum Frondienst verpflichtet waren, auf der Baustelle ein. Einige der Ordensbrüder machten sich zu den umliegenden Dörfern und Höfen auf und baten die Bauern dort um Unterstützung. Ihre Bitten blieben nicht unerhört, und so versammelten sich in den folgenden Wochen mehr und mehr Menschen am Südwestufer des Sees, um mit Hand anzulegen. Die Mönche taten es ihnen gleich und versorgten zudem alle mit Brot, Käse und Wein, was bei der Menge an Arbeitern zunehmend einer guten Organisation bedurfte.

Zunächst wurden die Wohngebäude der Brüder gebaut, damit sie so schnell wie möglich ein geregeltes Klosterleben führen konnten. Mit Spannung erwartete Gero zusammen mit den Bauleuten dann das Eintreffen der tonnenschweren Basaltsteine, mit denen die Fundamente der Basilika gelegt werden sollten. Zu Fuß war der Steinbruch in Menedich in nur einer Stunde zu erreichen, hatte der Baumeister gesagt. Doch erst am Abend, als die Sonne schon sank und den Talkessel in einen goldenen Schimmer tauchte, erschienen auf der Anhöhe zwölf Ochsen, die das Fuhrwerk zogen. Die Handwerker hielten bei der Arbeit inne, um das Schauspiel zu beobachten, und begrüßten den Fuhrmann und seine Gehilfen mit Scherzen.

»Habt ihr verschlafen?« Der Baumeister war ungehalten, denn die Verspätung hatte ihn zur Untätigkeit gezwungen.

»Wir waren den ganzen Tag mit den störrischen Ochsen unterwegs«, rechtfertigte sich der Karrenführer und sprang vom Wagen ab. »Wir sind noch vor Sonnenaufgang aufgebrochen. Morgen bringe ich euch den Tuffstein, den Basalt kann jemand anderes transportieren.«

Zum Beweis seiner Zuverlässigkeit erschien er am folgenden Tag zur rechten Zeit auf der Baustelle und lieferte das gewünschte Material ab. Mit Meißel und Richtscheit ebneten und modellierten die Steinmetze sogleich den rötlich-gelben Tuff nach den ledernen Schnittmustern des Baumeisters zu gleichförmigen Mauersteinen. Sobald die Fundamente lagen, verbauten die Maurer die Steine anschließend mit einem Mörtel aus geriebenem Trass sowie Kalk. Mithilfe von Richtschnur und Lot wuchsen sie zu dicken Innen- und Außenwänden, die zusätzlich mit Bruchstein gefüllt wurden. Das Hämmern war fortan tagaus und tagein bis zur Burg zu hören, und Gero gewöhnte sich derart an diese Geräusche, dass es ihn irritierte, wenn sie längere Zeit ausblieben. Dann bat er darum, ans schräg gegenüberliegende Seeufer reiten zu dürfen, um nachzuschauen, warum die Arbeiten pausierten.

Bei einer dieser Gelegenheiten traf er die Handwerker dabei an, wie sie Gerüste aus mit Seilen oder Lederriemen zusammengebundenen Holzbohlen errichteten, da die Mauern bereits höher gewachsen waren. Ein durch Handwinden betriebener Kran beförderte die Steine nach oben. Später ließ der Baumeister ihn durch eine Hebevorrichtung ersetzen, die mit einem Tretrad angetrieben wurde, und zur Stabilisierung eiserne Zwingkeile einsetzen, sodass die Arbeiter in der Lage waren, auch enorm schwere Steinblöcke zu heben.

Fasziniert beobachtete Gero diese Vorgänge, die Worte des Baumeisters noch im Ohr, dass die Tätigkeit vielleicht eine gute Alternative zum Ritterdasein für ihn darstelle.

Heinrich unterstützte den Abt nach Kräften bei der Koordinierung der Bauarbeiten, wann immer er konnte. Doch seine Funktion als Reichsverweser zwang ihn regelmäßig zu längeren Abwesenheiten.

»Ich fange an, mir Sorgen um deine Gesundheit zu machen«, sagte Adelheid zu ihm, als er von der Klärung eines Rechtsstreits aus Echternach zurückkehrte.

»Es ist nicht gut für dich, so viel zu arbeiten«, fügte sie hinzu.

Er wusste, dass sie wütend auf den Kaiser war und auf das, was dieser ihm zumutete.

»Was plagt dich?«, fragte sie dann versöhnlicher. Die Besorgnis war scheinbar in den Schatten unter den Augen seines ohnehin fahlen Gesichts abzulesen.

»Konrad ist vom Kaiser abgefallen, hat sich in Mailand zum König von Italien krönen lassen und Kontakte zum Papst geknüpft«, berichtete er.

»Sein eigener Sohn?«

Heinrich nickte und sah mit leerem Blick zu Boden.

»Was bedeutet das für uns?«

»Noch mehr Ungemach, und dass ich weiterhin als Reichsverweser unterwegs sein werde.« Er sog tief Luft ein. Das sah nicht gut aus. Wenn Konrad sich durchsetzte, würden für ihn, den unverbrüchlich Kaisertreuen, schwere Zeiten anbrechen. An eine Erholung von den Strapazen der letzten Jahre war nicht zu denken.

Wenn sie nicht im Schwertkampf ausgebildet wurden oder Pflichten für Heinrich zu erledigen hatten, war Gero und Adebar die Aufgabe zugewiesen worden, Transportmittel für das Baumaterial und Handlanger für einfache Tätigkeiten auf der Baustelle herbeizuschaffen. Oft führte ihr Weg sie dabei nach Kruft, einer Enklave im Pellenzgau, die zum Kloster gehörte. Hier stießen sie meistens auf bereitwillige Helfer. Auch die Fuhrleute, die sie für die kommenden Wochen brauchten, fanden sie hier mühelos.

»Unter dem Krummstab lässt es sich gut leben«, sagte einer von ihnen, schob sich seine speckige Mütze aus grobem Leinen in den Nacken und stemmte die Fäuste in die Hüften. Er versprach, am nächsten Morgen eine Fuhre Holz aus Bell zur Baustelle zu bringen sowie Steine, Sand und Kalk aus Menedich herbeizuholen.

Als Adebar und Gero zufrieden über den Erfolg ihrer Mission Kruft wieder verlassen wollten, hatte sich ein Gewitter zusammengebraut. Die Wolken hingen tief und schwarz über dem Land und der Wind beugte die Bäume wie Bogensehnen. Dann erleuchtete ein Blitz den Himmel, ein gewaltiger Donner erschütterte das Tal und im nächsten Moment ergoss sich ein Platzregen.

Einer der Bauern eilte durch den Regen herbei und bot ihnen an, in seiner Scheune zu übernachten. »Bei dem Wetter ist es viel zu leichtsinnig, sich im Freien aufzuhalten, selbst wenn es bis zur Burg nicht weit ist«, rief er gegen das Geheul des Windes und gegen die prasselnden Regentropfen an.

Die Aussicht, bis auf die Haut durchnässt und von Blitzen gegeißelt zu werden, behagte auch Gero nicht. Also nahmen sie das Angebot dankend an und folgten ihm rasch in den trockenen Schober. Mit einer Heugabel errichteten sie auf dem oberen Boden zwei Lager, auf denen es sich aushalten ließ, und machten es sich bequem, so gut es ging.

Mitten in der Nacht erwachte Gero, weil ein Scharren an sein Ohr drang. Er blinzelte in das durch die Ritzen der Scheunenwände eindringende fahle Mondlicht. Das Gewitter war vorübergezogen, er vernahm nurmehr, wie der Wind kaum merklich durch die Fugen strich. Es roch nach feuchtem Stroh. Adebar atmete tief und gleichmäßig auf seinem Nachtlager neben ihm. Allmählich gewöhnten sich Geros Augen an die nur schwach erhellte Düsternis und er erkannte schemenhaft die Umrisse ihrer Schlafstatt. Auch wenn seine Sinne nach und nach mit dem ungewohnten Ort vertraut wurden, die Geräusche blieben ihm fremd. Er atmete flach und spannte die Muskeln an. Da erhob sich unvermittelt ein schwarzer Schatten aus dem Dunkel und warf sich auf ihn. Im Reflex rollte Gero sich seitlich weg, und der Angreifer stieß mit Wucht in den Strohsack, auf dem der Junge gelegen hatte. Mit einem dumpfen Aufschlag landete Gero auf den Holzbohlen. Hastig trat er Adebar in die Seite, damit dieser aufwachte, und sprang auf die Füße. Auch der Eindringling richtete sich wieder auf, und im Halbdunkel näherten sich zwei weitere Männer. Sie gruppierten sich vor der Stiege, schnitten ihnen den Fluchtweg ab und im Mondlicht schimmerten fahl Metallklingen in ihren Händen.

»Verflucht, was war das?«, rief Adebar.

Ein dumpfes Schlaggeräusch und anschließendes Poltern verrieten Gero, dass sein Gefährte bewusstlos geschlagen worden war. So stand er alleine drei dunklen Gesellen gegenüber, die ihren Silhouetten nach zu urteilen kräftige Burschen waren und ihm offensichtlich nicht bloß einen Schrecken einjagen wollten. Achtlos stiegen sie über Theoderichs Sohn hinweg und näherten sich Gero. Sie hatten es scheinbar nur auf den Erben Egberts abgesehen, und das ließ erahnen, wer sie geschickt hatte.

»Adebar?«, rief er panisch. »Was ist mit dir? Sag etwas!«

Doch es kam keine Antwort.

Vor Angst bebend bewegte Gero sich rückwärts Richtung Scheunenwand. Hier irgendwo hatte er die Heugabel abgestellt. Tatsächlich ertastete er den rauen Holzschaft, als seine Gegner näher an ihn heranrückten. Kurzerhand packte er die Mistgabel und rammte sie der am nächsten stehenden Schattengestalt energisch in den Oberkörper. Mit einem dumpfen Laut prallte der Mann gegen seinen Mitstreiter.

»Pass auf, du Esel!«, zischte dieser, dann stolperten die beiden hintenüber und fielen schreiend die Stiege hinab. Im nächsten Moment wurde es gespenstisch still. Der Dritte knurrte, stürzte sich abermals auf Gero und ein Messer streifte seinen Oberarm. Gemeinsam verloren sie das Gleichgewicht, dabei schlug die Klinge mit einem dumpfen Klang auf die Holzplanken. Der Angreifer presste ihn mit dem Gewicht seines Körpers zu Boden und fingerte nach seiner Waffe. Seinen Bärenkräften hatte Gero wenig entgegenzusetzen und er rang um Atem. Sein Widersacher fand scheinbar im Dunkeln das Messer nicht, stieß ihm stattdessen den Unterarm in die Kehle und drückte erbarmungslos zu. Die Zeit stand schlagartig still, und während im stummen Zweikampf Geros Lungen nach Luft schrien, begannen seine Beine zu zucken. Er spürte, wie sich sein Gesicht zu einer Grimasse verzog, und konnte kaum fassen, dass er auf diesem staubigen Heuboden in Kruft das Zeitliche segnen sollte. Und doch schien es unausweichlich, da er bereits fühlte, wie das Bewusstsein aus ihm wich. Er hatte verloren, jeder weitere Widerstand war zwecklos. Mit geschlossenen Augen nahm er Abschied von den Menschen, die ihm lieb und teuer waren, allen voran Sigrun. Er würde sein Versprechen, zu ihr zurückzukehren, nicht einlösen können. Vater unser im Himmel …

Unkonzentriert saß Sigrun im Schein der Talglampe in Medas Hütte über ihre Zeichnung gebeugt. Die im Laufe der Jahre faltig und hager gewordene Heilkundige hatte sie gebeten, die Kräuter naturgetreu abzubilden, weil Meda das Wissen über die Pflanzen in einem Buch niederschreiben wollte. Die bescheidene Helligkeit der Lampe wurde obendrein durch das Flackern des Kaminfeuers gebrochen, sodass die verschiedenen Teile der Gewächse mal erleuchtet waren und mal im Schatten lagen. Zudem musste die Vogelfeder, mit der Sigrun arbeitete, fortwährend angespitzt werden, weil sie rasch stumpf wurde. Meda hatte zwar sorgfältig die Rußtinteninschrift auf dem Pergament abgewaschen, das sie vom Kloster in Trier geschenkt bekommen hatte. Doch bei genauem Hinsehen schimmerten hier und da Spuren lateinischer Eintragungen auf dem dünnen Kalbsleder durch, was die Arbeit zusätzlich erschwerte. Die Heilerin hatte ihre Rezepturen eng in Minuskelschrift aufgeschrieben, obwohl die Seiten länger waren als ihre Elle, und ihrer Schülerin wenig Platz für die Zeichnung gelassen. Eine derart detaillierte Ausführung wie in den Originalilluminationen würde Sigrun mit dem groben Federkiel ohnehin nicht gelingen.

Ihre Aufmerksamkeit war nicht bei den Dingen, die sie abzeichnen sollte. In der vergangenen Nacht war sie aus einem Albtraum aufgeschreckt, in dem Gero mit dem Tod gerungen hatte. Mit pochendem Herzen hatte sie bis zum Sonnenaufgang gehofft, dass sich in einem leichten Schlummer alles zum Guten wendete. Während sie sich nun unkonzentriert darum bemühte, dem Federkiel eine erdenklich genaue Abbildung des Schöllkrauts zu entlocken, erzählte Meda ihr am wärmenden und knackenden Feuer sitzend von der Verarbeitung der Stängel, Blätter und Blüten.

»Der gelbe Saft«, führte sie aus, »hilft, regelmäßig aufgetragen, gegen Warzen. Außerdem kann das Kraut Zahnschmerzen und Hautprobleme beseitigen. Wenn man aufmerksam hinschaut, kann man am Aussehen der Pflanzen schon erkennen, für welchen Zweck sie nützlich sind. Es geht beim Heilen aber nicht nur darum, Krankheitszeichen zum Verschwinden zu bringen. Man muss die Ursache finden, die Harmonie wieder herstellen und vor allen Dingen die Selbstheilungskräfte des Erkrankten anregen.«

Dann begann sie abzuschweifen, sprach von den alten Zeiten, als ihre Vorfahren das Land bevölkerten, von ihrem Glauben, von ihrem Wissen um die Heiligkeit der Bäume und von ihrer Verbundenheit mit der Natur. Wie das alles zerstört wurde, nachdem Chlodwig sich zur Religion der Römer bekannt hatte und die Stämme nach und nach gezwungen wurden, diese neue Überzeugung anzunehmen. Wie geweihte Eichen danach weichen mussten.

Sigrun hob den Blick und schaute zu ihr auf. Die Heilerin hatte ihre Sorgen verscheucht. »Warum waren diese Bäume denn heilig?«

»Ohne sie kann der Mensch nicht leben, und ein Eichenwald hält alles bereit, was wir brauchen, um zu existieren. Kein anderes Gewächs wurde seit der Vorzeit so verehrt wie die Eiche, weil sie uralt werden kann.«

Meda erhob sich und schürte die Flammen in der Feuerstelle. »Sie vereint das männliche und weibliche Prinzip in sich: Das männliche im Donnergott mit seiner Kraft, seinem Ruhm und Stolz, und das weibliche in der Urmutter Ana, die Mensch und Tier mit ihren Eicheln nährt. Die wertvollen Misteln wurden von den Priestern in einer Zeremonie geerntet.«

Sie schaute zu Sigrun hinüber, als wollte sie prüfen, ob diese sich allmählich erinnerte. Dann seufzte sie, wie um zu zeigen, dass sie viel Geduld mit ihr haben musste.

»Unsere Vorfahren nannten diesen Baum Fürst der Wälder, und feierten in den Eichenwäldern rituelle Feste. Diese Haine durften von Ungeweihten nicht betreten werden, und wer ohne Erlaubnis einen Eichenhain fällte, der setzte sein Leben aufs Spiel. Auch das Abknicken von Zweigen oder das Töten von Tieren in den heiligen Waldungen war streng verboten und wurde mit dem Tod geahndet«, fuhr sie fort und rieb behutsam an den Blättern der von der Decke herabhängenden Kräuter, wie um ihre Beschaffenheit zu kontrollieren. »Siegreiche Krieger hängten ihre Schlachttrophäen an die Bäume und wurden von Priestern mit Eichenlaub bekränzt.«

Noch einmal blickte Meda zu Sigrun hinüber und der Widerschein der Flammen tanzte auf ihrem alternden Gesicht.

»Als die Römer hier einfielen, haben sie sich über die heiligen Gesetze hinweggesetzt und viele der uralten Bäume gefällt.«

»Warum?«

Die Heilerin legte die Stirn in Falten. »Weil sie der Sitz der Götter waren.«

»Was bedeutet das?« Was Meda ihr hier erzählte, konnte sie Kopf und Kragen kosten, wenn jemand davon erfuhr, das war Sigrun bewusst. Aber aus irgendeinem Grund schien es der Älteren wichtig zu sein, dass ihre Schülerin sich erinnerte.

Meda senkte die Stimme. »Es geht bei allem nur um Macht. Bei den Germanenstämmen wohnte in den Bäumen

Donar, der mit einem Ziegenkarren über den Himmel fährt, wodurch der Donner entsteht. Bei den Vorfahren der Byzantiner war es Zeus. In Dodona zum Beispiel gab es ein Eichenorakel, wo drei Frauen aus dem Rauschen der Blätter der heiligen Eichen die Stimme des Göttervaters vernahmen.«

Sigruns Augen weiteten sich und sie sah abermals von ihrer Zeichenarbeit auf, der sie sich beim Zuhören wieder gewidmet hatte. »Stimmt das wirklich, oder sind das nur Geschichten?«

»Das hat sich alles genauso ereignet«, bekräftigte Meda. »Und bei einigem davon warst du sogar dabei. Bei Geismar gab es eine Eiche, die Donar geweiht war. Bonifatius, ein Bekehrer, befand sich vor vielen Generationen auf einer Missionsreise im Reich der Franken und wohnte in der Büraburg am Südufer der Eder.« Tief durchatmend nahm sie wieder auf ihrem Schemel Platz. »Dort lebten unsere, zum Großteil ihrem Glauben treu gebliebenen Vorfahren, denen er das Unvermögen ihrer Götter beweisen wollte. Und so hat er in ihrer Gegenwart ihr wichtigstes Heiligtum fällen lassen. Sie haben Bonifatius geschmäht und verwünscht, doch eine fränkische Garnison stand bereit, um zur Not eingreifen zu können, denn viele sannen wegen seiner Taten auf Rache.«

Sigrun hielt den Atem an. »Und, was ist geschehen?«

Meda beugte den Kopf. »Aus unerklärlichen Gründen schickte Donar keine Blitze, um den Ungeweihten an seinem Tun zu hindern.« Sie verstummte, als bemühte sie sich, einer inneren Schockwelle Herr zu werden, die sie damals erlebt hatte und nun wieder empfand, als seien nicht Jahrhunderte seitdem vergangen. Dann fuhr sie fort. »Einige unserer Ahnen waren anschließend tatsächlich überzeugt davon, dass der römische Gott stärker sei als Donar, und ließen sich von Bonifatius taufen. Diejenigen, die es nicht taten, wurden mit Waffengewalt dazu gezwungen, und das dauert bis heute an.«

Gebannt lauschte Sigrun ihr. Die Zeichnung hatte sie vergessen. »Was ist mit der Eiche geschehen? Hat man sie verbrannt?«

Meda zuckte zusammen, als hätte Sigrun sie geohrfeigt. »Vor einem solchen Frevel möge Odin uns bewahren! Nein, aus dem Holz ließ Bonifatius an Ort und Stelle ein Petrus geweihtes Bethaus bauen«, erklärte sie und fuhr aufgebracht fort: »Und in den folgenden Jahren wurden im ganzen Land zahlreiche weitere Baumheiligtümer zerstört.«

»Warum haben die Vorfahren sich das gefallen lassen?«

»Haben sie nicht. Irgendwann ist Bonifatius bei einem Bekehrungsversuch erschlagen worden.« Meda erhob sich abermals und wanderte ziellos in der Kate umher. »Er war ein dem Papst gefügiger Mann. Für jede Kleinigkeit sicherte er sich durch Rom ab, war ängstlich und voller Sorge um sein eigenes Seelenheil.«

»Woher weißt du das alles?«

»Weil wir dabei waren«, murmelte die Heilerin. »Das habe ich in der Klosterschule erfahren«, versicherte sie dann aber an Sigrun gewandt, die deutlich das Gefühl hatte, dass das nur zum Teil der Wahrheit entsprach. »Zum Glück gibt es weise Bauern, die es für einen Frevel halten, in einem Wald Eichen zu fällen, unter denen einst die Priester geweissagt haben. Die Christen ernannten die erhalten gebliebenen heiligen Bäume dann zu Marieneichen und beteuerten, ein Bild der Gottesmutter sei in ihnen erschienen. Die honigtriefende Eiche sehen sie als Sinnbild für die Zeit, die kommen wird, wenn ihr Gottessohn zurückkehrt, als Baum des ewigen Lebens und ewigen Heils.«

Nachdem Meda geendet hatte, breitete sich Stille in der Hütte aus, und Sigrun ließ auf sich wirken, was sie erfahren hatte. Meda besaß Mut, ihr diese Dinge zu erzählen, das war ihr sehr wohl bewusst. Die Glaubensbrüder wachten sorgsam darüber, dass ihre Vorbilder nicht verunglimpft wurden und die heidnischen Bräuche nicht wieder auflebten.

Die Heilerin blickte starr ins Leere. »Und alles nur, weil Chlodwig sich aus Machtgründen für das Christentum entschied. Er paktierte mit den römischen Adeligen, denen damals weite Teile des Landes gehörten und die die Städte beherrschten. Es war und ist einträglich, als Menschenhirte den neuen Glauben zu vertreten, sei es als Abt oder Bischof, denn die Verwaltung des Seelenheils bringt gute Einnahmen und Macht. Also ließ sich auch Chlodwig taufen, und einige tausend Krieger taten es ihm gleich.« Meda begann, die Kräuterbündel von der Decke zu lösen. »Mit seiner Taufe stellte sich Chlodwig gegen die Goten, die ihre eigenen Traditionen bewahren wollten. Schließlich eroberte er ihre Hauptstadt und sie zogen sich zurück. Seitdem sind wir schutzlos.«

»Aber sie tun doch Gutes und helfen den Armen.« Es behagte Sigrun nicht, wie ihre Lehrerin über die gottesfürchtigen Männer sprach. Sie war im christlichen Glauben erzogen worden und fürchtete sich wie viele ihrer Zeitgenossen vor den Qualen des Höllenfeuers. Möglicherweise schadete es ihr bereits, dass sie Meda überhaupt Gehör schenkte und sich heimlich von ihr das Lesen und Schreiben beibringen ließ, was sich für Frauen nicht ziemte.

»Ich habe nichts gegen den neuen Gott, aber sehr wohl gegen einige seiner irdischen Vertreter und deren Machtanspruch!«, gab Meda trocken zurück. »Odin möge uns beistehen bei dem, was auf uns zukommt, wenn die Menschenhirten keine anderen Meinungen mehr zulassen.«

Zornig ritt Heinrich von Laach an der Seite einiger seiner Krieger zu Bertolt, um ihn persönlich mit dem Verdacht zu konfrontieren, dass er Meuchelmörder damit beauftragt hatte, Gero und Adebar in Kruft zu töten. Eine derartige Schmähung würde den neu aufgenommenen Verhandlungen zwischen ihnen massiven Schaden zufügen. Aber er war bereit, das in Kauf zu nehmen. Was in der Krufter Scheune vorgefallen war, musste aufgeklärt und vergolten werden. Es war unentschuldbar. Theoderich hatte ihm seinen Sohn und Gero im Vertrauen auf seine Rechtschaffenheit in die Obhut gegeben. Und nun war es an ihm, dieser Verantwortung zu genügen und das geplante Verbrechen zu rächen.

Doch in Rheinsporn trafen sie nur Friedwart an, der sie, gekleidet in Wappenrock und Lederschuhen, mit schmalen Augen fixierte und ihnen versicherte, dass Bertolt sich nicht auf der Burg aufhalte.

»Der Graf ist schon vor einer Woche zur Verwaltung seiner Lehensgüter in den Westerwald aufgebrochen«, er wies in die Ferne auf die Weite der Ebene, die sich unter einem Dunstschleier vor ihnen ausbreitete, »und wir erwarten ihn nicht vor Ablauf eines Mondwechsels zurück. Was ist Euer Anliegen? Vielleicht kann ich Euch weiterhelfen, denn er hat mich damit beauftragt, seine Angelegenheiten für ihn zu führen.«

Friedwart von Höhtgen, der Mann, der tut, was getan werden muss, um seinen Herrn und sich selbst zu schützen, dachte Heinrich. Unwillkürlich musste er an die Sagengestalt des Hagen von Tronje aus dem Lied der Nibelungen denken.

»Was wisst Ihr über die Strauchdiebe, die auf meinen Gütern umherstreichen, Unbewaffnete im Schlaf überfallen, um sie hinterrücks zu meucheln?«

»Von derartigen Vorfällen ist mir nichts bekannt. Warum fragt Ihr mich?«

»Weil es besser für Euch ist, wenn Ihr sie nicht geschickt habt. Falls doch, so seht Euch vor!«

Mit diesen Worten ließ Heinrich Bertolts ersten Ritter stehen, der ihnen ohne jegliche Regung in seinen scharfkantigen Gesichtszügen noch lange hinterherschaute.

Zwei Nächte zuvor

Der Gedanke, dass er sein Versprechen gegenüber Sigrun nicht würde einlösen können, peinigte Gero ebenso wie der Druck auf seine Kehle und Lunge. Kaum noch bei Besinnung betete er stumm das Vaterunser. Bald würde er wieder mit seinen Eltern vereint sein. Als ihm schwarz vor Augen wurde, ließ plötzlich die Bedrängnis nach und der Angreifer fiel vornüber. Keuchend drehte er sich von ihm weg, die Finger am Hals, der wie das Fegefeuer brannte.

»Gero? Lebst du noch? Gero!«

Schemenhaft, denn die Benommenheit ließ kaum nach, erkannte er Adebars Silhouette, die das Übungsschwert aus Walfischbein fest in beiden Händen hielt. Gero blieb der Ohnmacht nahe, halb über ihm lag reglos die massige Gestalt des Angreifers.

»Ja«, rang er sich schließlich mühevoll ab, hustete Blut.

Sein Gefährte beugte sich zu ihm hinunter und fasste ihn an der Schulter. »Das klingt aber nicht so.« Unter Mühen zerrte er den besinnungslosen Fremden von Gero weg.

Gero atmete schwer; seine Kehle fühlte sich innen und außen geschwollen an und die Zunge schien den ganzen Mund auszufüllen.

»Ich gehe Hilfe holen.« Adebar richtete sich auf, doch Gero hielt ihn am Fußgelenk fest. Röchelnd versuchte er, ihm verständlich zu machen, dass er nicht allein gelassen werden wollte. Behutsam half sein Ziehbruder ihm auf die Füße, obwohl er selbst Schmerzen haben musste, und führte ihn die Stiege hinunter vorbei an den Männern, die mit verrenkten Gliedern im Staub lagen. Auf dem Weg zur Hütte des Bauern stützte er Gero und geriet dabei mehrmals ins Straucheln.

Energisch klopfte er an die Tür, und schon bald rief der Landmann verschlafen: »Wer stört da unsere Nachtruhe?«

»Die Knappen des Heinrich von Laach. Wir sind in der Scheune von Bewaffneten überfallen worden. Mein Bruder ist verletzt und braucht Hilfe.«

Wenige Augenblicke später wurde die Tür geöffnet und der Mann sah sie mit bleicher Miene schockiert an. Hinter ihm erschien eine Frau mit herabhängendem Flechtzopf und einer Talglampe in der Hand. Auch sie erschrak bei Geros Anblick, gewann aber schneller als ihr Mann wieder die Fassung zurück.

»Bringt ihn herein.« Sie hastete in ihrem schlichten Nachtgewand ins Innere der Hütte, um eine Liegestatt für den Verletzten herzurichten und ihm einen feuchten Wickel zu bereiten. Während sie Gero versorgte, schilderte Adebar beiden, was in dem Heuschober geschehen war. Der Bauer eilte daraufhin los, um einige seiner Nachbarn zu wecken.

Wenig später kehrte er zurück. »Wir sind mit Fackeln und Äxten zur Scheune gelaufen. Dort liegen die zwei in die Tiefe gestürzten Übeltäter auf dem Boden und geben kein Lebenszeichen mehr von sich.«

»Was ist mit dem Dritten, der meinen Bruder fast getötet hätte?«, fragte Adebar mit angespannter Stimme. »Er lag oben auf dem Heuboden.«

Gero löste seinen Blick von der Decke und sah zu dem Bauern hinüber, der betreten zu Boden schaute.

»Da war niemand mehr. Er muss sich aus dem Staub gemacht haben«, erwiderte der Landmann.

»Dann müssen wir in Alarmbereitschaft bleiben«, sagte Adebar.

Gero beobachtete, wie sein Ziehbruder nach der beträchtlichen Beule an seinem Hinterkopf tastete, und richtete seinen Blick wieder an die Decke. Ihm schwindelte.

Zwei Tage blieb Gero verletzt in der Kate der Landleute, bis die Schwellungen abgeklungen waren und sein Atem sich so weit erholte, dass sie ihn für transportfähig hielten. Adelheid fand sich persönlich mit Siegfried von Laach aus ein, um die Verletzungen ihres Knappen zu untersuchen und ihn zur Burg zu begleiten. Behutsam trugen bewaffnete Bedienstete Gero zum Wagen eines Fuhrmanns, der ohnehin zur Klosterbaustelle musste. Sie betteten seinen Körper auf Stroh und den Kopf auf ein Kissen. Ihrer flüsternden Unterhaltung entnahm er, dass sie in Sorge waren, dass sein Nacken und die Kehle zu Schaden gekommen sein könnten. Im Karren liegend fuhr Gero zurück an den See und fixierte mit brennenden Augen die Baumwipfel, die in einen milchig blauen Himmel stachen. In ihm war alles taub, nichts berührte ihn.

In Laach bestand Adelheid darauf, dass Gero weiterhin das Bett hütete. Wenn weder Adebar noch jemand anders Zeit fand, bei ihm zu bleiben, fixierte er mit leerem Blick die eichenen Balken in der Decke und die unverputzte Bruchsteinwand seiner Kammer, auf der ein Weberknecht hockte und auf Beute wartete. Dann kreisten seine Grübeleien unaufhörlich um die Ereignisse in der Gewitternacht und die Wechselfälle, die die Vorsehung in seinem jungen Leben schon für ihn bereitgestellt hatte. Welcher Sinn verbarg sich hinter all dem? Er musste einen mächtigen, übernatürlichen Beschützer haben. Einen, der wusste, wieso es sinnvoll war, dass Gero überlebte. Er war Adebar unendlich dankbar dafür, dass dieser sich trotz seiner eigenen Kopfschmerzen so fürsorglich um ihn kümmerte. Auch Sigrun hatte ihn nach dem ersten Attentat auf Greifenfels hingebungsvoll gepflegt, und er hätte sie jetzt gern an seiner Seite gehabt. Nun würde er ihre ständigen Fragen nach seinem Befinden geduldig ertragen und sich über ihre Anwesenheit freuen. Er malte sich aus, wie sie die Schwellung an seinem Hals mit einem Kräutersud betupfte.

Dann vergegenwärtigte er sich, dass sie weit weg war und er schon den halben Tag alleine im Krankenbett lag, und die Leere und Einsamkeit kehrten zurück. Er erinnerte sich, wie der Tod mit eisigen Fingern nach ihm gegriffen hatte, und manches Mal glaubte er, seinen Angreifer erneut in der Dunkelheit auftauchen und sich mit gezücktem Messer auf ihn werfen zu sehen. Als er wieder nüchterner denken konnte, wurde ihm klar: Hätte er in seiner Achtsamkeit nicht nachgelassen, wäre ihm dieser zweite Anschlag nicht passiert. Und solange sein Onkel lebte, konnte er sich Tagträume und Unaufmerksamkeiten nicht erlauben, wollte er am Leben bleiben. Die Gefahr war greifbar, ob in einer Scheune oder auf dem offenen Feld. Selbst hier in der Burg durfte er sich nicht mehr in Sicherheit wähnen.

In der Nacht fuhr er schreiend aus seinen Albträumen auf, in denen sich seine Mutter auf ihrem Sterbebett in Krämpfen wand. Ein weiteres Mal schreckte er hoch, weil er die Kälte von Metall an seinem nackten Hals zu spüren glaubte.

Schweißgebadet starrte er in die Schwärze der Kemenate und war froh, dass Adebar im Bett neben ihm lag.

Dieser rieb sich verschlafen über die Augen. »Es war nur ein Traum. Du bist hier in Sicherheit. Die Männer sind tot.«

»Einer nicht«, wandte Gero heiser ein und schluckte, obwohl ihn das schmerzte. »Einer nicht.«

»Er ist fort und wird einen Teufel tun, sich hier noch einmal blicken zu lassen!«

Der vielleicht. Aber nicht mein Onkel, dachte Gero und sank zurück ins Kissen. »Hast du keine Angst, dass er wiederkommen könnte?«

»Nein«, erwiderte Adebar, doch Gero glaubte ihm nicht.

Am nächsten Tag hielt er es nicht mehr im Bett aus, und verlangte danach, aufstehen zu dürfen. Denn die Bilder, die ihn heimsuchten, verwirrten seinen Verstand, und er hatte Angst, dem Wahnsinn anheimzufallen. Außerdem hatte das Ziepen in seinen Beinen längst nachgelassen, und er konnte sich wieder normal bewegen. Es war, als hätte Gott ihm auf wundersame Weise das Leben ein zweites Mal geschenkt. Was ihm jedoch unvermindert Sorgen bereitete, war die Frage, wie die Schergen Bertolts ihn aufgespürt hatten, woher sie wussten, dass er sich in Kruft aufhielt. Entweder beherbergte die Laacher Burg einen Spion, oder sie mussten ihm heimlich gefolgt sein, ohne dass er davon etwas gemerkt hatte. Keine der beiden Möglichkeiten stärkte seine Zuversicht. Er verbrachte Stunden alleine in dunklen Mauernischen oder anderen Verstecken, um sich vor der unsichtbaren Falle zu schützen, und grübelte dort darüber nach, wie er ihr begegnen konnte.

Er musste wachsamer sein.

Trotz seiner Schmerzen hob Gero ein paar Tage später mühelos mit einer Eschenholzlanze den Ring aus geflochtenen Weidenruten, der am Ende der Querstange an einem Pfahl hing, aus der Halterung. Dann wendete er den Schimmel mit den Schenkeln und kehrte zu Adebar zurück. Er hatte ihm bewusst nicht vorgeschlagen, an der mit Schild und Keule bewaffneten Stechpuppe zu üben. Denn wenn sein Ziehbruder sie nicht umstoßen konnte – und das geschah häufig –, drehte sie sich und der Schlegel traf ihn mit voller Wucht. Die jüngeren Ritter Heinrichs machten sich manchmal einen Spaß daraus, Theoderichs Sohn absichtlich an diesem hölzernen Gegner trainieren zu lassen. Auch gaben sie ihm gerne Übungsschwerter, die doppelt so schwer waren wie jene, die in der Schlacht verwendet wurden, angeblich um seine Kraft zu stärken. Doch wie sollte Adebar seine Muskeln festigen, wenn er das Schwert kaum heben konnte?

»Du hast mir das Leben gerettet«, sagte Gero mit einer Stimme, die noch immer wie das Krächzen eines Raben klang. »Wärst du nicht so schnell wieder zu dir gekommen und hättest nicht beherzt gehandelt, wäre ich jetzt tot. Ich weiß nicht, wie ich dir das jemals vergelten soll.«

Adebar schaute an ihm vorbei in die Ferne. »Du hast mich schon so oft vor Schlimmem bewahrt, wer würde mich beschützen, wenn du nicht mehr lebtest?« Er lächelte schief.

Gero verstand, dass er das Gespräch auf einer leichtherzigen Ebene führen wollte, und ließ sich darauf ein. »Du hast es also aus purem Eigennutz getan?«

Adebars Blick huschte zu seinem Gefährten und sein Grinsen wurde breiter. »Sicher, was hast du denn gedacht? Etwa, dass ich das für dich getan habe?«

»Nein, natürlich nicht!«

Sie schwiegen eine Weile. Schließlich rutschte Gero aus dem Sattel und knuffte seinen Ziehbruder gegen den Oberarm. »Ich hoffe, ich kann es dir irgendwann vergelten.« Er wollte sich abwenden, drehte sich dann aber noch einmal zu ihm um. »Dein Schlag war beeindruckend! Einen derart starken Gegner mit einem Übungsschwert niederzustrecken, ist eines Ritters würdig.«

Adebar war diesmal seine Freude über das Lob anzusehen als bemühte er sich gar nicht erst, sie zu verbergen.

Laach, im Jahr des Herrn 1095

Die Sommersonne schien Gero warm ins Gesicht, als er mit Adebar angelnd am See saß, Hemdsärmel und Beinlinge weit nach oben geschoben. Zwischen den Schilfgräsern sprudelten Luftbläschen hervor. Eine Entenmutter zog mit ihren Jungen schnatternd ihre Bahnen, als sei die Welt ein friedvoller Ort und Naturkatastrophen Schimären einer längst vergangenen Zeit. Bemooste Baumstümpfe ragten vom Ufer ins Wasser, und in den Gräsern verfing sich ein zarter Wind, der sie kaum zum Schlingern brachte. Gero hing seinen Gedanken nach, wobei seine Augen unablässig das Gelände auf Gefahren hin absuchten. Seit der Nacht in Kruft war er aufmerksamer als zuvor und rechnete immerzu mit einem Hinterhalt.

Es war einer der seltenen Momente in seiner Knappenzeit, in der er sich dem Müßiggang hingeben konnte, und das Geschehen im Reich ihn nicht zu interessieren brauchte. Wäre die fortgesetzte innere Anspannung nicht gewesen, hätte er sich nun erholen können.

Geros Hände waren rau, weil er vorher Heinrichs Kettenhemd mit Sand und Essig vom Rost befreit hatte. Der Pfalzgraf war erst vor ein paar Tagen aus Echternach zurückgekehrt, wo er Vorsitzender eines Rates gewesen war, der über einen Rechtshandel zwischen dem dortigen Kloster und dessen Verwalter ein Urteil sprechen musste.

»Der Vogt hat der Abtei unrechtmäßig Abgaben abgepresst, deshalb musste ich ihn zu Entschädigungszahlungen verpflichten«, hatte der Pfalzgraf seinen Getreuen berichtet. »Eine weitere Entscheidung, die mir ebenso wenig Freude beschert hat wie die jüngsten Nachrichten, die aus Italien über die Alpen bis zu mir vorgedrungen sind.«

Dann hatte er von Gerüchten gesprochen, der Kaiser plane, seinem Leben ein Ende zu setzen. »Ein Bote hat mir berichtet, dass seine zweite Ehefrau im vergangenen Jahr zu seinen italienischen Gegnern übergelaufen ist und sich öffentlich *wegen der unerhörten Scheußlichkeiten der Unzucht,* welche sie bei ihrem Gemahl erduldet habe, beschwert hat. Der Kaiser ist umgehend erneut exkommuniziert worden und bleibt gegenüber dem Bündnis seiner Feinde südlich der Alpen machtlos«, sagte Heinrich und rieb sich über die Stirn. Je abenteuerlicher die Geschichten auch wurden, die das fahrende Volk verbreitete, eines veränderte sich nicht: Er musste den Kaiser weiterhin als Bevollmächtigter in Angelegenheiten des Reichs vertreten, ohne Rücksicht auf seine geschwächte Konstitution nehmen zu können.

Adelheid machte inzwischen keinen Hehl mehr daraus, dass sie sich um Heinrichs Gesundheit sorgte, und Gero teilte diese Sorge. Zum einen, weil er ihn schätzte, und zum anderen, weil es ungewiss war, was aus ihm selbst werden würde, sollte der Laacher sterben.

»Wirst du für mich Greifenfels übernehmen, wenn du alt genug dafür bist?«, fragte Adebar in die träge Stille hinein, die hin und wieder vom leisen Plätschern des Wassers unterbrochen wurde, wenn die Enten sich ihren Weg durchs Schilf bahnten, oder einer von ihnen die Füße aus dem kühlen See heraushob.

Verblüfft sah Gero ihn an. »Nein, warum sollte ich? Du bist Theoderichs Erstgeborener, dir gebührt Greifenfels als Geburtsrecht. Wie kommst du darauf, dass ich es übernehme?«

Adebar schaute aufs Wasser und beobachtete die Libellen, die darüberschwirrten. »Weil du dafür besser geeignet bist als ich, und ich glaube, mein Vater sieht das genauso.«

»Ich weiß nicht, was Theoderich denkt, aber die Lage ist klar. Warum sollte er dich enterben? Du erfüllst deine Pflicht, wie er das von dir verlangt.«

Nun gönnte Adebar ihm einen Blick aus halb geöffneten Lidern. »Vielleicht auch, weil ich es so will. Ich habe kein Interesse daran, eine Burg zu führen und in den Krieg zu ziehen. Du weißt, dass ich mich lieber dem Minnesang und dem Lautenschlagen widme als dem Kampf mit dem Schwert.«

Das wusste Gero, doch er hatte nie ein Wort darüber verloren. Er rang mit sich, ob er seinem Gefährten anvertrauen sollte, dass er plante, die Burg seines eigenen Vaters für sich zurückzufordern. Aber er war sich sicher, dass Adebar seine wahre Herkunft nicht kannte, und es wäre unbedacht, diese preiszugeben.

»Bis dahin vergeht noch viel Zeit«, erwiderte er stattdessen. »Wenn es so weit ist, wirst du möglicherweise anders darüber denken. Und falls du dabei bleibst und ich mich auf Greifenfels aufhalten sollte, dann können wir gerne besprechen, ob ich dir einen Teil deiner Verantwortung als Verwalter und enger Vertrauter abnehme.«

Adebar öffnete seine Augen ganz, und zum ersten Mal erkannte Gero offene Sympathie für ihn darin. »Das würdest du tun?«

»Selbstverständlich würde ich das. Ich schulde euch so viel, und dir verdanke ich zudem mein Leben. Außerdem bin ich gern auf eurer Burg.«

»Greifenfels ist ein guter Ort, wenn man keinen Kettenpanzer tragen und das Schwert führen muss.« Dann lächelte Adebar und verscheuchte eine Heuschrecke, die sich auf seinem Bein niedergelassen hatte. »Du hast mir so manche Blessur erspart, die andere Knappen mir beim Kampftraining mit großer Freude zugefügt hätten.«

Auch Gero gönnte sich ein verstohlenes Schmunzeln. Es tat ihm gut, dass Adebar zu schätzen wusste, dass er ihn im Zweikampf nur so weit forderte, wie er es sich leisten konnte, und ihn ansonsten verschonte. Er blinzelte gegen das Sonnenlicht, das auf der sich kräuselnden Seeoberfläche schimmerte, und für einen Moment gab er sich der seligen Illusion hin, dass er gemeinsam mit seinen Ziehgeschwistern Greifenfels regierte. Dass Sigrun die Burgherrin war, Adebar ihr vorstand und Gero allen Verpflichtungen eines Vasallen nachkam und die wirtschaftlichen Angelegenheiten regelte. Sie würden sich gut ergänzen. Bei der Vorstellung, dass Bertolt und Theoderich dann nicht mehr lebten, und Adebar ihm bereitwillig die Hand seiner Schwester gab, spürte er einen warmen Stich im Bauch.

Er versuchte sich vorzustellen, wie sie nun aussah. Immerhin waren vier Sommer seit ihrer letzten Begegnung vergangen. Sie musste inzwischen zwölf Jahre alt sein und war damit kein Kind mehr. Schmunzelnd dachte er an das kleine Mädchen mit den wippenden Locken und den Schneeglöckchen im Haar, das sich zuversichtlich und tröstend an ihn geschmiegt hatte. Und dann an ihr zorniges Gesicht, als er sich über das Hündchen lustig machte, das Theoderich ihr zum Trost geschenkt hatte. Wie hatte sie es noch genannt? Odo? Oleg? Nein, es war eher Oreg gewesen. Ein merkwürdiger Name. Gero ließ ihn auf der Zunge zergehen und als er ihn zu Genüge von allen Seiten erkundet hatte, riss er erkennend die Augen auf. Wie hatte er so töricht sein können?

Einen kurzen Moment sann er darüber nach, ob er ihr einen Brief schreiben sollte, um sich für seine Tollpatschigkeit zu entschuldigen. Dann wurde ihm klar, dass Mädchen nicht im Lesen unterrichtet wurden. Jemand hätte Sigrun seine Zeilen vorlesen müssen, und das war ihm entschieden zu unangenehm. Er wollte es ihr lieber selbst sagen. Das Ende seiner Knappenzeit war nun in Sicht. Heinrich hatte ihm und Adebar in Aussicht gestellt, dass sie in einem Jahr nach Greifenfels zurückkehren könnten. Ein Jahr konnte lang sein, doch verglichen mit den vier, die sie hinter sich gebracht hatten, erschien ihm die Zeit lachhaft kurz.

Er schreckte aus seinen Überlegungen auf, als die Angel ruckte. Auch Adebar rührte sich. Gemeinsam zogen sie einen prächtigen Barsch aus dem See. Zusammen mit den kleineren Weißfischen, die sie bereits in einem Holzbottich gesammelt hatten, würde das eine Mahlzeit für die ganze Burggemeinschaft werden. Freudig klopfte er seinem Ziehbruder auf die Schulter.

»Alleine hätte ich ihn nicht herausbekommen. Danke, dass du mir geholfen hast. Ich dachte, es zerreißt mir die

Angelrute.« Übermütig riss Gero sich das Hemd über den Kopf und sprang in den See, um sich abzukühlen. Prustend strampelte er mit den Beinen gegen die Kälte an, die ihn jählings umklammerte. »Komm auch rein!«

Adebar streckte seinen Fuß etwas tiefer ins Wasser und zog ihn dann schnell zurück. »Nein, besser nicht.«

Lachend stieg Gero wieder aus dem See und rieb sich mit dem Hemd trocken. Als er sich zu Adebar umdrehte, sah er, dass dieser ihn anstarrte.

»Was ist?«

»Du hast da eine merkwürdige Form auf deinem Rücken. So etwas habe ich noch nie gesehen.«

Gero reckte den Kopf, konnte aber nichts erkennen. »Ein Geschwür?«

»Nein, sieht harmlos aus, ist einfach nur dunkler als der Rest der Haut und hat eine ganz eigentümliche Gestalt. Liegt das in deiner Familie?« Er biss sich auf die Lippen. »Verzeih, das war eine dumme Frage.«

»Macht nichts.« Gero streifte sich das Hemd wieder über und lachte. »Solange du nicht behauptest, du hättest ein ähnliches Mal bei Friedwart von Höhtgen gesehen. Meine Mutter hat mir gesagt, es mache mich zu etwas ganz Besonderem und zeige, von wem ich abstamme.«

»Na ja, wie ein Stammbaum sieht es nicht gerade aus.«

Fragend schaute Sigrun in Medas Hütte von ihrer Arbeit am Mörser auf, in dem sie geduldig getrocknetes Isenhart zerrieben hatte, das die Heilerin als magisches Allheilmittel bezeichnete. Am besten pflücke man es im August, zeichne zuvor mit einem Eisen einen Kreis um die Pflanze und ziehe sie dann mit der linken Hand aus der Erde, hatte Meda versichert. Sogar im Macer floridus werde Isenhart mit Zauberei in Verbindung gebracht. Es werde ins Schmiedewasser gegeben, um das Eisen zu härten, und die Wurzel oder Blüte als Amulett getragen schütze vor dem Hieb oder Stich einer Eisenwaffe. Wenn man das Kraut mit Wein vermischte, kochte und die Abkochung bei einem Festmahl unter den Gästen versprühte, sorgte sie für Heiterkeit.

Mit zusammengekniffenen Augen beobachtete Meda sie und wiederholte ihre Frage: »Hast du schon mal etwas von den byzantinischen Gelehrten gehört?«

»Nein, sollte ich das?«, erwiderte ihre Schülerin.

»Das kommt darauf an, wie du dein Leben führen möchtest.«

»Wieso, was ist denn mit denen?«, fragte Sigrun geistesabwesend, da ihre Gedanken noch bei den Heilkräften weilten, die Meda dem Isenhart nachsagte.

»Das waren erstaunlich weise Männer.«

Nun hatte sie endlich Sigruns volle Aufmerksamkeit. »Du hast Kenntnis davon, was die Weisen im fernen Byzanz gesagt und erdacht haben?«

»Ich habe dir doch erzählt, dass ich in einem Kloster der Benediktinerinnen in Trier unterrichtet wurde. Dort habe ich unter anderem auch heimlich in Übersetzungen von Denkern der Vorzeit gelesen, die hierzulande fast gänzlich unbekannt sind.«

»Aha. Und um was ging es darin?«

»Darum, dass die Seele unsterblich ist.«

»Aber das sagt Kaplan Remigius doch auch.«

Medas Lippen wurden schmal. »Du vergleichst feine Perlen mit billigem Tand!«

»Das verstehe ich nicht.«

»Ist nicht so wichtig. In den Schriften stand, dass alles Wissen in der Seele jederzeit schon vorhanden sei, doch bei der Geburt vergessen werde. Der Mensch entdecke demnach kein neues Wissen, sondern erinnere sich nur an das abhandengekommene.« Meda rieb den zerfallenen Isenhart zwischen Daumen und Zeigefinger, um zu prüfen, wie fein ihre Schülerin ihn zermahlen hatte. »Somit sei jede Erkenntnis im Grunde Erinnerung. Die Kenntnisse stünden den Sterblichen zwar zur Verfügung, sie hätten aber für gewöhnlich keinen Zugriff darauf.«

Sigrun war ihr konzentriert gefolgt. Sie ließ den Stößel in den Mörser sinken und setzte sich auf einen der Holzschemel. »Und wie kann man sich an das erinnern, womit die Seele schon vertraut ist?«

»Manchmal durch äußere Anstöße. Wenn ein Lehrer dir Hinweise gibt, zum Beispiel.« Aufmerksam forschte Meda in ihrem Gesicht.

Sigrun lächelte. »So, wie du das bei mir versuchst?«

»Und scheinbar allzu oft vergeblich.« Die Ältere grinste säuerlich zurück. Anschließend fuhr sie fort: »Das Gedächtnis kann aber auch durch Sinneseindrücke angeregt werden, Beobachtungen in der Natur zum Beispiel oder Hinweise können einen solchen Anstoß geben.«

»Warum erinnern sich dann nicht einfach alle, die die Natur aufmerksam betrachten?«

»Nicht jeder Mensch versteht seine Erinnerung. Manch einer tut sie als Einbildung oder Sinnestäuschung ab und akzeptiert sie nicht als Wahrnehmung. Und nicht jeder verfügt über die nötige Standhaftigkeit und den Mut, sich aus den Zwängen seiner Herkunft und gesellschaftlichen Erwartungen zu lösen.«

»So, wie du das getan hast.« Bewundernd schaute Sigrun zu ihrer Lehrerin auf.

»Ja, so wie ich das getan habe.« Meda nestelte an ihrem grauen Leinenrock.

»Ist es dir schwergefallen, all das hinter dir zu lassen und fortan eine unstete Existenz zu führen?«

»Ich sollte mit einem alten Tyrannen verheiratet werden, der für seinen gefühllosen Umgang mit Familienangehörigen und Bediensteten bekannt war. Mein Vater nahm auf diese Gerüchte keine Rücksicht und wollte mich diesem Greis dennoch zur Frau geben. Ich spielte bereits mit dem Gedanken, meinem zukünftigen Gemahl einen Schierlingssaft zusammen mit Mohn zu verabreichen, der ihn friedlich für immer einschlafen lassen sollte. Doch dann habe ich den Entschluss gefasst, dass ich mein Leben als Erwachsene nicht mit einer

Mordtat beginnen will. Die Schuld hätte irgendwann beglichen werden müssen. Aber wäre ich geblieben, wohin ich geboren worden war, und hätte mich den Plänen meines Vaters gebeugt, so wäre ich unglücklich geworden. Ich müsste wieder und wieder auf diese Erde kommen, um zu vollbringen, was meine Aufgabe ist. Ich entschied mich, keine Ehe einzugehen.«

»Was ist denn deine Aufgabe?«, fragte Sigrun.

»Die Frage, die du dir stellen solltest, ist, was *deine* Aufgabe ist«, erwiderte Meda.

»Du bist im Bilde darüber, was meine Aufgabe ist?«

»Ja, aber ich darf sie dir nicht sagen, weil dich das zu sehr beeinflussen würde. Du musst selbst herausfinden, welcher Weg für dich vorgesehen ist.«

Sigrun starrte sie an. »Was weißt du über mich?«

»Eine Menge. Wir haben bereits viele Zeitalter gemeinsam verbracht und dabei sowohl Gutes getan als auch Unheil angerichtet.« Sie strich sich eine Fingerspitze zerriebenen Krauts auf die Zunge. »Lauwarmer Saft von Isenhart reinigt und heilt übrigens Wunden in der Mundhöhle. – Du hast eine mächtige Gabe in dir, aber deine Seele hat beim Eintritt in deinen jetzigen Körper vieles davon vergessen. Es ist deine Entscheidung, ob du dich unbeirrbar darum bemühst, dich zu erinnern, oder nicht. Ich kann dir dabei helfen, wenn du möchtest.«

In Sigrun arbeitete es. Was Meda da sagte, entsprach nicht dem, was Kaplan Remigius sonntags predigte. Das Gesicht, das sie vom Todeskampf Geros bekommen zu haben glaubte, hatte sich als Trugbild erwiesen, denn inzwischen hatte sie Kunde aus Laach, dass sowohl er als auch Adebar wohlauf waren.

Schließlich siegte die Neugier. »Was waren das für gemeinsame Leben?«

»Das wirst du sehen, sobald du dich erinnerst.«

Enttäuscht beugte Sigrun ihren Kopf wieder über den Mörser und strich mit dem Finger die zerbröselten Kräuter zusammen. »Was widerfährt denn der Seele, wenn sie den Körper verlässt?«

»Der Gelehrte schreibt, dass sie dann an einem überhimmlischen Ort Gelegenheit habe, die Urbilder aller Dinge anzuschauen, ohne den Täuschungen der Sinneswahrnehmungen zu erliegen. Dort erlebt sie die eigentliche Wirklichkeit.«

»Demnach ist unsere irdische Existenz nicht die Wirklichkeit?«, fragte Sigrun.

»Nein, sie ist ein Gaukelspiel. Die Dinge haben keine Farbe, zum Beispiel, aber dein Verstand glaubt sie zu erkennen.«

»Das verstehe ich nicht.«

»Du bist auch noch ein bisschen zu jung dafür«, erwiderte Meda.

»Warum haben wir dann überhaupt Körper?«

»Der Körper ist das Gefäß, die Wohnstatt für die Seele, und manchmal ihr Kerker oder gar ihr Grab. Er ist der unzerstörbaren Seele untergeordnet und es steht ihr zu, über ihn zu herrschen. Solange sie sich jedoch im Körper befindet, nimmt die Seele eine vermittelnde Stellung zwischen der Ideenwelt und der Sinnenwelt ein.«

Unversehens musste Sigrun an Gero denken, und sie versuchte, sich vorzustellen, wie sich sein Gesicht und sein Körper verändert haben mochten. Ob sich seine Seele an Dinge erinnerte, die er bei der Geburt vergessen hatte? Und wenn ja, hielt er diese Wahrnehmungen dann auch für Einbildung?

Sie seufzte. Das würde vorerst sein Geheimnis bleiben.

Kapitel Zehn

Das Dorf Thure erstreckte sich an einem Hang neben dem Sumpfgebiet entlang einer uralten Handelsroute, die einmal bis nach Colonia geführt hatte. Aus dem Basalt in den Steinbrüchen bei Megina und Menedich stammten die Mühlsteine, die über Andernach in Richtung der Nordländer verschifft wurden. Die Gemeinde bestand, neben einigen größeren Gutshöfen aus festem Stein mit Scheunen und Vorratsspeichern, fast ausschließlich aus einfachen Hütten, die sich um eine kleine Kirche gruppierten.

Adebar begleitete Gero in das Dorf. Heinrich und Adelheid hatten die beiden dorthin entsandt, damit sie die Eintreibung des Zehnten durch Bertolts Leute im Auge behielten, denn sie selbst beanspruchten Teile des Landes für sich. Über Burg Laach und ihre angrenzenden Lehen regierten sie mit Umsicht und Geschick und verlangten von ihren Lehnspflichtigen und Unfreien nur das, was ihnen nach geltendem Recht zustand. Bei Missernten und Hungersnöten zeigten sie Nachsicht und forderten als Abgabe lediglich den Anteil der Ernte, den die Bauern entbehren konnten. Ihnen war zu Ohren gekommen, dass Bertolts Handlanger aber brutal und rücksichtslos handelten. Scheinbar schreckten sie nicht davor zurück, die Peitsche zu benutzen, wenn sie Pachtsäumige aufgriffen. Der Rheinsporner habe öffentlich ohne Prozess hinrichten lassen, damit alle anderen gewarnt waren, erzählte man sich in den Gemarkungen Laachs. Doch es wurde viel geredet, und häufig trieben die Geschichten auf ihrer Wanderung von Ohr zu Ohr immer buntere Blüten. Gero und Adebar sollten nun eigene Erkundungen anstellen und diese ihrem Herrn im Anschluss schildern.

Als die beiden jungen Männer den Bergkamm hinter Menedich erreichten, öffnete sich ihnen ein Blick über die Weite des Landes. Auf der Ebene erhoben sich kegelförmige Hügel und am Horizont konnte Gero in der klaren Luft sogar den Palisadenzaun erkennen, der Megina vor Eindringlingen schützte. In der Talsenke zeigten sich große Lücken im Grün, wo die Wälder gerodet worden waren. Rund um Thure, das nun zu ihren Füßen lag, erspähte er Ackersleute, die im Dreischritt die Felder aberntеten. Vorne schritten die Männer in Reihen mit Sensen über die Schollen, ihnen folgten die Frauen und banden das Stroh zu Garben. Es dauerte nicht lange, bis der Erste sie entdeckte und wild gestikulierte. Offenbar hielt er sie für Bertolts Schergen und rechnete mit Ärger.

Die Bauern ließen ihre Gerätschaften fallen und eilten zum Dorfplatz, um sich dort zu versammeln. Als Gero mit Absicht gemächlich auf sie zuritt, teilte sich die Menge und er erkannte, dass der Rheinsporner Eintreiber mit seinen Gehilfen vor ihnen hier eingetroffen war. Der Mann thronte ebenfalls auf einem Ross am anderen Ende des Platzes. Soeben trat ein kräftiger Bauer mit sonnengegerbtem Gesicht aus der Gruppe der Dorfbewohner vor den Schergen Bertolts.

»Was wünscht Ihr?«

Gero wurde mit einem Mal der Macht gewahr, die er auf dem Schimmel sitzend ausübte. Gestandene Männer blickten ängstlich zu ihm herauf, weil er den Adel vertrat. Dabei waren es die Bauern, die das Land bewirtschafteten und für Nahrung sorgten. Gero hatte in den Hallen der Burgen oft derbe Späße über die Landmänner und ihre Frauen aufgeschnappt, am übelsten auf dem Hof seines Onkels. Nun schämte er sich dafür, dass er über den einen oder anderen dieser Scherze gelacht hatte.

»Was ich wünsche? Den Zehnten, der Bertolt von Rheinsporn zusteht«, herrschte der Ritter den Thurer an, als kostete es ihn Überwindung, sich mit einem Leibeigenen zu unterhalten.

Dieser blickte ihn jedoch offen an und breitete die Arme aus. »Wir können unseren Pachtzins nur zu einem geringen Teil abführen. Ihr wisst, wie die Ernte in diesem Jahr ausgefallen ist. Der Allmächtige hat uns bestraft.«

»Wer bist du?«

»Jost, Herr. Ich bin der Dorfsprecher.« Breitbeinig postierte er sich vor den Zehnteintreiber. Gero hielt den Atem an. Der Mann riskierte viel.

»Ihr Bauernpack wisst immer, wie ihr euch herausreden könnt! Es interessiert den Grafen von Rheinsporn nicht, ob die Sonne scheint oder ob es regnet. Und er weiß sehr wohl, dass eure Äcker fruchtbar sind. Ihr seid verpflichtet, ihm diesen Pachtzins zu geben, und ihr werdet ihn begleichen, sonst spürt ihr die Peitsche!«

Gero senkte den Blick. Es war ihm unangenehm, diese Auseinandersetzung mit ansehen zu müssen, noch dazu auf einem Pferd sitzend, als sei er einer von Bertolts Leuten. Es wühlte ihn auf, wie wenig milde sich der Rheinsporner seinen ihm Anvertrauten gegenüber zeigte.

Kurzerhand führte er seinen Hengst näher an den Zehnteintreiber heran. »Lasst mich das überprüfen! Ihr wisst gewiss, dass Bertolt und Heinrich Verhandlungen über diese Gemarkung führen. Ich werde im Sinne der Interessen Laachs untersuchen, ob diese Bauern deinem Herrn etwas vorenthalten.«

Der Scherge aus Rheinsporn verzog die Mundwinkel und spuckte aus. Sein vernarbtes Gesicht drückte Hohn und Verachtung aus. Aber er musste wissen, wie wichtig Bertolt die Abmachung mit dem Pfalzgrafen war. Den Landstrich kurz vor der Übergabe auszubluten, würde die Vereinbarungen gefährden, wenn nicht gar eine Fehde heraufbeschwören.

»Wir müssen noch in Cuttenheim die Abgaben einfordern. Setz du dich doch mit den aufsässigen Thurern auseinander. In drei Tagen komme ich wieder. Wird der Zehnte dann nicht vollständig abgeführt, wirst auch du dich erklären müssen.« Der Eintreiber richtete die Gerte auf Gero und spuckte noch einmal aus. Grob wendete er sein Pferd, trieb es mitten durch die Menschenmenge und verließ das Dorf in scharfem Ritt.

Gero ging kurz mit sich zurate, ehe er vom Rücken des Tieres heruntergleitt, um mit dem Dorfsprecher auf Augenhöhe zu reden. Dieser neigte das Haupt und deutete eine Verbeugung an.

»Ihr habt vernommen, was gesprochen wurde. Ich muss nun überprüfen, ob ihr euren Zehnten wirklich nicht zur Gänze entrichten könnt,« sagte Gero ruhig, sah ihn offen an und lächelte freundlich. Er wusste, dass er nicht willkommen war.

Der Landmann schätzte ihn aufmerksam ab. »Selbstverständlich.« Er drehte sich zu den Dorfbewohnern um. »Zeigt ihnen den Karren und unsere Vorräte, damit sie sehen, dass wir Bertolt nichts vorenthalten.«

Zusammen mit Jost wanderten Gero und Adebar von Hütte zu Hütte und prüften den Inhalt der Vorratsspeicher. Sie sprachen mit den Bewohnern und entdeckten, in welch erbärmlicher Armut diese lebten. Mit Entsetzen erkannte Gero, wie karg die Ernte ausgefallen sein musste.

»Wie werdet ihr den Winter überstehen?«

»Es wird gehen, irgendwie.«

Jost führte ihn zum Karren, auf dem sie die Abgaben für Bertolt gesammelt hatten. Gero schob die grob gewebte Decke zurück. Vier Säcke mit Getreide, ein Ferkel und drei Hühner in einem nachlässig gezimmerten Käfig lagerten dort.

Er spürte, dass er blass wurde. »Wenn ihr das hierbehaltet, habt ihr eher eine Chance, durch den Winter zu kommen.«

Mit einem Ruck warf Jost die Decke zurück über die Pachtabgaben. »Wenn wir das behalten, werden wir den Winter gar nicht erst erleben«, entgegnete er trocken.

Gero suchte nach Worten, doch er befürchtete, dass der Dorfsprecher recht hatte. Es kostete ihn Überwindung, die Vorräte mitzunehmen.

»Also gut. Ich nehme die Abgaben und werde sehen, was ich für euch tun kann. Befestigt die Scherbäume des Karrens an meinem Sattel. Ich sorge dafür, dass ihr vor dem Winter nicht mehr behelligt werdet.«

Zwei Bauern lösten sich aus der Gruppe und machten sich an die Arbeit. Gero fing den Blick einer jungen Frau auf, die ihn fixierte. Verlegen wandte er die Augen rasch wieder ab.

»Ich danke Euch, Herr«, sagte Jost. »Wir stehen in Eurer Schuld, lasst es mich wissen, wenn wir etwas für Euch tun können.«

Gero schwang sich auf den Rücken seines Schimmels und wendete es mit Schenkel und Fersen. »Der Pfalzgraf ist froh über jede helfende Hand auf der Klosterbaustelle.«

»Ich bin mir sicher, dass sich geeignete Gehilfen im Dorf zur Verfügung stellen, sobald der Rest der Ernte eingefahren ist.«

Allmählich fiel die Anspannung von Gero ab, nun da er die unangenehme Aufgabe erledigt hatte und gütlich mit den Dorfbewohnern ausgekommen war. »Der Bau des Klosters der heiligen Maria am See hat begonnen, und die Grundmauern sind bereits errichtet.«

Jost nickte.

Abermals wendete Gero sein tänzelndes Pferd und drückte ihm die Fersen in die Seiten. Mit einem Ruck löste sich der Karren und setzte sich in Bewegung. Diesmal nahmen sie nicht den direkten, steileren Weg nach Menedich, sondern den an den Sümpfen entlang, am Nachbardorf vorbei. Nach einer Weile tauchte im Wald vor ihnen eine Ruine auf.

»Nanu, was haben wir denn hier?« Gero stieg ab und begutachtete die Mauerreste.

»Sieht aus, als wäre das einmal eine fränkische Saalkirche gewesen«, sagte Adebar mit Blick auf den Grundriss des Gebäudes.

»Mitten im Wald?«

»Vielleicht war hier einmal eine Ansiedlung.«

Gero schaute sich um, konnte aber keine Anzeichen einer früheren Besiedlung erkennen. »Seltsam.«

Von der Ruine aus führte ein Pfad Richtung Menedich, der für den Karren gerade noch breit genug war und diesen schlug Gero nun ein. Nach fünfzig Schritten vernahmen sie ein leises Glucksen und folgten dem Geräusch bis zu einer Quelle, aus der frisches, klares Wasser sprudelte und in einem nahe gelegenen Tümpel versickerte. Gero kniete nieder und schöpfte mit beiden Händen, roch daran und trank verhalten einen Schluck.

»Hm. Das schmeckt köstlich.« Er löste den Lederbeutel von seinem Gürtel und füllte ihn an der Quelle.

Adebar stieg ab, kostete und tat es dann seinem Gefährten gleich. Anschließend tränkten sie ihre Pferde und traten gestärkt den Rückweg nach Laach an. Die Stimmung in der Landschaft war so harmonisch, dass sich in Gero auch der Rest an innerer Anspannung auflöste, sobald er sich dem See und der Burg seines Herrn näherte.

»Bertolt presst das Letzte aus den Bauern heraus«, sagte er zu Heinrich, der ihnen im Burghof entgegengekommen war, um zu erfahren, was die beiden ausgekundschaftet hatten. »Sie werden den Winter kaum überleben können, wenn er das alles behält, was sie ihm gegeben haben, um seiner Peitsche zu entgehen.«

Der Pfalzgraf trat an den Karren heran, zog die Decke zurück und hob erstaunt die Augenbrauen, als er den kärglichen Pachtzins sah, den die Thurer ihrem Lehnsherrn ausgehändigt hatten. »Du wirst seinen Zorn auf dich ziehen, wenn du ihm das hier bringst.«

»Wir haben jede Hütte und jeden Speicherraum abgesucht. Ich wüsste nicht, wo sie irgendetwas versteckt haben könnten.«

Adebar nickte zur Bestätigung.

»Ihr wisst selbst, wie die Ernte in diesem Jahr ausgefallen ist«, fuhr Gero fort. »Zudem grenzt die Gemarkung Thure an ein Sumpfgebiet, das nicht bestellt werden kann. Die Bauern haben erst vor Kurzem angefangen, die Wälder zu roden und urbar zu machen. Seitdem der Handel mit den Mühlsteinen nicht mehr über Thure läuft, fehlen ihnen Einnahmen.«

Heinrich rieb sich das spitz gewordene Kinn und die eingefallenen Wangen. Dann wies er zwei der Knechte an, aus seinem eigenen Vorrat drei Säcke Korn und ein Dutzend Eier auf den Wagen zu legen. »Das sollte ihn beschwichtigen. Bringt das zu Bertolt und richtet ihm aus, dass ich euch zum

Nachtmahl unversehrt zurückerwarte. Andernfalls werde ich euch mit meinen Rittern persönlich abholen kommen.«

Gero war bewusst, welchem Wagnis Heinrich sich aussetzte, wenn er Bertolt offen mit einer Kriegshandlung drohte, um eine Länderei zu schützen, die ihm nicht mehr gehörte. Und er selbst begab sich geradewegs in die Katakomben der Schreckgestalt, die ihn bis in seine Träume verfolgte, als er nach Rheinsporn ritt.

Bertolt trat mit ungebändigtem Haupthaar breitbeinig und bewaffnet aus der Burg. Vermutlich hatten seine Männer ihm gemeldet, dass sich zwei Knappen und ein Ritter Heinrichs näherten. In seiner schwarzen, abgetragenen Lederkleidung und mit der langen Narbe im Gesicht erinnerte er Gero in der heraufziehenden, rot schimmernden Abenddämmerung an den Leibhaftigen. Wäre er auf Hufen gelaufen, so hätte das seinen Neffen nicht gewundert.

»Die Menschen haben mehr gegeben, als sie entbehren können«, erklärte Gero ihm, all seinen Mut zusammennehmend. »Wenn Ihr ihnen noch mehr wegnehmt, werden sie den Winter nicht überstehen und können im nächsten Jahr die Felder nicht bestellen. Dann wird Euer Ackerland brachliegen und Ihr bekommt gar keinen Pachtzins.«

Kalt starrte sein Onkel ihn an. »Das entscheide ich und sonst niemand! Ich werde das überprüfen lassen, und wehe dir, ich finde Weizen oder anderes Getreide, das vor uns versteckt wurde! Dann wird mein Zorn nicht nur die Bewohner von Thure, sondern auch dich treffen.«

Mit einer Kopfbewegung wies er seinen Knecht an, den Scherbaum von Geros Schimmel zu lösen und das Fuhrwerk zur Scheune zu bringen, um die Getreidesäcke dort abzuladen.

Gero sah ihm fest in die Augen. »Ähnliches hat Euer Eintreiber mir bereits angedroht. Seid Ihr Euch sicher, dass Ihr die Laacher und Greifenfelser gegen Euch aufbringen möchtet?«

Bertolt knurrte drohend und rückte so nah an ihn heran, dass Gero seinen abgestandenen Atem riechen konnte. »Unsere Zeit wird kommen, verlass dich darauf. Und dann gnade dir Gott, Bürschchen!«

Brüsk wandte er sich ab und verschwand wortlos wieder im Haupthaus.

Am nächsten Tag schickte Heinrich Gero und Adebar los, den Dorfbewohnern ihre Karre zurückzubringen. Gero wagte nicht, die Plane vor den Augen seines Herrn zurückzuziehen, doch er spürte sofort, dass der Wagen ungewöhnlich schwer war. Als sie die Burg hinter sich gelassen hatten, den Hügel hochgeritten waren und den Kamm erreichten, hielt er an, stieg vom Pferd ab und rollte die Plane auf. Heinrich hatte den Thurern drei Säcke Getreide und zwei Hühner aus seinem eigenen Vorrat mitgegeben. Gero pfiff durch die Zähne und nahm sich vor, sich an der Großzügigkeit des Pfalzgrafen ein Beispiel zu nehmen.

Die Dorfbewohner liefen zusammen, als Gero mit Adebar auf dem Versammlungsplatz eintraf, und manch einer musterte ihn so unverhohlen, als suche er nach Anzeichen dafür, dass Bertolt ihn ausgepeitscht oder anderweitig bestraft hatte. Gero mochte sich nicht ausmalen, wie Adebar und er nun aussähen, hätte Heinrich ihnen nicht noch weitere Säcke auf den Wagen geladen, bevor sie unter dem Begleitschutz eines Laacher Edelmanns nach Rheinsporn geritten waren.

Auch die junge Frau, die beim letzten Mal seinen Blick gesucht hatte, hielt sich in der Menge auf. Ihr herzförmiges Gesicht schaute zu ihm hoch und ihre Augen, umrahmt von langen Wimpern, strahlten ihn an.

»Seid gegrüßt, Herr. Danke, dass Ihr uns unseren Karren zurückbringt.«

Er zwang sich, seinen Blick von ihren vollen Lippen zu lösen und suchte stattdessen Jost unter den Dorfbewohnern, als dieser vortrat.

Gero saß ab und nahm ihn zur Seite. »Was ihr auf dem Wagen findet, lässt mein Herr, Heinrich von Laach, euch zukommen. Haltet es geheim, teilt es gerecht auf und versteckt es gut. Ich bin mir nicht sicher, ob Bertolt nicht doch noch einen seiner eigenen Gehilfen schicken wird, um eure Vorräte zu kontrollieren.«

Jost rief sogleich zwei der Bauern herbei und betraute sie mit der Aufgabe.

Gero stieg wieder auf seinen Schimmel. »Nun habt ihr eine Chance, den Winter zu überstehen. Wir alle werden unsere Gürtel enger schnallen müssen.« Er lächelte schief.

Der Dorfsprecher legte seine schwielige Hand auf den Hinterlauf des Tieres. »Gott schütze euch. Wir stehen tief in Eurer und Heinrichs Schuld.« Er verbeugte sich.

Noch einmal huschte Geros Blick zu der jungen Frau, die ihn unentwegt anschaute. Er verließ das Dorf im festen Glauben, den Ort und seine Bewohner zum letzten Mal gesehen zu haben. Abermals wählten sie den Weg an den Sümpfen entlang, um ihre Beutel an der Waldquelle zu füllen. Auf dem Weg dorthin begegneten ihnen zwei magere Bauern in grober Landmannkleidung, die mit Äxten und Sägen eine Lichtung verließen, auf der behauene Baumstämme und dickes Astwerk lagerten.

Gero zügelte sein Pferd. »Wer seid ihr?«

»Ich bin Albrecht aus Menedich, und das ist mein Sohn Veit, Herr. Wir roden hier ein Stück Wald, damit unser Nachbar es als Feld bestellen kann.«

»Könnt ihr mir sagen, was das ist?« Er wies auf die Mauern der Ruine, die in einiger Entfernung zwischen den Bäumen zu erkennen war.

»Das sind die Überreste einer Kirche, die die Franken errichtet haben«, erklärte Albrecht.

Adebar nickte. Der Bauer hatte seine Vermutung bestätigt.

»Warum hier mitten im Wald?«, forschte Gero weiter.

»Das war einmal ein heiliger Ort unserer Vorfahren, genau wie die Quelle da drüben. Die Christen haben eine Kirche darüber gebaut, damit die Leute dort nicht mehr zu Wotan, sondern zu Jesus Christus beten. Doch viele mochten dann nicht mehr den Weg bis hierhin nehmen und haben lieber die Kirche im Dorf besucht. Seitdem verfällt das Gebäude.«

»Aber der Ort ist immer noch heilig«, grummelte Veit. Sein Vater stieß ihn in die Seite, den Blick unverwandt auf Gero gerichtet.

Dieser ignorierte die Bemerkung. »Wir haben gestern von der Quelle getrunken. Sie scheint gutes Wasser zu führen.«

Albrecht lächelte. »Sehr gutes Wasser, Herr! Heilwasser.«

»Von welchen Krankheiten heilt es denn?«

»Es kühlt die inneren Organe und öffnet ihre Verstopfungen, lindert Fieber und nützt gegen Steine. Wenn man darin badet, stärkt es Glieder und Nerven, vertreibt Geschwüre, Krätze, Aussatz und andere Hautkrankheiten.«

»Ein wahres Wunderwasser also«, bemerkte Adebar ironisch.

»Wie nennt ihr diese Quelle?«

»Sualeburn, weil das Wasser aus der Quelle hervor schwillt.«

Gero nickte. »Ich danke euch für eure Auskünfte.«

Sie grüßten die beiden Bauern zum Abschied, die ihrerseits Verbeugungen andeuteten, und ritten nach Hause, nachdem sie ihre Beutel abermals mit dem frischen, klaren Quellwasser gefüllt hatten. Inständig hoffte Gero, dass er niemals auf dessen Heilwirkung angewiesen sein würde.

Vom Rand der großen Halle aus beobachtete Gero einige Wochen später die Zusammenkunft der Laacher und Rheinsporner aus der Entfernung. Nach zähem Ringen und vielen Verhandlungen hatten sich Bertolt und Heinrich darauf geeinigt, dass Letzterer die Hufen der Gemarkung Thure erhalten sollte, um die sie so lange gestritten hatten. Zum Schenkungsakt erschien der Rheinsporner jetzt mit seinen Getreuen in Laach. Gero freute sich darüber, dass das Dorf nun vor seinem Onkel sicher war. Die Männer setzten sich an einen gemeinsamen Tisch und die Ritter der Grafen bezeugten, dass Bertolt willens und bereit war, Heinrich die Flur Thure zu überlassen, was sie beide mit einem Handschlag besiegelten. Cuttenheim jedoch behielt er wegen der Wingerte. Im Gegenzug willigte der Laacher in ein Militärbündnis gegen den Vogt von Colonia ein, das im Verteidigungsfall greifen sollte. Anschließend ließ er einen guten Wein auf die Tafel bringen, wenn auch nicht den besten. Denn der Bruder seines verstorbenen Freundes gehörte nicht zu den Vertrauten, denen er seinen edelsten Tropfen anbot. Aber Gero wusste, dass er einen Wein von angemessener Qualität, dem Anlass entsprechend, ausgewählt hatte.

Er nutzte die Gelegenheit, seinen Onkel eingehend in Augenschein zu nehmen – die Art, wie er sich bewegte und den Kopf hielt, das Spiel der Muskeln an seinem kräftigen Oberkörper. Er war diesmal schwarz gewandet und hatte einen Umhang aus braunem Tuch angelegt, der auf der rechten Schulter mit einer Fibel zusammengefasst war. Seine Füße steckten in gegerbten Lederstiefeln und sein ganzes Gebaren drückte Kampfbereitschaft aus. Gero hatte nicht den geringsten Zweifel, dass dieser Mensch gefährlich war und er selbst zu unerfahren, um es mit ihm aufnehmen zu können. Er musste sich weiter in Geduld üben, auch wenn das nicht seine Stärke war. Aber die Gelegenheit zur Konfrontation würde kommen, da war er sich sicher.

An einem trüben Herbsttag ritt Gero gemeinsam mit den Laachern den schmalen Weg am See entlang ans Ostufer, wo sie den Fortschritt der Bauarbeiten am Kloster in Augenschein nehmen wollten. Heinrich und Adelheid führten den Tross an, gefolgt von ihren Leibrittern, denen sich wiederum Gero und Adebar anschlossen. Dichter Nebel hing über dem Seekessel und die Feuchtigkeit lastete auf den Blättern der Laubbäume. Die Stimmung war bedrückt – die Sorge um die Gesundheit des Pfalzgrafen lag auch Gero auf der Seele. In letzter Zeit wirkte Heinrich mehr denn je angeschlagen und kränklich. Seine Gesichtshaut hatte eine ungesunde Farbe angenommen, er magerte ab, und Gero befürchtete, dass er den kommenden Winter nicht überleben würde.

Bevor sie aufgebrochen waren, hatte er mit angehört, wie Adelheid in der Halle dem Kaiser gegrollt hatte. »Er mutet dir ohne jede Rücksicht zu viel zu. Dieser Mann hat ausschließlich seine eigenen Bedürfnisse im Auge, und es interessiert ihn nicht im Geringsten, wie es seinen Vasallen geht! Hockt untätig hinter den Alpen und erwartet, dass du hier alle Angelegenheiten für ihn regelst. Warum verteilt er diese Last nicht auf mehrere Schultern?«

»Ich bin sein Reichsverweser, und er kann darauf vertrauen, dass ich in seinem Sinne handle«, hatte Heinrich erwidert. »Das kann man weiß Gott nicht von all seinen Fürsten behaupten. Was sollte ich dagegen unternehmen? Wenn ich ihm eine Nachricht schicke, dauert es Wochen, bis ich eine Antwort erhalte. Da er schon so lange abwesend ist, kann er die Situation hier vor Ort ohnehin nicht richtig einschätzen, und er muss sich auf mein Urteil verlassen.« Er hielt inne und stützte sich auf der Tischplatte ab. »Da kann ich die Rechtsfälle auch gleich selbst klären. Außerdem habe ich ihm als meinem Lehnsherrn einen Eid geleistet und an den bin ich gebunden.«

»Das ist mir bekannt. Aber es ist nicht rechtens«, hatte Adelheid eingewandt und ihren mit Fehwerk gefütterten Umhang enger um sich gezogen. Dann hatte sie den Kopf gesenkt und sich abgewandt.

Nun ritten sie schweigend nebeneinander, und die Stille wurde nur ab und zu unterbrochen vom gurrenden Ruf eines Kormorans. Durch die Nebelschwaden drangen gedämpft die Schläge von Hämmern und Meißeln, mit denen die Basaltblöcke aus Menedich zurechtgehauen wurden. Gero hielt seinen Blick fest auf den Untergrund gerichtet, weil er Bedenken hatte, dass sie vom Weg abkamen und geradewegs in den See hineinritten. Aber Heinrich führte sie trotz seiner geschwächten Verfassung sicher durch den Nebel zur Baustelle, den Lauten der Hämmer und den nun wahrnehmbaren, verhaltenen Zurufen der Arbeiter entgegen. Es war ihm ein Anliegen, dass die Klosterstiftung Form annahm, das wusste Gero, ging es dabei doch auch um sein eigenes Seelenheil. Erzbischof Egilbert von Rothenburg unterstützte das Bauvorhaben weiterhin und hatte dafür gesorgt, dass die ersten Mönche und Bauhandwerker aus dem Kloster Sankt Maximin bei Trier eingetroffen waren. Adelheid hatte bereitwillig versprochen, die Bauarbeiten nach seinem Tod weiterzuführen, und so glaubte Heinrich wohl, im Frieden Abschied von dieser Erde nehmen zu können.

Der Anblick, der sich Gero bot, als die Baustelle aus dem Dunst auftauchte, war entmutigend. Die Außenwände der Basilika waren kaum in die Höhe gewachsen, lediglich der Südflügel des Querschiffs war bis auf etwa dreißig Fuß errichtet worden. Auch die Krypta, in der Heinrich und seine Familie bestattet werden sollten, befand sich noch mitten im Bau. Es wirkte auf Gero willkürlich, wie Lastenträger und Tagelöhner zwischen Haufen aus Sand, staubbemehlten Steinmetzen und Zimmerleuten hin und her eilten und dabei in gemeinsamer Arbeit aus Holzplanken ein Gerüst anfertigten. Der Ort war durchdrungen von metallischen Schlägen, vom Scharren der Werkzeuge und den Befehlen des Meisterknechts. Wortlos schritt der Pfalzgraf den Platz ab, beurteilte den Baufortschritt, und seiner Miene war die Enttäuschung deutlich anzusehen. Wenn sich seine Gesundheit nicht bald entscheidend verbesserte, konnte er nicht länger davon ausgehen, in der Krypta der Klosterkirche beerdigt zu werden. Mit gesetzter Zurückhaltung wechselte er ein paar Worte mit Abt und Baumeister. Letzterer sprach über die Schubkräfte, die bei einem solch imposanten Bau wirkten, und erklärte ihm, dass an ein baldiges Ende der Arbeiten nicht zu denken war. Die Bedrückung dieses Moments lastete noch in den folgenden Stunden auf Geros Gemüt.

Als er Gero zu sich rufen ließ, lag Heinrich bereits seit Tagen bei verschlossenen Fensterläden und Wachskerzenlicht in seiner Kammer im Bett. Ein Medikus hatte ihn zur Ader gelassen und der Abt ihm die Beichte abgenommen. Sein Gesicht war aschfahl, die Wangen eingefallen, und die Augäpfel ruhten in tiefen Höhlen. Einen Moment lang meinte der Junge, einen Totenschädel vor sich zu haben. Rasch fasste er sich wieder, setzte ein Lächeln auf und ließ sich an der Bettkante nieder.

»Wie geht es Euch, Herr?«

Heinrichs Hand strich knochig und grau über die Schaffelldecke. »Es ging mir schon deutlich besser.«

»Der Medikus ist guter Dinge, dass der Aderlass Euch helfen wird«, sagte Gero und dachte, dass Meda sicher mehr hätte ausrichten können.

»Ich habe dich rufen lassen, weil ich dir etwas offenbaren möchte, bevor ich aus dieser Welt scheide.«

Gero schluckte und erwiderte so ruhig, als könnte bereits die Lautstärke seiner Stimme dem Pfalzgrafen Schmerzen verursachen: »Ich hoffe sehr, dass Ihr Euch von Eurer Krankheit erholt und uns noch lange begleiten werdet.«

Sein Gegenüber hob ermattet die Finger zu einer müden Geste, als wollte er abwinken. »Der Herr ruft mich zu sich, und mein Körper ist dabei, die Seele freizugeben. Mir bleibt nicht mehr viel Zeit. Es gibt da etwas, was mir nach meinem Tod noch Qualen bereiten könnte. Etwas, das dich betrifft.« Er unterbrach sich kurz, um Kraft zu schöpfen. »Ich hatte lange Zeit Zweifel, ob ich dir enthüllen soll, wie dein Vater gestorben ist. Doch nun denke ich, dass du ein Recht darauf hast zu erfahren, was sich zugetragen hat.«

Dann erzählte er ihm mit brüchiger Stimme von der Schlacht an der Elster, die er gemeinsam mit den Rheinspornern gefochten hatte, von dem Sieg über Rudolf von Rheinfelden und die unerwartete Rückkehr des sächsischen Truppenteils. Er rühmte die Entschlossenheit und den Mut Egberts und schilderte zuletzt, wie sein Freund seinen letzten Kampf verloren hatte. Mehrmals hielt er dabei inne, um Atem zu holen. Gero hörte ihm mit versteinerter Miene zu und zeigte keine Regung. Doch in ihm wütete ein zorniger Kampf, und er spürte, dass er blass geworden war. Er musste den Impuls, sofort aufzubrechen und Bertolt für das bezahlen zu lassen, was er getan oder wohl eher unterlassen hatte, mit Gewalt unterdrücken. Der gespenstische Zustand des Grafen, der weder im Diesseits noch im Jenseits verankert schien, und seine eigene, den Gefühlsausbruch im Zaum haltende Vernunft, hielten ihn davon ab.

Heinrich spürte wohl die innere Zerrissenheit seines Knappen und fasste ihn am Arm. »Zügle deinen Zorn und gehe umsichtig vor. Lass dich zu keiner unüberlegten Tat hinreißen, die dich Kopf und Kragen kosten könnte. Vergiss niemals, dass Bertolt ein gefährlicher Gegner ist. Ich glaube, er weiß, wer du bist, und ich bin mir fast sicher, dass der Angriff in der Krufter Scheune auf sein Geheiß oder das seines ersten Ritters hin geschah. Sei gewarnt, bleibe wachsam und suche dir Verbündete.« Er stockte und atmete ein paarmal durch, bevor er fortfuhr. »Bertolts Ritter sind von übler Sorte und machen unserem Stand wenig Ehre. Doch sie würden ihn mit ihrem Leben verteidigen. Du bist noch zu jung und unerfahren, um gegen sie den Kampf aufnehmen zu können. Zeit als Machtmittel zu schätzen und einzusetzen, ist eine Weisheit des Alters.« Ein weiteres Mal sammelte der Pfalzgraf seine Kraft. »Wenn du sie mit deinem Tatendrang in Einklang bringst, dann wirst du Gerechtigkeit erlangen können. Für deine Mutter, deinen Vater und für dich.«

Gero senkte den Kopf, um sich nicht anmerken zu lassen, welche Überwindung es ihn kostete zu versichern: »Ich werde Euren Rat befolgen, Herr.«

Noch während er das Versprechen aussprach, beschloss er, sich fortan eiserner als jemals zuvor im Schwertkampf zu üben, und sich dabei die größten und kräftigsten Gegner auszusuchen, um sich an ihnen abzuhärten. Manch einer würde seine unterdrückte Wut zu spüren bekommen, denn die Vorbereitung auf den Feldzug gegen Bertolt hatte für Gero in diesem Augenblick begonnen. Und, was ihm nun nicht weniger wichtig erschien: Er würde die Zeit nutzen, um in aller Vorsicht selbst Verbündete um sich zu sammeln.

Kapitel Elf

Laach, im Jahr des Herrn 1095

Auf der Burg herrschte eine bedrückte Stimmung. Die nahestehenden Ritter und Bediensteten führten die Geschäfte, damit die Angehörigen sich ungestört um Heinrich kümmern und bei ihm sein konnten. Adelheids Söhne Otto und Siegfried hatten inzwischen bei einem kaisertreuen, hohen Vasallen ihre Ausbildung abgeschlossen und die Ritterweihe erhalten. Nun waren sie nach Laach zurückgekehrt, um ihrer Mutter beizustehen. Wenn es nichts zu tun gab, hielt sich Gero mit Adebar und anderen Burgbewohnern in der großen Halle auf. Dort tat ihm die Gemeinschaft gut, sie zeigten einander Verbundenheit und Anteilnahme, denn Heinrich war in der Burggemeinschaft wegen seines Gerechtigkeitssinns und seiner Großzügigkeit wohlgelitten. Gedämpft unterhielt er sich mit Adebar, als könnte ein lautes Wort oder gar ein Lachen ihren Herrn beim Abschied von dieser Welt stören.

Gero dachte daran, wie er ihm ein letztes Mal in die grauen Augen geblickt hatte, die nun jeden Moment zu brechen drohten. Der Abt war bereits bei dem Todgeweihten gewesen und hatte ihm das Sterbesakrament gespendet. Schließlich erklang die helle Glocke der Burgkapelle außerhalb der üblichen Sext, und Gero wusste, was das zu bedeuten hatte. Er senkte den Kopf, bekreuzigte sich wie alle anderen, die um ihn herum standen, und wischte sich verstohlen die Tränen aus den Augenwinkeln. Im Stillen dankte er dem Pfalzgrafen für alles, was dieser für ihn getan, und dass er ihn über die Todesumstände seines Vaters ins Bild gesetzt hatte. Er war sich sicher, dass er Heinrich als weisen Lehrer und gütigen Herrn im Herzen tragen und im Gedächtnis behalten würde. Und wie er haderten auf der Burg viele damit, dass der Laacher mit seinen fünfundvierzig Jahren, dem Kaiser bis zur Erschöpfung treu, nun aus dem Leben scheiden musste.

Am Nachmittag erschien Adelheid mit geröteten Augen in der Halle. Zusammen mit zwei Rittern trugen ihre Söhne den Leichnam des Pfalzgrafen auf einer Bahre, vorbei an der Burggemeinschaft, die sich versammelt hatte und nun in respektvoller Aufstellung den Trauerzug passieren ließ. Da auf der Klosterbaustelle außer der Krypta nur die Umfassungsmauern der Basilika fertiggestellt waren, brachten sie Heinrich in die kleine Holzkapelle auf der Burganlage von Laach.

Die Totenwache dauerte drei Tage. In dieser Zeit wurde auf der Burg nicht viel gesprochen, was Gero als wohltuend empfand. Ein jeder schien auf seine Weise um den Burgherrn zu trauern. Die Beisetzung fand im Lichthof des Abteikreuzgangs statt, an einem trüben Herbsttag, bei dem es ungewöhnlich kalt war und erste Schneeflocken fielen – als seien die Tränen des Himmels zu Eiskristallen gefroren.

Schwarz gewandet und mit einem dunklen Schleier vor dem Gesicht, der ihre Blässe und ihr Leid verbarg, erneuerte Adelheid einige Tage später vor Zeugen das Stiftungsgelöbnis, und Gero durfte dabei sein. Fortan kümmerte sie sich um den Fortschritt des Klosterbaus. Zu Geros großer Erleichterung erklärte sich Siegfried, nun Herr über Laach, bereit, ihn und Adebar am Hof zu behalten und sie weiter auszubilden, wenn sie das wünschten und Theoderich damit einverstanden war. Siegfried schickte einen Boten nach Greifenfels, der den Grafen über Heinrichs Ableben und den Wunsch der beiden Jungen, in Laach ihre Ausbildung abzuschließen, in Kenntnis setzte. Eine Woche später traf der Reiter mit der Zustimmung des Pfalzgrafen ein, der ihre Rückkehr jedoch spätestens im übernächsten Frühjahr erwartete.

So neigte sich nun ihre Knappenzeit schneller als vorgesehen dem Ende zu, und Gero konnte es plötzlich kaum noch erwarten, nach Hause zu kommen. Auch wenn ihm Burg Laach und ihre Bewohner ans Herz gewachsen waren, so blieb Greifenfels doch seine Heimat. Er hatte Gelegenheit gehabt, Bertolt zu beobachten, und war sich darüber im Klaren, dass mit seinen derzeitigen Mitteln eine Übernahme von Rheinsporn wirklichkeitsfern blieb. Aber sobald die Zeit reif war, würde er sein Erbe zurückfordern und seinen Vater rächen.

Mitten in die Trauerzeit hinein erschien ein Gesandter des Kaisers in Laach und forderte Siegfried auf, nach Clermont in der Auvergne zu reisen, wo der Papst ein Konzil abzuhalten gedachte.

»Urban hat weitreichende Auswirkungen für das christliche Abendland angekündigt und der Kaiser verlangt zu erfahren, was das Kirchenoberhaupt im Schilde führt«, erklärte der Gesandte. »Eigentlich wollte er Euren Adoptivvater mit diesem Auftrag betrauen, da er südlich der Alpen noch keinen Bescheid von dessen Ableben hatte. Für den Fall, dass Heinrich verhindert ist, hat der Kaiser jedoch vorsorglich beschieden, dass Ihr als Erbe und Nachfolger nach Frankreich reisen sollt.«

Siegfried schwieg unentschlossen.

»Immerhin seiet Ihr der Enkel einer Verschwörerin und müsset Eure Treue erst noch unter Beweis stellen, lässt der Kaiser ausrichten«, fügte der Gesandte bedeutungsvoll hinzu.

Siegfried murrte, erkannte aber, dass ihm keine Wahl blieb, wollte er nicht unmittelbar nach Antreten seines Erbes den Unmut des Kaisers auf sich ziehen.

So rüstete er sich schon kurze Zeit nach dem Hinscheiden Heinrichs widerwillig zur Reise und wies seine Knappen an, ihn zu begleiten.

Gero leistete der Aufforderung leichten Herzens Folge, froh, der bedrohlichen Nähe seines Onkels entfliehen zu können. Ende November erreichten sie Clermont und begannen rasch damit, bei anderen Lothringern, die sich ebenfalls dort eingefunden hatten, Erkundigungen einzuziehen, um was es sich bei der Ankündigung des Papstes handeln könnte. Je schneller sie in Erfahrung brachten, was der Kaiser wissen wollte, desto eher konnten sie wieder abreisen. Doch das Einzige, was Gero über einen Ritter erfuhr, der die Sprache der Franken beherrschte, war, dass der Kaiser von Konstantinopel Urban bereits mehrfach um Hilfe gegen die Seldschuken, ein Herrschergeschlecht aus dem Orient, gebeten habe. Sie mussten sich also gedulden und die öffentliche Ansprache des Papstes abwarten, die für den folgenden Tag angekündigt worden war.

Da sich am nächsten Morgen eine Menschenmenge einfand, die die Kathedrale im Ort nicht mehr fassen konnte, brachten Helfer den päpstlichen Thronsessel auf das freie Feld vor dem Osttor der Stadt. Gespannt mischten sich die Laacher unter das Volk und Gero verfolgte mit Staunen das von der kalten Novembersonne beschienene bunte Treiben. Noch nie hatte er eine derart große Vielzahl an Menschen an einem Ort versammelt gesehen.

Würdevoll erhob sich Urban und wandte sich unter einem Baldachin stehend an die Menge. Beeindruckt betrachtete Gero die kostbare Tiara auf dem Haupt des Papstes und den prunkvollen Ornat. So viel Reichtum hatte er selbst bei Heinrich von Laach nicht zu sehen bekommen.

»Volk der Franken, ihr seid, von Gott erwählt und geliebt, herausgehoben aus allen Völkern durch die Lage des Landes, den katholischen Glauben und durch euren Respekt vor der Kirche. An euch richtet sich unsere Rede.«

Er pausierte und ließ seinen Blick über die Schar der Zuhörer schweifen, die wie Gero in gebanntes Schweigen verfiel.

»Ihr sollt wissen, aus welchem traurigen Anlass Wir in euer Land gekommen sind«, fuhr der Papst fort. »Aus Jerusalem und der Stadt Konstantinopel kam schlimme Nachricht: Das Volk im Perserreich, ein fremdes, gottfernes Volk, hat die Länder der dortigen Christen überfallen, durch Mord, Raub und Brand verwüstet, die Gefangenen verschleppt oder abgeschlachtet, die Kirchen Gottes entweder völlig zerstört oder für seinen Götzendienst beschlagnahmt.«

Während er weitere Gräueltaten der Seldschuken aufzählte, ging ein empörtes Raunen durch die Menge. Auch in Gero machte sich Entrüstung über das Verhalten dieses Volkes aus dem Morgenland breit. Wie konnten sie es wagen, fromme Christen derart zu misshandeln? Und das scheinbar auch noch ohne Grund! Nun verstand er, warum der Kaiser von Konstantinopel den Papst um Hilfe gebeten hatte. Doch was hatte das mit den Franken zu tun?

Urban hob die Stimme. »Wem anders kommt die Aufgabe zu, dies alles zu rächen, das Land zu befreien, als euch? Ihr überaus tapferen Kämpfer, schlagt nicht aus der Art, sondern erinnert euch an die Taten eurer Vorväter! Wenn euch aber die Liebe zu Kindern, Verwandten oder Frauen abhält, dann macht euch klar, was der Herr im Evangelium sagt: Wer Vater oder Mutter mehr liebt als mich, der ist meiner nicht wert. Und jeder, der um meines Namens willen Haus, Vater, Mutter, Frau, Kinder oder Äcker verlässt, der wird dafür das Hundertfache erhalten und das ewige Leben gewinnen!«, rief er.

Mitgerissen gingen die ersten Zuhörer auf die Knie. Zunehmend spürte Gero, wie ihn die Rede des Heiligen Vaters in den Bann zog und sich sein Gewissen regte. Es lag auch in seiner Verantwortung, dem Treiben in Jerusalem ein Ende zu setzen. Er vergaß ihren Auftrag, in Erfahrung zu bringen, was der Papst im Schilde führte, denn es war nun für alle Welt enthüllt und hatte nichts mit dem Kaiser zu tun. Ein Blick auf Siegfried verriet ihm, dass dieser sich ebenfalls von dem Hochgefühl anstecken ließ, das sich um sie herum verbreitete. Nur Adebar wirkte unbeteiligt. Einer Aufforderung zum Kampf konnte er offenbar nichts abgewinnen.

»Kein Besitz, keine Sorge um die Familie soll euch zurückhalten. Denn das Land, das ihr bewohnt, ist überall von Meer und Gebirgen begrenzt und bevölkert. Es fließt nicht von Fülle und Reichtum über, es ernährt kaum den Bauern, der es bestellt. Von daher bekämpft ihr euch, führt Kriege und tötet einander.«

Einige Anwesende nickten unter Tränen und rauften sich die Haare. Gero dachte an seinen Handel mit Bertolt. Der Papst hatte Recht: Wenn für alle genug da wäre, bräuchten sie sich nicht zu befehden, hätte sein Onkel ihm nicht nach dem Leben getrachtet. »Enden soll der Hass unter euch, ruhen soll der Krieg und beigelegt sei jeglicher Zank unter euch. Macht euch auf den Weg zum Heiligen Grab, entreißt jenes Land dem gottverdammten Volk und nehmt es in Besitz. Gott hat jenes Land den Söhnen Israels gegeben, ein Land, in dem, wie die Schrift es sagt, Milch und Honig fließen. Begebt euch also auf diesen Weg zur Vergebung eurer Sünden, unvergleichlicher Ruhm ist euch im Himmelreich gewiss.«

Da erhob sich einer der Bischöfe, gleichermaßen in prachtvollem Ornat gewandet, kniete sich vor dem Thronsessel des Kirchenoberhauptes nieder und sagte laut: »Ich bitte um die Erlaubnis, an diesem Zug gegen die Feinde der Christenheit teilnehmen zu dürfen.«

Urban hob die Hand über ihn. »Der Herr sei mit dir.«

Ein Tosen erhob sich in der Menschenschar und der Ruf »Gott will es!« hallte über das Feld.

»Nicht ich bin es, der euch ermutigt, es ist der Herr. Zu den Anwesenden spreche ich, den Anwesenden befehle ich, doch Christus herrscht«, rief der Papst.

Mit offenem Mund beobachtete Gero, wie die Zuhörer im Überschwang dem Beispiel des Bischofs folgten, ihre Gewänder in Streifen rissen und sie in Form eines Kreuzes als Zeichen ihrer Einsatzbereitschaft auf ihren Umhängen befestigten. Die Szenerie verfehlte auch auf ihn nicht ihre Wirkung. Instinktiv spürte er, dass hier eine Veränderung im Gange war, die in der Tat nicht nur weitreichende Auswirkungen auf das christliche Abendland hatte, sondern ebenso für ihn selbst. Sein Herz klopfte vor Aufregung, und am liebsten hätte er sich gleichfalls sofort einem Heer angeschlossen. Weg von dem Gefühl, nirgendwo richtig hinzugehören. Da kämen ihm die Besetzer der Heiligen Stadt gerade recht! Und wenn die Unternehmung erfolgreich war, woran er nicht den geringsten Zweifel hatte, würde er als reicher Mann zurückkehren und wäre nicht länger darauf angewiesen, die Burg seines Vaters zurückzuerlangen. Bei diesem Gedanken wurde ihm warm ums Herz.

Auf dem Rückweg folgten die Laacher Urban, der nach dem Konzil von Ortschaft zu Ortschaft reiste, um für seinen Kreuzzug zu werben, und dazu in feierlichen Zeremonien Altäre, Kirchen und Kathedralen weihte. Fasziniert beobachtete Gero, dass seine Auftritte nicht ohne Wirkung blieben. Die Ansprachen und sein persönlicher Einsatz beeindruckten die Menschen, von denen manch einer zuvor noch nie jemanden von Rang und Namen zu Gesicht bekommen hatte, ebenso wie sie es bei Gero taten. Als Siegfried sich sicher war, dass der Papst keine Intrigen gegen den Kaiser plante, ritten sie heim nach Laach.

Der Gedanke, bei diesem Kreuzzug sein Glück zu suchen, ließ Gero nicht mehr los. Kaum zurück auf der Heimatburg angelangt, erfuhr er, dass einer der zahlreichen Wanderprediger, die zur Unterstützung des päpstlichen Aufrufes durch das Land zogen, sich von Andernach aus auf dem Weg nach Kruft befand. Den Nachbarort hatte Gero seit dem Überfall in der Scheune gemieden, aber er wollte den Prediger unbedingt hören. Dafür würde er sogar an den Ort zurückkehren, an dem er um ein Haar den Tod gefunden hatte.

Da sich inzwischen viele Adlige zur Heerfahrt ins Heilige Land entschlossen hatten, rang sich Siegfried dazu durch, Gero nach Kruft zu begleiten. Er spielte ebenfalls mit dem Gedanken, sich dem Kreuzzug anzuschließen. In den Augen seines Knappen blitzte Abenteuerlust auf, wann immer davon die Rede war, und er erwog, ihn mitzunehmen, falls er sich für die Teilnahme entscheiden sollte.

»Die Heilige Stadt ist ein paradiesischer Ort mit Toren, Mauern und Gebäuden aus Juwelen, wie es in der Apokalypse steht!«, verkündete der Wanderprediger, ein kleiner Mann von gedrungener Gestalt, in Eremitenkutte. Dicht an dicht gedrängt standen die Zuhörer in der Scheune, in der Gero und Adebar einst überfallen worden waren. Es roch nach Schweiß, Heu und Met.

»Dort befindet sich der Lebensbaum, der alle Völker heilt,

der Garten Eden, in dem Milch und Honig fließen. Folgt mir auf der Pilgerfahrt und tuet Buße! Christus wird nicht eher wiederkehren, bis Jerusalem für den rechten Glauben zurückerobert ist!«

Da trat unvermittelt Friedwart von Höhtgen, von Kopf bis Fuß in Schwarz gewandet, an Siegfried heran. »Wie sieht es aus, Graf? Werdet ihr Euch einem Heer anschließen, um das Heilige Land zu befreien? «

»Wahrscheinlich dem des Herzogs von Niederlothringen.«

Friedwart von Höhtgen nickte bedächtig. »Er soll seine Stammburg veräußert haben, kam mir zu Ohren, und vor allem Ritter und Kirchenmänner um sich scharen.«

»Ja, viele lassen, wie der Herzog, alles hinter sich, verkaufen ihr Hab und Gut oder schenken es der Kirche, weil sie davon ausgehen, ihrer Heimat unwiderruflich den Rücken zu kehren.«

»Und sollten sie auf dem Kreuzzug ihren letzten Atem aushauchen, können sie gewiss sein, sofort in den Himmel aufzufahren, selbst wenn ihre Körper irgendwo im Sand verscharrt werden«, ergänzte Friedwart mit einem ironischen Lächeln. »Die Aussicht auf Erlass ihrer Sünden und auf die Besserung ihrer Lebensumstände lockt neben den Adligen obendrein jede Menge Bauern an.«

Siegfried nickte. »Ja, wer könnte es ihnen verdenken? Sie sehnen sich danach, ihre Armut zu überwinden, weil ihre kleinen Äcker keine Familie ernähren können, zumal sie seit zwei Jahren von Dürre geplagt sind. Allerorten hat sich Verzweiflung niedergelassen wie eine Heimsuchung. Viele haben das Gefühl, nichts mehr verlieren zu können. Also werdet Ihr Euch nicht auf Heerfahrt nach Jerusalem begeben?«

»Doch, gewiss. Ich werde Bertolt begleiten, es ist nur noch nicht entschieden, in welchem Heer. Aber das des Herzogs von Niederlothringen ist ebenfalls in der engeren Auswahl.«

»Dann werden wir einander wohl häufiger begegnen.« Siegfried nickte dem Rheinsporner zu und wandte sich ab.

Gero, der sich während des Gesprächs im Hintergrund gehalten hatte, trat unruhig an ihn heran. »Was wollte Bertolts Ritter von dir?«

»Die Rheinsporner planen ebenfalls, sich einem Kreuzfahrerheer anzuschließen«, raunte Siegfried zurück. »Lass uns darüber sprechen, wenn wir zu Hause sind.«

In der Waffenkammer auf Burg Laach wiegte Siegfried sein scharfes, zweischneidiges Schwert mit der lateinischen Inschrift in der Klinge und dem oberhalb der Parierstange mit Leder umwickelten Holzgriff in der Hand. Gero betrachtete die Hiebwaffe voller Bewunderung, denn wegen der Rille in dcr Schneide war sie leichter als andere von vergleichbarer Größe. Und der ovale Knauf tarierte das Gewicht des Blattes aus, sodass es gut zu halten und zu führen war.

»Es tut mir leid, Gero, ich kann dich nicht mit ins Heilige Land nehmen«, erklärte er ihm. »Zu den Unwägbarkeiten, die der Feldzug ohnehin birgt, wärest du zusätzlich der Bedrohung durch Bertolt und seine Schergen ausgesetzt. Das kann ich nicht verantworten. Du bist noch zu jung für diese Unternehmung.«

Gero gab sich keine Mühe, seine Enttäuschung zu verbergen. »So bist du nun entschlossen, selbst die Reise anzutreten?«

Siegfried nickte. »Mein Schwert muss ich mitnehmen, aber ich lasse dir dies zum Trost da.« Er überreichte ihm ein Futteral aus geprägter Ziegenhaut. »Betrachte es als Abschiedsgeschenk, das verbunden ist mit dem Versprechen, dass ich dir und auch Adebar unmittelbar nach meiner Rückkehr die Ritterweihe erteilen werde.«

Gero zog das kostbare Messer aus der Ziegenlederscheide. »Ich danke dir und werde es in Ehren halten.« Vielleicht würde sich ihm eine andere Gelegenheit bieten, auf große Heerfahrt zu ziehen.

Seine Kampflust musste er nun wohl oder übel darauf verlegen, Adebar vor Übergriffen der Knappen zu schützen, die in Laach blieben. Es war ihm nicht entgangen, dass Adebar sich zu Adelheids älterem Sohn Otto hingezogen fühlte, der bis zu ihrer Rückkehr nach Greifenfels ihre Ausbildung übernahm, jedoch keinerlei Anstalten machte, diese Zuneigung zu erwidern. Gero verbot sich jede Bemerkung darüber, um seinen Gefährten nicht zu reizen, befürchtete aber, dass es irgendwann wegen Adebars Neigung zu Verwicklungen kommen würde.

»Die Begeisterung für die christliche Mission breitet sich wie ein Flächenbrand aus«, sagte Friedwart von Höthgen zu Bertolt mit einem spöttischen Zug um die Mundwinkel, als sie nebeneinanderher gemächlich von einem Kontrollritt durch die angrenzenden Gemarkungen nach Rheinsporn zurückkehrten. »Wie du siehst, sind ganze Landstriche nahezu entvölkert.«

»Ich weiß. Neben dem von Gottfried von Boullion sind noch weitere Heere in Richtung Jerusalem aufgebrochen.«

»Welchem schließen wir uns an? Seit Ende des Ostermonats führt Emicho von Leiningen die größte der Armeen an, die durch das Rheinland ziehen.«

Bertolt horchte auf, denn davon hatte er noch nicht gehört. Emicho war ein berüchtigter Raubritter von hoher, schlanker Gestalt. Er und der von Leiningen waren sich bereits des Öfteren begegnet und wussten, was sie aneinander hatten.

»Er beteuert, von niemand Geringerem als Gott selbst ein Kreuz in die Haut gebrannt bekommen zu haben«, fuhr Friedwart fort und abermals zeigte sich ein spöttisches Grinsen auf seinem Gesicht. »Ihm haben sich neben einfachen Bauern auch Adlige angeschlossen. Man hört, es sind nicht die Heilsversprechungen, die seine Gefolgsleute anlocken, sondern höchst diesseitige Aussichten. Da hofft wohl so manch einer unter dem Deckmantel der Frömmigkeit und dem vorgeblichen Wunsch, die Feinde der Christenheit zu bekämpfen, auf Raubzüge und üppige Beute.«

Die Worte *Raubzüge* und *Beute* erregten vollends Bertolts Aufmerksamkeit. Er wusste, dass sich die Kreuzzugsidee, von Mund zu Mund getragen, rasch in Judenfeindlichkeit verformt hatte, obwohl der Papst gar nicht zum Kampf gegen sie aufgerufen hatte. Vielerorts ereigneten sich gewalttätige Übergriffe, und das Motiv der »Gottesmörder« erfreute sich großer Beliebtheit.

»Vielleicht könnten wir zu Emichos Heer stoßen. Weißt du, wo er sich zurzeit aufhält?«

»Er soll auf dem Weg in Richtung der verwahrlosten Reichshauptstadt sein, der die Führung des Kaisers fehlt.«

»Sitzt der etwa immer noch in Italien fest?«

Friedwart nickte. »Zur Handlungsunfähigkeit verdammt. Ein Jammer für die wehrlosen Itzigs im Land.«

Staunend registrierte Bertolt, wer sich alles berufen fühlte, in der Streitmacht von Leiningens Richtung Jerusalem zu ziehen und auf dem Weg dorthin Rache für den Herrn zu üben. Er stieß mit seinen Männern zum Heer des Raubritters, kurz bevor es an einem Sabbat in Speyer eindrang, um die Synagoge zu umstellen und sämtliche Juden auf einen Streich vernichten zu können. Doch die Juden waren scheinbar rechtzeitig gewarnt worden und hatten ihren Gottesdienst früher als sonst üblich gefeiert, um anschließend Schutz zu suchen. Lärmend durchstreifte Bertolt inmitten der Meute der Kreuzritter daraufhin die Stadt, und die Gassen hallten wider vom Gerassel ihrer Kettenhemden und dem Klingen der Schwerter. Einige der Bewohner schlossen sich ihnen an, andere flüchteten panisch in ihre Häuser und verriegelten die Türen. Kurz entschlossen trat Friedwart die Tür zu einer Wechselstube ein, in die sich der Geldverleiher gerettet hatte. Krachend zerbarst das Holz, und einer der Gefolgsleute Emichos zerrte den verängstigten Mann am Kragen heraus. Auf der Gasse zwang er ihn in die Knie und hielt ihm ein Messer an die Kehle.

»Elender Christusmörder! Bekenne deine Schuld und schwöre deinem Fehlglauben ab!«, rief er.

Der Mann zitterte am ganzen Leib. Dennoch neigte er das Haupt. »Nein.«

»Sprich lauter, Itzig! Ich habe dich nicht verstanden.« Grob riss der Ritter den Kopf des Juden in die Höhe.

»Ich werde nicht zum Christentum übertreten, denn es bringt Menschen wie Euch hervor«, rief dieser und schloss die Augen.

Mit einer Mischung aus grausiger Genugtuung und Blutdurst beobachtete Bertolt, wie der Ritter dem Unbewaffneten die Kehle durchschnitt.

»Mörder!«, dröhnte eine Stimme in seinem Ohr.

Der Junge, den er kurz darauf einfing, blickte Bertolt mit der gleichen Furchtsamkeit an, die dieser selbst als Kind empfunden hatte. In seinen Augen spiegelte sich die nackte Todesangst. Das Gefühl von Macht über Leben und Tod und über das kleinmütige Wesen, das er einmal gewesen war, benebelte Bertolt. Er hatte die weiche und verletzbare Seite an sich seit jenem Aufeinandertreffen mit seinem Vater gehasst und versucht, sie auszulöschen. Noch scheute er sich, mit dem Jungen vor sich auch das Kind in sich zu töten. Da traf ihn von Leiningens Blick, der mit schmalen Lippen zu ihm hinüberschaute und in dessen Miene er die Verachtung seines Vaters für eben dieses Zaudern erkannte.

Er konnte viel ertragen: den Tod seines eigenen Bruders, Heinrichs hasserfüllten Gesichtsausdruck, Agnes' Widerwillen. Aber nicht die Geringschätzung eines Mannes wie Emicho, der in ihm wie sein Vater den Feigling sah, der er nie wieder sein wollte. Mit einem Ruck stieß er dem Jungen das Messer in die Brust und trat fortan nie mehr als der Mensch in Erscheinung, der er in seiner eigenen Kindheit einmal gewesen war.

Von der Hauptstadt aus bewegte sich Bertolt mit der Meute nach Worms, wo die Juden beschuldigt wurden, mit der Leiche eines von ihnen ertränkten Christen den Brunnen vergiftet zu haben. Seit dem Mord an dem Jungen in Speyer suchte er die Gesellschaft Emicho von Leiningens, um die Lücke zu füllen, die in seinem Inneren entstanden war. Allmählich schloss sich diese geräuschlos und begrub etwas endgültig unter sich.

Bei seiner Ankunft in Worms flüchteten die dortigen Juden in den Palast des Bischofs, den Bertolt mit den Kreuzfahrern und aufgebrachten Städtern dem christlichen Festtag zum Trotz kurzerhand an einem Sonntag angriff. Sein bluttriefendes Schwert traf viele der Geflüchteten, und seine Taschen füllten sich stetig, denn auch er nahm den Erschlagenen alles ab, was von Wert war.

Als sie nur Tage später Mainz erreichten, kehrte ein Kundschafter Emichos mit einem Juden im Schlepptau zurück. »Die Mainzer haben vorsorglich die Stadttore verriegelt, als sie erfahren haben, dass wir uns ihrer Stadt nähern und neu sammeln«, erklärte er seinem Heerführer. »Der Erzbischof hat den Schutzsuchenden gegen eine Zahlung von zweihundert Mark in Silber seine Barmherzigkeit zum Kauf angeboten.«

»Wer ist das?«, fragte Emicho und wies auf den Mann, den er mitgebracht hatte.

Dieser verneigte sich. »Ein Abgesandter der Mainzer Juden, Herr. Ich biete Euch sieben Pfund Gold für die Verschonung meiner Glaubensbrüder.«

Bertolt hatte davon gehört, dass derlei bei den adligen Kreuzfahrern zuvor funktioniert hatte. Emicho nahm den Geldsack entgegen und wies seinen Kundschafter an, den Juden zurück in die Stadt zu bringen.

Kurz darauf begann Bertolt auf Emichos Anweisung hin mit den anderen Raubrittern Mainz anzugreifen, wurde jedoch von den Stadtwachen bereits vor den Toren und Mauern abgewehrt. Zwei Tage später gelangte er zusammen mit Emicho, Friedwart und weiteren Kämpfern mit hereinströmenden Landleuten an einem Markttag hinter die Stadtmauern. Das Schutzgeld, das sie kurz zuvor von dem Abgesandten der Juden erhalten hatten, bändigte auch Bertolt nicht. Er wütete mit der Meute drei Tage lang in den Gassen und erstürmte den Palast des Bischofs, der daraufhin aus der Stadt floh und die Juden in seinen Mauern ihrem Schicksal überließ. Viele entzogen sich dem Mob, indem sie für sich und ihre Kinder den Tod durch eigene Hand wählten. Der Blutrausch, das Gemetzel und die Tatsache, dass niemand sie für ihre Untaten zur Verantwortung zog, töteten in Bertolt die kläglichen Reste des Mitgefühls.

Nach den Massenmorden in Mainz trennte er sich mit seinen Männern von Emichos Heer. Er hatte nun das Bedürfnis, Abstand zwischen sich und den von Leiningen zu schaffen. Eine Zeit lang wollte er allein sein mit dem Menschen, zu dem er geworden war, um ihn kennenzulernen und anzunehmen. So schloss er sich dem Truppenteil an, der an der Mosel entlang Richtung Trier weiterzog. Friedwart von Höhtgen folgte ihm wie selbstverständlich und ließ ihn instinktiv in Ruhe. Er schien immer zu wissen, was Bertolt brauchte, und wie er ihn da hinbringen konnte, wo er ihn haben wollte.

Im Jahr des Herrn 1097

Geros Anspannung und Vorfreude wuchsen gleichermaßen, je näher sie Burg Greifenfels kamen. Die Bewegungen des Pferdes unter seinen Schenkeln spürte er kaum noch. Theoderichs Burg war seine Heimat, hier hatte er die Kindheit verbracht, an die er sich erinnern konnte. Und natürlich näherte er sich nun auch Sigrun. Wie sie sich wohl verändert hatte in der Zeit seiner Abwesenheit? Sie musste nun dreizehn Jahre alt sein. Wenn Theoderich Pläne für sie hatte, könnte sie im nächsten Sommer bereits verheiratet werden. Der Gedanke gefiel ihm nicht. Er fand das zu früh, insbesondere für Sigrun. Überhaupt missfiel ihm die Vorstellung, dass sie sich vermählen und Greifenfels verlassen könnte.

Als sie die Kühle des Waldes und seinen vielstimmigen Vogelgesang verließen, tauchte in der Ferne im Licht der untergehenden Sonne die Silhouette des Burgfrieds auf. Und während sich der Abendhimmel dunkelrot färbte, wehte der Wind den Duft von Wiesenblumen zu ihnen herüber. Unwillkürlich kamen Gero Sigruns Schneeglöckchen in den Sinn, und sein Herz machte einen Sprung. Verflogen war die Angst vor dem, was sich verändert haben mochte, vergessen die Sorge um die Zukunft. Jetzt gab es nur noch das Wiedersehen für ihn. Überschwänglich stieß er seinem Pferd die Fersen in die Seiten, stürmte im Galopp vor und ließ Adebar mitsamt den begleitenden Laacher Rittern hinter sich.

Der Jüngere folgte ihm atemlos. »Was soll das? Willst du unbedingt vor mir durch das Burgtor reiten?«

Gero straffte die Zügel. Sein Gefährte hatte recht. Dies war sein Reich, nicht Geros. Ihm gebührte die Ehre, als Erster das Tor zu passieren.

»Verzeih, Bruder.«

Er überließ Adebar den Vortritt. Die Hufeisen ihrer Pferde klackerten auf dem gepflasterten Innenhof und das Geräusch hallte von der Burgmauer wider. Schnell versammelten sich die Bewohner, eine Vorhut hatte bereits die baldige Ankunft der beiden jungen Männer und ihrer Eskorte verkündet. Nachdem er Sigrun vergeblich in der Menge gesucht hatte, wanderte Geros Blick an den Fenstern des Frauenturms entlang. In einem der Geschosse erahnte er eine schlanke Gestalt, die reglos im Schatten der Fensteröffnung auf den Hof hinunterschaute. Auf die Entfernung konnte er nicht erkennen, welche der Frauen sich dort oben aufhielt. Doch er malte sich aus, dass es Sigrun war, die ihn stolz und aufrecht in seiner Knappenmontur auf dem Pferd sitzen sah. Denn die Mägde auf Burg Laach hatten ihm auf seine Nachfrage hin wiederholt versichert, dass er eine stattliche Figur abgab. Schließlich verschwand die Frauengestalt aus seinem Blickfeld.

Theoderich und Walburga kamen ihnen mit den Zwillingen aus der Halle entgegen und begrüßten ihn ebenso herzlich wie ihren leiblichen Sohn. Schon bald tollte Adebar voller Wiedersehensfreude mit seinen jüngeren Geschwistern umher.

Der Graf klopfte Gero auf die Schulter. »Wie ist es dir in Laach ergangen, mein Junge?«

»Wir hätten es kaum besser antreffen können.«

»Ihr müsst mir alles erzählen, von Heinrichs letzten Wochen und von Siegfrieds Heerfahrt, und auch alles sonst, was ihr erlebt habt.«

»Das will ich gerne tun.«

Theoderich senkte die Stimme. »Bist du Bertolt begegnet, und wie hat er sich dir gegenüber verhalten?«

»Ja, bin ich. Er hat sich so betragen, wie es der Anstand gebietet«, versicherte ihm Gero. Von dem Anschlag wollte er ihm lieber in einem vertraulichen Gespräch berichten.

Eilig richteten die Dienstboten das Mahl in der Halle her, und rasch füllte sie sich mit Trubel, Heiterkeit und Flötenspiel. Gero und Adebar wurden unablässig umarmt und mit Fragen bestürmt. Es fühlte sich gut an, wieder zu Hause zu sein.

Fortwährend hielt er Ausschau nach Sigrun. Schließlich fragte er die Zwillinge, wo ihre Schwester sei.

»Sie ist bestimmt in ihrer Kemenate. Vielleicht hat sie nicht mitbekommen, dass ihr da seid«, vermuteten sie. »Sollen wir ihr Bescheid geben?«

»Nicht nötig. Sie wird es schon erfahren.«

Endlich konnte er sich aus dem Getümmel lösen und die Halle in Richtung des Frauenturms verlassen, um den Abtritt aufzusuchen. Da tauchte Sigrun auf der Steintreppe auf, gehüllt in eine bestickte Tunika, die dunkelblonden Haare sittsam unter die Kopfbedeckung gesteckt. Dicht an ihrer Seite hielt sich ein brauner Hund mit Schlappohren auf. Gero starrte auf den Vierbeiner, der bei ihrer letzten Begegnung noch ein Welpe und keineswegs ein Kaninchen gewesen war. Dann wanderte sein Blick an Sigrun hinauf und für Sekunden schauten sie sich an. Sie hatte sich verändert, war fraulicher geworden und ihre Gesichtszüge waren wissend und klar. Ohne ihre durchscheinend helle Iris hätte er daran gezweifelt, dass er tatsächlich seine Ziehschwester vor sich hatte.

»Gero, du bist zurück!« Sie strahlte ihn an.

Überwältigt nickte er stumm.

»Das Knappengewand steht dir gut. Dir sind in Laach die Mägde sicher scharenweise hinterhergelaufen.«

Er räusperte sich verlegen.

»Hat's dir die Sprache verschlagen?« Sigrun lachte. »Nimm mich in den Arm, das habe ich nach der langen Wartezeit ja wohl verdient!«

Sie lief die letzten Treppenstufen hinunter und umfasste ihn. Der Hund folgte ihr schwanzwedelnd, und auch noch nach all den Jahren erinnerte sich Gero an den merkwürdigen Namen, den Sigrun dem Tier gegeben hatte. Oreg, sein Namensspiegel. Steif erwiderte er die Umarmung und ihm wurde heiß in seiner Reitkleidung.

»Wir sind kaum zurück, und schon bändelst du mit dem nächstbesten Rock an!« Adebar war von ihm unbemerkt in den Flur getreten und stockte nun, als er seine Schwester erkannte.

Rasch ließ Gero sie los, als sei er bei etwas Ungehörigem ertappt worden.

»Bruder!«, rief Sigrun, »Wie schön, dich zu sehen.« Sie nahm ihn in den Arm. »Wie geht es dir?«

Zurückhaltend duldete Adebar die Umarmung. »Danke, gut. Gero hat mir manch lästigen Plagegeist vom Hals gehalten.« Die alte Befangenheit und Rivalität zwischen den Geschwistern war für Gero immer noch zu spüren.

›Und du hast mir das Leben gerettet. Das wiegt viel mehr!‹, hatte er auf der Zunge liegen. Doch er verkniff sich die Bemerkung, denn es war nicht die Zeit, um Sigrun darüber ins Bild zu setzen, und lächelte stattdessen lediglich.

»Was für ein schöner Mann aus dir geworden ist, Adebar!«, sagte sie. »Ich kann mir lebhaft vorstellen, wie Gero dich gegen Widersacher beschützt hat. Auf mich hat er vorher auf Greifenfels ebenso gut aufgepasst. Ich habe euch schrecklich vermisst. Kommt mit in die Halle!« Sie fasste die beiden jungen Männer an der Hand.

Adebar löste ihren Griff. »Einen Moment musst du dich noch gedulden, Schwesterchen. Ich bringe eben meine

Sachen in die Kammer.« Er warf Gero einen schiefen Blick zu und drängte sich kopfschüttelnd an ihm vorbei.

Als er außer Hörweite war, sagte Sigrun: »Du bist also zurückgekehrt.«

»Das hatte ich dir versprochen.«

Sie fasste seinen Arm. »Ja, das hast du, und ich freue mich sehr, dass du dein Versprechen gehalten hast. Es war langweilig hier ohne dich!«

Sie zog ihn mit sich in die Halle, wo die Tische und Bänke sich mit Menschen gefüllt hatten. Fröhliches Gelächter und Zurufe durchfluteten den Raum, untermalt von den Klängen des unbeschwerten Flötenspiels und dem Duft von gebratenem Rebhuhn.

»Setz dich zu mir, und erzähl mir, was du erlebt hast.«

»Es tut mir leid, aber zuvor muss ich den Abtritt aufsuchen. Ich komme gleich zurück.«

Er floh aus der Halle und stolperte zur Latrine, wo er sich um Atem ringend erleichterte. Sigruns Anblick und ihre unbefangene Art hatten ihn aus der Fassung gebracht, ganz zu schweigen von ihrer Neckerei wegen der Mägde in Laach. Was geschah hier mit ihm? Es wäre verrückt, sich in sie zu verlieben. Theoderich würde sie ihm niemals geben!

Als er zurück in die Halle kam, setzte Sigrun sich neben ihn und es fehlte nicht viel, da hätte er sie an sich gezogen wie in ihren Kindertagen. Doch das gebührte sich nun nicht mehr.

Die Halle bebte vor Wiedersehensfreude und füllte sich mit dem Duft zahlreicher festlicher Gerichte, die zum Anlass der Rückkehr der beiden Knappen zubereitet worden waren: Fasane, Lachs und mit Mandelmilch gesüßte Speisen. Die Mägde eilten herum und verteilten Bierkrüge, schenkten Wein aus ihren Karaffen in die Becher, die sich eben wieder leerten. Farbige Tupfer mischten sich heute unter die ansonsten braune Kleidung der Burgbewohner, dort wo Frauen ihre besten Festtagshauben und Stoffe aus den Truhen hervorgezogen, ausgelüftet und vom Wermut befreit hatten, der

Motten und Mäuse fernhalten sollte. Je weiter die Zeit voranschritt, desto ausgelassener wurde die Stimmung. Männer griffen den Mägden an die Röcke, die sich dagegen nur gespielt wehrten und im Gegenzug ihre Ausschnitte so vergrößerten, dass mehr von ihren wogenden Formen zu erkennen war.

Sigrun sah zu Gero und verfolgte seine Blicke. Blieben sie auch an den Reizen der Dienstmädchen hängen? Schaute er einer von ihnen begehrlich hinterher? Sie mochte sich gar nicht ausmalen, was er in den letzten Jahren auf Burg Laach womöglich getrieben hatte. Einen derart ansehnlichen Mann gab es auf den Festungen wohl nur höchst selten, dachte sie. Hatte man das Glück, einen dort anzutreffen, dann boten sich ihm die Mägde gewiss großzügig an.

Doch Gero richtete seine Aufmerksamkeit ausschließlich auf seinen Teller oder auf sie und lächelte sie an. »Schaust du nach, ob ich noch derselbe bin?«

»Nein, ich schaue, ob das, was sich verändert hat, meinem Bild von dir entspricht.«

»Und, genüge ich deiner Erwartung?«

Sie betrachtete Geros braune Locken, die ihm weich auf die Schultern fielen und sein Kinn, das eckig aus dem ansonsten ebenmäßigen Gesicht hervortrat. Als wolle es der Welt zeigen, dass sein Besitzer willens und bereit war, es mit all ihren Geschöpfen aufzunehmen und seinen Platz in ihr zu erobern.

»Nein, du bist noch stattlicher geworden, als ich vermutet habe.«

Einen Moment lang versank ihr Blick in seinem. »Hast du manchmal auch an mich gedacht?«

Gero spitzte die Lippen. »Ach, da waren so viele Mädchen, da habe ich mich wie zu Hause gefühlt.«

Sigrun senkte die Lider.

Schnell beugte er sich zu ihr herüber und raunte ihr ins Ohr: »Es ist kein Tag vergangen, an dem ich nicht an dich gedacht und mich gefragt habe, was für eine hübsche junge Frau wohl aus dir geworden ist.«

Prompt spürte sie, wie sich ihre Wangen röteten. »Ist das wahr?«

Gero legte die Hand auf seine Brust. »Der Herr möge mein Zeuge sein.«

Da beugte sich eine der Mägde zwischen sie beide, füllte Geros Becher nach und hielt ihm dabei ihren Ausschnitt vor die Nase. Diesen zierte das Metallabzeichen mit dem Greif, der sie als Bedienstete Theoderichs auswies.

»Habt ihr alles, was ihr braucht, Herr?«

Gero grinste. »Ja, mehr als genug davon. Was für ein schönes Tier dieser Vogel doch ist.« Statt der Magd zwinkerte er Sigrun zu, und sie lachte befreit und glücklich auf.

»Der Kaiser ist endlich aus Italien zurückgekehrt und hat in Regensburg das Pfingstfest gefeiert«, teilte Dankwart von Heimbach Theoderich am oberen Ende der Festtafel mit. Dieser hatte ihn zu der Rückkehr seines Sohnes eingeladen, weil er wichtige Dinge mit ihm besprechen wollte.

Der Graf wischte sich den Bierschaum aus dem Bart. »Davon habe ich schon gehört, und dass die Reichsfürsten in großer Zahl erschienen sind.«

»Ja, das ist ein gutes Zeichen. Die Nachrichten über den Verlauf des Feldzuges gegen Jerusalem, die sich im Reich verbreiten, nehmen allerdings mehr und mehr erschreckende Züge an. Der Kreuzzug der Armen, der sich letztes Jahr neben dem Ritterheer auf den Weg gemacht hat, erreichte das Heilige Land nie. Und die Schar des Emicho von Leiningen hat die Judengemeinden in den Städten am Rhein geplündert und zu Hunderten ermordet. Auch der Bruder Eures verstorbenen Freundes Egbert habe sich mit einigen seiner Männer dem Raubheer angeschlossen, heißt es.«

Theoderich runzelte die Stirn. »Tatsächlich? Dann ist die Bewachung Rheinsporns also geschwächt?«

»Das ist zu vermuten. Warum fragst du?«

»Ich möchte nicht, dass Egberts Burg in Feindeshand gerät«, wich er aus.

»Bertolt hat wohl in Colonia vergeblich versucht, wieder zu dem Heer von Leiningens zu stoßen. Wenn er diesem nicht nach Ungarn folgt, befindet er sich möglicherweise bereits auf dem Rückweg nach Rheinsporn.«

Theoderich nickte nachdenklich und wechselte das Thema.

Später am Abend beriet er sich mit Gero und einigen seiner verlässlichsten Ritter, ob dies wohl ein günstiger Zeitpunkt wäre, Egberts Burg einzunehmen.

Der Burgkommandant legte die Stirn in Falten. »Ihr könnt die Festung womöglich einnehmen, aber wer soll sie auf Dauer halten?«

»Otto und Siegfried von Ballenstedt werden mir gewiss ihre Unterstützung zusichern«, warf Gero ein. Die Aussicht, endlich tätig werden zu können, versetzte ihn offensichtlich in Aufregung.

»Ehe sie mit ihren Männern von Laach aus angerückt sind, ist es vielleicht schon zu spät. Ganz abgesehen davon, dass sie dort auch nicht ständig zugegen sind. Siegfried befindet sich auf dem Weg ins Heilige Land. Wer weiß, wann er zurückkehrt.« Die Möglichkeit, dass er niemals heimkehren könnte, sprach Theoderich bewusst nicht aus.

Sein erster Ritter wandte sich an Gero. »Du brauchst erfahrene Männer vor Ort, um die Burg halten zu können. Eine Zeit lang könnten wir bei dir bleiben, aber nicht für immer, sonst wäre Greifenfels ungeschützt.«

»Es ist zu erwarten, dass Bertolt Rheinsporn mit rücksichtsloser Gewalt zurückerobern wird, sobald er davon erfährt, und einem solchen Ansturm bist du noch nicht gewachsen, Junge.« Der Pfalzgraf wandte sich bedauernd Gero zu. »Auch wenn die Gelegenheit nun günstig wäre, ist es dennoch zu früh, diesen Schritt zu wagen.«

Er erhob sich und gab damit zu verstehen, dass seine Entscheidung gefallen war. Dabei streckte er möglichst unauffällig das vom langen Sitzen noch unbeweglicher gewordene, versehrte Bein.

Die Enttäuschung war Gero anzusehen, als er den Blick senkte und die Schultern fallen ließ. »Ich durfte Siegfried schon nicht auf der großen Heerfahrt begleiten, und nun bin ich mehr denn je zur Untätigkeit verdammt.«

»Wenn Temperament und Vernunft in dir zu Ende gekämpft haben, wirst du erkennen, dass meine Ritter recht haben«, sagte Theoderich.

Doch im Weghumpeln nahm er sich vor, Gero die Schwertleite zu erteilen, sobald er das nötige Alter dafür erreicht hatte, und intensiv auf eine Auseinandersetzung mit Bertolt vorzubereiten. Was Dankwart ihm über die Raubzüge des Rheinsporners berichtet hatte, war besorgniserregend. Mit Schaudern erinnerte sich Theoderich daran, wie der alte Graf seinem Sohn mit dem Kettenhandschuh ins Gesicht geschlagen und anschließend verprügelt hatte.

Mit eisigem Blick ließ Theoderich sein Schwert auf Gero niederfahren und beschimpfte ihn dabei als Bastard und Schwächling. Gero war bewusst, dass er so lernen sollte, einen kühlen Kopf zu bewahren, denn genauso würde es sein, wenn es zu einem Zweikampf zwischen ihm und seinem Onkel kommen würde. Der Schweiß rann ihm an den Schläfen hinab. Er war gewandt im Umgang mit der Hiebwaffe, jedoch fehlten ihm die Kampferfahrung und Erbarmungslosigkeit seines Ziehvaters, der geschickt die eingeschränkte Beweglichkeit seines Beins ausglich. Außerdem schien die Frühlingssonne ungewöhnlich warm vom Himmel, sodass die trockenen Binsen unter ihren Füßen zerfielen und die Luft staubig machten. Ohnehin bereitete ihm das Atmen seit dem Überfall in der Scheune bei Anstrengung noch immer Schwierigkeiten. Ganz zu schweigen davon, dass ihn zusätzlich der Gedanke lähmte, Sigrun könnte sie wie in ihrer Kindheit von der Anhöhe hinter dem Turnierplatz aus beobachten.

Schließlich ließ Theoderich von ihm ab. »So, das soll für heute reichen. Du bist gut, aber noch nicht kaltblütig genug.«

Gero ließ die Waffe sinken. »War mein Vater kaltblütig?«

Theoderich zuckte kurz zusammen und begegnete seinem Blick mit seltsam beschämtem Gesichtsausdruck, dann besann er sich. »Er war ein Ritter durch und durch, ein Ehrenmann. Und ja, im Kampf konnte er erbarmungslos sein.«

»Erzählt Ihr mir von ihm?«

»Das will ich gerne tun. Lass uns in den Schatten gehen.«

Beide legten ihre Helme sowie die Kettenhandschuhe ab und gingen zur Burgmauer, wobei der Graf aufgrund der Anstrengung deutlich humpelte.

»Egbert war mein Freund, wir haben uns prächtig verstanden, gemeinsam das Schwert geführt und zusammen Turniere bestritten, als wir alt genug dafür waren«, begann Theoderich, während er sich am Wasserbottich wusch. »Bei unserer ersten Begegnung war ich in dem Alter wie du, als ich dich nach Laach geschickt habe. Ich musste meine Familie verlassen und woanders aufwachsen, das war damals schon so üblich. Du wärst wahrscheinlich ohnehin zu mir gekommen, auch wenn deine Eltern noch lebten, nur nicht so früh. Ich bin auf Rheinsporn gemeinsam mit Egbert und Bertolt im Schwertkampf und im Reiten ausgebildet worden.«

»Habt Ihr meine Mutter gekannt?«

Theoderich wich seinem Blick aus. »Ja. Die beiden haben früh geheiratet. Ihre Ehe war bereits arrangiert worden, als sie noch Kinder waren. Dann musste Egbert fort, den König bei einem Feldzug begleiten, und er hat mich gebeten, auf seiner Burg zu bleiben und nach dem Rechten zu sehen. Er hat seinem Bruder misstraut und damit gerechnet, dass dieser nur auf eine Gelegenheit wartete, Rheinsporn übernehmen zu können. Ich hätte eigentlich nach Greifenfels zurückkehren können, aber ich habe seine Bitte erfüllt, bis er wohlbehalten zurückgekehrt ist. Dann habe ich das Rheinland umgehend verlassen und bin hierher zurückgekommen.«

Von jenseits der Ringmauern waren fröhliche Zurufe der Burgbewohner zu hören, doch Sigruns Stimme konnte Gero nicht ausmachen.

»Mein Vater ist noch im gleichen Winter gestorben«, fuhr Theoderich fort, »und ich habe die Feste übernommen, wie es meinem Geburtsrecht entsprach. Vom Tod deiner Eltern habe ich erst durch Meda erfahren, als sie dich zu mir brachte. Ich kenne sie aus meiner Zeit auf Rheinsporn, weil sie dort schon früher als Heilerin tätig war und manche meiner Verletzungen geheilt hat.«

»Warum habt Ihr sie schwören lassen, meine Herkunft geheim zu halten?«

»Daran kannst du dich noch erinnern?«

»Ich erinnere mich an jeden Moment dieser Begegnung. Für mich hing viel davon ab.« Er verschwieg, dass er sich einst vor seinem Ziehvater gefürchtet hatte. Aber das hatte dieser damals bestimmt ohnehin sofort erkannt.

»Es wäre riskant gewesen, wenn in der Grafschaft bekannt geworden wäre, dass du dich bei uns aufhältst. Meda hatte dich aus Rheinsporn entführt und damit dem Zugriff Bertolts entzogen, dessen Mündel du eigentlich warst. Er hätte dich mit Recht zurückfordern können, aber genau das sollte nicht geschehen.«

Gero dachte an die Mordanschläge, denen er nur knapp entgangen war.

»Als wir in der Umgebung von Laach in einer Scheune übernachtet haben, sind Adebar und ich überfallen worden.«

Theoderich richtete sich vor dem Wasserbottich auf. »Von wem?«

»Es waren drei Männer, sie wollten nur mich. Adebar wurde ohnmächtig geprügelt, hat sich aber schnell wieder berappelt und mich vor dem sicheren Tod bewahrt.«

Der Graf warf ihm einen erstaunten Blick zu.

»Ihr könnt sehr stolz auf Euren Sohn sein, er hat sich auf Burg Laach tapfer geschlagen.«

»Ist das wahr? So hat er gute Entwicklung genommen?« Theoderich besann sich. »Waren das Wegelagerer?«

»Das denke ich eher nicht. Dafür waren sie zu gut vorbereitet und haben es gezielt auf mich abgesehen. Wir hatten nichts Wertvolles bei uns, waren noch nicht einmal richtig bewaffnet. Ich musste mich mit einer Mistgabel verteidigen, und Adebar hat einen der Angreifer mit dem Übungsschwert außer Gefecht gesetzt.«

»Bertolt, dieser Widerling, war als Knabe schon feige. Irgendwann hat sich sein Wesen ins Niederträchtige verformt.«

»Eines Tages wird er dafür bezahlen. Das verspreche ich Euch! Heinrich hat mir auf seinem Sterbebett erzählt, wie mein Vater auf dem Schlachtfeld an der Elster gestorben ist, und dass Bertolt ihn seinem Los überlassen hat. Seitdem ist kein Tag vergangen, an dem ich nicht darüber nachgedacht habe, wie ich ihn büßen lassen kann. Die Gelegenheit dazu wird kommen, und dann werde ich gewappnet sein.«

Theoderich sah ihn lange an. »Ja, das wirst du. Daran habe ich keinen Zweifel.«

Die Prüm gluckste munter in ihrem Bett. Nach dem langen, harten Winter lechzte die Natur nach Sonne und Wärme. Aus den Bäumen und Sträuchern sprossen hellgrüne Triebe, das Land erwachte aus dem Kälteschlaf, und Sigrun hatte Gero gebeten, sie bei einem Ausritt zu begleiten. Nun saßen sie an den Hängen des Berges und schauten auf das unablässige Strömen des Flusses, der die letzten Reste von Frost und Eis mit sich fortschwemmte.

Unbekümmert lehnte Sigrun sich an Gero, und er war froh, dass sie endlich einmal unbeobachtet waren. »Es ist schön, dass du wieder da bist und Ausflüge mit mir unternimmst. Ich habe das vermisst.«

Er wartete einen Moment, ehe er zu fragen wagte: »Warum bist du nicht wie alle anderen sofort in die Halle heruntergekommen, um Adebar und mich zu begrüßen, als wir von Laach zurückgekehrt sind?«

»Ich habe vom Fenster Ausschau nach euch gehalten. Dann hatte ich das Bedürfnis, mich umzuziehen und herzurichten, damit du nicht denkst, ich sei noch das Kind, das du gekannt hast.«

Gero schluckte. »Nein, du bist in der Tat kein Kind mehr.«

Sie sahen einander tief in die Augen, und es kam ihm vor, als schaute er durch ihre durchscheinend graue Iris in eine unendliche Weite, in der er sich verlieren konnte. So musste es sich anfühlen, wenn man die Schwere der Erde hinter sich ließ und leicht wie ein Adler durch die Lüfte schwebte.

»Wie ist es dir auf der Burg am See ergangen? Sind dir nun die Mägde in Scharen hinterhergelaufen, wie ich es vermutet habe?«

Verlegen wandte er den Blick ab. »Ich weiß es nicht.«

Das Thema war ihm entschieden zu heikel. Er hatte unvermindert das Gefühl, Sigrun mit Seidenhandschuhen anfassen zu müssen. Wenn auch auf eine andere Art als zuvor. Sie schien ihm nicht nur körperlich zu zart für diese Welt zu sein, sondern zudem von empfindsamem Gemüt.

»Und wie ist es dir ergangen in der Zeit unserer Abwesenheit?«

»Anfangs war es sehr langweilig ohne euch. Aber dann hat Meda meinen Vater gebeten, mich die Pflanzen für das Heilkundebuch zeichnen zu lassen, an dem sie schreibt. Dabei hat sie mich heimlich ihre Kräuterkunde gelehrt, weil sie denkt, dass mir das irgendwann einmal von Nutzen sein kann.«

»Sie ist des Lesens und Schreibens kundig?«

»Ja, sie hat es in der Klosterschule gelernt. Die Ordensschwestern haben damals wohl versucht, ihr den alten Glauben und ihre feinfühligen Fähigkeiten auszutreiben, doch das ist ihnen nicht gelungen«, antwortete sie. »Sie hat das Kloster verlassen und ist zu einer Wehmutter in die Lehre gegangen. Sie sagt, dass ich auch über diese Feinfühligkeit verfüge, und erwartet, dass ich sie richtig erlerne und ausübe.«

Sachte strich Gero durch ihr Haar. »Und du, was möchtest du?«

»Ich bin mir nicht sicher, und weiß nicht, was das nützen soll. Theoderich wird mich verheiraten. Er spricht bereits von einem Bündnis mit einem der Nachbarlehen. Dem habe ich mich zu fügen.«

Gero sank das Herz. »Du sollst verheiratet werden?«

»Das weißt du nicht? Es ist üblich, dass Töchter der familiären Heiratspolitik Folge leisten müssen.«

Natürlich wusste er das! Aber er wollte es nicht wahrhaben.

Lange schaute er sie stumm an. »Wen würdest du heiraten, wenn du es dir aussuchen könntest?«

Ihre Augen strahlten, als sie ihre Hand an seine Wange legte. »Einen Mann wie dich.«

Kapitel zwölf

Im Jahr des Herrn 1099

Als ausgebildeter Knappe hatte Gero keinen Zutritt mehr zum Frauenturm und somit wenig Gelegenheit, Sigrun zu sehen. Doch sie beide fanden Mittel und Wege, einander zu treffen. Sie suchte ihn im Stall auf, wenn sie etwas im Hof zu erledigen hatte, und er holte sie manchmal ab, sobald ihr Dienst bei Meda zu Ende war. Längst hatte sich die alte Vertraulichkeit zwischen ihnen wieder eingestellt, jedoch gesellte sich eine Befangenheit dazu, die sie früher nicht empfunden hatten. Sich körperlich auf weniger als eine Armlänge zu nähern, bedeutete nun die Überschreitung einer unsichtbaren Grenze, derer sich beide bewusst waren. Dennoch duldete es Sigrun gern, wenn Gero ihr sanft eine Locke aus dem Gesicht strich. Und sie streichelte ihm ihrerseits manchmal wie beiläufig über den Arm oder die Hände, die ähnlich groß und kräftig wie die von Theoderich geworden waren. Dabei blieben Sigruns Berührungen und Bemerkungen kindlich und spielerisch, wohingegen Geros von Verlangen geprägt waren. Er musste in derlei Hinsicht Zurückhaltung neu erlernen, und erzwungene Selbstbeherrschung gehörte nicht zu seinen Stärken.

Der Tag neigte sich dem Abend zu, und Gero wartete, in den Schatten eines Baumes gelehnt, darauf, dass Sigrun mit ihrem Hund im Gefolge aus Medas Kate herauskam. Dann schlenderte er ihr entgegen, als sei es abermals ein Zufall, dass sie sich dort trafen.

»Na, bist du fertig mit deinen Zeichnungen?«, fragte er so locker wie möglich.

Sie errötete. »Ja, für heute schon. Meda hatte keine weiteren Kräuter mehr da, die ich abzeichnen sollte.«

»Ich würde die Bilder gerne einmal sehen.«

»Vielleicht kann ich dir ja auch mal eins anfertigen.«

»Darüber würde ich mich sehr freuen.«

Sie spazierten, sich gegenseitig neckend, auf einer Anhöhe dem Dorf entgegen, und dabei berührten sich ihre Arme mehrmals wie versehentlich. Oben verflüchtigte sich das scherzhafte Spiel scheinbar so zwanglos, wie es entstanden war. Gero mochte das Gespräch keineswegs abrupt enden lassen, musste seine Worte jedoch sorgsam wählen, wenn er nichts zerstören wollte. Wie beiläufig wechselte er das Gesprächsthema, um Zeit zu gewinnen.

»Der Sohn des Kaisers, Heinrich der Fünfte, ist in Aachen zum König gekrönt worden«, begann er unbeholfen und setzte einen Schritt zur Seite. Innerlich rang er mit sich und dem, wie er Sigrun sagen konnte, was er ihr mitteilen wollte. »Dabei ist er erst dreizehn!«

Aufmerksam sah sie ihn an. »Aha. Wird sich dadurch etwas für uns ändern?«

»Ich glaube nicht. Er musste seinem Vater schwören, sich zu dessen Lebzeiten niemals gewaltsam des Reiches oder der Güter zu bemächtigen. Ich denke, damit hat der Kaiser sich ausreichend abgesichert.«

Sigrun blieb stehen. »Bist du gekommen, um mir das zu sagen?«

Gero strich mit der Spitze seiner ledernen Füßlinge durch die Steinchen auf dem Waldboden. »Nein, eigentlich will ich dir etwas anderes anvertrauen.«

Sie schaute ihn mit ihren hellgrauen Augen gebannt an. »Was denn?«

»Ich möchte dir gerne sagen, wer ich wirklich bin und was ich vorhabe.«

Sigrun hob die Brauen. »Was heißt das: wer du wirklich bist?«

Gero fasste Mut. »Versprich mir, dass du es niemandem verraten wirst!«

Sie legte die Hand auf ihr Herz. »Gero, ich schwöre es dir.«

»Mein Geburtsname ist nicht von Hamm, sondern von Rheinsporn. Ich bin der Sohn von Egbert und Agnes und rechtmäßiger Erbe ihrer Burg.«

Sigrun sog die Luft ein und heftete ihren Blick auf ihn. »Das sind in der Tat bedeutsame Neuigkeiten.« Sie stockte. »Wie hast du es erfahren?«

»Ich war von Anfang an darüber im Bilde. Meda und dein Vater wollten mich schützen, weil mein Onkel mir nach dem Leben trachtet.«

Nun weiteten sich Sigruns Lider vor Schreck. »Tut er das noch immer?«

»Ich fürchte ja, denn auch in Laach bin ich nur knapp …« Er unterbrach sich, hatte er doch schon zu viel gesagt.

Mit erschüttertem Gesicht starrte sie ihn an und griff nach seinem Arm. »Gero. Das ist ja furchtbar!«

»Zumindest muss ich ständig auf der Hut sein.«

Sie schwiegen einen Moment. Dann fasste sich Sigrun wieder. »Du wolltest mir noch sagen, was du vorhast.« Der Ausdruck ihrer Augen spiegelte Neugier und zugleich Angst, dass er ihr ankündigen könnte, er habe vor, Greifenfels zu verlassen.

»Ich möchte die Burg meines Vaters und den Grafentitel zurückfordern«, erklärte er mit fester Stimme und sah, wie es in Sigrun aufgewühlt arbeitete.

Gero war sich nicht sicher, wie er ihr Schweigen deuten sollte. Er räusperte sich. »Das wollte ich dir sagen.«

»Ich freue mich über das Vertrauen, das du mir entgegenbringst, ich bin mir nur noch im Unklaren darüber, was ich davon halten soll. Denn bei der Vorstellung, dass du um deine Burg kämpfen musst, habe ich Angst um dich.«

Erleichtert fasste er ihre Arme. »Ich verspreche dir, nichts Unüberlegtes zu tun.« Die Tatsache, dass er sich nun – wenn es nach ihm gegangen wäre – im Kreuzzugsheer auf dem Weg Richtung Jerusalem befände, verschwieg er lieber.

Er musste seine ganze Willenskraft aufbringen, um sie nicht auf den Mund zu küssen. Doch auf dem Weg ins Dorf waren Menschen unterwegs. Das Risiko war zu groß.

In der Talsenke hinter Sigrun und Gero trat Meda vor ihre Hütte, beobachtete die beiden aufmerksam und zog die Brauen zusammen. Als sie verschwunden waren, machte sich Meda sogleich auf den Weg zur Burg.

Aufgebracht stob sie in die dämmrige Halle, wo Theoderich über ein Schachbrett gebeugt saß, als überdächte er seinen nächsten Zug. Er war so tief in Gedanken versunken, dass er keine Notiz von ihr nahm. Wie ein massiger Fels thronte er auf dem Lehnstuhl, das Kinn in die Hand gestützt, als könnte ihn nichts aus der Ruhe bringen. Typisch für ihn, dachte Meda, dass er sich für den Mittelpunkt seiner Welt hielt, in der er alles fest im Griff hatte. Was für ein Narr er doch war, und er merkte es nicht einmal!

Es war ungewöhnlich, den Grafen hier alleine anzutreffen, also nutzte sie ohne Umschweife die Gunst der Stunde.

»Ist Euch entgangen, was sich zwischen Gero und Sigrun abspielt?«, sprach sie ihn an.

Verständnislos sah er vom Spielbrett auf. »Wieso? Wovon redest du? Was fällt dir ein, mich so ungebührlich zu überfallen?«

»Die beiden haben Gefallen aneinander gefunden.«

Sie maßen sich mit Blicken. Theoderich wurde blass.

»Ihr müsst verhindern, dass sie sich vereinen.« Abermals zog Meda die Brauen zusammen.

Der Graf war noch immer außer Fassung. »Bist du dir sicher? Was soll ich tun?«, brachte er nun hervor.

»Gebt Sigrun mir. Sie hat die Gabe. Ich werde sie lehren, diese zu entwickeln und zu nutzen.«

»Das kann ich nicht. Ich brauche sie zum Verheiraten.«

»Pah«, stieß Meda abschätzig aus. »Dass ihr Männer es wagt, Frauen wie Zuchtstuten zu behandeln! Schämt Euch!«

»Du erhebst deine Stimme in Angelegenheiten, zu denen ein Weib schweigen sollte, und eins von so niederem Stand erst recht.«

Entrüstet, weil er sie doch um ihren Rat gebeten hatte, schnaubte sie. »Ich erhebe meine Stimme, wann immer es vonnöten ist, auch ohne Eure Erlaubnis. Und nun ist es vonnöten – Ihr zerstört das Mädchen, wenn Ihr ihr das antut.«

»Wann und wen Sigrun ehelichen wird, bestimme ich und niemand anders. Erwartest du ernsthaft von mir, dass ich sie ein Leben führen lasse, wie du es tust? Unstet von Ort zu Ort ziehen zu müssen, vom Wohlwollen anderer abhängig zu sein, heute nicht zu wissen, ob morgen genug zum Essen da sein wird? Ist es das, was du für sie willst? Siehst du nicht, wie zart sie ist? Sie wird sich vermählen, wie es ihrem Stand entspricht, und ein Leben als Herrin auf einer gut gesicherten Burg führen, mit einem Mann an ihrer Seite, der sie beschützt und für ihr Wohlergehen sorgt. Und das so schnell wie möglich.«

»Tut, was Ihr nicht lassen könnt, aber Ihr tragt die Verantwortung für die Konsequenzen. Ihr stoßt sie in ihr Unglück und beschwört mit Eurer Sturheit eine Katastrophe herauf. Wenn es zu spät ist, werdet Ihr an meine Worte denken und Euch eingestehen müssen, dass ich Euch früh genug gewarnt habe.«

Theoderich starrte auf die Schachfiguren. Ihre Entdeckung hatte ihn offenkundig völlig unvorbereitet getroffen.

Wütend drehte sie sich auf dem Absatz um und machte Anstalten, die Halle zu verlassen. Sie hatte die Engstirnigkeit und Blindheit ihrer Zeitgenossen satt. Da sprang er auf und stieß den Tisch mitsamt dem Schachspiel um, sodass die Figuren in die Binsen purzelten und verschwanden. Es würde die Magd einige Mühe kosten, das Durcheinander wieder in Ordnung zu bringen.

Gero lehnte am Gatter und schaute zu, wie der Stallmeister einen jungen Hengst zuritt, der eben noch einen beachtlichen Haufen Pferdeäpfel unter sich verteilt hatte. Ein Knecht sammelte die Haufen in einem Eimer für die Düngung ein. Äußerlich nahm scheinbar alles seinen gewohnten Gang. Und doch hatte er Sigrun seit Tagen nicht mehr allein angetroffen, weil sie ständig in Begleitung einer Kammerfrau gewesen war. Diese hatte Theoderich mit der Begründung abgestellt, dass seine Tochter auf dem Weg zu Medas Hütte so besser vor Gefahren geschützt sei.

»Es gibt Neuigkeiten aus dem Heiligen Land«, sagte der Graf und trat zu ihm an die Koppel.

Gero zuckte zusammen, denn er hatte ihn nicht kommen gehört. Dann besann er sich.

»Ist Jerusalem befreit?«

»Was immer man auch unter Befreiung versteht«, gab sein Ziehvater zurück. »Anfang Juni ist nur noch ein Bruchteil der Kreuzfahrer dort angekommen und hat die Stadtbefestigungen mit selbst gebauten Belagerungsmaschinen überwunden.«

»Das ist ja großartig!«, rief Gero aus und ärgerte sich, bei diesem für die Christenheit so wichtigen Ereignis nicht dabei gewesen zu sein.

»Wie man's nimmt. Es soll ein barbarisches Massenmorden stattgefunden haben, dem Muslime, Juden und unsere Glaubensbrüder gleichermaßen zum Opfer gefallen sind.«

»Oh, dann sind es wohl eher doch keine guten Neuigkeiten.« Schlagartig wurde Gero bewusst, welchen Gefahren er ausgesetzt gewesen wäre, hätte Siegfried ihn mitgenommen. Womöglich wäre er selbst sogar an den Massenmorden beteiligt gewesen oder ein Opfer davon geworden. Zum ersten Mal war er seinem ehemaligen Herrn dankbar dafür, dass er ihn davor bewahrt hatte.

»Das klingt furchtbar«, sagte er.

Theoderich nickte. »Das tut es in der Tat.«

Gero schwieg einen Moment und richtete den Blick auf die Koppel.

»Wie wird es nun weitergehen mit der Stadt und den Kreuzfahrern?«, fragte er dann.

»Jetzt ist das Königreich Jerusalem ausgerufen worden und damit der Kreuzzug beendet.«

Gero biss sich auf die Lippen. »War Siegfried bei der Eroberung Jerusalems dabei?«

»Nein, er ist scheinbar längst zurückgekehrt. Die Ausschreitungen und Plünderungen und die Schneise der Verwüstung, die das Kreuzfahrerheer auf dem Weg nach Jerusalem hinterließ, seien ihm derart zuwider gewesen, dass er sich zurückzog, bevor er das Heilige Land erreicht habe, heißt es.«

Gero war froh, dass sein ehemaliger Herr wohlbehalten und in Sicherheit war. Selbst wenn er Siegfried begleitet hätte, wäre er gemeinsam mit ihm früher heimgekehrt und nicht an der grausamen Einnahme Jerusalems beteiligt gewesen. Das beruhigte sein Gewissen.

»Hat er nun das Erbe seines Stiefvaters angetreten?«

»Das würde er gerne, obwohl er mittlerweile Großvogt über die Trierer Kirche ist. Aber in der Pfalzgrafenschaft regiert inzwischen der von Limburg, und die beiden liefern sich gerade einen Kampf um die Vorrechte.«

»Das kann dann nur noch der Kaiser entscheiden, oder?«

Theoderich bejahte. »Der Limburger wird des Amtsmissbrauchs beschuldigt. Das Kloster Prüm wirft ihm vor, ihr Gut Pronsfeld besetzt zu haben. Mir ist zu Ohren gekommen, dass der Kaiser gegen ihn in den Krieg ziehen wird.«

Mit gerunzelter Stirn musterte Theoderich die Mägde, die sich in ihrer Nähe aufhielten und so unauffällig wie möglich zu Gero hinüberschielten. Er räusperte sich. »Es wird Zeit, dass wir eine Frau für dich finden.«

»Was? Wieso? Was könnte ich einer Frau schon bieten?«

Theoderich blickte ihn von der Seite an. »Ich könnte dich als Stallmeister nach Burg Hamm vermitteln.«

»Dort gibt es bereits einen.«

»Dann hätten sie übergangsweise eben zwei. Der dortige ist schon recht alt, wer weiß, wie lange er noch durchhält. Er könnte dich einweisen und du nach und nach seine Aufgaben übernehmen.«

Gero wartete darauf, dass Theoderich ihm vorschlug, nach Rheinsporn zu ziehen und dort die Burg von seinem Onkel zurückzufordern, doch dieser schwieg.

»Das Angebot ist großzügig. Ich lasse es mir durch den Kopf gehen.«

Da sagte Theoderich, ohne ihn anzusehen: »Auch Sigrun werde ich bald verheiraten, und ich erwarte von dir, dass du über ihre Tugendhaftigkeit wachst, so wie Adebar das tut.«

Gero erstarrte.

Sein Ziehvater warf ihm einen kurzen Blick zu. »So gebietet es der Anstand.«

»Ja, natürlich«, erwiderte er lahm und verstand, dass dies eine Warnung war.

Die Reise auf der einst gepflasterten, doch in den Wirren der vergangenen Jahre verfallenen römischen Straße empfand Gero als lang und beschwerlich. Selbst zwischen den größeren Ortschaften waren die Wege nur so breit, dass zwei Ochsengespanne gerade eben aneinander vorbeifahren konnten. Die Ränder waren teilweise mit Holz und Stützmauern befestigt und die Schlaglöcher waren notdürftig mit Erde und Reisig aufgefüllt worden. Ab und an lösten kurze Strecken mit Pflasterung den unbefestigten Schotterbelag ab, denn die Pfalzgrafen hatten ein großes Interesse daran, die zahlreichen Pilger, Mönche, Ritter und Spielleute zu ihren eigenen Märkten und Zollstätten zu leiten.

Der Sommer neigte sich bereits dem Ende zu, und so rieselte aus den Bäumen vereinzelt gelbbraunes Laub. Die Sonne stand schräg am Himmel und zauberte ein übernatürliches Flimmern in den Wald. Gero mutete es an, als tanzten Elfen und Kobolde auf den Sonnenstrahlen, obwohl er an Naturgeister nicht glaubte. Doch Meda hatte ihm als Kind auf ihrer gemeinsamen langen Reise von Rheinsporn nach Greifenfels von ihnen erzählt, und so bevölkerten sie seinen Kopf, sobald er sich in der Natur aufhielt. Die Annahme, dass es solche Wesen geben könnte, hatte etwas Mystisches und durchaus Reizvolles, aber eben auch Unsinniges, denn er hatte noch keines jemals gesehen. Die Heilerin versicherte, dass sie die Erscheinungen wahrnehmen könne, doch Gero zweifelte daran, dass das stimmte.

Mit schlaff herabhängenden Schultern ritt Adebar vor ihm her und sein Körper schaukelte willenlos mit jeder Bewegung des Wallachs. Es war offensichtlich, dass er kein Interesse daran hatte, nach Colonia zu reisen, sondern lieber zu Hause geblieben wäre, um sich an seiner Laute zu üben.

Gero trieb seinen braunen Hengst an, um mit ihm aufzuschließen.

»Komm schon, machen wir uns einen Spaß daraus!« Er klopfte seinem Ziehbruder auf den Rücken und knuffte ihn in die Seite.

»Ich will mir aber keinen Spaß daraus machen. Mir tut jetzt schon der Hintern weh, und wir haben noch nicht einmal die Hälfte des Weges geschafft. Bis wir in Colonia angekommen sind, wird er voller Schwielen sein, und ich kann gar nicht mehr sitzen.« Adebar warf Gero einen lauernden Blick zu. »Ich hätte auch nicht gedacht, dass du Freude daran hast, Greifenfels zu verlassen, sondern eher vermutet, dass du gerne bei Sigrun geblieben wärest.«

»Das wäre in der Tat sehr verlockend gewesen«, versetzte Gero bemüht unbeeindruckt, »denn dann bräuchte ich mir deine griesgrämige Miene nicht tagelang anzuschauen.« Noch einmal knuffte er seinen Gefährten in die Seite. »Komm schon, zieh nicht so ein Gesicht! Lass uns das Beste daraus machen.«

»Was entspinnt sich da zwischen Sigrun und dir?«

Gero stellte sich ahnungslos. »Was sollte sich denn da entspinnen? Nichts natürlich.«

Adebar grunzte. »Das wäre auch besser so. Theoderich wird sie dir ohnehin nicht geben. Soweit ich unterrichtet bin, hat Dankwart von Heimbach seine schwieligen Finger nach ihr ausgestreckt.«

»Was will der alte Hitzkopf mit einer so jungen Frau?«

»Na, was schon?« Adebar zuckte mit den Schultern. »Ihr beiwohnen natürlich!«

Gero wurde blass, und kalte Wut breitete sich in seinem Bauch aus. Erbost trieb er sein Pferd an und übernahm die Spitze des Zuges.

Als sie sich Colonia näherten, sah er bereits von Weitem, dass es dort zugehen musste wie auf einem Basar im Morgenland. Auf der südlichen Einfallstraße drängten sich hochbeladene Ochsenkarren, Händler mit Wägelchen, Spielleute mit ihren Lauten, Mönche und Gelehrte mit Büchern unter dem Arm. Sie alle rannten geschäftig hin und her, und ihr Eifer sprach für die Bedeutung, die Colonia für das Rheinland hatte. Vermehrt lockte es die Landleute in die Städte, hatte Gero gehört, weil sie dort nach Jahr und Tag unabhängig wurden, wenn sie sich aus der Knechtschaft der Unfreiheit und des Lehnswesens herauswinden wollten. Die Losung »Stadtluft macht frei« verbreitete sich wie ein Lauffeuer im Lande, und mehr als einer der Bauern aus dem Umland folgte ihr und versuchte sein Glück. Wer konnte es ihnen verdenken? Wenn er selbst sich in einer derart misslichen Lage befände, würde er diesen Schritt sicherlich auch gehen.

Endlich erreichten sie die südlichen Gehöfte und zum ersten Mal in seinem Leben betrat Gero eine Stadt. Die Stimmung dort befremdete ihn. Menschen eilten umher, als hätten sie ungeheuer wichtige Dinge zu erledigen, dabei führten sie nichts mit sich, schoben keine Karren mit Gemüse oder störrische Tiere. Niemand hielt einen Dreschflegel oder eine Harke in der Hand, nirgends saßen Frauen bei der Ernteauslese. Stattdessen drückte sich manch Straßengesindel mit grimmiger Entschlossenheit und unfreundlichen Blicken dicht an ihren Pferden vorbei. Scheinbar waren sie als Fremde und damit mögliche Störenfriede weithin erkennbar. In den Gassen lagerten Abfälle neben Exkrementen und der Spätsommer sorgte dafür, dass der Gestank des Unrats sich ungehindert verbreiten konnte. Gero gefiel nicht, was er sah. Vielleicht machte die Stadtluft ja frei, aber sie stank fürchterlich.

Theoderich drehte sich in seinem Sattel zu ihnen herum. »Wir müssen den Sitz des Bischofs aufsuchen. Er befindet sich irgendwo in der Nähe des Doms.«

Mit ausgestrecktem Finger wies er auf den Kirchenbau, der in einiger Entfernung über den Dächern der Stadt aufragte – ein schwerfälliges Gebäude, das nicht mehr dem Stand der Baukunst entsprach. Denn inzwischen hatten Bauhandwerker eine Möglichkeit gefunden, die Wände schlanker zu gestalten und größere Fenster einzurichten, die die Bauten leichter und lichter erscheinen ließen. Davon hatte der Baumeister, der mit der Errichtung der Abtei in Laach beauftragt worden war, Gero berichtet. Er hatte auch erzählt, dass die Bürger von Colonia einen solchen Neubau für ihren Dom ebenfalls in Erwägung zögen, jedoch bislang an der Bereitstellung der benötigten Mittel scheiterten.

Zielstrebig bewegten sie sich auf den Anhaltspunkt zu, und das Straßennetz wurde dichter. Immer mehr Menschen wuselten um sie herum, Pferde wieherten, und aus den Hinterhöfen klangen vielerorts Hammer und Amboss. Waffenschmiede boten an ausladenden Ständen Schwertklingen, Äxte, Dolche, Schilde, Kettenhemden, Speerspitzen und Helme für bewaffnete Krieger an, aber auch einfache Klingen für das Gesindel. Gero staunte über die Menge an feilgebotenen Waren. Wie klein und überschaubar war dagegen ihr Markt auf Greifenfels!

An den Auslagen der Weinhändler herrschte Gedränge. Dort verdichteten sich die Straßen, sodass die Greifenfelser aus den Sätteln steigen und ihre Pferde an den Zügeln führen mussten. Kostbar gekleidete Frauen schoben sich vor die Stände mit Pelzen oder goldenen, halb durchsichtigen Gebilden, die Theoderich als Bernestein bezeichnete. Zu gern hätte er einen für Sigrun erworben, doch sein Ziehvater drängte ihn zum Weitergehen. Gero erhaschte gerade noch einen Blick auf gemusterte Krüge aus dem Slawenland, die auffallend beliebt zu sein schienen, und vermutete, dass Kreuzfahrer sie bei ihrer Rückkehr mitgebracht hatten.

Als sie den Kirchenbau nahezu erreicht hatten, erkundigte sich der Pfalzgraf, wo sie den Palast des Bischofs finden konnten, und ein Schmied wies ihnen den Weg.

Theoderich zeigte auf die Kathedrale. »Als ich noch ein Kind war, ist Erzbischof Anno von hier aus geflohen, weil die Bürger Dom und Bischofspalast gestürmt haben und ihn töten wollten. Vier Tage später ist er mit einem Heer zurückgekommen, hat die Stadt erobert und die Aufständischen drastisch bestraft.«

Erstaunt warf Gero ein: »Sollte er als Mann Gottes nicht Gnade und Milde walten lassen?«

»Ja, das sollte er. Aber Anno war sehr machtbewusst. Er hat sogar den Kaiser während eines Hoftags auf der Insel Kaiserswerth entführt.«

Adebar hielt die Luft an. »Warum denn das?«

»Der Vater des Kaisers war früh gestorben, und einige Fürsten machten sich Sorgen um das Reich. Anno wollte Heinrich den Vierten zu einem gerechten König erziehen, war jedoch nur mäßig erfolgreich, wie man sieht. Es gehen Gerüchte um, dass sich an seinem Hof Ausschweifendes und Lasterhaftes zuträgt.«

»Ich dachte, der König zieht mit seinem Hofstaat unentwegt von Ort zu Ort«, warf Adebar ein.

»Das ist richtig, mein Sohn, doch ist das kein Hindernis, sich sittenlos zu verhalten. Unter anderem war dies der Grund, warum die Reichsfürsten sich gegen ihn gewandt und Rudolf von Rheinfelden zum Gegenkönig gewählt haben.«

»Was meine Eltern das Leben gekostet hat«, raunte Gero bitter, sodass nur Theoderich ihn hören konnte. »Und der jetzige Erzbischof, ist der genauso einflussreich?«

»Friedrich verfügt ebenfalls über beste Beziehungen und große Autorität. Durch gescheite Landkäufe hat Colonia nun auch beträchtlichen Einfluss auf die Gebiete nordöstlich von hier.«

»Warum hat er dich hierher bestellt?«

»Das frage ich mich selbst schon die ganze Zeit. Friedrich und der Trierer Erzbischof versuchen seit langem, sich gegenseitig die Vormachtstellung im Rheinland streitig zu machen, und deswegen liegt eine kriegerische Auseinandersetzung in der Luft. Vielleicht will er durch mich in Erfahrung bringen, über welche Streitmacht der Trierer verfügt.«

»Und wirst du ihm mitteilen, was er hören möchte?«

»Das sollte ich besser nicht tun, denn es könnte mich den Kopf kosten, wenn die andere Seite davon erfährt.«

»Wie wirst du dich also verhalten?«

»Ich werde ihm stattdessen ein Schlachtross und ein Bündnis anbieten, denn auch Friedrich von Schwarzenburg könnte uns gefährlich werden, sollte er sich entschließen, seinen Herrschaftsbereich in die Eifel auszudehnen. Unsere Ländereien und die von Dankwart von Heimbach sind fruchtbar und ertragreich. Mit ihnen könnte er seine Vormachtstellung im Rheinland gegenüber dem Erzbistum Trier sichern.«

Der herrschaftliche Palast, in dem der Erzbischof von Colonia sie empfing, war ausgestattet mit wertvollen Möbeln und Kunstwerken. Theoderich stellte Adebar als seinen Sohn und Gero als Ziehsohn vor, und der Bischof willigte ein, dass sie bei der Unterredung anwesend sein durften.

»Wie Ihr sicher wisst, ist Papst Urban Ende Juli in Rom gestorben. Damit sind einige Dinge nun wieder völlig offen«, eröffnete der in ein farbenprächtiges, aufwendig besticktes Gewand gekleidete Erzbischof ohne Umschweife das Gespräch.

Theoderich nickte bedächtig und nahm auf dem angebotenen, reich verzierten Sessel Platz. Gero rätselte, worauf der Bischof hinauswollte. Der Kirchenvertreter galt als kaisertreu und schien darauf zu spekulieren, dass der nächste Papst sich Heinrich dem Vierten gegenüber gefügiger zeigte. Aber was hatte das mit Theoderich zu tun?

Friedrich von Schwarzenburg lächelte mit schmalen Lippen. »Ich habe Euch hergebeten, um darüber zu sprechen, inwiefern Ihr willens und in der Lage seid, den Vogt von Trier zu unterstützen, sollte es zwischen ihm und mir zu Kriegshandlungen kommen.«

Gero sah, dass der Graf seine Verblüffung kaum verbergen konnte. Dem Erzbischof musste bekannt sein, dass der Pfalzgraf dem Trierer als seinem Lehnsherrn Vasallenpflichten schuldete und im Falle eines Krieges für ihn ins Feld ziehen musste. Dass er ihn derart unverblümt nach seiner Lehnstreue fragte, und das auch noch vor Zeugen, verdeutlichte Gero die Machtposition, die der Kirchenmann innehatte. Er hoffte, dass Theoderich nun klug und diplomatisch reagierte.

»Stellt Ihr meine Ehrenhaftigkeit infrage?«, fragte dieser.

»Nein, aber ich vertraue auf Euren Scharfsinn.«

Und auf deinen eigenen Machtanspruch, fügte Gero im Stillen hinzu, denn er hatte die Situation schnell erfasst. Anders als Adebar, der sich, am Gespräch scheinbar uninteressiert, damit beschäftigte, den Prunk an den Decken und Wänden zu bestaunen.

»Ihr wisst, dass das Erzbistum Trier seit jeher das Ziel verfolgt, Colonia von seiner Vormachtstellung im Rheinland zurückzudrängen.«

Theoderich neigte den Kopf, ohne Zustimmung zu signalisieren.

»Soweit ich unterrichtet bin, seid Ihr selbst auch in Bedrängnis durch den Erzbischof«, fuhr Friedrich fort und legte die Fingerspitzen aneinander, seinen stechenden Blick fest auf den Gast gerichtet. Die Flügel seiner schmalen, langen Nase blähten sich auf.

Sein Gegenüber ließ sich Zeit, bevor er andeutete: »Hin und wieder haben wir Differenzen.«

»Also gut. Ihr wollt nicht offen mit mir sprechen. Sei's drum. Es sind Eure Söhne, die dem Gespräch beiwohnen, nicht meine. Und durch mich, das versichere ich Euch, wird kein Wort diesen Raum verlassen.«

»Wie hoch achtet Ihr einen Vasallen, der mit einem anderen Lehnsherrn Verhandlungen führt, die Euch in Eurem Herrschaftsbereich einschränken könnten?«, fragte Theoderich.

Der Erzbischof lächelte erneut schmallippig. »Ein solcher Fall ist mir noch nie untergekommen. Ich habe Dankwart von Heimbach bereits für mein Vorhaben gewinnen können und erwarte von Euch, dass Ihr diese Information geheim haltet. Wenn Ihr mit ihm ein starkes Bündnis eingeht, dann könntet Ihr Euch gemeinsam gegen den Vogt von Trier behaupten.«

Theoderich strich sich durch den Bart, während er sich scheinbar die Möglichkeiten und Risiken durch den Kopf gehen ließ, die mit dieser Allianz einhergingen. Gero dachte, dass der von Schwarzenburg die eben noch zugesicherte Geheimhaltung von vertraulichen Inhalten offensichtlich nicht so ernst nahm. Hoffentlich ließ Theoderich weiter Vorsicht walten.

»Ich plane ohnehin, Dankwart meine älteste Tochter zur Frau zu geben«, sagte dieser da, und es fühlte sich für Gero an, als habe er einen Fausthieb in den Magen erhalten.

Friedrich spitzte die Lippen, als sei das auch seine Idee gewesen. »Eine kluge Entscheidung. Ist sie bereits im heiratsfähigen Alter?«

»Alt genug für eine Verlobung ist sie allemal. Bis zur Hochzeit könnte man noch ein oder zwei Jahre warten, dann hätte sie auf jeden Fall die nötige Reife, um eine Ehe einzugehen.«

Geros Magen rebellierte. Mit aller Macht kämpfte er gegen den Impuls an, vorzutreten und sich in das Gespräch der beiden Älteren einzumischen, die über ein junges Mädchen verfügten wie über einen Sack Korn. Bisher wusste er nur vom Hören davon, wie solche Eheversprechen ausgehandelt wurden und welches politische Kalkül dabei eine Rolle spielte. Doch nun war er unmittelbar betroffen, und es fühlte sich an, als flösse Galle durch seine Adern. Ein letztes Fünkchen Hoffnung schöpfte er aus der Tatsache, dass Theoderich dem Erzbischof die Vereinbarung nicht per Handschlag zusicherte, sondern sich vorbehielt, das Ganze in Ruhe zu überdenken.

Ein Lächeln huschte über Friedrich von Schwarzenburgs Gesicht, als sei das mehr, als er erwartet hatte. Dennoch sagte er: »Überlegt nicht zu lange, Pfalzgraf, denn sonst bin ich gezwungen, mich anderen Verbündeten zuzuwenden.«

Theoderich nickte. Er kippte den Wein, den der Geistliche ihm in einem goldenen Becher hatte servieren lassen, in einem Zug hinunter und bot ihm im Gegenzug eines seiner Schlachtrösser zum Kauf an. Nachdem die Einzelheiten ihres möglichen Abkommens ausgehandelt waren, erhob sich

Theoderich und gab Adebar und Gero zu verstehen, dass sie nun aufbrachen.

Als sie den Heimweg antraten, um außerhalb der Stadt ihr Nachtlager aufzuschlagen, sagte Theoderich: »So, ich hoffe, ihr habt erkannt, wie man in diesem Reich Verhandlungen führt.«

Es wäre schwierig gewesen, den kaisertreuen Heinrich von Laach für eine Allianz gegen den Erzbischof von Colonia zu gewinnen, dachte er. Aber wenn Rheinsporn sich ihnen anschlösse, hätten sie ein starkes Bündnis, das ihnen vor einem Zugriff von Trier und Colonia zugleich Schutz böte. Sollte Gero in absehbarer Zeit Egberts Burg zurückerobern, stünde einem solchen Zusammenschluss vermutlich nichts mehr im Wege. Die Blässe im Gesicht seines Ziehsohns während der Verhandlung war ihm nicht entgangen. Er hatte den Jungen absichtlich an dem Gespräch teilnehmen lassen, damit dieser verstand, wie wichtig es war, dass Theoderich Sigrun mit Dankwart verheiratete. Und damit er sich das Mädchen ein für alle Mal aus dem Kopf schlug.

»Man muss sehen, wie man seinen Hals am besten aus der Schlinge heraushält«, ergänzte er laut.

»Allein die Wandteppiche müssen ein Vermögen gekostet haben. Kein Wunder, dass der Dombau nicht so recht vorankommt«, erwiderte Adebar, offensichtlich desinteressiert an dem von seinem Vater angeschnittenen Thema.

Gero dagegen drängte sich an ihn. »Werdet Ihr auf das Angebot des Erzbischofs eingehen?«

»Ich kann mir nicht leisten, es nicht zu tun. Der Trierer sitzt mir im Nacken, und gleichzeitig kann er gegen den von Colonia wenig ausrichten, weil dieser ihm militärisch überlegen ist.«

»Warum verfügt Friedrich von Schwarzenburg überhaupt über ein Heer? Sollte er als Mann der Kirche nicht Gottes Wort verbreiten und ein Seelsorger für seine Gemeinde sein?«

»Es ist der Kaiser, der in der Reichskirche die Bischofssitze verteilt, und das tut er natürlich vorzugsweise an Adlige, die ihm ergeben sind. Sie müssen dann neben den kirchlichen Pflichten auch weltliche übernehmen, bekommen dafür aber Lehen und Macht. Damit stehen sie ihm für seine Zwecke zur Verfügung, denn sie sind letztendlich seine Vasallen. Deshalb ist es ihm egal, ob sie für geistliche Aufgaben geeignet sind. Folglich unterscheiden sich die Interessen der Erzbischöfe kaum von denen der Herzöge.«

»Ist das der Grund für den Streit zwischen dem Kaiser und dem Papst?«

Theoderich nickte anerkennend. Es gefiel ihm, dass der Junge so aufgeschlossen gegenüber dem Geschehen im Reich war, und dass er diese Zusammenhänge schnell erfasste. Er bedauerte, dass Gero nicht seine Nachfolge antreten konnte und dass mit Adebar stattdessen ein weichlicher, dichtbewimperter Minnesänger das würde tun müssen. Manchmal bezweifelte er, dass dieser sich in seinen Liedern nach einer Frau verzehrte, mochte diesem Verdacht aber nur ungern nachgehen.

Er nahm wahr, wie aufrecht sein Ziehsohn auf dem Pferd saß und dieses mit kräftigen Schenkeln führte, als sei er mit dem Tier verschmolzen. Sein Oberkörper war breit und muskulös geworden, das konnte man selbst unter der Tunika und dem Umhang erkennen. Die braunen Locken fielen ihm weich auf die Schultern und wippten nun im Takt der Bewegungen seines Hengstes. Die Jochbeine warfen Schatten auf seine Wangen und das markante Kinn trat unverändert eckig aus dem Gesicht hervor.

Die Arbeit mit den Pferden und in den Stallungen sowie die Ausbildung im Schwertkampf hatten aus Gero einen kräftigen Mann gemacht, nach dem die Mägde auf der Burg sich umdrehten. Sie kicherten hinter seinem Rücken verstohlen miteinander. Theoderich erinnerte sich an die Blicke, mit denen sie Gero auf Greifenfels bedachten, und fragte sich, ob er dem Werben der Frauen wohl nachgab. Bisher hatte er nichts dergleichen bemerkt, konnte sich aber nicht vorstellen, dass sich der junge Mann, der sich im Vollbesitz seiner Manneskraft befand, enthaltsam verhielt. Er würde ein wachsames Auge darauf haben müssen, anders als bei seinem Erben.

Der Graf drehte sich zu Adebar um. »Wie lange kannst du noch reiten?«

Darüber, dass sein eigenes, von Meda mühselig wiederhergestelltes Bein ihm schon seit Tagen wieder Pein bereitete, verlor er kein Wort.

Sein Sohn schnitt eine Grimasse. »Ich fühle mich, als säße ich auf glühenden Kohlen!«

Der Ältere stieß die Luft aus und schaute zu Gero, der sich vergeblich darum bemühte, ein Schmunzeln zu unterdrücken. Es war Theoderich nicht entgangen, dass sich das Verhältnis der beiden Jungen zueinander seit ihrer gemeinsamen Knappenzeit in Laach entspannt hatte. Das freute ihn, denn Adebar würde einen starken Verbündeten brauchen, der ihm rückhaltlos zur Seite stand. In Gero sah er diesen Mann, der Greifenfels, das ihn aufgenommen und großgezogen hatte, die Treue hielt, wenn Theoderich das Zeitliche gesegnet haben würde. Sie mussten nur noch einen Weg finden, wie Agnes' Sohn an sein Erbe gelangte.

KAPITEL DREIZEHN

IM JAHR DES HERRN 1100

Sigrun schirmte ihre Augen mit der rechten Hand ab und ließ den Blick von der Anhöhe aus über die Felderdecke schweifen, die sich in einer unendlichen Vielfalt satter Grün- und Gelbtöne vor ihr ausbreitete. Das Gegenlicht umstrahlte sie, sodass ihr zarter Körper noch schlanker wirkte. Gero konnte sich kaum von ihrem Anblick lösen. Es war seit Wochen ihr erstes Treffen allein. Theoderich und Walburga befanden sich auf dem Weg nach Trier zu ihren adligen Verwandten, und die Magd, die Sigrun bewachen sollte, hatte sich gern von ihr zu einem freien Nachmittag überreden lassen. Es war kaum eine Nacht vergangen, in der Gero nicht von seiner Ziehschwester geträumt hatte, und kein Tag, an dem er nicht darüber nachgegrübelt hatte, wie sie Theoderichs Heiratspläne vereiteln konnten.

Sie drehte sich zu ihm um. »Sieh nur, wie schön das Land ist!«

Er reagierte nicht und starrte sie an. Ihre Erscheinung verschlug ihm den Atem. Nach der schweren Krankheit, die sie als Kind durchgemacht hatte, war sie noch zierlicher als zuvor. Das würde sich in ihrem Leben wohl nicht mehr ändern. Sie war so zerbrechlich, dass ihm angst und bange wurde. Es war, als wollte der Herr ihm mit jedem neuen Tag sagen: »Sieh, wie vergänglich sie ist. Das Glück kann jederzeit zersplittern. Ein Windhauch kann sie dir nehmen.«

Der Gedanke daran tat ihm in der Seele weh. Sie zu verlieren würde ihn um den Verstand bringen. Was ihn mindestens genauso viele Sorgen bereitete, waren die Pläne ihres Vaters. Er musste handeln, und zwar schnell. Sie war nun fünfzehn und spätestens im nächsten Jahr konnte diese Hochzeit stattfinden. Es wurde Zeit, mit ihr darüber zu reden.

Er merkte selbst, dass er nur dastand und sie anstarrte. Doch er konnte sich nicht rühren und fand keine Worte. Endlich wandte sie sich ihm wieder zu und richtete ihren aufmerksamen Blick auf ihn.

»Was hast du? Du siehst so ernst aus.« Sie strahlte ihn an, und ihre Zähne glänzten im Sonnenlicht.

Ich muss mit dir reden. Wir müssen etwas Wichtiges besprechen, wollte er sagen. Aber er konnte nicht. Er konnte sie noch immer nur ansehen. Und er spürte deutlich, dass sie unter seinem intensiven Blick vibrierte. Waren sie wirklich allein hier? Er nahm keine weitere Anwesenheit wahr. Und er war inzwischen geübt darin, die Gegenwart von Wildschweinen, feindlichen Rittern oder sonstigen Gefahrenquellen zu erspüren. Nein, sie waren unbeobachtet. Er ging einen Schritt auf sie zu, legte eine Hand an ihren Rücken, umfasste sie mit der anderen und zog sie an sich. Mit großen Augen schaute sie ihn an und erbebte.

»Gero«, wisperte sie.

Ihm war, als hielte er einen vor langer Zeit verlorenen Teil seiner Seele im Arm. Ihr Duft war betörend und ließ ihn Theoderichs Warnung vergessen. Er wollte nur einen Kuss, von dem keine Menschenseele jemals etwas erfahren würde. Zögernd näherten sich seine Lippen ihrem Mund und er küsste sie, unsicher und tastend erst, dann heftiger und fordernder, je mehr er spürte, dass sich ihr Puls beschleunigte und ihr Atem rascher ging.

»Was tust du?«

Sein Geschlecht schwoll vor Verlangen an, und bevor er gar nichts mehr sagen konnte, keuchte er: »Ich liebe dich.«

Sie gab einen erstickten Laut von sich und begann ebenfalls zu keuchen.

»Wir dürfen das nicht tun«, hauchte sie mit versagender Stimme und schloss die Lider.

»Ich weiß«, erwiderte er und drückte sie zärtlich in das weiche Gras.

Tief ins Schwelgen versunken zeichnete Sigrun das giftige Bilsenkraut, das Meda ihr hingelegt hatte, doch die Zeichnung wollte ihr nicht gelingen. Immer wieder erglühte sie bei der Erinnerung an das, was Gero vor wenigen Tagen mit ihr getan hatte, und sie spürte die sündige Hitze des Feuers, das er in ihrem Unterleib entfacht hatte. Wie er zu ihr gekommen war, wie er sich in ihr bewegt hatte, sein heißer Atem an ihrem Ohr, sein Mund auf den Knospen ihrer entblößten Brüste, seine Küsse überall. Immerzu ließ sich ein Lächeln auf ihren Lippen nieder, und sie seufzte wohlig. Sie würde wie bisher tun, was von ihr verlangt wurde: standesgemäß heiraten, Meda zur Hand gehen oder was auch immer ihr Vater für sie vorsah. Doch ihr Herz gehörte Gero, so wie es ihm schon von Anbeginn zugedacht war, bereits vor der Zeit, da er an ihrem Krankenbett gewacht und ihre Hand gehalten hatte. Ihre Seelen waren eins, und nun hatten sie den Bund mit ihren Körpern besiegelt. Niemand würde jemals davon erfahren, nur sie beide bewahrten dieses Gelöbnis ewig in ihrem Innersten, egal wohin die Wogen der Fügung sie nun auch trieben. Sobald sie hier fertig war, würde sie ihm einen Blumenkranz flechten als höchsten Liebesbeweis. Mit verträumtem Blick schaute sie zu Oreg hinunter, der dösend zu ihren Füßen lag.

Vielleicht würde sie Gero dann auch gestehen, dass sie inzwischen selbst ebenfalls das Lesen und Schreiben beherrschte. Das hatte sie bislang verschwiegen, weil sie Angst hatte, dass er das missbilligte.

Meda beobachtete sie mit ernstem Gesicht. »Die Zeichnung droht dir zu misslingen, und ich kenne den Gesichtsausdruck von Frauen, die von Männern erweckt worden sind. Dein Verhalten erinnert mich allzu sehr daran. Hast du bei Gero gelegen?«

Jählings hob Sigrun den Kopf und spürte, wie ihr Gesicht vor Scham ganz heiß wurde. »Was? Wie kommst du denn darauf? Ich verbiete dir, mir so etwas zu unterstellen!« Ihre Stimme überschlug sich.

Mit Unwillen in der Miene ergründete Meda eine Weile Sigruns Gesicht, dann machte sie sich daran, einen Sud zu brauen. Den dampfenden Becher stellte sie vor ihr auf den Tisch.

»Trink das, damit nicht noch mehr Unheil geschieht.«

Misstrauisch beäugte Sigrun das Gebräu. »Was ist das?«

»Beifuß, Tausendgüldenkraut und schwarzer Nieswurz. Trink es einfach!«, forderte Meda sie auf, dann wandte sie sich ab und verließ die Hütte, als wollte sie Sigruns bohrendem Blick ausweichen.

Widerstrebend nahm Sigrun den Becher mit dem dampfenden Trank in die Hand und hob ihn an ihre Lippen. Einer plötzlichen Eingebung folgend hielt sie inne. Sie sah sich mit Unterleibskrämpfen gekrümmt auf dem Boden liegen und Blut zwischen ihren Beinen fließen. Schockiert setzte sie das Trinkgefäß ab und starrte es an. Wollte Meda sie vergiften? Oder verhindern, dass sie von Gero ein Kind empfing? Geros Kind. Sie erschauderte bei der Vorstellung, dass sie beide einen gemeinsamen Sohn haben könnten. Niemals würde sie dieses Geschöpf der Liebe aus ihrem Körper vertreiben!

Die Eingangstür im Auge behaltend kippte sie den Hexentrank in die Flammen, die zischend beinah daran erstarben. Rasch legte sie Kleinholz nach, sodass das Feuer unverändert vor sich hin prasselte, als Meda zurückkehrte und einen argwöhnischen Blick in den leeren Becher warf.

»Hast du ihn getrunken?«

Sigrun sah ihr offen entgegen und empfand zum ersten Mal Widerwillen gegenüber der Frau, die ihr geholfen hatte, sich dem Mutterleib zu entwinden.

»Was soll ich denn sonst damit gemacht haben?«

Meda schaute sich in der Hütte um und dann lange auf das flackernde Kaminfeuer. Ihr Blick wurde ernst und hart.

»Du hast keine Ahnung, worauf du dich da einlässt, Mädchen! Die dunklen Mächte sind stark und ihre Verführungskünste immens. Du bist dabei, die Aufgabe zu vergessen, zu deren Erfüllung du auf diese Welt gekommen bist. Das kann großes Unheil über dich und uns alle bringen. Besinne dich auf deine Bestimmung, und lass dich nicht von dem Geschlechtsteil eines Mannes, wessen auch immer, vom Weg abbringen! Wir beide haben Wichtigeres zu tun, als uns ungezügelt den Trieben hinzugeben.«

Empört sprang Sigrun auf. »Wenn du mir noch einmal Unzucht unterstellst, verlasse ich augenblicklich deine Hütte und komme nie wieder hierher!«

Die beiden Frauen starrten sich an und fochten schweigend einen Zweikampf miteinander aus.

»Was fällt dir ein, mir einen Kräutertrunk zu brauen, der mich vor Schmerzen krümmen und bluten lassen soll?«, entfuhr es Sigrun.

Medas Augen öffneten sich weit. »Du hast das gesehen, nicht wahr? Mit deinem inneren Sinn. Das konntest du nicht wissen, weil ich dich noch nicht in die Geheimnisse dieser speziellen Kräuter eingeweiht habe. Du musst es erahnt haben.«

Sigruns Lider flatterten unsicher.

»Siehst du nicht, dass du eine große Gabe hast?«, fuhr Meda eindringlich fort und fasste sie am Arm. »Eine ganz besondere Begabung. Du hast sie nicht grundlos bekommen, du brauchst sie, um deine Aufgabe zu bewältigen. Niemand sagt, dass es einfach ist. Die Kunst besteht darin, seinen Weg allen Widrigkeiten zum Trotz zu beschreiten und sich nicht von Widerständen oder Fleischeslüsten abbringen zu lassen«, erklärte Meda ihr und blickte sie beschwörend an. »Ich bin selbst adlig geboren worden, aber ich habe mich von den Zwängen befreit, die man mir auferlegen wollte. Das musst du genauso tun. Lass dich nicht wie ein Lamm zur Schlachtbank führen und von deiner Aufgabe abbringen.«

»In Dreiteufelsnamen! Von welcher Aufgabe sprichst du da ständig? Ich habe keine Ahnung, wovon du redest! Die Pflanzen kann auch jemand anderes zeichnen.«

»Nicht so wie du. Du siehst durch die Rinde hindurch auf den Kern, auf das Wesen der Dinge.« Meda hielt inne. »Es ist viel zu früh, dich in die Geheimnisse einzuweihen, du bist noch lange nicht so weit. Wir brauchen mehr Zeit.«

Sigrun setzte sich wieder hin. »Dann lass uns weitermachen, und braue mir nie mehr solch einen Trank!«

Eine Weile saßen sie schweigend, dann begann Meda, ihr zu erzählen, wie anzüglich und abwertend manche Männer über Frauen sprechen.

»Gero tut so etwas nicht.«

»Wie kommst du denn auf diese Idee? Warum sollte er sich in diesem Punkt von anderen Männern unterscheiden?«

»Hast du ihn schon mal solche Reden führen gehört?«

Meda verneinte sichtbar widerwillig. »Du hast einen starken Willen und die Klugheit, ihn durchzusetzen. Es wird nicht einfach werden, dir den Weg zu weisen.«

Einige Mondwechsel später saß Gero hinter den Ställen in der milden Frühlingssonne und schmierte übelriechendes Fett auf Leder- und Metallteile. Sättel und Trensen lagen vor ihm im Gras. Sein Gesichtsausdruck war wachsam wie immer, während er sich fragte, wie es mit ihm und Sigrun weitergehen sollte, denn es war nicht bei dieser einen Vereinigung mit ihr geblieben. Konnte er es wagen, Theoderich trotz seiner Bündnispläne mit Dankwart von Heimbach um ihre Hand zu bitten?

Er hatte erfahren, dass der Kaiser Siegfried von Ballenstedt die Pfalzgrafenwürde verliehen hatte, nachdem bekannt worden war, dass dessen Widersacher sein Amt missbraucht hatte. Seitdem hegte er die Absicht, sich ebenfalls an den Herrscher zu wenden. Er würde ihm vorbringen, dass sein Onkel bei der Schlacht an der Elster willentlich in Kauf genommen hatte, dass Egbert starb und, dass er seine Lehen ausblutete. Vielleicht würde der Kaiser ein weiteres Mal eine weise Entscheidung treffen.

Theoderichs Angebot, ihm eine Anstellung auf Burg Hamm zu verschaffen, würde er ablehnen. Er zog es vor, in Sigruns Umfeld zu bleiben. Wenn er sie heiratete, könnte er überdies zusammen mit Adebar die Burg übernehmen, so wie dieser sich das gewünscht hatte. Aber noch wagte er nicht, den Grafen um ihre Hand zu bitten, aus Angst, dieser könne sich seinem Ansinnen verschließen. Schließlich hatte er ihn eindeutig gewarnt.

Theoderich beobachtete Gero aus der Entfernung, darauf bedacht, ihn nicht auf sich aufmerksam zu machen. Er hoffte, dass der Junge in der Zwischenzeit vernünftig geworden war und erkannt hatte, dass Sigrun für ihn nicht infrage kam. Dennoch erschien es ratsam, ihm vorab mitzuteilen, was er mit Dankwart ausgehandelt hatte.

Er räusperte sich und humpelte dann näher an ihn heran. »Hier steckst du also! Lienhart hat schon vermutet, dass ich dich hier antreffen würde.«

Gero sprang auf und sah ihn mit schuldbewusster Miene an. »Ich wusste nicht, dass Ihr mich sucht. Was gibt es denn?«

Theoderich lehnte sich an das Gatter der Koppel und richtete seinen Blick zu den Pferden hinüber. »Nichts Besonderes. Nur, dass die Abmachung mit Dankwart jetzt besiegelt ist.«

Gero taumelte zurück wie unter einem Lanzenhieb und starrte ihn an. »Welche genau?«

Der Graf räusperte sich. »Der Ehebund mit Sigrun.«

Die Farbe wich aus dem Gesicht seines Ziehsohns. Theoderich fluchte innerlich. Der Junge war keineswegs zu Vernunft gekommen.

»Wann wird die Hochzeit stattfinden?«, stieß Gero wie betäubt hervor.

»Noch in diesem Sommer.«

»Wird sie einwilligen?«

Theoderich sah auf den schwarzen Hengst, den er dem Erzbischof von Colonia versprochen hatte, und dann auf die albernen Mägde, die sich abermals am Gatter eingefunden hatten, als hätten sie keinerlei Aufgaben zu erledigen.

»Sie wird tun, was man ihr sagt.«

»Tut ihr das nicht an!«

Er sah, wie Gero sich bemühte, das Zittern seiner Hände zu unterdrücken. Dann fasste er scheinbar allen Mut zusammen.

»Gebt sie mir! Ich liebe Sigrun und werde sie glücklich machen.«

Theoderich richtete sich zu seiner vollen Körpergröße auf. »Graf Dankwart ist eine gute Partie. Soll ich meine Tochter mit einem Stallburschen verheiraten?«

Gero presste die Lippen aufeinander, ehe er sagte: »Ich schulde Euch Dank dafür, dass Ihr mich an Eurem Hof aufgenommen und großgezogen habt. Doch warum bildet Ihr mich im Schwertkampf sowie im Lesen und Schreiben aus, wenn ich nach Eurer Einschätzung nur als Stallbursche tauge?«

»Ich habe nicht gesagt, dass du nur dazu taugst. Ich traue dir sehr viel mehr zu. Außerdem hast du einen Anspruch auf Egberts Burg.«

»Gebt Ihr mir Sigrun, wenn ich mein Erbe zurückgefordert habe?«

Theoderich spannte die Kiefermuskeln an; es fiel ihm schwer, den Jungen vor den Kopf zu stoßen.

»Nein«, erwiderte er, ohne ihn anzusehen. »Ich werde diesem Bund niemals zustimmen.«

Mit leerem Blick starrte Gero vor sich hin. Die Frage nach dem Warum schien ihm auf der Zunge zu liegen, aber er brachte nur ein verstörtes »Noch nicht einmal dann, wenn ich in den Ritterstand erhoben bin?« hervor.

»Nein, noch nicht einmal dann«, entgegnete Theoderich, obwohl es ihm selbst wehtat. Es führte kein Weg daran vorbei. Der Junge musste begreifen, dass er sich Sigrun aus dem Kopf zu schlagen hatte.

Gero starrte den Grafen an. Theoderich erwiderte seinen Blick mit verkniffenem Mund. Die Erschütterung seines Ziehsohns war nicht zu übersehen.

»Ich könnte Turniere reiten und jedes Mal, wenn ich gewinne, ein Ross oder eine Rüstung erlangen, wie es dem Sieger zusteht. Damit könnte ich rasch zu einem reichen Mann werden.«

»Dennoch werde ich dir Sigrun nicht geben. Ich kann sie dir überhaupt nicht überlassen.«

»Warum nicht?«

»Ich habe andere Pläne für sie.«

»Was kann Dankwart ihr bieten, was ich ihr nicht geben könnte?«

»Ich brauche den Zusammenschluss mit Heimbach, um gegen die Vögte von Trier und Colonia gewappnet zu sein. Darüber bist du doch im Bilde.«

»Wieso gebt Ihr ihm nicht Eure jüngere Tochter?«

Verdrossen blickte Theoderich auf die Pferdekoppel. »Er will Sigrun haben. Weshalb auch immer.« Er heftete seinen Blick auf Gero. »Warum wollen plötzlich alle eine so zerbrechliche Frau? Ich verstehe das nicht. Zu meiner Zeit galt es, sich ein Weib zu suchen, das einem viele Kinder gebären kann. Ich weiß nicht, wie Sigrun eine Schwangerschaft überstehen soll mit ihrem zarten Körper. Am liebsten würde ich sie gar nicht verheiraten, sondern in ein Kloster geben. Dort könnte sie sich dann ganz der Heilkunde widmen. Meda sagt, sie habe ein Talent dafür.«

Gero machte ein Gesicht, als sei seine Brust zu Eis gefroren. Doch er würde Sigrun vermutlich auch lieber in einem Kloster sehen als verheiratet mit einem anderen Mann.

Sigrun saß vor dem Heuschuppen und schaute auf das weite, stille Land hinaus, in dem sich die saftigen, grünen Höhen hoben und neigten wie Teigblasen auf einem Hefekuchen. Weiße Haufenwolken zogen eilends darüber hinweg, als seien sie auf der Flucht vor drohendem Unheil. Geistesabwesend streichelte sie Oreg, der seine Schnauze genüsslich an ihrer Hand rieb. Sie hatte die Magd, die sie auf Schritt und Tritt begleitete, fortgeschickt, ihr einen Becher verdünnten Wein zu holen, damit sie endlich einmal allein sein konnte.

Ihre Gedanken irrten ziellos umher, gleichzeitig fühlte ihre Brust sich an, als habe man ihr Metallreifen angelegt, die sich bei jedem Atemzug zusammenzogen. Sie dachte an die verstohlenen Treffen mit Gero und sann darüber nach, wie sie ihm beibringen konnte, was passiert war. Zum ersten Mal in ihrem Leben empfand sie Angst. Was würde ihr widerfahren, wenn er sich nicht zu ihr bekannte?

Und was, wenn er es tat und infolgedessen sein Vorhaben umsetzte, seine elterliche Burg und den Grafentitel zurückzufordern? Das barg gleichzeitig eine neue Aussicht, aber auch ein hohes Risiko. Wenn sein Onkel ihn ohnehin töten wollte, würde er ihm wohl kaum kampflos die Festung überlassen, geschweige denn freiwillig. Außerdem würde Gero Greifenfels verlassen, sollte er Rheinsporn für sich gewinnen. Andererseits waren sie beide im heiratsfähigen Alter, und als Ritter mit einer eigenen Burg könnte er möglicherweise, falls er es überhaupt wollte, um ihre Hand anhalten. Sie könnten standesgemäß heiraten und zusammen auf der Felsenburg wohnen.

Da näherte sich Gero mit gesenktem Kopf und schleppenden Schritten. Kraftlos ließ er sich neben ihr auf der Bank nieder und streichelte verstohlen ihre Hand.

»Bedrückt dich etwas, Liebster?«, fragte Sigrun, obwohl ihr eigenes Herz schwer wie ein Mühlrad war.

»Dein Vater war eben bei mir und hat mich über seine Pläne unterrichtet. Ich habe all die Jahre darauf vertraut, dass er mich wie ein leibliches Kind schätzt und behandelt. Aber nun ist offenbar, dass er sehr wohl einen Unterschied macht. Er gibt seine Tochter lieber einem alten Mann als dem hergelaufenen Jungen mit der verlorenen Burg.«

Alarmiert richtete sie sich auf. »Wovon redest du?«

»Du sollst noch in diesen Sommer die Ehe mit Dankwart eingehen.« Er schleuderte einen Stein gegen den Holzzaun, der die Schafswiese einfasste. »Allein der bloße Gedanke, dass dieser alte Rüpel dich anfasst, ist unerträglich.«

»Das geht nicht!«, fuhr sie auf. »Ich kann keinen anderen Mann heiraten.«

Gero nahm ihre Hand. »Ich fürchte, wir haben keine Wahl.«

Sigruns Blick verschwamm. Sie klammerte sich an ihn. »Es muss einen anderen Weg geben. Mein Monatsblut ist schon seit ein paar Wochen ausgeblieben.«

Sie sah ihm an, wie sehr diese Nachricht ihn bestürzte. Nachdem er sich gefasst hatte, küsste er sie und flüsterte: »Liebste.«

»Was sollen wir nun tun?« Der Druck auf ihre Brust war beklemmend. Seine Reaktion beunruhigte sie zusätzlich.

Gero legte seinen Arm um ihre schmalen Schultern. »Du bist so zerbrechlich und nun wirst du auch noch ein Kind austragen müssen, weil ich so unbeherrscht war«, erwiderte er mit schuldbewusstem Unterton. Er zögerte einen Moment. »Aber eines ist gewiss: Ich werde dich keinem anderen Mann überlassen, der dann unser gemeinsames Kind großzieht. Außerdem ist ohnehin fraglich, ob sich dein Zustand bis zum Hochzeitstermin verbergen und der Bräutigam täuschen lässt. Uns bleiben nur zwei Möglichkeiten. Entweder wir setzen Theoderich darüber in Kenntnis, oder wir fliehen von hier.«

Erleichtert atmete Sigrun aus. Gero ließ sie nicht im Stich. Ihr war bewusst, welche Aussicht ihr noch blieb, wenn ihr Vater ihm weiterhin ihre Hand verweigerte: der Gang ins Kloster. Und für sie gab es keinen Zweifel, welchen Weg sie wählen wollte. Sie liebte Gero, und bei der Vorstellung, den Rest ihres Lebens ohne ihn eingesperrt hinter Klostermauern verbringen zu müssen, fühlte sie sich wie lebendig begraben.

»Das ist nicht möglich!« Walburga legte ihre Stickarbeit beiseite, nachdem die Kammerfrau ihr anvertraut hatte, dass Sigruns Laken weit über die Zeit frei von Blutflecken geblieben war.

»Wer sollte das gewesen sein?«

Vielsagend hob Ursula die Schultern.

Walburga schnappte nach Luft. »Wenn Gero das getan hat, wird Theoderich ihn vierteilen lassen!« Beschwörend blickte sie ihre engste Vertraute an. »Kein Wort darüber zu niemandem.«

Diese nickte und sah zu Boden.

Walburga rang um Fassung. Sie konnte kaum glauben, was sich direkt vor ihren Augen abgespielt haben musste.

War geschehen, was sie geargwöhnt und in Sigruns Kindheit zu unterbinden versucht hatte? Ausgerechnet ihre Tochter hatte sich vor der Ehe einem Mann hingegeben? Und dann auch noch einem, mit dem sie wie mit einem Bruder aufgewachsen war? Ein Albtraum! Wie hatte ihr das entgehen können? Es musste ganz im Geheimen stattgefunden haben. Wie sollte sie als Mutter von außen erkennen, ob Dinge aus reiner Freundschaft geschahen oder ob Gefühle dahintersteckten? Sie hatte Sigrun bei Meda in Sicherheit gewähnt. Wieso hatte niemand etwas bemerkt? Noch nicht einmal die Heilerin oder die Kammerfrau, die Sigrun ständig begleitete?

Sie wägte ab, ob sie selbst mit dem Mädchen sprechen sollte, oder ob sie dieses Gespräch besser Meda überließ. Hatte diese nicht gesagt, dass Sigrun eine bedeutsame Aufgabe zu erfüllen hatte? Nun, wenn dem so war, dann hatte ihre Tochter diese wohl geflissentlich ignoriert oder schlichtweg vergessen. War sie als Kind noch eindeutig feinfühlig begabt, so hatte sich das nach ihrer schweren Krankheit unversehens geändert. Als hätte ihre kleine Seele im Kampf mit dem Tod einen Pakt mit dem Teufel geschlossen. Ein Weiterleben dafür, dass sie ihren Zartsinn opferte. Aber es konnte ja wohl kaum zu ihrem Lebensplan gehören, mit Gero ein Dasein im Exil zu führen. Irgendetwas war in ihrer Erziehung schiefgelaufen, sie war dabei, nicht nur ihre Aufgabe zu vernachlässigen, sondern sich auch noch zusätzliches Unheil aufzuladen. Auf ihre Mutter würde sie nun bestimmt nicht mehr hören.

Ich brauche Unterstützung, wir müssen einen Ausweg finden, dachte Walburga. Widerstrebend entschied sie sich, Meda hinzuzuziehen, denn diese hatte noch Einfluss auf Sigrun. Entschlossen warf sie sich einen Umhang über und machte sich auf den Weg, um die alte Hebamme in ihrer Hütte aufzusuchen.

Es war Markttag im Burghof, und dicke, rotbackige Bäuerinnen boten lautstark unterschiedliche Waren feil. Es stank nach Schweiß und Fisch, roch nach geräucherter Wurst, gepökeltem Fleisch und frischem Getreide. Spielleute aus dem Umland strichen klimpernd in ihren bunten Kleidern zwischen den Ständen herum. Ein Bader zog einer jammernden Landfrau in braunem, großmaschigem Tuch mit der Zange einen Zahn. Etliche Zuschauer klatschten Beifall. Aus den Behausungen der Stallburschen erscholl Gelächter. Die Welt hatte noch nicht gemerkt, dass ihr Unheil bevorstand. Aber es war bislang ja auch nur Walburgas persönlicher Unsegen, um den der Rest der Menschheit sich nicht zu scheren brauchte. In ihrem Kummer wurde Walburga zornig bei dem, was sie gewahrte. Geschah etwas wider die Natur oder gegen die Familie, betraf das alle. Selbst dann, wenn niemand Notiz davon nahm oder nehmen wollte. Lud jemand Verderben auf sich, hatte das Folgen für die Allgemeinheit, da sie irgendwann die Konsequenzen mittragen musste. Weil sich zum Beispiel ein Unglück ereignete, Kriege daran entfacht wurden, Familienverbände zerbrachen. Die Kette von möglichen Auswirkungen war ellenlang und nicht in allen Einzelheiten vorhersehbar. Wieso folgten die Menschen ihren Geschäften und Trieben, als sei nichts geschehen?

Walburga beschleunigte ihre Schritte. Bisher wussten nur ihre Kammerfrau und sie selbst von dem Unheil, doch es schwebte bereits über dem Hof und lastete als Bürde auf ihren Schultern. Endlich hatte sie das Tor erreicht, durch das sich ein Bauer aus dem Dorf mit einem Zweispänner zwängte. Von Unruhe getrieben drängte die Burgherrin sich an ihm vorbei. Dann atmete sie auf und orientierte sich. Aus dem nahe gelegenen Wald stieg eine dünne Rauchsäule auf, die ihr den Weg zu Medas Hütte wies.

Die Heilerin saß vor ihrer Kate auf einem Schemel und zeichnete eine dreifache Spirale in den Sand. Sie hob ihr faltiges Gesicht und lächelte Walburga entgegen.

»Ein seltener Gast in meinem bescheidenen Heim! Was führt Euch zu mir?«, fragte sie in einem Ton, als wüsste sie längst, warum die Burgherrin sie aufsuchte und worum sie sie bitten wollte.

»Können wir hineingehen? Ich muss etwas vertraulich mit dir besprechen.«

»Wie Ihr wünscht.« Meda erhob sich und gemeinsam betraten sie ihre karge Behausung, in der es diesmal nach Kamille und Salbei roch.

»Es geht um Sigrun«, erklärte Walburga, als sie an dem klobigen Holztisch Platz genommen hatten.

»Was ist mit ihr?«

Nachdem sie sich an das Dunkel gewöhnt hatte, sah Walburga sich aufmerksam in Medas Hütte um, als erwartete sie, dass sich jemand hinter den Kesseln und Töpfen oder gar hinter den Kräuterbünden, die von der Decke dicht an dicht herabhingen, versteckt haben könnte. Dann dämpfte sie die Stimme.

»Ihr Monatsblut ist ausgeblieben und ich mache mir Sorgen um ihre Reinheit. Kannst du mit ihr reden und in Erfahrung bringen, ob sie etwas derart Ungeheuerliches getan hat?«

»Ich habe bereits alles versucht, was in meiner Macht steht, um zu verhindern, dass sich Sigrun und Gero vereinen. Es war vergebens.«

Walburga fixierte sie entgeistert. »Du hast davon gewusst?«

»Ja, und dein feiner Theoderich auch. Vielleicht fragst du ihn einmal, warum er Gero Sigrun nicht geben will. Denn das wäre ja die Lösung des Problems – wenn die beiden heiraten könnten.«

»Das hat politische Gründe, sagt er.«

Meda schnaubte. »Hat er das so ausgedrückt? Glaub mir, ich habe mein Bestes gegeben. Aber gegen die Liebe der beiden zueinander ist kein Kraut gewachsen. Wir müssen sie gehen lassen und sehen, ob wir später noch etwas ausrichten können.«

»Gehen lassen? Was soll das heißen?«

»Wenn Theoderich nicht in die Heirat einwilligt, bleibt ihnen wohl nichts anderes übrig, als gemeinsam Greifenfels zu verlassen, bevor er Sigrun in ein Kloster steckt.«

»Was weißt du darüber?«

»Nicht viel. Und was ich weiß, darf ich dir nicht sagen. Theoderich hat mich einen Eid schwören lassen, dass ich mein Wissen für mich behalte. Du musst ihn also schon selbst fragen.« Meda fixierte eine Ecke des Raumes. Dann sagte sie: »Sigrun hätte meine Nachfolge antreten sollen. Aber das macht nichts. Ich werde jemand anderes finden. Und sie wird ihre Gabe weitervererben.«

Walburga starrte sie noch einen Moment lang an, dann sackte ihr Körper in die Stuhllehne zurück. Sie versuchte zu ergründen, was das Geheimnis sein mochte, das es wert war, Meda einen Eid leisten zu lassen. Sie hatte all die Jahre geglaubt, dass es um Geros Herkunft ging und um seine Sicherheit, die bedroht gewesen wäre, sobald bekannt wurde, wer er in Wahrheit war. Theoderich hatte ihr gegenüber stets politische Gründe für seine Heiratspläne geltend gemacht. Sie würde es verstehen, wenn er Sigrun nicht einem mittellosen Knappen überlassen wollte. Aber steckte noch etwas anderes dahinter?

»Sieh dich an!«, sagte Meda halb mitleidig, halb abfällig. »Sieh, was aus dir geworden ist!«

Walburga fuhr auf. »Was soll das bedeuten, was aus mir geworden ist? Ich bin Herrin von Greifenfels!«

Meda rümpfte die Nase. »Du fühlst dich als Herrin? Über was hast du denn zu befehlen außer über den Inhalt der Kessel und Milchkannen? Welchen Einfluss hast du auf Theoderichs Entscheidung? Hast du ein Mitspracherecht darüber, wen deine Tochter heiraten darf?«

Walburga öffnete den Mund und schloss ihn wieder, während es angestrengt in ihr arbeitete.

»Ihr Frauen habt euch so viel nehmen lassen!«, fuhr Meda in scharfem Ton fort. »Habt euch dem Mann unterworfen, der doch nur zur Jagd und zum Kriege taugt. Habt euch freiwillig in die Leibeigenschaft begeben und lasst andere bestimmen, wen ihr lieben dürft und wo ihr euer Leben verbringen sollt. Die Sicherheit, in der ihr euch wiegt, ist trügerisch, weil ihr auf eure Männer angewiesen seid. Ich habe miterlebt, wie es Agnes ergangen ist, nachdem Egbert gefallen war, und glaub mir, sie ist nicht die Einzige, der eine solche Ungerechtigkeit widerfahren ist.«

»Freiwillig? Wie kommst du darauf, dass das freiwillig geschah?« Walburgas Stimme überschlug sich.

»Was gedenkst du dagegen zu unternehmen, Tochter der Veleda?«

Walburga schürzte die Lippen. »Ich habe keine Ahnung von diesen Dingen.«

»Doch, das hast du sehr wohl. Aber du unterdrückst das Wissen in dir, um deine Abhängigkeit ertragen zu können. Ich bin nicht besser oder schlechter als du. Was uns unterscheidet, ist allein die Tatsache, dass ich mich befreit habe aus dem Kerker meiner Herkunft. Der Preis ist hoch, aber der Preis der Unfreiheit ungleich höher. Erkenne endlich, was man mit euch gemacht hat, aus euch stolzen Töchtern der Chatten und Brukterer!«

Betroffen erwiderte Walburga ihren Blick. »Die Zeiten haben sich geändert, die alten Götter haben sich von uns zurückgezogen, und wir haben den wahren Gott erkannt. Er herrscht nun und stellt andere Regeln auf, in die wir uns fügen, um unser Seelenheil zu erlangen.«

»Du und dein Geschwätz von dem Gott der römischen Eroberer!«

»Und du würdest wohl immer noch das Beltanefest feiern und Odin anbeten«, schnaubte Walburga.

»Was heißt *würdest?* Ich tue es! Heimlich zwar, und es gibt nur noch wenige von uns, aber ich bin nicht bereit, mich versklaven zu lassen. Wozu Kinder gebären, die dann auch wieder den Männern gehorchen müssen, die sie wie Schachfiguren auf ihren Spielbrettern hin- und herschieben? An Regeln halten müssen, die ein paar alte, verbitterte Machthungrige sich für sie, nein, für sich selbst und ihren Machterhalt überlegt haben. Diejenigen, die vorgeben, die Stimme eines neuen Gottes zu sein, unterdrücken alles, was ihnen oder ihrer Macht schaden könnte. Merkst du nicht, dass es gar nicht um den wahren Glauben oder ein sogenanntes ewiges Leben geht? Es geht ihnen einzig darum, dass sie im Hier und Jetzt die Fäden in der Hand halten und alle Macht bündeln. Und es funktioniert, weil ihr Angst habt.«

»Angst wovor?«

»Wovor ihr alle euch fürchtet: der Hölle und dem Fegefeuer! Was denkst du, wie viele Männer des Reiches noch Klöster stiften und der Kirche Ländereien schenken würden, wenn sie keine Angst mehr um ihr Seelenheil hätten? Dabei ist die Seele unsterblich und wohnt nur in einem Körper, um durch ihn Erfahrungen sammeln zu können.«

Walburga beugte sich weit über den Tisch zu ihr vor, noch immer besorgt, jemand könnte ihr Gespräch belauschen. »Das sind gefährliche Ideen, die du da verbreitest, Meda, ist dir das klar?«

Die Heilerin streckte ihren Rücken durch. »Hältst du mich für einfältig? Natürlich ist mir das bekannt, und dennoch muss es jemanden geben, der die Wahrheit ausspricht. Warum ist sie für die Kirchenvertreter eine Herausforderung, wenn sie doch nichts als die wirre Idee eines Gelehrten der Vorzeit ist?«

Walburga fiel wieder in ihren Stuhl zurück. »Ich habe keine Ahnung, Meda. Aber ich kann und will deinen Weg nicht mitgehen, und ich möchte nicht, dass dir Leid geschieht. Sei achtsam mit dem, was du sagst und tust. Ich weiß nicht, ob ich dich beschützen kann, wenn dir jemand Böses will.«

Meda zog die Augenbrauen hoch. »Sagtest du nicht, du bist die Herrin von Greifenfels?«

In der Nacht lag Walburga lange wach. Das Gespräch mit Meda drehte sich unaufhörlich wie eine Spindel in ihrem Kopf, und ihr war, als läge sie auf einem Schiff bei hohem Seegang. Woran sollte sie glauben, wem vertrauen? Was wurde ihr verheimlicht? Die Vorwürfe der Heilerin ließen sie nicht unberührt, und das Gefühl, versagt zu haben, nagte an ihr. Leise wandte sie sich im Bett Theoderich zu. Er schlief tief und schnarchte dabei zum Gotterbarmen. Sie hatte bisher weder mit ihm noch mit Sigrun gesprochen, weil sie sich zuvor darüber klar werden wollte, was hier vor sich ging. Aber gleich morgen früh würde sie ihre Tochter zur Rede stellen. So geräuschlos wie möglich erhob sie sich aus ihren Laken und trat ans Fenster. Kühler Nachtwind wehte ihr ins Gesicht, und sie richtete ihren Blick hinauf zum Mond, der voll und hell vom sternenklaren Himmel schien. In ihrer Erinnerung sah sie sich genau von dieser Stelle aus auf das Unwetter starren, das in der Nacht zu Sigruns Geburt über dem Land hereingebrochen war wie eine Sintflut. Sie dachte an die dämonischen Schatten, die auf den Außenwänden der Burg erschienen waren und an das unheimliche Geheul des Windes. Vorboten des Unheils? Bekümmert kniff sie die Augen zusammen, um die Flecken auf der Oberfläche des Mondes besser erkennen zu können, als sie von unten leises Pferdewiehern vernahm.

Verwundert beugte sie sich vor und entdeckte im Burghof eine dunkle Gestalt, die prall gefüllte Säcke am Sattelknauf eines Rappen festschnürte. Auch auf diese Entfernung erkannte sie ihren Ziehsohn an der Art, wie er sich bewegte. Walburga hielt die Luft an. Dann erschien eine weitere Silhouette, zierlich und tief verhüllt. Die beiden Gestalten sahen sich an, fassten sich an den Händen und küssten sich. Das Mädchen sank in die Knie und drückte die schemenhaften Umrisse eines Hundes fest in ihre Arme. Einen Atemzug lang verharrte sie so, ehe sie sich langsam wieder aufrichtete. Schließlich hob Gero Sigrun auf das Pferd, als wäre sie eine Puppe.

Hastig raffte Walburga ihren Schlafrock, rannte die Treppe hinunter und stürmte in den Vorhof. Der Hengst tänzelte erschrocken, und Sigrun hielt sich mühsam im Sattel. Gero fuhr herum.

»Herrin!«, zischte er leise. »Was tut Ihr hier?«

»Was ich hier tue? Das sollte ich wohl eher euch fragen!«

Im Mondlicht erkannte sie, wie angespannt sein Gesichtsausdruck war.

»Was machst du, Kind?« Mit tränenverschleiertem Blick sah sie zu ihrer Tochter hinauf.

»Ich liebe Euch, Mutter, und es tut mir so leid, dass ich Euch verlassen muss.«

»Du begreifst nicht, was du tust!«

»Doch, das tue ich. Ich habe es mir wohlüberlegt.«

Walburga griff nach dem Zaumzeug des Hengstes. Ihr war bewusst, dass sie Alarm schlagen und die beiden an ihrer Flucht hindern sollte. Aber sie brachte es nicht über sich. »Lass uns gemeinsam zu Meda gehen. Wir finden einen Weg für dich«, beschwor sie ihre Tochter.

»Welcher Weg sollte das sein? Das Kind töten oder in ein Kloster gehen?«

Das Gefühl der Hilflosigkeit übermannte Walburga, und sie zog an den Zügeln. Vor ein paar Tagen schien das Leben wie die Gestirne am Firmament in fest gefügten Bahnen zu verlaufen, nun drohte ihr alles zu entgleiten, und Hiobsbotschaften fielen wie Meteoriten vom Himmel. Die Menschen, die ihr am nächsten standen, verheimlichten wichtige Dinge vor ihr, und nun rannte ihre Tochter sehenden Auges ins Unglück, um ein noch größeres Unheil zu verhindern. Was sollte sie ihr raten, wenn sie nicht einmal wusste, was genau sich hier abspielte? Rief sie die Wachen um Hilfe, löste sie womöglich die nächste Tragödie aus. Ihrer Kehle entrang sich ein Schluchzen.

Auch Sigrun begann zu weinen. Gero half ihr vom Pferderücken herunter, und die beiden Frauen klammerten sich verzweifelt aneinander. Schließlich fasste Walburga sich, eine unerwartete innere Ruhe erfüllte sie.

»Dann geh mit Gott. Meine Liebe geht mit dir.« Sie küsste ihre Tochter auf die Stirn und hielt sie im Arm.

»Wir müssen fort«, drängte Gero, obwohl er selbst bedrückt wirkte. Doch die Furcht, ertappt zu werden, war offensichtlich stärker.

Widerstrebend löste sich Sigrun aus Walburgas Umarmung. Gero half ihr wieder in den Sattel und schwang sich selbst hinter sie. Er fasste um sie herum nach den Zügeln des Rappen.

»Wird Theoderich Euch etwas antun?«, fragte er Walburga.

»Mir? Warum sollte er mir etwas antun?«

»Ich befürchte, dass er die Beherrschung verliert, wenn er davon erfährt.«

»Er wird *dir* alle Knochen brechen, sobald er dich zu fassen bekommt, nicht mir!«, erwiderte Walburga.

»Lebt wohl. Ich danke Euch zutiefst für alles, was Ihr für mich getan habt. Ich hoffe, ich kann eines Tages wieder gutmachen, was ich angerichtet habe.« Er ließ den Hengst über das Kopfsteinpflaster Richtung Tor trotten. Walburga sah ihnen mit tränenverschleiertem Blick nach und hörte, wie Sigrun leise fragte: »Tun wir das Richtige, Gero?«

»Ja, das tun wir. Hier können wir nicht zusammen sein. Es wäre unser Tod. Wir wählen das Leben, unser gemeinsames Leben.« Walburga erahnte seine Antwort mehr, als dass sie sie noch hörte.

Als sich das schwere Burgtor mit einem verhaltenen Quietschen öffnete, argwöhnte Walburga, dass auch der Burgwächter eingeweiht gewesen sein musste. Hatten sich hier alle gegen Theoderich verschworen? Und geschah das vielleicht sogar aus gutem Grund?

Gero trieb das Pferd zum Galopp an, und sie ritten in die dunkle Nacht hinaus in Richtung der Wälder. Aus Medas Hütte schlängelte sich der übliche Rauchkringel. Sigrun wandte den Kopf und drehte sich im Sattel, um die Kate besser sehen zu können, vor der sie eine Gestalt ausmachte. War die alte Heilerin vor ihre Tür getreten? Ahnte sie, was in dieser Nacht geschehen würde, und blickte ihr nach, ohne zu winken? Auch Sigrun winkte nicht. Sie rechnete damit, dass es ein endgültiger Abschied war und wusste, dass ihr Verlust Meda hart traf.

»Halt an, Gero«, bat sie.

»Das geht leider nicht, Liebste. Wir müssen uns beeilen. Der Morgen graut bereits, und dein Vater wird uns verfolgen lassen, sobald er unsere Abwesenheit bemerkt. Lass uns die Dunkelheit der Nacht nutzen, um noch vor dem ersten Hahnenschrei so weit wie möglich zu gelangen. Theoderich wird uns in der nächsten Stadt vermuten. Also reiten wir in die entgegengesetzte Richtung. Lass uns so viel Abstand zu Greifenfels gewinnen, wie es geht.«

Er umfasste sie von hinten und drückte sie innig. Sie erbebte unter der Umarmung und hielt gleichzeitig ein Schluchzen zurück.

Bis zum Tagesanbruch und noch weit darüber hinaus ritten sie im Kantergalopp. Erst als Sigrun sagte, dass sie eine Pause brauche, zügelte Gero das Pferd. Geschützt im Dickicht der Wälder machten sie eine Rast an einem Bach, an dem sie den Rappen tränken konnten. Auf den Blättern der Bäume glitzerten Tautröpfchen. Gero löste einen der Säcke vom Sattel, gab Sigrun Essen und auch seinen Wasserbeutel. Zärtlich blickte sie ihn an, obwohl ihr nun, da sie so weit fort von ihrer schützenden Heimatburg waren, bange wurde. Sie hatte von Wegelagerern gehört, und von Wölfen, die Menschen angriffen. All das war gestern noch eine undeutliche Ahnung gewesen, doch nun, da sie hier allein im Wald saßen, war es erschreckend nah und greifbar. Verstohlen schaute sie auf das Jagdmesser und das Übungsschwert an Geros Gürtel und fragte sich, ob er wohl auch in der Lage war, sie gegen mehrere Angreifer gleichzeitig zu verteidigen.

Auf Greifenfels wütete Theoderich, außer sich vor ohnmächtiger Wut. Er zertrümmerte Stühle und Tische, schrie und gestikulierte bedrohlich mit den muskulösen Armen in der Luft. Sein gewaltiger Körper bebte, dabei schleifte er sein versehrtes Bein hinter sich her wie ein Stück Treibholz.

»Wer hat davon gewusst?«, rief er und sein Gesicht glühte rot wie Kaminglut.

Alle schüttelten mit betroffener Miene den Kopf. Polternd hinkte er aus der Halle in den sonnenbeschienen Burghof, derart aufgebracht, dass die Hühner gackernd davonstoben.

»Warst du eingeweiht?«, herrschte er dort seinen Stallmeister an.

»Nein, Herr«, entgegnete Lienhart und breitete die Arme aus. »Ich wusste von nichts. Gero muss sich den Rappen heimlich aus dem Stall genommen haben. Das war kein Kunststück, er kannte sich gut mit den Pferden aus.«

Theoderich schickte bewaffnete Männer los, um Sigrun aufzuspüren und zurückzubringen. Auch Gero sollte zunächst kein Haar gekrümmt werden.

Meda riet ihm, sich zusammenzureißen, die beiden selbst zu suchen und sie endlich über Geros Abstammung aufzuklären. Da er die Wartezeit ohnehin kaum aushielt, machte er sich mit einigen Rittern auf den Weg, aber die Geflüchteten blieben wie in jenseitige Welten entschwunden. Erschöpft kehrte Theoderich in der Dunkelheit zurück und suchte geradewegs sein Schlafgemach auf, ohne ein weiteres Wort an jemanden zu richten. Seufzend folgte Walburga ihm.

Im Bett liegend forschte er lange in ihrem Gesicht, während sie ihre dicken Haarzöpfe löste.

»Hast du davon gewusst?«

Sie erwiderte seinen Blick und legte sich neben ihn. »Ja, ich wusste es.«

Mühsam bezähmte Theoderich seine Wut. »Du hast keine Ahnung, was du getan hast, Weib!«

Er erinnerte sich an Medas Warnung und auch daran, dass sie gesagt hatte, dass er mit seiner Sturheit eine Katastrophe heraufbeschwöre und die Verantwortung für die Konsequenzen tragen müsse.

Er besann sich. »Drei Kinder reichen nicht aus, um die Blutlinie zu sichern. Unser Erstgeborener ist als Burgherr völlig ungeeignet.«

»Das ist leider wahr.«

Grob schob er ihre Decke beiseite und ihr Nachthemd hoch. Der Anblick ihres entblößten Körpers erregte ihn, obwohl die Zeit und drei Schwangerschaften, insbesondere die mit den Zwillingen, ihre Spuren hinterlassen hatten.

»Dann musst du wohl noch mal für Nachkommen sorgen«, sagte er.

»Du weißt, wie alt ich bin. Wer weiß, ob ich eine weitere Geburt überleben würde.«

Theoderich wälzte sich auf sie. »Ich sorge dafür, dass ein Medikus sich von Anfang an um dich kümmert. Ich möchte dich nicht auch noch verlieren.«

Er drängte sich zwischen ihre Beine.

Walburga seufzte und öffnete sich ihm, doch er konnte ihr ansehen, dass es aus Gehorsam und nicht aus Lust geschah.

Kapitel Vierzehn

Während des langen Ritts durch die Eifelwälder dachte Gero darüber nach, ob er es wagen konnte, Burg Laach aufzusuchen und um Zuflucht zu bitten. Vom Kaiser inzwischen zum Pfalzgrafen ernannt, hatte Siegfried im Alter von vierundzwanzig Jahren das Erbe von Heinrich auf der Burg angetreten. Obwohl sein leiblicher Vater zum engsten Kreis der sächsischen Verschwörer gehört hatte, die den Monarchen einst stürzen wollten, zählte Siegfried laut Theoderich nun zu den zuverlässigsten Männern des Kaisers.

Allerdings war Laach wahrscheinlich einer der Orte, an denen sein Ziehvater sie würde suchen lassen. Außerdem war damit zu rechnen, dass Bertolt sie verriet, sobald er von ihrem Unterschlupf erfuhr, um etwas gegen Theoderich in der Hand zu haben, und um ihn, Gero, aus dem Weg zu räumen. Dieses Versteck barg zu viele Risiken, und er wollte Sigrun und das Kind in Sicherheit wissen. Es musste etwas Besseres geben. Dennoch wollte er auf jeden Fall in der Nähe von Burg Rheinsporn bleiben, um zur Stelle sein zu können, sobald er ihrer habhaft werden konnte. Dann erinnerte er sich an eine Begebenheit aus seiner Knappenzeit und straffte entschieden seinen Rücken.

In diesem Moment fühlte er sich so frei und so stark wie in seinem bisherigen Dasein noch nicht. Sigrun war bei ihm, und sie würden sich gemeinsam irgendwo eine Existenz aufbauen. Die Gewissensbisse gegenüber Theoderich und Walburga sowie seine Sorge, wie er Sigrun und das Kind durchbringen konnte, musste er verdrängen. Sie wären allzu belastend gewesen.

Zwei volle Tage lang ritt Gero mit Sigrun im eintönigen Trab, bis sie den Rand des Sumpfgebietes nahe des Laacher Sees erreichten und an dem plätschernd aus der Erde sprudelnden Sualeburn rasteten. Durch das Laub der Bäume schimmerten die Strahlen der untergehenden Sonne, und ein Hauch von Regenbogen lag in der feuchten Luft. Von dem Zauber, der sie umgab, bekam Gero nicht viel mit. Ihre Vorräte waren aufgebraucht, Sigrun und der Rappe zu Tode erschöpft. Auch er selbst konnte sich kaum noch im Sattel halten. Mit steifen Bewegungen füllte er seinen Beutel mit frischem Quellwasser und reichte ihn Sigrun, die dem Schwächeanfall nahe schien.

»Wir sind jetzt dicht an dem Ort, in dem wir Zuflucht suchen werden. Ich kenne ein paar der Bewohner dort und denke, sie sind mir wohlgesonnen.«

Sigrun lächelte ihn an. »Ich vertraue dir.«

Als sie Thure erreichten, war die Abenddämmerung bereits hereingebrochen. Gero stieg vom Pferd und führte es am Zügel in Richtung der Behausungen. Aus einigen der mit Stroh gedeckten Hütten drangen gedämpfte Stimmen, und dünne Rauchsäulen kräuselten sich aus den Eulenlöchern. Er wandte sich einer der verwitterten Türen zu und klopfte an. Das Gespräch im Inneren der Kate verstummte.

»Wer ist da?«, rief eine raue Männerstimme.

»Gero von Hamm. Ich brauche Hilfe.«

Im nächsten Augenblick erschien ein kahlköpfiger Bauer, gekleidet in ein braunes Leinenhemd und graue Beinlinge. Misstrauisch sah er Gero an, bis er ihn erkannte und sich verbeugte.

»Was kann ich für Euch tun, Herr?«

Gero wies auf Sigrun und überdachte die Situation einen Atemzug lang, ehe er mit fester Stimme sagte: »Mein Weib ist entkräftet von der Reise und unser Proviant ist aufgebraucht. Könnt ihr uns ein Nachtlager gewähren?«

Der Bauer blickte von ihm zu Sigrun. »Wartet einen Augenblick. Ich hole Euch unseren Dorfsprecher her.«

Nachdem er sich auf den Weg gemacht hatte, drehte sich Gero zu Sigrun um und nickte ihr zuversichtlich zu. Da kippte ihr Kopf zur Seite, und er fing sie erschrocken gerade noch rechtzeitig auf, als sie ohnmächtig aus dem Sattel rutschte. Eilige Schritte verrieten die Rückkehr des Bauern, dem Jost folgte, eine brennende Fackel in der Hand.

»Ihr braucht Hilfe, Herr?« Der Dorfsprecher verbeugte sich vor Gero. Das zuckende Licht der Fackelflamme betonte die ledrige Haut in seinem Gesicht.

»Ja, wir brauchen ein Nachtlager.«

Jost betrachtete das besinnungslose Mädchen in Geros Arm. »Ihr könnt sie zu meiner Mutter bringen, sie wird sich um die junge Frau kümmern.« Er wies auf eine Kate in Sichtweite des Dorfplatzes.

Gemeinsam liefen sie hin, und er öffnete die Tür. Gero duckte sich und trug Sigrun in die Hütte hinein. Dort lagen Strohmatten auf dem Erdboden, und über der Feuerstelle hing ein verbeulter Kessel, in dem ein Eintopf einen würzigen Duft verbreitete. Eine alte Bäuerin, die Jost ihm als Godelind vorstellte, stand gebeugt an dem Gestänge und rührte in dem Essen. Gelassen drehte sie sich zu ihm um, und ihre Augen blitzten dabei gütig und kundig.

»Was ist mit dem Mädchen?«

»Sie ist stark geschwächt von der Reise«, antwortete Gero.

Die alte Frau nickte ruhig. Ihr rundliches Gesicht war durchzogen von feinen Linien, am Kinn zeigten sich vereinzelt borstige Haare, und die eingefallenen Lippen verrieten, dass ihr einige der vorderen Zähne fehlten. »Warum seid Ihr so weit gereist?«

»Das ist eine lange Geschichte. Könnt ihr uns helfen?«

Sie betrachtete Sigrun stirnrunzelnd. »Legt sie auf die Matte da.«

Dann griff sie nach den getrockneten Pflanzen, die an der Strohdecke hingen, nahm ein Kraut und zerrieb es zwischen ihren knochigen Fingern. An dem Geruch, der ausströmte, erkannte Gero, dass es Kampfer war. Die alte Frau mischte noch weitere Heilpflanzen hinzu, verrührte das Gemisch mit Wasser und hielt es Sigrun unter die Nase. Sie regte sich kaum merklich.

Godelind drehte sich zu ihm um. »Lasst sie schlafen, ihr Körper muss sich erholen.«

Erleichtert setzte sich Gero neben seine Liebste auf den Boden der Hütte.

»Wie lange habt Ihr nichts mehr gegessen?«

Erst jetzt spürte er das nagende Hungergefühl in seinem Bauch. »Seit gestern.«

Wortlos reichte sie ihm einen Laib Brot sowie ein Stück Ziegenkäse und strich sich das graue Haar zurück, sodass es strähnig auf ihren mageren Schultern lag.

Hungrig aß er und fragte nach einer Weile zwischen zwei Bissen: »Können wir hier auch länger als für eine Nacht bleiben?«

Jost, der sich bisher still auf einem Schemel im hinteren Teil der Kate aufgehalten hatte, beugte sich zu ihm vor. »Werdet Ihr verfolgt?«

Gero vermied den Blickkontakt zu dem Dorfältesten. »Nein.«

Der Ältere wiegte den Kopf. »Das kann ich nicht allein entscheiden. Wir werden den Dorfrat befragen müssen.«

»Was wissen wir über diesen Gero von Hamm?« Wolff, einer der jüngeren Bauern, der von Zeit zu Zeit auch als Tagelöhner auf dem Gutshof des Berno von Thure arbeitete, schaute in die Runde, die sich am frühen Morgen auf Josts Bitte hin um den Dorfplatz versammelt hatte. In den Linden und Eichen tschilpten unzählige Rotkehlchen, um die aufgehende Sonne zu begrüßen und ihre Weibchen zu umwerben. Die Bauern saßen vornübergebeugt, als laste schon jetzt das kräftezehrende Tagewerk auf ihren Schultern, und einige scharrten mit den Füßen.

»Aus seiner Zeit in Laach ist bekannt, dass Theoderich von Greifenfels ihn großgezogen hat, aber seine genaue Herkunft ist unbekannt«, erwiderte Jost und schob die Hände unter den breiten Gürtel seines Hemdes.

»Egal, wer er ist – wir stehen in seiner Schuld. Vor ein paar Jahren hat er uns vor Bertolt bewahrt und dann unser Überleben gesichert. Ohne seine Hilfe gäbe es die Hälfte von uns nicht mehr!«, warf Veit ein, einer der ältesten Männer im Dorf. »Ich habe zwei Hungersnöte überstanden und erlebt, wie brutal die Eintreiber aus Rheinsporn gegen Pachtsäumige vorgegangen sind.«

Einige der Bauern nickten mit gesenkten Köpfen.

»Von Siegfried von Ballenstedt haben wir nichts Schlimmes zu erwarten, es sei denn, der von Hamm und das Mädchen haben sich mit ihm überworfen. Dann wird es Ärger einbringen, ihnen Unterschlupf zu gewähren. Die junge Frau ist erst fünfzehn oder sechzehn Jahre alt und allem Anschein nach von höherem Stand. Es kann eine Menge Unmut erregen, wenn die beiden im Dorf leben und von irgendwem gesucht werden«, brachte Wolff vor.

Burckhart aus Saalfeld meldete sich zu Wort. »Veit hat recht. Es ist egal, welchen Unbill wir uns möglicherweise einhandeln. Wir sind dem Jungen etwas schuldig. Taucht jemand auf und fragt nach ihnen, können wir überlegen, wie wir weiter vorgehen. Bis dahin können sie auch in unserer Mitte leben. Was sollte dagegen sprechen?«

Wieder nickten einige und brummten zustimmend. Veit stützte sich auf seinen Beinen auf und machte Anstalten, sich zu erheben.

»Aber was ist, wenn derjenige Bertolt von Rheinsporn ist?«, fragte Wolff. »Wir müssen uns vorher überlegen, was wir antworten und wie wir uns verhalten.«

»Der junge von Hamm hat nicht gesagt, dass wir sie verstecken sollen.«

»Wer weiß, ob das Mädchen überhaupt seine Frau ist. Vielleicht sollte sie einen anderen heiraten, und er hat sie entführt.«

Jost hob seine schwielige Hand, um die Männer zum Schweigen zu bringen. »Das ist nicht unsere Angelegenheit. Wir werden ihn nicht verbergen, aber er darf sich hier niederlassen. Wir werden abwarten, wie die Dinge sich weiterentwickeln.«

Erneut brummten einige beifällig.

Noch einmal hob Wolff an: »Und was ist, wenn er gar nicht Gero von Hamm ist, sondern der verschollene Sohn des Egbert von Rheinsporn?«

Eine Stille folgte, und Jost vermutete, dass ein jeder die Konsequenzen dieser Möglichkeit überdachte.

»Dann sollten wir ihn erst recht aufnehmen!«, erwiderte er. »Ich würde ihn mit Freude unterstützen, wenn er Bertolt vertreiben will.«

Viele der Männer hoben ihre Fäuste und stimmten ihm zu. »Ja, hoffentlich tut er das.«

Jost erhob sich, damit seine große, kräftige Statur seine Autorität unterstrich. »Ich sage ihnen, dass sie bleiben können.«

»Aber bring ihnen auch bei, dass sie genau wie alle anderen ihren Pflichten hier im Dorf nachzukommen haben. Sie werden hier nicht wie Lehnsherrn behandelt«, warf Wolff ein.

Jost wandte sich ab.

»Wir können nicht noch mehr hungrige Mäuler durchfüttern, wenn der nächste Winter wieder so hart wird!«, rief der Jüngere ihm hinterher.

Jost drehte sich bedächtig zu ihm um. »Ich habe nicht den Eindruck, dass die beiden hier von uns bedient werden wollen. Ich bin mir sicher, dass sie ihr Bestes geben werden, um sich in die Gemeinschaft einzufügen.«

Wimmernd erwachte Sigrun, weil sich in ihren Unterleib ein Dolch hineinzubohren schien. Ihr Leib krümmte sich vor Schmerzen und ergoss sich in einem Schwall von Flüssigkeit. Das Strohlager unter ihr wurde feucht. Panisch griff sie nach Gero.

»Liebster, wach auf!«

Schlaftrunken legte er seine Hand auf ihren Bauch. Als sie erneut stöhnte, richtete er sich auf und fingerte nach der Talglampe. Es dauerte eine Weile, bis er sie entzündet hatte. Dann wandte er sich ihr wieder zu.

»Was ist mit dir?« Seine Stimme klang besorgt.

»Ich habe Schmerzen«, presste sie hervor.

Er hob die Schaffelldecke an, um zu sehen, woran sie litt.

»Sigrun«, flüsterte er mit bestürztem Ton.

Sie umklammerte sein Handgelenk. »Was ist?«

Er legte seine Finger an ihre Wange, und sie spürte, dass sie zitterten. »Dein Lager ist voller Blut.«

Schluchzend wollte sie sich aufrichten, doch Gero drückte sie sanft zurück. »Bleib liegen, Liebste. Ich wecke Godelind und bitte sie darum, die Blutung zu stillen.«

»Sag ihr, dass sie bitte das Kind retten soll.«

Godelind gelang es, Sigruns Blutung zu stillen, doch das Licht des heranbrechenden Morgens offenbarte, dass das Kind von ihnen gegangen war. Weinend wiegte Sigrun sich in Geros Armen. Die Traurigkeit, die auch von ihm ausging, war ihr Trost und Halt zugleich. Weil sie so viel Blut verloren hatte, musste sie einen Tag lang in der Hütte liegen bleiben. Gero verweilte bei ihr und gemeinsam trauerten sie um ihr Kind.

Leise fragte sie ihn: »Ist das die Strafe Gottes für das, was wir getan haben?«

»Nein, es ist die Strafe dafür, dass ich dir zugemutet habe, so lange am Stück zu reiten. Wir hätten mehr Pausen machen müssen, damit du dich hättest erholen können. Es tut mir leid. Es war mein Fehler.« Er hielt inne und sah sie ernst an. »Ein Wort nur, Sigrun, und ich bringe dich sofort zurück nach Greifenfels. Du hast wieder alle Möglichkeiten offen, Theoderich wird dir verzeihen, Dankwart von Heimbach dich heiraten. Du wirst ein standesgemäßes Leben führen können, wie es dir gebührt. Sieh nur, was ich dir bieten kann.« Er wies in die armselige Hütte. »Wer weiß, wann ich in der Lage sein werde, die Burg meines Vaters zurückzuerlangen. Bis dahin würdest du das Dasein einer Bäuerin erdulden müssen, und dabei solltest du unter einem Baldachin schlafen.«

»Nein, Gero«, entgegnete sie, und Tränen rannen ihr über das Gesicht. »Ich habe alles, was ich brauche. Deine Liebe ist mir wichtiger als alles andere. Ich bleibe hier, bei dir. Der Herr hat uns gestraft, indem er uns unser Kind genommen hat, und er testet unsere Liebe. Ist sie stark genug, wird er uns ein neues Leben schenken. Also lassen wir uns nicht obendrein selbst kasteien und gegenseitig zu einem freudlosen Dasein verdammen.«

Erst als sich Sigrun gefahrlos aufrichten und auf den Beinen halten konnte, wacklig zwar, aber dennoch, beerdigten sie das winzige Menschenkind in einem Holzkästchen am Rand des kleinen Dorffriedhofs. Gero stützte sie, als sie schwankte, und sie ließen es unausgesprochen, ob dies an ihrer körperlichen Schwäche oder an der Trauer um ihr gemeinsames Kind lag.

Nachdem er sie anschließend wieder sicher auf ihr Strohlager gebettet hatte, sagte er: »Ich werde nicht mehr bei dir liegen, damit das nicht noch einmal passiert. Du bist zu zierlich dafür, ein Kind zu tragen. Du könntest verbluten, und das würde ich nicht verkraften.«

Sie fasste ihn am Arm. »Das wird nicht nötig sein. Ich kenne Kräuter, die eine Empfängnis verhindern können.«

Gero sah sie lange mit zweifelndem Blick an, dann legte er seine Hand an ihre Wange. Verzweifelt klammerte sich Sigrun an ihn, und die Angst ihn zu verlieren schnürte ihr die Kehle zu.

»Natürlich hatte meine Entscheidung strategische Gründe«, beharrte Theoderich. »Wer behauptet etwas anderes?« Er stemmte die Fäuste in die Hüften und zog die buschigen Brauen zusammen.

Walburga erwog, ob sie »Meda« antworten sollte. Schließlich reckte sie das Kinn. Sie hatte ihn in ihre Kemenate gebeten und zuvor ein rotes Oberkleid angelegt, das durch die Schnürung unterhalb der Brust und an den Oberarmen ihre Rundungen betonte. Dann hatte sie die Kammerfrauen hinausgeschickt, damit sie ungestört mit ihrem Mann war. Er hatte eine Schwäche für dieses Kleid und schlug ihr selten eine Bitte ab, wenn sie es anlegte. Doch heute konnte er seine Enttäuschung darüber, dass sich bei ihr keine neue Schwangerschaft eingestellt hatte, kaum verbergen. Mit Vorwürfen hielt er sich jedoch bislang zurück. Er hatte keine Ahnung, dass Meda ihr ein Pulver von Ackerminze gegeben hatte, das eine Empfängnis verhinderte.

»Es gibt Gerüchte, dass noch etwas anderes dahinter stecken könnte«, sagte sie.

»Welche Gerüchte? Wer verbreitet sie und seit wann schenkst du ihnen Beachtung?«

Sie reckte ihr Kinn ein wenig höher. »Ich habe ein Recht darauf zu erfahren, was hier vor sich geht.«

»Nein, hast du nicht«, erwiderte Theoderich energisch. »Das sind Dinge, in die du dich nicht einzumischen hast. Kümmere du dich um die Kinder und die Hauswirtschaft und überlass die weitsichtigen Angelegenheiten deinem Gemahl, wie es sich gehört.«

Er hielt inne und fuhr dann ruhiger fort: »Ich brauche aus politischen Gründen ein Bündnis mit Heimbach, und nun haben unsere Tochter und unser Ziehsohn meine Pläne zunichtegemacht! Auch für Gero hatte ich anderes vorgesehen. Ich hoffe noch immer darauf, dass die beiden bald gefunden und zurückgebracht werden, und wir retten können, was zu retten ist. Ich habe ihn schließlich nicht zum Ritter ausbilden lassen, damit er sein Dasein als Lump fristet, und meine Tochter ist dazu erzogen worden, einmal den Haushalt einer Burg zu führen. Gero soll dereinst Rheinsporn für sich zurückerobern, sodass auch mit ihm ein Bündnis besteht, das uns auf Dauer vor Übergriffen schützt.«

Walburga starrte ihn an. »Warum sollte Gero Rheinsporn für sich einfordern?«

Theoderich vermied den Blickkontakt. »Weil er der Sohn meines verstorbenen Freundes Egbert ist.«

Sie fixierte ihn noch immer. War dies das Geheimnis, das Meda hüten sollte? Aber es erklärte nicht, warum er Gero seine Tochter nicht zur Frau geben wollte.

»Der Erzbischof von Trier streckt bereits gierig seine Finger nach den einzelnen Lehensgütern aus«, fuhr Theoderich fort.

»Und jetzt lass es gut sein, Weib. Ich habe Wichtiges zu erledigen.« Er marschierte zur Tür, drehte sich aber noch einmal zu ihr um und fügte hinzu: »Hättest du die beiden nicht laufen gelassen, stünden wir nun nicht vor diesem Problem.«

Damit verließ er die Kammer und schloss die Tür lauter als nötig hinter sich. Beinah stieß er mit Ursula zusammen, die ihnen eine Karaffe mit Wein bringen wollte. Mürrisch schnappte er sich einen der Becher und leerte ihn in einem Zug. Diese Geschichte zerrte an seinen Nerven. Wer wusste, ob nicht Meda hinter dieser Auseinandersetzung steckte? Vermutlich tat sie das sogar, und dann war Vorsicht geboten.

Im Stillen dachte er, dass der Junge ein Narr war, seine Zukunft für ein Mädchen aufs Spiel zu setzen, und für ein so kränkliches zumal. Gleichzeitig erkannte er in Gero den Starrsinn, der ihm selbst zu eigen war, und bewunderte seinen Ziehsohn insgeheim für seinen Mut. Sigrun war bei ihm in guten Händen. Doch das wollte er sich Walburga gegenüber nicht anmerken lassen. Um den Rest würde Meda sich kümmern müssen.

Er hasste es, dass er zum wiederholten Mal auf deren Hilfe angewiesen war. Irgendwann musste er sich dafür erkenntlich zeigen, und die Heilerin würde nicht zimperlich sein mit ihren Forderungen. Er kannte die alte Vettel nur zu gut. Sie würde sich ihr jahrelanges Schweigen reichlich vergelten lassen, denn sie glaubte nicht an die Ehrbarkeit seiner Motive, sondern schätzte ihn als Machtmenschen ein. Doch er hatte das Beste für alle gewollt. Egbert und Agnes hätten das genauso gesehen, da war er sich sicher.

Als Sigrun sich von den Strapazen erholt hatte, erwog Gero, Siegfried in Laach zu besuchen, um ihn darüber in Kenntnis zu setzen, dass er nun in seiner Lehnsgemeinde Thure lebte.

Vielleicht fanden sie ja eine Lösung für Geros Problem, wie auch immer diese aussehen mochte. Doch schließlich entschied er sich dagegen. Irgendjemand auf der Burg würde ihn erkennen, und ihr Aufenthaltsort und Versteck alsbald zu Theoderich durchdringen.

Stattdessen suchte er Pfarrer Oswald in der Dorfkirche auf. Er traf ihn im Altarraum an, wo er den Tisch des Herrn für eine Marienandacht herrichtete. Es duftete nach den Feldblumen, die von den Frauen des Dorfes zu Ehren der Gottesmutter zu Sträußen hergerichtet und in schönen Gebinden dekoriert waren.

»Wir würden gerne unser Ehegelöbnis vor Gott ablegen, Vater«, sagte Gero.

Der Geistliche drehte sich um und warf einen erstaunten Blick auf ihn. »Sagtet Ihr nicht, Sigrun sei bereits Euer Eheweib?«

»Das ist sie, doch uns fehlt noch der Segen der Kirche.«

Der Priester runzelte die Stirn. »Ich habe nicht vergessen, dass ich Euch mein Überleben verdanke. Also spare ich mir weitere Fragen. Dem Herrgott ist's wahrscheinlich ohnehin egal«, murmelte er. »Er wird sich an eurer Liebe erfreuen, und was die Menschen für das Richtige halten, hat oft wenig mit dem Willen des Herrn zu tun.«

Gero verstand nicht recht, was ihm der Geistliche damit sagen wollte, verzichtete seinerseits jedoch auch auf eine Erklärung, um die Zweifel des Mannes an der Rechtmäßigkeit seiner Verbindung zu Sigrun nicht zu schüren.

Es rührte Gero, wie sich die kleine Dorfgemeinschaft bei der Aussicht auf eine Hochzeitsfeier freute, obwohl es offensichtlich war, dass er sich nicht in der Lage befand, ein rauschendes Fest auszurichten. Ihre Entscheidung, dass jeder von ihnen etwas zum Festmahl beisteuern sollte, und dass sie aus der Hochzeit kurzerhand ein Dorffest machen würden, beschämte und erleichterte ihn zugleich. Godelind und ihre Schwiegertochter Luitgard halfen Sigrun, ihre edle Tunika wieder herzurichten, die bei dem langen Ritt von Greifenfels in Mitleidenschaft gezogen worden war. Sie wuschen den Stoff im Thurer Bach, der munter durch das Dorf floss, ließen ihn auf einer Leine trocknen, und machten sich anschließend daran, die Risse und Löcher auszubessern. Gero sah sie zusammen mit einigen anderen Frauen fröhlich schwatzend auf kunstlos gezimmerten Bänken vor den Hütten in der Sonne sitzen, die erhebliche Strahlkraft besaß. Sigrun hatte sich in der Zwischenzeit von ihrem Verlust erholt, sah aber noch immer blass und geschwächt aus. Gemeinsam stickten und nähten sie, und auch die restlichen Dorfbewohner putzten ihre Festtagskleidung heraus. Je näher die Vermählung rückte, desto unruhiger wurde Gero.

Am Tag der Hochzeit kam Luitgard in Godelinds Hütte herüber, und sie scheuchten Gero hinaus, damit sie Sigrun herrichten konnten, ohne dass er sie sah. Nervös strich er durchs Dorf und stellte sich vor, wie die Frauen ihr halfen, die Tunika anzulegen und den Gürtel um ihre Taille zu drapieren. Die Dorfbewohner hatten Fahnen und Wimpel an ihre Hütten gehängt und ihre besten Tücher und Tuniken angelegt. Ganz Thure und auch einige Bewohner des angrenzenden Menedich strömten an diesem Tag ins Gotteshaus neben dem Dorfplatz.

An der Kirche traf Gero auf die jungen Männer des Dorfes, die ihm aufmunternd auf die Schulter klopften und bereitwillig mit ihm auf Sigrun warteten. Endlich kam Jost, dem feierlichen Anlass zu Ehren in seinem besten Kittel und gekämmt, und brachte Sigrun zu ihm vor die Kirche. Sie trug ein hüftlanges, durchscheinendes Tuch auf ihrem Haar, fixiert mit einem Stirnreif. Am Ausschnitt ihres Gewands klemmte ihre mit einigen Edelsteinen ausstaffierte Goldbrosche, ein fein gearbeiteter Ring mit innen liegender Fibel. Ihre Wangen waren gerötet, als hätte Godelind sie gekniffen, damit sie gesünder aussah. Geros Augen leuchteten, und er fühlte sich, als ob seine Brust vor Glück jeden Moment zerspringen müsste.

Die Dorfbewohner schauten mit offensichtlicher Rührung zu ihnen hinüber, als interessierte es niemanden, ob das, was hier geschah, rechtens war.

»Diese beiden jungen Menschen lieben sich innig und haben einen bequemeren Lebensweg für ihre Liebe geopfert. Es ist ergreifend mit anzusehen, wie sie nun bereit sind, den Ehebund vor uns als Zeugen einzugehen«, sagte der Pfarrer in seiner Predigt und wirkte dabei bewegt von dem Bild, das sich ihm darbot. Gero merkte, dass er sich alle Mühe gab, die Zeremonie gebührend feierlich abzuhalten.

Als er seine Braut küssen durfte, verharrte er einen Moment. Dann nahm er ihr Gesicht in beide Hände und flüsterte: »Ich liebe dich inniger, als du dir je vorstellen kannst.«

Sigrun schluckte und strahlte ihn an. Sie küssten sich so lange, bis sie hörten, dass sich einige der Anwesenden räusperten.

Als sie das Kirchengebäude verließen, riss Gero seine frisch Angetraute in die Höhe und hielt sie fest im Arm. Sie vergrub ihr Gesicht an seinem Hals. Ihnen standen schwere Zeiten bevor, und sie würden all ihren Mut und ihre Willenskraft aufbringen müssen, um diese ertragen zu können. Doch diesen Moment würde Gero für immer in seinem Herzen bewahren.

»Das ist eines der rauschensten Feste, die Thure seit Langem erlebt hat«, versicherte Jost ihm, unter einem wolkenfreien Himmel voller Sonnenschein auf einer Bank sitzend. »Um sich dir erkenntlich zu zeigen, haben alle dazu beigesteuert und großzügig Speisen und Getränke aufgetischt.« Er lachte. »So hat jeder das Gefühl, sowohl Gastgeber als auch Gast zu sein, und kann sich entsprechend benehmen.«

»Das soll mir recht sein«, erwiderte Gero leichten Herzens und prostete ihm mit einem Humpen Met zu. »Ich bin euch unendlich dankbar dafür.«

Die Stimmung wurde immer ausgelassener, je tiefer sich die Bier- und Weinkrüge neigten und man sich dem Höhepunkt der Feier näherte: der Zügellosigkeit und dem Rausch.

Bevor der Met ihm endgültig die Sinne verwirrte, dachte Gero mit einem Anflug von Wehmut an die Feste auf Greifenfels. An denen würde er wohl nie mehr teilhaben, denn es erschien ihm ausgeschlossen, dass Theoderich ihm je verzieh. Dann verscheuchte er diesen Gedanken und freute sich an der Unbekümmertheit des Augenblicks.

Gelächter, Gesang und übermütiges Rufen drangen weit übers Land. Der Wind wehte letzte Spuren davon bis nach Laach und den Hauch einer Ahnung bis Rheinsporn, wo Bertolt aus einem unruhigen Schlaf aufschreckte, als hätte eine innere Stimme ihn vor drohendem Unheil gewarnt. Er lauschte angestrengt in die Nacht, doch außer den Lauten eines Uhus und dem leisen Lufthauch an seiner Fensteröffnung gab es nichts, was er erfassen konnte.

So sehr er sich auch mühte, er fand nicht mehr in den Schlaf. Seine Gedanken kreisten umher und kehrten immer wieder zu den Bildern zurück, die ihn seit dem Raubzug durch das Rheinland verfolgten.

Stöhnend drehte er sich zur Seite und wurde nun von diesem einen Moment heimgesucht, in dem er vor Schreck gelähmt untätig geblieben war. Er sah Egbert umzingelt von feindlichen Rittern um sein Leben kämpfen, so wie er sich selbst in den Nächten vor der Schlacht in Albträumen gesehen hatte. Die Erinnerung daran, wie sein Bruder sich auf dem Feld in Agonie gewunden hatte und am eigenen Blut erstickt war, bemächtigte sich seiner. In diesem Moment war auch etwas in ihm gestorben. Es war nicht lautlos und schmerzfrei dahingeschieden, es hatte geschrien und sich in einem Würgegriff an seine Brust geklammert.

Seitdem lag eine zu Stein verklumpte Sehnsucht nach Liebe und Anerkennung schwer und unverdaut in ihm. Der trostlose Rest eines verkümmerten Wesens, fremd, ohne Zuversicht, allein gelassen und verwahrlost, nicht gemacht für diese Welt, in der nur Stärke zum Heldentum führte. Er dachte an die wutverzerrten Gesichtszüge und die Verachtung im

Blick Heinrich von Laachs auf dem Schlachtfeld. Bertolts Entscheidung war in dem winzigen Moment gefallen, den es brauchte, um dem Laacher in die Augen zu schauen. Er wusste, dass andere ihn für roh und grausam hielten, weil er im Laufe der Jahre gelernt hatte, seine Angst nicht mehr zu zeigen. Nun lastete die Verantwortung, den eigenen Bruder dem Feind überlassen zu haben, zusätzlich auf seinen Schultern. Doch nie wieder sollte ihn jemand einen Feigling nennen. Breitbeinig hatte er sich damals aufgerichtet, auf sein Schwert gestützt und seine Miene grimmige Genugtuung ausstrahlen lassen. Sollte der Laacher ihn hassen, sollte er ihn für einen Brudermörder halten. Er konnte ihm nichts nachweisen, Egbert war wie viele andere Lothringer durch Feindeshand gefallen.

Ruckartig richtete er sich auf. Wenn alle, angefangen bei seinem eigenen Vater, ihn verachteten, dann war es nur gerecht, dass er die Welt ebenso ächtete und strafte, wie sie es verdiente, mit all ihren schwachen und jämmerlichen Gestalten! Und das schloss auch Egberts Sohn ein, sollte er es wagen, sich noch einmal auf Rheinsporn blicken zu lassen.

Auf Greifenfels beobachtete Adebar beunruhigt, dass sein Vater keine Ruhe fand und seine Besorgnis um Sigrun und Gero kreiste. Theoderich beharrte darauf, dass sie die Geflüchteten ausfindig machen mussten. Sämtliche Suchtrupps waren unverrichteter Dinge zurückgekehrt, und seinen Ratgebern gingen die Ideen aus. Obwohl Adebar ihm bisher nur unbrauchbare Hinweise gegeben hatte, wandte sich der Graf wiederum an ihn.

»Du hast vier Jahre gemeinsam mit ihm in Laach verbracht. Ihr habt euch nah gestanden. Hast du nicht doch noch eine Eingebung, wohin Gero Sigrun verschleppt haben könnte?«

Adebar zögerte, hin- und hergerissen zwischen der Ergebenheit zu seinem Vater und der Freundschaft zu seinem Ziehbruder. In ihrer gemeinsamen Zeit in Laach hatte er es ihm hoch angerechnet, dass er verschwiegen blieb, obwohl er um seine Gefühle für Otto wusste. Er konnte damals nicht umhin, den »Dahergelaufenen« mehr und mehr zu mögen und Achtung vor ihm zu empfinden. Genau genommen war Gero allemal kein schlechter Wegbegleiter gewesen. Adebar hätte es deutlich schlimmer antreffen können, als mit ihm seine Knappenzeit zu verbringen. Im Laufe der Zeit hatte er erkannt, dass die Entscheidung seines Vaters, sie beide zusammen nach Laach zu schicken, klug und vorausschauend gewesen war. Schließlich siegten jedoch familiäre Treue und die Überzeugung, dass sein Ziehbruder unrecht gehandelt und die Familie entehrt hatte.

»Ja, es gibt noch ein paar Orte östlich von hier, wo sie sich aufhalten könnten.«

Seinem Vater war die Anspannung deutlich anzusehen, als er seinen Blick erwiderte. »Wo?«

»Nun, er kennt sich in der Gegend um Laach aus wie ein Luchs in seinem Revier.«

»Ja, aber wenn ich Siegfried bitte, das Umland zu durchkämmen, muss ich ihm sagen, warum. Ich möchte kein Aufsehen erregen, das dann möglicherweise bis zu Dankwart vordringt.«

»Gib mir drei deiner Ritter mit, und ich werde mit ihnen gezielt die Orte des Laacher Umlands absuchen, die wir gemeinsam erkundet haben. Wenn ich sie finde, bringe ich dir Sigrun wieder zurück und Gero …« Er stockte.

»Ihr werdet auch ihm kein Haar krümmen«, fiel Theoderich ihm zu seiner Verwunderung ins Wort.

Fragend hob Adebar die Augenbrauen.

Sein Vater wand sich unbehaglich und verzog das Gesicht, als hätte man ihn gezwungen, Essig zu trinken. »Wenn er Sigrun entehrt hat, wird er sie heiraten müssen. Einen toten Bräutigam können wir nicht brauchen. Außerdem ist er der Sohn des Egbert von Rheinsporn und ich schulde es meinem verstorbenen Freund, seinem einzigen Nachkommen ein gerechtes Strafmaß zuteil werden zu lassen.«

Überrascht hob Adebar zu sprechen an. Doch Theoderich ließ ihn nicht zu Wort kommen.

»Reite mit ein paar unserer Treuen nach Laach!«, befahl er, drehte sich auf dem Absatz um und verließ die Halle.

Adebar wählte mit Sorgfalt unter den Rittern seines Vaters aus. Es mussten Männer sein, denen er bedingungslos vertrauen konnte und die nicht nachfragen würden, wenn er sie an bestimmte Orte führte und ihnen andere ausredete. Er verzögerte ihre Abreise noch eine Weile, doch als Theoderichs Gereiztheit ausuferte, machte er sich auf den Weg. Sie nahmen ein Packpferd für den Proviant mit, der für zwei Tage ausreichen würde, da er annahm, dass sie bei Siegfried in Laach Unterkunft und Verpflegung erhielten. Insgeheim träumte er davon, Otto dort wiederzutreffen, auch wenn dieser sein verstohlenes Werben in der Vergangenheit geflissentlich ignoriert hatte. Vielleicht hatte ja in der Zwischenzeit ein Sinneswandel bei ihm stattgefunden und er würde erkennen, welche Kostbarkeit ihm entgangen war.

Während des Zweitageritts durch die Eifelwälder war er schweigsam; Erlebnisse aus seiner gemeinsamen Knappenzeit mit Gero schwirrten ihm durch den Kopf. Er ertappte sich dabei, dass er mehrmals schmunzelte, wenn er sich Scherze ins Gedächtnis rief, die dieser sich mit ihm oder den Bediensteten erlaubt hatte. Er erinnerte sich an ihr Angeln im See und an die merkwürdige Hautverfärbung auf Geros Rücken. Er konnte nicht glauben, dass er all die Jahre mit dem verschollenen, rechtmäßigen Erben von Rheinsporn verbracht hatte, ohne es zu ahnen. Und kein Zweifel, Gero war ihm ein Freund geworden. Dennoch konnte er es ihm nicht verzeihen, was er der Familie angetan hatte. Schließlich hatten seine Eltern ihn aufgenommen und wie einen der ihren großgezogen. Also lenkte er die Schritte seines Pferdes und die seiner Begleiter unbeirrt in Richtung des Laacher Sees.

Er hatte einen Verdacht, wo sein Ziehbruder sich versteckt hielt, und sann darüber nach, wie er nun am besten vorgehen sollte. Wie er die Ritter seines Vaters geschickt dorthin lenken konnte, wohin er sie lotsen wollte, ohne dass sie merkten, dass sie beeinflusst wurden. Es war eigenartig, dass er nun diesen Trupp erfahrener Männer anführte, denn es stand außer Frage, dass Theoderichs erster Ritter das Kommando übernehmen würde, sobald Gefahr drohte.

Adebar stieß seinem Wallach die Fersen in die Flanken und sie erklommen einen Hügel. Auf dem höchsten Punkt angelangt, breitete sich die Landschaft vor ihnen aus, ein weiches, grünes Bett unter einem blauen Baldachin, so harmlos, als könne dort niemandem ein Leid geschehen. Und doch war sie voller Tücken. Darüber hinaus konnten Wölfe und Wegelagerer ihnen auflauern, die Möglichkeit eines Hinterhalts war allgegenwärtig. Mit Schaudern dachte er daran, dass sie bei ihrer Reise nach Colonia Ritter getroffen hatten, die von Strauchdieben überfallen worden waren. Außerdem hasste er es, unterwegs zu sein und stundenlang im unbequemen Sattel sitzen zu müssen. Der einzige Vorteil war, dass er ungestört seinen Tagträumen nachhängen konnte, während die anderen sich an ihrem Geschwätz über Weiberhintern und Jagderfolge ergötzten.

Am Beller Berg hackte der Menedicher Bauer Albrecht mit seinem Sohn Holz. Überrascht hielt er inne, als er einen Trupp bewaffneter Reiter ausmachte, der auf das Dorf zukam. Er kniff die Augen zusammen und erkannte, dass sie ein fremdes Wappen trugen. Fluchend ließ er die Axt sinken.

»Raubritter! Ich hasse diese Kerle. Schnell, lauf zum Pfalzgraf und melde ihm, dass sich Störenfriede auf seinen Lehensgütern herumtreiben«, befahl er seinem Sohn.

Als dieser sich auf den Weg gemacht hatte, eilte er selbst ins Dorf, um die Bewohner zu warnen.

Gero befand sich auf dem Weg zur Anhöhe zwischen Thure und Menedich, als er die Reiter bemerkte, die sich dem Dorf näherten. Sofort erkannte er seinen Ziehbruder, obwohl dieser mit seinem Reitertrupp noch weit entfernt war. Nach der gemeinsamen Kindheit und Knappenzeit konnte er jede von Adebars Bewegungen selbst auf diese Entfernung erkennen. Gero ahnte, warum Adebar mit drei Rittern aus Greifenfels hierher unterwegs war, und er wankte einen Moment lang. Dann fasste er sich und verbarg sich schleunigst hinter einem Eichenstamm. Die Schlagader an seinem Hals pochte heftig, und er überlegte fieberhaft, wie er reagieren sollte, wenn sein Ziehbruder die Männer Theoderichs nach Thure führte. Er würde Sigrun warnen und mit ihr flüchten müssen. Doch welche Chance hatten sie gegenüber bewaffneten Reitern? Man würde ihr gewiss nichts antun, und er würde seine Hand gegen keinen der Greifenfelser erheben, erst recht nicht wider seinen Gefährten, der ihm das Leben gerettet hatte. Er schloss für einen Moment die Augen und versuchte, seinen Herzschlag zu beruhigen. Noch vor wenigen Augenblicken schienen sie in Sicherheit zu sein, und nun befanden sie sich unversehens in höchster Gefahr.

Ohne erkennbare Eile kam die Gruppe in den roten Greifenfels-Farben auf ihren Pferden an die Gerichtsstätte auf der Anhöhe und legte dort eine Rast ein. Gero fluchte innerlich, denn nun war er gezwungen, hinter dem Eichenstamm auszuharren, wenn er nicht entdeckt werden wollte. Er wagte kaum, zu den ihm so wohlbekannten Männern hinüberzuspähen, und belauschte angestrengt, was sie miteinander besprachen. Er glaubte zu hören, wie sich Adebar umständlich von seinem Wallach hinunterschwang und Theoderichs erster Ritter einen zotigen Witz riss. Schließlich erklärte einer der Männer, er müsse austreten, und bewegte sich auf sein Versteck zu. Gero hielt den Atem an. Das Blut rauschte in seinen Ohren, doch er horchte angespannt.

Für Sekunden war nur das Säuseln des Windes in den Bäumen und das Lachen der an der Gerichtsstätte Verbliebenen zu hören, als sei der Ritter plötzlich stehen geblieben. Endlich hörte Gero, wie eine Bruche geöffnet wurde und jemand sich erleichterte. Vorsichtig trat er einen Schritt beiseite. Dabei stieß er gegen einen an den Stamm gelehnten, losen Ast, der dumpf polternd zu Boden fiel. Sofort verriet ein schleifendes Geräusch, dass ein Schwert ruckartig aus der Scheide gezogen wurde. Im Reflex fuhr Gero herum, fasste den Ast und hielt ihn kampfbereit hoch. Das Herz hämmerte in seiner Brust.

Da erhob sich ein Tumult auf der Anhöhe, und er befürchtete, dass die drei anderen Bewaffneten zu ihnen hinübereilten. Doch stattdessen entfernte sich der Mann in seiner Nähe. Seinen stoßweisen Atem bezwingend beugte Gero sich langsam vor.

Mit Schrecken sah Adebar, wie sich von Menedich aus ein Dutzend Bauern der Gerichtsstätte näherte, drohend Harken und Hämmer schwingend.

»Schert Euch zum Teufel, streunendes Lumpenpack!«, schrie Albrecht, der die Meute mit zerzaustem Haar anführte. »Wir haben genug von Euch und Euresgleichen!«

Beschwichtigend hob Adebar die Hände, während Theoderichs Männer sofort kämpferisch ihre Waffen zückten. »Beruhigt euch! Wir sind keine Halunken, sondern ehrbare Ritter von Greifenfels. Wir sind auf der Suche nach Entflohenen und durchstreifen deshalb das Land.«

Albrecht spuckte aus. »Das kann jeder behaupten. Ist dem Pfalzgrafen bekannt, dass Ihr hier seid?«

Adebar traten Schweißperlen auf die Stirn, als ihm bewusst wurde, dass sie ihr erster Gang hätte nach Laach führen müssen.

»Noch nicht, aber wir werden ihn gleich aufsuchen.«

Mehr und mehr Bauern strömten aus Menedich herbei, um ihr Dorf gegen die vermeintlich marodierenden Raubritter zu verteidigen, und nicht wenigen von ihnen stand offensichtlich der Sinn danach, sich für zuvor erlittenes Unrecht zu rächen. Hilfesuchend sah Adebar zum ersten Ritter, der seinen Blick über die Menge schweifen ließ und die Lage abschätzte, die kurz davor war, außer Kontrolle zu geraten.

Zwar waren die Greifenfelser alle durch Wämser geschützt, doch diese würden sie nicht ausreichend vor Stichen bewahren. Schon stieß einer der Landmänner mit einer Mistgabel nach ihm, und er parierte den Angriff gerade noch rechtzeitig mit dem Schwert. Aber der Bann war gebrochen. Der Lärm der aufbrausenden Kämpfe übertönte den Hufschlag, der weitere Reiter ankündigte. Siegfried von Ballenstedt musste sich mit einem Peitschenknall Gehör verschaffen.

»Was geht hier vor?« Mit Mühe bändigte er seinen tänzelnden Hengst.

Die Menge verstummte. Die Dörfler ließen ihre Waffen sinken und verneigten sich vor dem Pfalzgrafen, dessen dunkelroter Umhang im Wind wehte.

»Das sind die Männer, von denen ich Euch berichtet habe, Herr.« Veit, Albrechts Sohn, trat vor und deutete auf die Greifenfelser.

Siegfrieds Blick verengte sich.

»Sie tragen Theoderichs Wappen«, stellte er mit Verwunderung in der Stimme fest. Dann sah er zu Adebar. Dieser konnte seine Erleichterung kaum verbergen, richtete sich auf und trat vor seinen früheren Herrn.

»Verzeiht unser ungebührliches Benehmen. Wir hätten Euch heute noch aufgesucht, hier wollten wir nur eine kurze Rast einlegen.«

»Warum rastet Ihr zwischen Thure und Menedich? Der Weg nach Laach wäre näher für Euch gewesen.«

Adebar räusperte sich. »Wir sind auf der Suche nach meinem Ziehbruder.«

»Wieso das?«

»Das würde ich Euch lieber in einem vertraulichen Gespräch erklären.«

»Dann begleitet mich jetzt nach Laach. Und ihr«, Siegfried wandte sich an die Bauern, »kehrt heim. Diese Männer werden euch kein Leid antun.«

Murrend zog die Menge sich zurück, während der Graf sich vom Pferd schwang und die Greifenfelser gebührend begrüßte. Schließlich stiegen alle auf und verließen die Gerichtsstätte in Richtung des Sees. Doch neben Siegfried herreitend überdachte Adebar bereits, wie er schnellstmöglich wieder hierherkommen und die Suche nach Gero weiterführen konnte.

In der Nacht klopfte es an Godelinds Hütte, und Jost flüsterte Geros Namen. Sofort sprang dieser von seinem Lager auf. Er konnte ohnehin nicht schlafen und hatte stattdessen alle Möglichkeiten durchdacht, die ihnen blieben, falls sich die Greifenfelser in Thure einfanden. Nun schlug ihm das Herz bis zum Hals. Hatte Adebar sie aufgespürt oder jemand sie verraten? Was sollte er tun, wenn ihn da draußen ein ganzer Trupp bewaffneter Ritter empfing? Hastig streifte er sein weißes Leinenhemd über, ergriff sein Übungsschwert und verließ kampfbereit die Kate.

»Was gibt es?«

»Euer Ziehbruder ist hier. Er sucht nach Euch.«

Hinter Josts Rücken tauchte Adebars Silhouette auf. Im Schein der Fackel irrten Lichtschimmer über sein ernstes Gesicht und die Reitkleidung mit dem aufgestickten Adler auf dem roten Waffenrock. Im Reflex hob Gero sein Schwert, bemüht, in der Dunkelheit auszumachen, wen sein Ziehbruder alles mitgebracht hatte. Jost zog sich zurück, und Schwärze umfing die beiden jungen Männer.

»Was in Dreiteufelsnamen hast du getan?«, zischte Adebar.

Gero zögerte einen Augenblick, sah sich unsicher um und lauschte in die Nacht. Anscheinend war Adebar allein gekommen; außer dem Pferd, das er am Zügel hielt, vernahm Gero kein weiteres Prusten oder Hufstampfen. Durch seine Adern rauschte das Blut, und vor seinem inneren Auge spielte sich ihr bisheriger gemeinsamer Lebensweg ab. Er erwog, seinem Ziehbruder die Wahrheit zu enthüllen.

»Es tut mir leid, dass ich euch eure Gastfreundschaft so schlecht gedankt habe«, sagte er schließlich. »Aber ich liebe

Sigrun über alles, und sie trug ein Kind von mir, als wir Greifenfels verließen. Was also hätte ich tun sollen? Theoderich war nicht bereit, sie mir zur Frau zu geben.« In der Dunkelheit erahnte er, dass Adebar blass geworden war.

»Du hast sie entehrt?«

Gero wich einen Schritt zurück, so sehr traf ihn dieser Vorwurf. Der Adel fasste sein Verhalten als Entehrung auf, doch für ihn war es das ganz und gar nicht. Es gab niemanden, den er mehr achtete und auf Händen trug als sein Eheweib.

»Ich habe sie nicht entehrt! Ich habe sie geheiratet. Wir sind Mann und Frau und vor Gott vereint.«

»Geheiratet?« Adebars Stimme klang schrill. »Ohne den Segen der Familie?«

»Was hätten wir denn tun sollen, Herrgott? Sag du's mir! Was hätten wir tun sollen?«

Sein Gegenüber neigte den Kopf. »Ist das Kind schon geboren?«

Auch Gero blickte nun zu Boden. »Wir haben es auf dem Weg hierher verloren.«

»Dann hättest du sie zurückbringen müssen«, fuhr Adebar ihn an.

»Das habe ich ihr angeboten«, versetzte Gero. »Aber sie wollte bei mir bleiben.«

Mit einem leisen Knarren öffnete sich die klapprige Holztür von Godelinds Kate und Sigrun kam zu ihnen ins Freie.

»Adebar!« Die verzweifelte Freude, die in dieser Begrüßung zum Ausdruck kam, schnitt Gero ins Herz. Sie fiel ihrem Bruder um den Hals. »Wie schön, dich zu sehen.« Dann stockte sie und trat einen Schritt zurück. »Bist du gekommen, um uns zu holen?«

»Das wäre Vater am liebsten, wobei wir, aus welchen Gründen auch immer, Anweisung haben, deinem Entführer kein Haar zu krümmen. Ich muss zugeben, dass mir das im Moment schwerfällt.«

Sigrun stellte sich vor Gero. »Tu ihm nichts, Bruder. Was wir getan haben, erfolgte einvernehmlich. Weder hat er mich entführt noch ist er gegen meinen Willen bei mir gelegen. Alles geschah so, wie ich es wollte. Mein Jawort zu dieser Ehe vor unserem Herrn habe ich aus freien Stücken und in Liebe gegeben.«

Es war offenkundig, dass sie ihr Gespräch zuvor belauscht hatte.

»Ist dir klar, in welche Lage du unseren Vater gebracht hast?«

Sigrun senkte den Blick. »Ja, und ich bedauere das, obwohl ich nicht verstehe, warum er seine Zustimmung zu einem Ehebündnis verweigert hat. Gero ist von gleichem Stand und Erbe einer Burg, die er zurückfordern wird. Weshalb also hat Vater das getan?«

»Weil er den Zusammenschluss mit Dankwart von Heimbach braucht und es ungewiss ist, ob Gero jemals die Festung seines Vaters wirklich zurückbekommen wird«, erwiderte ihr Bruder scharf.

Sigrun reckte ihr Kinn. »Die Entscheidung ist gefallen. Wir sind nun Mann und Frau vor Gott und vor den Menschen, und niemand darf den heiligen Bund der Ehe zerstören.«

Sie schwiegen einen Moment lang und Gero vermutete, dass Adebar nicht wusste, was er in dieser Angelegenheit noch ausrichten konnte.

»Wirst du Vater unseren Aufenthaltsort verraten?«, fragte Sigrun.

Gero spürte, wie Adebar mit sich rang. Schließlich gab er nach. »Nein, wahrscheinlich werde ich ihm sagen, wir hätten euch nicht gefunden.«

»Du hast seine Ritter hierhin geführt«, sagte Gero. »Ich habe euch gesehen.«

»Ja, aber ich habe ihnen gesagt, dass du dich hier nicht verstecken könntest, weil die Bewohner dich sofort zum Teufel jagen würden, sobald du dich hier blicken lässt.«

»Und das haben sie geglaubt?«

»Ja, nachdem ich ihnen erzählt habe, dass du dir hier Feinde gemacht, dich auf üble Schlägereien in der

Dorfschenke eingelassen und so manchem Mädchen hier die Jungfräulichkeit genommen hättest.«

Gero hörte Adebars verstohlenes Grinsen heraus und schnappte nach Luft. Die Lügen, die sein Ziehbruder über ihn verbreitet hatte, gefielen ihm nicht, doch sie erfüllten scheinbar ihren Zweck. Er empfand eine tiefe Dankbarkeit Adebar gegenüber, in dessen Schuld er ohnehin stand.

Dieser lachte kurz und bitter. »Die Männer waren verwundert, weil sie dir das nicht zugetraut hatten. Darauf habe ich entgegnet, dass so mancher nicht geahnt hätte, was wirklich in dir steckt.«

Sigrun ging auf ihn zu und umarmte ihn. »Ich weiß, was dieses Zugeständnis für dich bedeutet, Bruder, und ich hoffe, dass wir es dir einst vergelten können.«

Halbherzig erwiderte Adebar ihre Umarmung und richtete seinen Blick auf Gero. »Vielleicht kommt die Gelegenheit dazu schneller als gedacht. Der Erzbischof von Colonia plant einen Feldzug bei Andernach. Da ihr hier zum Besitz des Bischofs von Trier gehört, werden wir uns womöglich in feindlichen Lagern gegenüberstehen, denn Theoderich hat Friedrich von Schwarzenburg seine Gefolgschaft zugesichert.«

»Du hast mein Wort, dass ich dir und den anderen Greifenfelsern bei einer Schlacht aus dem Weg gehen werde«, erwiderte Gero.

Sigrun löste sich von ihrem Bruder und trat einen Schritt beiseite. Gero sah seinen Ziehbruder unschlüssig an. Er verspürte den Impuls, ihn zum Abschied zu umarmen, doch angesichts des soeben Besprochenen erschien es ihm unpassend.

»Gott schütze dich, Adebar«, sagte er.

»Passt auf euch auf«, gab dieser zur Antwort, drehte sich um und verschwand zwischen den Hütten in der Dunkelheit.

Kapitel Fünfzehn

Erleichtert und zuversichtlich errichtete Gero mithilfe der Männer aus dem Dorf eine eigene Kate. Für die Wände rammten sie Holzpfähle senkrecht ins Erdreich, stopften die Zwischenräume mit einem Flechtwerk aus Zweigen aus und füllten dieses anschließend mit Lehm. Aneinandergeheftete unbearbeitete Bretter dienten als Tür, die in Angeln aus ledernen Riemen auf- und zuschwang. Das Satteldach deckten Wolff und Veit mit einem Gemisch aus Stroh und Schilf, kleine Löcher in den Wänden bildeten die Fenster. Einige bezog Gero mit der Haut von Tierblasen, andere mit fettgetränktem Leinen, sodass Tageslicht einfallen konnte. Das Ergebnis war verglichen mit ihren Kemenaten auf Greifenfels erbärmlich. Der Wohnraum war niedrig und dunkel, der Boden bestand aus nacktem, gestampftem Lehm. In der Mitte des Raumes richtete er aus Ton eine nach oben offene Herdstatt ein. Das Feuer würde gleichzeitig heizen und zum Kochen dienen, und der Rauch, so Gott wollte, durch die Öffnung im Dach entweichen. Wie sich zeigte, war die Belüftung kümmerlich und die Hütte ständig mit Qualm gefüllt. Die Dorfbewohner stifteten eine rohe Holzkiste, die als Truhe genutzt werden konnte, einen schmucklosen Tisch und mehrere Schemel sowie zum Schlafen Pritschen aus nackten Holzbrettern, auf die Strohsäcke gelegt wurden, und ein Schaffell als Decke.

Sobald die Kate bezogen werden konnte, verließ Sigrun Godelinds Hütte. Gero führte sie in den Raum, den sie nun zum ersten Mal im fertigen Zustand sah. Mit großen durchscheinenden Augen blickte sie sich um.

»Es ist wunderbar. Wir werden hier glücklich sein.«

»Das hoffe ich sehr.« Gero legte seinen Arm um ihre schmalen Schultern, und sie schmiegte sich an ihn. Sie sahen einander an, umarmten und küssten sich. Sigrun ließ ihn nicht mehr los, und er spürte, dass es ihm zunehmend schwerfiel, sein Verlangen zu beherrschen.

»Wirst du nun wieder bei mir liegen?«, flüsterte sie.

»Nur, wenn du das möchtest.«

»Ja, das wünsche ich mir.« Sie legte den Kopf an seine Brust.

»Hast du den Kräutertrank gebraut, den du von Meda kennst?«

»Ja, das habe ich, und ich trinke ihn schon seit zwei Wochen.« Sie zog ihn auf ihr gemeinsames Strohlager hinunter. »Ich liebe dich. Du bist mein Gemahl und wir sollten zusammen sein, wie Gott will, dass Mann und Frau beieinander sind.«

So behutsam wie möglich näherte er sich ihr auf der ärmlichen Strohmatte. Sigrun nahm ihn in sich auf, bog ihren Kopf in den Nacken und stieß einen wohligen Laut aus. Ein tiefes Glücksgefühl durchströmte Gero, und es war ihm egal, dass die Lust, die er empfand, als sündig galt. So sollten ein Mann und sein Weib zusammen sein – nicht wie Bruder und Schwester. Wie hatte er das vermisst!

Seit Tagen regnete es unablässig und das Geräusch des gleichmäßigen Trommelns auf dem Strohdach durchdrang ihr neues Heim. Die Feuchtigkeit sickerte durch die Ritzen der Hütte und durch ihre Kleidung. Gero rückte ihren Tisch noch näher an das Feuer heran, in das sich dicke Wassertropfen durchs Eulenloch stürzten und zischend verdampften. Wenn der Schauerregen nicht bald nachließ, würde er einen großen Teil der Ernte ruinieren. Er richtete einen besorgten Blick durch die Dachöffnung in den Himmel hinauf mit dem Wunsch, dass dieser sich lichten möge, als es an ihrer Tür klopfte und kurz darauf Jost eintrat.

»Ich muss Euch etwas mitteilen.« Er nahm die Mütze ab und hielt sie sich mit ernstem Gesichtsausdruck vor die Brust.

Gero erhob sich von seinem Schemel und ließ den Holzlöffel, an dem er geschnitzt hatte, auf den Tisch fallen. »Was ist passiert?«

»Adelheid, die Mutter unseres Pfalzgrafen, ist letzten Monat von uns gegangen.«

Erschüttert sank Gero zurück auf den Hocker. »So plötzlich?«

»Genaueres ist mir nicht bekannt. Aber es ist wohl in Echternach bei den Vorbereitungen zu einer Pilgerreise nach Rom passiert.«

Gero bekreuzigte sich und schwieg einen Moment. Er sah seine ehemalige Herrin vor sich, die große, gescheite Frau mit der spitzen Nase. Er hatte nur selten Umgang mit ihr gehabt, doch war seine Beziehung zu ihr von Achtung und Respekt geprägt gewesen.

»Was wird aus dem Bau des Klosters am See?«

Jost hob die Schultern. »Das ist nun unklar.«

»Wie weit sind denn die Bauarbeiten fortgeschritten?«

»Burckhart sagt, die Fundamente seien angelegt, das Mauerwerk teilweise mehr als zehn Fuß ausgeführt. Der Vierungsturm steht und das Ost-Querhaus ist bis zu einer Höhe von dreißig Fuß fertig. Nun konzentrieren sich die Arbeiten auf die langen Hausmauern, aber sie geraten wieder und wieder ins Stocken, weil das Geld fehlt. Ehrlich gesagt lief es schon in den letzten Jahren nicht gut. Da wurde vor allem an den Seitenschiffen schlechtes Baumaterial verwendet und auch die Bearbeitung der Steine lässt zu wünschen übrig. Es ist zu befürchten, dass aus dem Kloster am See nichts wird.«

»Aber Siegfried wird doch den Weiterbau der Kirche vorantreiben, oder etwa nicht?«

Jost zuckte die Achseln. »Der reist ständig mit dem Kaiser von Ort zu Ort und hat wohl andere Dinge im Kopf, als sich für etwas einzusetzen, das sein Stiefvater aus der Taufe gehoben hat.«

Gero dachte an den Schwung, der den Beginn der Bauarbeiten geprägt hatte, an die gewissenhafte Vermessung des Geländes, bei der er mitgeholfen hatte, und daran, wie wichtig seinem Herrn dieses Vorhaben gewesen war.

»Was wird nun aus der Grablege Heinrichs?«

»Der Sarkophag steht nach wie vor im Lichthof des Kreuzgangs vor dem Versammlungsraum der Mönche.«

Hoffentlich beten wenigstens die weiter für ihn, wenn er schon nicht in der Krypta seiner Kirche liegen kann, dachte

Gero betrübt, und rang abermals mit sich, ob er Siegfried aufsuchen und mit ihm sprechen sollte.

Schon bald zeigte sich, dass Medas Kräutertrank nicht die gewünschte Wirkung erzielt hatte, denn nach ein paar Wochen blieb Sigruns Monatsfluss erneut aus und mit der Zeit schwoll ihr Unterleib an. Scheinbar hatte sie das Mischungsverhältnis oder die Zubereitung falsch im Gedächtnis behalten. Es kostete Gero größte Mühe, sich nicht anmerken zu lassen, wie viele Sorgen er sich um sie und um das zu erwartende Kind machte. Er versuchte, schwere körperliche Arbeit von ihr fernzuhalten, was jedoch kaum möglich war. In den Sommermonaten musste die Mehrarbeit auf den Feldern Siegfrieds, ihres Fronherrn, ausgeglichen werden, deshalb begann der Arbeitstag der Thurer bei Sonnenaufgang und endete in der Abenddämmerung. Da war es wichtig, dass alle mit anfassten und zusammenhielten. Die Frauen im Ort waren ständig schwanger, weil sie sich ihren Ehemännern nicht entziehen durften, und kamen dennoch all ihren Pflichten bis zur Niederkunft nach. Gleiches wurde von Sigrun erwartet.

Vor dem Getreide brachten sie im Juli das Heu ein. Glücklicherweise hatten die lang anhaltenden Regenfälle im Frühjahr nur wenig Schaden angerichtet. Gero schnitt mit den Männern das Gras auf den Wiesen am Sumpf, und Sigrun half den Frauen unter der sengenden Sonne beim Wenden. Verstohlen richtete sie sich auf, um ihre rissigen Finger einen Moment zu schonen, hielt eine Hand an ihren schmerzenden Bauch und beobachtete die Kinder beim Aufhäufen der mit großen Rechen gewendeten Gräser. In ein paar Jahren würde ihr eigener Spross diese Arbeit verrichten. Hätte ihr Leben nicht diese Wendung genommen, wäre ihr und ihrem Nachwuchs diese Plackerei erspart geblieben. Aber sie wollte sich nicht beklagen, hatte sie doch alldem zugestimmt, um mit Gero zusammen sein zu können. Für einen Moment stellte sie sich vor, wie es wäre, neben Dankwart von Heimbach an der

Tafel in seiner Burg zu sitzen und nachts mit ihm das Bett teilen zu müssen. Sie ächzte innerlich bei dem Gedanken an die Annehmlichkeiten, die sie als Burgherrin genossen hätte. Aber verglichen mit der Ehe, die sie führen müsste, schienen ihr rissige Handflächen und sonnenverbrannte Haut entschieden das kleinere Übel zu sein.

Vor der Ernte entzündete der Dorfpfarrer die Kerze, die er bereits an Mariä Lichtmess in der Hand gehalten hatte, und sprach ein Gebet. Dann erklärte er der Gemeinde in seiner Predigt, dass ein jeder sein und tun müsse, was Gott für ihn vorsehe.

»Wer soll den Acker bestellen, wenn alle Herren wären? Die Ordnung, die der Dreifaltige geschaffen hat, ist vollkommen, und Er ist Zeuge all eurer sündigen Worte, ja sogar der Gedanken.«

Sigrun tauschte mit Gero einen verstohlenen Blick aus und runzelte die Stirn. Was Pfarrer Oswald da predigte, wollte nicht so recht zu dem passen, was er zu ihrem Mann gesagt hatte, als dieser um die Trauung gebeten hatte.

Die Bittprozession über die Felder erinnerte den Geistlichen wohl allzu sehr an heidnische Frühjahrsumzüge, weshalb er anordnete, dass der Schutzheilige des Ortes, Sankt Johannes, herumgeführt wurde. Sigrun und Gero folgten ihm zusammen mit den anderen Dorfbewohnern. Der Gedanke an Meda und das, was sie von diesem Vorgehen halten würde, versetzte Sigrun Stiche in die Brust, die ihr mehr zusetzten als der Hunger oder die Kälte, an denen sie manchmal litt. Als sich dann noch Erinnerungen an ihre Eltern und Geschwister einstellten, wurden ihre Augen feucht, und sie sah zu Boden.

Auch bei der anschließenden Getreideernte bildeten die Thurer Gruppen. Die Männer marschierten mit Sensen auf dem Feld voran und schnitten die Frucht, die Frauen folgten ihnen, bündelten Halme zu mäßig großen Garben, die mühelos zum Wagen getragen werden konnten. Wolff zeigte Gero, wie er den Weizen knapp unter der Ähre schneiden und das Stroh stehen lassen sollte, um es später sensen und an das Vieh verfüttern oder als Dünger unterpflügen zu können.

Anerkennend klopfte er ihm auf die Schulter. »Du kannst wie ein Ackergaul schuften, wenn es sein muss. Ich hatte anfangs Bedenken, euch im Dorf aufzunehmen, aber wie sich zeigt, hatte ich unrecht.«

Gero richtete sich auf und streckte den Rücken durch. Das Lob freute ihn.

»An Michaeli sollte die Ernte eingebracht worden sein«, sagte Wolff.

»Warum so früh?«

»Danach beginnen die Vorbereitungen für die Aussaat des Wintergetreides und die Schlachtmonate.« Wolff schnalzte genüsslich mit der Zunge. »Darauf kannst du dich schon freuen.«

Auch Sigrun schloss sich nicht aus dem gemeinschaftlichen Schaffen aus und tat, was sie konnte. Mehr als einmal brach sie dabei zusammen. Die Frauen riefen eilig nach den Männern, und Gero brachte sie nach Hause in die Kate, in größter Sorge, sie könnte abermals das Kind verlieren und daran verbluten. Doch Sigrun fand immer sicherer das richtige Maß für den Umgang mit der Mühsal, die sie ihrem schwangeren Körper zumuten konnte. Sie erholte sich wieder und erledigte von Neuem einfache Verrichtungen, die bitter notwendig waren, um den Winter zu überstehen.

Im Laufe der Monate entwickelte ihre Gestalt eigentümliche Züge. Ihre Brüste schwollen an, ein enormer Bauch hob die Leinenschürze über ihrem braunen Wollkleid, als trüge sie einen Kochkessel darunter, und ihr Gesäß wuchs in die Breite. Der Rest ihres Körpers blieb zart, ja, wurde im Gegenteil noch dünner als zuvor, da die Schwangerschaft an ihm zehrte. So stakste sie auf Storchenbeinen durchs Dorf, unter dem Kugelbauch schwankend, der sie fast aus dem

Gleichgewicht brachte. Gero konnte nicht umhin, sie für diesen drolligen Anblick noch mehr zu lieben.

Endlich nahte der Tag ihrer Niederkunft. Gero hatte Godelind bereits seit Wochen mit seiner Sorge närrisch gemacht und in ständige Alarmbereitschaft versetzt. Umsichtig hatte sie alles Nötige in einem Tuch bereitgelegt und konnte bei Bedarf sofort zu Sigrun hinübereilen. Als es am frühen Abend hektisch an ihrer Katentür klopfte, griff sie unwillkürlich nach ihren Hilfsmitteln und eilte hinaus. Erstaunt schaute sie auf ihren Vetter aus Cuttenheim, der im nachlässig gegürteten, braunen Klappenrock und mit löchriger Filzkappe über seinem zerfurchten Gesicht vor ihr stand.

»Farold, was machst du denn hier?«

»Komm schnell, Godelind, deine Schwester lässt dich rufen. Ihr Schwager ist von der Leiter gefallen und so schwer verletzt, dass es um Leben und Tod geht. Sie sagt, sie braucht deine Hilfe.«

Unschlüssig hielt die Dorfälteste inne. Sie hatte Sigrun am Morgen untersucht und festgestellt, dass ihr Muttermund sich bereits geöffnet hatte, obwohl sich das Ungeborene noch nicht in die richtige Lage gedreht hatte. Es konnte jeden Moment so weit sein, und Godelind hatte Gero zugesichert, sofort zur Stelle zu sein. Aber sie konnte den Verletzten in Cuttenheim nicht seinem Los anheimgeben und ihre Schwester damit alleinlassen.

»Hilf mir auf den Gaul!«, wies sie ihren Vetter an und verließ eilig mit ihm das Dorf in der Hoffnung, dass Sigruns Niederkunft noch ein paar Stunden auf sich warten ließe. Im Davonreiten rief sie Jost zu, wohin sie unterwegs war.

Gero zuckte zusammen, als Sigruns Schrei durch die Siedlung gellte. Er ließ die Axt fallen, mit der er Holz für den Winter gespalten hatte, und rannte in ihre Hütte. Dort lag seine Frau auf der Matte und ein Gemisch aus Blut und Wasser floss zwischen ihren Beinen auf das Strohlager.

Augenblicklich spürte er, wie ihm das Blut aus den Wangen wich.

»Bleib liegen, Liebste. Ich hole Godelind hierher«, sagte er mit belegter Stimme.

Die Flüche, die er ausstieß, als er die Kate der Dorfältesten leer vorfand und niemand ihm sagen konnte, wo sie sich aufhielt, hätten selbst in der übelsten Dorfschenke so manchen Halunken beeindruckt. Schäumend rannte er von Hütte zu Hütte, bis er endlich auf Jost traf.

»Meine Mutter ist nach Cuttenheim zu einem schwer verletzten Verwandten unterwegs«, erklärte dieser ihm.

»Sie hat mir versprochen, für Sigrun da zu sein!«, stieß Gero mit kaum unterdrückter Wut hervor. »Nun blutet sie und Godelind ist fort.« Tränen der Verzweiflung stiegen in seine Augen.

Jost legte ihm rasch die Hand auf die Schulter. »Gib mir deinen Rappen. Ich hole Mutter her und schicke dir bis dahin Magdalena, eine unserer erfahrenen Frauen. Geh zurück zu deinem Weib und kümmere dich um sie.«

Meda beugte sich über Mechthilds Schulter und begutachtete die Zeichnung, die diese von der Pflanze angefertigt hatte, die Fieber, Entzündungen und Kopfschmerzen lindern sowie bösartige Veränderungen des Blutes hemmen konnte. Die Suche nach einer Nachfolgerin für Sigrun war schwieriger gewesen, als sie gedacht hatte. Obwohl, nein, eigentlich hatte sie von vornherein geargwöhnt, dass kaum jemand die Intensität von Walburgas Tochter haben würde. Aber was blieb ihr anderes übrig, als damit vorliebzunehmen, was greifbar war? Sie hatte die junge Frau im Dorf aufgelesen, wo sie als Kräuterkundige gerühmt wurde. Und ja, sie besaß ein gewisses Talent, doch das beschränkte sich auf ein simples Ursache-Wirkung-Denken, das nie über das Offensichtliche hinausreichte und dem tiefere Zusammenhänge verborgen blieben. Sie war drall und erfreute sich bester Gesundheit, was sich nicht zuletzt in ihren stets rosigen Pausbacken widerspiegelte.

Wie die Heilerin vermutet hatte, wies die Abbildung nicht annähernd die Tiefgründigkeit und Detailtreue auf wie die von ihrer Vorgängerin angefertigten Bilder. Mechthild zeichnete, was ihre Sinne wahrnahmen, Sigrun hatte die Dinge mit ihrem Herzen erkannt und ihnen auf den Grund geschaut. Dazu würde ihre Nachfolgerin nie in der Lage sein, egal, was Meda ihr beibrachte. Aber was sollte sie tun? Das Kräuterbuch würde mit den oberflächlichen Darstellungen der drallen Magd auskommen müssen. Sie prüfte die Wiedergabe kritisch, wobei ihre Gedanken abschweiften und bei Gero landeten, der Sigrun von ihrem Weg abgebracht hatte. Sie hätte den Jungen nie hierher bringen dürfen, das war ihr damals bereits klar gewesen, sie hatte nur nicht erfasst, warum. Nun wusste sie es. Sie hätte Agnes' Wunsch ignorieren und das Kind seiner Bestimmung überlassen sollen. Was war schon ein einzelnes Menschenschicksal gegen das Los eines ganzen Volkes?

Plötzlich wurde sie überwältigt von der Erinnerung an Markward, ihre eigene Jugendliebe. Wie geschmeidig er sich auf dem Pferd bewegt hatte, bis der Unfall seinen Lebensfunken löschte. Auch nach all den Jahren sah sie sein Gesicht in allen Einzelheiten vor sich und das Lächeln, das er ihr bei den Begegnungen schenkte. Meda erkannte die gleiche Stärke in der Liebe Sigruns zu Gero, die gewillt war, nötigenfalls alles für ihn zu tun. Sie verstand das Mädchen mit jeder Faser ihres Körpers und war doch überzeugt, dass Markward hatte gehen müssen, damit sie ihrer Berufung folgen konnte.

Worum ging es bei alldem? Sigrun und sie waren geboren worden, um ihr Werk aus vergangenen Existenzen fortzuführen. Ihr Bemühen galt dem Bewahren und Retten, dem Schutz des alten Wissens vor den Störelementen der neuen Zeit und dem Vergessen. Hätte sie stärker eingreifen müssen? Aber dann hätte sie Sigrun noch mehr beeinflusst, als sie das ohnehin schon getan hatte. Und das stand ihr nicht zu.

Unvermittelt hielt Meda inne. Etwas hatte ihren Geist in Unruhe versetzt. Eine Ahnung, dass jemand, der ihr nahestand, in Bedrängnis war. Gänsehaut bildete sich auf ihren

Unterarmen und richtete die feinen Härchen dort auf. Wer rief sie da voller Verzweiflung? Es gab nicht viele Menschen, zu denen sie eine derart enge geistige Verbindung entwickelt hatte. Schlagartig wurde ihr klar, dass es Sigrun sein musste, die nach ihr verlangte. Meda zog ihre Aufmerksamkeit noch tiefer in sich hinein, doch wo das Mädchen sich aufhielt und was ihr Leid verursachte, vermochte sie nicht zu erspüren, als hätte Sigrun einen Schutzzauber um sich gelegt.

Sie starrte auf die Zeichnung des Mutterkrautstängels mit dem verzweigten Blattwerk, an der Mechthild sich abmühte. Die fransigen Wurzeln der Pflanze erinnerten sie an den Haarschopf eines neugeborenen Kindes. Ruckartig richtete sich die Heilerin auf und verließ wortlos ihre Hütte, um Walburga aufzusuchen.

Gero rannte zurück in seine Kate, wo Sigrun sich stöhnend unter einer Wehe wand. Ihr Lager war nass von Fruchtwasser und Blut. Bei dem Anblick wich ihm erneut die Farbe aus dem Gesicht, und er verwünschte abermals die Dorfälteste, die ihn in dieser überfordernden Situation alleingelassen hatte. Zitternd setzte er sich neben seine Frau, hielt ihre Hand und tupfte ihr den Schweiß von der Stirn, so wie sie das füreinander schon mehrfach getan hatten.

»Schhh, Liebste, ruhig. Godelind wird gleich bei dir sein und bis dahin bleibe ich hier.«

Sie wimmerte vor Schmerz und krallte ihre Fingernägel in seinen Arm.

Die Zeit, bis Magdalena erschien, kam ihm endlos vor. Endlich eilte die stämmige, resolute Frau mit dem runden Gesicht in die Hütte. Mit einem Blick erfasste sie die Lage.

»Geh frisches Stroh holen, damit Sigrun trocken liegt, und koche Wasser im Kessel ab.«

Als sich Gero mit fahrigen Bewegungen erhob, um das Gewünschte zu erledigen, kniete sich Magdalena neben die Gebärende und tastete ihren Leib und den Muttermund ab. Dann wisperte sie verstohlen ein Gebet.

Schon von Weitem hörte Jost die Schreie seines Verwandten, als renkten die beiden Frauen ihm gebrochene Knochen wieder ein. Die Jammerlaute führten ihn zur richtigen Hütte in Cuttenheim. Mit fahlem Gesicht blickte Godelind ihm entgegen.

»Wie ernst ist es?«, fragte er.

»Er wird es überstehen«, erwiderte sie. »Warum bist du hier?«

»Ich komme, um dich zu holen. Sigrun liegt in den Wehen, und sie verliert Blut. Gero ist außer sich.«

Ihr rundliches Gesicht wurde noch eine Spur blasser. Mit Josts Hilfe stieg sie auf den Rappen. Wenn Gero Sigrun oder das Kind oder womöglich beide verlor, würde er ihr das nie verzeihen!

Jost trieb das Tier an und im scharfen Ritt stürmte er mit seiner Mutter zurück nach Thure. Vor Geros Hütte glitt Godelind vom Rücken des Pferdes und hastete hinein.

»Sigrun ist in Not«, erklärte Meda Walburga, die in der Vorratskammer den Pegel der Metfässer überprüfte.

Die Burgherrin ließ langsam den Holzdeckel auf das Fass zurücksinken, das sie gerade inspiziert hatte, und starrte Meda an, als hätte diese ihr erzählt, sie habe Blei zu Gold veredelt.

»Sigrun? Wieso? Was hat sie? Woher weißt du davon?«

»Ich spüre es«, erwiderte die Heilerin angespannt. »Wo ist das Mädchen? Ich muss zu ihr!«

Walburga stieß ein spöttisches Lachen aus und strich die Hände an ihrem dreifarbigen Überkleid ab. »Denkst du, irgendjemand auf dieser Burg ahnt, wo sie ist? Theoderich würde sie an den Haaren herbeizerren. Er hat überall vergeblich nach ihr suchen lassen. Zuletzt ist Adebar mit ein paar Rittern bis Laach geritten, aber ebenso unverrichteter Dinge zurückgekehrt.« Sie griff nach Medas Arm. »Was ist mit ihr? Sprich!«

Meda streifte ihre Hand ab. »Sie hat dir nicht gesagt, wohin sie fliehen wollte?«

»Nein, nichts. Ich glaube, sie wussten selbst nicht so genau, wohin sie reiten sollten. Ist Sigrun krank?«

»Ich bin eher besorgt, dass sie in den Wehen liegt mit Geros Kind, und dass sie dem nicht gewachsen sein wird.«

Walburga wurde bleich. »Sie wird sterben?«

Meda beachtete ihre Nachfrage nicht. »Adebar war in Laach, sagst du?« Sie dachte nach. »Wo ist dein Laute schlagender Sohn jetzt?«

Erleichtert erkannte Godelind, dass Magdalena bereits die wichtigsten Maßnahmen getroffen hatte. Leise verständigten sie sich darüber, dass das Kind quer lag, was keine von ihnen zuvor bei einer Gebärenden erlebt hatte. Aber wahrscheinlich lag es in viel Wasser. Die beiden Frauen nickten einander mit ernsten Gesichtern zu, dann schickte die Ältere Gero aus der Hütte.

Es bewahrheitete sich, was Godelind schon bei der Ankunft des Mädchens gemutmaßt hatte: dass Sigrun zäher war, als sie aussah. Sie erduldete die Schmerzen mit einem Durchhaltevermögen, das man bei ihrer Gestalt nicht vermutet hätte. Godelind flößte ihr den Andorn- und Poleiminze-Sud ein, den sie vorsorglich zubereitet hatte. Als sie dann begann, das Kind in die richtige Lage zu drehen, stöhnte Sigrun herzzerreißend.

Doch als sich der Kopf des Säuglings anschließend seinen Weg durch den engen Geburtskanal bahnte und diesen dabei aufriss, gellten ihre Schreie abermals durch das Dorf. Selbst manch eine der erfahrenen Gebärerinnen zuckte zusammen und befürchtete, dass Sigrun die Niederkunft nicht überleben würde. Der Dorfpfarrer hastete in seine Kirche, entzündete vor dem Marienaltar Kerzen und betete mit einigen frommen Bäuerinnen inbrünstig für die junge Frau, der er sehr zugetan war.

Adebar saß in seiner Kammer und las im Annolied, das der Kaplan ihm zum Studium überlassen hatte. Obwohl sich lediglich Sigruns Hund Oreg mit ihm in der Kemenate aufhielt, hatte er sich sorgsam nach dem neuesten Zeitgeschmack gekleidet. Durch die durchgehend geknöpfte, dunkelrote Jacke mit den offenen, geschlitzten Ärmeln war das weiße Leinenunterhemd zu sehen, und die eng anliegende Hose betonte seine schlanken Beine ebenso wie die Stulpenstiefel aus feinem Rindsleder. Seine Gedanken schweiften immer wieder von den vermeintlichen Heldentaten Annos ab. Er malte sich aus, wie er am Hof des Kaisers eine Weise auf der Laute darbot oder ein Minnelied sang, und wie die Aufmerksamkeit des Publikums dabei auf ihm ruhen würde. Bei der Vorstellung, dass Otto unter den Gästen sein könnte und ihn plötzlich mit ganz anderen Augen wahrnähme, errötete er und sein Herz begann zu pochen.

Siegfrieds Bruder hatte inzwischen die Stammgüter seines leiblichen Vaters im Harz sowie an der Saale geerbt und geschickt verwaltet, wie man sich erzählte. Selbst in Adelskreisen wurde er »Otto der Reiche« genannt, da die Ländereien unter seiner Hand überaus erfolgreich wirtschafteten.

Als Meda ohne anzuklopfen eintrat und sich drohend vor ihm aufbaute, fuhr er aufgeschreckt hoch, und Oreg winselte. Er war in die Jahre gekommen und hatte für solche Überfälle keine Nerven mehr.

»Wo halten sich Sigrun und Gero auf?«

Auch wenn die alte Frau hager und einen Kopf kleiner war als er, so hatte sie doch etwas Furcht- und Respekteinflößendes. Er traute ihr zu, dass sie Menschen verfluchte und dass diese Verwünschungen tatsächlich Wirkung zeigten.

»Ich habe die beiden nicht gefunden«, behauptete er dennoch, getreu dem Versprechen, das er Gero und seiner Schwester gegeben hatte, und wand sich unbehaglich. Medas barsches, ungebührliches Auftreten hatte ihn überrumpelt und jäh aus seinen Tagträumen gerissen.

»Lügt mich nicht an!«, fauchte Meda, und es war, als verstärkte eine unsichtbare Kraft ihre Stimme, sodass diese ihm durch Mark und Bein fuhr und ihn zwang, die Wahrheit zu sagen.

»Ich habe ihnen versprochen, sie nicht zu verraten«, zischte er so leise, dass niemand, der womöglich draußen lauschte, ihn verstehen konnte.

»Eure Schwester schwebt in Todesgefahr!«, zischte Meda um einiges lauter zurück. »Und ihr Kind auch.«

Adebar erschrak. »Ihr Kind? Ist sie schon wieder schwanger?«

Sie trat noch einen Schritt näher an ihn heran. »Wo ist sie?«

»In einem Dorf zwischen Laach und Megina«, offenbarte er, dem Zwang gehorchend, den ihre Stimme ausübte, und senkte die Augenlider. Unversehens hatte sie ihn zum Verräter gemacht.

Abrupt wandte sich Meda ab. Dann stockte sie und hielt inne.

»Was ist? Ist sie tot?«

Gedankenschwer drehte sie ihm das Gesicht zu.

»Nein«, erwiderte sie zögerlich und entspannte sich. »Es scheint gut ausgegangen zu sein. Ich glaube, sie hatte kundige Hilfe.« Sie richtete ihren stechenden Blick auf ihn. »Ich werde Euer Geheimnis für mich behalten. Wer weiß, wofür es einmal gut sein wird, dass ich darüber im Bilde bin, wo ich sie auffinden kann.«

Damit verließ sie die Kammer, ohne seine Reaktion abzuwarten oder ihn eines weiteren Blickes zu würdigen. Einen Moment lang saß Adebar noch wie erstarrt, als hätte er eine übernatürliche Erscheinung erlebt. Dann senkte er den Kopf und fuhr fort, im Annolied zu lesen.

Nur mit Mühe zog Godelind das Kind unversehrt aus Sigruns magerem Körper heraus, die daraufhin in Ohnmacht sank. Die Dorfälteste gewährte ihr einen Moment der Erholung, bevor sie sich um die Nachgeburt kümmern würde. Sie rieb den Säugling ab, wickelte ihn in ein sauberes Leinentuch und legte ihn für eine Weile auf den Bauch seiner Mutter. Erst dann rief sie Gero wieder herein und drückte ihm das Kind in den Arm.

»Was ist mit ihr?« Kreidebleich und mit besorgtem Blick sah er auf seine besinnungslose Frau hinunter; den Säugling in seinen Armen nahm er kaum wahr.

»Sie holt sich die Kräfte, die sie gerade verbraucht hat, aus der Tiefe der Erde und aus sich selbst zurück«, erklärte ihm Magdalena. »Keine Sorge, sie kommt wieder zu sich. Ihr habt ein gesundes Mädchen bekommen. Ich gratuliere Euch.«

Nur zögerlich löste er die Augen von Sigruns blassem, spitzem Gesicht und richtete sie auf sein Neugeborenes. Sein Blick wurde weich und das Blut strömte warm durch sein Herz.

»Wie wollt Ihr es nennen?«, fragte Magdalena.

Gero wagte nicht, seiner Tochter den Namen seiner Mutter zu geben, weil ihn das verraten könnte. So entschied er sich für deren zweiten Vornamen. »Es soll auf den Namen Iduberga getauft werden, und wir werden es dann Ida nennen.«

Er wiegte das Kind, das sich in seinen Armen schnell beruhigte und einschlief. Erleichtert blickte er die beiden Frauen an, die das Wunder vollbracht hatten.

»Ich danke euch. Ich danke euch aus ganzer Seele!«

»Lasst es mich jederzeit wissen, wenn ich noch etwas für Euch tun kann«, erwiderte Godelind und sah dabei aus, als könnte sie sich vor Erschöpfung kaum noch auf den Beinen halten. »Ich habe Sigruns innere Wunde versorgt und hoffe, dass die Blutung bald aufhört.« Sie fasste ihn mit hageren Fingern am Arm. »Beim nächsten Mal wird's leichter gehen.«

»Es wird kein nächstes Mal geben«, erwiderte Gero. »Sobald ich dazu in der Lage bin, werde ich dich für deine Mühen entlohnen.«

»Tut das, wenn Ihr könnt. Könnt Ihr es nicht, soll es auch gut sein. Ihr habt uns einen wertvollen Dienst gegen Bertolt erwiesen nach der schlechten Ernte vor sechs Jahren. Viele im Dorf hätten nicht überlebt. Das soll nun damit vergolten sein.«

»Das ist es schon lange! Ihr habt uns hier aufgenommen, ohne Fragen zu stellen. Ihr steht uns zur Seite, wann immer wir eure Hilfe brauchen. Damit ist das Wenige, was ich damals tun konnte, mehr als abgegolten. Ich weiß nicht, wo wir sonst hätten bleiben können.«

Magdalenas Lippen wurden schmal. »So habt Ihr doch etwas zu verbergen, Herr?«

Sigrun wimmerte.

»Legt Euch zu ihr, sie braucht jetzt Eure Nähe und Wärme. Und gebt ihr auch das Kleine, sie wird es haben wollen und das Kind seine Mutter. Wenn sie nicht genug Milch hat, dann gebt ihr einen Sud aus Fenchel. Das fördert die Muttermilch.«

Voller Dankbarkeit fasste Gero Godelind mit seiner großen, schwieligen Hand an die Schulter, nickte ihr und Magdalena noch einmal zu, bevor sie die Kate verließen, und war froh, Letzterer ihre Antwort schuldig bleiben zu können. Dann legte er sich so dicht neben Sigrun, dass sein Körper sie wärmte.

»Liebste«, raunte er ihr zu, »es ist überstanden. Das Kind ist gesund. Es ist ein Mädchen, und ich werde es auf den Namen Ida taufen lassen.«

Ihre Lider flatterten und hoben sich dann einen Spalt breit.

»Wo ist sie? Ich möchte sie sehen.«

Er reichte ihr das Bündel und legte es auf ihren Bauch, der sich noch wölbte, als befände sich das Neugeborene weiter darin. Behutsam strich Sigrun über den Kopf des kleinen Wesens. Gero versuchte, sich an das Gefühl zu gewöhnen, dass er nun Vater war. Dies war ihr gemeinsames Kind, so wie Sigrun es sich gewünscht hatte. Alles hatte sich gut gefügt. Der Herr schien ihnen verziehen zu haben, dass sie von Greifenfels geflohen waren, um in der Fremde eine karge Existenz zu führen. Er bemühte sich, dies möglichst gottgefällig zu tun, damit Er ihnen nicht ein zweites Mal zürnte und einen von ihnen aus dem Dasein riss.

Für diesen Augenblick war die Welt vollkommen. Ihre Liebe war fleischgeworden und hatte ein kleines Mädchen ins Leben gerufen. Über dieses Mädchen wollte er wachen und es auf seinem Weg begleiten, solange er atmete und so weit es ihm möglich war. Sichtbar erschöpft neigte Sigrun ihren Kopf in seine Richtung und so schliefen sie für eine Weile ein, ehe das Kind erwachte und mit einem Wimmern ankündigte, dass es hungrig war.

Nachdenklich betrachtete Luitgard die schlafende Sigrun, die ihren Säugling im Arm hielt. Godelind hatte ihre Schwiegertochter in Geros Kate geschickt, damit diese sich in den ersten Wochen um das Neugeborene und den Haushalt kümmerte. Luitgard tat dies mit freundlicher Selbstverständlichkeit, denn es war üblich im Dorf, dass sich die Frauen in dieser Situation gegenseitig halfen. Bald würde sie selbst Beistand brauchen und eine der anderen das Gleiche für sie tun. Sie war, obwohl nur wenige Jahre älter als Sigrun, zum dritten Mal schwanger. Ihr eigenes Kind würde in ein paar Mondwechseln auf die Welt kommen, und dann war sie genauso auf Unterstützung angewiesen wie Geros Eheweib.

Luitgard mochte die Zugereiste, denn sie war verschwiegen und hielt sich aus dem Gerede im Dorf weitestgehend heraus. Wenn die anderen Waschweiber tratschten, fragte sie höchstens interessiert nach und sagte dann vielleicht mal »Oh!« oder »Sag nur!« Doch sie beteiligte sich weder an übler Nachrede noch an verleumderischen Gerüchten. Ein wenig neidete Luitgard ihr Gero, denn auf diesen hatte sie selbst ein Auge geworfen, als er vor einigen Jahren die Vorräte in Thure kontrolliert hatte. Jedoch hatte er nicht auf ihre schmachtenden Blicke reagiert. Mägde, die auf Burg Laach Dienst taten, gaben dagegen zum Besten, dass er dort keineswegs zurückhaltend gewesen war und die freundlichen Angebote gerne angenommen hatte.

Doch es war längst augenfällig, dass in seinem Herzen kein Fingerbreit Platz für eine andere Frau als Sigrun war. Luitgard verstand nicht warum, denn Sigrun war nicht hübscher oder kräftiger als sie selbst oder eine andere Frau im Dorf, und ihr Körper, wie man sah, eigentlich zu schwach, um Kinder zu tragen. Weshalb hatte er ausgerechnet sie für sich ausgewählt und wieso lebten sie in diesen ärmlichen Verhältnissen, obwohl er doch als Knappe auf Burg Laach gedient hatte und damit von höherem Stand sein musste? Die Mägde dort hatten ihr erzählt, dass er angeblich ein von Theoderich von Greifenfels großzügig bei sich aufgenommenes Findelkind sei, und dass es einige am Hofe gebe, die das anzweifelten.

Es kursierte das Gerücht, er sei der legitime Erbe von Rheinsporn, und Bertolt trachte ihm deswegen nach dem Leben. Als dieses Gerede in Thure bekannt geworden war, sprachen viele der Dorfbewohner ihn fortan wieder mit »Herr« an, wenn sie unter sich waren. Er ließ es geschehen, ohne es zu hinterfragen oder sie zu berichtigen. Das heizte die Gerüchteküche weiter an. So war er denn wirklich der Erbe von Rheinsporn? Und wenn die Zeit gekommen war, würde er die Burg für sich einnehmen und gewiss ein besserer Lehnsherr werden, als Bertolt es jemals gewesen war. Sollte es so weit kommen, würden ihn viele seiner Gefährten in der Siedlung unterstützen. Die Männer malten sich aus, wie sie gegen seinen Onkel in den Krieg zogen, und manch einer übte sich bereits darin, Harken, Mistgabeln und Sensen als Waffen zu benutzen.

Sigrun seufzte und murmelte im Schlaf. Vermutlich war auch sie von adliger Herkunft. Man erkannte es noch immer an ihrer Art sich zu bewegen und an der Kleidung, die sie getragen hatte, als sie hier vor sechzehn Monden angekommen waren. Das Kleid war schmutzig und zerrissen gewesen und ruhte nun in der Holztruhe, doch zeugte es unvermindert von seinem wahren Wert. Leise hob Luitgard den schweren Deckel der Truhe an und berührte den mit Stickereien und

Brokat besetzten Stoff. Ja, sie war gewiss von adliger Herkunft. Was hatte die beiden dazu getrieben, ihre Familien zu verlassen und in der Ferne das Dasein von Bauern zu führen? Hatte Gero sie aus Greifenfels entführt?

Albrecht von Menedich erzählte davon, dass ein bewaffneter Trupp Greifenfelser auf der Suche nach Entlaufenen gewesen sei. Doch Jost, der es besser wusste, weil er nachts jemanden durch die Siedlung zur Hütte seiner Mutter geführt hatte, schwieg sich beharrlich aus und forderte sie auf, das Gerede und den Tratsch zu beenden. Alles werde sich zu seiner Zeit klären.

Wollte Gero tatsächlich in der Nähe seiner Heimatburg sein, um im richtigen Moment zuschlagen zu können und sie für sich zurückzuerobern? Ältere Dorfbewohner erinnerten sich noch an die Gerüchte, die bis nach Thure vorgedrungen waren, als die Frau des Egbert, Gott hab sie selig, gestorben war, und kurz darauf ihre Wehmutter und das Kind verschwanden. Bis heute war ihr Verbleib ungeklärt.

Hatten sie hier den rechtmäßigen Erben von Burg Rheinsporn aufgenommen? Luitgard war sich fast sicher. Während Sigrun friedlich schlief, gab sich Luitgard Tagträumen hin, in denen Gero vor ein paar Jahren ihr Werben erhört und sie zur Frau genommen hatte. Wie er gemeinsam mit ihr Rheinsporn regierte, wo sie als sein Eheweib und Burgherrin den Haushalt führte.

Die Holztür wurde geöffnet und die Hütte unvermittelt von Tageslicht erhellt, in dem Geros männliche Silhouette erschien, groß und dunkel. Die Kate wurde wieder dämmrig, als er die Tür hinter sich schloss.

»Ich danke dir für deine Dienste, Luitgard. Du kannst nun nach Hause gehen. Ich werde mich jetzt selbst um Sigrun und das Kind kümmern.«

Sie schreckte auf, als der Mann, von dem sie gerade noch süße Träume gehegt hatte, leibhaftig vor ihr erschien und das Wort an sie richtete. Er hatte ihr nie zu verstehen gegeben, dass er in ihr die junge Frau wiedererkannte, die bei seinen ersten Besuchen im Dorf als Heinrichs Knappe hingerissen den Blick nicht von ihm abwenden konnte.

»Ja, ist gut, Herr. Ich danke Euch«, stammelte sie. »Ihr könnt mich jederzeit rufen, wenn Ihr Hilfe braucht.«

»Das weiß ich sehr zu schätzen. Richte deinem Mann die besten Grüße von mir aus.«

Hastig verließ sie die Hütte. Dabei warf sie einen verstohlenen Blick auf Gero, der sich mit einer Zärtlichkeit, die sie bislang nur bei Frischverliebten gesehen hatte, über Sigrun beugte, ihr Haar streichelte und sanft ihre Stirn küsste. Ein Seufzer entrang sich Luitgards Kehle, dann klappte die Holztür hinter ihr zu.

Ein scharfer Wind wehte über die Zinnen der Burgmauer von Rheinsporn hinweg. Er wirbelte Bertolt ins Gesicht, als er die steinerne Treppe hinaufgestiegen war und den Wehrgang erreicht hatte. Es war ungewöhnlich, dass Friedwart ihn hierher bat, um etwas zu besprechen. Unwillig schlang er seinen pelzbesetzten Umhang enger um sich, als er gemessenen Schrittes zu seinem ersten Ritter trat und sich dabei gegen den Wind stemmen musste. Auf der endlosen Weite des Himmels zogen dunkelgraue Wolkenfetzen, wie von Geisterhand getrieben, hastig vorüber. Dunkle Schatten irrten über die Felder, Wiesen und bewaldeten Hügel, zwischen denen merkwürdigerweise Nebelschwaden hingen.

Friedwart stand unbeweglich mit sorgfältig gestutztem Barthaar in seinem schwarzen, ledernen Wams da, als machten ihm weder Sturm noch Kälte etwas aus. Er sah Bertolt mit undurchdringlichem Gesichtsausdruck entgegen.

»Was gibt es so Wichtiges, dass du mich aus der warmen Halle in die Windsbraut lockst?«, fragte dieser unwirsch.

»Da unten sind zu viele Ohren für das, was ich mit dir besprechen muss.«

Fragend hob Bertolt die Brauen.

»Unser Spion am Hof des Kaisers hat mir zugetragen, dass nach Konrad nun auch der junge Heinrich mit seinem

Vater hadert. Er möchte wie sein Bruder ein Einvernehmen mit der Kirche erzielen.«

»Sollte sein zweiter Sohn ebenfalls von ihm abfallen, würde das den Kaiser erheblich schwächen.« Bertolt vergaß Kälte und Wind, als er begriff, dass sich die Machtverhältnisse im Reich womöglich bald verschoben.

»Wir müssen klug abwägen, auf welcher Seite wir uns aufhalten wollen, wenn es zur Auseinandersetzung kommt«, legte Friedwart ihm nahe.

»Was schlägst du vor?«

»Wir sollten Kontakt zu dem Prinzen aufnehmen und unsere Allianzbereitschaft signalisieren.«

»Das grenzt an Hochverrat.«

»Deshalb stehen wir hier oben in der Zugluft und nicht in der warmen Halle.«

Nachdenklich wiegte Bertolt den Kopf. Was Friedwart ihm riet, war riskant und konnte sie den Hals kosten. Doch das Risiko scheuten sie beide schon lange nicht mehr.

Wenn draußen Schneeflocken leise vom Himmel hinabtanzten, saßen die Thurer in ihren Hütten beisammen, besserten Kleidung und Arbeitsgeräte aus, brachten neue Pflugscharen an oder schärften Messer und Äxte. Dabei erzählten sie sich im dämmrigen, rauchdurchzogenen Schein der Talglampen Geschichten aus dem Dorf oder Schauermärchen von Hexen, Naturgeistern und den besonderen Kräften der Raunächte, während in der Feuerstelle die Flammen tanzten und Zweige knackend zerbarsten. Der Pfarrer war nicht zugegen und keiner von ihnen würde ihm zutragen, dass sie über Dinge sprachen, die die Kirche missbilligte.

Fröhlich beteiligte sich Gero an diesen Gesprächen. Sigrun hatte sich in den vergangenen Wochen von den Strapazen der Geburt erholt, und Ida gedieh. Er betete jeden Tag dafür, dass beide den harten Winter überlebten, und die Chancen standen gut. So steuerte er nun leichten Herzens seinerseits die Schilderungen bei, die Meda ihm über die Waldwesen anvertraut hatte. Dabei geriet er derart in Fahrt, dass die Anwesenden einer nach dem anderen ihre Werkzeuge sinken ließen und ihn anblickten.

»Was ist?«, fragte er irritiert.

»Woher weißt du so gut über diese Geheimnisse Bescheid?« Veit rieb sich mit der verschmierten Hand an der Schläfe.

Gero stockte. »Das hat mir eine Heilerin auf Greifenfels erzählt.«

Burckhart zog eine Braue hoch. »Warum erzählt eine Heilerin einem jungen Mann solche Geschichten?«

»Damals war ich noch ein Kind, und sie wollte meine Angst vertreiben.« Er wand sich unbehaglich.

»Wovor hattest du denn Angst?«

Gero starrte Burckhart an, und seine Schläfen pochten, während er an die Flucht von Rheinsporn nach Greifenfels und die unheimliche Übernachtung auf der Waldlichtung dachte. Die Erinnerungen waren so lebendig in seinem Gedächtnis, als seien erst wenige Tage seitdem vergangen, und auch die Angst, die er damals empfunden hatte, war ihm noch gegenwärtig. Meda hatte ihn plötzlich zur Eile angetrieben und immer wieder Sätze in einer fremden Sprache gemurmelt. Er war sich inzwischen sicher, dass ihnen ein Häscher Bertolts auf den Fersen gewesen war, und dass sie das geahnt hatte. Aber davon konnte er den Thurern unmöglich erzählen. Ein Gefühl der Dankbarkeit erfüllte ihn, als ihm bewusst wurde, dass Meda alles dafür getan hatte, ihn ihre eigene Sorge nicht spüren zu lassen.

»Ach, vor diesem und jenen«, wich er Burckharts Frage aus. »Ich lag mit einem schweren Fieber im Bett, der Wind pfiff schauerlich durch die Ritzen in der Burgmauer, und im Hof heulten die Jagdhunde.«

»Und dann erzählt die Heilerin dir auch noch solche Schauergeschichten!«, warf Jost ein und nahm demonstrativ sein Werkzeug wieder auf. Die anderen schüttelten ihre Köpfe und taten es ihm nach.

»Weiber!«, sagte Veit und zog sich mit dem Handrücken einen Schmierstreifen quer über das Gesicht.

Mit den ersten Anzeichen des Frühlings setzte die Arbeit auf den Feldern von Neuem ein, und sie konnten endlich das rußige Dämmerlicht der Hütten verlassen. Die Zugtiere hatten über den Winter ordentlich Futter erhalten, damit sie wieder in die Kraft kamen und nun die harte Pflugarbeit verrichten konnten. Der Dung des Viehs, der in den Ställen gesammelt worden war und seinen Gestank verbreitete, wurde flugs über die Felder verteilt.

»Warum legst du das nicht den Ochsen an?«, erkundigte sich Gero, als er bemerkte, dass Wolff zwei kräftigen Braunen mit breiten Kruppen das Geschirr anlegte. »Auf Greifenfels ziehen die Ochsen den Pflug über das Feld.«

»Mit dem Kummet schaffen die Pferde das doppelte Tagesgeschäft«, erklärte Wolff ihm.

Erstaunt sah Gero zu, wie die geduldigen Stuten eine Furche nach der anderen in den harten Ackerboden zogen. Anschließend ließ Wolff sie einen hölzernen Rahmen mit Querstreben und Holzzinken quer zur Furche übers Feld ziehen. Die Frauen folgten ihm und streuten aus Kisten, die sie sich um den Hals gehängt hatten, Samenkörner für Hafer und Gerste auf den Acker. Deren Früchte wollten sie später zu Pferdefutter oder Getränken verarbeiten. Das war eine leichte Tätigkeit, die auch Sigrun inzwischen wieder verrichten konnte. Gero beobachtete sie dabei, wie sie verdrossen mit beiden Händen in die Körner griff und sie in die Furchen warf. Er ahnte, dass die Blasen an ihren Füßen sie derart plagten, dass sie kaum einen Schritt vor den anderen setzen konnte. Vermutlich vermisste sie zunehmend die Annehmlichkeiten ihres Lebens auf Greifenfels, und manchmal glaubte er ihr anzumerken, dass es ihr immer schwerer fiel, darüber kein Wort zu verlieren.

Kapitel Sechzehn

Im Jahr des Herrn 1103

Der Fuhrmann aus Kruft erkannte Gero nicht wieder, als er rumpelnd mit seinem Gespann an die Abraumhalde auf dem Vorplatz heranfuhr und vor ihm hielt. Da Gero keine eigene Scholle zur Bewirtschaftung besaß, arbeitete er im Menedicher Steinbruch, dessen Einnahmen dem Kloster in Laach zugutekommen sollten. Der hier geschlagene Tuffstein war ein gefragtes Baumaterial, das mit Schiffen bis in die Nordländer transportiert wurde. Und den harten Basalt bearbeiteten sie zu ebenso begehrten Mühlsteinen.

»Die Arbeit an der Basilika in Laach ist eingestellt worden«, erzählte der Fuhrmann, während sie den Tuff aufluden, den er zur Verschiffung nach Andernach bringen sollte. »Die Bautrupps sind schon vor einiger Zeit abgezogen worden, und nun haben auch die Mönche das Weite gesucht.« Er schniefte und spuckte aus. »Jetzt kommt keiner von denen mehr zur Erntezeit mit aufs Feld und kontrolliert, ob der Konvent jeden einzelnen Zehnten bekommt.«

Gero hielt bei der Arbeit inne. »Was wird nun aus dem Kloster am See?«

»Keine Ahnung, niemand kümmert sich mehr darum, und das bereits Gebaute bröckelt an einigen Stellen schon.«

Und wer betet noch für Heinrich?, dachte Gero. Warum vernachlässigte Siegfried die Verpflichtung gegenüber seinen Eltern derart? Er war doch Heinrichs Erbe! Der Kaiser hatte inzwischen den allgemeinen Reichsfrieden ausrufen lassen und einen Bruch desselben unter hohe Strafe gestellt. Im Land sollte Ruhe einkehren, und Siegfried konnte sich wieder seinen Lehen zuwenden, statt in Kriege zu ziehen. Gero musste einen Weg finden, mit ihm zu sprechen. Nachdenklich blickte er dem Gespann hinterher, dessen Räder sich unter der Last der Tuffsteine besorgniserregend zur Seite neigten. Es musste etwas geschehen.

Doch noch war er vollends als Vater und Mitglied der Dorfgemeinschaft beschäftigt, half neben der Arbeit im Steinbruch beim Holzhacken, bei den üblichen Reparaturen, die nach der Winterzeit anfielen, und bei der Feldarbeit. Das Überleben konnte nur gesichert werden, wenn jeder mitanpackte. Im Dorf herrschte Flurzwang, und so hatten sich alle an die Nutzungsbestimmungen für Äcker, Wiesen und Wälder zu halten, damit die Ackerflächen nach den Regeln der Dreifelderwirtschaft bestellt werden konnten. Gemeinsam bauten sie Zäune, um die Nutztiere von den Feldfrüchten fernzuhalten, und trafen Vereinbarungen zur Bewirtschaftung der Weide und des Waldes, dessen Eichenbestand für die Schweinemast unentbehrlich war. Alle Tätigkeiten im Dorf mussten abgesprochen werden und auch Kinder halfen mit, sobald sie das siebte Lebensjahr erreicht hatten.

Erst in Thure lernte er die unterschiedlichsten Abhängigkeiten der Bauern, das Diktat der Jahreszeiten und die Willkür, der die Unfreien im Lauf ihres Lebens ständig ausgesetzt waren, richtig kennen. Ein Ausfall der Ernte durch Schädlinge oder das Ausbleiben des Regens bedeuteten Hunger und Not, konnten gar todbringend sein. Es gab verschiedene Formen der Unfreiheit, und die Betroffenen bekamen gnadenlos zu spüren, dass sie an die unterste Stufe der gesellschaftlichen Hackordnung gekettet waren. Das Schicksal, ein Unfreier zu werden, konnte jeden Landmann ereilen. Schon eine Dürreperiode konnte ihn zwingen, sich einem Lehnsherrn als Leibeigener zu unterwerfen. Aber auch Kriegsgefangenschaft oder Schuldknechtschaft führten in trostlose Abhängigkeit. Und manche besonders Bemitleidenswerte waren bereits durch ihre Geburt dazu verdammt.

Bei Festlichkeiten auf den Burgen, wenn die Pfalzgrafen ihre höfischen Freunde um sich versammelten, war Gero mehrmals Zeuge davon gewesen, wie sehr Adlige die Landleute verachteten und als grobschlächtig, grausam und diebisch anprangerten. Längst bereute er es, dass er damals über solche Possen gelacht hatte. Sigrun und er hatten Anerkennung in der Dorfgemeinschaft gefunden, die es zu schätzen wusste, dass sie sich für keine Arbeit zu schade waren. In der Versammlung hatte inzwischen auch sein Wort Gewicht, und

Godelind schätzte Sigruns von Meda erworbenes Wissen über die Heilkunde ebenso wie ihre Intuition. Immer häufiger nahm sie seine Frau mit zu Kranken und Gebärenden, damit sie sich der Hilfsbedürftigen gemeinsam annehmen konnten. Vermutlich erwartete die Dorfälteste, dass die Jüngere ihre Rolle übernahm, wenn sie selbst einmal nicht mehr da war.

Die Gelegenheit, Kontakt mit Siegfried aufzunehmen, ergab sich schneller als von Gero erwartet, da ein Bauer aus Menedich bei der Feldarbeit vom Blitz erschlagen wurde. Er hinterließ keinen Erben, und seine Frau kehrte an den elterlichen Hof zurück. Seine Scholle lag östlich des Sumpfgebietes außerhalb von Thure und einen längeren Fußmarsch entfernt in Richtung fränkische Kirchenruine, dicht neben dem Sualeburn. Jost bot Gero an, für ihn beim Pfalzgrafen vorstellig zu werden und diesen zu bitten, ihm die Scholle zu übertragen.

Gero war bewusst, welches Risiko damit für Sigrun und ihn einherging, doch ein eigenes Stück Land bestellen zu können würde ihre Situation erheblich erleichtern. Außerdem war es ihm ein Anliegen, endlich mit seinem ehemaligen Herrn in Verbindung zu treten. Also willigte er ein und bat Jost, Siegfried unter einem Vorwand ins Dorf zu locken und in seine Hütte zu bringen. Er wollte lieber persönlich mit ihm sprechen.

Langsam trat Gero unter die Dachöffnung, als der Laacher in der Kate eintraf, damit dieser ihn im Dämmerlicht erkennen konnte. Als er Siegfrieds bestürztes Gesicht sah, wurde ihm bewusst, wie er auf ihn wirken musste mit seinem verfilzten Haar, dem schmutzigen, weitmaschigen Leinenhemd und den verschlissenen Schuhen an seinen Füßen.

»Gero! Was tust du hier?«, entfuhr es seinem ehemaligen Herrn, und er wich zurück.

»Ich bin vor ein paar Jahren hergekommen, weil Sigrun ein Kind von mir trug und Theoderich sie mir nicht zur Frau geben wollte.« Bittend ging Gero einen Schritt auf ihn zu.

»Adebar hat mich davon in Kenntnis gesetzt. Er war hier und hat nach euch gesucht. Wie konntest du es wagen, Theoderichs Tochter zu entehren?«

»Ich habe sie nicht entehrt! Wir haben geheiratet, leben seitdem als Mann und Frau und haben eine Tochter.«

Nun wagte sich auch Sigrun in einem schmucklosen, braunen Wollkleid mit angebundenen Ärmeln aus dem Halbdunkel der Hütte, Ida an der Hand.

Siegfried musterte sie einen Moment lang offensichtlich verstört, dann deutete er eine Verbeugung an und wandte sich Gero zu. »Ist dir bewusst, in welche Situation du mich hier bringst?«

»Ja, das ist mir bewusst, aber ich vertraue dir.«

Siegfried schnaubte.

»Bitte, setz dich doch.« Gero wies auf einen der Schemel, die sich um den schlichten Holztisch herumgruppierten.

Der Graf kämpfte sichtbar mit sich, dann seufzte er und ließ sich auf dem Hocker nieder. Gero und Sigrun tauschten einen Blick aus und setzten sich zu ihm.

»Bist du dir sicher, dass du als Bauer eine meiner Schollen bestellen möchtest?« An seinem Tonfall erkannte Gero, dass er ihn unverändert als ebenbürtig ansah.

»Es würde unsere Lage erheblich verbessern. Momentan bin ich gezwungen, in Menedich im Steinbruch zu arbeiten, und die Einkünfte reichen kaum für das Nötigste.«

Siegfried sah ihn lange an. »Hättest du keinen anderen Weg wählen können?«

»Nein, konnte ich nicht. Ich liebe Sigrun mehr als mein Leben, und sie sollte mit einem ungehobelten Gesellen verheiratet werden.«

Sein Gegenüber verzog den Mund und warf Sigrun und dem Kind auf ihrem Schoß einen kurzen Blick zu. Schließlich umspielte ein wohlwollendes Lächeln Siegfrieds Lippen.

»Ich habe dich immer gemocht und muss zugeben, dass dein konsequentes Vorgehen mir Respekt abnötigt. Außerdem wäre es gut für mich, dich in der Nähe von Laach zu wissen.«

Schlagartig ließ Geros Anspannung nach und Wärme durchströmte ihn. »Ich würde dir mit Freuden treu dienen.«

»Wenn ich dich jedoch zu einem Unfreien mache, verpflichtet dich die Bindung an die Scholle zu lebenslanger Sesshaftigkeit in Thure. Das kann nicht in deinem Sinne sein.«

Gero ließ die Schultern sinken. »Ich akzeptiere, was du mir anbietest.«

»Ein Status als abhängiger Bauer ist das Äußerste, was ich zurzeit für dich tun kann.« Er zögerte. »Mein Stiefvater hat mir auf dem Sterbebett anvertraut, welches Schicksal deine Kindheit geprägt hat. Ich habe ihm mein Wort gegeben, ein Auge auf dich zu haben.«

Gero senkte den Blick, überwältigt von dem Gefühl der Dankbarkeit.

»Also gut, du sollst die Scholle als Höriger bekommen und darfst ein weiteres Stück Wald daneben roden, um auch dieses urbar zu machen und zu bestellen. Ich erlaube dir, einmal im Monat in meinen Wäldern Kleintiere für deinen eigenen Bedarf zu jagen. Halte Letzteres jedoch geheim.«

Das war mehr als großzügig.

»Ich danke dir von ganzen Herzen und hoffe, dass ich mich dir irgendwann erkenntlich zeigen kann.«

Froh gestimmt goss Gero ihm den letzten Rest Met in den Becher. Das Gespräch über die Bauarbeiten am Kloster hob er sich für eine andere Gelegenheit auf. Er blickte seinen Gegenüber an und glaubte zu erkennen, dass dieser sich ebenso wie er selbst freute, von nun an einen Freund in nächster Nähe zu wissen.

Im Jahr des Herrn 1105

Für ein geheimes Treffen mit Siegfried war die fränkische Kirchenruine nahe dem Sumpfgebiet der beste Ort. Gero riskierte hier nicht, von Menschen erkannt zu werden, die seinen Aufenthalt an Theoderich oder Bertolt verraten könnten.

Das dichte Laub der Bäume, durch das spärliches Sonnenlicht glitzerte, schützte sie vor neugierigen Blicken, und das Konzert der Singvögel und Buntspechte vor Lauschern.

»Sigrun erwartet trotz ihres vermeintlichen Wundertranks wieder ein Kind.« Gero legte die Stirn in Falten und ließ sich auf den Überresten des Mauerwerks nieder. Die erneute Sorge um sein Weib trieb ihn schon seit geraumer Zeit um.

»Lass es mich wissen, wenn ihr etwas braucht«, erwiderte Siegfried, der bereits auf ihn gewartet hatte.

»Danke, wir kommen zurecht. Ich hoffe, sie übersteht auch diese Geburt.«

»Wenn euch das hilft, befreie ich dich von der Fronarbeit. Ich denke, ich kann in diesem Jahr auf deinen Anteil verzichten.«

Als Grundherr besaß Siegfried das Verfügungsrecht über sie, und zu festgelegten Zeiten mussten sie ihm an ein oder zwei Tagen in der Woche helfen, sein eigenes Salland zu bearbeiten.

»Das ist sehr großzügig. Ich werde sehen, ob ich meinen Verpflichtungen dir gegenüber nicht doch nachkommen kann.«

»Ich tue das nicht aus reiner Menschenfreundlichkeit, sondern weil ich meinem Stiefvater einen Schwur geleistet habe.«

Gero verstand, dass Siegfried ihn von seinem schlechten Gewissen befreien wollte. »Wenigstens lässt du deine Bauern nicht von einem Schlächter wie Friedwart von Höhtgen beaufsichtigen, der rücksichtslos darauf pocht, dass alle ihre vorgeschriebenen Arbeiten erledigen. Stimmt es, dass Bertolt sich die Unterhaltskosten für einen Großteil seiner Arbeitskräfte spart und sie als Unfreie auf einer eigenen Bauernstelle mit Haus wohnen und eine eigene Hufe bestellen lässt?«

Siegfried nickte.

»Warum tut er das?«

»So braucht er nicht selbst die Zugtiere zu halten, die für die Bewirtschaftung seiner Äcker vonnöten sind. Für Saat und Ernte stehen die Bauern ihm dann aber mit ihren Pflug- und Wagengespannen zur Verfügung. Und von dem Ertrag, den sie auf ihrem eigenen Gut erwirtschaften, erhält er noch zusätzlich einen Anteil.«

»Lass mich raten, wessen Idee das war.«

Siegfried grinste mit grimmigem Gesicht. »Vermutlich Friedwart von Höhtgens.«

»Da halte ich nicht dagegen.«

»Andere Grundherren sind längst dazu übergegangen, ihr Eigentum in Hufenland aufzuteilen und zu Lehen oder zur Pacht zu vergeben. Ich habe die Frondienste inzwischen zum großen Teil in Geldzahlungen umgewandelt. Das hat die Erträge gesteigert und mir dadurch zusätzliche Einkünfte gebracht.«

»Zudem bekommen die Bauern bei dir Bier, Brot und Käse, was Bertolt sträflich unterlässt. Die Männer aus Cuttenheim haben mir glaubhaft geschildert, dass mein Onkel den Frondienst auf drei, manchmal sogar vier Tage ausdehnt, sodass sie kaum eine Chance haben, ihre eigenen Hufen zu bearbeiten. Seinen Anteil an ihren Einnahmen forderte er dennoch unerbittlich ein.«

»Werden wir es noch erleben, einmal etwas Gutes über ihn zu erfahren?« Siegfried seufzte. »Die Entwicklungen am Hof geben allerdings ebenfalls Anlass zur Sorge.«

»Wieso?«

»Der Sohn des Kaisers denkt, dass es seinem Vater nicht mehr gelingt, den Streit mit der Kirche beizulegen, will aber selbst unbedingt mit dem Papst Frieden schließen. Also hat er beim letzten Christfest heimlich das Hoflager in Regensburg verlassen und sich zum Anführer einer Gruppe von Fürsten gemacht, die gegen den alten Kaiser aufbegehren wollen.«

Gero hob die Augenbrauen. »Und auf wessen Seite stehst du nun?« Bei dem Gedanken daran, welche Auswirkungen Siegfrieds Entscheidung auch auf ihn haben könnten, wurde ihm mulmig.

»Ich stehe zu meinem Treueschwur. Anders als der junge König, der seinem Vater ebenfalls einen Eid geleistet hat, den er nun zu brechen gedenkt. Er hat sogar den Papst um Rat deswegen gebeten.«

»Und wie hat der Heilige Vater darauf reagiert?« Gebannt sah Gero ihn an.

»Er hat ihm die Absolution im Jüngsten Gericht versprochen, wenn er ein gerechter König und Lenker der Kirche sein will.« Siegfried brummte mit missbilligendem Unterton. »Nun untersteht der größere Teil des Reiches dem jungen König.«

»Das nimmt sein Vater aber gewiss nicht einfach so hin, oder?«

»Nein. Und das bedeutet Krieg.«

Der Pfalzgraf erhob sich. »Ich rechne jeden Augenblick mit dem Ruf zu den Waffen. Wenn du in der Zeit meiner Abwesenheit Hilfe brauchst, wende dich an meinen Burgverwalter.«

Gero erhob sich ebenfalls. »Wäre ich auf Greifenfels geblieben, würde ich dich nun wahrscheinlich in die Schlacht begleiten.«

Siegfried umarmte ihn. »Eines Tages wirst du das tun.«

Der Lichtschein der aufgehenden Sonne fiel schräg auf die Wiesen, und der Morgentau glitzerte auf den Gräsern. Die Luft des anbrechenden Tages war feucht und roch süßlich wie Blut, als ahnte die Natur, dass eine Schlacht bevorstand. Zusammen mit anderen lothringischen Vasallen ritten Bertolt und seine Mannen im Heer des jungen Königs Heinrich des Fünften Richtung Regensburg. Friedwart hatte ihn davon überzeugt, dass es klug war, die Seiten zu wechseln, da der Stern des Kaisers allmählich verglomm. Im Laufe der Jahre hatte Bertolt gelernt, den Weitblick und die Intuition seines ersten Ritters nicht zu hinterfragen oder zu unterschätzen. Der Mann besaß eindeutig das Gespür eines Königsmachers.

Bertolt fühlte in zunehmendem Maß das Alter auf seinen Schultern lasten, einige der früher erlittenen Verletzungen beeinträchtigten seine Beweglichkeit. Der Kettenpanzer schien doppelt so schwer wie noch vor fünf Jahren, und auch das Schwert lag nicht mehr so frei in der Hand wie zuvor. Wahrscheinlich wäre es klüger, in Rheinsporn für einen legitimen Erben zu sorgen und sich auf einen ruhigen Lebensabend vorzubereiten, als mit dem König von einer Schlacht in die nächste zu ziehen und seine Pfründe zu mehren. Seine Linie würde sonst erlöschen. Sobald die Machtposition des Kaisersohns gefestigt war, sollte er ihn um eine standesgemäße Verheiratung bitten, um seine Erbfolge zu sichern. Bis dahin mussten sie ihn jedoch erst einmal auf den Thron heben.

Die gleichmäßig schaukelnde Bewegung seines Schimmelhengstes machte ihn schläfrig. Sein müder Blick wanderte zu Friedwart hinüber, der im farbenprächtigen Waffenrock und stachelbewehrtem Helm schräg vor ihm ritt. Dabei hielt er sich auf dem gescheckten Hengst aufrecht im Sattel wie ein junger Recke, als nagte nicht auch an ihm der Zahn der Zeit. Dieser Mensch besaß eine unfassbare Disziplin, und Bertolt war sich nicht sicher, ob ihn das sympathisch machte. Aber leider war Friedwarts Unterstützung für ihn unentbehrlich. Manchmal zweifelte er, ob er gestärkt oder benutzt wurde. Unwillkürlich zuckten seine Achseln, als wollten sie ihm sagen, dass das keine Rolle spiele. Hauptsache, er hatte ihn an seiner Seite und nicht zum Feind.

Der Kaiser und sein Sohn ließen ihre gegnerischen Truppen beiderseits des Regen Aufstellung nehmen, in Unkenntnis darüber, dass die Fürsten sich insgeheim bereits darauf verständigt hatten, keinen »vatermörderischen Krieg« führen zu wollen. Auf der anderen Flanke der Frontlinie gaben die Laacher und die Greifenfelser dem Vater ihr Geleit. Noch nie zuvor hatte Bertolt ihnen bei einem Konflikt in feindlichem Lager gegenübergestanden. Zum ersten Mal traten sie in einer kriegerischen Auseinandersetzung gegeneinander an, wenn es denn trotz der geheimen Absprache zu einer kam.

Bertolt hatte Siegfrieds und Theoderichs Bewegungen in früheren Schlachten studiert. Er war vorbereitet, sollte es zum Zweikampf kommen. Es war nicht auszuschließen, dass einer der beiden aus den unterschiedlichsten Gründen versuchen würde, seine Lebensfackel auszulöschen. Sie hätten statt ihm gewiss lieber Egberts Sohn als Herrn von Rheinsporn gesehen. Er konnte sich lebhaft vorstellen, was der verstorbene Heinrich von Laach ihnen über den Verlauf der Schlacht an der Elster und den Tod seines Bruders erzählt hatte. Bestimmt hatte der Graf ihn, Bertolt, als Feigling und Brudermörder verunglimpft. Er musste damit rechnen, dass Siegfried und Theoderich auf Rache sannen. Für diesen Fall war er gerüstet. Sein Neffe würde die Burg für sich beanspruchen, sobald er selbst das Zeitliche segnete. Eigentlich konnte ihm das dann egal sein. Aber er war noch lange nicht bereit, seinen Platz zu räumen.

Mit grimmiger Entschlossenheit beteiligte er sich an dem Spott und den Schmähungen, die die feindlichen Ritter sich gegenseitig zuriefen. Unversehens drängte der Truppenteil, dem die Greifenfelser angehörten, trotz der heimlich vereinbarten Waffenruhe vor und griff an. Im Gedränge wurde Bertolt an einen Ritter in Greifenfelsfarben herangeschoben, der hektisch versuchte, vor ihm zu fliehen, und eröffnete den Kampf. Er wusste nicht, mit wem er es zu tun hatte, denn das Gesicht des Gegners war unter einem Nasalhelm und einer Haube aus Kettengeflecht nahezu verborgen. Doch an seinen Abwehrbewegungen erkannte Bertolt, dass er jung und wenig kampferfahren sein musste. Selbst seine Schwerthiebe hatten etwas Weibisches, was in ihm einen derartigen Widerwillen auslöste, dass er härter zuschlug. Er würde keinen Vorteil daraus ziehen, einen Greifenfelser erschlagen zu haben, außer einer gewissen inneren Genugtuung. Da kamen ihm unvermittelt Theoderichs Worte in den Sinn, sein Sohn sei kränklich und schwächlich. Kämpfte er etwa mit dessen Erben? Dann beschwor er womöglich gerade eine Rachefehde herauf.

Als Bertolt Friedwarts warnenden Ruf zu seiner Linken wahrnahm, zügelte er sich. Dennoch holte er erneut aus, um seinerseits keine Angriffsfläche zu bieten. Mit einem Brüllen, das an einen verwundeten Stier erinnerte, sprengte unerwartet Theoderich auf seinem Schlachtross zwischen ihn und seinen Gegner, parierte seinen Hieb und trieb ihn von dem Jüngeren ab. Bertolts Pferd scheute und er hielt sich gerade eben noch im Sattel. Schon schwang der Graf von Greifenfels das Schwert und ließ es mit Wucht auf den Schild des Rheinsporners hinabfahren, der sich unter dem Einschlag des Metalls knackend verbeulte. Bertolt wich mit in gleicher Weise erhobener Waffe weiter zurück. Erst jetzt bemerkte er, dass er den jungen Greifenfelser am Arm getroffen hatte und dass sich aus der Wunde ein roter Schwall von Blut pulsierend ergoss. Womöglich reichte diese Verletzung bereits aus, um einen Vergeltungsschlag auszulösen. Er starrte den Pfalzgrafen mit gezücktem Schwert an und bewegte sich nicht. Würde dieser nun die Gelegenheit nutzen und versuchen, ihn zu erschlagen?

Theoderich hielt inne und sein Atem hallte stoßweise metallisch im Helm wider. In ihm arbeitete es. Vor sich sah er den Bruder Egberts, der dessen Tod durch seine Tatenlosigkeit mitverschuldet hatte. Es war ein günstiger Augenblick, den Freund zu rächen und Gero den Weg zu seiner Burg zu ebnen, ohne größeres Aufsehen zu erregen. Und dennoch: Er kannte Bertolt seit seiner frühen Jugend, und dieser hatte ihm nie etwas angetan. Im Gegenteil hatte sein Armbrustschütze ihn in Canossa gerettet. Die Folgen seines Todes für das Kräfteverhältnis im Rheinland waren unabsehbar. Außerdem nahm Theoderich aus den Augenwinkeln wahr, dass sich Friedwart von Höhtgen in Adebars Nähe aufhielt, und dass es ihm ein Leichtes wäre, seinem Sohn mit einem Streich das Leben zu nehmen. Der Junge war schwer verletzt und musste schleunigst zum Feldscher.

Einen Atemzug lang verharrte er im stummen Blickkontakt mit Bertolt, dann wandten sie sich im gleichen

Augenblick abrupt ab und anderen Gegnern zu. Nachdem Theoderich Adebar in Sicherheit gebracht hatte, erfuhr er, dass sich die Streitmacht des Kaisers zurückziehen musste, ohne dass es zu nennenswerten Kampfhandlungen gekommen war. Einige seiner Getreuen waren während der Scharmützel zum jungen König übergelaufen.

Die Machtfrage im Reich bleibt demnach ungeklärt, dachte Theoderich. Sie mussten sich also auf weitere Auseinandersetzungen einstellen. Er seufzte, denn er hätte es vorgezogen, am heimischen Kachelofen zu sitzen. Hoffentlich gelang es dem Feldscher, Adebars Blutung zu stillen und den Arm zu retten. Er mochte sich nicht vorstellen, was geschehen wäre, wenn er nicht in dessen Zweikampf mit Bertolt eingegriffen hätte.

Sigrun beugte sich am Kesselgalgen über den Kochtopf, in dem eine Suppe aus Bohnen, Linsen, weißen Rüben und Lauch garte, während Gero für ihre kleine Tochter Klappern und mit Steinchen gefüllte Rasseln schnitzte. In einem zweiten Kessel kochten Hühnerknochen zu einer Brühe aus. Wie alle anderen Frauen im Dorf sorgte auch Sigrun für die beiden Mahlzeiten am Tag, wenn Gero auf den Feldern oder im Steinbruch arbeitete. Morgens und abends bereitete sie Hausbrot, Haferbrei oder gekochtes Gemüse zu. Ab und zu gab es Eier, Schweinefleisch und je nach Jahreszeit auch all das, was der Wald an Früchten und Pilzen hergab.

»Es sind schon wieder Landmänner aus Cuttenheim in die Gemarkungen geflohen, die Siegfried gehören, um den brutalen Steuereintreibern Bertolts zu entkommen.« Gero blickte kurz von seiner Schnitzarbeit auf.

Sie wusste, dass er sich für die Rücksichtslosigkeit seines Onkels schämte und im Dorf weiterhin hartnäckig verschwieg, dass er sein Neffe war. Sigrun füllte das Essen in Holznäpfe und schob Wasser, Molke und Most auf den Tisch. Manchmal hatten sie auch Bier oder selbst gekelterten Wein da, wenn die anderen Dorfbewohner ihnen etwas vorbeibrachten. Derzeit besaßen sie jedoch nichts dergleichen. Sigrun verdrängte den Gedanken an die Köstlichkeiten, die auf Greifenfels an den Festtagen aufgetischt wurden. An Fleisch gab es in ihrer Hütte nur, was Gero in Siegfrieds Wäldern an Kleintieren gejagt hatte, und an die Zubereitung von feinen Kuchen brauchte sie gar nicht erst zu denken. Hin und wieder beschwerte ihr die Erinnerung an Oreg, der ihr all die Jahre ein treuer Wegbegleiter gewesen war, das Gemüt. Gewiss war er inzwischen gestorben, ohne dass sie hatte Abschied von ihm nehmen können. Erschöpft ließ sie sich auf den Stuhl sinken.

»Die armen Leute!«

Gero setzte sich zu ihr an den Tisch. Als sie den Löffel an ihren Mund führte, hob der kleine Sigmund zu weinen an. Gero brachte ihr den Säugling aus seiner Schlafstatt. Seufzend öffnete Sigrun ihr Kleid, um den Zweitgeborenen zu stillen, und aß dabei vorsichtig weiter. Die zweite Geburt war tatsächlich, wie von Godelind vorhergesagt, leichter verlaufen und hatte Sigrun nicht annähernd so geschwächt wie die erste. Dennoch fühlte sie sich ausgezehrt. Sie spürte Geros gerührten und gleichzeitig von Gewissensbissen heimgesuchten Blick auf sich.

»Du siehst müde aus«, sagte er.

»So fühle ich mich auch.«

»Hat dein Tagwerk dich erschöpft?«

»Ja. Ich habe Wäsche am Bach gewaschen, Wasser aus dem Dorfbrunnen geholt, im Gemüsegarten Kohl, Lauch, Erbsen und Zwiebeln geerntet, Heilkräuter gepflanzt und alles mit Taubenmist gedüngt. Luitgard hat mir gezeigt, wie ich im Frühjahr Erbsen und Bohnen säen kann.«

Sein Blick wurde liebevoll. »Und wie macht man das?«

»Man treibt mit einem spitzen Stab Löcher in die Erde und füllt sie dann einzeln mit Samen aus. Anschließend muss man Strauchwerk in die Furchen verteilen, um die Saat zu schützen, und die Erde über Kreuz eggen. Bei den anderen Höfen verscheuchen Kinder die Krähen mit Steinen, das muss ich noch selbst übernehmen.« Sie atmete tief durch.

»Danach habe ich Godelind beim Melken der Kühe und Entrahmen der Milch geholfen. Als Belohnung durfte ich Butter und Käse mit nach Hause nehmen.«

Rasch griff Gero nach ihrer Hand. »Irgendwann hat das ein Ende. Ich verspreche es dir!«

Sie lächelte. »Bisher hast du deine Versprechen gehalten, und auch dafür liebe ich dich.«

Nach dem Abendessen spann sie mit der Handspindel Wolle, aus der sie später einen bequemen Leibrock oder einen Kittel weben wollte. Als Gero mit Ida im Arm vor Mattigkeit eingeschlafen war, nahm sie ihre aufwendig gewirkte Tunika aus der Truhe, strich mit den Fingern über den dunkelroten Brokatbesatz und wischte sich eine Träne aus den Augenwinkeln. Das Kleidungsstück war hier unbrauchbar, als Bäuerin durfte sie es gar nicht anziehen. Außer an Festtagen, an denen Blau erlaubt war, musste sie sich gemäß der Ständeordnung nun in den Farben der Demut kleiden: Braun und Grau. Das Tragen von Pelzen war ihnen bei Strafe verboten. Und so trug sie jetzt, wie die anderen Frauen, ein langes dunkles, von einem Gürtel gehaltenes Kleid, an das sie je nach Jahreszeit Ärmel anhängen konnte. Und darunter ein leinenes Hemd und rindslederne Stiefel, die mit Riemen oder Bändern zusammengehalten wurden. Gero besaß außer dem Hemd nur eine Hose, die bis zu den Knöcheln reichte, und Schuhe aus weichem Holz.

Die körperliche Arbeit setzte ihr zu, ihre Hände und Muskeln waren die Beanspruchung nicht gewöhnt. Doch sie erduldete die Schmerzen mit der ihr eigenen Zähigkeit. Denn trotz all den Entbehrungen schätzte sie auch ihr Leben im Dorf. Sie freute sich, wenn ihre Kräuterkenntnis gewürdigt wurde und ihre Bemühungen anderen halfen. Gero und sie wurden als vollwertige Mitglieder der Gemeinschaft wertgeschätzt, und ihre Familie war zu einem festen Bestandteil der Dorfgemeinde geworden. Das war mehr, als sie zu hoffen gewagt hatte. Es war trotz allem schön, diesen Weg gemeinsam mit dem Mann zu gehen, den sie liebte.

Mit verschränkten Armen sah Siegfried von Ballenstedt dem Sohn des Kaisers entgegen, der mit seinen Leibrittern über die Mosel in das Lager seines Vaters kam. Das Christfest stand in wenigen Tagen bevor und die feindlichen Truppenverbände waren bei Koblenz ein weiteres Mal aufeinandergetroffen. Der König war ihnen zuvor mit einer enormen Streitmacht entgegengeritten, um zu verhindern, dass Heinrich der Vierte nach Mainz gelangte, wo es noch viele Anhänger des Älteren gab. Nun hatte der Jüngere seinen Vater durch Boten um eine Unterredung gebeten. Dieser war zunächst unsicher, hatte dann aber nach einer Aussprache mit Siegfried, Theoderich und anderen Getreuen zugesagt, denn sie wollten es nicht auf eine Schlacht gegen diese Übermacht ankommen lassen.

Ungute Vorahnungen belasteten Siegfried. Es könnte für ihn persönlich fatale Folgen haben, sollte der Kaiser seinem Sohn unterliegen. Immerhin hatte der Laacher vor ein paar Wochen eine Anlegestelle am Rhein bewacht und dem jungen Heinrich die dort liegenden einsatzbereiten Boote für die Überfahrt verweigert. Stattdessen hatte er die Barken in den Mainzer Hafen verlegen lassen und so dem Kaiser einen Vorsprung verschafft, der es ihm ermöglichte, sich selbst sowie die Reichsinsignien in Sicherheit zu bringen. Siegfried dachte an seine Frau und seinen kleinen Sohn. Was würde aus ihnen werden, wenn er in Schwierigkeiten geriet?

Zu seiner Überraschung warf sich der alternde Monarch dem Sohn zu Füßen, kaum dass dieser das Lager betreten hatte. »Ich bitte dich, lasse von der Verfolgung deines Vaters und Kaisers ab!«

Siegfried runzelte die Stirn. Das war so nicht abgesprochen worden. Doch er durchschaute den Plan seines Herrn, der sich seiner militärischen Unterlegenheit bewusst war. Die Mimik des jungen Heinrich erschien ihm jedoch ungerührt und kalt. Er warf Theoderich einen raschen Blick zu, den dieser ernst erwiderte. Hier stand ihre Zukunft auf dem Spiel.

Da sank der Sohn des Kaisers seinerseits mit reuiger Miene in die Knie. »Ich bitte Euch um Verzeihung für das, was ich Euch angetan habe, und gelobe, Euch fortan die Treue zu halten wie der Ritter seinem Herrn, wie der Sohn seinem Vater. Ich verspreche Euch Gehorsam, wenn Ihr Euch mit der Kirche aussöhnt. So will ich Euch unter freiem Geleit sicher nach Mainz bringen. Dort sollen im Rat der Fürsten alle Streitigkeiten beigelegt werden. Kommt es aber zu keiner Einigung, so werdet Ihr auch für den Rückweg freies Geleit haben.«

Siegfried hielt die Luft an, wirkte das Gesagte doch unecht und berechnend. Dem Kaiser ging es um Beschwichtigung und eine gütliche Beilegung, der Sohn hingegen verlangte eine Unterwerfung seines Vaters. Und dieser schien die Bedingung überhört zu haben, dass er sich mit der Kirche aussöhnen solle. Mit Tränen in den Augen umarmte der Kaiser seinen Sohn.

»Wir vertrauen uns dir an in der Treue, mit der nach Gottes Willen der Sohn den Vater lieben soll«, antwortete er, bevor Siegfried eingreifen konnte.

Dieser öffnete den Mund, doch da erklärte sein Lehnsherr bereits laut: »So entlasse ich denn meine Truppen bis auf dreihundert Ritter und schließe mich dem Heerzug meines Sohnes an.«

Siegfried schloss die Augen. Ihm schwindelte. Sich jetzt noch einzumischen, käme einem Untergraben der Autorität des Kaisers gleich. Er ahnte, dass sein eigenes Schicksal besiegelt war. In der Nacht konnte er nicht in den Schlaf finden; jedes Geräusch, das zu ihm ins Zelt drang, ließ ihn auffahren. Die Überlegenheit der königstreuen Verbände war beklemmend. Vermutlich sah der Kaiser das genauso und hatte sich deshalb auf dieses falsche Spiel eingelassen.

Am nächsten Tag begleitete er den kleinen Trupp Heinrich des Vierten inmitten der feindlichen Streitmacht Richtung Mainz. Unauffällig lenkte Theoderich sein Pferd in seine Nähe.

»Es gibt Gerüchte, der junge König sinne auf Verrat. Man sollte den Kaiser warnen!«, flüsterte er ihm zu.

»Woher hast du dieses Wissen?«, zischte Siegfried alarmiert zurück.

»Das haben sich in der Nacht Soldaten des Königs zugeraunt.«

»Was plant der junge Heinrich?«

»Offenbar soll der Kaiser in Gefangenschaft gesetzt werden.«

Siegfried presste die Zähne aufeinander und lenkte nun seinerseits seinen Hengst an das Pferd Heinrich des Vierten heran, um sein Ohr zu finden. Doch was konnten sie gegen die Übermacht des Sohnes schon ausrichten?

Am Morgen des zweiten Tages sah Siegfried, wie Boten zu den Truppen stießen und dem König Meldung machten. Dieser kam daraufhin mit ernstem Gesicht und einer beunruhigenden Anzahl Bewaffneter zu seinem Vater.

»Ich kann Euch zu Eurer eigenen Sicherheit nicht mit nach Mainz nehmen, dort sind neue Scharen von meinen Anhängern eingetroffen. Es ist besser, wenn ihr Euch über Weihnachten nach Burg Böckelheim begebt.«

Seine Gefolgsleute umringten den Kaiser und drängten Siegfried, Theoderich und die anderen Getreuen von ihm ab. Das Letzte, was Siegfried sah, als er aus dem Lager geführt wurde, war, dass der Ältere sich noch einmal vor seinem Sohn zu Boden warf und sagte: »Ich flehe dich an: Führe uns nach Mainz!«

Die unerbittliche Miene des jungen Heinrich verfolgte ihn bis in den Schlaf.

Im Jahr des Herrn 1106

Gebannt hing Gero an Adebars Lippen. Im Lichtkegel, der durch die Dachöffnung einfiel, schwebten Staubkörner, und der Geruch fauliger Äpfel lag in der Luft. Sein Ziehbruder strich mit einem Stock über den Lehmboden in der Kate und wich seinem Blick aus, als er ihm vom Waffengang unter der

Führung Siegfrieds berichtete. Bald würde er den Pfalzgrafen im nächsten Kriegseinsatz begleiten und hatte nun die Gelegenheit genutzt, seine Schwester und Gero in Thure aufzusuchen. Der Einsatz hatte einen Tribut gefordert – Adebars Gesicht wies dunkle Schatten auf und das weiche Kinn verbarg neuerdings ein Bart. Wären seine dichten, langen Wimpern und der träumerische Ausdruck seiner Augen nicht gewesen, hätte Gero ihm ein wahrhaft männliches Erscheinungsbild bestätigt.

Aufmerksam folgte er Adebars Schilderungen und in seinem Kopf entfalteten sich die Szenarien, an denen er einmal mehr nicht beteiligt gewesen war. Es nagte zunehmend an ihm, dass er sein Dasein als Bauer in Thure fristete, obwohl sein Platz ins lothringische Heer gehörte. Siegfrieds Einsatz war riskant. Wenn der junge König die Oberhand behielt und seinen Vater besiegte, war der Pfalzgraf dem Untergang geweiht.

»Der Kaiser hat sich seinem Erben ergeben, der ihm in den Rücken gefallen ist?«, hakte Gero skeptisch und gefesselt zugleich nach. Nur zu gern wollte er mehr Details über diesen Zweikampf zwischen Vater und Sohn erfahren. Noch lieber jedoch wäre er dabei gewesen, anstatt hier in dem kleinen Dorf zur Untätigkeit gezwungen und dem Schicksal ausgeliefert zu sein.

»Ja, weil der junge König sich versöhnungsbereit gestellt hat. Kaum auf der Festung Böckelheim eingetroffen, wurde der Kaiser aber gefangen genommen.«

Ungläubig sah Gero Adebar an, der es augenscheinlich genoss, im Mittelpunkt seiner Aufmerksamkeit zu stehen und ihm von den Geschehnissen in der Welt zu erzählen. Er war sich bewusst, dass sein Ziehbruder es als angemessene Strafe für sein Vergehen empfand, dass Gero zur Tatenlosigkeit verdammt war. »Nein! Das ist nicht dein Ernst!«

»Doch. Zudem ist ihm priesterlicher Beistand und sogar an Weihnachten die Messfeier verwehrt worden, weil er unter dem Kirchenbann steht. Der König soll derweil in Mainz im Kreis der Fürsten festlich das Christfest gefeiert und mit viel Prahlerei erzählt haben, mit welcher Gerissenheit er seinen Vater überlistet habe. Angeblich hat der Reichstag von Beifall und Jubel gedröhnt. Der Kaiser hat das Verhalten seines Sohnes als ruchlosen Verrat verurteilt. Auf der Versammlung in Ingelheim verzichtete er dann aber Ende Dezember auf Druck der Reichsfürsten und unter Todesangst auf den Thron. Ein paar Tage später hat der Erzbischof dem jungen Heinrich in Mainz Krone, Zepter und Reichsapfel überreicht. Die Fürsten huldigten ihm, und damit ist er nun voll legitimiert.«

Fassungslos starrte Gero ihn an und begann zu zweifeln, ob Adebar ihm die Wahrheit sagte.

»Du glaubst mir nicht«, bemerkte dieser.

»Das klingt ungeheuerlich.«

Gero war sprachlos über das, was sich ein paar Tagesritte weiter südlich von hier abgespielt hatte, ohne dass sie im Dorf eine Ahnung davon gehabt hatten. Sein Wohlergehen und das seiner Familie war eng an Siegfrieds Schicksal gebunden. Wenn sein Freund nun in Schwierigkeiten geriet, konnte das auch erhebliche Folgen für ihn selbst haben.

Mit trotziger Stimme fuhr Adebar fort. »Aber der Kaiser ist aus der Burg geflohen und hat inzwischen ganz Niederlothringen zurückerobert. Deshalb bin ich hier. Ich werde Siegfried begleiten, zum kaisertreuen Heer stoßen und unmittelbar dabei sein, wenn Vater und Sohn sich erneut gegenüberstehen. Dieses Mal wird es gewiss zur Schlacht kommen. Diese dicke Narbe am Arm habe ich übrigens deinem feinen Onkel zu verdanken, der zum jungen König übergelaufen ist.«

»Du hast gegen Bertolt gekämpft?«

»Ja, und wenn mein Vater mir nicht zur Hilfe geeilt wäre, flöge ich nun als Engel umher.« Er grinste schief.

»Wie ist es dazu gekommen? Hat er dich angegriffen?«

»Die anderen Reiter haben mich immer dichter an die gegnerische Frontlinie und damit an die Rheinsporner herangeschoben. Ich habe eine Höllenangst bekommen und versucht, dem Kampfgetümmel zu entkommen. Es war doch eine Waffenruhe vereinbart gewesen! Wieso diese Esel trotzdem aufeinander losgegangen sind und mich in diesen Irrsinn mit hineingezogen haben, ist mir ein Rätsel. Ich war noch nicht so weit, mich in einer Schlacht behaupten zu können.« Fahrig fuchtelte Adebar mit der Hand in der Luft herum. »Als ein Hüne aus Rheinsporn ausgeholt und mit dem Schwert nach mir geschlagen hat, ist mir der Schweiß aus allen Poren geronnen. Ich konnte nicht erkennen, ob es sich um Friedwart oder Bertolt handelte, aber das war auch egal, denn ich könnte es mit keinem von beiden aufnehmen.«

»Woher weißt du dann, dass es mein Onkel war?«

»Das hat mein Vater mir später gesagt.«

Geros Herz klopfte vor Aufregung. »Wie ist der Kampf verlaufen?«

»Ich habe seine Hiebe ziemlich unbeholfen abgewehrt, glaube ich, und mir sehnlichst dich an meine Seite gewünscht. Bertolt hat mich am Arm getroffen. Den Schmerz werde ich bis an mein Lebensende nicht vergessen.«

»Und dann?«

»Hat mein Vater eingegriffen und ihn von mir abgedrängt.«

»Warum hat er ihn nicht erschlagen?«

Adebar zuckte mit den Achseln. »Ich glaube, weil eigentlich ein Waffenstillstand vereinbart gewesen war.«

Enttäuscht ließ Gero sich zurück in den Stuhl sinken. »Pass auf dich auf! Ich werde in Gedanken bei dir sein.« Stumm fügte er hinzu: Ich wünschte, ich könnte dir helfen, das Schwert gegen Bertolt und jeden deiner Gegner zu führen.

Sie erhoben sich.

»Bevor du gehst, Bruder, habe ich eine Bitte an dich«, sagte Gero. »Würdest du die Patenschaft für unsere beiden Kinder übernehmen? Sie sind zwar schon getauft, aber sie haben bislang nur den Dorfsprecher als Begleiter. Die Erbsünde hänge an ihnen, und wenn sie sterben, würden sie geradewegs in die Hölle einfahren, hat der Pfarrer uns in den Ohren gelegen. Aber wir wollen dich als Paten haben.«

Adebars Lider zuckten. Er räusperte sich. »Vater lässt mich vierteilen, wenn er davon erfährt.«

»Er wird es nicht erfahren.«

Adebar blickte zu den beiden Kindern hinüber, die im Dämmerlicht still auf dem Fußboden mit Rasseln, Klappern und Strohpuppen spielten, die Gero ihnen angefertigt hatte.

»Ja, ich übernehme ihre Patenschaft. Möge Gott verhüten, dass ihnen oder ihren Eltern etwas zustößt.«

Im Jahr des Herrn 1109

Ebenso froh wie die anderen Arbeiter im Menedicher Steinbruch war auch Gero, nach Stunden unter der Erde endlich wieder Tageslicht zu sehen und frische Luft atmen zu können. Sie hatten in der feuchten, stickigen Abbruchhalle einen Mühlstein aus dem Basalt geschlagen. Nun glänzten ihre Gesichter vom Schweiß, und die Leinenhemden klebten an ihren Körpern. Doch die stechende Sonne würde beides im Nu trocknen. Er dachte an sein letztes Treffen mit Siegfried, das nun schon einige Monate zurücklag und wunderte sich, warum er so lange nichts mehr von seinem Freund gehört hatte. Der Laacher hatte ihm berichtet, dass Heinrich der Vierte zwar das Heer seines Sohnes an der Maas besiegt hatte. Doch dann hätte der Kaiser in Lüttich eine schwere Krankheit erlitten und sei ihr schon kurz darauf erlegen. Mit unguten Vorahnungen seien Siegfried und Theoderich zu ihren Heimatburgen zurückgeritten und harrten nun der Dinge, die auf sie zukommen sollten. Hatten sich ihre Befürchtungen etwa bewahrheitet?

Mitten in seine Überlegungen hinein fuhr der Krufter Fuhrmann rumpelnd mit seinem Karren auf dem Gelände des Steinbruchs in Menedich vor. Die Männer verscheuchten die Eidechsen, die sich reglos auf den Tuffsteinen sonnten, und machten sich daran, seinen Wagen zu beladen.

»Der Pfalzgraf sitzt im Kerker«, sagte der Fuhrmann, als spräche er mit sich selbst, schniefte und zog sich die Hose hoch.

Bestürzt sah Gero vom Verladen der Steine auf.

»Im Kerker? Wieso?«

»Es heißt, die Fürstenversammlung hat ihn verurteilt und in Gefangenschaft legen lassen.« Der Fuhrmann machte keinen Hehl aus seiner Sensationslust.

»Was wirft man ihm vor?«

»Hochverrat. Der von Limburg behauptet wohl, der Pfalzgraf habe ihn angestiftet, den König zu ermorden.«

Zweifelnd neigte Gero den Kopf zur Seite. Der von Limburg war ein alter Widersacher Siegfrieds und beim König in Ungnade gefallen. Die Anschuldigung, die er nun gegen den Laacher vorgebracht hatte, schien abwegig. Vermutlich hoffte der Graf, dass Heinrich der Fünfte ihn begnadigte und wieder in sein Amt einsetzte. Für den König war das gewiss eine willkommene Gelegenheit, sich an dem Laacher für seine Treue zum verstorbenen Kaiser zu rächen.

Der Fuhrmann beugte sich zu ihm vor. »Man munkelt, dass der König seine Finger nach den Gütern des Pfalzgrafen ausstreckt, weil er ihm zu mächtig ist.«

Sollte der junge Herrscher sich durchsetzen, bekäme Thure vielleicht einen neuen Lehnsherrn, und man wusste nicht, was einen dann erwartete. Womöglich fiel die Gemarkung gar zurück in Bertolts Hände. Das wäre für die Dorfbewohner und ihn selbst eine Katastrophe. Er mochte sich nicht ausdenken, wie es sein würde, seinen Onkel zum Herrn zu haben, ihm zu Frondiensten verpflichtet und seiner Willkür ausgeliefert zu sein. Seine Familie und er wären in Thure ihres Lebens nicht mehr sicher. Doch wo sollten sie dann hingehen?

Der Gedanke an Siegfried und die Unwägbarkeiten, die mit seiner Gefangenschaft einhergingen, begleiteten Gero den Rest des Tages. Vor zwei Jahren erst hatte sein Freund Gertrud von Northeim geheiratet, die ihm bald darauf einen

Sohn geboren hatte. Was wurde nun aus den beiden? An seinem nächsten freien Tag würde er nach Laach reiten und seine Hilfe anbieten.

Als er heimkehrte, spielte Ida mit anderen Kindern im Dorf. Das Mädchen hatte Sigruns durchscheinende Augen und Geros braune Haarfarbe geerbt. Wehmütig beobachtete er, wie sie Schnecken in Booten aus Rinde und Stroh im Pferdewassertrog schwimmen ließ, und erinnerte sich daran, wie er früher mit ihrer Mutter über Hüpfkästchen gesprungen war. Das schien eine Ewigkeit her zu sein, und nun drückte die Last des täglichen Jochs schwer auf seinen Schultern. Als er seine Kate betrat, roch es durchdringend nach einer dicken Suppe aus Kohl, Linsen, Lauch und Bohnen, die am Kesselgalgen vor sich hin köchelte. Der Geruch verriet ihm, dass Sigrun sie mit Kräutern aus dem Garten gewürzt und mit Fleisch aus Siegfrieds Wäldern angereichert hatte. Zusätzlich gab es Hirsebrei, und zwei Fische, die Gero vormittags aus dem Bach geangelt hatte, brutzelten auf Grillrosten.

Die Sorge um Siegfried ließ ihn den ganzen Abend nicht los. Dazu gesellte sich das bedrückende Gefühl, dass er Sigrun und seinen drei Kindern so wenig bieten konnte. Inzwischen war ihnen mit der kleinen Mechthild noch ein dritter Spross geboren worden, und nun galt es ein weiteres Mäulchen zu versorgen. Sie waren gezwungen, eine ärmliche Existenz zu führen, und der Besuch Adebars hatte ihm einmal mehr vor Augen geführt, dass dieses Leben hier nicht das für sie vorgesehene sein konnte. Die Arbeit im Steinbruch und auf dem Feld war kräftezehrend und unter der Würde seines Standes. Doch viele der Landleute hatten mehr Ehrgefühl und edelmütige Charakterzüge als so mancher Ritter, dem er bisher begegnet war. Unwillkürlich wanderten seine Gedanken zu Bertolt und der Burg, die eigentlich ihm selbst gehörte. Hoffentlich bot sich bald die Gelegenheit, Rheinsporn zurückzuerobern.

Während er in der kleinen Kate sitzend konzentriert an einem Essnapf schnitzte, malte er sich aus, wie Sigrun als

Burgherrin neben ihm in der großen Halle am oberen Ende der Tafel Platz nähme, ein zufriedenes Lächeln auf ihrem sanften Gesicht. Hand in Hand würden sie auf ihre gemeinsamen Kinder und die Schar ihrer Gäste schauen. Er würde zusammen mit Siegfried und Adebar in die Schlacht ziehen, wenn der König zu den Waffen rief, und damit endlich seiner Bestimmung folgen.

Als ihm bewusst wurde, dass die Erfüllung dieser Tagträume in weiter Ferne lag und er unverändert zum Warten verdammt war, trieb er das Messer so fest gegen das Holz, dass es abrutschte und tief in die unbehandelte Tischplatte fuhr.

KAPITEL SIEBZEHN

IM JAHR DES HERRN 1112

An diesem Sonntag beschlossen die Thurer, dem kirchlichen Arbeitsverbot zu folgen, denn sie waren mit der Aussaat so weit vorangekommen, dass sie es sich leisten konnten, die Felder einen Tag lang ruhen zu lassen. Sämtliche Familien fanden sich vor dem Kirchplatz ein, ein jeder gekleidet in seinen saubersten Kittel mit Hüftgürtel. Die meisten Männer hatten sich Kappen aufgesetzt und die Frauen Tücher über Hals und Haar geschlungen. Als der Pfarrer in schwarzem Ornat am Glockenstrick zog und Geläut einsetzte, begaben sich alle geschlossen hinein, um der Messe beizuwohnen. Im Gedränge des Eingangs fasste Gero nach Sigruns schlanker, rauer Hand und drückte sie, ehe er sich auf die Männerseite zurückzog und Sigrun mit den Kindern der Hälfte im Kirchenschiff überließ, die den Frauen und dem Nachwuchs vorbehalten war. Er hatte es gerade noch rechtzeitig aus Laach zurückgeschafft, wo er Siegfrieds Gemahlin ein weiteres Mal heimlich bei Verwaltungsaufgaben zur Seite gestanden hatte.

Unter der Linde, die mit ihrem ausladenden, grünen Blätterkleid einem Großteil des Platzes Schatten spendete, trafen sich die Männer im Anschluss an den Gottesdienst, um die dringlichsten gemeinsamen Angelegenheiten zu besprechen. Ein frischer Wind fegte über den Versammlungsplatz und wirbelte dabei verfrüht herabgefallenes Laub auf. Die Jungen führten Wettrennen aus und zielten mit Steinen auf hölzerne Markierungen, während ihre Väter und älteren Brüder auf den verwitterten Bänken saßen, Met tranken und sich unterhielten.

»Ulrich wird heiraten«, gab Lanztlot kund, ein rotwangiger Bauer aus Cuttenheim, der auf ein Schwätzchen vorbeigekommen war, vermutlich, um nebenbei ein gutes Geschäft für seinen Wein abzuschließen. Sowohl sein vorgewölbter Bauch als auch das fein gewebte Leinenhemd, das sich darüber spannte, zeugten von dem Wohlstand, zu dem er es mit seinen Reben gebracht hatte. Er konnte sich einen Zelter und einen eigenen Fuhrwagen leisten und war ein gern gesehener Gast, weil er stets eine Flasche Wein bei sich führte, aus der er großzügig ausschenkte.

»Wen heiratet er? Etwa die Elisabeth?«, fragte Wolff.

»Nein, keine Sorge«, beruhigte ihn Lanztlot. Einige Männer lachten, und Wolffs Wangen färbten sich rot. »Die Barbara aus unserem Dorf. Ich hab's mit ihrem Vater abgesprochen; wir werden unsere Wingerte zusammenlegen.« Er kratzte sich am Kopf, sodass seine dicke Wollkappe verrutschte.

Die Männer nickten. Auch Gero kannte das Mädchen, deren Familie im Ort wohlgelitten war. Jost klopfte dem Weinbauern freundschaftlich auf die Schulter.

»Heirate über den Mist, dann weißt du, wer sie ist!«

»Und eine stattliche Mitgift gibt's obendrein«, fügte Lanztlot hinzu und verschränkte mit zufriedenem Gesichtsausdruck die Arme vor der Brust.

»Hat Bertolt schon seine Zustimmung erteilt?« In Josts Stimme schwang Mitgefühl für die Bewohner des Nachbardorfes mit, die immer noch unter der Willkür des Grafen zu leiden hatten.

Lanztlot straffte die Schultern. »Er soll es mal wagen, sie zu verweigern!« Bertolt war sein größter Abnehmer, und er erhielt stets einen Vorzugspreis für den besten Wein, den der Winzer auf Lager hatte, das wusste Gero.

Die Thurer brummten beifällig, blickten dabei aber betreten zu Boden. Es war allgemein bekannt, dass der Graf regelmäßig und ohne Grund seine Zustimmung nicht erteilte. Gero sah zu den spielenden Jungen, die nun mit kleinen Bogenschleudern auf eigens dafür gefertigte Strohscheiben anlegten. Ein gut gezielter Schuss aus solch einer Waffe in entsprechender Größe konnte sowohl Harnisch als auch Kettenhemd eines Ritters durchschlagen. Einen Moment lang gab er sich der Vision hin, dass er in den Besitz einer derartigen Armbrust gelangte und Bertolt ein für alle Mal sein Ende bereiten würde. Er malte sich aus, wie er ihm auflauerte und aus dem Schutz einer Hecke heraus den tödlichen Schuss abgab. Die Vorstellung, wie der Pfeil in dessen

Körper eindrang und ihm das Leben nahm, war grausig. Doch die Aussicht, die Erde von einem widerwärtigen Unmenschen befreien zu können, hatte etwas Befriedigendes und Befreiendes. An die Möglichkeit, dass einem getöteten Scheusal ein anderes folgen könnte, mochte er nicht denken.

Im Herbst fing in Thure die Erntearbeit mit dem Dreschen des Getreides an. Petrus bescherte den Bauern einen wolkenlosen Himmel mitsamt Sonnenschein, und Sigrun genoss jede dieser letzten Stunden im Freien, bevor sie wieder für Monate in ihrer rauchgeschwängerten Kate ausharren musste. Die Luft war erfüllt von vergnügten Zurufen und dem Geräusch der Dreschflegel, die die Spreu vom Weizen trennten. In diesem Winter würde es volle Mägen geben, dachte sie zufrieden. Zudem war Pfalzgraf Siegfried nach drei Jahren Haft endlich freigelassen worden, nachdem die Fürsten sich für ihn eingesetzt hatten. Er war nach Laach zurückgekehrt und hatte seine Amtsgeschäfte wieder aufgenommen. Es würde nun also erst einmal weitergehen wie bisher, und sie mussten nicht länger befürchten, einen neuen Herrn vor die Nase gesetzt zu bekommen, der sie womöglich drangsalierte wie Bertolt von Rheinsporn.

Gero hatte ihr erzählt, dass sich der Pfalzgraf nachdrücklich bei ihm für die Hilfe bedankt habe, die er seiner Frau geleistet hatte. »Wir stehen einander nun gegenseitig in der Schuld«, soll er gesagt haben. Außerdem habe er sich nun an die Seite Heinrich des Fünften gestellt, hatte Gero ihr weiterhin zugetragen. Der Herrscher sei inzwischen in Rom in einer wenig feierlichen Zeremonie zum Kaiser gekrönt worden, nachdem er sich mit dem Papst und den Kardinälen überworfen habe. Aber diese Ereignisse waren weit entfernt von Sigruns Alltag im Dorf, wo ganz andere Dinge von Belang waren.

»Was ist eigentlich aus der angekündigten Hochzeit von Lanztlots Sohn geworden?«, erkundigte sie sich bei Luitgard, die neben ihr auf dem freien Feld arbeitete. »Ich habe gar nichts davon gehört, dass es in Cuttenheim ein Fest gegeben hätte.«

Die Angesprochene hielt in der Bewegung inne. »Hast du nicht mitbekommen, dass Bertolt seine Zustimmung zu der Hochzeit verweigert hat?«

»Verweigert? Warum denn?«

Luitgard ließ ihren Dreschflegel mit einem dumpfen Knall auf die am Erdboden liegenden Ähren niedersausen. »Dafür braucht der keinen Grund.«

»Was werden sie nun tun?«

Abermals hielt die Ältere inne. Sie beugte sich zu Sigrun hinüber und raunte ihr zu: »Sie haben heimlich geheiratet.« Sie bückte sich, hob eine Handvoll Ähren auf und warf sie in die Luft, damit der Wind die Spreu endgültig vom Weizen trennte. Die Körner würden anschließend in Behälter gefüllt und zum Mahlen in die Mühlen gebracht, die Spreu als Viehfutter dienen und das Stroh zum Dachdecken verwendet.

Sigrun legte die Stirn in Falten. »Wie kann man denn so etwas heimlich tun? Und was wird passieren, wenn Bertolt davon erfährt?«

»Das darf nicht geschehen«, erwiderte Luitgard trocken. »Sonst gnade ihnen Gott!«

Bald neigte sich die Erntezeit ihrem Ende zu und die Dorfbewohner veranstalteten Wettkämpfe um den Schnitt der letzten Ährenreihe. Dem Erntedankfest stand nun nichts mehr im Wege, und Gero beteiligte sich an den Abgaben für den Fronherrn.

»Siegfried erwartet einen Ochsen, ein Ferkel, Hühner, Eier und ein paar Fuder Holz, an Mariä Himmelfahrt eine Gans und am Bartholomäustag nochmals Eier sowie ein Fuder Dachschindeln«, erklärte Jost ihm. »Glücklicherweise können wir ihm in diesem Jahr den Zehnten problemlos entrichten.«

»Warum werden dann trotzdem so viele Rinder, Schweine und Ziegen geschlachtet?«, fragte Gero.

»Weil das Winterfutter knapp und teuer ist. Lediglich die Zugochsen, einige Jungtiere und jene, die zur Zucht oder für die Milch gebraucht werden, entkommen diesem Schicksal.« Jost wies zur großen Scheune, wo der Erntewagen mit der von den Frauen geschmückten letzten Garbe einfuhr, und stimmte in den Jubel ein.

Mitten in diesen Freudenausbruch stürmte Farold, Godelinds Vetter aus Cuttenheim, mit entsetztem Gesicht und verrutschter Kleidung. Die Rufe und das Lachen der Thurer verstummten nach und nach, je mehr Dorfbewohner ihn und seine versteinerte, bleiche Miene bemerkten. Rasch eilten Gero und Jost zu ihm hin.

»Was ist passiert?« Jost fasste seinen Verwandten bei den Schultern.

Augenblicklich zuckte dieser wie unter Krämpfen und stöhnte auf. »Die Zehnteintreiber Bertolts sind dahintergekommen, dass Lanztlots Sohn heimlich und trotz verweigerter Zustimmung geheiratet hat!«

Ein entsetztes Raunen ging durch die versammelte Menschenmenge.

Jost wurde blass. »Und nun?«

»Lanztlot und Barbaras Vater werden gerade in diesem Moment ausgepeitscht, das Mädchen nach Rheinsporn verschleppt und Ulrich …« Er stockte.

Jost rüttelte ihn. »Was ist mit Ulrich?«

Farold schluckte schwer. »Er soll heute gehenkt werden.«

Einige der Frauen schrien auf und hielten sich die Hände vor den Mund. Gero und die anderen Männer wechselten hektische Blicke.

»Verschließt das Scheunentor!«, ordnete Jost an. »Bewaffnet euch mit Harken, Äxten oder was immer ihr verfügbar habt!«

Im allgemeinen Tumult folgte auch Gero entschlossen seinen Anweisungen. In kürzester Zeit setzte sich ein Trupp von zwei Dutzend Dorfbewohnern, ihre Ackergeräte wie Waffen haltend, Richtung Cuttenheim in Bewegung.

Als Gero im Nachbardorf den Versammlungsplatz erreichte, bot sich ihm ein Bild des Grauens. Die beiden Väter hingen mit zerfetzten Rücken über Baumstämmen und mehrere Frauen legten auf ihre Wunden Kräuter, die wie Schafgarben aussahen. Die Cuttenheimer standen unter Schock. In der Totenstille, die auf dem Ort lastete, war lediglich das Weinen der Mütter zu hören. Der junge Ulrich baumelte an einem Strick. Gero warf Lantzlots Bruder einen fragenden Blick zu.

»Es wagt noch niemand, ihn abzunehmen, weil Friedwart von Höhtgen und seine Ritter gerade erst den Ort verlassen haben«, raunte dieser ihm mit kreidebleicher Miene zu.

Schließlich übernahmen Jost, Wolff und Burckhart es, den Gehängten vom Seil zu lösen. Der Pfarrer kniete neben ihm nieder, betete und erflehte Gottes Erbarmen für ihn. Gero und einige andere Männer und Frauen taten es ihm gleich. Das Weinen der Angehörigen schlug in ein lautes Wehgeschrei um, das mitsamt der Totenklage zermürbend an seinem Gewissen nagte. Er sah, dass manch ein Thurer einen verstohlenen Blick auf sein Übungsschwert aus Walfischbein warf, das er als Waffe mit hergebracht hatte. Als wollten sie ihn in ohnmächtiger Wut daran erinnern, dass er von edlem Blut und ein ausgebildeter Ritter war. Eine stumme, aber nachdrückliche Aufforderung, endlich etwas gegen diese Schandtaten zu unternehmen.

Dem milden, sonnigen Herbst folgte ein kalter, stürmischer Winter, und die Dorfbewohner schlossen sich in ihren schützenden Hütten ein. Auch Gero zog sich mit seiner Familie in die Einsamkeit seiner Behausung zurück. Sigrun spann Flachswolle neben der Feuerstelle, Ida spielte mit ihren jüngeren Geschwistern, inzwischen waren es drei, und der kleine, blondgelockte Sigmund übte sich mit Geros Hilfe darin, Löffel und Schalen zu schnitzen. Die Wände hatten sie mit den Kindern bereits wie in den vergangenen Jahren mit Tannengrün geschmückt, denn das Christfest stand kurz bevor.

Es hatte zwar nicht den gleichen Stellenwert wie Ostern – schließlich war der Herr nur geboren worden und nicht von den Toten auferstanden –, aber es war dennoch der Höhepunkt des Winters. Gero und Sigrun konnten in diesem Jahr dank der Vorräte ausgiebig völlen und ihre Kinder und Nachbarn mit Selbstgeschnitztem, getrockneten Früchten oder kleinen Handarbeiten beschenken.

Obwohl seit dem Vorfall in Cuttenheim etliche Wochen vergangen waren, konnte Gero den Gedanken an die brutale Willkür der Rheinsporner nicht loswerden. Eine brennende Gewissenspein belastete ihn seitdem. Es waren eigentlich seine Lehnspflichtigen, die misshandelt und missbraucht wurden, und er führte ein zwar hartes, aber unbehelligtes Dasein unter Siegfrieds Schutz. Es war ihm nie wichtig gewesen, die Burg seines Vaters zu übernehmen, um sich dort als Pfalzgraf aufspielen zu können. Ihm war es um das Erbe und die Rache für seine Eltern gegangen. Doch das hatte sich seit den Vorfällen in Cuttenheim grundlegend geändert. Es galt nunmehr vor allem, Bertolts Gewaltherrschaft zu beenden und für Gerechtigkeit zu sorgen. Nun, da er die Sichtweise der Unterdrückten kannte, musste er dieser fleißigen Menschen wegen seinen Anspruch durchsetzen. Stattdessen verkroch er sich in seiner Kate und im Schoß seiner Frau und ließ den Tyrannen ungestört sein Unwesen treiben. Das musste aufhören!

Missmutig taxierte er sein Übungsschwert. Damit würde er sich im Zweikampf lächerlich machen. Und so sehr er es auch schätzte, dass die Dorfbewohner ihm ihre Unterstützung zusicherten, so konnte er sie doch nicht in den sicheren Tod schicken, denn gegen die Rheinsporner Übermacht hatten sie keine Chance. Er musste entweder gewaltfrei an sein Erbe gelangen – oder endlich mit einem richtigen Schwert oder einer durchschlagenden Armbrust seiner Bestimmung folgen.

»Der junge Kaiser versäumt es immer häufiger, ein Einvernehmen für seine Pläne herzustellen, und hat deshalb kaum noch Rückhalt durch die Fürsten.« Siegfried zielte mit einer halb verfaulten Kastanie auf ein Eichhörnchen, das sich aufgeschreckt in Sicherheit brachte. »Es fehlt nicht mehr viel und er führt sich auf wie sein herrschsüchtiger Vater.«

Sie kauerten auf der Ruine der fränkischen Saalkirche nahe Thure. Der Frühling hatte sich gegen Eis und Schnee durchgesetzt, im Windschatten sitzend konnten sie die Wärme der Sonne bereits spüren. In den Baumwipfeln zwitscherten unzählige Singvögel, und hier und da raschelten Waldmäuse im Gras. Gero wusste, dass Siegfried die gemeinsamen Gespräche schätzte, weil er sich außerhalb der Ränkespiele befand und trotzdem politischen Sachverstand besaß. Es war klug, die Dinge auch aus einer anderen Perspektive zu beurteilen.

»Damit provoziert er unnötig den Widerstand der Adligen«, fuhr der Laacher fort. »Seit seinem ungebührlichen Vorgehen in Rom folgen ihm viele Geistliche nicht mehr. Auf einem Feldzug gegen die Friesen soll er sich auch noch mit Friedrich von Schwarzenburg überworfen haben. Angeblich hat er einen Truppenteil aus Colonia an die Feinde verraten.«

Gero dachte an seinen Aufenthalt bei dem Erzbischof zusammen mit Theoderich und Adebar und an die Verhandlungen, die damals geführt worden waren. Hätte er Sigrun nicht entführt, wäre sie nun mit einem ungeschlachten, alten Mann verheiratet. Er fand es gar nicht so schlimm, dass der maßgebliche Ränkeschmied sich mit dem Kaiser überworfen hatte.

»Früher galt es mal als Zeichen guter Herrschaft, Streitigkeiten gütlich beizulegen und Milde walten zu lassen«, sagte Siegfried. »Das geht bei den Saliern zunehmend verloren. Stattdessen verfolgen sie nur noch das Ziel, ihren Willen durchzusetzen, die eigene Macht zu festigen und Stärke zu demonstrieren. Kein Wunder, dass die Grablege seines Vaters ein solches Possenspiel war.«

Er bückte sich und las eine weitere Kastanie auf, die den Winter überdauert hatte, und zielte nun auf einen Buntspecht, der ununterbrochen auf einen Baumstamm einhackte und dabei ein enervierendes Geräusch erzeugte. Der Specht erhob sich in die Luft und entfernte sich mit der krächzenden Androhung, alsbald zurückzukehren, um sein Werk fortzusetzen.

»Wieso? Was ist passiert?«

»Sein Leichnam wurde mehrmals bestattet und exhumiert, weil er unverändert unter dem Kirchenbann stand und nicht in geweihter Erde liegen sollte. Dann hat sich sein Sohn mal wieder über die Einwände der Adligen hinweggesetzt und ihn nach Speyer überführen lassen, um ihn dort im Mariendom zu bestatten.«

Gero runzelte die Stirn. »Aber dann ist er ja erneut in geweihter Erde!«

»Genau. Deshalb hat der Bischof eine christliche Beisetzung verboten. Seit fast fünf Jahren steht der Sarkophag jetzt unbeerdigt in einer Kapelle. In der Bevölkerung rumort es deswegen, und die Bauern legen Saatkörner auf den Totenschrein, um sie später auf die Felder zu streuen.«

»Was erhoffen sie sich davon? Der Kaiser war doch kein Heiliger.« Unwillkürlich erinnerte sich Gero an seinen ehemaligen Herrn, der ebenfalls keine angemessene Ruhestätte gefunden hatte, weil sein Klosterbau nur mehr eine Ruine war.

»Sie erwarten dadurch bessere Ernteerträge, und die Unruhen haben jetzt sogar dafür gesorgt, dass sich der Bischof aus der Stadt zurückziehen musste. Der Dom erhält vom Hof keine Förderung mehr. Aber in der Familie meines Stiefvaters war es üblich, als oberster Vasall dem Kaiser treu zur Seite zu stehen, also werde ich das nun wohl im gleichen Sinne tun.«

»So erinnerst du dich nun der Familientraditionen? Dazu gehört meines Wissens auch der Auftrag, das Kloster am See zu vollenden, das dein Stiefvater begonnen hat.« Gero gab sich keine Mühe, den tadelnden Unterton in seiner Stimme abzumildern.

Siegfried schmunzelte. »Ich schätzte dich dafür, dass du Missstände unumwunden ansprichst. In der Haft habe ich mich bereits auf das Anliegen meiner Eltern besonnen und von schlechten Gewissen geplagt dazu durchgerungen, die Stiftung zu erneuern. Adelheid und Heinrich haben mich eingesetzt, die Abtei zu vollenden, und ich bereue nun, diese Aufgabe in jüngeren Jahren vernachlässigt zu haben. Du hast also recht. Das Bauvorhaben habe ich allzu lange brachliegen lassen. Es ist an der Zeit, die Arbeiten zum Abschluss zu bringen, sonst verfallen die bereits gemauerten Bestandteile. Ich werde die Schenkung erneuern. Berno von Thure ist aus Jerusalem zurückgekehrt und wird zusammen mit neun weiteren Edelmännern aus der Region die Stiftung bezeugen. Ihm gehört eines der großen Hofgüter bei euch im Ort.«

Gero nickte. Er hatte den Namen im Dorf schon mehrfach aufgeschnappt, war dem Mann jedoch noch nie begegnet.

»Allerdings wollen die Mönche, dass ich Burg Laach abreißen lasse, angeblich, weil sie auf den Resten eines heidnischen Gemäuers errichtet ist«, fuhr Siegfried fort. »Das bereite den Brüdern Unbehagen, sagt der Abt.«

Gero starrte ihn fassungslos an. Burg Laach zerstören? Die Festung, die vielen ein Zuhause geworden und für ihn mit unschätzbaren Erinnerungen verbunden war? Ganz zu schweigen von der Bedeutung, die sie für Siegfrieds Stiefvater gehabt hatte!

»Und was steckt wirklich dahinter?«, fragte er.

»Vermutlich will er die Feste eher loswerden, weil er sich von ihr bedroht fühlt, als dass ihm die römischen Fundamente Sorgen bereiten. Die Abtei soll vor mir und meinen Nachfahren sicher sein.«

Gero legte die Stirn in Falten. »Was wirst du ihm antworten?«

»Ich habe mich noch nicht entschieden. Es gibt vieles zu durchdenken und abzuwägen, auch was meine Treue zum Kaiser angeht. Ich folge ihm nicht ausschließlich aus Gründen der Familientradition, sondern aus ganz praktischen

Erwägungen. Es hat für mich viele Vorteile, mich ihm anzuschließen.«

»Und welche Motive verfolgt er?«

Siegfried lachte. »Die gleichen. Aber es ist ihm ernst. Er hat die Patenschaft über meinen Erstgeborenen übernommen und er wird die neue Stiftungsurkunde besiegeln.«

Gero stockte der Atem. »Der Kaiser kommt nach Laach?«

»Ja. Ende April soll der offizielle Akt vollzogen werden.«

Gero erinnerte sich daran, dass Heinrich der Vierte Siegfried die Pfalzgrafenwürde verliehen hatte, nachdem er vom Amtsmissbrauch seines Gegenspielers von Limburg gehört hatte. Seitdem spielte Gero mit dem Gedanken, sich ebenfalls mit seinem Anliegen an den Kaiser zu wenden. Auf anderem Weg sah er keine Möglichkeit, Bertolt aus Rheinsporn zu verjagen. Er war ein nahezu vollständig ausgebildeter Ritter, dem nur noch die Schwertleite fehlte. Doch er besaß lediglich den Rappen aus Theoderichs Stall und sein Übungsschwert aus Walfischbein. Einen Kettenpanzer konnte er sich nicht leisten, denn er kostete mehrere Dutzend Rinder, und ein Schlachtross hatte den Wert von fünf bis zehn Ochsen.

Er warf Siegfried einen wachsamen Blick zu. »Warum erzählst du mir davon?«

Sein Freund schleuderte eine weitere Kastanie durch die Bäume hindurch auf die hell erleuchtete Lichtung. »Du musst selbst wissen, was du tust. Aber sorge dafür, dass es nicht zu einem Tumult kommt – Theoderich hat ebenfalls sein Erscheinen angekündigt.«

Siegfried richtete sich vor dem versammelten Stiftungsrat in der großen Halle neben dem Kaiser auf. Dabei stellte er sich so vor die Holzvertäfelung der Wand, dass sie ihn umrandete wie ein Gemälderahmen und der hölzerne Spitzbogen seine Bedeutung hervorhob. Dem Anlass entsprechend hatte er sich in eine wadenlange, blaue Leinentunika mit aufwendiger Bordüre und eine Schnürbundhose gekleidet. Die gleiche

Bordüre schloss auch die Ärmel seines Hemdes ab und um die Hüfte trug er den Metallgliedergürtel mit den eingeprägten Wappen seines Stiefvaters. Ein bodenlanger, dunkelblau gefärbter Umhang, auf der rechten Schulter gehalten von einer silbernen Fibel, und ein Barrett im Farbton seiner Tunika sollten sein eindrucksvolles Erscheinungsbild dem Anlass entsprechend abrunden. Die anderen Würdenträger waren ebenfalls prachtvoll ausstaffiert erschienen. Im Schein der Kerzenleuchter funkelten golddurchwirkte Brokatbesätze und mit Edelsteinen versehene Schmuckstücke.

»Die Vogtei über Laach, wo die Mönche Gott und Maria dienen, werde ich selbst ausüben und nach meinem Tod einem meiner Söhne übergeben«, erklärte Siegfried feierlich, die Stiftungsurkunde vor sich haltend, als läse er den Text darauf ab. »Ich verpflichte mich, die Bestimmungen des Gründers zu beachten, das Kloster zu schützen und dessen Familie gütig zu behandeln. Die Abtei soll Begräbnisstätte für mich, meine Frau und Söhne sowie für die Vögte des Klosters und deren Angehörige sein.« Aus den Augenwinkeln nahm er wahr, dass Gero die Halle betrat, ließ sich jedoch nichts anmerken.

Heinrich der Fünfte nahm das Dokument majestätisch von Siegfried entgegen und versah es mit seinem Siegel. Er war ebenfalls prunkvoll in einem dunkelroten Gewand mit Brokatbordüre an Halsausschnitt und Ärmelkanten gekleidet, gehalten von einem goldenen Kettengliedergürtel. Als er sich erhob, beeilten sich alle Anwesenden, es ihm gleichzutun.

»Das Kloster der heiligen Maria am See einschließlich seiner Rechte und seines Besitzers steht nun unter meinem Schutz«, verkündete der Kaiser. Dabei lächelte er Siegfried säuerlich an, als missfalle ihm dessen Zurschaustellung von Macht und Reichtum gehörig, und hob die Arme. »So, und nun lasst uns diesen freudigen Anlass feierlich begehen!«

Da schritt der Abt nach vorn und kniete vor ihm nieder. »Ein Anliegen habe ich noch, mein Kaiser! Diese Burg ist auf den Resten eines heidnischen Gemäuers errichtet. Das bereitet den Brüdern Unbehagen, zumal sie sich in Sichtweite des Klosters befindet.«

Der Monarch hob die Augenbrauen und blickte zu Siegfried. Dieser verzog einen Mundwinkel.

Gero hielt den Atem an. Wie würde sein Freund nun reagieren, da der Abt mit seinem Begehr in aller Öffentlichkeit an den Kaiser herangetreten war?

»Ich werde die Burg abreißen lassen, damit Ihr Frieden findet«, versicherte der Pfalzgraf, und abermals erhob sich ein Raunen in der Halle.

Theoderich räusperte sich. Er stand mit dem Rücken zu Gero, und dessen Schlagader begann zu pochen, als er ihn sah. Der Jüngere rechnete fest mit einem polternden Wutausbruch seines Ziehvaters, ja sogar mit einer gewalttätigen Aus einandersetzung, sobald dieser ihn entdeckte.

»Bist du dir sicher, dass das im Sinne deines Stiefvaters wäre?«, fragte der Greifenfelser laut.

»Ich besitze mit Rheineck eine weitere und günstiger gelegene Burg«, erwiderte Siegfried. »Meinem Stiefvater als Stiftungsgründer wäre es sicher wichtiger gewesen, dass die Benediktiner sich hier wohlfühlen, als dass ich auf Biegen und Brechen die Festung halte. Zugunsten der Ruhe des Klosters werde ich daher die Burg meines Vorgängers abbrechen und deren Güter der Stiftung zukommen lassen. Laach übergebe ich auf immer der Leitung des Abtes von Afflinghem, damit die beiden auf meinem Allodialbesitz gelegenen Klöster vom selben Abt regiert werden.«

In Geros Kopf überschlugen sich die Gedanken. Was war bloß in Siegfried gefahren? Die Abtei würde sich gut selbst und auch das Umland versorgen können, denn was nicht dem Eigengebrauch diente, brachten die Mönche auf die Märkte. Weshalb also die Burg abreißen und dem Abt alles vermachen? Gero vermutete, dass im Hintergrund harte Verhandlungen geführt worden waren. Aber warum ließ sein Freund sich darauf ein?

Der Abt verbeugte sich, und die Versammlung war im Begriff, sich aufzulösen. Auch Theoderich drehte sich um. Sein Blick schweifte durch die Halle und blieb an Gero hängen. Augenblicklich versteinerte sich sein Gesichtsausdruck.

»Ich möchte ebenfalls ein Anliegen vortragen«, verkündete dieser laut, allen Mut zusammennehmend. Aus den Augenwinkeln nahm er wahr, wie die Männer verwundert stehenblieben, und er spürte, wie sie ihre Blicke auf ihn hefteten.

»Wer bist du?«, fragte Heinrich, offensichtlich befremdet davon, dass ein Bauer Zutritt zur Halle gefunden hatte und unaufgefordert das Wort an ihn richtete.

Gero trat auf ihn zu und sank in die Knie. »Gero von Rheinsporn, mein Kaiser, der Sohn und rechtmäßige Erbe Egberts, der im Kampf für Euren Vater an der Elster sein Leben ließ.«

Einigen Anwesenden entfuhren überraschte Laute. Bertolts Miene gefror zu Eis und Gero rauschte das Blut in den Ohren. Was er hier tat, war Selbstmord.

Heinrich sah zu seinem Vasallen. »Was hat das zu bedeuten?«

Der Rheinsporner öffnete den Mund, doch Gero kam ihm zuvor, damit er keine Lügen verbreiten konnte. Ihm war sehr wohl bewusst, dass Bertolt das Vertrauen des Kaisers genoss, während er selbst ein Niemand war, der zudem in Bauernkleidung auftrat. Es war der Mut der Verzweiflung, der ihn sagen ließ: »Mein Onkel hat die Burg zu Unrecht an sich genommen, und ich fordere sie von ihm zurück.«

»Sagtet Ihr nicht, Egberts Sohn sei verschollen?«

»Das ist er«, bestätigte Bertolt. »Dieser hier ist nicht Egberts Sohn, er sieht weder ihm noch Agnes ähnlich. Mir wurde er als Gero von Hamm vorgestellt, als er seinen Knappendienst in Laach verrichtete.«

»Ich bin der rechtmäßige Erbe von Egbert von Rheinsporn«, beharrte Gero.

Der Kaiser wiegte seinen Kopf und blickte zu Bertolt. Gewiss wog er nun ab, dass dieser sowohl ihm als auch seinem

Vater in den vergangenen Jahren treu gedient hatte. In den Schlachten musste sein Verdienst von unschätzbarem Wert für sie gewesen sein.

»Viele Söhne sehen ihren Vätern nicht ähnlich«, fügte Gero hinzu. »Das ist nicht von Bedeutung.«

»Kann jemand in dieser Runde bezeugen, dass du Egberts Sohn bist?«

Gero sah flehend zu Theoderich, aber sein Ziehvater schaute zu Boden. Ein langes Schweigen breitete sich in der Halle aus, und auf Bertolts Gesicht ließ sich ein hämisches Grinsen nieder. Gero wurde schwindlig.

Da gab sich Theoderich unvermittelt einen Ruck, richtete sich auf und bekannte mit klarer Stimme: »Ich kann das bezeugen! Seine Hebamme hat ihn zu mir gebracht und gesagt, wer er ist und warum er von Rheinsporn, seinem rechtmäßigen Erbe, fortmüsse. Seine Mutter hatte ihres Schwagers Bertolt wegen Angst um die Sicherheit von Egberts einzigem Sohn und Erben Gero.«

Wieder ging ein Raunen durch die Halle und der Kaiser blickte von Gero zu Bertolt. Er wirkte überfordert mit der Situation und außerstande, jetzt und hier eine Entscheidung zu treffen. »Ich werde in Ruhe über diese Angelegenheit nachdenken«, erklärte er vage.

Da sich Gero seinem Onkel ohnehin selbst ausgeliefert hatte, warf er nun alles in eine Waagschale. »Eine Sache noch, mein Kaiser! Mein Herr, Heinrich von Laach, der das Vertrauen Eures Vaters genoss, hat mir auf dem Sterbebett offenbart, dass Bertolt meinen Vater auf dem Schlachtfeld dem Feind überließ. Er eilte ihm nicht zur Hilfe, obwohl er dazu in der Lage gewesen wäre. Außerdem blutet er die Lehen aus, knechtet die Bauern und verpflichtet sie zu unmäßigen Frondiensten.«

Die Spannung in der Halle war greifbar.

Der Kaiser wandte sich an Bertolt. »Ist das wahr?«

Dieser war blass geworden und schüttelte stumm den Kopf.

»Fronarbeiten dürfen das zulässige Maß nicht überschreiten«, sagte der Kaiser. Er warf einen Blick in die Runde. »Das gilt für euch alle.«

Gero konnte sehen, wie viel Überwindung es Bertolt kostete, zu nicken und eine Verbeugung anzudeuten. Im Hinausgehen warf er seinem Neffen einen Blick zu, der diesem das Blut in den Adern gefrieren ließ. Wenn der Kaiser nicht eingriff, hatte Gero sich soeben selbst zum Tode verurteilt. Er würde sich fortan in jeder freien Minute im Schwertkampf trainieren müssen, um vorbereitet zu sein.

Als er mit wackligen Beinen ins Freie trat, fing Theoderich ihn ab. Instinktiv griff Gero nach seinem Übungsschwert und rechnete damit, dass der Graf ebenso seine Waffe ziehen würde. Doch stattdessen holte dieser aus und versetzte ihm eine Ohrfeige ins Gesicht, als sei er ein unmündiges Kind. Gero wankte unter der Wucht des Schlags zurück und zückte sein Schwert. Mit einem Streich schlug Theoderich es ihm aus der Hand und stieß ihn vor die Brust.

»Was hast du getan, du Narr?«, herrschte er ihn an. »Wie konntest du es wagen!«

Gero hob zu sprechen an.

»Schweig, Verräter! War das der Dank dafür, dass wir dich aufgenommen und großgezogen haben, als wärst du unser eigenes Kind?«

Schuldbewusst senkte Gero den Blick. Theoderich stieß ihm mehrmals die Faust in den Magen, dann ließ er von ihm ab. Gero keuchte und presste den Arm in den schmerzenden Bauch. Sein Ziehvater hatte trotz seines fortgeschrittenen Alters nichts von seiner Schlagkraft und furchteinflößenden Statur eingebüßt.

»Wie geht es Sigrun?«, fragte Theoderich, als er sich gefasst hatte.

Gero rang um Atem. »Es geht ihr gut. Ich sorge für sie und die Kinder, so gut ich es unter diesen Umständen kann.«

Abrupt richtete sich sein Gegenüber auf. »Ihr habt Nachkommen? Sind sie gesund?«

Die Frage verwunderte Gero. »Ja, bis auf eines, das wir verloren haben.«

Theoderichs Blick glitt ins Leere.

»Sie sind deine Enkelkinder«, erinnerte Gero ihn.

Der Graf nagte an seiner Unterlippe.

»Warum hast du mir eben nicht sofort beigestanden? Weshalb tust du Sigrun das an? Wenn ich die Burg meines Vaters zurückerhalte, kann ich ihr ein viel besseres Leben bieten als jetzt.«

Theoderich rang mit sich, dann zog er Gero vom Hauptturm weg. Schwer atmend humpelte er vor ihm auf und ab.

Der Jüngere beobachtete ihn irritiert und ungeduldig. »Was ist?«

»Meda hat dich damals zu mir vor Bertolt in Sicherheit gebracht, weil *ich* dein Vater bin!«, zischte Theoderich.

Fassungslos starrte Gero ihn an. »Du? Du bist mein Vater?« Er wich einen Schritt zurück, als er die Tragweite dieser Enthüllung erfasste. »Wie kann das sein?«

»Ich habe dir doch gesagt, dass ich Rheinsporn mehrere Monate lang für Egbert verwaltet habe. Da haben deine Mutter und ich oft beieinander gesessen und einer im anderen Trost gefunden. Das ist nichts, worauf ich stolz bin. Von ihrer Schwangerschaft hatte ich keine Kenntnis. Sie muss eingetreten sein, kurz bevor ich die Burg verließ.«

»Und das hast du all die Jahre gewusst?«

»Ja.«

Wütend fuhr Gero auf. »Warum habt ihr mir das nicht gesagt? Weshalb habt ihr mich in Bertolts offenes Messer laufen lassen? Wieso habt ihr mir nie erklärt, dass Sigrun meine …« Das Wort wollte ihm nicht über die Lippen kommen. Ihm schwindelte. Er erinnerte sich an Hunderte Momente, Gesten, Andeutungen und Blicke, die nun eine völlig neue Bedeutung erhielten, insbesondere Theoderichs Weigerung, ihm seine Tochter zur Frau zu geben.

»Ich wollte dir deinen Anspruch auf Rheinsporn nicht nehmen und Agnes' Andenken und Ehre beflecken. Außerdem hatte ich Sorge, es könnte Streit um die Erbfolge für Greifenfels geben.«

»Ihr habt uns sehenden Auges ins Unglück laufen lassen.« Nach dem Gefühl völliger Leere war Gero nun hin- und hergerissen zwischen Wut und schlechtem Gewissen. Er kam sich vor wie ein Narr, weil er die Zusammenhänge hätte durchschauen müssen.

»Welcher Teufel hat dich denn geritten, deine Schwester bei Nacht und Nebel zu entführen?«

Die Worte »deine Schwester« trafen Gero wie erneute Fausthiebe in den Magen, und er wich ein weiteres Mal zurück.

»Ich hatte dir in aller Deutlichkeit gesagt, dass ich sie dir nicht geben kann, sondern mit Dankwart verheiraten werde! Hast du eine Vorstellung davon, wie viele Suchtrupps ich losgeschickt habe, um euch zu finden?«

Verstört wandte Gero sich ab, murmelte: »Ich hatte keine Ahnung«, und floh in die Nacht.

Theoderichs Rufe: »Bleib hier! Sag mir wenigstens jetzt, wo ich euch aufsuchen kann!« nahm er kaum noch wahr.

Kapitel Achtzehn

Um Mitternacht erwachte Sigrun aus einem unruhigen Schlaf. Sie hatte am Abend zuvor lange auf Geros Rückkehr aus Laach gewartet, wollte noch wach sein, wenn er kam. Doch dann hatte die Müdigkeit sie übermannt. Nun blinzelte sie benommen in die Dunkelheit und glaubte, schemenhaft Dämonen zu sehen, die hämisch lachten und ihr Beleidigungen zuraunten.

»Was wollt ihr von mir?«

Die entstellten Erscheinungsbilder verstummten und rückten näher an ihr Gesicht heran.

»Was wir von dir wollen? Das weißt du genau. Du hast eine Aufgabe für dieses Leben übernommen, die du vernachlässigst. Du lebst in Sünde. Was können wir also schon von dir wollen?« Dann verschwanden sie wie Nebeldunst in der Morgensonne.

Sigruns Puls beschleunigte sich, und unversehens war sie hellwach. Sie liebte Gero aus tiefster Seele und ihre vier gemeinsamen Kinder ebenso. Doch sie konnte das schlechte Gewissen, das sie seit ihrer Kindheit begleitete, nicht gänzlich aus ihrem Inneren verdrängen. Es nagte an ihr. Wenn sie bloß wüsste, worin diese Aufgabe bestand, die Meda immer wieder erwähnt hatte, und nun auch die Dämonen. Warum hatte sie ihr das nie deutlich gesagt? Dann wäre sie darüber im Bilde und könnte ihrer Bestimmung trotz der widrigen Umstände vielleicht folgen. Aber sie hatte keine Ahnung, worin diese bestand.

Schnell und flach atmend drehte sie sich zu Geros Seite um. Sein Bett war leer. Abrupt richtete sie sich auf. War sein Vorhaben auf Burg Laach gescheitert? Hatte sein Onkel ihm etwas angetan, und hatte sie deshalb die unheimlichen Visionen gehabt? Panik erfasste sie. Sie sprang auf und suchte die Kate ab, doch auch bei den Kindern lag er nicht. Hastig legte sie ihr Leinenkleid sowie einen wollenen Umhang an und eilte aus der Hütte. Der Mond wanderte voll und unnatürlich groß über das Firmament und tauchte das Dorf in einen milchigen Schimmer, der ausreichte, um Gero zu finden, wenn er sich hier irgendwo aufhielt. Barfuß rannte sie die Wege zwischen den Behausungen und Ställen ab, doch außer dem Wind, der durch die Bäume fuhr, und dem gelegentlichen Quaken der Frösche im Sumpf war alles still.

Der Sumpf!

Sie hielt inne, dann drehte sie sich intuitiv um und lief aus dem Dorf.

Sie erkannte die Gestalt, die mit gebeugtem Kopf am Rand des Bruchs im fahlen Mondlicht stand, sofort. Doch die Traurigkeit, die sie ausstrahlte, ließ Sigrun erschaudern.

»Gero!«

Er zuckte zusammen und drehte sich zu ihr um. Sie erschrak, als sie sein bleiches Gesicht mit den dunklen Ringen unter den Augen erahnte.

»Was ist passiert?« Besorgt eilte sie auf ihn zu und wollte ihn in den Arm nehmen, doch er wich vor ihr zurück. Erschüttert blieb sie stehen. Das hatte es in ihrer gesamten vergangenen Zeit noch nie gegeben. Etwas Furchtbares musste geschehen sein.

»Gero!« Ihre Stimme bebte, und sie spürte überdeutlich die Kälte, die ihr vom klammen Erdreich die Beine hinaufkroch. »Bitte sag mir, was vorgefallen ist!«

Ein Reiher erhob sich mit flatterndem Flügelschlag aus dem Sumpf in die Luft und flog krächzend davon. Geros Augen schimmerten rot und feucht, als er Sigrun ansah.

»Bertolt hat vor dem Kaiser behauptet, ich sei nicht Egberts Sohn, und Theoderich hat ihm nicht widersprochen.«

»Vater war da?« Der Gedanke, dass der Graf sich in ihrer Nähe aufhielt, versetzte ihr einen Stich.

»Ja, unser Vater war da«, erwiderte Gero tonlos.

Sigrun ließ die Worte auf sich wirken. »Du hast ihn noch nie Vater genannt«, sagte sie dann.

Gero wandte den Blick ab und richtete ihn auf den Mond.

»Um Himmels willen, jetzt sprich endlich! Was hat das alles zu bedeuten?«

»Theoderich behauptet, er habe meiner Mutter beigewohnt, und wir beide seien Bruder und Schwester.«

Schockiert starrte Sigrun ihn an und sank dann keuchend auf die Knie. Plötzlich ergaben die Worte der Dämonenvision einen Sinn, die ihr vorgeworfen hatten, in Sünde zu leben. Sie rang nach Luft.

Gero beugte sich zu ihr herunter und nahm sie in den Arm.

»Es tut mir leid, dass ich dir das angetan habe«, raunte er.

Sie klammerte sich an ihn. »Du? Du hast mir das angetan? Das waren Vater und wer auch immer noch davon wusste! Was sollen wir nun tun? Wir sind verheiratet und haben vier Kinder!«

»Ich weiß es nicht, Liebs …« Er stockte. »Schwester.«

Unvermittelt wurde sie von einem Weinkrampf geschüttelt. Die Vorstellung, dass Gero sie nie wieder »Liebste« nennen, sie zärtlich in den Arm nehmen, geschweige denn bei ihr liegen würde, war nicht zu ertragen. Es hätte sie kaum schwerer getroffen, wenn man ihr seine Todesnachricht überbracht hätte. Er hielt sie fest, als müsse er gegen seine eigene innere Leere und Niedergeschlagenheit ankämpfen. Als sie sich beruhigt hatte, hob Sigrun den Kopf.

»Bitte, küss mich nur noch dieses eine Mal!«

Sein geliebtes Gesicht, in das sich feine Linien eingegraben hatten, schimmerte im Mondlicht. Sie spürte, dass er sich ihrem flehentlichen Blick kaum zu entziehen wusste. »Ich kann nicht.«

»Wenigstens ein Kuss.« Erneut rannen Tränen über ihre Wangen.

»Wie die Dinge sich auch von nun an entwickeln, du darfst nie vergessen, dass ich dich über alles liebe. Und zwar nicht wie eine Schwester, sondern wie eine Geliebte, meine Frau, mein geliebtes Eheweib!« Er erwiderte ihren Kuss. »Aber wir müssen …«

Sigrun erstickte seine Worte mit ihrem Mund und zog ihn zu sich hinunter. Als er sie jäh umschlang, stöhnte sie in verzweifelter Lust auf. Ein letztes Mal wollte sie mit ihm im

Schutz der Dunkelheit wie Mann und Frau zusammen sein. Doch was sie noch vor ein paar Tagen als köstlich und süß empfunden hatte, hinterließ nun einen bitteren Nachgeschmack.

»Na, was haben wir denn da für ein hübsches Täubchen?«

Luitgard schreckte zurück, als sie die vier Ritter gewahrte, die unauffällig und nahezu geräuschlos aus der Baumgruppe hervorgetreten waren und sie nun auf dem Feldweg abfingen.

»Was wollt Ihr?« Ihr Blick huschte zwischen den bärtigen, breitschultrigen Männern hin und her, die schwarze Tuniken über ihre Kettenhemden gezogen hatten und zudem bewaffnet waren.

»Wir wollten nachschauen, ob in Thure alles in Ordnung ist, mein Täubchen, jetzt, wo Siegfried euer Lehnsherr ist. Beschützt er euch ebenso gut, wie ich das getan habe?«

Luitgards Puls beschleunigte sich, als sie begriff, mit wem sie es zu tun hatte.

»An Essen scheint es euch ja nicht zu mangeln, so drall und wohlgenährt wie du bist!« Bertolt von Rheinsporn strich mit seinem kalten Kettenhandschuh über ihre Wange. »Oder gibt es bei euch im Dorf noch einen anderen Herren, der euch beschützt?« Er zog eine Augenbraue so hoch, dass seine ledrige Stirn Falten warf.

»Nein.« Energisch schüttelte sie den Kopf. »Es gibt keinen anderen Herrn!« Sie wich einen Schritt zurück, um sich der Berührung des Grafen zu entziehen.

»Da ist nicht zufällig einer bei euch, der denkt, Rheinsporn gehöre ihm?«

Luitgard blickte zu Boden. »Nicht, dass ich davon etwas wüsste, Herr. Bitte, lasst mich nun gehen. Ich bin schwanger.«

Die Männer kreisten sie ein.

»Natürlich kannst du gleich gehen, aber vorher möchten wir dir noch eine Botschaft an Gero übermitteln.«

Ihr Blick huschte wieder von einem vernarbten Gesicht zum anderen. »Ich werde sie ihm ausrichten.«

»Selbstverständlich wirst du das«, sagte Bertolt, wobei der Ausdruck seiner Augen an Raureif und einen zugefrorenen See erinnerte. »Doch ich möchte, dass er sie auch auf jeden Fall versteht.«

Es war das erste Mal nach Jahren, dass Gero sich öffentlich auf Burg Laach zeigte. Seit seinem Auftreten beim Stiftungsakt war das Versteckspiel sinnlos geworden, und Siegfried hatte ihn zum Mittagsmahl eingeladen, damit die Frauen und Kinder sich kennenlernen konnten. Sigrun hatte Mut gefasst und die kostbare Tunika angelegt, die in den vergangenen Jahren dank Lavendelöl und Wermut von Motten verschont geblieben war. Sie verstand sich prächtig mit Gertrud von Northeim, Siegfrieds Frau. Die Kinder tollten im Hof umher und jagten dort Hühner und Ferkel.

In ihrem Umfeld hatte niemand etwas von dem veränderten Umgang zwischen Gero und Sigrun bemerkt, denn sie verhielten sich in Gesellschaft so normal wie möglich. Ein gemeinsames Leben wie Bruder und Schwester war besser als gar nichts, und ab und zu tauschten sie verstohlen liebevolle Blicke aus oder berührten sich vertraulich. Aber seit der Nacht im Bruch gab es eine unsichtbare Mauer zwischen ihnen, die er nicht noch einmal niederreißen wollte. Die Frau, die er über alles liebte, für die er sein Leben gegeben hätte, durfte er nun nicht mehr anfassen. Manchmal dachte er an Meda und verwünschte die Heilerin mitsamt dem Schwur, den sie Theoderich geleistet hatte, und dessen tieferer Sinn sich ihm nun erschloss.

Die Tatsache, dass Gero Theoderichs Erstgeborener war, spielte, was die Erbfolge betraf, keine Rolle für ihn, denn er war unehelich. Außerdem hätte er niemals Adebars Anspruch angetastet, und so richtete er sich darauf ein, auf Dauer als Bauer in Thure zu bleiben und auch seinen Kindern nicht viel mehr hinterlassen zu können.

Nach dem Essen nutzte er die Gelegenheit, sich bei einem Spaziergang am See vertraulich mit Siegfried zu unterhalten.

Über der ungewöhnlich dunkel schimmernden Wasseroberfläche hingen die schwefeldurchzogenen Wolken so tief, als kündigten sie drohendes Unheil an. Die Seerosenblätter in Ufernähe schaukelten willenlos wie Treibgut inmitten des Schilfgrases zwischen losen, aus dem Wasser ragenden Ästen. Sie erinnerten Gero dabei an Menschen, die das Rad der Fortuna mal hierhin mal dorthin warf. Über ihnen kreiste ein Habicht auf der Suche nach Beute. Unwillkürlich musste Gero an Meda und ihre Deutung derartiger Zeichen denken. Ihre Auslegung hätte gewiss an eine apokalyptische Vision herangereicht.

»Es freut mich, dass die Dinge zwischen dem Kaiser und dir ins Reine gekommen sind«, sagte er, um auf andere Gedanken zu kommen.

Mit verdrossenem Gesichtsausdruck blickte Siegfried über den grauen See. »Unser Verhältnis ist gerade dabei, sich wieder nachhaltig einzutrüben!«

Gero blieb stehen und sah ihn an. »Warum?«

»Im Mai ist Ulrich von Weimar Orlamünde von uns gegangen, und sein Erbe steht eigentlich mir zu. Du weißt doch sicher, dass meine Mutter eine geborene Weimar Orlamünde war, oder?«

Gero nickte.

»Der Kaiser hat meinen Erbanspruch abgewiesen, weil er dieses Reichslehen als erledigt ansieht, und alles einem anderen Fürsten übertragen. Damit hat er auch meinen Bruder übergangen, der ja inzwischen Graf von Anhalt und Herzog von Sachsen ist.«

»Oh, das ist in der Tat keine gerechte Vorgehensweise.« Es wunderte Gero zwar, dass Siegfried das Erbe so wichtig war, denn als Pfalzgraf von Laach verfügte er bereits über beträchtliche Ländereien. Aber vermutlich ging es seinem Freund eher um den Familienbesitz. Und der Kaiser wollte möglicherweise verhindern, dass sein Vasall gar zu mächtig wurde.

»Was wirst du tun?«

»Auf alle Fälle werde ich das nicht einfach so hinnehmen. In deiner Angelegenheit hat er auch noch keine Entscheidung getroffen, oder?«

»Nein, und ich befürchte, dass sie bei ihm inzwischen in Vergessenheit geraten ist.«

Gero wandte den Blick ab, ließ ihn ebenso über den See schweifen und wünschte sich inständig, dass Meda mit ihrer Deutung von Naturzeichen falschlag. Und dass dies hier nichts anderes war als eine ganz normale Gewitterstimmung über einem erloschenen Vulkankrater.

In der drückenden Schwüle schien der Feldweg zur Ruine der Frankenkapelle kein Ende nehmen zu wollen. Gleich nach seinem Besuch bei Siegfried hatte sich Gero mit Wolff auf den Weg gemacht. Aus einer Lücke in dem ansonsten gewitterschwangeren Himmel stach die Sonne schonungslos auf sie herab. Gemeinsam schoben sie den mit schwerem Gerät beladenen Karren, und jeder von ihnen schulterte überdies eine Axt, weil sie Geros Waldstück weiter roden wollten. Aus dem Sumpfgebiet ertönten Geschnatter und krächzende Rufe, als sich erst ein Schwarm Enten und dann in Folge fünf Reiher in die Lüfte erhoben. Gero und Wolff folgten ihnen mit ihren Blicken.

»Etwas hat sie in Aufruhr versetzt.«

Gero schirmte mit der Hand seine Augen ab. Der Sumpf lag wieder still und verlassen in gleißendem Sonnenlicht. Selbst das Schilfgras blieb unbewegt. »Vielleicht ein Fuchs oder ein Bussard.«

Er hob den Blick, konnte jedoch keins der Tiere entdecken. Einige Herzschläge lang ruhte die Landschaft in Stille, und so setzten die Männer schließlich ihren Weg fort. Im Wald und auf den angrenzenden Feldern lag ein Zittern in der Luft, als erschauderte die Natur.

»Manchmal kündigt sich ein Erdbeben an, wenn die Tiere so aufgeregt durch die Gegend fliegen, ohne dass ein Raubtier in der Nähe ist, habe ich gehört.« Nachdenklich studierte

Wolff die Formation der Schwalben, die laut rufend über den Himmel segelten.

»Du denkst, der Vulkan in Laach ist wieder aktiv?« Gero dachte an die eigenartige Gewitterstimmung, die dort geherrscht hatte.

Sein Nachbar zuckte die Schultern. »Möglich wär's.«

Im Weitergehen achtete Gero auf Zeichen in der Natur und beobachtete, ob die Erde unter ihnen zitterte. Doch nichts bewegte sich.

Dann bemerkte er sie. Die Frauengestalt lag zusammengekrümmt neben dem Feldweg am Rande seiner eigenen Scholle. Ihr Kleid war zerfetzt, das Haar zerrauft und an einigen Stellen ausgerissen. Die offen liegenden Hautstellen waren bedeckt mit Blutergüssen und Abschürfungen. Der Unterrock hing ihr in Fetzen um die Hüfte, ihre Brüste und das Gesäß waren freigelegt. Sie lag merkwürdig verrenkt und mit gespreizten Beinen.

»Herr im Himmel!«

Gero eilte zu der Frau und drehte sie behutsam auf den Rücken.

»Heiliger Heiland!«, entfuhr es Wolff. »Das ist Luitgard! Ist sie tot?«

Gero ertastete ihren Puls. »Nein, sie lebt.« Er warf seine Axt beiseite und schob die Kleiderfetzen über die schamhaften Stellen ihres Körpers. »Wir müssen sie sofort ins Dorf bringen.«

Wolff nickte. »Sind ihr Knochen gebrochen worden?«

Gero grauste bei der Vorstellung, was Luitgard widerfahren sein mochte. Doch er konnte nicht bestimmen, wie gravierend ihre inneren Verletzungen waren. Sorgsam tastete er die junge Frau ab. »Es sieht nicht so aus.« Er wagte es kaum, zu der Schwellung ihres Bauches zu schauen.

»Lebt das Kind noch?«

Es kostete Gero einige Überwindung, seine Hand über die Wölbung zu führen. Schließlich strich er aber immer wieder darüber, doch er konnte keine Regung in ihrem Inneren erfühlen. Irgendwann schüttelte er bedrückt den Kopf. »Es bewegt sich nicht. Vielleicht schläft es nur.«

»Lass sie uns in den Wagen legen und schnell zurück ins Dorf bringen, damit Godelind und Sigrun sich um sie kümmern können«, sagte Wolff.

Gero starrte auf die übel zugerichtete Frau. »Kann das ein tollwütiger Wolf gewesen sein?«

»Für mich sieht es eher danach aus, als ob sich jemand auf brutale Weise an ihr vergangen hätte.«

»Wer tut so etwas?«

»Der Teufel!«

Gero spürte, wie sich die Galle in seinem Magen sammelte. »Ich kenne nur einen Teufel hier in der Gegend.«

Wolff nickte.

»Du denkst das Gleiche wie ich?«

»Ich glaube schon. Warum sonst liegt sie direkt an deiner Scholle?«

»Verflucht soll er sein, wenn er's gewesen ist!«

Wortlos räumten sie das Werkzeug aus der Karre, legten sie mit Stroh aus und hoben Luitgard darauf. Dann schoben sie sie vorsichtig zurück ins Dorf. Auf halben Weg begann die geschundene Frau zu wimmern. Sofort hielt Gero den Wagen an.

»Luitgard«, sagte er »erkennst du mich?«

Sie riss die Augen auf und schaute mit gehetztem Blick umher. »Wohin bringt ihr mich?«

»Nach Hause. Godelind und Sigrun werden sich um dich kümmern und deine Wunden versorgen. Was ist dir widerfahren?«

Luitgard packte ihn am Arm und starrte ihn mit verzerrten Gesichtszügen an, aus ihrem Mundwinkel rannen Blut und Speichel. »Es ist wegen Euch. Es ist eine Botschaft an Euch!« Erschöpft sank sie zurück, krümmte sich unter Schmerzen und fiel dann in einem Dämmerschlaf.

»Dieser verfluchte Schweinehund!« Zornig schob Gero mit Wolff den Karren nun schneller voran.

Nach einer Weile sagte Wolff: »Er will dich aus der Höhle locken und herausholen aus der Deckung, die das Dorf dir bietet.«

»Ja«, erwiderte Gero und verdrängte gewaltsam die Ahnung dessen, was Meda in der Naturerscheinung über dem Laacher See gedeutet hätte.

Am späten Nachmittag versammelten sich die Männer des Dorfes auf dem Kirchplatz unter der alten Linde. Gero saß mit gesenktem Haupt zwischen ihnen. Nur Pfarrer Oswald fehlte, weil er Luitgard Beistand leistete und ihr versicherte, der Herr werde für Gerechtigkeit sorgen.

»Das muss sich kein Landmann von einem Adligen gefallen lassen!«, sagte Jost. »Wenn das eine Botschaft war, dann müssen wir damit rechnen, dass er noch einmal kommt und sich eine der anderen Frauen holt oder einen von uns erschlägt. Da es sich auf dem Grenzgebiet zu Geros Scholle zugetragen hat, können wir Siegfried von Laach zwar um Hilfe bitten. Doch er steht mit Bertolt in einem Bündnis, das sein Stiefvater geschlossen hat. Er wird es kaum wegen einer geschändeten Bäuerin auf einen Krieg ankommen lassen.«

»Dennoch. Wir müssen ihn benachrichtigen und um Unterstützung anhalten«, warf Edmund ein, und die Männer sahen verstohlen zu Gero hinüber.

»Warum hat er diese Botschaft an dich gerichtet?«, fragte Veit.

Schwerfällig hob Gero den Kopf, sah von einem zum anderen, erkannte die Entschlossenheit in ihren Blicken und erahnte ihre Bereitschaft, ihm zu folgen. Er war ehelich als Sohn des Egbert geboren worden und niemand konnte das Gegenteil beweisen. Weshalb sollte er also nicht weiterhin als sein Erbe auftreten und die Burg für sich beanspruchen? Irgendjemand musste dem Rheinsporner Einhalt gebieten. Und was Luitgard widerfahren war, hatte er durch seinen Auftritt vor dem Kaiser heraufbeschworen. In der Entscheidung gab es nun kein Zurück mehr.

»Das ist nicht euer Kampf, und ihr sollt auch nicht noch weiter hineingezogen werden. Es geht um einen alten Handel zwischen Bertolt und mir.«

»Was für ein Handel?« Wolff schien zu erwarten, dass er nun aussprach, was sie alle schon lange vermuteten.

Gero richtete sich auf. »Ich bin der Sohn des Egbert von Rheinsporn und Erbe seiner Burg. Sein Bruder hat sie unrechtmäßig an sich genommen und versucht seit Langem, mich aus dem Weg zu räumen, damit ich ihm nicht in die Quere kommen kann. Die Zeit ist nun reif. Ich muss und werde mich ihm stellen.«

Die Männer blickten ihn wohlwollend an.

»Wir werden dich nach Kräften unterstützen«, sagte Bernwart.

»Das weiß ich. Aber ich möchte eure Hilfe nur dann in Anspruch nehmen, wenn sie wirklich vonnöten ist. Ich reite gleich nach Laach und spreche mit Siegfried.«

Er erhob sich, nickte in die Runde und verließ in aufrechtem Gang den Ratsplatz.

Im Kantergalopp geleitete Siegfried Gero mit seinen Mannen nach Rheinsporn. Er hatte nicht eine Sekunde gezögert, seinem Freund Beistand zu leisten, als er erfahren hatte, was in Thure geschehen war. Gero war froh über die Unterstützung, denn in ihm tobten Zorn und Furcht gleichermaßen. Die Auseinandersetzung mit seinem Onkel würde kein Spaziergang werden. Er war entschlossen, ihn zum Zweikampf herauszufordern, hatte jedoch seit Jahren keine ernst zu nehmende Waffenübung mehr bestritten. Sigruns zunächst zaghaften und später energischen Versuche, ihn aufzuhalten, hatte er abgewehrt. Er konnte sich nicht länger verstecken und tatenlos zusehen, und letztendlich wusste sie das auch. Er hatte mit seinem Auftritt beim Stiftungsakt in Laach die Grenze überschritten.

Bertolt und seine Ritter erwarteten sie bereits auf dem Turnierplatz vor der verschlossenen Burgmauer. Über ihnen verdunkelten graue Wolkenhaufen den Himmel, durch die sich vereinzelte Sonnenstrahlen drängten wie göttliche Fingerzeige und in der Ebene schäumte der Fluss, als ringelte sich eine zuckende und zischende Riesennatter durch das Rheintal.

»Sieh an!«, höhnte der Rheinsporner, als die beiden kleinen Truppen einander gegenüber Aufstellung bezogen hatten. »Hast du also meine Botschaft erhalten?«

»Das war eine niederträchtige Tat«, sagte Siegfried.

»Und du wirst dafür bezahlen«, fügte Gero hinzu. Beim Anblick des Onkels und seiner skrupellosen Schergen kochte die Erbitterung in ihm hoch und erstickte seine Angst.

Lachend schlug Bertolt sich auf den Schenkel und seine Ritter stimmten lauthals ein.

»Hört, hört! Erst verleumdet der Bauernlümmel mich beim Kaiser, und jetzt bedroht er mich auch noch! Gut, dass Heinrich deinem Gewinsel keine Beachtung geschenkt hat«, rief Bertolt.

Dann wurde sein Blick ernst, und er wandte sich an Siegfried. »Ich habe mit deinem Stiefvater eine Abmachung getroffen. Was führt dich also bewaffnet mit deinen Kriegern hierher? Muss ich das Bündnis als einseitig gebrochen deuten?«

»Du hast eine meiner mir Anvertrauten brutal misshandelt, und ich werde die Angelegenheit hier nun klären«, erwiderte der Angesprochene beherrscht.

»Was kümmert dich ein verlottertes Bauernweib?« Bertolt spuckte die Worte aus.

Geros Freund blieb ruhig. »Auf meinem Lehen spreche ich das Recht und fälle das Urteil über Missetäter.«

»Kläre du lieber deinen Handel mit dem Kaiser. Ich dachte, du brauchst vielleicht einen Mitstreiter im Kampf gegen ihn, der dir mehr zur Verfügung stellen kann als eine Sichel und einen Pflug.« Bertolt beugte sich auf seinem Streitross weit vor. »Höre mir gut zu, Siegfried, denn was ich dir jetzt sage, biete ich dir kein zweites Mal an: Überlasse mir den

Bauernlümmel da, unser Bündnis behält seine Gültigkeit, und ich will vergessen, dass du bewaffnet vor meiner Burg aufgetaucht bist.«

»Ich werde dir keinen meiner Leute anvertrauen, denn dein Handeln bezeugt deinen Charakter. Mich lehrte man einst, dass Adel von edel herrührt. Wenn ihr einen Streit miteinander habt, so klärt ihn Mann gegen Mann, wie es sich für ehrenhafte Ritter geziemt!«

Bertolt besann sich einen Augenblick, dann rutschte er von seinem Ross und trat mit ausgebreiteten Armen auf das Feld zwischen ihnen. Gero glitt ebenfalls aus dem Sattel, und Siegfried reichte ihm sein Schwert und sein Schild, ehe er seinem Onkel einige Schritte entgegenging.

»Halt!«, rief der Laacher. »Die Ritterehre gebietet, dass ihr mit gleichartiger Bewehrung gegeneinander antretet. Entweder du verschaffst Gero ein Kettenhemd und einen Helm, oder du nimmst deine Panzerung ab!«

»Wo soll ich denn ein zweites Kettenhemd herholen?«, entgegnete Bertolt und wies zu seiner Burg. »Denkst du, ich habe dort eine ganze Kammer voll davon?«

»Dann nimm deines ab«, beharrte Siegfried ruhig.

Offensichtlich gereizt starrte Bertolt auf die Reihe der Ritter, die sein Nachbar mitgebracht hatte und in deren Mienen sich Verachtung spiegelte. Fluchend stieß er sein Schwert in die Erde und beorderte seine beiden Knappen herbei, die ihm eilig halfen, das Kettenhemd abzulegen. Dann nahm er seine Waffe wieder auf und trat an seinen Gegner heran.

Es war das erste Mal, dass sie sich so nahe gegenüberstanden, und Gero nahm mit all seinen Sinnen das Grobe und Unbarmherzige seines Onkels auf. Er witterte die blutige Spur, die dieser mit seinem Schwert gezogen hatte, und sah mit Abscheu in das wutverzerrte, rote Gesicht Bertolts, um dessen Mund ein wilder Bart quoll. Er war noch immer von bulliger Statur, hatte einen breiten, muskulösen Oberkörper und kräftige Arme. Er wusste, wie man Waffen führte, und hatte sicherlich viele Männer mit ihnen geradewegs in den

Himmel oder in die Hölle geschickt. Die Furcht in Gero drohte, die Oberhand zu gewinnen und ihn zu übermannen.

Mit pochenden Schläfen rief er sich ins Gedächtnis, was Theoderich und Heinrich von Laach ihm über den Schwertkampf beigebracht hatten. Und was er in den letzten Wochen und Monaten Abend für Abend vor der Hütte eingeübt hatte. Bertolt und er umschlichen sich lauernd.

»Ich habe gleich gesagt, dass du ein Bastard bist. Ich bin mir nicht sicher, wem du ähnlich siehst, aber ich habe da so eine Ahnung«, sagte sein Onkel.

»Du bist ein alter Mann. Andere Ritter in deinem Alter haben sich längst in ein Kloster zurückgezogen. Du hast keine Erben. Warum überlässt du mir nun nicht einfach die Burg? In einem Konvent könntest du einen ruhigen Lebensabend verbringen, deine Missetaten sühnen und bei einem wirklich großherzigen Gott sogar der Hölle entgehen.«

Gero hatte sich diese Worte seit Tagen wohlüberlegt und eingeprägt, um sie im unvermeidbaren Wortwechsel ohne Nachdenken vorbringen zu können. Er wollte sich ganz auf das Wesentliche konzentrieren, und dieses lag nun als Schwert in seiner rechten Hand.

»Du bist und bleibst nur ein Bastard und hast auf Rheinsporn nichts verloren. Lieber überlasse ich die Burg meinem Kommandanten als dir«, erwiderte Bertolt und führte den ersten Streich aus. Gero war vorbereitet und erkannte an den Bewegungen seines Onkels, dass dieser schwerfällig geworden war und mit alten Verletzungen zu kämpfen hatte. Ohne Kettenpanzer wirkte er verwundbar.

Doch als wollte Bertolt Geros Beobachtung Lügen strafen, stieß er ihn mit den Fäusten kraftvoll von sich weg. Beide rissen ihre Arme auseinander. Gero fing sich, stürmte mit ausgestreckter Waffe auf seinen Onkel zu und stabilisierte dabei den Schild vor seinem Oberkörper. Bertolt wehrte den Stich ab, hob sein mächtiges Schwert und ließ es auf ihn herabfahren. Im letzten Moment zog Gero den Schild hoch und wich nach hinten aus. Beeindruckt erkannte er, dass sein kampferfahrener Gegner instinktiv erprobte Bewegungsabläufe abrief.

Knurrend stürmte Gero ihm ein weiteres Mal entgegen und ächzte, als Bertolt ihm das Knie in den Magen rammte. Sein Onkel entriss ihm die Schutzplatte und schleuderte sie mit geübtem Wurf weit hinter sich.

»Bei wem hast du denn kämpfen gelernt?«, höhnte er so laut, dass Siegfried ihn verstehen musste.

»Bei einem Mann von Ehre, als welchen man dich leider nicht bezeichnen kann«, antwortete der Laacher. Irritiert wandte Bertolt sich ihm kurz zu, und das verschaffte Gero die Zeit, sich wieder zu sammeln.

In den folgenden Momenten hörte Gero nur noch ihr Atmen und das Klirren sich kreuzender Klingen, als sie in schneller Abfolge Streiche ausführten und abwehrten. Sein Magen schmerzte, aber die nervliche Anstrengung war ungleich ermüdender. Es belastete ihn, dem Haus Laach Schande zu bereiten. Lange würde er den rabiaten Hieben seines baumstarken Kontrahenten nicht mehr widerstehen können. Und so warf er sich mit seinem ungeschützten Körper und dem Mut der Verzweiflung gegen seinen Onkel und trieb ihm, als dieser das Gleichgewicht zu verlieren drohte, den Schwertknauf von hinten in den Rücken. Bertolt stöhnte auf und sackte in die Knie. Rasch stieß Gero ihm die Waffe aus der Hand, hielt das Schwert an seinen Hals und blickte gebannt auf ihn hinab. Er war überrascht, dass es ihm gelungen war, die Schreckensvision seiner Kindheit und Jugend zu überwältigen. Nun kniete der Mann, vor dem er sich so lange gefürchtet und der ihm nach dem Leben getrachtet hatte, vor ihm im Staub, und er konnte ihn mit einem letzten Hieb töten. Doch er besann sich auf die Ehre, von der Siegfried zu Beginn der Auseinandersetzung gesprochen hatte. Um das Leben ging es in diesem Kampf nicht, sondern um die Abgeltung, und dazu benötigte er den Tod seines Rivalen nicht. Er hatte seinen Gegner kampfunfähig gemacht, das genügte.

Da preschten Bertolts Ritter mit ihren Pferden vor und drängten Gero rücksichtslos von ihrem Herrn ab. Um nicht unter die Hufe der Tiere zu geraten, wich er erschrocken zurück. Die Laacher eilten ihm zur Hilfe, aber noch zückte niemand eine Waffe. Er konnte die Anspannung fühlen, die in der Luft lag. Eine unbedachte Tat konnte die Situation entgleiten lassen und die Auseinandersetzung würde in einem fürchterlichen Gemetzel enden. Er wollte nicht, dass Siegfried und seine Männer hier den Tod fanden, also hielt auch er sich zurück und sah tatenlos zu, wie die Schergen Bertolts ihren geschlagenen Herrn zur Burg geleiteten. In dem Körperschild, den sie dabei bildeten, erkannte er ihre langjährige Kriegserfahrung. Siegfried und seine Männer setzten ihnen vergeblich nach.

Nachdem das eiserne Fallgitter ihn und seinen Onkel an diesem Tag schlussendlich voneinander getrennt hatte, blieb Gero einzig die Erkenntnis, dass er Bertolt im Zweikampf besiegen konnte, wenn es darauf ankam. Der Unterdrücker von Rheinsporn hatte das Übermächtige und Monströse verloren und sich als das gezeigt, was er war: ein verwundbarer Mensch. Aber was würde geschehen, wenn die Laacher bei einer erneuten Auseinandersetzung nicht zugegen waren, um für einen fairen Kampf zu sorgen?

In den kommenden Wochen herrschte im Dorf eine angespannte Ruhe. Luitgard hatte ihr Kind schon am Tag nach dem Überfall tot zur Welt gebracht. Die Bewohner erwarteten einen weiteren Übergriff Bertolts und verließen die Siedlung nur noch in mit Harken und Äxten bewaffneten Vierer- oder Fünfergruppen. Auch nachts hatten sie nun Wachen an allen möglichen Stellen des Ortes aufgestellt, und auf dem Dorfplatz brannte ein Feuer, das die Finsternis vertrieb. Gero war sich sicher, dass sein Onkel auf eine günstige Gelegenheit für einen Angriff wartete und sich keineswegs geschlagen gab. Die Niederlage vor den Augen der versammelten Ritter seines Widersachers hatte ihn sicher vielmehr erbittert, und das machte ihn unberechenbar.

Als es zur Nachtstunde an Geros Tür klopfte, geriet er in höchste Alarmbereitschaft. Blitzartig erhob er sich von der Strohmatte und fingerte nach dem Übungsschwert.

»Wer ist da?«

»Ich bin's. Adebar. Kann ich hereinkommen?«

Bei dem Versuch, sich im Dunkeln anzuziehen, fluchte Gero leise und stieß gegen den Tisch und mehrere Schemel. Dann stürzte er hinaus und schaute sich besorgt um.

»Wie konntest du an unserer Nachtwache vorbeikommen? Ist dir jemand gefolgt? Es ist gefährlich für uns, wenn du mich hier aufsuchst.«

»Nein, niemand. Ich war auf der Hut«, flüsterte Adebar, dessen Augen Gero unter der Kapuze des schwarzen Überwurfs, in den sein Bruder tief gehüllt war, nicht erkennen konnte. »Und eure Nachtwache dort draußen am Feuer«, Adebar wies mit dem Daumen über seine Schulter in das flackernde Halbdunkel, »schläft den gerechten Schlaf eines übernächtigten Landmannes.«

Gero eilte zu dem Schlafenden hinüber. »Wach auf, Veit! Es ist wichtig, dass du Wache hältst.«

Benommen richtete sich sein Nachbar auf. »Verzeiht, Herr. Der Schlaf hat mich übermannt, ohne dass ich es gemerkt habe.«

Gero legte ihm die Hand auf die Schulter. »Schon gut. Doch jetzt sei bitte wachsam. Die Männer Bertolts können überall lauern und nur auf eine Unachtsamkeit unsererseits warten.«

Dann kehrte er zu Adebar zurück, umarmte ihn und zog ihn in die Hütte. Dort tastete er nach der Talglampe und entzündete sie. Schummriges Dämmerlicht breitete sich aus, sodass sie sich gerade eben erkennen konnten. Leise nahmen sie einander gegenüber am Tisch Platz, um Sigrun und die Kinder nicht zu wecken. Der Lichtschimmer malte Schatten auf Adebars Augenhöhlen und eingefallenen Wangen.

»Was führt dich her?«, fragte Gero.

Der Geruch von verrottenden Essensresten umwaberte sie, und Adebar rümpfte die Nase. »Ich nehme an, du hast

Kenntnis von dem Zerwürfnis zwischen Siegfried und dem Kaiser?«

Gero bejahte und zog die Augenbrauen zusammen.

»Er plant, nach Sachsen zu reiten und dort einen Aufstand gegen Heinrich anzuführen.«

Geros Augen weiteten sich.

»Dir ist klar, was das bedeutet?«, fragte Adebar.

»Hochverrat.«

Sein Bruder nickte. »Kannst du deinen Einfluss bei ihm geltend machen und ihn zur Vernunft bringen? Ich habe mich vergeblich bemüht, ihn davon abzuhalten.«

»Ja, das werde ich versuchen, doch ich bezweifle, dass er meinen Rat beherzigen wird. Er fühlt sich vom Kaiser hintergangen. Seit dessen Ränkespielen um die Reichslehen wartet er auf eine Gelegenheit, sich ihm entgegenstellen zu können.«

Sie berieten, was zu tun sei, wenn dieser oder jener Fall einträfe, und Gero berichtete seinem Gefährten von den Vorfällen im Dorf sowie seiner Auseinandersetzung mit Bertolt. Dann wurden sie zunehmend müde und einsilbiger.

»Es ist reichlich spät. Sei diese Nacht unser Gast und ruh dich aus. Sigrun und die Kinder werden sich freuen, dich zu sehen.«

Adebar nahm das Angebot dankbar an, und Gero bereitete ihm ein Lager.

Als sie sich im Morgengrauen leise ankleideten, erwachte Sigrun.

»Adebar!«, rief sie überrascht. »Ich wusste gar nicht, dass du hier bist. Und willst du nun schon fort, ohne mich begrüßt zu haben?«

Sie erhob sich und er nahm sie in den Arm.

»Verzeih, Schwester. Ich wollte nicht unhöflich sein, doch die Zeit drängt. Gero und ich müssen in einer dringlichen Sache schleunigst zu Siegfried.«

»Was gibt es denn so Wichtiges?«

»Das erkläre ich dir, wenn ich zurück bin«, sagte Gero. »Wir müssen aufbrechen.«

»So zeig dich wenigstens noch kurz den Kindern«, bat Sigrun Adebar und machte sich daran, die Kleinen zu wecken.

Ihr Bruder herzte auch sie, und sie schmiegten sich schlaftrunken an ihn. Bei diesem Anblick breitete sich Wärme in Gero aus und er dankte im Stillen dem Herrn dafür, dass Adebar ihm ein so guter Freund geworden war. Dann ritt er gemeinsam mit ihm in der Morgenröte des heranbrechenden Tages nach Laach.

Dort hielt Gertrud sich bereits vollständig angekleidet in der Halle auf.

»Mein Gemahl ist mit seinen Getreuen gestern Abend Richtung Sachsen aufgebrochen«, erklärte sie Gero mit undurchdringlicher Miene. Ihm sank das Herz und sein Magen fühlte sich so hohl an, als hätte er tagelang nichts zu sich genommen. Für einen Moment glaubte er, das Gleichgewicht zu verlieren.

Während sein Ziehbruder den Rückweg nach Greifenfels antrat, um sich nicht selbst des Verrats verdächtig zu machen, kehrte Gero mit unheilvollen Vorahnungen nach Thure zurück. Der Pfalzgraf beschwor eine Auseinandersetzung herauf, bei der es nur Verlierer geben konnte. Die Entscheidung des Kaisers in Geros Angelegenheit stand noch immer aus. Als Freund eines Hochverräters konnte er kaum mit seinem Wohlwollen rechnen. Und auf den Schutz Siegfrieds gegen Bertolt ebenso wenig. Er war nun auf sich allein gestellt.

Im Jahr des Herrn 1113

Die bizarren Formationen der Teufelsmauer schraubten sich da, wo das harte Sand- und Kalkgestein über eine Länge von zwei Meilen von Urkräften zerklüftet und übereinandergewürfelt worden war, in den eisblauen Himmel. Wie Zinnen und Wachtürme eines steinernen Verteidigungswalls stachen die Felsbrocken in die Höhe empor. Von hier oben aus konnten Siegfried und sein Mitverschwörer Wiprecht von Groitzsch weit über das Land hinwegschauen, auf dem Gehöfte und kleinere Ansiedlungen sich ausnahmen wie winzige Holzfiguren auf einem riesigen Spielbrett. Über ihnen kreisten Adler und Rotmilane mit majestätisch ausgebreiteten Schwingen in der Luft, und unter ihren Füßen fingerten sich Baumwurzeln aus dem Waldboden hervor, um das Gestein zu umgarnen. Es roch nach Thymian und Gewürznelken. Auf der Anhöhe hielten sich nur zähe Pflanzen und Flechten, denen Wind und Wetter auf dem kargen Boden nichts ausmachten. Der Sage nach wollte der Teufel hier eine Mauer errichten, um Gott das Land abzutrotzen, zertrat diese aber in einem Wutanfall, nachdem er glaubte, den Wettstreit verloren zu haben.

Siegfried fröstelte im kalten Februarwind und er weigerte sich, die Erzählung als böses Omen für ihr Treffen mit den anderen sächsischen Verschwörern zu sehen. Es gab wichtige Dinge zu besprechen, weitere Schritte mussten geplant werden, jedoch war Vorsicht das Gebot der Stunde. Im Spätsommer hatte er sich in Sachsen mit den hiesigen Fürsten getroffen, und sie waren sich einig gewesen, dass sich der salische Herrscher nicht länger auf so unangemessene Weise in die Vorgänge des Landes einzumischen habe. Schon bald war Heinrich der Fünfte mit einem großen Heer angerückt, hatte Halberstadt besetzt und die Festung des Bischofs vernichtet. Der Kaiser hatte daraufhin die Befehlsgewalt über seine Truppen an den Grafen von Mansfeld übergeben, damit dieser den Aufstand niederschlüge, und sich zurückgezogen. Von Mansfeld hielt sich mit den kaisertreuen Truppen noch immer in Sachsen auf, deshalb hatten die Verschwörer diese Zusammenkunft unter höchster Geheimhaltung arrangiert.

Nun sah Siegfried ihren Gefährten Ludwig von Thüringen mit zwei seiner Gefolgsleute sicheren Trittes den schmalen Aufstieg erklimmen. Er ließ seinen Blick ein letztes Mal aufmerksam über die Weite des Landes schweifen, konnte aber nichts Verdächtiges entdecken. Ernst nickte er Wiprecht zu, dann verließen sie ihren Wachposten, um ihrem Verbündeten entgegenzugehen.

Der kalte Wind griff ihm fordernd in das gesteppte Wams und heulte immer wieder schauerlich in den durchbrochenen Steinen auf. Dabei verschluckte er jegliche anderen Geräusche. Siegfried stemmte sich gegen die Böen, und seine Gedanken kreisten um die zu verhandelnde Vorgehensweise. Er hatte seine Mitstreiter nahezu erreicht, als unerwartet kaisertreue Ritter mit erhobenen Waffen hinter den Felstürmen hervorsprangen und sofort mit Kriegsgeschrei den Kampf eröffneten. Sie mussten sich dort schon vor dem Eintreffen der Verschwörer verborgen gehalten haben. Augenblicklich peitschte Siegfrieds Blut heiß durch seine Adern.

Im Nu übertönten die Schreie der Getroffenen das Geheul des Windes. Blut spritzte auf das sandfarbene Gestein und er glaubte zu spüren, wie die Landschaft den Atem anhielt. Entsetzt zückte er reflexhaft sein Schwert und schaute sich zugleich nach einem Fluchtweg um. Doch sie waren von schwer bewaffneten Feinden umringt, deren vorrangiges Ziel es offensichtlich nicht war, Gefangene zu machen. Wiprecht und Ludwig befanden sich in erbitterten Zweikämpfen, einige ihrer Begleiter sanken mit aufgeschnittenen Kehlen und eingeschlagenen Schädeln auf die knotigen Flechten, die sich rasch dunkelrot färbten.

Siegfried stieß ein wütendes Knurren aus und ging zum Gegenangriff über. Entschlossen eilte er seinen Verbündeten zu Hilfe und schlug mehrere der Angreifer kampfunfähig. Da durchzuckte ihn ein nahezu unmenschlicher Schmerz, als das Schwert Hoyer von Mansfelds scheinbar mühelos sein Wams durchschnitt und tief seitlich in seinen Bauch einfuhr. Er brüllte und stieß den Gegner von sich. Von Mansfeld stolperte rückwärts. Im nächsten Moment wurde Siegfried von Ludwig gepackt, dem es endlich gelungen war, sich aus seiner misslichen Lage zu befreien. Sein Waffenbruder griff ihm unter die Arme und schleifte ihn zu seinem Pferd. Der Laacher spürte, wie sein Wams warm wurde und sah, dass es sich dunkelbraun einfärbte. Mit beiden Händen drückte er auf die Wunde und Ludwig half ihm, auf seinem Streitross aufzusitzen. Fliehend beobachtete er noch, wie sich die feindliche Meute auf den unglückseligen Wiprecht von Groitzsch stürzte und ihn gefangen nahm.

Gertrud von Northeim war tadellos gekleidet und ihr braunes Haar sittsam unter dem Schleier versteckt, doch ihre Blässe und die Röte der Augen verrieten ihren Gemütszustand.

»Siegfried ist schwer verwundet. Der Medikus der Abtei bemüht sich mit seiner ganzen Kunst um ihn, aber seine Lebenskraft schwindet. Er wünscht, Euch zu sehen«, sagte sie zu Gero, kaum dass er nach atemlosem Ritt von Thure in Laach angekommen war.

Sie hielt den einjährigen Wilhelm auf dem Arm, Adele und der sechsjährige Siegfried drängten sich an ihren Oberschenkel. Letzterer trug nicht nur den Namen seines Vaters, sondern auch dessen Gesichtszüge.

»Was ist passiert?«

Sie senkte den Blick.

Er sah sich in seiner Vorahnung bestätigt. »Hat er sich gegen den Kaiser verschworen?«

Tränen stiegen in ihre Augen. »Er hat eine schwere Verwundung erlitten.«

Gero legte ihr tröstend die Hand auf die Schulter.

»Wir rechnen mit dem Schlimmsten.« Sie schluchzte und drückte die verängstigten Kinder an sich.

Etwas wie eine kalte, eiserne Hand griff nach Geros Herz, doch er hielt sich mannhaft gerade.

»Wo finde ich ihn?«

Der Verletzte schlief, als Gero in die abgedunkelte und nur von Kerzenlicht beleuchtete Kammer eintrat, in der er schon den vorigen Pfalzgrafen an dessen Sterbebett aufgesucht hatte. Erinnerungen an das letzte Gespräch mit Heinrich von Laach irrten ihm durch den Kopf. Was dieser ihm anvertraut hatte, hatte so vieles in ihm ausgelöst, das ihn seitdem in seinem Handeln lenkte. Allem voran das Gefühl, seinen vermeintlichen Vater rächen zu müssen.

Siegfrieds Gesicht war eingefallen und fahl, das braune Haar lag unbeweglich in kraftlosen Wellen auf dem Kissen. Gero nahm auf dem hölzernen Schemel neben dem Bett Platz und beugte sich voller Zuneigung zu seinen vom nahenden Tod gezeichneten Freund. Den fauligen Geruch, der die schwärende Wunde verriet, ignorierte er.

»Ich habe gehofft, durch dich einmal meine Schwertleite zu erhalten, mein Gefährte«, flüsterte er.

Zu seiner Überraschung hob Siegfried die Augenlider zur Hälfte an und erwiderte schwach: »Und ich hätte sie dir gerne erteilt. Du hast es verdient.«

Aufgewühlt griff Gero nach seiner Hand, und sie blickten sich einen Atemzug lang wortlos an.

»Ich dachte, du schläfst.«

»Das wäre Zeitverschwendung, denn ich werde bald für immer schlafen. Dabei bin ich zu jung dafür und habe noch so viel vor. Was wird aus meinen Gütern? Ich habe Sorge, dass der Kaiser sie einziehen wird, wenn ich nicht mehr da bin, um sie zu verteidigen. Was wird aus Gertrud und den Kindern?« In Aufruhr richtete er sich im Bett empor und stöhnte dabei vor Schmerzen.

Bedrückt schaute Gero ihn an. Dann glättete er seine Stirn, um den Kummer des Sterbenden nicht noch zu mehren. »Mach dir keine Sorgen, das wird sich alles finden. Und wenn ich irgendwie helfen kann, so werde ich es tun, darauf gebe ich dir mein Wort.«

Mit schmerzverzerrtem Gesicht sank Siegfried zurück auf das Kissen, seine schweißnasse Hand fasste Geros Unterarm und drückte fest zu. Dann schloss er die Augen wieder. »Es tut mir leid, wenn ich dich durch mein Tun in Ungnade beim Kaiser gebracht habe.« Er verstummte und schien in einen tiefen Schlaf zu sinken.

Als Gero sich erheben wollte, öffnete Siegfried erneut die Augen und blinzelte ihn an. »Du bist ein treuer Gefährte.«

»Was ist in Sachsen passiert?«

Mit brüchiger Stimme und immer wieder innehaltend schilderte der Verletzte ihm den Überfall, und Gero schnaubte entrüstet, denn dieses heimtückische Manöver der Kaisertreuen war alles andere als ein ehrenhafter, ritterlicher Kampf gewesen.

»Wiprecht wurde schwer verwundet gefangen genommen, Ludwig und ich sind mit knapper Not entflohen. Aber wie du siehst, hat man mich nicht verschont«, beendete der Pfalzgraf seinen Bericht und schloss einen Moment lang die Lider. »Es ist grausam, die Welt auf diese Weise verlassen zu müssen. Sorge dafür, dass dir nicht Gleiches widerfährt. Auch du bist zu jung und hast so viel vor dir. Setze deine Pläne um. Arbeite daran, dass du die Burg deines Vaters zurückbekommst und dass es Sigrun und deinen Kindern gut geht.« Er zögerte. »Ich habe das Meine für euch getan, doch ich fürchte, nun sind diese Möglichkeiten ausgeschöpft. Ein Letztes will ich noch tun, mein Freund: Gib mir bitte mein Schwert!«

Gero stockte und sah sich suchend in der Kemenate um. Aber natürlich hatte man ihm keine Waffen in die Sterbekammer gelegt.

»Gertrud wird dich zu ihm führen.« Siegfrieds Stimme war nur mehr ein Hauch.

Gero nickte und verließ die Kammer, um die Burgherrin zu suchen. Die Augen der Pfalzgräfin füllten sich augenblicklich ein weiteres Mal mit Tränen, als er ihr die Bitte ihres Mannes mitteilte. Sie ahnte wohl, zu welchem Zweck dieser die Waffe ein letztes Mal in die Hand nehmen wollte.

Behutsam nahm Gero die blank geputzte, mit Ornamenten und lateinischen Schriftzügen geschmückte Hiebwaffe seines Freundes entgegen, um die er ihn als Knappe beneidet hatte. Sie war von sämtlichen Spuren des verhängnisvollen Kampfes befreit worden und steckte in einer kunstvoll gefertigten Lederscheide. Er legte sie neben Siegfried aufs Bett. Mit zitternden Fingern umschloss dieser den Schwertknauf und drückte ihn so fest, dass seine Knöchel hervortraten. Dann fasste er Geros Hand und führte sie an den Knauf.

»Von nun an soll dieses Schwert von deinem Arm geführt werden. Möge es das deiner Feinde stets parieren und dir so mehr zum Schutz dienen, als es mir Beistand sein konnte.« Er hielt inne und schöpfte Atem. »Ich gebe es dir zu treuen Händen, weil ich sicher bin, dass du es recht zu würdigen weißt und alles dafür tun wirst, es gut zu erhalten.« Offenbar von Schmerzen geplagt verzog er das Gesicht und ließ einen Moment verstreichen, ehe er fortfuhr: »Wenn deine Zeit gekommen ist, diese Welt zu verlassen, vermache es bitte meinem Erstgeborenen oder seinem Erben. Versprich mir das.«

Beklommen kämpfte Gero mit den Tränen. Über das großzügige Geschenk konnte er sich kaum freuen, so sehr bedrückte ihn der drohende Verlust seines Gefährten.

»Das werde ich, mein Freund. Ich schwöre es dir.«

Schon am nächsten Tag suchte Siegfrieds erster Ritter Thure mit ernster Miene und schwarzen Umhang über dem Wappenrock auf.

»Der Pfalzgraf ist tot, der Herr hat ihn zu sich genommen.«

Obwohl das abzusehen gewesen war, traf die Dorfgemeinschaft die Todesnachricht in aller Härte. Die Versammelten auf dem Dorfplatz neigten ihre Köpfe. Ein gerechter Herr hatte sie verlassen, und Gero fehlte von nun an sein wichtigster Fürsprecher und Unterstützer. Tief erschüttert richtete er sich an den Boten.

»Ist er seinen Wunden erlegen?«

Der Mann bejahte mit versteinerter Miene, die verriet, wie sehr ihn selbst der Tod seines Herrn bewegte.

»Was wird nun aus uns?« Die Verunsicherung der Versammelten übertönte Geros Frage: »Was wird aus Gertrud und den Kindern?«

»Der Kaiser hat verlauten lassen, dass er beim Tode des Pfalzgrafen die Ländereien als die eines Hochverräters behandeln werde. Er wird sie gewiss einziehen und zu neuen

Lehen vergeben. So wird die Gräfin Laach wohl mit ihren Kindern verlassen und zu ihren Eltern zurückgehen. Und die Burg in Anbetracht des vom Abt geäußerten Wunsches abgerissen.«

Jost blickte den Ritter mit ratlosem Gesicht an. »Was für ein trauriges Ende für einen so ehrenwerten Fürsten.«

Alles war gesagt. Der Bote kehrte um und verließ Thure in Richtung der nächsten Ortschaft.

Bertolt beugte sich über seinen Teller und stocherte lustlos mit seinem Jagdmesser im Essen herum. Der Kaiser hatte sich noch nicht zu einer standesgemäßen Verheiratung für ihn entschließen können, und er fürchtete, dass die Kraft seiner Lenden bald versiegen würde. Die zahlreichen Bastarde, die Rheinsporn inzwischen bevölkerten, kamen als Sicherer seiner Blutlinie nicht in Frage, und es war anzunehmen, dass Egberts Sohn längst für einen Stammhalter gesorgt hatte. Sein Laacher Nachbar war verwundet von seiner Verschwörung gegen Heinrich den Fünften zurückgekehrt, und es war zu erwarten, dass der Monarch seine Ländereien einziehen würde. Aber Bertolt brauchte nicht darauf zu spekulieren, an einer Verteilung der Güter beteiligt zu werden, und ob er mit einem anderen Vasallen ein Bündnis wie mit dem jetzigen Grafen schließen konnte, war ungewiss. Dabei wäre das immens wichtig für ihn.

Auch das Verhältnis zu seinem engsten Vertrauten war seit seiner Niederlage gegen Gero angespannt. Er argwöhnte, dass sein erster Ritter sich fragte, ob der Gaul, den er mehr als dreißig Jahre lang geritten hatte, nun reif für den Schlachter war.

»Siegfried ist tot. Das Dorf ist schutzlos«, erwähnte Friedwart wie beiläufig und pulte Reste des Wildbrets aus seinen Zähnen. In aller Ruhe hob er den verzierten Zinnbecher und spülte seinen Mund mit schäumendem Met aus.

Bertolt hob den Kopf. Der Tod des Laachers überraschte ihn nicht, aber an die Verbindung zu Thure hatte er gar nicht gedacht. Zu sehr war er mit anderen Dingen beschäftigt. Nun belebten sich seine Sinne. Hier ergab sich unvermutet die Möglichkeit, eine endgültige Klärung herbeizuführen. Einmal mehr staunte er über Friedwarts Scharfsinn und Weitblick. Eine günstigere Gelegenheit, sich des lästigen Neffen zu entledigen, würde sich ihm kaum bieten. Dass er dabei auch seinen Rittern beweisen musste, dass sein Stern noch lange nicht erlosch, lag auf der Hand. Er hob seinerseits seinen Becher und trank, wobei er seinen Blick auf Friedwart heftete.

»Dann sollten wir dort wohl mal nach dem Rechten sehen.« Mit dem Handrücken strich er sich die Schaumreste aus dem Bart.

KAPITEL NEUNZEHN

Gero witterte die Gefahr, bevor er sie sah. Er richtete sich auf und hielt den Kopf schräg, um besser horchen zu können. Die Mittagssonne sandte gleißende Helligkeit in die Hälfte der Waldlichtung, auf der er stand. Außer dem Rauschen des Windes in den Bäumen vernahm er nur das ferne Summen Sigruns, die im Dickicht nach Kräutern und Wurzeln suchte. Da es seit dem Vorfall mit Luitgard lange Zeit ruhig geblieben war, rotteten sie sich zwar nurmehr selten zu viert oder fünft zusammen. Doch ließ keiner der Männer seine Frau oder Tochter ohne Geleit aus dem Dorf. Gerne hätte er nun die Hand gehoben, damit Sigrun still schwieg, aber sie war zu weit entfernt und würde ihn nicht sehen. Gero hob den Kopf höher und spürte, wie sich die Haare auf seinen Unterarmen aufstellten.

Der Laut war kaum wahrnehmbar, aber einem geübten Jäger entging so etwas nicht. Das Knacken eines Zweiges, wenig mehr. Es konnte ein Reh sein oder ein Wildschwein, Wölfe schlichen sich lautlos an. Doch Gero war sich sicher: Dies war kein Tier, sonst würden sich ihm nicht derartig die Haare sträuben. Unwillkürlich legte er den Bogen samt Köcher im kniehohen Gras ab, richtete sich zu voller Körpergröße auf und zog langsam Siegfrieds Schwert aus der Scheide. Das nahezu lautlose Zischen des Pfeiles nahm er erst im letzten Moment wahr. Reflexhaft schnellte er zur Seite, das Geschoss zischte haarscharf an seinem Kopf vorbei und blieb im Baumstamm zehn Schritte hinter ihm stecken. Obwohl Schaft und Federn von der Wucht des Aufpralls vibrierten, erkannte er mit Schrecken die sonderbare Befiederung wieder. Das Wiedererleben seiner Kindheitsängste übermannte ihn plötzlich und drohte, ihn zu lähmen. Schon verengte sich seine Kehle, als drückte sie jemand mit Gewalt zu. Schwerfällig nahm er eine Kampfhaltung an, hielt das Schwert schützend vor seinen Körper und schluckte, um den Kehlkopf zu lockern.

»Welcher elende Hasenfuß schießt hier aus dem Hinterhalt?«, rief er mit belegter Stimme in Richtung des im Schatten liegenden Bereichs der Lichtung.

Aus dem angrenzenden Dickicht erhob sich ein Rascheln, als der Schütze seine Bemühungen aufgab, sich möglichst lautlos zu bewegen. Fünf Gestalten lösten sich aus den Bäumen, geharnischt und bewaffnet. Augenblicklich pochten Geros Schläfen.

»Kein Hasenfuß!«, erwiderte ein Kämpfer in Kettenrüstung, der sein Gesicht hinter einem Helm verbarg. Obwohl die Stimme verzerrt klang und der Ritter auf seinen blau-weißen Waffenrock verzichtet hatte, wusste Gero auf der Stelle, mit wem er es zu tun hatte. Er sandte ein Stoßgebet in den Himmel und hoffte inständig, dass Sigrun sich verborgen hielt. Im besten Fall floh sie nach Hause und holte Verstärkung. Hier vor Ort war sie keine Hilfe, aber in großer Gefahr. Er atmete tief durch und ging gemessenen Schrittes auf seinen Onkel zu.

»Traust du dich nicht, es allein mit mir aufzunehmen, weil ich dich schon einmal besiegt habe? Musst du deine Mundschenke mitbringen und ihnen befehlen, mich ehrlos zu meucheln?«

Bertolt hob die Hand und befahl seinen Gefolgsleuten damit, sich im Hintergrund zu halten. Schwerfällig näherte er sich Gero, und die Abertausend ineinander geflochtenen Metallringe seines Panzers rasselten. Annähernd in Schlagdistanz hob er sein mächtiges Schwert und begann, seinen Neffen zu umschleichen wie eine Raubkatze, wobei sein Kettenhemd in der Sonne schimmerte wie die Haut einer Schlingnatter.

Gero folgte seinen Bewegungen mit ausgebreiteten Armen und im vollen Bewusstsein, dass dies das entscheidende Gefecht war, in dem es nicht mehr um Ritterehre, sondern ums nackte Überleben ging. Sein Onkel würde kein Erbarmen zeigen, und Gero würde nicht um Milde bitten, zumindest nicht für sich selbst. Nur Sigrun sollte verschont bleiben. Fieberhaft suchte er nach Möglichkeiten, wie er sie aus der Auseinandersetzung heraushalten konnte, und war froh, dass er beschlossen hatte, Siegfrieds Schwert zu jeder Gelegenheit bei sich zu tragen. Er bewegte sich auf Bertolt zu, damit dieser nicht länger die Richtung vorgeben konnte.

Was auf dem Spiel stand, reichte über die Rivalität zweier Männer weit hinaus. Es ging ihm auch längst um mehr als nur darum, den Tod des Mannes zu rächen, den er bis vor kurzem für seinen Vater gehalten hatte. An Egbert konnte er sich nicht einmal erinnern. Es war eher die Ehre und das Vermächtnis seiner Mutter, was es hier zu verteidigen galt.

Er wagte einen Ausfallschritt in Bertolts Richtung, doch dieser parierte seinen Angriff mühelos, und Gero wich wieder zurück. Rachsucht war ein schlechter Waffenbruder, das hatten ihn Theoderich und Heinrich von Laach gelehrt. Also besann er sich darauf, dass viel für die Menschen im Dorf und in der Umgebung davon abhing, wie dieser Zweikampf hier endete. Für die Thurer und Cuttenheimer, die ihn und seine Familie in ihrer Mitte aufgenommen hatten, wollte er eintreten, die Untaten an Luitgard, Lanztlot und seinem Sohn vergelten. Niemand in dieser Gegend sollte sich mehr vor dem Unterdrücker fürchten. Er musste diesem widermenschlichen Treiben hier endlich ein Ende setzen.

»Einem Bastard gebührt kein ehrenvoller Tod«, höhnte Bertolt in Geros Überlegungen hinein.

»Einem Feigling und Tyrannen noch weniger«, versetzte dieser laut, um Sigrun zu warnen.

Sein Onkel fletschte die Zähne und warf sich grollend auf ihn.

Gero taumelte zurück und umfasste den Griff seines Schwertes so fest, dass sich das lederne Flechtmuster tief in seine Hand eingrub. »Ich bin von gleicher Abstammung wie du.«

Sein Gegner prustete verächtlich. »Du bist ein Bauerntölpel, ein Nichtsnutz!«

Er schwang seine Waffe mit beiden Händen über den Kopf und ließ sie auf Gero hinabfahren.

Dieser wich dem Hieb aus, versetzte Bertolt seinerseits einen Schlag mit dem Schwertknauf und brachte ihn so für einen Moment aus dem Gleichgewicht. Mehrere Ringe seines Kettenhemdes zersprangen. Gedanken galoppierten durch Geros Kopf. Er war allein gegen fünf schwer bewaffnete Männer, aber ohne Rüstung beweglicher als sein Widersacher und zudem deutlich jünger. Außerdem hatte er ihn schon einmal bezwungen. Es musste ihm irgendwie gelingen, dem Rheinsporner das Schwert unter der Helmbrünne hindurch in die Halsschlagader zu treiben. Dabei durfte er keine Sekunde zaudern, obwohl er noch nie zuvor einen Menschen willentlich getötet hatte. Mit dem, was dann die anderen Geharnischten taten, würde er sich beschäftigen, wenn es so weit war.

Abermals drosch Bertolt auf ihn ein. Gero parierte den Hieb, sprang hinter ihn und stieß ihm den Schwertschaft erneut in den Rücken, dieses Mal zielte er auf die Nieren. Sehnlichst wünschte er sich eine Stachelkeule herbei, mit der er seinem Onkel durch das Kettenhemd hindurch die Knochen gebrochen hätte. Und es war ihm egal, wie unritterlich dies war. Der Rheinsporner taumelte nach vorn, drehte sich dann aber sofort wieder zu ihm um. Ein weiteres Mal umrundeten sie einander.

»Bleib bei dem Misthaufen, zu dem du gehörst!«, höhnte Bertolt und setzte zum nächsten Schlag an.

Gero kreuzte seine Klinge, trieb ihn zurück und brachte ihm seinerseits einen Hieb bei. Bertolt strauchelte seitwärts. Instinktiv begriff der Jüngere, dass dies der Moment war, auf den er schon so lange gewartet hatte. Rasch schlug er seinem schwankenden Onkel mit Wucht seinen Schwertknauf gegen die Schläfe, sodass dieser lautlos zu Boden sank. Entschlossen stieß Gero ihm sein Schwert unter der Kettenbrünne hindurch in den Hals und zog es sofort wieder hinaus. Augenblicklich quoll Blut zwischen den Metallringen der Brünne hervor. Einen kurzen Moment lang mischte sich in Gero das Gefühl des Triumphes mit dem des Grauens. Zum ersten Mal hatte er einen Menschen absichtlich lebensbedrohlich verletzt.

Er beugte sich rasch über ihn, hielt die Schwertspitze auf den Hals des Besiegten und schaute hinüber zu den anderen Bewaffneten. Da erkannte er, dass der Bogenschütze auf ihn zielte, und sprang unwillkürlich zur Seite.

Etwa einhundert Schritte von der Lichtung entfernt hatte Sigrun die Stelle gefunden, an der die Kräuter wuchsen, die sie für den Heilsud brauchte. Wenn sie sich recht erinnerte, lagen etwas weiter hinten auf dem moosigen Grund zwischen den hohen, lichtdurchfluteten Laubbäumen die ergiebigsten Steinpilzfundorte aus dem vergangenen Jahr. Im letzten Spätsommer hatte Ida dort auch zahlreiche Blutreizkern entdeckt. Sie beschloss, diese Stellen gleich abzusuchen. Wenn Gero ein paar Kaninchen schoss, würde es morgen ein Festmahl geben.

Ihr wurde bewusst, dass sie sich zu weit von ihm entfernt hatte; die Stille der Natur war beruhigend und beängstigend zugleich. Es war klüger, die Pilze gemeinsam mit ihm zu holen, also schaute sie sich suchend um, aber sie konnte ihn nirgends entdecken. Über der Lichtung nahe der Kirchenruine flog ein Schwarm Vögel aufgeschreckt in die Höhe und Sigrun drehte sich in diese Richtung um. Vermutlich jagte er dort. Hastig eilte sie zur Waldwiese, um in seiner Nähe zu sein.

Es mutete Gero an, als setzte der Herzschlag der Natur aus. In erschreckender Langsamkeit sah er den Pfeil an sich vorbei auf Sigrun zufliegen, die soeben auf die Lichtung getreten war. Sie hielt den Weidenkorb voller Kräuter in der Hand und starrte erschüttert auf den am Boden in seinem Blut liegenden Geharnischten.

Ihre dunkelblonden Locken wehten weich im Wind, der sich erhoben hatte, und ihre durchscheinend grauen Augen leuchteten irritiert im Sonnenlicht. Die Wucht des Pfeileinschlags in die Schulter riss ihren Körper seitwärts und der Korb fiel aus ihrer Hand. Bunt gemischt segelten die frisch geernteten Kräuter sachte in das Gras. Mit einem erstickten Schrei stürzte Sigruns Gestalt zu Boden.

Als ein weiterer Pfeil vom Saum der Lichtung aus heran zischte, brüllte Gero den Schergen Bertolts in Agonie entgegen: »Ehrloses Gesindel! Ein hilfloses Weib niederzuschießen!«

Das Geschoss streifte seinen Oberarm und hinterließ dabei einen stechenden Schmerz. Kurzerhand schleuderte er sein Schwert ins Dickicht und hastete zu Sigrun. Er brach den Pfeilschaft in ihrer Schulter energisch entzwei, hob sie in seine Arme und rannte mit ihr ins Dorf, so schnell seine Beine es vermochten. Überraschenderweise setzte ihnen niemand nach.

Friedwart von Höhtgen eilte mit den Getreuen Bertolts zu seinem Herrn und erkannte, dass dieser seinen letzten Zweikampf verloren hatte. Energisch hielt er Hakon zurück, der sich daran machte, den rechtmäßigen Erben von Rheinsporn zu verfolgen.

»Solange die Entscheidung des Kaisers noch aussteht, ist unsere eigene Lage nun unsicher geworden«, zischte er.

Mit kühlem Kopf zog er Geros Schwert aus dem Unterholz, strich Bertolts Blut darauf im Gras ab und nahm es mit. Er musste nun sorgfältig seine nächsten Schritte überdenken und dafür brauchte er Ruhe. Dass Egberts Sohn nun wieder unbewaffnet war, eröffnete ihm neue Möglichkeiten.

Die glimmenden Scheite des Kaminfeuers fielen knackend und zischend in sich zusammen, sandten zuckende Schimmer durch die karge Hütte und tauchten die wenigen Gegenstände darin in ein rötliches Licht. Im Schein der kleinen Flammen schienen die klobigen Stühle und der grobe Holztisch zu wippen, und die Becher darauf tanzten. Rauch breitete sich im Raum aus, doch Geros Augen waren an das Dämmerlicht in der Kate gewöhnt, und er orientierte sich mühelos im verqualmten Halbdunkel. Die Kinder schliefen dicht aneinandergedrängt mit halb geöffneten Mündern und geröteten Wangen auf ihren Strohmatten. Er blieb eine Weile bei ihnen und betrachtete sie liebevoll. Ein unfassbares Glück war ihm beschieden gewesen, und er hatte Angst, dass ihn dieses nun verließ, da er einen Menschen willentlich getötet und damit eine Todsünde begangen hatte. Die Furcht vor der Strafe, die der Herr ihm dafür auferlegen würde, durchfuhr ihn wie ein Fieberschub. Zwar hatte er in Notwehr gehandelt, den Zweikampf jedoch heraufbeschworen, indem er eine Burg einforderte, die ihm gar nicht zustand.

Während er seiner Ältesten die Haare aus dem Gesicht strich, begann Sigrun, sich auf ihrem Strohlager unruhig hin- und herzuwerfen. Mit zittriger, inzwischen von Gicht verkrümmter Hand hatte Godelind die Pfeilspitze aus ihrer Schulter entfernt und die Wunde mit Kräutern versorgt, die eine Entzündung verhindern sollten. Doch Sigrun wirkte derart gehetzt, dass Gero sich Sorgen um ihren Zustand machte.

Herr, es ist rechtens, dass du mich strafst, aber bitte verschone meine Schwester. Sie trifft keine Schuld, flehte er innerlich. Beunruhigt ließ er sich neben ihr auf der Matte nieder und berührte ihre heiße Stirn.

»Hast du Schmerzen?«

Sie umklammerte sein Handgelenk. »Die Dämonen suchen mich wieder heim, Gero. Ich fürchte mich vor dem Einschlafen. Es ist so dunkel auf der anderen Seite, und ich weiß nicht, ob ich wieder zurückfinde.«

»Ich bin bei dir, Sigrun. Ich helfe dir aus der Dunkelheit heraus. Und wenn die Dämonen wiederkommen, wecke mich, ich werde sie verscheuchen.«

Um sie zu beruhigen, legte er seine Hand auf ihren Rücken und wartete, bis die Wahnbilder nachließen und sie endlich in einen fiebrigen Schlaf fand. Mit einem müden Knacken erlosch das Feuer, und das Innere der Hütte versank in Finsternis. Nur die Glut pochte wie ein offen liegendes Herz rot in die nächtliche Stille hinein.

Aus der Schwärze der Nacht erklang ihr Name. Das verzweifelte Rufen schreckte Meda aus einem tiefen Schlaf auf. Schlagartig hellwach richtete sie sich in ihrer düsteren Hütte auf und starrte in die Dunkelheit. Augenblicklich erkannte sie den Schatten in der lichtlosen Leere. Sigrun. Das Mädchen verlangte nach ihr. Etwas war ihr widerfahren, und sie schien sich im Todeskampf zu befinden. Der Puls der Heilerin beschleunigte sich. Sie wusste es: Ihre ehemalige Schülerin lag im Sterben und brauchte dringend Hilfe.

Als am nächsten Morgen die ersten Sonnenstrahlen durch die Löcher im Strohdach fielen und den Wohnraum der Kate in eine überwirkliche Helligkeit tauchten, erkannte Gero sofort, dass Sigrun ernsthaft krank war. Ihr Körper glänzte vor Schweiß, ihre Augen schimmerten entrückt und die Äderchen in ihnen waren geweitet. Mit Schaudern erinnerte sich Gero an das Fieber, dem sie in ihrer Kindheit beinah erlegen war, und an das Siechtum seiner Mutter. Das durfte sich nicht wiederholen. Erneut kam ihm der Gedanke an die Strafe Gottes, doch er schob ihn beiseite.

»Ida!«, rief er seine älteste Tochter. »Schnell, geh Godelind holen!«

Das elfjährige Mädchen richtete sich benommen mit verstrubbelten Haaren von ihrem Lager auf und nuschelte Unverständliches.

Sigrun wimmerte im Fieber und Ida riss erschrocken die Augen auf. »Geht es Mutter schlechter? Ist sie immer noch krank?«

Gero unterdrückte seine eigene Furcht und nickte nur stumm, damit das Kind sich nicht noch mehr ängstigte. »Geh zu, hol Godelind!«

Das Mädchen sprang auf die Füße, warf sich ihr Kleid über und hastete aus der Hütte, um die Dorfälteste herbeizuholen.

In der Morgendämmerung stapfte Meda durch den im Nebeldunst liegenden Wald zur Burg hinauf und forderte, dass man sie unverzüglich zu Theoderich ließ. Verschlafen und im zerknitterten Nachtgewand kam dieser vor die Tür seiner Gemächer im Westflügel der Festung.

»Was gibt es, Weib? Wieso störst du meine Nachtruhe? Ich hoffe für dich, dass es wichtig genug ist, deinen Herrn aus dem Schlaf zu reißen.«

Sein Mundgeruch ließ auf ein Übermaß an abendlichem Metgenuss schließen.

Meda wandte ihr Gesicht ab. Sie verdrängte den Unmut über seinen anmaßend herrischen Ton und besann sich auf ihr Anliegen. »Sigrun liegt im Sterben.«

Seine Miene versteinerte. »Wie kommst du darauf?«

»Ich habe in der Nacht ihr Rufen wahrgenommen.«

Theoderich presste die Lippen aufeinander. Offenkundig hielt er von derartigen Visionen nicht viel, obwohl einige der christlichen Glaubensbrüder oft mit ebensolchen argumentierten. Dabei musste er doch wissen, dass sie über Fähigkeiten verfügte, die Normalsterblichen versagt blieben.

»Ich muss zu ihr eilen und versuchen, sie zu retten«, fuhr Meda fort. »Gib mir ein paar deiner Männer zum Geleit mit, und entbinde mich von dem Eid, den ich dir einst leisten musste, damit ich sie und Gero endlich aufklären kann.« Den letzten Gedanken spie sie ihm wie einen nie verdauten Vorwurf entgegen.

»Du bist darüber im Bilde, wo sie sind?«

»Wenn du selbst dorthin reiten möchtest, kläre du sie auf!«

Theoderich zögerte. »Ich habe das bereits getan und entbinde dich nun von dem Eid. Rette meine Tochter.«

Meda erstarrte für einen Moment, dann drehte sie sich abrupt um und eilte davon.

»Ich möchte mit zu Sigrun.« Walburga reckte das Kinn, als sich Theoderich sorgenvoll in ihr gemeinsames Schlafgemach schleppte.

»Das ist zu anstrengend für dich«, versetzte er barscher als beabsichtigt, weil es ihn ärgerte, dass sie unverhohlen an der Tür gelauscht hatte und er nicht wusste, was sie alles mitangehört und wie viel sie davon verstanden hatte.

»Aber Meda traust du diese Reise zu?«

»Sie ist ungleich zäher als du und einiges gewöhnt.«

»Sie ist deutlich älter als ich, schließlich hat sie mich bereits aus dem Schoß meiner Mutter gezogen. Ich will mit! Sigrun ist meine Tochter. Ich möchte wissen, wie es ihr geht und ihr helfen, wenn sie in Not ist.«

Fahrig strich sich der Graf durch die Haare. »Ich halte das für keine gute Idee.«

»Aber es ist mein Wunsch und mein Wille!«

Brüsk wandte sich Theoderich ab. »Dann werde ich es dir wohl schlichtweg verbieten müssen.«

Walburga fuhr auf, und riss sich ihre Nachthaube vom Kopf. »Ach ja? Und warum?«

»Ich habe schon unsere Tochter verloren. Ich möchte nicht auch noch dich vermissen müssen.«

»Sigrun ist nicht verloren! Sie lebt nur an einem anderen Ort und ist wahrscheinlich so krank, dass sie Hilfe braucht.«

»Ich lasse es mir durch den Kopf gehen.« Ächzend ließ er sich auf dem Rand seiner Schlafstatt nieder.

»Es ist mir egal, wie du darüber denkst. Ich werde Meda auf jeden Fall begleiten.«

Abrupt richtete sich Theoderich auf. »Wir wissen noch nicht einmal, wo genau sich unsere Tochter aufhält. Meda sagt, sie habe eine Ahnung, aber was ist, wenn sie sich täuscht? Wenn ihr tagelang umherirrt und irgendwann keine Nahrung mehr habt? Die Heilerin kann sich von Kräutern und Wurzeln ernähren. Du bist das nicht gewöhnt.«

Erst als er die Begründung ausgesprochen hatte, die er benutzte, um ihr die Reise zu verbieten, wurde ihm bewusst, wie fadenscheinig sie war.

»Sie kann auch für mich sorgen«, sagte Walburga.

»Ach, jetzt soll die alte Frau auch noch für dich mitsorgen?« Ihm missfiel dieses Gezänk am frühen Morgen, und er musste es schleunigst beenden.

»Wenn es sein muss!«

In Theoderich kochte Wut auf. »Das kommt nicht in Frage.«

»Ich bin die Herrin von Greifenfels«, beharrte Walburga.

»In erster Linie bist du mein Weib und hast mir zu gehorchen! Und damit ist nun alles gesagt.« Mit der flachen Hand schlug er auf die hölzerne Bettkante. »Das fehlt mir gerade noch, dass du rebellisch wirst, nach all den Ehejahren und in deinem Alter.«

Aufgebracht erhob er sich und wandte sich ab, um sich anzukleiden und den Rittern, die Meda begleiten würden, Befehle zu erteilen. Bevor er die Schlafkammer verließ, atmete er tief durch. Niemand sollte merken, wie sehr ihn die Sorge um seine Tochter mitnahm.

Zwei Tage und zwei Nächte blieb Godelind bei Sigrun und gab ihr als erstes einen Hahnenfußsaft gegen das Fieber. Da das nicht half, versuchte sie es mit Eberraute und Wermutkraut, das die Vergiftung aus ihrem Körper treiben sollte. Nach und nach griff sie zu immer spezielleren Kräutern, von denen sie wusste, dass sie schwere Nebenwirkungen haben konnten. Die kleine Kate füllte sich zunehmend mit beißenden Dämpfen, doch die Krankheit wollte nicht weichen. Am Ende des zweiten Tages fand sich Pfarrer Oswald in Geros Hütte ein, um Sigrun beizustehen und betend die Mächte der Finsternis zu vertreiben. Noch konnte er sich wohl nicht entschließen, ihr das Sakrament der letzten Ölung zu erteilen, aber er hatte bereits alles Nötige mitgebracht. Am dritten Tag führte Godelind Gero vor die Kate.

»Sigrun hat dem Fieber nichts entgegenzusetzen, und meine Kräuter helfen ihr nicht. Die Wunde eitert, ich fürchte, die Pfeilspitze war verschmutzt. Du solltest einen Medikus aus Megina oder aus der Abtei holen, sonst wird sie sterben.«

Die Worte durchbohrten Geros Brust wie ein Schwertstoß. Auch wenn er selbst sah, wie schlecht es um seine Frau stand, so hatte er doch gehofft, die Älteste könne sie retten. Nun sank ihm der Mut.

Er hielt die Tränen zurück und schlich zu Sigrun in die Hütte. »Godelind sagt, sie kann dir kaum helfen. Ich reite zum Kloster und hole einen Heilkundigen hierher.«

Mit heißer, feuchter Hand fasste sie schwach nach seinem Arm. »Hol Meda, bitte.«

»Es ist ein Zweitagesritt bis Greifenfels! Ich kann dich und die Kinder nicht so lange alleinlassen.«

»Ida wird mich pflegen, sie kann das.« Das Mädchen nickte stumm und ernst, als Sigrun das flüsterte. »Godelind kann ihr helfen.«

»Die hat selbst schon einen Fuß im Jenseits.« Erschrocken erfasste er seinen Sarkasmus. Während er sich innerlich dafür schalt, wiederholte Sigrun eindringlich: »Gero, bitte, hol Meda!«

Aber entgegen ihrer Bitte ritt Gero zum Kloster am See, um einen heilkundigen Pater zu holen, denn der Weg nach Greifenfels erschien ihm zu weit. Doch an der Konventpforte erklärte man ihm, ihr Bruder weile in Colonia und werde erst in drei Tagen wieder erwartet. Verzweifelt rang Gero mit sich. Die Reise an die Prüm und zurück würde ihn fünf Tage kosten. Bis dahin konnte Sigrun längst tot sein und er käme zu spät. Aber wenn es tatsächlich ihr ausdrücklicher Wunsch war, die Heilerin aus ihrer Kindheit und Jugend bei sich zu wissen, konnte er ihr das schlecht verwehren. Ritt er bei Tagesanbruch los und gestand dem Rappen und sich selbst nur die nötigsten Pausen zu, würde er es vielleicht auch in viereinhalb Tagen schaffen, vorausgesetzt, er fand Meda auf der Stelle. Doch sie waren schon so lange fort aus Greifenfels und hatten selten Kunde von dort erhalten, dass es ungewiss war, ob sie ihre Hütte außerhalb der Burgmauern überhaupt noch bewohnte. Womöglich war sie längst weitergezogen, hatte sich mit Theoderich überworfen, oder war gar gestorben. Es wäre ein nutzloser Aufwand, vergeudete Zeit. Dann hätte er Sigrun in ihren letzten Stunden alleingelassen und würde sie möglicherweise erst wiedersehen, wenn ihr

Lebenslicht bereits erloschen war. Ja, er wäre erst zurück, wenn es zu spät für einen Abschied war.

Seine Schultern sanken hinab und er hielt sich die Hand vor die Augen. Es war wenig mannhaft zu weinen. Hoffentlich war er unbeobachtet hier. Er ließ die Tränen fließen, denn sie drängten heraus, und sein Oberkörper zuckte unkontrolliert.

Erst einige Zeit später straffte er den Rücken und richtete den Blick über die Weite des Sees, doch die Bäume am gegenüberliegenden Ufer konnte er kaum erkennen. Hier war niemand mehr, dem er sich anvertrauen konnte. Kein Freund, der ihm mit gutem Rat zur Seite stand. Der Verlust Siegfrieds bohrte sich ihm noch einmal leidvoll ins Bewusstsein. Am Ufer des Kratersees würde er keine Erleichterung finden.

Er erhob sich und klopfte sich den Schmutz von den Kleidern. Es war Sigruns Wunsch, also würde er ihn ihr erfüllen. Dann machte er sich auf den Weg. Er würde über Thure nach Greifenfels reiten, um seine Liebste ein letztes Mal in der Kate aufzusuchen.

Ida tupfte der Kranken mit einem in Kräutersud getränkten Tuch den Schweiß von der Stirn. Sigruns Gesicht war blass, spitz und eingefallen. Aus tiefen Höhlen glänzten ihm ihre fiebrigen Augen entgegen – Gero konnte diesen Anblick kaum ertragen. Der dunkle Geselle stand vor der Tür, ihr Tod war zum Greifen nah. Wieder einmal. Er verfluchte Bertolt und wünschte sich, dass seine Seele geradewegs in die Hölle eingefahren war.

»Meda ist in Megina.« Sigrun lächelte schwach.

»In Megina? Wie kommst du darauf?«

»Ich habe sie dort gesehen. Sie hat meinen Ruf gehört und ist gekommen. Du brauchst nicht tagelang weg zu sein. Sie ist dir entgegengeritten. Meinetwegen.«

Zweifelnd erhob er Widerspruch. »Sigrun, ich verliere Zeit, wenn ich sie vergeblich dort suche.«

Wieder griff ihre schweißnasse Hand nach seinem Arm und packte erstaunlich fest zu. »Reite nicht nach Greifenfels!

Glaub mir, sie ist in Megina. Wenn irgendjemand mir noch helfen kann, dann sie. Hol sie schnell her. Bitte!«

Er wollte Sigrun nicht verlassen. Der Gedanke, sie zu verlieren, peinigte ihn, und er fasste ihr Gesicht mit beiden Händen. Schließlich löste er sich von ihr und stürmte davon, ohne sich zu verabschieden. Sie sollte warten, bis er wieder da war und sich nicht davonschleichen, während er für sie Hilfe holte.

Wie von Furien gehetzt ritt er nach Megina. Trieb den Rappen mitten durch die Wälder Cuttenheims, dass ihm die Zweige der Sträucher Gesicht und Hemd zerschnitten und die Erdkrumen unter den Hufen des Tieres wie Geschosse in die Höhe flogen. Der Vollmond beleuchtete ihm gnädig die sich in Dunkelheit wiegende Welt, die Luft war feucht und frisch. Außer dem Rauschen des Windes in den Bäumen und den rhythmisch stampfenden Pferdehufen war es so still, dass er seinen pochenden Herzschlag zu hören glaubte.

Endlich erreichte er Megina und hämmerte mit der Faust gegen das verschlossene Tor im Palisadenzaun. Endlos lange regte sich nichts. Dann, nach einer Ewigkeit, entriegelte der Nachtwächter die Sichtklappe. Müde Augen blinzelten ihm entgegen.

»Was willst du zu dieser frühen Stunde? Das Tor wird erst bei Sonnenaufgang geöffnet.«

»Sperre es auf. Der Mann da draußen will zu mir«, herrschte eine heisere Frauenstimme ihn an. Meda. »Er holt mich ab, weil seine Schwester im Sterben liegt. Ich bin Meda, ihre Hebamme, und ich werde dringend gebraucht.«

Der Wächter drehte sich mit Argwohn in der Miene um. »Um diese Zeit? Wenn das eine List ist, werdet ihr es bitter bereuen!«, hörte Gero ihn sagen.

Dann erklang erneut Medas Stimme. »Lass es gut sein, Mann. Hier geht es um Leben und Tod. Lasst mich einfach nur durch die Tür hinaus und versperre sie anschließend wieder sicher.«

Geros Pferd tänzelte und wieherte. Der Nachtwächter brummte unartikuliert. Schließlich drückte er murrend die schmale Seitentür im Palisadenzaun auf, und die Kräuterkundige verließ ruhigen Schrittes den geschützten Bereich der Siedlung.

»Hilf mir hoch.«

Gero konnte nicht fassen, dass sie tatsächlich hier war und dass Sigrun das in ihrem Fieberwahn gesehen hatte. Er reichte der alten Frau seinen Arm und zog sie auf den Rappen. In ihrem Gesicht zeigten sich tiefe Furchen, und ihre langen, grauen Haare hatte sie sich kurz geschnitten, als seien sie ihr lästig geworden.

»Und bete zu deinem Christengott, dass er dir vergibt, was du getan hast«, fügte sie unwirsch hinzu.

Gero erschauderte. Dann ritt er mit ihr in den anbrechenden Tag hinein. Sie sprachen die ganze Zeit über kein Wort. Er war heilfroh, dass sie da war, und ersehnte inständig, dass sie Sigrun retten konnte. Doch in ihm wütete auch Zorn darüber, dass sie ihm seine wahre Abstammung all die Jahre verschwiegen hatte.

Endlich erreichten sie Thure. Gero sprang vom Pferd, half der Alten herunter und eilte in die Kate. Seine Kinder saßen um Sigrun herum, der Kleinste schlafend an seine nächstältere Schwester gelehnt. Die Kranke, unter eine weiche Schaffelldecke gebettet, blickte ihnen mit fiebrigen Augen entgegen.

Gero beugte sich zu Sigrun herunter. »Ich habe sie gefunden, Liebste. Meda ist da!«

In ihre Augen trat ein schwaches Leuchten, als ihr Blick auf die verhärmte Gestalt hinter ihm fiel. »Meda, ich bin so froh, dass du gekommen bist!«

Verschlafen räumten die Kinder ihren Platz an der Liegestatt ihrer Mutter, damit die Heilerin sich ihrer annehmen konnte.

»Mädchen, Mädchen«, grummelte die Alte. »Was habt ihr bloß angerichtet!« Sie fühlte Sigruns Puls und Stirn, dann tastete sie die Verletzung ab.

»Die Wunde ist entzündet und das schwächt deinen Körper«, stellte sie sachlich fest. »Genauso wie ständig empfangen und ein Kind nach dem anderen gebären zu müssen«, fügte sie mit einem Seitenblick auf Sigruns Nachkommenschaft hinzu. »Koche mir Wasser ab und bring mir trockene Tücher!«, wies sie Gero an.

Fragend sahen die Kinder ihren Vater an. Er nickte. »Geht raus spielen, wir kümmern uns um eure Mutter.«

Still folgten sie seiner Anweisung. Als er auch Ida zusammen mit ihren Geschwistern aus der Hütte schicken wollte, hielt Meda ihn zurück. »Sie bleibt hier, ich brauche jemanden, der bei klarem Verstand ist.«

Er sog die Luft zwischen zusammengepressten Zähnen ein und vermied eine Antwort. Ihre Vorhaltungen zerrten an seinen ohnehin äußerst angespannten Nerven. Der Einzige, der Meda bisher die Stirn geboten hatte, war Theoderich gewesen. Gero verspürte größte Lust, die alte Frau genauso in ihre Schranken zu weisen, wie der Graf das einst in seiner Halle getan hatte. Doch er war nicht in der entsprechenden Position, also schnaubte er nur die Luft entrüstet wieder aus.

Meda bemerkte scheinbar, wie er mit seiner Verärgerung kämpfte, denn ihre Antwort klang deutlich gemäßigter.

»Ich meine jemanden, der im Hinblick auf die Heilkunde einen klaren Blick hat. Du solltest derweil schon einmal deine eigene Verletzung freilegen und den Ausfluss mit warmem Wasser von der Wunde lösen. Den süßlichen Eitergeruch hatte ich während des ganzen Ritts hierher in der Nase.«

Diese Äußerung kam nah an eine Entschuldigung heran und versöhnte Gero für den Augenblick. Er atmete ruhiger und folgte ihrem Rat. Stille füllte die Hütte, als Meda einen Tee aus Alraunenwurzel, Maulbeersaft, Mohn, Bilsenkraut und Schierling braute und ihn auf einen Schwamm träufelte. Diesen hielt sie Sigrun so lange vor die Nase, bis diese einschlief. Mit verschränkten Armen verfolgte Gero ihr Tun, während Ida ihm eine Schale mit heißem Wasser und einen sauberen Lappen brachte. Meda nagte an ihrer Unterlippe.

»Kann es sein, dass in der Wunde noch ein Fremdkörper steckt?«, fragte Gero und tupfte dabei verkrusteten Eiter von seinem Oberarm.

»Ich bin mir sogar sicher, dass da etwas ist«, erwiderte Meda.

»Kannst du es entfernen?«

»Dafür bin ich gekommen. Halte den Mohnsaft bereit«, wies sie Ida an. »Was ich vorhabe, wird deiner Mutter sehr weh tun, und es ist besser, wenn sie in ihrem Dämmerschlaf bleibt.«

Sie wirkte hoch konzentriert, als sie sich daran machte, die Wunde zu säubern. Dann fingerte sie das rohe Fleisch ab. Sigrun stöhnte im Schlaf. Meda ertastete etwas und beförderte es mit einem Metallstift heraus. Triumphierend hielt sie Gero einen winzigen, verschmutzten Holzspan entgegen, der sich vom Pfeilschaft gelöst haben musste. »Da haben wir den Übeltäter!«

Geros Miene hellte sich auf. Er schöpfte neue Hoffnung. »Das heißt, jetzt wird sie gesund?«

»Die Chancen stehen zumindest sehr viel besser als vorher. Allerdings befürchte ich, dass die Vergiftung ihres Blutes schon weit fortgeschritten ist. Lasst uns die Nacht abwarten.« Sie wischte sich die blutverschmierten Hände an einem Leinentuch ab und fingerte nach ihrem Kräuterbeutel.

»Ich muss ihre Wunde nun mit Aloe und Nessel behandeln. Lass endlich frische Luft hier herein!«

Kopfschüttelnd ob ihrer barschen Art klappte er die Tür auf und bat Ida, nach draußen zu gehen.

»Was hast du damit gemeint, ich solle zu meinem Gott beten, dass er mir verzeihe, was ich getan habe?«, fragte er Meda, als seine Tochter die Hütte verlassen hatte. »Was denkst du, war die größere Sünde vor Gott: Sigrun zur Frau zu nehmen oder uns zu verschweigen, dass wir Halbgeschwister sind?«

»Pah!«, konterte sie im abfälligen Ton. »Das Wort ›Sünde‹ kannst du gleich mal aus deinem Sprachgut streichen. Es stammt aus der Litanei dieser Kirchenmänner, die euch damit kleinhalten wollen. Gleichzeitig schicken sie Tausende von euch auf einen Todesmarsch in ein fremdes Land, in dem ihr euer Leben in blutigen Kämpfen für ihre Ideen opfern sollt. Dafür geben sie euch großherzig das Versprechen, dass ihr für eure Schandtaten und alles andere, was ihr an vermeintlichen Sünden begangen habt, Vergebung findet vor eurem Gott. Unsere Vorfahren kannten keine Sünden, gleichwohl aber Ehre und Familientreue. Des Weiteren kannten sie ein Gesetz, das da lautet, dass ein Bruder niemals seiner Schwester beiwohnen sollte. Aus dem einfachen Grund, dass die Kinder, die solchen Verbindungen entstammen, Schäden an ihrem geistigen und leiblichen Wohl erleiden können.«

»Wir hätten das doch niemals getan, wenn wir davon gewusst hätten! Warum hast du uns nicht gewarnt?« Händeringend forderte Gero ihre Antwort auf die Frage, die ihn seit Monaten umtrieb.

»Erinnerst du dich, wie ich dich als Fünfjährigen zu Theoderich gebracht habe und er mich schwören ließ, Stillschweigen über deine Herkunft zu bewahren?«

»Wie könnte ich das vergessen?«

»Ihr alle habt gedacht, es sei darum gegangen zu verschweigen, dass du Egberts Sohn bist, um dich vor Bertolts Zugriff zu schützen. Doch was Theoderich tatsächlich von mir wollte, war zu verheimlichen, dass du sein eigener Sohn bist.«

»Da war ich fünf Jahre alt! Du hättest es mir sagen müssen, als ich erwachsen wurde.« Zornig richtete Gero seinen Blick auf Meda.

Diese streckte sich. »Theoderich hat verlangt, dass ich auf meine eigenen Götter schwöre. Als Mann, der zum Ritter erzogen wurde, bist du damit vertraut, was es bedeutet, wenn ich diesen Schwur gebrochen hätte. Richte diesen Vorwurf also nicht an mich, sondern an ihn!«

»Warum hast du mir nichts gesagt, mich nicht gewarnt, als du gemerkt hast, was zwischen Gero und mir geschah?«, wimmerte eine zarte Stimme. Sigrun! Hatte der laute Wortwechsel sie aus dem Dämmerschlaf gerissen? Besorgt sah Gero zu ihr hinüber.

»Wie hätte ich das tun sollen, ohne meinen Eid zu brechen?«, erwiderte Meda in einer überraschend sanften Tonlage. »Außerdem habe ich versucht, dich von diesem Weg abzubringen, wie du weißt. Aber du hast nicht auf mich gehört.« Ihr Ton veränderte sich jedoch gleich wieder, als sie sich erneut Gero zuwandte. »Theoderichs Motive waren zum Schutz seiner eigenen Familie gedacht und um dein Erbe zu sichern. Er hatte ein großes Interesse an einem Bündnis mit Rheinsporn. Mit Bertolt war das für ihn undenkbar, doch mit dir als seinem Ziehsohn wäre es ideal gewesen. Du hättest ihm nur Sigrun nicht nehmen dürfen.«

Gero schwieg und verarbeitete das Gehörte.

»Aber die Kinder sind gesund«, wandte er schließlich ein.

»Dann haben sie sehr viel Glück gehabt und ihr mit ihnen. Vielleicht liegt es daran, dass ihr nur Halbgeschwister seid, immerhin habt ihr unterschiedliche Mütter.« Sie richtete einen flammenden Blick auf ihn. »Du hättest es einfach gut sein lassen müssen, Junge! Wieso musst du immer deinen Willen durchsetzen – wie dein Vater?«

Sigrun stöhnte. »Lass ihn, Meda, bitte. Es ist zu gleichen Teilen meine Verfehlung. Er wollte mich wieder zurückbringen nach Greifenfels, als wir unser Kind verloren hatten, das bei unserer Flucht bereits unterwegs gewesen war. Es war meine Entscheidung, bei ihm zu bleiben. Ihn trifft dafür nur teilweise die Verantwortung.« Im nächsten Moment rollten ihre Augäpfel nach hinten, sodass nur noch das Weiße in ihnen zu sehen war.

Entsetzt kniete sich Gero an ihr Lager und legte seine Hand an ihre Wange.

»Ihr Lebensfaden droht zu reißen«, sagte Meda, kreidebleich geworden, und beugte sich über sie.

»Was ist mit ihr?« Seine Stimme überschlug sich.

»Sie ist in eine Umnachtung gefallen.«

»Wie können wir sie retten?« Verzweifelt wandte sich Gero an Meda. Er hatte sie doch hergeholt, damit sie ihm Sigrun rettete!

Stille senkte sich über die Hütte, dann hob die Heilerin den Kopf. »Mit Kräutern kann ich sie nun nicht mehr heilen. Zeige mir den Ort, wo sich der Anschlag auf Sigrun ereignet hat.«

»Dann müssen wir sie allein hier liegen lassen.«

»Die Kinder sollen sich zu ihr setzen, das wird ihr guttun. Dir ist bekannt, dass Sigrun ihre Gabe an eure erstgeborene Tochter vererbt hat?«

»Nein.«

»Ich bin zu alt, um sie auszubilden. Das muss deine Schwester übernehmen, wenn sie wieder zu sich kommt, oder eine andere weise Frau.«

Gero erhob sich und holte die Kinder von draußen herein.

»Doch bevor wir losgehen, versorge ich die Wunde an deinem Arm. Du hast sie nicht behandeln lassen, oder?«

»Sigruns Verletzung war schwerwiegender.«

»Törichter Schafskopf! Wie willst du ihr eine Hilfe sein, wenn du selbst krank wirst? Und was wird aus euren Kindern, wenn ihr beide sterbt?«

»Später! Wir verlieren zu viel Zeit.«

»Was ist mit Mutter?«, fragte Ida, als sie zusammen mit ihren jüngeren Geschwistern von draußen hereinkam.

»Sie schläft tief, und in der Zeit kann der Heiltrank wirken, den ich ihr gegeben habe. Tut er das nicht, kann ich ohnehin kaum noch etwas für sie tun.«

Gero sah die Angst in den Augen seiner Kinder und warf Meda einen vorwurfsvollen Blick zu. Diese vermied es, ihn zu erwidern.

»Es gibt nur noch einen Weg, sie zu retten, und ich kann dir nicht versprechen, dass er zum Erfolg führt. Aber es ist einen Versuch wert«, sagte sie. »Habt ihr weiße Leinentücher?«

Kapitel Zwanzig

Auf dem Weg in Richtung Sumpfgebiet bereitete sich Meda innerlich auf diese letzte Unternehmung vor. Sie konnte ihre treue Weggefährtin aus der Vorzeit nicht einfach in die Dunkelheit des Vergessens entschwinden lassen. Sigruns Leiden erinnerte sie an Agnes' Antoniusfeuer und ihre unausgesprochene Weigerung, eine Ehe mit Bertolt einzugehen. Sie versuchte zu erspüren, was sich hier zugetragen hatte. Auch in Geros Kate spielte Unausgesprochenes eine Rolle. Nachdenklich wiegte sie den Kopf. Es war unwahrscheinlich, dass Gero seiner Schwester Schändliches angetan hatte. Es war nur zu augenfällig, wie sehr er sie liebte. Aber etwas lag hier in der Luft. Langsam tastete sie sich heran. Als sie an der Waldlichtung ankamen, erfasste sie es: Es war das Schuldgefühl, das auf Sigrun lastete.

»Wo hat sich Bertolt aufgehalten, und wo du?«, fragte sie Gero.

Er stapfte auf die Mitte der Waldwiese zu und markierte die Stelle.

Rasch unterbrach sie ihn. »Male keine Zeichen in die Erde! Überlass das mir. Hier, an diesem Ort ist es geschehen?«

Er nickte.

Meda blickte sich verwundert um, schloss dann die Augen und hob die Hände Richtung Himmel. Lange verharrte sie völlig reglos, bis sie spürte, dass Gero nervös wurde. Schließlich hob sie die Augenlider wieder. »Du merkst es nicht, oder?«

»Was?«

»Dass dies ein heiliger Ort ist.«

»Nein, davon merke ich nichts. Wenn Sigrun stirbt, wird er mir auf ewig verflucht sein.«

Meda schnaubte. Er war wirklich ein durch und durch dem Sichtbaren verhafteter Mensch und völlig unsensibel für die Stimmungen der Welt, die ihn umgaben. Wie konnte ihm entgehen, dass es hier von Naturgeistern wimmelte? Dass unter der Ackerkrume in grauer Vorzeit machtvolle Kräfte aus dem Inneren von Mutter Erde mit glühend heißem, flüssigem Gestein an die Oberfläche emporgestoßen waren? Dass in der Nähe eine magische Quelle entsprang, in der sich uraltes, mineralisches Wasser durch dicke Gesteinsschichten nach oben arbeitete? Wie konnte man nur so wenig Feingefühl für all diese Dinge haben!

Hinter den Bäumen schimmerten Reste eines Gebäudes im frühen Abendrot. Natürlich hatten die Franken die Bedeutung des Ortes ebenfalls erkannt oder von den Heiden übernommen und eine Kirche darübergebaut. Damit der Platz für das Jetzt und die Zukunft ihrem Gott geweiht sei und keiner mehr der Vergangenheit nacheiferte, um seine Kräfte für heidnische Rituale zu gebrauchen. Doch sie würde es tun, und niemand durfte jemals davon erfahren. Wenn sie Gero die seelische Erschütterung noch einmal durchleiden ließ, ermöglichte sie ihm lediglich das, was empfindsame Menschen auch ohne fremde Hilfe vermochten. Sigrun zum Beispiel. Aber diese hatte sich in den letzten Jahren zu weit von ihrem Wesenskern entfernt und war zudem sterbenskrank.

»Was muss ich tun?«, fragte Gero ungeduldig und riss Meda damit aus ihren Gedanken. Sie atmete tief durch, um nicht die Beherrschung zu verlieren. Dieser Tölpel hatte nicht das geringste Gespür für die Situation. Sie nahm den Anblick der Lichtung noch einmal in sich auf, und drei Atemzüge später war sie so weit.

»Wenn du wiedergutmachen möchtest, was du angerichtet hast, musst du auf Sigrun verzichten«, erklärte sie ruhig.

»Dann werde ich das tun.«

Meda rümpfte die Nase. »Wenn du das auf dich nimmst, bleibt Sigrun allein. Wie soll sie ohne dich zurechtkommen?«

»Du könntest sie und die Kinder mit nach Greifenfels nehmen. Theoderich wird sie wieder bei sich aufnehmen.«

Meda stieß einen grunzenden Laut aus. Natürlich hätte sie Sigrun gerne mit zurückgenommen und sie weiter in den alten Riten unterwiesen. Aber wer wusste, ob sie ihr folgen würde? Und wie sollte sie erklären, dass der kerngesunde Mann, mit dem sie auf die Felder gegangen war, anschließend tot auf einem Ginsterbusch lag?

Doch Geros Entschluss stand offenbar fest. »Was muss ich tun?«

»Ich kann ein uraltes Ritual durchführen, das für einen Augenblick den Ablauf der Zeit außer Kraft setzt. Du erhältst damit die Möglichkeit, den Vorfall in deinem Sinne zu beeinflussen«, behauptete sie. Stirnrunzelnd sah sie ihn an, ehe sie brummte: »Also gut, versuchen wir es.«

Sie wies Gero an, Misteln von den Bäumen zu schneiden, die sie mit dem weißen Leinentuch auffing. Dann legte sie diese zusammen mit Eicheln in einem Muster rings um die Lichtung herum aus. Anschließend trat sie in die Mitte der Waldwiese und häufte dort den Ginster auf.

»Wenn ich das hier für Sigrun tue, begebe ich mich in Lebensgefahr, sollte jemand davon erfahren. Niemand darf jemals Kenntnis davon bekommen, was hier gleich geschehen wird.«

»Ich schwöre es dir.«

Meda rang mit sich. Sie warf Gero einen langen, prüfenden Blick zu, in dem alles an Misstrauen lag, das sie ihm gegenüber seit seiner Kindheit empfunden hatte. Es war geprägt von den störenden Triebkräften, die von seinem Lebensweg ausgingen. Einige davon hatte sie erahnt, aber die Ausmaße, die das angenommen hatte, nicht. Doch das hier war zu bedeutsam, um alte Vorahnungen in die Waagschale zu werfen. Auch er war wichtig für das Fortschreiten der Menschheitsgeschichte und hatte eine Aufgabe in dieser Welt übernommen, selbst wenn sich diese nicht mit ihrer deckte, sondern ihr eher zuwiderlief. Er war ganz dem Offensichtlichen verhaftet und musste das sein, um seinen Auftrag zu erledigen. Sie grummelte ein paar Worte, ehe sie sagte: »Lass uns die Kräfte des Ortes nutzen.«

Nachdenklich blickte sie zu der Kirchenruine und der Stelle hinüber, von der sie vermutete, dass dort eine Quelle entsprang, und inspizierte dann den Platz, den Gero ihr gezeigt hatte. Schließlich zog sie mit einem Stock in einem Zug einen vollkommenen fünfzackigen Stern in perfekter Symmetrie in den Erdboden. Die Spitzen der Zacken verband sie mit einem Kreis, der sich genau an der Stelle schloss, an der sie ihre Zeichnung begonnen hatte. Anschließend stieg sie in die Mitte des Symbols, richtete ihre geöffneten Handflächen empor und murmelte Worte in einer längst untergegangenen Sprache.

Als sie die Lider wieder hob, konnte sie nur mehr verschwommen sehen, denn ihre Pupillen hatten sich unnatürlich geweitet. Sie verließ den Kreis und wies Gero an, sich auf den Ginster und die Misteln zu legen, die, hoch aufgeschichtet, das Zentrum ihres Symbols bildeten.

»Schließ deine Augen.«

»Sind das dunkle Mächte, die du da um Hilfe bittest?«

Ihre Pupillen schnellten zusammen. »Was hast du denn gedacht, du Esel? Dass ich Sigrun mit einem gewöhnlichen Kräutertrank zurück ins Diesseits hole? Und wer sagt dir, dass dann nicht auch dunkle Mächte im Spiel wären?« Sie fasste sich wieder. »Für das, was wir tun, brauchen wir keine dämonischen Kräfte; das Symbol dient keinem finsteren Zweck. Es soll im Gegenteil die dunklen Mächte abhalten, die sich unweigerlich einfinden, wenn man den natürlichen Ablauf der Dinge beeinflusst. Also wappne dich.«

Sie unterbrach sich und suchte abermals den ganzen Aufbau auf mögliche Fehler ab. Sicherheitshalber zeichnete sie noch vier piktische Knoten in den Boden. Die ineinander verschränkten Dreiecke würden göttliche Kräfte anziehen und helfen, das Ritual vor einem Fehlschlag zu schützen.

»Wenn du eine Deutung brauchst, dann gehe lieber von hellen Mächten aus, denn du wirst wenig Erfreuliches zu sehen bekommen. Bertolts Geist hält sich hier am Ort seines Todes noch auf, und er ist nicht sonderlich gut auf dich zu sprechen. Schließ nun endlich deine Augen!«

Gero legte sich auf das Bett aus Ginster und Misteln und rutschte darauf herum, bis er scheinbar eine halbwegs bequeme Position gefunden hatte. Als er die Lider schließlich schloss, offensichtlich bemüht, sich gleichzeitig zu lockern und gegen die obskuren Mächte zu rüsten, denen er gleich begegnen sollte, entzündete Meda kleine Räucherfeuer um ihn herum. Die Alraunenwurzeln und das Bilsenkraut darin verströmten einen durchdringenden Geruch.

Er richtete sich mit geschlossenen Augen auf, als habe er Angst, einen folgenreichen Fehler zu begehen. »Die Landschaft vibriert. Erzeugst du diese Wirkung?«

Mürrisch drehte Meda sich zu ihm um. »Ich habe dir doch gesagt, dass ich den Ablauf der Zeit außer Kraft setze.« Zumindest sollte er glauben, dass sie das tat.

Gero sank zurück auf sein Lager und sie sah, wie ihm sogleich die Sinne schwanden.

Unvermittelt stand er aufrecht auf der Waldlichtung, Siegfrieds Schwert in der Hand. Schlagartig wurde ihm bewusst, dass die Möglichkeit, den Ablauf des Geschehens zu verändern, das Risiko barg, dass er diesmal Bertolt unterlag. Vielleicht sollte er sicherheitshalber direkt den ersten Pfeil abfangen, um Sigrun zu schützen. Aber wenn sein Onkel überlebte, waren sie und die Kinder ihm ausgeliefert – nicht auszudenken, wie das enden würde! Also musste er sich dem Geschoss entgegenstellen, das sie sonst treffen würde, nachdem er den Rheinsporner erneut bezwungen hatte. Hoffentlich stärkte das Wissen darum, dass ihm Letzteres schon zweimal gelungen war, seine Kühnheit.

Doch all das blieben Mutmaßungen, denn als Bertolt auf der Lichtung auftauchte, sank ihm der Mut genauso wie beim ersten Mal, und das Blut peitschte durch seine Glieder. Im Gegenteil, seine Angst vergrößerte sich sogar, weil er diesmal wusste, in welcher Gefahr sich Sigrun befand. Nun bemerkte er, was ihm zuvor entgangen war: Ihr Summen war verstummt.

Er atmete tief durch und ging gemessenen Schrittes auf seinen Onkel zu.

»Traust du dich nicht, es allein mit mir aufzunehmen, weil ich dich schon einmal besiegt habe? Musst du deine Mundschenke mitbringen und ihnen befehlen, mich ehrlos zu meucheln?«, rief er ihm zu.

Bertolt hob die Hand und befahl seinen Gefolgsleuten damit, sich im Hintergrund zu halten. Plötzlich verstand Gero, dass sein Onkel nichts mehr hasste, als wenn man ihn der Feigheit bezichtigte. Und dass er seinen Männern nun beweisen musste, es ohne ihre Hilfe mit einem einzelnen Widersacher aufnehmen zu können.

Schwerfällig näherte sich Bertolt ihm. Annähernd in Schlagdistanz hob er sein mächtiges Schwert. Schon lange hatte er auf einen Zeitpunkt wie diesen gewartet, an dem Gero ihm allein und ungeschützt gegenüberstehen würde. Das erkannte Gero, als könnte er seine Gedanken lesen. Lag das an den Kräuterdämpfen, die er eingeatmet hatte? Klar hörte er Bertolts Stimme in seinem Kopf, die sich darüber freute, dass weder Siegfried noch ein anderer Ritter Gero hier zur Seite stand. Für ihn war die Gelegenheit perfekt – sein Neffe war ohne Gefolgsleute und lediglich mit einem Schwert bewaffnet, er selbst hingegen trat in voller Rüstung und mit seinen Getreuen im Hintergrund an. Dies könnte den Schmerz der Ungewissheit beenden, wenn er sich endlich des Stachels entledigte, der ihm seit mehr als dreißig Jahren im Fleisch steckte.

Irritiert schüttelte Gero den Kopf, darum bemüht, die Visionen loszuwerden, die ihm die Konzentration raubten.

Doch er konnte verfolgen, wie sein Onkel die Skrupel davor, einen Familienangehörigen zu töten, mit grober Geste beiseiteschob. Es kostete Bertolt Überwindung, denn er fühlte sich noch immer schuldig daran, seinen eigenen Bruder damals in der Schlacht an der Elster schon nicht beigestanden und seinem Schicksal überlassen zu haben. Aber das Risiko, das Gero für ihn darstellte, war ihm einfach zu groß. Diese Gefühle spürte Gero, als wären sie seine eigenen.

Mit einem Brüllen stieß Bertolt die Erinnerung von sich, und Kleintiere huschten ängstlich von der Lichtung ins Dickicht.

»Einem Bastard gebührt kein ehrenvoller Tod«, höhnte er.

Gero zwang seine Aufmerksamkeit auf den Kampf zurück und bewegte sich auf seinen Gegner zu, sodass dieser nicht länger die Richtung vorgeben konnte.

»Einem Feigling und Tyrannen noch weniger«, versetzte er laut.

Sein Onkel fletschte die Zähne. Verblüfft vernahm Gero, dass es seit Bertolts Kindheit niemand mehr gewagt hatte, ihn so zu nennen. Die Verachtung und Kälte in der Stimme von Bertolts Vater durchfuhr ihn in seinem Kopf mit einer Härte, die kaum zu ertragen war. »Als seien inzwischen nicht fast fünfzig Jahre vergangen, seit ich als Kind beim Kampftraining mit echten Waffen Furcht gezeigt habe«, sagte die Stimme in Geros Kopf. »Jetzt sei nicht auch noch ein Feigling!«, herrschte der Vater den jungen Bertolt an. Und nun wagt Agnes' Bastard es, mich mit diesem Schimpfwort zu schmähen!

Grollend warf sich sein Onkel auf ihn. Seine Hiebe waren noch erbarmungsloser als zuvor, als ahnte er, dass er alles in eine Waagschale werfen musste, um zu überleben. Das Schwert mit beiden Händen haltend, trieb er Gero vor sich her, der von den fremden Gedanken in seinem Kopf aus der Fassung gebracht war. Brüllend stieß Bertolt ihn mit der Schulter von sich weg, sodass er in die Knie sank.

Im Reflex zog Gero seine Waffe hoch und zielte auf den Unterleib seines Onkels, der jedoch durch den Harnisch geschützt war. Bertolt trat einen Schritt zurück und versetzte ihm einen Faustschlag ins Gesicht, der seinen Oberkörper nach hinten warf. In seinem Rücken knackten die Wirbel; Gero taumelte und verlor beinah die Kontrolle über das Schwert. Benommen riss er es in die Höhe und hielt es schützend vor seinen Kopf, denn sein Gegner ließ seines bereits erneut auf ihn herabfahren. Angst und das Gefühl zu versagen übermannten ihn. Mit dem Mut der Verzweiflung rappelte er sich auf. Da sah er unvermittelt vor seinem inneren Auge einen kleinen ängstlichen Jungen, der von einem großen Mann mit Kettenhandschuhen ins Gesicht geschlagen wurde. Irritiert hielt er inne.

»Muttermörder!«, sagte eine kalte, schneidende Stimme in seinem Kopf.

Wer hatte da gesprochen? Wessen Erinnerungen sah und hörte er hier? Es waren ganz sicher nicht seine eigenen.

Da durchzuckte ihn ein stechender Schmerz, als Bertolt seine Verwirrung nutzte und ihm mit seiner Klinge eine lange Wunde in die Brust schnitt. Gero schrie auf und war sich sicher, dass er den Kampf diesmal verlieren würde, weil die Kräuterdämpfe seine Sinne verwirrten und ihn nahezu kampfunfähig machten.

»Du winselst wie deine Mutter, wenn ich nachts zu ihr gekommen bin«, spottete Bertolt, obwohl er selbst außer Atem war. »Hast du gehört, wie sie mich angefleht hat, sie zu besteigen? Hat es dir Spaß gemacht, uns zu belauschen, und denkst du daran, wenn du bei deinem Weib liegst?« Er stieß ein kehliges Lachen aus.

Schlagartig erinnerte sich Gero der längst vergessenen Geräusche, die aus der Kammer seiner Mutter zu ihm gedrungen waren, und die er als Kind nicht hatte zuordnen können. Nun ahnte er, was sich dort abgespielt hatte, Nacht für Nacht. Agnes' Schreie waren keineswegs der Lust entsprungen. In seinen Gedärmen rumorte es, als müsste er verdorbene Speisen erbrechen. Dann sah er Luitgard vor sich, wie sie malträtiert und misshandelt auf dem Acker lag und anschließend ihr Kind verlor. Sigrun, die mit der Pfeilspitze in der Schulter ins Gras sank und nun mit dem Tode rang. Er durfte nicht versagen. Nicht für sich selbst, sondern für die vielen Menschen, die diesem Monster seit Jahr und Tag ausgeliefert waren.

»Sein Mut und die Geradlinigkeit erinnern unliebsam an Egbert«, sagte da eine andere Stimme in seinem Kopf. Er zuckte zusammen, als sich das Bild eines Ritters einstellte, der sich am Boden liegend zuckend im Gras wand und am eigenen Blut erstickte. In diesem Moment war er sich sicher, dass er die Gedanken seines Onkels hörte und den sterbenden Egbert von Rheinsporn sah. Ein Schaudern erfasste ihn, als ihm bewusst wurde, dass Bertolt seinem sich im Todeskampf windenden Bruder tatenlos zugeschaut hatte.

Energisch schüttelte er sich die Benommenheit aus dem Kopf, ignorierte den stechenden Schmerz an seiner Brust, warf sich nach vorn und stieß dabei ächzend sein Schwert unter Bertolts Helmbrünne. Er spürte einen Widerstand und wie dieser nachgab. Nicht entsetzt, sondern eher mit einem Ausdruck des Erstaunens sah sein Onkel ihn aus leeren Augen an. Dann verdichtete sich sein Blick kurz, als nähme er ihn zum ersten Mal richtig wahr. Als er mit der Hand an seinen Hals fasste, quoll Blut durch die Ringe seines Kettenhemdes.

»Unseliger! Was hast du getan?« Er starrte auf seine blutigen Finger, sank auf ein Knie und hielt sich einen Augenblick schwankend, ehe er seitlich ins Gras kippte.

Mit einem mulmigen Gefühl stellte Gero sich über ihn und zielte mit dem Schwert auf seinen Hals. Dann griff Todesangst mit kalter Hand nach seinem Herzen. Einen Moment lang erwog er, dem inneren Impuls zu folgen, auch dieses Mal zur Seite zu springen, um dem tödlichen Einschlag der Pfeilspitze in seinem Körper zu entgehen. Ihm wurde eiskalt und Schweiß rann seinen Nacken hinunter. Nichts war vergleichbar gewesen in seinem kurzen Leben. Es kostete ihn eine nahezu übermenschliche Anstrengung, dem Pfeil nicht auszuweichen, den er gar nicht sehen konnte. Doch an den Bewegungen des Schützen erkannte er, dass er abgeschossen worden war.

Am ganzen Leib zitternd begann Gero zu beten. Da durchbohrte etwas mit Gewalt seinen Brustkorb und riss seinen Körper nach hinten, sodass er rücklings im Gras landete. Der brennende Schmerz brachte ihn schier um den Verstand, die Todesangst wich nacktem Entsetzen und der Erkenntnis, dass er jetzt sterben würde. Instinktiv hoffte er, dass sein Anblick Sigrun derart erschreckte, dass sie floh und nicht Bestürzung sie lähmte und zum nächsten Opfer von Bertolts Schergen machte.

Er wollte ihr eine Warnung zurufen, doch seinem Mund entrang sich lediglich ein Röcheln, während die Lungen sich mit Blut füllten, das augenblicklich warm durch die Luftröhre in die Mundhöhle strömte. Bei dem Versuch, sich umzudrehen, damit sein letzter Blick auf Sigrun ruhte, versagte sein Körper ihm den Dienst, und er sank in die Dunkelheit. In ihm und um ihn herum war nichts als Schwärze. Dann wich auch diese dem Nichts.

Kapitel Einundzwanzig

Meda bewachte den in tiefer Umnebelung vor ihr liegenden Gero. Warum mussten die Menschen ständig die alten Gottheiten durch neue ersetzen? So viel überliefertes Wissen ging dadurch verloren. War es dem Christengott wirklich wichtig, dass er die Asen verdrängte? Die Allmächtigen hatten ihre Propheten und diese wussten: Der Glaube an das Gute, Weise und Gerechte konnte die Welt verändern. Das galt doch für alle. Warum herrschte unter den Menschen dann diese Zwietracht?

Als ein Kauz rief, schreckte Meda aus ihren Überlegungen auf und beugte sich besorgt über den Besinnungslosen, denn der Ruf dieses Tieres konnte ein schlechtes Omen sein. Überhaupt zog sich das Ritual ungewöhnlich lange hin. Sie fühlte Geros Puls und erschrak, als sie diesen nicht mehr spüren konnte.

Auf Greifenfels wanderte Theoderich unruhig umher, und seine Schritte hallten in der leeren Halle wider. Die Sorge um Sigrun trieb ihn um und es brachte ihn schier um den Verstand, hier zur Untätigkeit verdammt zu sein. Er hätte Meda begleiten und Walburga gleich mitnehmen sollen. Wieso kam ihm dieser Gedanke erst jetzt? Bestimmt hatte die Heilerin ihn so beeinflusst, dass er nicht klar denken konnte, als sie zu ihm gekommen war und Begleitschutz eingefordert hatte. Als hätte sie ihn nicht dabei haben wollen. Und nun wusste er noch immer nicht, wo sich Sigrun und Gero befanden. Es war zum Verrücktwerden.

Womöglich kam sein Einsatz beim Kaiser für sie zu spät. Vor zwei Wochen hatte er Heinrich den Fünften aufgesucht, nachdem Boten ihm gemeldet hatten, dass dieser sich in Trier aufhielt. Er hatte sich von der Verschwörung Siegfrieds distanziert, wie es von ihm erwartet wurde, und im Gegenzug den Kaiser an die ausstehende Entscheidung in Geros Anliegen erinnert. Der hatte sich zwar zu keinem Zugeständnis durchringen können, Theoderichs Fürsprache jedoch bis zum Ende angehört. Mehr konnte Theoderich in dieser Angelegenheit nicht tun.

Er blieb stehen und sah sich in der Halle um. Ohne die sonst übliche Anwesenheit von Bediensteten roch sie ungewöhnlich intensiv nach Holz und Leder. Das alles würde Adebar einst erben. Theoderich seufzte. Wenigstens waren ihm dieser Sohn und die Zwillinge geblieben.

Stöhnend kam Gero auf der Lichtung bei Thure zur Besinnung. Erleichtert und erwartungsvoll zugleich schaute Meda ihn an. »Und? Was ist geschehen?«

Er erwiderte ihren Blick mit geweiteten Pupillen. Es dauerte eine Weile, bis er zu sich kam. »Ich habe geträumt, dass ich noch einmal gegen Bertolt kämpfte, und diesmal konnte ich sogar seine Gedanken hören. Als der Pfeil auf mich zuflog, habe ich mich ihm in den Weg gestellt. Ich dachte, ich sei tot.«

»Wo hat der Pfeil dich getroffen?«

Gero tastete seine Brust ab.

»Hier.« Er hob sein breit gewebtes Leinenhemd hoch und Meda sah, dass er unverletzt war.

»Es hat nicht gewirkt, oder? Das hat sich alles nur in meinem Kopf ereignet.« Enttäuschung spiegelte sich in seinem Gesicht.

»Was spielt es für eine Rolle, wo das stattgefunden hat?« Versonnen blickte sie in die Ferne. »Es hat funktioniert. Da du dich für Sigrun geopfert hast und symbolisch selbst gestorben bist, ist Bertolt nun mit diesem Ort ausgesöhnt und kann ihn verlassen. Die Kräfte hier sind ohnehin viel zu stark für seinen begrenzten Horizont.« Sie wandte sich an Gero. »Das bedeutet aber nicht, dass er auch mit dir ausgesöhnt ist, denn immerhin bist du noch am Leben, und er hat seines durch dich verloren.«

Behutsam bettete Meda Sigruns Kopf in ihren Schoß, sodass sich deren Unterkiefer löste und der Mund halb öffnete. Eine Zeitlang ergründete sie bange das schmale, bleiche Gesicht ihrer Schülerin, um das sich verschwitzte Locken ringelten.

Dann träufelte sie ihr einen beißend scharfen Kräutersud auf die Zunge, der sie anregen und damit aus ihrer Ohnmacht erlösen sollte. Hoffentlich kam das Mädchen wieder zu sich. Es war wichtig, dass ihre Seelengefährtin das Wissen bewahrte und weitergab. Außerdem würde ihr Tod Gero in eine derart tiefe Verzweiflung stürzen, dass er ihr womöglich schon bald folgte und die Kinder als Waisen zurückließ. Noch regte sie sich nicht, doch manchmal trat die Reaktion auf die Kräutermischung mit Verzögerung ein. Fürsorglich bettete Meda Sigruns Kopf zurück auf das Strohkissen und wandte sich Gero zu.

»So, und jetzt lass mich endlich deine Wunde am Arm behandeln!« Sie erhob sich, trat an ihn heran und riss energisch den Ärmel seines Hemdes auf, der bereits erneut in eitrigem Ausfluss getränkt war. Sie fluchte leise, drückte den Eiter aus und säuberte die offene Stelle mit einem Sud aus Kamille. Er presste die Kiefer vor Schmerz aufeinander.

»Zieh das Hemd aus, damit ich die Wunde verbinden kann.«

Mit zusammengebissenen Zähnen streifte sich Gero das Kleidungsstück über den Kopf. Medas Blick fiel auf seinen Rücken und sie erstarrte. Der frische Leinenstreifen, mit dem sie die Verletzung umwickeln wollte, rutschte ihr aus der Hand, und sie klammerte sich an die Tischkante.

»Das ist …« Sie verstummte.

»Was ist?« Gero schaute zwischen ihr, seinem Arm und der schlafenden Sigrun hin und her.

»Das ist nicht möglich!«, stammelte sie.

»Herrgott! Was denn?«

Meda sank auf einen Schemel, stützte ihren Kopf in beide Hände. Dann schloss sie die Augen und verharrte eine Weile reglos. »Bring mir bitte einen Schluck Wasser!«

Gero stellte einen hölzernen Becher vor sie auf die Tischplatte und setzte sich zu ihr.

»Du trägst das gleiche Mal wie Egbert!«, stieß sie hervor, ohne ihn anzusehen.

»Welches Mal? Wovon redest du?«

Sie hob den Kopf und wies mit der Hand auf seinen Rücken. »Ein ungewöhnliches Muttermal. So etwas habe ich nur bei ihm gesehen.« Ihre Augen weiteten sich, als sie das Ausmaß ihres Irrtums erkannte. »Du musst das von Egbert haben.«

Langsam lehnte sich Gero zurück. »Dann ist er doch mein Vater? Sigrun und ich sind grundlos in diese Misere hier geraten, weil du dich geirrt hast?« Er sprang auf. »Theoderich hätte möglicherweise in unsere Heirat eingewilligt, und wir hätten an der Prüm bleiben können, bis mein Erbanspruch auf Rheinsporn geklärt ist. Vielleicht hätten wir gemeinsam mit Adebar Greifenfels übernehmen können! Ich habe Sigrun nicht mehr angerührt, seit Theoderich mir dein Hirngespinst aufgetischt hat«, rief er. »Du hast uns in diese Lage gebracht, ist dir das klar?«

Betreten blickte Meda ihn an. »Ja, ich habe mich geirrt.« Das war nicht zu leugnen, doch dieses Geburtsmal hatte sie nie an Gero gesehen. Es musste sich erst in späteren Jahren bei ihm herausgebildet haben.

»Du hast dich geirrt?«, rief er. »Du hast dich geirrt? Hast du eine Ahnung, was du damit angerichtet hast?«

Stumm erwiderte sie seinen zornigen Blick. Schließlich senkte sie die Lider. »Ja, aber ich war mir so sicher, dass Theoderich dein Vater ist. Es tut mir leid.«

»Es tut dir leid? Das ist alles?« Mit diesen Worten stürmte Gero aus der Hütte und ließ die Tür krachend hinter sich zufallen. Im Geiste sah Meda ihn im Sumpf so wütend auf die Sträucher und Gräser eintreten, dass die Reiher sich erschrocken krächzend in die Luft erhoben. Immerhin konnte er so Herr über seine Gefühlswallung werden.

Sie fixierte die ohnmächtige Sigrun auf ihrem Krankenlager und verstand nicht, wie ihr ein solcher Irrtum hatte unterlaufen können.

»Bertolts Leute sind wieder da!« Merten, Luitgards ältester Sohn, ruderte vor Aufregung mit den Armen, während er mit hochrotem Kopf ins Dorf rannte. Die klobigen Lederstiefel rutschten ihm beinah von den Füßen und auf seinem Wollhemd bildeten sich Schweißflecken. »Sie sind zurückgekommen und holen sich den Nächsten von uns!«, schrie er panisch und jagte durch die schmalen Wege, bis er sich sicher war, dass jeder ihn gehört hatte.

Sofort legten alle Männer ihre Arbeit nieder, griffen, wie bei der Dorfversammlung vereinbart, nach ihren Äxten, Beilen und Harken und hasteten in die von Merten gewiesene Richtung. Auch von den umliegenden Höfen stürmten bereits erste Bewaffnete herbei. Offenbar hatte sich die Kunde, dass sich Bertolts Schergen wieder in der Nähe aufhielten, wie ein Donnerhall verbreitet.

Es waren nur drei Reiter, die vom Hochgericht zwischen Thure und Menedich auf ihren Schlachtrössern sitzend auf das Dorf hinabschauten. Hinter ihnen sank die Abendsonne und ließ die Felle der Pferde schimmern. Die Tiere tänzelten nervös, als sie die bewaffnete Meute auf sich zulaufen sahen. Die Ritter wechselten beunruhigt ein paar Worte, dann wendeten zwei von ihnen ihre Hengste und stoben davon.

Die Narren haben nicht begriffen, dass ihre Tage auf Rheinsporn gezählt sind, dachte Friedwart von Höhtgen, und dass sie ihren Lebensabend als Raubritter oder Vagabunden fristen müssen, wenn Egberts Sohn sie nicht bei sich aufnimmt!

Er richtete sich im Sattel auf und hob Siegfrieds Schwert. »Verschwindet, Bauernpack, und holt mir Gero von Rheinsporn herbei! Ich bringe ihm seine Waffe zurück und habe mit ihm zu sprechen!«

Die aufgebrachten Landleute knurrten erbost und rührten sich nicht. Sie starrten ihn nur an und würden es nicht wagen, ihn anzugreifen, dachte er.

Als er aber fauchte: »Seid ihr taub?«, stürzte der Bauer vor, der ihm am nächsten stand, und stach mit seiner Mistgabel auf ihn ein. Die Zacken drangen in Friedwarts Wams ein und rissen Löcher aus dem Futter. Johlend folgten ihm die anderen. Als bräche sich hier eine Wut ungehindert Bahn, die nicht mehr zwischen strengen Feudalherren und marodierenden Raubrittern unterschied, denn beide waren bei den Bauern gleichermaßen verhasst.

Fluchend trieb Friedwart sein geschecktes Pferd durch das Menschengewühl, hackte mit dem Schwert auf die Landmänner ein, um sich aus dieser lebensbedrohlichen Lage zu befreien. Dabei wurde er schwer von Knüppeln verletzt, die stumpfe Wunden an seinen Armen und Beinen hinterließen und ihm die Knochen brachen. Ein geradezu unmenschlicher Schmerz durchzuckte ihn, als ein Axthieb in seinen Unterleib fuhr, und er preschte brüllend aus der entfesselten Menge. Mit letzter Kraft stieß er dem Hengst die Sporen in die Seiten und floh in Richtung Sumpfgebiet.

Sich vor Schmerzen krümmend konnte er sich kaum auf seinem treuen Reittier halten. Mit dem linken Arm presste er die tiefe Bauchverletzung zu und hielt mit der von Prellungen und Brüchen versehrten Rechten mühevoll die Zügel. Fast rutschte er vom Rücken des Hengstes, der daraufhin in eine leichte Gangart verfiel. Erst jetzt wagte er einen Blick zurück und sah mit Entsetzen, dass die aufgebrachten Bauern ihm nachsetzten. Erschöpft rieb er seine Fersen an den Flanken des Pferdes, das gehorsam zunächst seinen Gang beschleunigte, bald aber wieder in den Trott wechselte. Auf halbem Weg zum Sumpf holten die Verfolger ihn ein.

Ohnmächtig vor Schmerzen und benommen vom Blutverlust war Friedwart nicht mehr in der Lage, sich zur Wehr zu setzen, als die Männer ihn vom Pferd stießen und zu Boden zerrten. Das Letzte, was er wahrnahm, war, dass sich der Himmel über ihm verdunkelte, als hätte der Herr, an den er doch nie so recht geglaubt hatte, das Jüngste Gericht eingeläutet. Dabei war es eine Horde von Menschen, die wie von Sinnen mit Äxten auf ihn einhackte.

Unruhig wedelte Meda mit einem in Fenchelöl getränkten Leinentuch vor Sigruns Gesicht hin und her. Die Zeit, die der Kräutersud in der Regel brauchte, um Besinnungslose aus ihrer Ohnmacht zu holen, war nahezu verstrichen, und die Umnachtete hatte sich nicht gerührt. Offenbar wandelte sie noch näher an der Todespforte, als die Heilerin ohnehin schon geargwöhnt hatte. Sie schloss die Augen, um mit Hel, der Göttin der Unterwelt, in Kontakt zu treten und sie in einem letzten verzweifelten Akt um die Freigabe des Mädchens zu bitten. Da entfuhr der Kranken ein Laut, der nicht mehr als ein Seufzen war. Sofort riss Meda die Augen auf und bemerkte, dass Sigruns Lider flatterten. Sie griff nach der schweißnassen Hand der jungen Frau, die den Druck schwach erwiderte. Erleichtert atmete die Heilerin aus.

Ruhig beugte sie sich zu ihrem Ohr vor. »Kannst du mich hören, meine Schwester aus grauer Vorzeit?«

Eine Bewegung der Hand, nur mehr wie der Schlag eines Schmetterlingsflügels, bestätigte ihr dies.

»So, und jetzt folge endlich dem dir zugedachten Weg!«, raunte Meda ihr ins Ohr. Rasch richtete sie sich wieder auf, als die Tür zur Hütte geöffnet wurde und eine männliche Silhouette wie eine übersinnliche Erscheinung in ihrem Rahmen auftauchte. Als habe Hel ihren Sohn Loki gesandt, damit er die Heilerin an den Preis erinnerte, den ein Menschenleben kostete. Dann fiel die Tür hinter Gero zu, und die göttliche Vision endete so abrupt, wie sie begonnen hatte.

»Sie kommt zu sich«, sagte Meda schnell, bevor er die Gelegenheit nutzen konnte, sie mit weiteren berechtigten Vorwürfen zu behelligen.

Selbst im Halbdunkel konnte sie erkennen, wie ein Zittern seinen muskulösen Körper ergriff, ehe er mit zwei langen Schritten an das Lager herantrat und zärtlich Sigruns freie Hand nahm.

Es dauerte weitere Stunden, in denen die Kranke nur schrittweise zu sich kam, da sie geschwächt immer wieder in kurze Umnachtungen fiel. Geduldig führte Meda sie zusammen mit Gero zurück ins Leben. Endlich hob sie ihre Lider, und jeglicher Schleier war aus ihrem Blick verschwunden. Meda nickte Gero zu und verließ die Kate.

»Du hast es überstanden.« Überglücklich strahlte er Sigrun an.

Verwundert blickte sie sich um, als sähe sie die Hütte zum ersten Mal. Dann begann sie, ihre Glieder zu bewegen. »Mein linker Arm ist taub, ich kann ihn kaum noch rühren.«

»Meda wird sich darum kümmern. Du wirst ihn aber auch nicht mehr oft gebrauchen müssen. Bertolt ist tot. Meinem Anspruch auf Burg Rheinsporn steht nun nichts mehr im Weg.« Er beugte sich über sie und küsste sie zärtlich auf den Mund.

»Was tust du?« Sigruns Augen weiteten sich. »Küsst du mich ein letztes Mal, weil ich sterben werde?« Ihr Blick irrte durch die Kate. »Wo sind die Kinder?«

»Nein, Liebste, Meda sagt, du hast das Schlimmste überstanden, und es grenze an ein Wunder, dass du eine Verunreinigung deines Blutes in diesem Ausmaß überlebt hast. Den Kindern geht es gut. Sie spielen vor der Hütte.« Er legte sich dicht neben sie und bedeckte sie mit Küssen. Nach der Hitze des Fiebers mutete ihr Körper nun kühl an.

Sie schloss die Augen, als fände sie Gefallen an seinen Liebkosungen, sagte dann aber: »Gero! Wir sollten nicht in Sünde leben.«

»Doch, wir sollten. Das Wichtigste ist dir entgangen, weil du ohne Besinnung warst. Meda hat sich geirrt, was meine Abstammung betrifft. Sie hat auf meinem Rücken ein Mal entdeckt, dass sie so nur bei Egbert schon einmal vorgefunden hat.«

»Das mit den Schwüngen und Ausbuchtungen, das aussieht, als hätte eines der Kinder mit Schlamm auf deiner Haut gemalt?«

»Ich habe keine Ahnung, wie es aussieht, weil ich es noch nie gesehen habe. Aber Meda denkt, dass ich es von ihm haben muss. Scheinbar ist ihr etwas derart Außergewöhnliches vorher noch nie begegnet.«

Sigruns Augen leuchteten auf, dann presste sie sich eng an ihn. »Gero, das ist wunderbar«, flüsterte sie.

Als Sigrun vollständig genesen war, brachen Gero und Meda nach Laach auf, weil die Heilerin sehen wollte, ob das Kloster auf einem heiligen Ort errichtet worden war. Sie verließen Thure in nordöstlicher Richtung und stießen auf den Pfad, der von der Anhöhe zwischen Thure und Menedich zu der fränkischen Kirchenruine führte, an der sie das Ritual vollzogen hatten. Ein sanfter Wind wehte über die Äcker und Felder, die in vollem Korn standen. Abrupt hielt Meda ihre von Jost geliehene Stute an und starrte in die Leere.

Gero zügelte seinen Hengst ebenfalls und drehte sich zu ihr um. Der Wundschmerz in dem verletzten Arm, den die Heilerin erst vor wenigen Tagen behandelt hatte, durchzuckte ihn, und er verzog das Gesicht. »Was ist los?«

»Das frage ich dich. Was ist das für ein Ort hier?«

Er zögerte. Was hier mit Friedwart von Höhtgen geschehen war, hatte ihm Wolff nur hinter vorgehaltener Hand erzählt. Er hatte sich seiner Tat nicht gerühmt. Aber er hatte versichert, dass alle Beteiligten von einer grimmigen Genugtuung darüber durchdrungen waren, dass sie Luitgards und Sigruns Martyrium sowie Lanztlot und Ulrich aus Cuttenheim und die vielen anderen Unschuldigen gerächt hatten. Die verstreut herumliegenden Leichenteile hatten sie den Vögeln und Aasfressern überlassen. Ein unwürdiger Tod, wie er sonst manchen Ritter dann auf dem Schlachtfeld ereilte, wenn das eigene Heer die Schlacht verlor und keine Zeit blieb, die Verletzten zu versorgen und die Toten zu bergen.

»Hier haben vor ein paar Tagen Männer aus Thure und den umliegenden Dörfern Friedwart von Höhtgen getötet als Rache dafür, was er und seine ehrlosen Gesellen den Menschen hier angetan haben.« Geros Rappe scheute.

Meda starrte ihn unverwandt an. »Getötet sagst du? Es fühlt sich eher so an, als hätten sie ihn mit Äxten wie ein Vieh in Stücke gehackt!«

Mit einem mulmigen Gefühl sah Gero auf Siegfrieds Schwert hinunter, das die Bauern nach dem Vorfall zu ihm gebracht hatten. »Das kannst du fühlen?«

Sie schnaubte. »Und du natürlich mal wieder nicht, oder?«

Die Haare auf seinen Unterarmen sträubten sich. »Nein, ich fühle es nicht, aber ich weiß, dass es so war, wie du sagst. Ich mache den Leuten keinen Vorwurf, dass es mit ihnen durchgegangen ist. Ich habe Luitgard gefunden, nachdem Bertolt und seine Männer sich an ihr vergangen hatten, und ich habe Sigrun fast auf grausame Weise wegen ihnen verloren. Die Dorfbewohner hatten Angst, dass die anderen Frauen das gleiche Schicksal ereilen könnte, wenn sie sich nicht wehren und den Adligen zeigen, dass sie nicht ungestraft davonkommen.«

»Erklär das mal dem Hingemetzelten! Er ist zu einem Unfreien in Raum und Zeit geworden.« Mit entschiedener Geste wies sie auf das unbestellte Feld, auf dem keine Leichenteile mehr zu sehen waren.

»Er ist noch hier?«

»Was denkst denn du? Reite zurück ins Dorf und sag den Leuten, dass sie hier ein Schutzmal aufstellen sollen, damit nicht ein jeder, der hier entlangkommt, von ihm angefallen wird.«

Gero erschauderte und wendete mit den Zügeln und Schenkeln das Pferd. »Ich soll dich hier allein mit ihm zurücklassen?«

»Reite!« Sie machte eine fahrige Handbewegung. »Er kann mir nichts anhaben. Ich werde in der Zeit Schutzzeichen hinterlegen.«

Gero erkannte, dass keinerlei Furcht sie erfasst hatte, und dass sie sich sicher war, Herrin der Lage zu sein. Während sie von ihrer Stute hinunterglitt und den Ort des Rachemords in Augenschein nahm, trieb er seinen Rappen an und galoppierte zurück nach Thure. Dort suchte er Wolff auf und bat ihn, an der Stelle, wo die Bauern Friedwart von Höhtgens

Existenz ein grausiges Ende bereitet hatten, ein Schutzmal aufzustellen.

Dann eilte er wieder zu Meda, die am Boden hockte und auf einen Fleck im Gras starrte. Sie sah zu ihm auf, und er nickte ihr zu. Gemeinsam setzten sie ihren Ritt nach Laach fort. Dort angekommen begutachtete die Heilerin argwöhnisch die Klosterbaustelle. Und Gero schaute traurig auf die Überreste der einst stolzen Burg, in der er seine Knappenzeit verbracht und so viele kostbare Momente mit der Familie Heinrich von Laachs erlebt hatte.

Die Thurer errichteten an der Stelle, die Gero ihnen gewiesen hatte, ein Holzkreuz, das der Dorfpfarrer der Gottesmutter weihte. Täglich wanderte der Priester zu dem Ort, kniete vor dem Kreuz nieder und betete das Ave Maria. Gero sah ihn mehrmals gemessenen Schrittes, in seinen zerschlissenen Talar gekleidet, über die Felder marschieren und ein Messingkreuz vor seinen Körper halten. Am dritten Tag schloss er sich ihm wortlos an und kniete gleichfalls vor dem Kreuz nieder. Er bat Friedwart von Höhtgen um Verzeihung für die Grausamkeit, die an ihm geschehen war, und für die er sich mit verantwortlich fühlte.

Auf dem Rückweg lud er den Priester zum gemeinsamen Mahl in ihre Hütte ein. Dort saß Meda mit den Kindern bereits am Tisch. Gero wies die Kleinen an, Platz für den Pfarrer und ihn selbst zu machen. Ida brachte ihnen Holznäpfe voll dampfender Suppe.

»Ihr braucht nicht jeden Tag dorthin zu pilgern und Gebete zu murmeln.« Meda ließ den Holzlöffel in ihre Steckrübensuppe sinken. »Die Symbole, die ich hinterlegt habe, wirken.«

Pfarrer Oswald neigte den Kopf. »Bist du dir sicher, dass die Symbole auch auf eine Seele wirken, die an die alten Götter gar nicht glaubt?«

»Ja, da bin ich mir sicher.« Ihr Tonfall verriet Angriffslust.

Der Angesprochene blieb ruhig. »Kann es denn schaden, der Seele das zukommen zu lassen, woran sie zu ihren Lebzeiten geglaubt hat?«

»Tut, was Ihr nicht lassen könnt. Aber was macht Euch so sicher, dass dieser Ritter an deinen Gott geglaubt hat?«

»Er war ein getaufter Christ und als solchem steht ihm der Schutz der Kirche zu.« Oswald spürte wohl ihren Groll und wagte sich einen Schritt vor. »Warum bist du so verbittert?«

»Weil ihr uns so viel genommen habt.« Leid und Verdruss schwangen in Medas Stimme mit.

Oswald studierte ihr ausgezehrtes Gesicht. »Die Dinge unterliegen einem fortwährenden Wandel, Neues kommt, Altes vergeht, was Bestand hat, wird bleiben. Dem Christentum gelingt gerade etwas, was keine der früheren Kulturen vermochte: Es vereinigt alle Länder des christlichen Abendlandes durch die lateinische Liturgie. Damit wächst die Aussicht auf Frieden und Einheit. Ist es nicht das, wonach alle Seelen streben: Eintracht?«

Meda brummte, und der Pfarrer schwieg. Er hatte auch genug gesagt. Als sich das Schweigen in der Hütte ausbreitete, wechselte Gero mit Sigrun einen vielsagenden Blick.

Sobald der Herbst mit feuchtem Nebelatem durchs Land strich, den Blättern leuchtend bunte Farben einhauchte und die Waldtiere in Unruhe versetzte, wurde es für Meda Zeit, nach Greifenfels zurückzukehren, und Gero begleitete sie. Als sie das Schutzmal passierten, hielt Meda irritiert inne und starrte auf das Holzkreuz, das Pfarrer Oswald unermüdlich Tag für Tag mit seinen Fürbitten an die Heilige Jungfrau Maria bedachte.

Gero zügelte seinen Rappen und blickte zu ihr hinüber. Die Wunde an seinem Arm war inzwischen gut verheilt. »Was ist? Ist er weg?«

»Nein. Er steht gebannt am Kreuz.« Sie verfolgte mit den Augen den Weg zum Dorf. »Er wartet auf euren Pfaffen.«

Seine Gebete scheinen ihm wohlzutun, dachte sie, sprach es aber nicht aus. Ihr Weltbild geriet ins Wanken. Waren der neue Gott und seine Stellvertreter auf Erden mächtiger, als sie gedacht hatte? War es aus Gründen, die ihr verborgen blieben, tatsächlich Zeit für einen Wandel, für eine weltumspannende Einigkeit des Glaubens?

Das musste sie jetzt erst einmal für sich durchdenken. »Was Bestand hat, wird bleiben«, hatte der Pfarrer gesagt. Meda trieb den Zelter wieder an und warf einen letzten Blick auf die Wesenheit in der Nähe des Kreuzes. Sie würde dafür Sorge tragen, dass nicht alles dem Wandel zum Opfer fiel. Dass Fortbestand hatte, was elementar war.

Seite an Seite ritten sie nebeneinander her. Vor fünfundzwanzig Jahren hatten sie diese Reise schon einmal miteinander angetreten, als Meda mit Gero von Rheinsporn aus nach Greifenfels geflohen war. Sie erinnerte sich daran, in welcher Gefahr sie sich damals befanden und wie sie den kleinen Jungen immerfort zur Eile angetrieben hatte.

Nachdenklich musterte sie den breiten Rücken Geros, der nun vor ihr herritt. Waren gar nicht die Kirchenvertreter ihre Gegenspieler gewesen, sondern er? Hatte sie die ganze Zeit die falschen Personen als Feinde angesehen, und ihren Widersacher viele Jahre direkt vor ihrer Nase, ohne es zu erkennen? Dann war er ihr Kontrahent und gleichzeitig ein ihr Anvertrauter gewesen. Wahrscheinlich hatte sie deshalb nicht gemerkt, welche Rolle er in ihrem Leben hatte, weil er ihr als Mündel überantwortet worden war. Sogar jetzt sah er sie wieder an, als sei sie seine Großmutter, zu der er Nähe suchte. Dabei war er die ganze Zeit über der wahre Feind gewesen, und nicht etwa Papst Urban, Pfarrer Oswald oder wie auch immer all die Kirchenmänner hießen, denn er hatte Sigrun von ihrem äußerst wichtigen Weg abgebracht. Und doch plagte Meda ihr Gewissen.

Sie war einem fatalen Irrtum erlegen und hatte damit Unglück über eine Reihe von Menschen gebracht. War es tatsächlich an der Zeit, dem Neuen Platz zu machen? Mit einem

Mal verspürte sie eine große Müdigkeit. Nachdem sie ein Viertel des Weges nach Greifenfels zurückgelegt hatten, zügelte Meda den Zelter und hielt an.

»Es tut mir wirklich sehr leid, dass ich mich geirrt habe, was deine Abstammung betrifft. Ich bedauere das ausdrücklich und auch den Kummer, den ich damit über Sigrun, ihre Familie und dich gebracht habe.«

Er sah sie mit erstauntem Gesichtsausdruck an. »Du hast so viel für mich getan. Würden wir alles mit zwei Waagschalen aufwiegen, so wäre die mit all dem, was du für mich und uns getan hast, bei weitem die schwerere. Hättest du mich nicht zu Theoderich gebracht, wäre ich längst tot. Ich verzeihe dir deinen Irrtum und schätze die Erfahrungen, die ich dadurch gewonnen habe, so schmerzhaft sie auch waren. Ich bin durch sie als Mensch gereift und habe einen Einblick in unsere Ständeordnung erhalten, der mir sonst verwehrt geblieben wäre.«

Vielleicht sollte es genauso geschehen, und sie war nur einem höheren Plan gefolgt, ohne es zu merken, damit aus ihm der Mann werden konnte, der er werden sollte. Nachdenklich blickte Meda in die Ferne. Der Gedanke, dass auch sie selbst nur ein Spielball göttlicher Mächte sein könnte, gefiel ihr nicht, aber sie kam nicht umhin, die Geistesschärfe des Plans zu bewundern.

Mit mulmigem Gefühl durchritt Gero das Burgtor von Greifenfels, das er vor etlichen Jahren zum letzten Mal in entgegengesetzter Richtung passiert hatte, um Sigrun von hier fortzuführen. So vieles war seitdem geschehen und er befürchtete noch immer, dass Theoderich ihm nie verzeihen würde, was er getan hatte.

»Sigrun?« Adebar eilte ihnen über den Hof entgegen. Gero vermutete, dass die Burgwache ihm und seinen Eltern ihre Ankunft angekündigt hatte. Doch nur sein Ziehbruder war gekommen, um ihn zu begrüßen, und Gero fühlte sich in seiner Vermutung bestätigt. Wie würden Theoderich und Walburga ihn aufnehmen?

Adebar sah ihn angestrengt an, als könnte er in seiner Miene ablesen, was in Thure geschehen war.

Beruhigend legte Gero ihm die Hand auf die Schulter. »Sie ist wohlauf, dank Meda! Wäre die Heilerin nicht gekommen, müssten wir nun wohl Sigruns Tod beklagen.« Er lächelte der alten Frau anerkennend zu, doch ihr von Falten durchzogenes Gesicht zeigte keine Regung.

Adebar bedachte sie mit einem kurzen Blick. »Hab Dank dafür. Mein Vater wird es dir entlohnen.«

Mit gleichgültiger Miene winkte Meda ab und blickte flüchtig von einem zum anderen. »Ich will nur in meine Kate und endlich in Frieden leben.«

Gero ließ Adebar los und wandte sich ihr zu. Er war sich sicher, dass sie mit der Barschheit ihre Erschöpfung überspielen wollte. »Soll ich dich dorthin begleiten?«

»Ich sagte doch, ich will in Frieden gelassen werden!«, versetzte sie schroff.

»Dann sprechen wir später, wenn du dich ausgeruht hast«, bot Adebar ihr schnell an.

Sie grummelte undeutlich und begab sich mit steifen Beinen auf den Weg zu ihrer Hütte, das Bündel mit ihren Habseligkeiten unter den Arm geklemmt. Besorgt blickte Gero ihr hinterher.

Sein Schwager fasste ihn rasch am Arm und führte ihn in die Burg. »Meine Eltern sind in Sorge um Sigrun und werden froh sein zu hören, dass es ihr wieder gut geht. Wir sind alle gespannt zu erfahren, was sich zugetragen hat. Außerdem haben wir auch noch Neuigkeiten für dich.«

Mit klopfendem Herzen betrat Gero die große Halle, in der Theoderich und Walburga bei einem Würfelspiel auf der Empore saßen. Der Graf hob den Kopf und grunzte, als sei er überrascht. »Sieh an, mein Schwiegersohn beehrt uns nach all den Jahren!«

Walburga sprang auf und lief ihnen mit angsterfülltem Gesichtsausdruck entgegen. Unter ihrem Schleier lösten sich graue Haarsträhnen. »Was ist mit Sigrun? Wie geht es ihr?

Bist du etwa gekommen, um uns Nachricht von ihrem Tod zu bringen?«

»Nein, nein, wo denkst du hin?« Gero strahlte sie an, froh, dass seine Zieheltern überhaupt noch mit ihm sprachen. Ihre Begrüßung war zwar alles andere als herzlich gewesen, aber das hatte er auch nicht anders erwartet. »Meda hat sie gerettet. Sie ist gesund, ihr geht es gut, und sie wäre gerne mit uns hierher geritten.«

Aus der Fassung gebracht und erleichtert zugleich hielt sich die Gräfin die Hand vor den Mund.

Theoderich erhob sich. »Vielleicht setzt du uns mal darüber in Kenntnis, wie unsere Tochter überhaupt in diese Lage geraten ist!«

»Das will ich gerne tun, aber das ist eine längere Geschichte.«

Adebar wies eine Magd an, für Wein, Brot und Käse zu sorgen, und sie ließen sich an der langen Tafel nieder. Innerlich schmunzelnd stellte Gero fest, dass sein Ziehbruder dabei war, in die Rolle des Burgherrn hineinzuwachsen. Stockend schilderte er den Greifenfelsern dann die Überfälle Bertolts und seinen Zweikampf mit ihm. Zunehmend löste sich in ihm die Sorge, die er mit dem Wiedersehen auf Greifenfels verbunden hatte, und ein bisschen fühlte er sich wieder wie zu Hause.

Als sie hörte, wie Sigrun vom Pfeil des Rheinsporner Ritters getroffen worden war, entfuhr Walburga ein Schrei und sie schluchzte. Gero schluckte schuldbewusst und erzählte von den vergeblichen Bemühungen Godelinds und, dass Meda einen winzigen Splitter in der Wunde gefunden hatte. Nur das Ritual auf der Wiese an der Kirchenruine ließ er gemäß seinem Versprechen aus. Seine drei Zuhörer hingen an seinen Lippen und allmählich entspannten sich die Mienen, was nicht zuletzt auch an dem starken Wein und Met lag, die die Magd gebracht hatte. Schließlich erkundigte sich Theoderich nach den Kindern und nach Siegfried.

»Und welche Neuigkeiten habt ihr für mich?«, fragte Gero, nachdem er alles erzählt hatte, was für die Greifenfelser von Belang war. Es tat gut, das wie eine Beichte abgelegt zu haben.

»Anders als viele Erstgeborene wartet Adebar nicht begierig darauf, sein Erbe antreten zu können. Er ist froh, dass ich die Zügel auf der Burg noch fest in der Hand halte.« Theoderich grinste säuerlich und schlug seinem Sohn auf die Schulter.

Adebar und Gero wechselten einen Blick.

»Vater hat schon vor Wochen den Kaiser aufgesucht und für dich Fürsprache bei ihm eingelegt«, erklärte Adebar ihm mit verschwörerischer Miene. »Inzwischen hat der Kaiser entschieden, dich als Erbe Egberts anzuerkennen und dir Rheinsporn als Lehen zuzuteilen.«

Geros Herzschlag setzte einen Moment lang aus, dann entfuhr ihm ein überraschter Laut. »Ist das wahr?«

Er konnte kaum fassen, dass sein Lebenstraum sich erfüllen sollte und dass ausgerechnet sein Ziehvater sich für ihn eingesetzt hatte.

Theoderich nickte. »Das war vermutlich die Nachricht, die Friedwart von Höhtgen dir überbringen wollte, bevor er von dem aufgebrachten Mob gemeuchelt wurde.«

Beschämt begegnete Gero seinem Blick und konnte noch nicht glauben, dass die Zeit der Armut und des Versteckspiels nun endlich vorbei sein sollte.

»Dann werde ich dich wohl nun bald zum Ritter schlagen müssen«, sagte der Graf.

Gero wurde sich bewusst, was unvermindert zwischen ihnen stand. »Es wäre mir eine Ehre, wenn du das tun würdest. Meinen Vater hätte es sicher erfreut, wenn sein ehemals bester Freund diese Weihe übernähme.« Mit Blick auf Theoderichs betretenen Gesichtsausdruck fügte er hinzu: »Falls jemand Zweifel an meiner Herkunft erheben sollte: Meda hat ein Mal an mir entdeckt, das sie so nur von Egbert kennt und das mich somit als seinen Sohn ausweist.«

Nun riss der Graf die Augen auf und seinem Mund entwich ein Rülpser, weil er dem Met zu sehr zugesprochen hatte, und die anderen lachten aus vollem Hals.

»Das Weib bringt mich noch in ein frühes Grab!«, ächzte der Graf.

Nur Gero verstand, was er damit meinte. Er war sich sicher, dass seinem Ziehvater unflätige Verwünschungen und Flüche gegen Meda auf der Zunge lagen. Doch um Frau und Sohn nicht hellhörig werden zu lassen, musste er sich wohl zügeln.

Bevor er Greifenfels wieder verließ, suchte Gero Meda in ihrer Hütte auf. Auf dem Weg dorthin holte ihn die Erinnerung an die verstohlenen Treffen mit Sigrun ein, bei denen er sie hinter einem Baum versteckt abgepasst hatte. Wehmütig sah er zu der Stelle hin, an der er ihr seine wahre Herkunft offenbart hatte. Und seine Brust war zum Bersten gefüllt mit Freude darüber, dass Meda sie ihm ein weiteres Mal erhalten hatte.

Im Weitergehen sinnierte er über sein Verhältnis zu der alten Heilerin. Egal, was sie mit ihrem Irrtum angerichtet und wie ruppig und frostig sie sich ihm gegenüber verhalten hatte, so war sie ihm doch so etwas wie ein Muttterersatz gewesen. Er hegte keinen Zweifel daran, dass viele Dinge, die ihm zugutekamen, nicht aus freien Stücken oder sogar gegen ihren Willen geschehen waren. Aber sie hatte sie getan, und er war dafür zutiefst von Dank beseelt. Dass sie ihm Sigrun ins Leben zurückgeholt hatte, würde er ihr nie vergessen. Auch wenn er nicht verstand, was in diesen wenigen Atemzügen auf dem Feld nahe der Ruine vor sich gegangen war, und was seine Liebste nun eigentlich geheilt hatte.

Auf dem Rückweg nach Greifenfels war Meda zum ersten Mal seit vielen Jahren ihm gegenüber nicht schroff gewesen, sondern hatte ungewöhnlich verletzlich gewirkt. Als wüsste sie, dass ihre Zeit bald gekommen war. Dass sie Unrecht auf sich geladen hatte, und dass sie dieses wiedergutmachen wollte.

Als habe sie sein Erscheinen erwartet, schaute die Heilerin ihm gebeugt und stirnrunzelnd vor ihrer Kate stehend entgegen.

»Du reitest zurück nach Thure«, stellte sie fest.

»Ja. Ich werde meine Familie nach Rheinsporn führen. Der Kaiser hat meinen Anspruch auf die Burg anerkannt.«

»So schließt sich denn der Kreis.« Ihre Augen bekamen einen erdfernen Ausdruck.

Einen Moment lang standen sie einander verlegen gegenüber, dann wagte sich Gero einen Schritt vor und umarmte sie zum ersten Mal in seinem Leben, und sie erwiderte die Berührung verhalten. Er spürte ihre weiche, runzlige Haut und wie abgemagert sie war.

»Ich danke dir für alles, was du für mich getan hast.«

»Leb wohl, und pass mir auf das Mädchen auf«, versetzte Meda, und Gero ahnte, dass dies die erste und zugleich letzte Umarmung zwischen ihnen gewesen war.

»Die Hälfte der Besatzung und Bewohner hat die Burg verlassen, als entschieden war, dass Ihr sie übernehmen werdet«, teilte der Verwalter Gero mit, als dieser mit seiner Familie auf Rheinsporn ankam.

Gero saß von seinem Rappen ab. »Warum das?«

»Sie fürchten Eure Rache, Herr.«

»Dafür gibt es keinen Grund. Ich will lediglich gewiss sein, dass sich keiner von Bertolts Schergen mehr auf der Festung aufhält.«

»Das kann ich Euch versichern.« Der Verwalter verneigte sich und wies auf die verbliebenen Ritter und Burgbewohner, die sich im Hof versammelt hatten. »Diese hier gehörten nicht zu seinen Vertrauten.«

Gero ließ seinen Blick über die Runde schweifen. Dann sagte er laut: »Ich will vergessen, was geschehen ist und gemeinsam mit euch einen Neubeginn wagen.«

Er sah, wie die Mienen seiner Zuhörer sich entspannten. Daraufhin sprach er von seinen Erfahrungen als Bauer und von seiner Freundschaft zu Greifenfels und Laach. Er betonte, dass er sich der illegitimen Kinder seines Onkels annehmen und ihnen den rechten Weg weisen würde. Als er geendet hatte, applaudierten ihm die Menschen.

Anerkennend nickte der Verwalter ihm zu und raunte: »Jetzt kann in ihnen die Vorfreude auf eine friedlichere Zeit auf Burg Rheinsporn wachsen. Ich weiß, dass manch einer sich einen ruhigen Lebensabend erhofft.«

»Das sei ihnen vergönnt. Sie hatten es gewiss nicht leicht in den vergangenen Jahrzehnten.« Unwillkürlich musste Gero an Bertolt denken und an die inneren Bilder, die er in seinem letzten Zweikampf mit ihm unter dem Einfluss der Kräuterdämpfe gesehen hatte. Er vergegenwärtige sich die Verängstigung und das Gefühl der hilflosen Ohnmacht des kleinen Jungen, der von seinem Vater geschmäht und geschlagen wurde. Inzwischen war er sich sicher, dass er seinen eigenen Großvater bei dieser Untat gesehen hatte.

Die Verbrechen, die Bertolt in seinem späteren Leben begangen hatte, waren verabscheuungswürdig und durch nichts zu entschuldigen. Und doch fühlte sich Gero, seit er in seine verwundete Seele geschaut hatte, dem Kind merkwürdig nah, das sein Onkel gewesen war. Wenngleich der erwachsene Bertolt wahrscheinlich in der Hölle schmorte, so sollte doch dieser verletzliche Anteil in ihm in Frieden ruhen.

Er reichte einem Stallknecht die Zügel seines Rappen und half Sigrun vom Pferd. Er hielt ihre Hand und spürte, wie Zuversicht seine Brust füllte. Mit einladender Geste wies er auf die Wohngebäude und die Bediensteten.

»Willkommen in deinem neuen Zuhause, Liebste. Möge es dir für immer ein Ort der Freude und der Unbeschwertheit sein.«

Bei ihrem ersten Rundgang auf dem Burggelände bewunderte Sigrun den überwältigenden Blick über die Länge des Rheintals und die angrenzenden Landschaften, der weit beeindruckender war als der Ausblick, den sie von Greifenfels gewöhnt war. Nur wenige zarte Wolken zogen friedlich über die Grenzenlosigkeit des Himmels und so glitzerte der Fluss im Sonnenlicht wie Geschmeide aus Silber. Vom Dorf am Ufer drangen gedämpfte Rufe und die Schläge eines

Schmieds zu ihr hinauf. Sie genoss diesen Moment der Ruhe und des Friedens. Hier würden sie glücklich sein und ihre Kinder behütet aufwachsen können. Doch als sie ihren Erkundungsgang fortsetzte, entdeckte sie, dass die Wegbegleiter Bertolts den Leichnam ihres Herren auf dem Friedhof neben der Kapelle beigesetzt hatten. Sofort bat sie Gero, den Sarg alsbald ausheben und außerhalb der Burg bestatten zu lassen.

»Es ist rechtens, dass er hier liegt. Er wurde hier geboren und war dreißig Jahre lang der Burgherr. Lass ihn in Frieden ruhen, damit auch wir unseren Frieden finden«, wandte er ein.

Sigrun widersprach ihm selten, doch nun hob sie an: »Sein Geist wird nicht ruhen und uns keinen Frieden lassen!«

Derartige Gespräche führten sie in den folgenden Wochen wiederholt, und Sigrun blieb unbeirrt bei ihrer Sicht der Dinge, denn sie vertraute nun ihren Eingebungen und ihrer feinfühligen Wahrnehmung. Sie war überzeugt davon, dass das, was sie im Fieberwahn gesehen hatte, keine Sinnestäuschungen gewesen waren. Immerhin hatte Meda ihren Hilferuf vernommen und war tatsächlich nach Megina gekommen.

So beugte Gero sich irgendwann, ließ den Sarg nach Laach bringen und bat die Mönche, verbunden mit einer großzügigen Spende, Bertolt auf dem Friedhof des Klosters beizusetzen. Nach einigen Zweifeln folgten sie seiner Bitte schließlich und so fand der Graf seine letzte Ruhestätte auf dem Gelände der Abtei, deren Stifter ihm zu Lebzeiten nie wohlgesonnen waren.

Sigrun bezog mit den Kindern den lange Zeit kaum benutzten Frauenturm. Im folgenden Winter stickten und nähten sie und die neuen Kammerfrauen alles Notwendige für einen angenehmen Aufenthalt in den Räumen. Von den ersten Pachteinnahmen schenkte Gero ihr einen Wandteppich, der eine idyllische Waldszene zeigte und sie vergessen lassen sollte, was hinter ihnen lag.

Der Blick hinunter auf den mäandernden Rhein im Tal erinnerte ihn an seine Zeit auf Burg Laach und zugleich an Greifenfels, das ebenfalls auf einer Anhöhe lag. So stellte Rheinsporn, die Feste auf dem Schieferfels, nun am Höhepunkt seines Daseins eine Mischung aus diesen beiden wichtigen Stationen seines Lebens dar.

Zur Ritterweihe reisten Theoderich mit seinem Gefolge und viele andere Edelleute aus der Pfalz an. Auch alle Bewohner Thures waren seiner Einladung nach Rheinsporn gefolgt. Gero wurde gebadet und mit einem linnenen Untergewand, einer bestickten Tunika, Mantel, Strümpfen und verzierten Schuhen eingekleidet. Nachdem er jahrelang nur schmucklose Bauernkleidung getragen hatte, kam er sich nun wie ein Gaukler vor. Doch er genoss diesen Augenblick zu sehr, um sich von derartigen Nebensächlichkeiten verunsichern zu lassen. In der großen Halle gürtete sein Ziehvater ihm vor den versammelten Gästen feierlich Siegfrieds Schwert um und legte ihm die Sporen an. Danach erhielt er ein doppelt genähtes Kettenhemd, Schuhe aus Eisenringen, den Schild mit dem Rheinspornwappen, sowie Helm und Lanze. Gero gelobte, dass er für die heilige Christenheit allezeit kämpfen, Witwen und Waisen verteidigen, sie vor Gefahr schützen und dem frevelhaften Unrecht Einhalt gebieten wolle. Zusätzlich fügte er hinzu, dass er seinen Lehenspflichtigen ein gerechter und gütiger Herr sein würde. Die Gäste klatschten Beifall und fortan war er ein vollwertiger Vasall Heinrich des Fünften.

Bei der Messfeier in der Burgkapelle weihte Pfarrer Oswald zeremoniell Siegfrieds Schwert, und beim anschließenden Turnier vor der Burg führten die Ritter ihre Reit- und Waffentechniken vor. Ihre Knappen hatten die halbe Nacht damit verbracht, die Ausrüstung zu polieren und die Teile der Rüstung und des Sattelzeugs anzupassen. Es folgte ein Festessen mit Musik und Tanz, bei dem Gero seinerseits großzügig Geschenke an die Gäste verteilte und dabei darauf achtete, dass niemand vergessen wurde.

Als er später neben Sigrun am Kopf der langen Tafel saß und auf das ausgelassene Fest schaute, das nicht wie zu Bertolts Zeiten in ein Gelage ausarten würde, erinnerte er sich seines Tagtraums in Thure. Er griff nach ihrer Hand und sah ihr tief in die hellgrau leuchtenden Augen. Auch wenn die vergangenen Jahre Spuren in ihren Gesichtern und an ihren Körpern hinterlassen hatten – eine Steigerung seines Glücks war in diesem Leben nun nicht mehr möglich.

Zu fortgeschrittener Stunde nahm Walburga ihre Tochter beiseite. »Ich habe dir noch eine traurige Nachricht zu überbringen.«

Sigrun schluckte schwer. »Meda?«

Ihre Mutter neigte den ergrauten Kopf und nickte. »Schon kurze Zeit nach ihrer Rückkehr wurde sie tot in ihrer Hütte aufgefunden. Sie lag kerzengerade in ihrem Bett und hat mit offenen Augen an die Decke gestarrt, auf ihrem Bauch das Kräuterbuch, das sie gemeinsam mit dir begonnen und mit einer Magd zu Ende gebracht hat. Mit ihren Händen hat sie es schützend gehalten und einen Brief hinterlassen, in dem sie darum bittet, dass man dir dieses Heilkundebuch bringen möge.« Behutsam zog sie den großen Einband aus den Falten ihres Kleides.

Sigrun nahm ihn in ihre Hände und strich mit den Fingern erst über die Prägung des ledernen Buchdeckels und dann über die Zeichnungen, die sie selbst vor vielen Jahren angefertigt hatte. Sie erkannte die Weisheit in den Worten und erspürte das Fluidum zwischen den eng in Minuskelschrift beschriebenen Seiten. Eine Gänsehaut bildete sich auf ihren Unterarmen, als sie die Widmung las: »Für Markward, der diese Welt vor der Zeit verlassen musste, damit ich dieses Buch schreiben konnte.«

Das M des Namens war auffallend groß geschrieben, mit Serifen versehen und mit Ornamenten geschmückt, die in einem Herz mit keltischem Knoten mündeten, dem Symbol für die Verbundenheit zweier Menschen. Meda hatte nie von diesem Mann gesprochen, und doch spürte ihre Schülerin, wie sehr sie ihn geliebt hatte. Und während sie sich eine Träne aus dem Augenwinkel wischte, schwor sie sich, Medas Erfahrungsschatz wie ein Juwel aufzubewahren. Nach Sigruns Tod sollte das Kräuterbuch jeweils einer weiblichen Nachfahrin vermacht werden, die sich zur Heilerin berufen fühlte, und Ida wäre die Erste.

Da auf Rheinsporn weder ein Medikus noch eine Kräuterkundige lebte, übte Sigrun diese Tätigkeit selbst aus, wann immer sie vonnöten war, und griff dabei auf ihre von Meda erworbenen Kenntnisse und das Kräuterbuch zurück. Sie hatte gelernt, ihrer Intuition zu vertrauen, und dass es ein Wissen gab, das jenseits des durch die Sinne Erfahrbaren lag. Bald war ihr Name bis weit über die Grenzen der Grafschaft hinaus bekannt, und sie begann, Medas Aufzeichnungen um eigene Erkenntnisse und Heilverfahren zu ergänzen. Die Welt erschien ihr als ein wunderbarer Ort voll Schönheit und Liebe, aber auch Schmerz, Trauer und Krankheit. Alles war eins, alles gehörte zusammen, alles musste ins Gleichgewicht gebracht werden, das hatte die Heilerin sie gelehrt. Es war wichtig, die eigene Sicht der Dinge kundzutun und zu verteidigen, genauso bedeutsam war es jedoch, die der anderen zu akzeptieren.

»Spielt es eine Rolle, an welchen Gott wir glauben? Ihrem Wesen nach sind doch alle Menschen gleich«, lautete Medas letzter Eintrag in ihrem Vermächtnis.

»Die Essenz aller Dinge ist die Liebe«, ergänzte Sigrun.

There are more things in Heaven and Earth, Horatio,
than are dreamt of in your philosophy.

(Es gibt mehr Ding' im Himmel und auf Erden,
als deine Schulweisheit sich träumt, Horatio.)

aus: Hamlet, William Shakespeare

NACHWORT

Was hat mich dazu bewogen, einen Roman zu schreiben, der in der Laacher Seeregion spielt? Nun, Maria Laach war ein oft und gern besuchter Ort in meiner Kindheit, sowohl die Basilika als auch der See. Letzterer ist wirklich so schön, wie ich ihn beschrieben habe – ohne Übertreibung! Und nicht zuletzt haben sich meine Eltern hier das Ja-Wort gegeben und waren anschließend fast fünfzig Jahre lang verheiratet. Die Beschäftigung mit den Orten meiner Kindheit und Jugend war eine spannende Reise für mich. Ich hoffe, ich konnte Ihnen, liebe Leserinnen und Leser, einiges von dem Zauber vermitteln, der mich bei meiner Recherche manches Mal umgeben hat.

Die Geschichte um Friedwart von Höhtgens Ende habe ich frei erfunden. Wahr ist jedoch, dass die Bewohner von Thure (heute Thür) 1472 an seiner »Hinrichtungsstelle« eine Basaltstele aufstellten, die im Volksmund den Namen Höhtgeskreuz erhielt. Rautenkreuze am Nischenkopf und das Stabkreuz auf der Rückseite der Stele sollten nach damaligem Glauben böse Mächte fernhalten. Später wurde sie Golokreuz genannt und der Genoveva-Sage zugeordnet.

Woher der Name Höhtges-Kreuz stammt, ist bislang nicht geklärt. Ein Heimatforscher mutmaßte Ende des 19. Jahrhunderts, der Name leite sich aus der Verkleinerungsform von Hut, also Hütchen (im Dialekt »Höhtchen«) ab, was sich auf dem Nischenkopf bezieht. Die Bezeichnung »Golokreuz« trat in schriftlicher Form zum ersten Mal 1864 auf, könnte aber noch aus der Romantik stammen, in der sich die Genoveva-Legende großer Beliebtheit erfreute. Damals bemühte man sich, die Sage als reale Begebenheit zu belegen und ordnete die Basaltstele von 1472 der Hinrichtung Golos, des Bösewichts der Genoveva-Sage, zu. So verwandelte sich das Höhtgeskreuz in das Golokreuz.

Bis 1977 stand es etwas höher gelegen neben der B 256. Von dort aus kann man noch heute sehen, wie sich der Prozessionsweg von Mendig (Menedich) durch die Felder

Richtung Fraukirch zieht. Nun befindet sich eine Nachbildung der Basaltstele etwas tiefer nah an der Landstraße und kann dort besichtigt werden, wenn der Verkehr es zulässt.

Die Inschrift des Golokreuzes lautet auf Hochdeutsch:

Gegrüßet seist Du, Maria,
Königin der Barmherzigkeit,
Leben und Süßigkeit und unser Hoffen,
Gegrüßet seist Du;
zu Dir rufen wir elendiglichen Kinder Evas.
Zu Dir seufzen wir,
schreien und weinen in diesem Tal der Tränen.
Und darum,
Du unsere Fürsprecherin,
kehre Deine barmherzigen Augen zu uns,
und zeige nach diesem elenden Beweis uns Jesum
Christum,
die gebenedeite Frucht Deines Leibes,
o barmherzige Maria.

(Hartmut Blaszczyk, Einbeck 06/2009)

Der Originaltext von 1472 lautet:

GEGROCET SISTU MARIA,
KOENIGINE DER BARMHERCZCIET;
LEUEN IND SOSSICHET IND UNS HOFFEN,
GEGROCZT SISTU.
ZO DIR ROFFEN MIR,
ELLENDICH EVEN KINTDER,
ZO DIR SVFCZCEN MIR,
SCHRIEN VND WEINEN IN DISME DAL DER
TRENEN.
OCH DAR VMB,

DU VNS VURSPRECHERINEN,
KERE DIN BARM-HERCZCIE AUGEN ZO VNS,
VND NACH DIES-ME ELLEND BEWIS UNS
IHESUM CHRISTUM,
DIE GEBENEDIDE FRVCHT DYNS LICHAMS,
O BARMHERCZCIE MARIA.«

Wie sich ortskundige Leserinnen und Leser sicher schon gedacht haben, ist ein Feld bei Fraukirch Schauplatz der letzten Auseinandersetzung zwischen Gero und Bertolt. Im 13. Jahrhundert wurde auf den Überresten einer fränkischen Saalkirche aus dem 8. Jahrhundert eine Kapelle erbaut, von der heute noch Chor und Mittelschiff erhalten sind. Sie befindet sich in der Nähe der Reginarisquelle (mhd. Sualeburn), von der im Roman mehrfach die Rede ist. Fraukirch ist eine der ältesten Kirchen der Eifel und seit dem Mittelalter ein beliebtes Wallfahrtsziel. Inzwischen gehört die der Muttergottes geweihte Kapelle zur Abtei Maria Laach.

Das Kloster Maria Laach wurde 1127 zur selbstständigen Abtei erhoben und die Basilika 1156 geweiht. Pfalzgraf Heinrich II. von Laach fand 1270 seine letzte Ruhestätte im Zentrum des Kirchenbaus. Das Kloster ist heute aus der Region nicht mehr wegzudenken, wirtschaftlicher Mittelpunkt und Besuchermagnet gleichermaßen.

Der Laacher See ist als Badeort beliebt. Wenn man um ihn herumwandert, kann man die Luftbläschen im Wasser in Ufernähe sehen, die auf eine unverminderte Aktivität des Vulkans schließen lassen. Unbedingt empfehlenswert ist daher auch ein Besuch im Vulkanmuseum in Mendig (Menedich) und des unterirdischen Steinbruchs, in dem sich Gero mit den Basaltsteinen herumplagen musste, weil ich ihn dorthin geschickt habe.

Und nun noch ein paar Fakten:

Zur Schlacht an der Elster (nahe dem heutigen Hohenmölsen):

Die abgeschlagene rechte Hand Rudolf von Rheinfeldens befindet sich heute im Dom von Merseburg. Untersuchungen legen nahe, dass sie ihm erst post mortem abgetrennt worden war. Da die Geschichtsschreibung bisher aber davon ausging, dass das schon auf dem Schlachtfeld passierte, als er noch lebte, habe ich diese Version übernommen. Klingt auch dramatischer, oder?

Zum Antoniusfeuer (der Krankheit, an der Geros Mutter Agnes stirbt):

Die Vergiftung wird durch einen Mix von toxischen Mutterkorn-Alkaloiden verursacht. Dabei kann es zu verschiedenartigen Krankheitssymptomen kommen. Der Mönch Sigbertus Gemblacensis schrieb über eine schreckliche Massenerkrankung, zu der es im Jahr 1089 in Lothringen gekommen war: *Es war ein Seuchenjahr zumeist im westlichen Teil Lothringens, wo viele, deren Inneres ein verruchtes Feuer verzehrte, an ihren zerfressenen Gliedern, die schwarz wie Kohle wurden, Fäulnis erlitten. Sie starben elendiglich oder blieben einem noch elenderen Leben erhalten, nachdem die verfaulten Hände und Füße sich abgetrennt hatten.*

Im Mittelalter bestand die Therapie zum größten Teil im Ausüben religiöser Praktiken. Die Kranken sollten mehrmals täglich vor dem Altarbild des heiligen Antonius beten, um »Trost und Stärkung« zu finden. Denn Krankheit wurde oft als Strafe für sündiges Verhalten angesehen. Trost sollte auch in der Zuversicht bestehen, dass die Betroffenen mit dem Ertragen des Siechtums einen Teil seiner Sünden schon im Diesseits abbüßten und so der ewigen Verdammnis entkamen.

Diese Aspekte habe ich dem Pfarrer in den Mund gelegt, der Agnes in der Scheune aufsucht, und bleibe damit, so hoffe ich, historisch korrekt.

Die Rede Papst Urbans in Clermont (Aufruf zum Kreuzzug gegen die Seldschuken) im Roman habe ich angelehnt an die Niederschrift Roberts, eines Mönchs aus Reims, der bei der Ansprache anwesend war und sie einige Jahre später niederschrieb.

Die mittelalterlichen Namen mancher Orte habe ich der besseren Lesbarkeit wegen durch die neuen ersetzt. Mainz zum Beispiel hieß damals Mogontia, Trier Treveris. Ich finde, »Meda von Trier« klingt eingängiger als »Meda von Treveris.« Aber vielleicht ist das Geschmackssache.

GLOSSAR

Asen Göttergeschlecht in der nordischen Mythologie

Allodialgüter Bezeichnung für ein Stück Land oder ein Anwesen, über das der Eigentümer frei verfügen konnte; anders als Lehen und grundherrliches Land wurde es als Familienerbe weitergegeben

Bruche eine Art Unterhose, die im Mittelalter vorwiegend von Männern getragen wurde

Byzantinisches Reich Kaiserreich im östlichen Mittelraum, das lange Zeit unter anderem auch das heutige Griechenland umfasste

Donar westgermanischer Name des Gewittergottes Thor, der zudem als Gott der Fruchtbarkeit und Beschützer der Menschen galt; er stammt aus dem Asengeschlecht und ist der erstgeborene Sohn von Wotan/Odin

Feh Eichhörnchenfell

Frondienst unentgeltliche Dienstleistungen von Bauern für ihre Grundherren

Hexameter Vers aus sechs Versfüßen

Hufenland an hörige Bauern ausgegebenes Land; die Hufe entsprach etwa der Grundgröße, die nötig ist, um einer Bauernfamilie ein Auskommen zu ermöglichen

Illumination malerischer Buchschmuck, insbesondere der Initialen

Investiturstreit	der Papst forderte den König auf, auf die Besetzung von Bischofssitzen und anderen geistlichen Ämtern zu verzichten, da dieses Recht allein dem Kirchenoberhaupt gebühre
Isenhart	mittelalterliche Bezeichnung für Eisenkraut
Iuvenes	(lat) Jünglinge im militärischen Alter
Kemenate	mit einem Kamin ausgestattetes Wohngemach in mittelalterlichen Burgen
Kleriker	alle Angehörigen des geistlichen Standes, also alle, die eine sakramentale Weihe empfangen haben (Priester, Diakone etc.)
Konkordat	Vertrag zwischen dem Heiligen Stuhl und einem weltlichen Herrscher
Laieninvestitur	bezeichnete im Mittelalter die Amtseinsetzung (Investitur) eines Geistlichen durch eine weltliche Macht (z.B. dem König oder Kaiser)
Lehnsherr	Eigentümer von Grundbesitz, das an einen Lehnsmann übertragen wird, verbunden mit einem wechselseitigen Treuegelöbnis
Lorscher Arzneibuch	gilt als ältestes heilkundliches Buch des abendländischen Mittelalters und enthält neben Rezeptsammlungen auch medizintheoretische und -praktische Schriften
Macer floridus	Lehrgedicht über die gebräuchlichsten Heilkräuter in der Form der lateinischen Hexameter; es galt im

Mittelalter im mitteleuropäischen Raum als Standardwerk der Kräuterheilkunde

Minuskel Bezeichnung für historische Schriftarten, bei denen die Buchstaben mit Ober- und Unterlängen in einem Vierlinienschema stehen

Reichsverweser nahm die Vertretung des Monarchen während längerer Abwesenheit des Königs oder in der Zeit zwischen dessen Tod und der Thronbesteigung seines Nachfolgers wahr

Sagehal das vom Grundherrn in Eigenwirtschaft bearbeitete Land; der übrige Boden wurde als Hufenland von freien oder unfreien Bauern bestellt

Scholle Bezeichnung für den eigenen oder gepachteten Grundbesitz eines Bauern

Schragentisch improvisierter Tisch, bei dem im Mittelalter eine Holzplatte auf zwei Holzböcke (Schragen) gelegt wurde

Seldschuken alttürkisches Herrschergeschlecht in Vorderasien

Simonie Kauf oder Verkauf eines geistlichen oder kirchlichen Amtes, von Pfründen, Sakramenten, Reliquien oder Ähnlichem

Sualeburn mittelalterlicher Name des heutigen Reginarisbrunnens bei Mendig, abgeleitet von dem keltischen Wortstamm »swa« oder »spa« (schwellen)

Unfreie bildeten den untersten Rang in der Ständeordnung; zu ihnen gehörten u.a. Sklaven, Hörige und Leibeigene

Veleda germanische Seherin vom Stamm der Brukterer

Zeittafel

der historisch verbürgten Ereignisse

1077 Heinrich IV. »zwingt« Papst Gregor durch seinen Gang nach Canossa zur Aufhebung des Kirchenbanns.

Die deutschen Fürsten wählen Rudolf von Rheinfelden zum Gegenkönig.

1080 Die Schlacht an der Elster (beim heutigen Hohenmölsen) endet mit dem Tod Rudolf von Rheinfeldens.

1084 Heinrich IV. lässt sich durch den von ihm selbst ernannten Gegenpapst Klemens III. zum Kaiser krönen.

1085 Heinrich. IV. verkündet in Mainz den Gottesfrieden.

1090 Beginn des Italienfeldzugs.

Pfalzgraf Heinrich II. von Laach vertritt den Kaiser als Reichsverweser.

1093 Heinrich II. von Laach stiftet das Kloster Maria Laach (1. Stiftung)

1095 Heinrich II. von Laach stirbt.
(In der Fachliteratur werden zwei Todesdaten genannt: 12. April bzw. 23. Oktober.)

Papst Urban ruft während der Synode in Clermont zum Kreuzzug auf. (Die Anwesenheit Siegfried von Ballenstedts bei diesem Aufruf ist nicht belegt. Ich habe ihn aus dramaturgischen Gründen dorthin »geschickt.«)

1097 Siegfried von Ballenstedt kehrt vom Kreuzzug nach Jerusalem zurück.

1100 Pfalzgräfin Adelheid von Orlamünde stirbt in Echternach während der Vorbereitungen zu einer Pilgerreise nach Rom

1103 Heinrich IV. ruft den allgemeinen Reichsfrieden aus.

1104 Der Sohn des Kaisers, Heinrich V., stellt sich an die Spitze einer Fürstenverschwörung und wird vom Papst anerkannt.

1105 Heinrich IV. und sein Sohn (Heinrich V.) stehen sich bei Regensburg mit feindlichen Truppen gegenüber.

1106 Heinrich IV. wird zur Abdankung gezwungen und stirbt vor der endgültigen militärischen Entscheidung in Lüttich.

1107 Siegfried von Ballenstedt heiratet Gertrud von Nordheim.

1108 Siegfried wird auf dem Fürstentag in Frankfurt des Hochverrats angeklagt und in Haft genommen.

1110 Heinrich V. lässt sich in Rom zum Kaiser krönen.

1111 Siegfried von Ballenstedt wird aus der Haft entlassen.

1112 Im April erneuert Siegfried die Stiftung des Klosters Maria Laach (2. Stiftung).

Im Spätsommer trifft er sich mit sächsischen Verschwörern.

1113 Siegfried von Ballenstedt stirbt an den Folgen einer Verletzung, die er sich bei seinem gescheiterten Aufstand gegen Heinrich V. an der Teufelsmauer bei Warnstedt zuzog.

DANKESCHÖN

Zum Schluss noch ein herzliches Dankeschön an alle, die

- mich so unermüdlich unterstützen,
- sich Tag und Nacht neue Plotideen anhören,
- sich durch halbfertige Manuskripte wühlen,
- mich konstruktiv kritisieren,
- und immer wieder motivieren,
- Freude an meinen Texten haben,
- diese mit ihren Ideen bereichern,
- und einfach für mich da sind, wenn ich sie brauche.

Ein ganz herzlicher Dank gilt auch allen Experten, die mir in Detailfragen sachkundig Auskunft gaben, sowie Silke Boger und dem pinguletta Verlag, der an dieses Projekt geglaubt und es umsichtig begleitet hat. Dies gilt insbesondere für Jennifer Hauck, die das Manuskript als Erste gelesen und empfohlen hat, Silvia Hildebrandt für das professionelle Lektorat, Sabine Hägele für ihr sorgfältiges Korrektorat, Helmut Speer für das gelungene Cover sowie den schönen Buchsatz und natürlich für alle anderen fleißigen Helfer im Hintergrund.

CHRISTINE RHÖMER

Verbotene Versprechen

Frankreich 1498: Anne de Bretagne, Herzogin der Bretagne und Königin von Frankreich, hat bereits zwei Ehen hinter sich: König Maximilian I. hat sie nie kennengelernt, da die Ehe per procurationem geschlossen wurde. Ihr zweiter Mann König Karl VIII. kam unter mysteriösen Umständen ums Leben, all ihre sechs Kinder sind ebenfalls tot. Als sie die Hoffnung auf die wahre Liebe bereits aufgegeben hat, lernt sie Jean de Thyberon kennen, einen Ritter des Michaelsordens – und sieht sich plötzlich ihrem Seelenpartner gegenüberstehen. Nach einigen wunderschönen Monaten müssen sich ihre Wege wieder trennen, denn das Protokoll befiehlt, dass Anne König Ludwig XII. zu heiraten hat. *Ich darf dich nicht lieben* – so der Imperativ, der gleich einem Damoklesschwert über der Romanze der beiden schwebt.

Valeska Réon & C. H. Schwarz. Historienroman

Taschenbuch
308 Seiten

E-Book

pinguletta.de

Wintertöchter. Die Forstau-Saga

Die Bestseller-Trilogie - Spannung im Dreierpack! In der letzten Raunacht des eisigen Winters 1940, irgendwo in der kargen Bergwelt Österreichs, wird Anna Hohleitner geboren. Sie wächst in einer unwirtlichen Welt, die ihr wenig Liebe schenkt – weder ihre verschlossene Mutter Marie noch der jähzornige Stiefvater Roman scheinen sie zu mögen. Nur bei Ihrer Ziehtante Barbara, Hebamme und frühe Homöopathin, findet das wissbegierige Mädchen Zuwendung und Anregung. Und noch etwas verbindet die zwei: Beide tragen die »Gabe« in sich - durch Schmecken können sie hinter die Geschichte von Gegenständen blicken. Eine ungewöhnliche Fähigkeit, die sie durch Zeiten wandern und ihren eigenen Ahnen begegnen lässt. Und so begleiten wir Anna bei ihrer Entwicklung vom stillen Mädchen zur selbstbewussten Frau, lesen von ihren Qualen, ihrer Liebe, ihren Kindern und den vielen unerfüllten Träumen – aufgezeichnet in zwei Tagebüchern.

Heidelberg, Winter 2004: Annas Zwillinge Helena und Christina sind längst erwachsen, als ihnen eben diese

Wintertöchter. Die Forstau-Saga

Tagebücher zugespielt werden. Und plötzlich kommen unbequeme Wahrheiten ans Licht, Geständnisse aus längst vergangenen Zeiten ändern alles. Der Jahreswechsel beschert den beiden Schwestern wenig besinnliche, sonder vielmehr aufregende Festtage. Mit Begegnungen, die ihr bisheriges Leben gehörig auf den Kopf stellen – und bald ist nichts mehr, wie es war. In Teil 3 finden wir die Antwort auf die vielen offenen Fragen aus den vorangegangenen Bänden: Was geschah mit Annas Töchtern? Wird die wundervolle Gabe in einer von ihr weiter bestehen? Wie kann Ziehtante Barbara mit ihrer Schuld leben? Und vor allem: Wo ist Roman Wojtek geblieben – konnte er sich den Anfeindungen auf sein Leben entziehen?

Die Saga macht von Beginn an vor allem eins – sie zieht ihre Leser:innen sofort und bedingungslos in ihren Bann: Wer den ersten Teil »**Wintertöchter. Die Gabe**« gelesen hat, wird auch den zweiten Band »**Wintertöchter. Die Kinder**« verschlingen, um endlich in Teil drei »**Wintertöchter. Die Frauen**« zu erfahren, wie alles zusammenhängt. **Eine Geschichte wie ein Sog!**

Mignon Kleinbek. Roman-Trilogie

1: Die Gabe
2: Die Kinder
3: Die Frauen

E-Books

Hörbucher

TIPP! Die Gesamtausgabe im edlen Schuber.

Wintertöchter. Die Gabe Teil 1

Taschenbuch 355 Seiten | E-Book | Hörbuch 715 Minuten

Wintertöchter. Die Kinder Teil 2

Taschenbuch 342 Seiten | E-Book | Hörbuch 687 Minuten

Wintertöchter. Die Frauen Teil 3

Taschenbuch 480 Seiten | E-Book | Hörbuch in Kürze

Das Vermächtnis der Vier

Windemere. Geheimnisvoller Berg inmitten eines glitzernden Sees und Hauptstadt eines fantastischen Reichs. Tief in seinem Inneren birgt er ein uraltes Vermächtnis: Der Ewige will leben und sucht nach Verbündeten. Auf der Flucht vor Verrat, leistet Prinzessin Patrizia einen Schwur, der das Schicksal des Königreichs für immer verändern wird. Doch bei ihrer Aufgabe braucht sie dringend Hilfe. Der junge Schäfer Oni reist nach Windemere, um seine kleine Schwester zu retten. Eine freundliche Geste wird ihm zum Verhängnis. Er gerät in einen Strudel gefährlicher Ereignisse. Eine waghalsige Reise voller Abenteuer, Freundschaft und Hoffnung beginnt – in einem Land, in dem Magie verboten ist und die Götter auf ewig Wache halten. **Das »Vermächtnis der Vier« ist der Beginn der WYN'D'MAER SAGA.**

Christopher Teffert. Fantasy-Roman

Taschenbuch
253 Seiten

E-Book

Hörbuch
in Kürze

pínguletta
HUMOR

pinguletta
SACHBUCH

Elf Tage und ein Jahr

Als die 91-jährige Josefine erfährt, dass die Ärzte nichts mehr für sie tun können, ist ihr das recht. Jahrelange Pflegebedürftigkeit hat die einst so tatkräftige Frau an ihre Grenzen gebracht. Zufrieden schließt sie ihr Leben ab, begleitet von Familie und Freunden. Ihre Tochter Marianne beschreibt diese letzte Phase mit Humor, viel Liebe und einem zärtlichen, aber auch kritischen Blick auf den gemeinsamen Lebensweg und die nicht immer nur einfache Mutter-Tochter-Beziehung. Und stellt dabei fest: Bis zuletzt ist noch so viel Heilung möglich. Am Ende ist es ein gnädiges, versöhntes Sterben für »Fine« und auch Marianne geht gestärkt hervor. **Ein tröstlicher, sehr persönlicher Ratgeber einer Psychologin über den Tod mit wissenswerten Fakten rund um die Themen Palliativversorgung, Sterbeprozess, Bestattung, Trauer.**

Marianne Nolde. Autobiografisches Sachbuch

Taschenbuch 232 Seiten | E-Book | pinguletta.de

Der Pinguin.
Sympathischer Bewohner
der Südhalbkugel.
Unser Maskottchen.

[ˈpɪŋgu]
pinguletta
[lɛ ta]

La Lettera.
Italienisch für Buchstabe
oder Schreiben.
Unsere Leidenschaft.

**BUCHstaben
zum Anhören.
Der pinguletta Podcast.**

QR-Code einscannen -
und ab geht's zum
pingu-Podcast.

pinguletta Verlag
Durlacher Str. 32
75210 Keltern
Deutschland
Tel. 07231 932471
verlag@pinguletta.de
www.pinguletta.de

A02_F04_2023 V2023-04-13